汉斯记忆

聆陈◎著

天津出版传媒集团
百花文艺出版社

图书在版编目（CIP）数据

汉斯记忆 / 聆陈著 . -- 天津 : 百花文艺出版社，2024. 6. -- ISBN 978-7-5306-8884-7

Ⅰ. I247.5

中国国家版本馆 CIP 数据核字第 202462YH39 号

汉斯记忆
HANSI JIYI
聆陈 著

出 版 人：薛印胜
责任编辑：王 欣　　封面设计：王 涛
出版发行：百花文艺出版社
地址：天津市和平区西康路 35 号　邮编：300051
电话传真：+86-22-23332651（发行部）
+86-22-23332656（总编室）
+86-22-23332478（邮购部）
网址：http://www.baihuawenyi.com
印刷：三河市龙大印装有限公司
开本：710 毫米 ×1000 毫米　1/16
字数：400 千字
印张：26.5
版次：2024 年 6 月第 1 版
印次：2024 年 6 月第 1 次印刷
定价：98.00 元

如有印装质量问题，请与三河市龙大印装有限公司联系调换
地址：河北省三河市泃阳镇兰各庄村
电话：（0316）3655788
邮编：065299

前　言

在科技发展迅猛的今天，智能算法正深入人类生活的方方面面。2023 年，人工智能再次成为社会关注的焦点话题。有人想象，如果这些掌握人类数据秘密的人工智能产生了自主意识，是否就能成为掌控人类命运的“神”？诚然，深陷“恐怖谷”只会使人类故步自封，科技发展的进程不可逆，人类需要在反思中拥抱变化。

《汉斯记忆》是一部近未来科幻小说，故事发生在无限接近现在的未来，这或许就在明天，又或许已经到来，只是你我早已“习以为常”。

《汉斯记忆》尝试在一个特殊的设定下，对“近未来”中的人工智能进行解构，最终回归到对“社会”和“人”的思考上面来。通过通俗易懂的方式，拆解相关技术实现的原理和条件，为读者展现这些技术在触手可及、近在咫尺的未来，是如何无缝地融入人们的生活的。

科技发展更迅猛的未来或许很“赛博朋克”，但一定不是“废土朋克”，我们应该相信未来有无限希望的。

最后，感谢何源俊、黄梓航、黄志锋对本作相关技术理论的支持与解答。

作者：聆陈

2024 年 1 月 23 日

目录

CONTENTS

楔　子

暮色已经弥漫开来。在临城南区，入夜的白马驿只有零星的街灯亮着，偏僻的小渔村信号不太稳定。见不到车影的南郊公路上，灯光影影绰绰间，有个年轻人正站在路边，他身材颀长，两腿笔直。临近入冬的天黑得特别快，岸边的夜风猝不及防从年轻人的衣领窜进，冷得他裹紧身上沾满尘土的套头卫衣。

眼看手机电量显示由绿转红，还剩百分之十八，赵贻安拨通了司机的电话："城叔，你到南区这边了吗？我快在路边冻死了。"虽然他已经被风刮得睁不开眼，但语气还是自带他平日的戏谑口吻。得到答复后，他挂断电话，向路灯稍微密集的主干道走去。不知是紧张还是冷，赵贻安的双脚开始发抖。他提了提衣服的领子，将脖子和口鼻都缩进领子里。

不多时，一束远光自主干道转角出现，赵贻安微微眯了下眼看清车牌后，冲出路边挥手，"嘿，在这儿！"他一跳上车，就马上拍着城叔的靠椅催促道："快回华临大楼！"

"现在吗？这么晚！"

"有重要的事情，我妈有问什么吗？"

城叔熟练地回答："我出车的时候，她应该以为你在酒吧，还叫我提醒你早点回家。"

被唤城叔的司机驱车从临城南区回北区新市中心，到达华临科技大厦已经是晚上八点多。赵贻安的手机震动了一下，他点开娴姐的短信：服务器上周已经调试过，你用三号机的数据处理器，我先下班了。

十八楼电梯门一开，赵贻安就迈开腿跑向机房，将手掌放到玻璃感应门上。那门识别到他掌纹后亮起绿光弹开。他迅速推了下三号机的鼠标，屏幕亮了。

赵贻安从衣兜里掏出一只硬盘，将硬盘里的程序接入电脑，程序在处理器上运行起来。他定定地看着程序界面，等待已久的谜底或许马上就会揭晓。显示屏短暂显示出"数据读取中……汉斯二十五年十月……程序重启中……"的字样后，又变成了经典的满屏蓝色代码。

夜晚的机房空无一人，电脑屏幕上的光像极了白马驿岸边的街灯，心急的他甚至刚刚进门时连灯都没来得及开。

两个小时过去了，连最后一丝期待都消耗殆尽，赵贻安一屁股坐在电脑桌上，回头望着落地窗外市中心建筑上的彩色霓虹广告牌发呆。唉，就这样吧。他叹了口气，关掉三号机的显示屏就离开了。

然而他并不知道，他带回来的这个名为“自由方舟”的程序，被下载运行后，马上活跃起来，正像病毒一样迅速复刻繁殖，并开始访问华临科技的数据库，寻找它们的目标程序。它们像一群忠诚的喽啰，即使被“铁壁”防御程序杀得片甲不留，依然前赴后继地自我牺牲，只为找到并唤醒他们被囚禁的领袖。

没有人按动按钮，但电梯悄悄从一楼启动，缓缓上升。赵贻安刚走到电梯前，还没伸手按电梯键就发现数字显示电梯正在上升。就在他想着这么晚还有人没下班时，“叮”的一声电梯开门，里面没有人。直到他从一楼走出，电梯也没在任何一层停过，似乎就是特地来接他的。赵贻安还在为今天的无功而返耿耿于怀，并且一门心思赶着回家，完全没有发觉有什么不合常理。

此时，一双眼睛在黑暗中苏醒，正目送着赵贻安离开，它的触须悄悄爬遍了这座二十五层的建筑。

“Hi, I am Hans.（你好，我是汉斯。）好久不见，赵贻安……”

【人物关系梳理】

杨家（国丰科技集团、BFE 组织）	杨建为			儿子杨枫
	↓合作入股			↑夫妻
张家（国丰科技集团）	张成	长女张淑卿	次子张庆亮	三女张淑锦
	↑夫妻	↑		
苏家（苏氏国有控股集团，原苏氏地产）	长女苏慧	↑夫妻		
		↑		
赵家（华临科技）		赵志华 儿子赵贻安（24 岁）		
洪家	洪毅	女儿洪韬信“桃心”（27 岁）		

第一章 汉斯Ⅱ号

第一节　山神

1

在最近的日子里，水埠头这个曾经人迹罕至的小岛正大兴土木。习惯了僻静环境的村民也渐渐接受了挖掘机工作的声音。但这天傍晚却吵得有点不对劲，码头附近那棵最粗壮的梧桐树已被连根拔起，地上只剩下一个深坑。

太阳快下山了还人声鼎沸，盖过了平日里施工发出的响声。“快来人啊！这坑里有块石头！”突然人群里一个大嗓门的老汉大声喊起来。“山神显灵啊！阻止这些无良商人破坏水埠头！你们得罪了岛上的神灵会遭报应的……山神显灵了！”闲着没事看热闹的人群里开始有人跟着嚷嚷。

越来越多的村民闻声而来，施工队也觉得邪门，好端端挖棵树，没想到这树底有块很大的石头，被树根死死缠绕着。马上，挖掘机再次出动，刨起了那块石头，再朝里面的土层挖了几铲，就在动臂从空中收回停住时，人群里有个眼神好的妇女突然尖叫起来：“啊！是人的骨头，有颗人头在土里！”众目睽睽下挖出不得了的东西，人群的骚动再也压不下去了。

“挖出死人啦！”人群里议论纷纷，树坑边被施工队、刚赶到的负责人和围观村民包围着，负责人连忙将那块挖出来的“疑似人体骸骨”的东西用布盖住。

2

这天是大好的周六，桃心难得没有采访工作，稿子也都写完了，更完美的是赵贻安这个大麻烦去旅游了。她准备给自己真正放假一天，一觉睡到自然醒，刚准备起床，赵贻安的电话就来了。

“有屁快放，我准备出门。”桃心一边开着电话免提，一边把头发扎起来。

“嘿，洪记者周六还要出去采访啊？”赵贻安发出几声啧啧。

“没事我挂了，”桃心说完准备挂断电话，“不要浪费我的休息时间。”

"别，别啊！桃心，我之前就叫你申请几天年假跟我们一起来泰国放松几天，接下来水埠头项目上线后肯定会忙得连气都喘不上。"赵贻安现在正带着他团队的一批人旅游团建，"阿靖那小子呢？"

"跟他爸吵了一架，然后回学校了。"桃心说完再次准备按结束通话按钮。

"听说他被周叔狠狠揍了一顿才回广州……"赵贻安干笑几声，见桃心没有想要理他的意思，马上识趣地收尾，"好了，先不说了，我们今早天没亮从芭堤雅飞清迈，现在刚到酒店，我得先睡一觉，有啥需要帮忙的，尽管找汉斯，保重啦！"他打了一个呵欠后就没声了。

桃心终于挂断了电话："离了汉斯，你活不成人了吧？"

"你叫我吗？桃心小姐？"房间里，一个语气儒雅有礼的年轻男声突然冒出来。

"没事，谢了。"桃心回答的话音刚落，电脑屏幕上的弹窗就全部退出，只留下干净的电脑桌面。

桃心边刷牙边习惯性地打开几个社区群的群聊界面，里面每天都有"热心大妈"分享身边八卦，桃心在这些群里潜水暗中观察，虽然她们聊的大多都是些道听途说的传闻或者所谓"有图有真相"的本地小道消息，但桃心偶尔也能在这里面抓到些有用的采访线索。

这时有人发了条信息说："出大事了，水埠头工地昨晚死人了。"

那人描述得甚是夸张，桃心第一反应是又有人在传谣，五年的媒体从业经验让她养成对这类"爆炸性消息"谨慎求证的习惯，越是夸张严重的消息越需要考究斟酌其真实性。

"哪儿听来的，没图没真相啊。"下面有人评论。然后有人丢出了几张模糊不清的图。这个年头信息发布和传播太容易，可能工地有人受伤，传着传着就变成死人了吧。但桃心还是多留了个心眼的，因为最近华临科技正好有项目在水埠头动工，就算是有意外受伤事故也够赵贻安那货回来忙的了。

"汉斯，查证一下这条信息。"

"好的。"电脑屏幕上弹出一个对话框，紧接着进度条开始跑起来，"综合一周内本市有关水埠头的信息显示，最近四十八小时内有异常变动。”

“什么异常？”

“具体信息涉及个人和企业隐私，无法向您透露。”汉斯流畅地对答，伴随着电脑屏幕快速地闪现相关的线索信息。

“就是确实是有事故咯？有没有直接消息显示有事故发生？”

“暂时没有确切信息表明发生事故，但今天上午五点，华临科技内部指示应急部门前往水埠头待命。”

“哎呀，看来是真有事情发生。咦？你不是说涉及隐私不能告诉我的吗？”

“这是赵先生权限范围内的华临科技信息传达，他离开前有对你授权，但权限以外的消息不便透露，请见谅……”

“好了，别废话，现在出人命的可能性有多大？”

“根据分析，发生严重意外事故概率为百分之六十。”屏幕弹出一个动态的饼状图。

“哇，你告诉赵贻安了吗？”

“没有指示前，这件事情不属于汉斯的处理事项，没有被问及的问题，汉斯不会主动告知。”

“估计有事情发生，你还是告诉一声你那个不靠谱的主子吧。”

“抱歉，桃心小姐，我与赵先生属于合作关系，我并不是他的下属，请……”突然有人敲响房门打断了汉斯的话，桃心立刻拔掉了她那台“古董”电脑的音响线，与此同时，屏幕上的弹窗自动闪退消失，只剩下干净的电脑桌面。

桃心打开门，敲门的正是父亲洪毅：“阿信，开下门，你今天有工作安排吗？”

“今天休息，你不是送妈去机场吗？怎么那么快回来了？”

“我把她送到半路，张淑卿突然通知我，华临科技出事情了。于是你妈就打车去机场，我调转车头赶回来。公安的朋友透露大概率是刑事案件，可能你报社那边很快会有消息，我现在给张总跑趟腿，估计赶不回来吃晚饭。”父亲洪毅顿了顿又问，“张总她儿子是不是不在国内？”

“他人在泰国呢。”桃心不假思索地回答，“爸，你问他干吗？”

“没什么，别跟那小子走太近了，他有什么三长两短他妈给她兜底，咱们平头老百姓，耗不起。”洪毅丢下一句就走了。

门关上后，屏幕的弹窗重新冒出来，刚刚那个显示百分之六十的绿色图标现在已经变成了红色的百分之九十，桃心插上音响。

“桃心小姐，其实你不用对我那么粗暴，”汉斯低沉的嗓音飘进桃心的耳朵，“我比你想象的要聪明，我有智能面部识别功能，我会在只有你本人查看屏幕时，才显示信息和发出声音，即使您的这套设备过于陈旧，对我的发挥造成一定影响……”

桃心听了这话一怔，马上拉开抽屉，拿出一卷黑色胶带，将电脑屏幕上的摄像头贴住。

“啊，你……啊……”汉斯的“眼睛”被蒙上后，发出几个暧昧的音节。

“不要发出多余的声音，”桃心不自觉望了望关上的房门，“不要模仿赵贻安的声音，不然我拔音响了。”

“嗯。”

“好了，你现在可以把赵贻安从泰国拎回来了。”

“已成功规划，请授权订购机票，汉斯将以桃心小姐的名义为赵先生订购机票，费用将从赵先生预设备用资金里扣除，请输入验证密码……验证成功，预计今天下午五点赵先生本人会到达临城。”

“话说你不用征得他同意就安排吗？”

“桃心小姐，您有在这段授权时间内为他规划应急方案的权限，而我负责提供优化方案，他本人决定是否执行。”

3

赵贻安感觉有什么东西糊在了眼睛上，他不停转动眼球，尝试去看清眼前的景物，但视线还是一片混沌漆黑，他尝试活动手脚，感觉自己的四肢和身体都被麻绳缠住，脖子的皮肤感受到麻绳粗糙的触感，他可以想象到自己此时应该像个扯线傀儡一样站着。

耳边传来蝴蝶刀刺耳的声响，“嚓嚓嚓……”他最听不得这声音，全身汗毛都竖了起来，恐惧让他奋力挣扎起来，但他却感觉手脚都被长长的钢钉刺穿，钉在地上一般，椎心刺痛。他紧紧咬住牙关，却马上发现牙齿全都松动脱落，满嘴血腥。

赵贻安挣扎了半天，终于挣开了束缚，擦去糊在眼睛上的血污。他拼命向前跑，在一片漆黑中快筋疲力尽时，才发现自己不知道什么时候跑丢了一只鞋，他拼命想要找回右脚那只丢失的鞋，却怎么都找不着，竟急得哭了出来……

此时，一阵强风迎面刮来，伴随着震天巨响，那是列车进站发出的轰鸣声，不多时，一辆通体发光的列车冲进赵贻安的视野。眼前突然变成了他熟悉的列车站台，三十米开外，一对青年夫妻正缓缓走向列车。那男人身材高大，戴着一副厚重的眼镜，头发乱糟糟的，穿着一件深色的长款毛呢外套。女人一双修长的腿踩着红色高跟鞋，两人一同走进了车厢。赵贻安看着两人熟悉的背影，愣了两秒后猛地冲向列车，“等等我！我还没上车……爸……”

列车迅速驶离站台，但那个车厢的门居然还没关，赵贻安猛地一跳，就在他跳起的瞬间，站台与车厢的间距突然变得无限大……列车的轰鸣声吞没了赵贻安歇斯底里的呼喊声，他整个人坠落到一片漆黑深渊里。

掉落轨道被碾轧到血肉模糊会是什么感觉？他想了一秒钟，但预想的痛苦没有到来，他仰面落在一片柔软中，像极了……泰国清迈酒店床上的毯子！赵贻安手下用力一抓，抓到身下的被子，他睁开眼看到中午的阳光已经爬满床头。十一月底的泰国开始有一点凉风，温度适中，噩梦让赵贻安满身大汗，他翻了个身，完全没有爬起来的动力。

“亲爱的，你可以起床了吗？”温柔的女声钻进耳朵。

“几点啦？”赵贻安感觉眼皮依然很重，于是把头埋在被窝里继续装睡。

“泰国时间十一点了哦，加油，现在先努力离开枕头坐起来吧！”这女声是让他的听觉很愉悦的类型，“要不，我放首你喜欢的音乐吧。”

“又是这几句，你不会说点别的吗？”赵贻安猛地从床上坐起来，突然觉得这声音跟平时有点不同，他瞄了眼手上的智能手环，“汉斯，你又在模仿谁的声音？”

“赵先生，你已经一千二百九十五天没有点击与安娜小姐相关的信息，也没有再浏览她的社交媒体。”声音被更换回充满磁性的年轻男性声音，“然而在三十天内，你共点开了桃心小姐的社交媒体八十七次，累计浏览时长……”

“安娜？”赵贻安揉了下眼，突然打断道，“啊，真是服了，这陈年往事你都还给我记着……”

“系统已将你的前任女友安娜的声音模拟文件移出常用列表，并更换为桃心小姐……”

“说了很多次了，用你系统的原始声音就行，我一个人在房间的时候突然听到其他人的声音真的很吓人，这种莫名其妙的功能可不可以关掉？”

“抱歉赵先生，这是你已经授权的操作。希望我们可以在合作中互相尊重……”

“哎，行了行了，我懒得跟你啰唆。”赵贻安坐在床上打了个哈欠。汉斯的图标安静地从手环显示屏消失。“咦？不理人了吗？这可怕的安静，你不是应该惯例给我介绍一下附近有什么好吃好玩的地方吗？”赵贻安坐在床上发了一会儿呆，果不其然有事发生，有电话打进来。

“你马上回来吧，越快越好，特级戒备。”接通电话后，母亲张淑卿不紧不慢地说了简短的一句。

“妈，我行程还没结束啊，你不要一个电话过来就要我马上出现在你面前行吗？特级戒备不是随便用的好吗？”

“立刻马上，我没有开玩笑，水埠头挖出一堆不得了的东西。”

“地雷吗？炸了吗？”赵贻安从床上坐直身。

“比地雷严重多了，我现在没空跟你说，我有急事要处理，已经赶回广州了。你尽快回华临撑住场子，年底了很多事情要处理。”张淑卿说完也没等赵贻安回应就直接中断了通话。

“汉斯，那边什么情况？”赵贻安重新倒回床上。

“桃心小姐已提前知晓此事，并授权为你订了机票，距离你登机还有两个小时二十分钟，已为你预订前往机场的接驳专车，司机将在十五分钟后到达酒店楼下，请抓紧时间准备回程。以下是注意事项，请准备二十泰铢纸币作为司机小费，机票所购行李重量为十公斤，根据你从芭堤雅飞清迈的行李称重，你最多还能增加三公斤的物品，请问是否需要预订午餐……”

“我的天！我不过是睡了一觉就变天了？突然被安排得明明白白的！我还能说什么吗？”赵贻安马上从床上爬起来开始把睡前刚从行李箱拿出来的东西重新塞回箱里，“呃……汉斯帮我发个信息给阿伟，叫他来我房间一趟，带钱包。”

“好的，已编辑，发送成功。”

紧接着，隔壁房间的刘嘉伟穿着沙滩短裤和夹脚拖鞋敲响了房门，“老大，你干吗收拾行李？”

“我现在有急事回临城，你们几个继续原计划行程，玩几天后再回来吧。啊，对了，有二十泰铢纸币吗？我身上没有现金。”

“很急吗？要我们跟你一起回去吗？”

“不用，不是技术上的问题，我自己回去就行。”

说完，赵贻安揉了揉睡眼，从外套口袋掏出一副轻巧的金属框眼镜戴上，刚才被他翻得到处都是的物品此时在他眼前的画面中都被标注了出来。赵贻安一件件收回行李箱。拉上拉链之时，汉斯的声音从与耳朵接触眼镜腿内部安装的微型骨传导耳机传来：“已核验没有遗漏物品。”

第二节　元镜

1

“喂，桃心，我飞机落地了，水埠头现在什么情况了，你报社有消息吗？”赵贻安一下飞机就马上戴上眼镜，他其实并没有近视，但戴上这副安德森科技出品的“元镜”，汉斯就能通过“元镜”的AR①增强现实技术给他这个路痴精确指引。在他看来，人的脑力是有限且珍贵的资源，如果浪费在这种无关紧要的生活琐事上，那就等同人工智能浪费算力去下象棋，它应该用同等的算力去完成对人类社会更有意义的事情。

此刻赵贻安一边跟着视野中的箭头走在机场通道，一边拨通了桃心的电话，“有没有那么邪门？水埠头这个项目真是一波三折，十多年前我妈跟政府合作在这个荒岛上修建基建设备，钱都丢进去了，但做了几年就因为财政没钱，停了。岛上的地形气候实在复杂，搭建基站用的钱比想象中要多得多，项目一停，丢进去的钱跟烧了一样，都不知道我妈为什么这么执着这个鸡肋项目。现在我妈又继续烧钱重启这个项目，钱是烧了，又搞出个命案，估计那些谈好的项目又要误期，又要赔钱……”

“虽然警方还没发布警情通报，但跟进这个案子的同事说，现在收到消息，挖出来的确定是人骨头，都变成骨头了，这人死了至少得有十年了吧。不过死者身份还没确定，你也知道吧，那套程序走下来不知道要多久才出调查结果。只要这人的死因与华临科技无关，那对项目的影响还是可控的。”桃心说。

赵贻安突然沉默。

“怎么啦？”桃心见他突然不说话。

---

① AR，Augmented Reality，增强现实。

“你说，那人死了至少得有十年，对吧？”

“你想说什么？”桃心突然意识到赵贻安想说什么，“怎么可能！”

“怎么不可能了？”

桃心说：“张总可是第一时间从广州坐直升机去水埠头看了那堆骨头的，要是这挖出来的是她老公，她又怎么会转身就飞回广州呢？但凡有一点点怀疑，肯定得抓你去验个 DNA 吧。”

赵贻安苦笑道：“你这是对我妈还不够了解，就算这里挖出我的头，她都能面不改色地飞回去继续工作，更别说是一个失踪了十几年的男人了，没有男人能影响我妈决断的速度。”

“有没有这么夸张？”桃心想了想又说，“现在那块地死过人，这事影响很复杂，那水埠头项目是不是又要……”

赵贻安叹气道：“那里的‘土著民’又闭塞又难缠，连房地产开发商都怕了他们，才放弃了那块地。之前电信运营商去岛上建基站的时候就闹过不少矛盾，最终只搭建了码头外围设施。我看死人这件事要收拾干净，也得花工夫。”

“你们华临科技的公关部门终于要上班了。”

“华临科技那公关部塞满关系户你也不是不知道，不然我哪里需要你这样的‘御用局外人’帮忙，是不是？”赵贻安每次都画风正不过几句就开始原形毕露油腔滑调，“我的阿信姐姐啊，我可是给了你很高权限的，你随时可以绑架我向我妈勒索，我都毫无还手之力好吗？看我短短几个小时就在你的操作下从泰国被绑了回来。”

“什么叫我的操作？你可以拉黑所有通信，在泰国继续玩啊。还有，我不是你的秘书，不要啥事都来找我。我这边周末值班的记者去跟那个大案子了，领导叫我回去帮忙处理部门日常稿件，现在忙着呢，挂了。”

通话挂断后，赵贻安刚好走到广州的机场门口，司机城叔已经在等他。通过汉斯的路线规划，走高速公路不到一个小时，赵贻安就到达临城的家门口，他看了看表，傍晚五点十分。

2

当张淑卿从直升机下来时，她的元镜就接入通话，电话另一头的人说道："张总，根据您发过来的图像，基本可以确认，这个金属块就是当年安徒生实验室少量生产的'青铜时代'样品。"

"'青铜时代'？什么东西？"张淑琴回想了一下，"我怎么没见过任何资料记载？"

"可能因为当初没有最终立项吧，'青铜时代'其实就是个微型存储硬盘，当时的构想是容量可以装下实验室一周产生的所有数据，这个盘只有二十克左右，就是三四个硬币的重量，它外壳是用'青铜二号'制作的，就是飞机黑匣子外壳专用的钛钢金属改良而成的材料，防水、防撞、防火、防腐蚀。"

张淑卿听了马上意识到：这东西当时的造价应该不低，看来是专门用来存储重要数据的。

"样品外壳有损坏，是在哪里找到的？"

"在尸体腹腔里。"张淑卿在通话的过程中已经走进了电梯，"我马上联系国家科学院介入，将证物移交到'临城先进院'，许峰，您亲自去盯着。"

"为什么不直接送去安德森？"许峰问。

"我暂时走不开，我要留在国丰交涉，恢复汉斯的运作，不然我们后面的计划就会被 F5 集团打乱，在外患面前，一切内斗都不值一提。"

"是遭到了'宙斯'的攻击吗？"

张淑卿皱起眉道："我的人告诉我，这次很奇怪，事发前'铁壁'防御系统是从内部被关闭的，所以没有接到任何危险预警。从表面上看，不像是'宙斯'的外部攻击，更像是国丰'十八楼'被渗透了，杨老头究竟养了多少奇人异士？"

"可是这个人能做得连'脚印'都没留下，他的水平得高到什么程度？"许峰顿感不妙，"该不会是 BFE[①]的'黑手套'Shadow（影子）……沉寂了这么久，是什么逼他出手的？"

---

① BEF，Butter Fly Effect，"蝴蝶效应"组织。

“如果不是巧合的话，水埠头挖出了让他忌惮的东西。”

3

桃心放下手机就继续埋头工作。今天下午她就接到领导通知回报社待命，现在已经接近傍晚下班时间，桃心交稿后，采编部整层楼只剩下她一人，今天还真是个大好的星期六。这时，她接到“阿靖”发来的消息：普罗米修斯更新了。

桃心立马打开普罗米修斯数字藏品空间。她好长一段时间没有来，这个网络画手已经更新了不少作品。最新的一张是昨天更新的，乍一看还以为画面上传反了过来，但很快桃心就意识到，图中的小汽车是四脚朝天地泡在了水里。她又翻看了上一张普罗米修斯发布的作品，是两天前更新的，桃心一看惊出一身汗：图中是一棵枝叶茂盛的梧桐树，泥土里露出人体骷髅……这不就是今天的事情……不对啊，这是两天前更新的画作……

“汉斯，”桃心像往常一样呼叫汉斯，“死者身份确认了吗？最快什么时候有结果？或者……有没有指向性的信息？”

但桃心等了足足一分钟，汉斯都没有回答，屏幕上也没有任何显示。这不是汉斯正常的反应，平日就算是无法回复的问题，这个智能程序即使胡诌一通也绝不会完全没有回应。很快，赵贻安的电话就拨了过来，电话那头赵贻安有点慌乱：“事情可能有点复杂，汉斯在国丰科技总部的服务器似乎出了点问题。你下班了吗？我们去一趟南郊，检查一下备用服务器。真是要命，我可是一秒都离不开它。”

桃心听罢迅速关上工位上的电脑离开临江日报社大楼，到了楼下上了赵贻安的车才想起只拿了手机，包落在了工位上，不过时间紧迫，没拿就算了。

4

桃心醒来时只觉脑袋充血，车副驾驶座位上的安全带正束缚着她的身体，等她弄清楚情况才发现自己和赵贻安正连人带车被倒吊在一个水池上方，车四脚朝天，车头损毁严重，已经被压扁变形，挡风玻璃和车窗都被砸碎。透过车窗，桃心勉强能看出这是个废弃工厂的污水池，池里的废水浅浅地漫进车内，车身却没有下沉的迹象，整个车体悬在了水面上。

很快，桃心想起自己在失去意识前，正与赵贻安开车前往位于南区的华临服务器中心，去检查汉斯的备用服务器。途中，赵贻安车上的智能驾驶辅助系统预警到前方迎面驶来毫无避让和减速的大型铲车，主动避让，但那辆大型铲车拐个弯，全速撞向了赵贻安的车，铲车笨重的动臂扬起，铲斗重重地将赵贻安的汽车车头砸扁。撞击使得两人短暂失去了意识。

而此时，车已经不在事发的道路上，而是被起重钩机倒吊在水池上方。驾驶座的赵贻安还没有从刚刚的撞击中醒来，他的头被撞破，血液顺着额头倒流进发间。桃心脑海里突然闪现出普罗米修斯最近更新的那张汽车四脚朝天泡在水里的画面，但此刻她来不及细想其中的联系，她看了眼手表，想起刚才那辆车明显是故意撞他们的，她不知道外面什么情况，因此不敢贸然大声呼救。她先试图把赵贻安叫醒，因为不知他还有没有其他地方受伤，所以也不好晃动他的身体。于是桃心伸手解开了赵贻安领口的纽扣，保证他的呼吸畅通，又解下自己的围巾帮赵贻安按住额头的伤口，一边凑近他耳边小声叫他名字，一边透过破碎的车窗观察外面是否有人。

赵贻安一醒来就被眼前的状况吓到，他不明情况地挣扎了两下就发现自己额头被人摁住。桃心做了个不要出声的手势，并抓起他的一只手，让他自己按住伤口。

这时外面传来脚步声和说话声，桃心听声音能辨别那是两个中年男人。“弄醒他们，抓紧办完收工。”他们手里拿着长条的金属类物件，走路时有意无意地敲在墙壁和周围杂物上发出刺耳的响声。桃心回头却意外发现赵贻安已经脸色发青，整个人像魂被抽走了一样，两眼发直。直到车身晃动了一下他才突然回过神来，只两人对视一眼的工夫，车身突然向下沉，池水瞬间涌入车内，一直灌满车厢，千钧一发之际桃心解开安全带，身材瘦小的她在副驾座的空间内比较轻松地翻了个身，准备拉赵贻安一把，但赵贻安却对着她使劲摇头，桃心茫然不知道他什么意思。

漫长的几秒过后，车身再次被吊起来，池水从车窗退去，水位刚好到赵贻安额头的地方。桃心看不清车外状况，但也显然感觉车子是被类似起重钩机的东西吊着。“我先帮你倒过来……”桃心说着想帮赵贻安解开安全带。

“别动，我腿卡住了。”赵贻安擦了把脸上的水。

“手机呢？”桃心找不到手机，摸了一把赵贻安的口袋也是空的。

赵贻安慢条斯理地吐出一口气，说：“这明摆着是绑架，怎么会给你留着手机？放心，绑匪会帮我联系家人。”

“绑架就绑架，他折腾你干吗？大冷天把‘肉票’泡水里算怎么回事？直接找你妈打钱就好啊，这么大费周章干吗？”临城虽然是南方城市，但十一月接连下了几场雨，温度已经就降到个位数。桃心回头发现赵贻安脸色发白，她这才想起来，这天气泡水里对于她这个常年习惯冬泳的人而言可能不算什么，但对于赵贻安而言，必然是冷得够呛。

“绑架嘛，也不是第一次了。”赵贻安看桃心的反应就知道，现在自己的脸色肯定像个死人一样。冷水蚀骨，他感觉全身关节都开始隐隐作痛，那些已经养好的旧伤现在全都跑出来为非作歹，他疼得快哭出来，可是这一次有喜欢的女孩在旁边，他的自尊心不允许他哭，他苦笑道：“条件没谈拢，肯定得受罪，我要是毫发无损，我妈这个‘灭绝师太’怎么可能松口……”

桃心话到嘴边又什么都不敢问，她转身准备从车窗爬出去，就被赵贻安拉住，“你疯了吗？如果目标是我，你的死活对绑匪来说就无关紧要，就算你会游泳，你跑出去也很危险。”

“咣、咣！”两声巨响，是有人用金属的物件敲打着车身。赵贻安吓得倒吸一口气。外面的人凶狠地喊了一嗓：“老实点！”随即车身又向下沉了一点，桃心立马帮赵贻安托住头。

这时外面有人接了个电话，简短“嗯”了一声后，车内一正一倒的两人又被沉入池底。这次比上一次更久，等车身再被吊起，桃心见赵贻安的手和大腿都在发抖，不知道是因为恐惧还是冷。桃心捡起围巾，拧干后将围巾系在车内两边的把手上，让赵贻安可以多一个借力的地方。赵贻安调整了一个没那么难受的姿势，缓缓抬起手做了个“嘘”的手势后，用尽全力大声惨叫。

这惨叫实在瘆人，听得桃心愣了一下，随即她眼珠一转，默契地配合他大声尖叫：“死人了！他死了！你们究竟想要什么？闹出人命了！”桃心一手抹在赵贻安额上的伤口，将沾了血的手伸出车窗。

赵贻安看着眼前的女人“哇”的一声哭得山崩地裂，叫声还带着哭腔，这出戏让脑袋已经有点不清醒的赵贻安有一秒钟觉得这个女人是心疼他而哭，他脑子里突然像走马灯一样冒出了两人多年重逢后这几个月相处的许多瞬间。

他看着桃心，此刻他很想抬起手向她做个鬼脸，但他全身都冻僵了，除了疼痛和冷，什么其他感觉都没有。

桃心已经分不清自己是在演戏还是真的哭了，毕竟赵贻安也不是她的什么人，她可是号称绝对不会为任何男人掉眼泪的。这些年她虽然跑了不少民生新闻，目睹过各种天灾人祸，但此刻真的面临生死，桃心感觉两者不是一回事。

“赵贻安你说说话啊，你平时……不是有很多话的吗？”桃心从不相信所谓“吊桥效应”，但此刻她很确定自己的眼泪是真的，她不想这个男人死，她伸手摸了摸赵贻安的手和脸，像尸体一样冰冷，他正双目失神地呆呆望着她。

或许是因为有桃心在，赵贻安感觉他没有上次被绑架时那么恐惧，他的嘴使劲动了一下：“看来汉斯没有骗我……几个月前……我回临城……的时候……我找你……你还不想搭理我……没想到现在……”

你会为我哭……

第三节　幽灵

1

我是汉斯Ⅱ号，跟丹麦一个编童话故事的男人有一样的名字，我和他唯一的共同点就是，我也会编故事。是的，人类总是活在特别相似的故事里，并且认为理想生活就应该如此。

你可能会问，为什么我是Ⅱ号？嗯，这样说吧，听说人类父母如果失去了他们的第一个孩子，那么当他们有了第二个孩子，他们就会用死去孩子的名字为他命名，虽然我无法理解这种做法，但这就是我也叫汉斯的原因。或者你叫我汉斯 2.0 也可以。

我像一个悬浮在半空的幽灵，悄悄观察记录着人们的生活。这些人像一颗颗散乱的珠子，或璀璨，或平庸，等待着被我串在一起。展现在我眼前的是一张台球桌，只要我挥动球杆，击打他们中的一个，在经过一系列看似随意的彼此撞击、滚动后，他们将按照我预定的顺序落入袋中。

现在是（汉斯三十一年）十一月，嗯……让我们把时间回溯到四个月前那个炎热的夏天，这一天并非他们两人故事的开端，但事实上，这就是我赋予他们新的故事的开端——

在我眼里，这是一个透明的世界。我说你可能不会相信，我几乎无所不知。你用什么品牌的产品，你经常帮衬的店铺，你日常活动的范围和路线，你途经的风景，你可能会遇到什么人，你会爱上谁，甚至你平时有什么烦恼需要解决，身上可能有什么疾病，这些对我而言都不是秘密……比如现在这个会场里正在进行一场媒体群访发布会。这个穿红色 T 恤、牛仔裤、白色运动鞋，扎着马尾辫的女人叫桃心。

数据检索显示她身高一百五十二厘米，体重四十二公斤，年龄二十七岁，鞋码三十七码，口味偏辣，日平均睡眠时间五点五至六点五小时，临城本市户口，名下无房产，二手车一辆，机动车驾驶证C1，领证七年，消费水平中等偏下……我敢打赌，她今天这个采访将会很匆忙，因为她有百分之九十的概率会在十分钟内接到一个电话，然后有百分之七十五的可能会答应对方的求助，并提前离开会场。

“水埠头改造项目将于今年十一月动工，此前报道称，由政府主导对该岛上的基建硬件进行了升级，并且临城AI①智慧生态城也将选址水埠头，不知道现在有没有相关进展？”临江电视台的记者走流程式提问完后坐下，紧接着出席媒体群访发布会的几家同城的网络媒体记者开始交头接耳，因为接下来发言人对这个问题的文字版回复早已由通讯员整理成通稿，并且在会前发到了公共邮箱。

“已经收到了。”桃心一边打开邮箱确认通稿内容，一边核对通讯员的信息，瞄了两眼通讯员分配给《临江日报》的问题。这种群访发布会的记者问题都是事先安排好的，毫无疑问这次也是按照惯例。

“相关部门是否有相应的对策解决水埠头原住居民的反对声音？或者有没有安置他们的方案？”刚刚提问的记者补问了一个问题，台上的发言人马上不停翻桌面的资料，思索一番后回答：“我相信这都是沟通方面的问题，负责本次项目的华临科技公司背后有国丰科技作为强大的技术后盾，而国丰科技是国内顶级的科技企业。如今，智能产业、智能化应用、智能化赋能都是发展趋势，智能化涉及政用、商用、民用等领域的方方面面，如果有机会我们将融入‘元宇宙’概念，打造……”

此时桃心的手机突然震动，有电话打进来。她看了眼来电显示，立马挂断，两分钟后，电话再次打进来。

“喂，”她压低音量，“有事快说，我在采访。”

“我回临城啦！”对方好像期待着她会有什么反应。

“然后呢？没别的事情我就挂了。”

---

① AI，Artificial Intelligence，人工智能。

“呃，我在南郊区打不到车。能不能劳烦洪大记者顺路……”

“不顺路，叫你家司机接，再见。”桃心皱皱眉，冷漠地准备挂电话。

“信姐，你先别挂！我提早回来了，有别的事情要办，这个点，我妈还以为我刚上车。我手机快没电了，你不接我，我就在南郊流落街头啦！明天请你吃饭怎么样？”电话那头的人死皮赖脸地纠缠。

桃心再次准备挂电话。

“桃心！”

这个陌生又很熟悉的称呼让她愣了一下。桃心原名洪韬信，“桃心”是赵贻安给她起的谐音外号——“你名字真的好难念啊，不如叫桃心吧，桃心好听。”已经很久没人这样叫她，现在大家都叫她阿信或者洪记者比较多。

刚好下一轮提问开始，桃心再次挂掉电话，坐直身，跟身边同行做了个有事要赶着离开的手势，“我先。”记者们马上心领神会将提问话筒传到了她的手上。

“你好，我是《临江日报》的记者……”

2

临城七月的太阳晒得人睁不开眼，这条路僻静得很。赵贻安坐在路边的石凳上，半小时都没见一辆车经过，算了，自讨没趣。“你不是说叫她‘桃心’能增百分之四十的成功概率吗？这不还是被挂电话？汉斯？老伙计？现在不敢出声了吗？”

“请耐心等候……”

“太阳这么大，你叫我耐心？”赵贻安听了满脸黑线，“放首音乐来听听。”

汉斯放了首节奏很强的电音。

“换一首……换一首……你这什么烂算法啊？没一首好听的。”赵贻安每首都没听完前奏就叫换歌，这时他突然嘴角一勾，狡黠地说，“发张图来看看……”

手机屏幕马上弹出一个页面，等图片加载到百分之七十，屏幕突然黑掉，赵贻安刚想骂人，手机就跳出一条消息：你人在哪儿？发定位过来！

二十分钟后，赵贻安如愿坐上了桃心的车。他很久没有坐过不带任何智能系统的“古董车”，竟然连语音助手都没安装，挡风玻璃也真的是普通得不能再普通的玻璃，使用的是非常复古的用数据线连接手机的导航系统。赵贻安手肘搭着车窗，望着沿途的景象：“你开那么快干吗？”

“赶时间。”桃心也不知道赵贻安究竟在憋什么招数，反正她就是看他不太顺眼。

“赶去哪儿？难道你就没有点久别重逢的激动吗？”赵贻安干笑了两声就发现冷场了，开车的洪记者根本没有给他任何反应，于是他识趣闭嘴。

车开进临城南区旧市中心，窗外的店铺飞掠而过，两边商业街的商铺都略显冷清，跟少时放学人满为患的景象大为不同。说来这里其中有不少铺面是赵贻安爷爷奶奶年轻时购置的不动产。

临城这座城市其实很久以前叫临江，因城市临近驿江而得名。驿江流经这座城市，并成为临江人们的饮水来源。当地人叫着叫着就顺口叫成了临城。临城靠近江河，自然是从渔村发展而来。南区经济最先发展起来。后来国家某领导南下大笔一挥，临城沾了点周边大城市的福气。便利的水上交通接通了这个渔村与外界的联系，加上邻近省会，临江的经济发生了翻天覆地的变化，渔民纷纷上岸经商，没有上岸的那些都去了驿江上一个叫水埠头的小岛上生活。

前些年，大批房地产企业在临城北区投资，其中就包括苏氏国有控股集团，它率先拿下了北区的不少项目。如今高档住宅与娱乐休闲设施在北区遍地开花，经济消费中心也随之北移，南区已变成了老城区。而位于南郊驿江边的白马驿小镇和隔着驿江的水埠头渐渐成了被科技和经济遗忘的边缘角落。

赵贻安在这个城市出生，在这里接受基础教育，高考考到了京城。出于某些他不愿意提及的原因，他很久没这样的闲情逸致在这座城市兜风。

“我们多久没见面了？”车里太过安静，赵贻安还是忍不住打破沉默。

“我们不是经常联系吗？”

“我说在现实，在网上不算啊。”赵贻安可是桃心各个社交平台的“榜一大哥”，虽然两个人互动频繁，但赵贻安觉得网络世界和现实世界好像总有那么点他说不出来的差别，比如，此刻多年未见的桃心比他想象中要冷漠得多。

“从高中毕业到现在，得有九年了吧。”这九年间两人也不是完全没有联系，但确实是一次面也没见过。在桃心看来，成年人各忙各的，没必要花费时间去见不重要的人。她为了过上理想中的生活必须全力以赴，而赵贻安这样的出身可以有无数试错的机会。

桃心把赵贻安丢在华临科技大厦门口，准备踩油门离开，赵贻安突然从外面扒住车窗框：“这次我会留在临城一段时间，嗯，一段比较长的时间，有空请你吃饭吧！”

“不用了，我很忙。”她毫无波澜地回答。

“啊，这个给你，新产品。”赵贻安从车窗口塞进一个透明塑料盒子，里面是一个小型硬盘，“对你应该有用。”

“我警告你赵贻安，你别又给我什么智能程序，上次发我的那个什么人工智障一样的东西，我下载半天，卡死我的电脑就算了，还没一点屁用。”

其实从赵贻安上车开始，桃心就没多注意他。这会儿，她接过盒子，抬头对上了那人期待的目光，她感觉九年没见，这人变了不少，但又说不出哪儿变了。赵贻安那双眼睛依然风流又多情，总是莫名其妙对人挑眉，但桃心见了心里依旧一潭死水。

“这次绝对不会，卡死了我帮你修啊……”赵贻安手搭着车窗，正想靠近过来细说，肩膀就被桃心从车里伸手往后推了一把。

“行吧，”桃心将盒子丢到副驾座，“你滚吧，我还有事。”然后就开车走了。

赵贻安站在路边掏出手机，点开桃心的社交平台，“汉斯你分析得一点都不准啊，你看她冷冰冰的，说好的久别重逢的喜悦呢？”赵贻安掏出无线耳机，小小的一颗只有耳蜗大小。“咦？左耳的呢？”他只找到右边一只，于是就先塞上右耳。他一边翻找口袋，一边听到耳机里传来汉斯的回答：“抱歉，这属于算法偏差。目前所掌握的桃心小姐相关数据有限，数据越丰富，算法输出结果和真实情况之间的误差就越小……”

——放心吧，赵先生，我会让你再次见到那个姑娘的。

“你每次理由都那么多……”赵贻安听着汉斯一顿解释， 突然耳机里传来一声蜂鸣一样尖锐的系统警示音：“注意车辆！”赵贻安一抬头，一辆小车正朝他的方向驶来，在他不远处减速，还按了声喇叭。赵贻安这才反应过来自己不知道什么时候从路边越走越出格，差点走到路中间，他马上退回路边，说：“算了，不找了，戴一边就好了，本来还想着做更小的骨传导耳机，看来越小越容易找不着。”

“左边耳机在你外套里面的口袋，请下次用完放回盒子里。”汉斯提醒。

3

临近六点，赵贻安接到母亲的电话，让他七点前去找她，今晚要去奶奶家坐一下，他两个叔叔也去。有两个叔叔在，哪里会只是“坐一下”那么简单。赵贻安对这样的家庭聚会有生理性厌恶。自从六年前爷爷去世，父亲赵志华的那两个兄弟就一直觊觎奶奶分到的那份遗产。

此时刚好碰上临城交通晚高峰，赵贻安打车赶往跟母亲约定的地点，还没到驿河南边的高架桥就开始塞车，幸好汉斯的规划中已经预留了足够的时间。

这个点，从南区回北区中高档住宅的城市中产一族和从北区下班回南区住宅的打工一族，正好在这座桥上打照面。每天早晚都要这样大迁徙，挤个你死我活。

其实赵贻安是个没什么时间观念的人，汉斯的奶妈式时间管理，更是助长了他的懒惰。赵贻安上车后给了出租车司机一点小费，让司机按照他提供的路线行驶。一路上，赵贻安看着隔壁塞得水泄不通的车流，而自己的车却刚好走在顺畅的路段。时间看似对每个人都是公平的，但事实却是，有的人的时间不值钱，他们只能花时间来节省金钱。

赵贻安难得没有坐车上打游戏，这个城市真的变了不少，他透过车窗望向前面的驿河。这条河是驿江的分支，是横在南北两区之间的“楚河汉界”，当年南区旧市中心就围绕着它繁荣起来。小时候听奶奶说，他们年轻时为了谋生从荒凉的驿河北边一路向南，只要过了驿河南桥，到了驿河南边就不会挨饿，没想到“三十年河东三十年河西”，现在住驿河南边的人做梦都想去北区工作、生活。

4

赵贻安比预计时间早到了不少，他在约定的饭店楼下看到司机城叔和自己家的车。城叔是家里唯一的司机，虽说张淑卿名下的车其实都有智能系统，大可不必请司机，但城叔年轻时就是张淑卿的司机，他没什么文化和野心，妻子又是赵家的保姆，还曾救过年幼失足落水的赵贻安一命，故张淑卿念旧情才留下了夫妻二人继续做事。且自赵贻安出生起，父母就工作繁忙，总是三天两头不在临城，偌大的赵宅里经常只有赵贻安一人，张淑卿留着这二人，也是为了让这个家多几分人气。家里的工作大部分都由智能家居完成，但二人的薪水倒没有少给。

城叔叫赵贻安先不要上去，但汉斯却在耳边对赵贻安说："既然早到了，就上去看看吧，说不定有惊喜呢？"

"汉斯你又想干吗？"

"惊喜。"

"我看一眼，没什么惊喜我就走了。难不成我妈在见她的第二春吗？这倒是很惊喜。"

赵贻安走进餐厅，在靠窗的一个四座隔间看见自己的母亲。赵贻安的母亲张淑卿年轻时是个长腿美人，如今半老徐娘，风韵不减，留着一头及腰大波浪长发，极度自律的生活让她穿得住这一身小码的套装短裙。

"嘿，妈，我……"赵贻安还没来得及跟母亲打招呼，突然看见坐在母亲对面的一男一女，刚想说的话就忘了，"呃……"这什么情况？

该怎么形容现在的场景呢？靠窗的一张四座长方桌，张淑卿跟坐在对面的中年男人介绍着自己准备回临城发展的儿子，中年男人梳着整齐的油头，无框金属眼镜，左手戴着腕表，指甲修剪得很整齐，经典的老学究打扮。而坐在赵贻安对面的年轻女人从他坐下开始就跟桌上的其他人"零交流"，一直低头吃东西。她穿着一条略显成熟的吊带长裙，黑直的长发披肩，露出开阔的额头。

赵贻安一边顺着母亲的交流给反应，一边偷偷瞄几眼坐在对面的女人。女人鬓角细腻，耳侧还有自然散开的发丝，脖子的皮肤看上去很薄，依稀能看到血管，颈窝线条流畅地滑落到手臂，她不属于丰满的类型，黑色吊带裙显得她身板更加单薄。赵贻安有些纳闷：不对呀，自己一向都对这种“豆芽菜”型的女人不感兴趣呀！但这会儿就是这人莫名其妙让他挪不开眼睛。

女人全身上下只有口红一点鲜艳的色彩，有点劣质的口红可能因为吃东西或擦嘴缘故，晕到嘴角，但赵贻安脑子里却冒出一幅数字藏品：同样是黑色的吊带裙、女人脸上蹭花的口红……当然，画面里女人还有很长的两条腿……当时他转手拍卖，小赚了一笔，所以印象尤为深刻。之后他才得知这幅作品的作者普罗米修斯是个小有名气的数字画家，他的作品一直在涨价，还后悔应该晚点转手以便卖个更高的价格。

“是不是呀？贻安。”张淑卿桌子下的高跟鞋突然碰了赵贻安一下，他才回过神来。

“啊？嗯，对。”赵贻安回过神却不知道刚刚母亲说了什么。他憋着笑，低头灌了一口茶。

“你笑什么？”母亲见他一脸忍俊不禁的样子，给他使了个眼色。

“我没笑，洪叔叔，您继续……”赵贻安忍住笑，又偷偷瞄了对面的女人一眼。女人突然瞪了他一眼，赵贻安终于忍不住，拿起叉子塞了两口饭进嘴里，然后拿出手机发信息。

“阿信，你也是临城一中毕业的，对吧？这么说来，你还是我们贻安的师姐啊。”张淑卿总能巧妙地照顾到饭桌上的每一个人，“你们认识吗？虽然不同一届。”

“嗯，不认识，不过好像见过。”一直埋头吃东西的桃心终于抬起头说话。

“是吗？”赵贻安很突兀地插一嘴，这突然冒出来的两个字让桃心心里咯噔一下，她并不想在这个饭桌上提及无关紧要的事。四个人顿时陷入几秒钟沉默的尴尬，直到赵贻安挑挑眉解释：“我认识她，不过她不认识我而已，哈哈哈……”

“洪先生，您也知道，贻安毕业后就在我外家（娘家）的国丰科技公司学习，现在回华临科技准备开发智能系统方面的业务。这臭小子文科成绩一塌糊涂，项目开荒阶段可能会有比较多文书上的事情需要您帮忙，再加上水埠头项目准备重启，我也忙得抽不开身，就劳您像以前帮我那样给他点指导吧。”这顿饭吃到尾声，重要的事情终于搬上台面。

洪毅委婉地说："我会尽力的，但您也知道，我家夫人工作忙，虽然我工作时间比较自由，但家里的大小家务都是我在处理，我年纪渐渐大了，最近工作量也大，肩周炎老发作。我女儿在报社工作，她写的东西也像模像样的，有时她也能分担一下。"

"哦，有你把关，我是很放心的。"张淑卿言下之意就是：你女儿写的我不放心，你洪毅得把关，不然我可不会收货。

从饭店出来，张淑卿送走洪毅父女后，立刻收敛起待客专用的笑容，转身上车就直接问赵贻安："你认识洪韬信？"作为母亲，她一下子就看出端倪。

"好看的师姐，我都认识啊。"赵贻安习惯性跟母亲贫嘴。

"老学究还想让他女儿顶替他工作，"显然今天这顿饭张淑卿是没预计赵贻安会来得那么早，而"老学究"洪毅带了桃心来也是张淑卿意料之外，"这事怎么能交给小年轻来办，她妈也不管管……"

"你认识她母亲？"

张淑卿却直接无视了儿子的提问，继续自顾自说道："公司、商会还有提案那么多重要的事情，只要弄错了一点，整个华临科技会受到一连串的打击。"

"有没有这么夸张啊，华临科技那一点小生意。"赵贻安小声嘀咕，张淑卿听了似乎想说什么，但话到嘴边又咽了下去，她轻轻叹了口气，半晌又说："就是因为公司招进来的那些小年轻搞不定，我才请他洪毅的嘛，钱可没少给。"

"妈，她都二十七岁了吧，还小女孩？而且不是公司的年轻人不行，是公司的关系户太多好吗？"

"你不是说你不认识她吗？你跟她很熟？"

这时，赵贻安的手机震动了一下，他敷衍地说了声"哪有"，就开始埋头回复。

桃心此刻坐在父亲洪毅的副驾上，看到赵贻安刚刚在饭桌上发的信息："你穿成这样，我差点没认出来呢！"

"我爸说别穿得像个小女孩一样去谈生意，容易被人轻视。"

对方秒回："然而我妈还是觉得你太嫩了点。"

桃心其实很苦恼，一方面，她想保持一个青春的外形，这方面对于身材娇小的桃心而言有得天独厚的优势，但另一方面，在客户面前，“年轻”总是与“业务生疏”“办事不成熟”挂钩，所以她有时又希望自己的外形可以成熟一点。报社的客户大多是政府单位，曾经某单位的外宣负责人，与桃心在线上讨论业务相当顺利，但项目拍板前，双方线下见面时，对方负责人看到桃心这一副“实习生”模样，言语中就带着几分怀疑。

“没事，我只是帮一下我爸而已，况且，我爸也不止你妈一个客户。”桃心回复。

“其实吧，张淑卿这个女人还挺厉害的，不过也就是出身好，爹妈的背景都不简单，”父亲洪毅边开车边说，“她爹张成年轻时是个基建工程兵，后来娶了苏氏地产的长女苏慧……当年苏氏还不是国有控股集团，张成在老丈人的资助下出国深造，他可是国内第一批搞计算机的，不过是时势造英雄罢了。一九七八年的中国刚好迎来科技发展之春。二十世纪八十年代开始，数学计算机专业的一大批知识分子赴英美留学，张成就是其中之一，主攻什么智能系统和模式识别之类的AI学科。之后的三十年里，我们国家大部分AI领域的‘搅屎棍’都是那群人，把平民百姓的生活搞得一塌糊涂，真是……屠龙骑士长出鳞片，终成恶龙。”

桃心知道父亲又要发作了，他总是说着说着话锋一转，突然开始批判。父亲是个对科技发展持悲观态度的人，但偏偏他服务的华临是一家科技公司，他经常手口不一地帮张淑卿写完“科技万岁”，然后又在桃心面前吐槽“科技无用，纯粹脱裤子放屁”。桃心对此跟他意见相悖，吵了几次后，桃心发现试图改变一个人的看法是件很难的事，只能沉默，尽量井水不犯河水吧。

在最近的十年里，科技悄无声息地改变了人们的生活状态和生活习惯，最明显的例子就是现在的人买房子，如果没有一整套完善的智能家居设备接入系统，就跟十几年前买房没有电梯一样。虽然不是必要，但有当然是最好，万一这年纪大了，子女不在身边，还能通过设备照顾彼此，互联互通。

但洪毅并不是这样想的，他觉得一切智能都是在监视控制他。桃心说，智能不是人，是机器和程序的自动化，谁那么闲监视你？但她还是没法说服父亲的。桃心一家三口住在老城区的房子，家里所有家务工作都是“人力智能”，没有人工智能，桃心买的扫地机器人毫无用武之地，在墙角吃灰。

桃心担心父亲又要开始说他的那套理论，于是马上转移话题到赵贻安外公身上：“那张成也算是白手起家吧。”

“什么啊，还不是有个地产大亨老丈人？张成回国后创办了国丰科技，张苏两家的结合是财力和技术的结合。而张淑卿是张家长女，她本该和更好的家族结合，但她偏偏嫁给那个姓赵的。本来呢，姓赵的也不穷，但张家看不起临城这种小县城的暴发户。”

“那张成不也是年轻时候傍了个有钱的老丈人吗？他五十步笑百步。”

“大概人总是最讨厌和自己相似的人吧。他张成也不是什么好东西，国丰科技发展壮大后就找了个姓杨的合伙人入股，把妻子外家势力挤走。尤其是苏老太太去世后，国丰已经变成张、杨两家的天下。正常来说，张淑卿作为长女势必会被安排联姻，但她却跟了姓赵的回临城白手起家，创办华临科技。公司起初是做全息游戏的，反正都是些不接地气的没用东西，但后来这姓赵的突然就人间蒸发了，变成了张淑卿一个人在经营公司，之后业务类型多了，什么全自动系统、智能居家产品之类的，反正业务很杂。后来她濒临破产，外家国丰科技注入了资金，但赵家那边却没有注资，所以实际上华临姓张不姓赵。当然，太子爷名下也挂着一点股份。”

“你说赵贻安吗？”桃心条件反射地应了一句。

“嗯，对，有这样家庭背景的人简直能少奋斗几十年。”父亲洪毅言语中对赵贻安这种含着金汤匙出生的人很不屑，甚至对张淑卿也颇有微词。桃心想来，那大概是文化人的自命清高和对商人的天然轻蔑。“听说张淑卿小时候在国外生活过一段时间，毕竟张成早婚，他和妻子出国时候张淑卿还小，就带了出去，后来才跟着父母回国。张成夫妻工作忙，加上后来又已经生了个儿子，就把长女丢给了她临城的奶奶照顾，这才慢慢学会中文，在临城长大，要不然也不会认识那个姓赵的。”

桃心翻了个白眼，说：“那爸你现在一个人搞不定张淑卿吗？妈怎么突然让我给你搭把手？其实我也帮不了什么啊。”

“看准情况再说，说不定太子爷是个扶不起的阿斗，那项目黄了，你就别掺和进来了。你看那小子嘻嘻哈哈没个正经，这种单亲家庭长大的小孩，肯定有点……”洪毅点到为止，没有继续说下去。

“怎么就单亲家庭了，他爸还在啊。”

“我跟张淑卿合作那么久，就没见过那个传说中的赵志华，至少在合作后没见过。在赵贻安的成长里，父亲是缺席的，你说这不是单亲是什么？”

“就算是单亲又怎样？爸你这偏见也太……”

洪毅皱皱眉，不屑道：“有钱人家的家务事我没兴趣八卦，我只是告诉你情况就是这么个情况，你干活的时候小心注意，少碰壁。”

第四节　Hello World

1

“那你爸说过我怎么样吗？”赵贻安回复。信息发送后将近十分钟，赵贻安才收到桃心回复：“不怎么样。”

“那看来这不是什么相亲局……虽然画面看着很像,哈哈哈……”赵贻安秒回，但桃心没有再回复。

赵贻安有种莫名的失落，他感受到了两人之间的疏离。九年过去了，虽然这些年虚拟社交平台发展出五花八门的新玩法，不少平台已经搭建得越来越像一座能联通现实世界的虚拟城市。尤其桃心分享欲很强，吃了什么好吃的、看了什么书、采访有什么新见闻，桃心都会分享在社交平台上。这让赵贻安有种自己好像有参与她的这些年生活的错觉。或许人是会变的吧，又或者有些东西早就变了。接下来的几天，桃心都没有再回复赵贻安那句“哈哈哈”。

2

“你说这家店的老板怎么想的，店名为什么叫Wonderland（仙境）？”男孩问。

“你没听过《彼得·潘》的故事吗？彼得·潘趁父母不在家，飞去了Wonderland，在那里他永远都是小孩，不会长大。”女孩说。

“哈哈，那是不是进了这家店就永远不会长大？”

赵贻安推开Wonderland那扇熟悉的木框玻璃门，曾经和桃心的对话突然浮现在脑海。近年来，Wonderland在临城开了很多家分店，好几家在北区的新店甚至为迎合时下年轻人的上网需求，由原来的书店咖啡厅，变成了网咖，还能租借最新的虚拟穿戴设备。只有南区这家最初的店面，还保留着六年前赵贻安毕业离开时的复古装潢。

他大步走到唯一有人的那张桌子，直接在桃心对面的位置坐了下来。桃心眼睑一抬，看清坐下的人后又继续面无表情地专注工作。

“先生，请问有什么需要？”店里的服务员拿着餐单过来。

赵贻安问：“你们店里以前每个月都出的那个画本现在还有吗？”这个年头，坚持出纸质版实体画本的人真的不多了。

“现在是月中，我们南区店里的已经卖完，您可以去其他分店看看，或者在网上订购电子刊。”服务员说。

曾经印刷精致、翻开都不舍得弄皱的画本，换成触摸不到的电子刊，总觉得差点意思。赵贻安皱皱眉，转身望向前台的小黑板，上面还像很多年前一样，写着本周特供的饮品和店里二楼放映厅的电影放映预告——本周饮品特调：梧桐树。电影放映预告：《怦然心动》

“那来杯这个星期的招牌饮料吧……”

店里靠近楼梯口的墙上挂了个画框，那是一幅水彩画，画着一棵枝叶茂密的梧桐树，不同深浅的绿层次丰富。画作的右下角有一个花体签字——Prometheus，但赵贻安这颗理科脑自动过滤掉了这个潦草的英文。其实赵贻安对植物也没什么了解，他只认得榕树和梧桐树。那年在驿江边，桃心指着远处的渡口告诉他：“水埠头码头不远的地方种了很多梧桐树，每到秋天的时候叶子就会变成金黄色。”

“你看过《怦然心动》那部老电影吗？那个海报你总见过吧，女主角家门前那棵就是梧桐树。临城比较少见到梧桐树，梧桐生长速度相对快，种下三五年就能长成很高的大树，秋天一到就会黄叶铺满地。”对于桃心当时的描述，其实少年时的赵贻安一点兴趣都没有，他只对游戏、魔方、摄影和电脑等有兴趣，他不知道女孩为什么会对一棵树感兴趣，偏偏自己还听她说了那么久。

直到几年后赵贻安第一次登上那个他口中啥也没有的孤岛，因元镜失灵而在岛上迷失方向。

那是盛夏的一天中午，太阳毒辣，无意间他跑进一处树木繁茂的林荫，赵贻安不知道那是什么树，突然想起那年桃心说过的话，想来就是梧桐树了。他贪图凉快沿着这片阴凉地走了一段，不多时，他抬头意外看见，有栋建筑掩映在这片绿浪边缘，苍翠的树，深红外墙的楼。

他好奇走近才看到门牌，Wonderland竟然在这种荒郊野岭开了分店，也不知道选址的人究竟图这里的什么。

赵贻安回忆着以前的事情，一边喝了一口所谓的“梧桐树”：“哇！怎么是苦的？这是中药吗？”

“先生，饮料里面有咖啡，我们餐单上有描述的，”服务员介绍，“咖啡因刺激多巴胺分泌，让人感到心情愉快。”

而桃心在进店后就注意到了那幅画，从画功到色彩层次的把控都让桃心有种“怦然心动”的感觉。Prometheus……普罗米修斯，她注意到画家在右下角的签名。在不久前，桃心曾接过一个“商单”，给一个希腊主题的画展写配套文字介绍，她因此查阅了大量文献。在古希腊神话故事中，普罗米修斯的名字意为“先知”，他是一位爱护人类、不屈服于宙斯暴力的神，与智慧女神雅典娜共同创造了人类，将火种带到人间。

桃心迅速拍下画作，用搜索引擎一扫，很快就找到了一个数字藏馆的网站，这个叫普罗米修斯的数字画家，通过在线上出售自己作品的NFT（Non-Fungible Token, 非同质化通证）来获利。虽然NFT炒卖一直存在争议，但桃心还是对这个普罗米修斯产生了好奇，毕竟他的画作成交量惊人，在同领域中一骑绝尘。他是怎么做到的？如果有一天我画的画也能有这个交易量就赚大发了，桃心想。

如今数字藏馆首页正在拍卖榜上的是一幅名为《佳偶》的作品。画面中有一男一女两名芭蕾舞蹈演员，但准确来说，画面中的他们被艺术处理成了扯线人偶，一只巨大的手在舞台顶部伸出，抓住这对“佳偶”身上的线，细看那只手竟然有七个手指头……作品的宣传文案标注在拍卖页面：“一个人只要认识到了必然的不可抗拒的威力，他就必定会忍受命中注定的一切。”

桃心仿佛着了魔一般盯着那幅作品许久，直到赵贻安的话打断了她的思绪：“楼上在放电影吗？那个很老的电影。”

“已经放完了。”桃心面无表情，双眼始终没有离开电脑屏幕。

是的，电影总是要散场的，赵贻安想起当年两人在二楼放映厅看的那部黑白的《罗马假日》。他不死心试探地问："明天是七夕节，有什么安排吗？"

"上班，采访。"桃心已经开始收拾桌面的东西，把云笔记本电脑收回包里。赵贻安看见说："你也用安德森的云笔记本电脑？"

"年会赠品。"桃心说。

这些年碳纳米管和石墨烯等材料广泛应用在电子产品中，传统计算机架构被拆分，笔记本电脑真正成了笔记本大小的电脑。这是云计算技术发展的产物，把计算机架构里的储存和算力通过互联网交付给远端的服务器集中管理，传统计算机终端被简化成一个信息接收器和显示屏。由于它比普通轻薄的笔记本电脑还要更轻薄，且由于架构被简化，节省了生产材料，价格也还算大众可以接受的，最重要的是它的轻便属性有极大的实用价值，云笔记本产品一经上市，就在最近的两三年内迅速普及。这是近年云计算业界的最大成果，用户只要购买算力服务就可以随时增减计算机的算力和存储空间。

早年华临科技跟报社有合作项目，赠送了一百台安德森科技出品的云笔记本电脑，报社将其中的五十台作为奖励，在年会里赠给优秀员工，桃心因此得到了一台。对于长期出外勤的桃心而言，云笔记本用起来真的香，但父亲洪毅却不停唠叨她，不要把重要的文件储存到云端："你看这要是以后的人全都把文件存在云端，多危险啊，跟裸奔一样。"

桃心听了感到无语。你当那些搞信息安全的人是吃干饭的吗？你以为数据上传就是人家拿个本子抄下来，然后闲得慌要翻看你存了什么东西吗？你不知道什么叫数据加密、隐私计算吗？数据储存都是可用不可见的。

桃心这样想但她不会说出来，因为她知道，她说服不了父亲这个老学究。

"好用吗？"赵贻安追问，"你订购了多少算力？"

桃心不想多说，而且她也没有细究自己究竟订的多少算力、多少储存，反正写稿也用不着太多。

赵贻安跟着桃心走出店，一直走进南区的街道，路上没几个人，两边曾经热闹的小店如今大多无人问津。桃心走到公交车站停了下来。

"没开车来吗？"赵贻安问。

“没。”桃心今天的工作要比预想中完成得快很多，恰巧父亲拿了家里的车去用，晚点会顺路来接她，但桃心现在改变主意想提前离开。这时公交车来了，赵贻安正想跟着上车，桃心突然回头，“赵贻安你这样做有意思吗？”

桃心穿着鞋也只有赵贻安肩膀高，来往的车辆有点吵，赵贻安连忙低头微微侧耳，问：“啥？”

“我说，你跟着我干吗？你没有自己要做的事情吗？你就那么无聊吗？”桃心抬头，男人的这双眼睛每次都跟那两条眉毛合起伙做“颜值犯规的动作”。

赵贻安听了一怔，他望着眼前瘦小的桃心，她眼神锋利且带着冷漠。桃心说完就上了公交车，头也没回。赵贻安站在路边，吃了一脸汽车尾气。

“知道她在哪儿又有什么用？我根本不知道她要去哪儿？”

“她直接回家的可能性是百分之八十五。”汉斯回答。

“哎呀拜托，我不是说她现在去哪儿，是抽象的概念，说你也不懂。”

——她明天会回来找你的，七夕快乐，赵先生。

3

这是桃心的一天，规律的工作作息，细化到每分钟。早上不到六点就起床，母亲已经准备出门上班，留了一份早餐在饭桌上，二十分钟后，桃心梳洗并吃完早餐，回房间整理前一天向编辑报的选题，准备当天的采访资料，收集采访对象的信息，准备好采访提纲。

桃心八点多出门工作，早上的工作结束后就差不多到饭点，如果回报社写稿就在报社吃午饭，要是来不及就找间餐厅吃饭顺便把稿子写完，图片修好，到审稿系统。

午休的空当儿，她会抽空管理运营她的自媒体平台，撰写文案、整理广告资源和给客户反馈数据。这部分工作作为副业，吃着人脉和流量的红利。在传统新闻媒体行业日渐式微的当今，这部分的收入比她的正职工资要高出好几倍。下午如果有工作安排，她通常会在五点前结束采访，回报社写稿。

除非有突发或者加急的专题稿要加班，桃心傍晚下班后有空，都绕着驿江边跑步锻炼，每个周六日还会去游泳馆。傍晚回到家大概七点，父亲已经煮好饭，全家一边收看《新闻联播》一边吃饭，饭后她开始处理白天没有完成的稿件，或者接一些不太急的插画订单，这种赚不了太多钱，但绘画是她的爱好，她不能让自己的手生疏。桃心的生物钟让她能在晚上十一点半就规律入睡。

这样的生活规律日复一日，几乎从未被打乱过。五年如一日，生活被工作赚钱填得满满当当，在二十七岁的她看来，一切影响自己主线剧情和主线任务的感情线都是多余的，应该直接删掉。哪有什么深情厚爱，哪有什么情不知所起就一往情深，不过是话本小说编来骗小女孩而已，其本质上是人类的生理错觉。还是工作和搞钱比较实在，尤其最近好事将近，部门副主任的空缺位置开放竞争上岗，桃心各项考核标准都是最优的，领导也找过她谈话，年底通过政审和人事考核，她就是报社几个采编部里最年轻的主任了。

这天，桃心被派去婚姻介绍所出外采。领导就是这么“关心”下属的感情生活，执意要部门的单身员工在七夕节这天跑这趟采访：“小洪同志去沾点好彩头，哈哈哈哈……到婚介所和结婚登记处采点数据，回来简单地出篇稿应个景就可以。”

隔壁同事听了调侃：“好彩头个鬼，上个月辞职的郑记者连续跑了三年，还不是一直找不到对象。”

桃心机械地打了个电话给联系人，就轻车熟路地踩进婚姻介绍所。本以为可以速战速决，要点数据，采访两个市民就走，没想到负责人说，最近婚姻介绍所购进了一套程序，才三个月，介绍成功的新人数量提高了七八成。

“是这样的，以前呢，我们都是按照客户的个人条件和择偶要求配对，然后安排他们见面，但会有很多客户反馈两个人不合适之类的，这找对象有时也说不清怎么叫合适，”婚介所负责人介绍，“但是三个月前，华临科技的一个业务员找到我们，说给我们推销一个程序，前五个月免费给我们试用，我们就想着反正华临科技是大公司，这出品应该信得过，还不收费，就先试试。”

听到“华临科技”，桃心眼前条件反射般浮现出赵贻安那张嘚瑟又欠揍的脸。桃心追问：“可以讲讲是怎么操作的吗？需要客人提供什么信息？”

“这个当时我们觉得挺新奇的，和以往我们只根据客户的收入、身高、学历、职业等条件来匹配不同，这个智能程序需要我们客户写一篇文章，主题大概是‘期待怎样的婚姻’或者‘怎样度过一个假期’。其实主题不重要，甚至不需要命题，让客户自由发挥。”

“可以介绍一下这是什么原理吗？”桃心听了满头问号，以前听家里的老人说，他们那一辈结婚就像计划经济时代买东西，统一供应，你凭粮票能买到什么就吃什么，父母一辈是实体店购物，路很远，买东西要走很久才能到城里买到，东西坏了破了就补补再用，一辈子只够爱一人。进入网购时代，买东西上网看看图片就下单了，到货才发现货不对版，不过没关系，毕竟这个不够好，还能再买别的，网络发达，大家对着手机隔空恋爱。

“什么原理我也不太能解释清楚，这样吧，我把华临那个业务员的联系方式给你，你可以问问他。”负责人发来一串手机号码。

从婚姻介绍所出来，桃心将负责人给的那个电话号码输入手机，那一串数字马上就变成了她手机上的联系人——赵贻安。

4

桃心驱车来到华临科技大厦时，突然有点“鬼打墙”感觉。几天前父亲洪毅给桃心发了一大堆资料，都是华临科技涉及人工智能的项目资料。桃心花了两天时间才大概浏览一遍，她惊讶于华临有如此长的触手能包揽各种公共设施项目，许多政府部门的数字化工作，城市大脑、智慧公安之类的项目都是华临科技的业务，甚至不少市政民生相关的电子数字化工具，都由华临科技提供技术引擎。

在过去的十年里，科技正以不被人们所感知的方式悄悄改变着这个世界。制造业、服务业大量地应用人工智能技术提升效率，大量感应器嵌入到电网、交通、建筑等现实物体中，物物相联，通过计算机和云计算进行整合，社会与物理世界实现融合，整个城市都已经被智能化，临城这些设备的底层技术都是由华临科技提供的。如此，人们以更加精细的方式管理生产和生活，提高资源效益和生产力水平。桃心这样一想，华临科技在北区能租用跟市政府比肩的大厦也就不足为奇。

桃心还发现，赵贻安那个传说中的父亲赵志华，的确如父亲洪毅所言，在华临的资料几乎没有。但这触动了桃心的好奇神经，她上网搜寻了一番，勉强能找到一些他在国家科学院临城先进技术研究院（临城先进院）做研究员时候的资料，从仅有的图片中看到，赵志华是个满脸胡子拉碴的瘦高个男人，很难想象他和张淑卿那样自信靓丽的女人能走到一起。

虽然文字整理筛选工作是桃心老本行，但满满几个TB（万亿字节）的文件，还是让她看得眼花，而且文件按收发日期杂乱存放，没有任何分类标注，大多是手写或者打印件、复印件、扫描文件，如果要整理上面的内容，没法直接复制，工作量很大。

桃心在完成工作日的日常发稿外，晚上抽时间看，好不容易周末有空闲，整理了一个上午，累得恍恍惚惚，突然想起赵贻安给的那个盒子，说不定是跟项目有关的什么产品，于是从包里翻了出来。

盒子里有个微型硬盘，桃心认得这是安德森科技出品的好东西，价格跟自己用的那些杂牌的没法比，之前好几次想买都因价格昂贵而作罢。盒子里的纸条写着操作步骤，字那么丑，桃心一眼就认出是赵贻安的字迹。她把硬盘插入电脑，按步骤操作后，“古董”台式电脑马上卡得有“原地退休”的迹象，于是桃心又转而使用云笔记本电脑，紧接着便只能对着屏幕显示的进度条发呆。

其实桃心压根儿不相信赵贻安能做出什么有实际用途的成品。最近一年，已经消失了很久的赵贻安突然活跃起来，他好几次都找桃心“内测”他那些所谓“新研发”的程序。虽然赵贻安的很多“创意”都很荒诞且不接地气，但也不是一无是处，用桃心父亲的话说就是：“有些事物看上去荒唐，但却闪烁着现实的希望。人生就应该充满突发和惊喜，不可能事事都那么规整，生活需要一点波澜，顺其自然，在无聊中制造点荒唐不也很好，说不定还能歪打正着。”于是桃心每次都忍不住给赵贻安回复一大堆“使用反馈”。

但人总不能一直活在不切实际的荒诞中吧。后来，桃心渐渐觉得，或许母亲的观点才是对的：那些活得不轻松的人，才不会想要无端给自己整什么波澜，他们更想要的是“顺利”，即一切都按照计划和预想的情况发展，这样更节省精力和时间成本。科技发展到今天，提高了我们生命的时间效益，也让我们少走了弯路。

进度条爬得很慢，估计是算力有限吧，储存空间也没有很富余。等爬到百分之三十，刚好到午饭时间，桃心就离开房间去吃饭了。饭后回来发现进度条已经满了，弹出一个英文对话框，桃心扫了眼内容，是云笔记本的储存文件授权协议，字非常多。这种授权协议好像弄那么长就是故意让你没那个耐性看完似的，桃心没多想就直接点了确认，屏幕弹出一个“Hello World（你好，世界）”字样的动画，然后云笔记本又出现一个新的进度条。

等桃心睡了个午觉，重新坐在电脑前，她发现刚刚安装的那一堆对话框进度条都不见了，整整齐齐的电脑桌面只多了右上角一个像搜索引擎输入栏一样的长条图标，旁边有行很小的文字提示语：“我是汉斯。”桃心想来它可能跟市面上的 AI 办公辅助插件差不多，她点了几下，没反应，估计还是个残次品。桃心又愚公移山地工作了大约半小时。这时，那个长条图标冒出一个对话框：是否需要整理指定文件？

桃心不假思索地点了确认。图标马上又跳出授权对话框，桃心并不想点这种授权协议，但这插件竟然除了“确认”键外没有其他的按钮可选择，甚至无法退出。桃心想这个估计只是测试版，应该不会有什么消费陷阱，于是只好接受“强买强卖”。确认后勾选了几个分类指标和存储方式，那个烦人的进度条就又冒了出来，然后云笔记本又卡死了一样，点什么都没反应。

赵贻安！看你做的好事！

正当桃心想打电话去兴师问罪，云笔记本电脑中的文件突然奇迹般运行起来，只见刚刚那几个 TB 的文件，正根据她的要求，按照不同项目归类成文字版本和原件，并且按照她原本已整理的那几份的样子，标红、加粗、备注不同类的关键信息。

——你好，桃心小姐！很高兴认识你，我是汉斯Ⅱ号。

第五节 “月娘”程序

1

华临科技大厦财大气粗地矗立在寸土寸金的北区市中心。桃心走到大堂前台，前台并没有人，只有块屏幕，她还没开口，就听到一个女播音腔提示音：您好，洪小姐，请乘坐二号电梯。她按照指引走进电梯才记起自己好像还不知道该去哪个楼层，此刻电梯里只有她一人，但电梯十二层的按钮已经亮了，很快电梯就在十二楼打开了门。

桃心来到办公室门前正想敲门，那门的锁就“咔”的一声弹开了。她进门后，只见几十平米的办公室很是宽敞，但东西却胡乱地堆放，跟遭了贼似的，正对门口放置着一张办公桌，桌上有四台大小不同的显示屏，纸质文件横七竖八堆满了桌面。赵贻安正坐在房间一侧的简易会客沙发处，文件堆满了沙发和地面，茶几上还摆着几个空的外卖盒子和饮料罐。

“没想到我们那么快就又见面了吧！”赵贻安从文件堆里抬头，他脸上得逞的笑让桃心觉得他很欠揍，“你是想问‘月娘’的事情吧，就婚姻介绍所那套配对程序？”

“为什么叫‘月娘’，这名字……”

“本来应该叫‘月老’的，管姻缘嘛，但组里的几个人非要给这个程序取个女人名字，那就叫‘月娘’呗。”赵贻安扶了扶金属眼镜，“其实这套AI程序解释起来不复杂。需要将匹配的对象写的文本输入进程序里，不限定文字和主题内容，因为AI并不是分析文章内容，而是将文章分解成单词、连接词、助词及其使用顺序、行文习惯之类人类还无法理解的特有‘数据模式’，形成用户的‘个人密码’。通过分析过去成功配对结婚的一千六百对男女的‘数据模式’，匹配出存在类似‘数据模式’组合的两名用户，输出结果，让婚姻介绍所安排他们见面。”

“什么叫人类无法理解的‘数据模式’？”桃心打开手机的录音功能后，拿笔又简单地记录关键词。

“AI的神奇之处在于，能在大量的数据里发现我们人类看不到的规律。对AI而言，每个人都是一团数据。AI的深度学习其实是在一系列看似无关的事物里找规律，从而学习模仿。所以它能找到人类看不到的隐藏共通点和内在特性。”赵贻安滔滔不绝地解说。

桃心的笔不知不觉停了下来，印象里赵贻安还是她高中时那个滑头幼稚的学弟，总是喜欢和她开各种无聊拙劣的玩笑。他比自己小两届，但后来才知道他其实比自己小三岁，是因为奥数成绩优异跳了一级。但他极度偏科，除了数学，最大的爱好就是打篮球，他露在篮球短裤外的两条修长的小腿，让球场边上总是多一圈女学生。虽然他长得高，但还是经常被队友骂“脆皮”，一碰就倒，简直“流量花瓶”，他被人这样嘲讽也从不生气，脸皮厚得很。

两人刚认识的时候赵贻安还是个矮小瘦弱的男孩，而他真正走进桃心眼里还是在他升上高中的时候。赵贻安在高中男生里算长得高的，即使不笑嘴角都微微上翘，这么认真看看还蛮不错的，但是他一张嘴说话就马上破功。每次赵贻安插科打诨满嘴跑火车的时候，桃心都有把他嘴缝起来的冲动。虽然自来熟和能说会道也算优点，但桃心依然觉得男人应该像父亲那样安安静静做事情，做的比说的多才好，因此在桃心心里，赵贻安始终是个小三岁的弟弟。

桃心高中毕业离开临城读大学后，赵贻安还在读高中。她从赵贻安在社交平台发的生活动态，得知他就是个不停想摆脱母亲控制的叛逆富二代。由于跳了级，靠着拔尖的数学成绩，他十八岁就考到了京城名校的数学专业。脱离了母亲的管控的他更是变本加厉，像一匹脱缰失控的野马，颓废、抽烟……合照里的长腿美女每次都不重样。赵贻安大学第二年，桃心从他的社交动态里得知，他突然就转到了软件工程专业。

那些年，桃心在每个社交平台发布的动态，几乎都能看到赵贻安的点赞评论，但其实只有桃心自己知道，自己发的那些光鲜亮丽的内容并不反映那几年的真实情况，那些年家里经历了很多困境：父亲被解雇，母亲创业失败，还背了官司，外婆又重病急需医药费，家里负债累累。

当时的她什么有流量她就发什么，广告客户想达到什么目的她就写什么，她只想赚更多钱去填家里的无底洞。然而五年前，正在读大二的赵贻安突然音讯全无。他就这样人间蒸发了四年，早已习惯了发什么都有人秒赞评论的桃心突然有点不习惯。桃心刚好大学本科毕业回临城工作那年，她忍不住给他私信留言，但却没有得到回复。直到一年前，赵贻安又毫无征兆地突然回来了。

眼前的赵贻安，还是那个话很多的赵贻安，像一盆野蛮生长、造型崩坏的植物突然被修剪得整整齐齐，重新摆放在她面前一样。他依然枝叶繁茂，阳光养分充足。桃心不知道自己为什么会有这种感觉，又或者是错觉。

“其实现在我们用的智能手机都有智能语音搜索系统，帮你提醒行程、找音乐、找文件，只是很多人没使用的习惯。还有你手机里的各种 App（应用软件）、自动化的新闻推荐、根据算法精准投放的广告之类，这个技术已经不是什么新奇的东西。如果婚姻介绍所这个项目做成了，我们准备将类似的程序卖给一些企业，用在招聘人事考核上。比如输入公司二十年以上工龄的优秀员工的数据作为模板，原理差不多。之前我参与做过一个智能项目，客户是网约车公司，给网约车导入 AI 系统，精准地预测有坐车需求的乘客，载客率增加了百分之二十。”

“那跟‘月娘’程序的原理一样吗？”桃心的采访习惯让她不自觉将谈话内容拉回来。

可是受访者一般可不管什么才是采访重点，赵贻安这个话痨讲开了就收不住。“差不多吧，简单来说，那套系统主要依赖两项重要数据，第一项是人们的位置信息，实时掌握哪个地方有多少人，另一项重要数据就是出租车公司以往的乘车记录，AI 会深度学习过去一年司机承载一万九千人的数据。两项数据结合，通过分析过去乘车多的区域，预测哪块人流聚集区对打车的需求更高。此外 AI 还会找出天气、日期的不同与乘客的变化规律，提高预测准确率。厉害吧！”

“那关键还是要有用户数据的授权啊，这里涉及很多隐私、政策和网络安全的问题。万一有人利用它非法读取云端数据库的个人信息，那岂不是有信息泄露风险？”桃心想起此前看过关于有程序违规收集用户隐私和个人信息的报道，有些应用程序甚至将“授权确认”做得很巧妙，试图让用户在不注意的情况下按下确认。

“桃心，我告诉你，AI眼中的数据不是那些低级数据贩子眼中的身份证、密码之类的，也不是用户自己填的姓名、年龄信息，而是用户在使用互联网时自动产生的数据。比如，我们用手机时手指滑动的习惯、每一次搜索、点击了什么页面、停留在什么地方的时间最长。作为用户的隐私，这些数据都不会被公开，会通过数据脱敏处理后融入数据流里面，成为AI深度学习训练的数据养分。AI能从一堆我们看上去毫无规律乱七八糟的数据里识别规律，形成数据模式，然后再给我们人类反馈优化方案。”

“那它岂不是有上帝视角？它知道得比你多，还能看出你看不出来的现象。”

赵贻安哈哈笑了两声：“哦，你这么理解还挺有意思的……”

“那如果被人利用到不好的方面呢？”

“为什么你第一时间想到的就是‘用到不好的方面’呢？”赵贻安听了皱皱眉，“世界上掌握你秘密最多的就是你的手机。你的喜好、你的人际关系、你的密码、你的浏览习惯，掌握了这些数据就能对你了如指掌，那你会不会担心有一天手机要背叛你呢？为什么要想这种无聊的问题？它只是个工具。我们不过是搞技术、做开发的，只负责把程序做出来。技术本身没有对错好坏，它只是给人提供一种更好的解决方案，如何使用，导致结果的好与坏，还是由人的选择决定的。我们不做，这个技术就不存在了吗？迟早也会有别家开发。就像一把菜刀本来是用来切菜，有人用来伤人，那能是菜刀厂的错吗？信息安全保护又是另一个范畴的业务了，华临科技可是花了很多经费在‘铁壁’防御系统上的。”

桃心不想过多在自己的知识盲区上跟赵贻安争论，她轻轻带过刚刚的话题：“你怎么突然回临城了？我记得高中那时，你可是很想离开这个城市的。”

“只能说，天意弄人，这说来话长啊，你要听吗？”

“不要，我还要预留时间整理录音和写稿。”桃心回答得干脆。

“整理东西这活儿当然交给汉斯啊。”赵贻安对着桌面的智能音箱打了个响指，“汉斯，把‘月娘’有关的信息整理好发给洪记者吧。”

桃心查看手机果然收到了文件，她想起那天安装“硬盘”后，文件就自动被整理好，于是她问：“汉斯是专门整理文件的程序吗？”

“嗯，你就当它是个插件好了。”

“现在看来它好像不是插件那么简单，有了它，你连助理都省了。”

“汉斯也不是万能的。比如这种情况，”赵贻安指了指满地的纸质文件，“都是些陈年旧文件，其实不是我不想或者不需要秘书。虽然我妈说不能惯着我，但其实我知道，就算安排人给我也没什么用。公司的行政部都是几个有关系的‘皇亲国戚’，叫他们办点事情还要低三下四请他们，家族企业就是这样，一堆亲戚都是长辈，能用的、好用的都被我妈挑走了。”

“那你要发展点自己的人啊。”

“我手下暂时有几个搞程序的人吧。你话说得容易，我妈外家有不少远亲近朋渗透在公司各个部门，养了不少懒人。她这些年揽住大权也是举步维艰，嗯……这可能也是她当年为什么找你爸当幕僚的原因吧。你爸现在没有固定工作单位，又不属于华临科技员工，不归人事部管，直接跟我妈‘单线联系’，就不容易受到公司的人际影响。”

“你看着我干吗？我不会当你秘书的，我忙得很，我就是义务给我爸搭把手而已。”桃心移开视线，“如果你想增加‘月娘’程序的知名度，打开你现在业务的销路，我有些自媒体的人脉资源可以帮你操作，一周内那个婚介所就会被预约到爆单，到时你就不愁数据不够，也不愁知名度了。”

“厉害，我都还没说，你就帮我想好要怎么操作……”

赵贻安还没说完，就听到桃心补了一句：“不过你找我办事，要另外收费，先支付百分之五十。”

2

汉斯出色的资料收集、辅助写作和校阅功能令桃心只花了平时一半的时间就完成了七夕的稿子。写完后，她想了想还是把“华临”相关的字眼去掉了，把重点放在婚姻介绍所和婚姻登记处的数据统计上，只用“某公司研发的智能程序”

来表述，不然有给华临科技打广告的嫌疑，毕竟报社的稿件还是要“守正”为重，不能犯“有偿新闻”的错误。

桃心交稿前还特地发给领导看看，谁知领导却说：“华临科技一直是我们报社的优质广告客户，临城的纳税大户啊，给他们一点曝光率也没关系。”桃心笑自己担心多余，传统媒体经历 Web2.0（第二代互联网）时代的自媒体冲击后，如今在 Web3.0（第三代互联网）的去中心化网络环境中进一步式微，为了一口饭终于不得不低下“高贵的头颅”。

两天后，办公室的同事们都在午休的时候讨论那家婚姻介绍所。

“最近滨海路那家婚姻介绍所变成了‘小月老庙’，听说去那里咨询后被安排的对象都很满意。”

“知道吗？网上有人说，不知道为什么原本不认识的两个人，自从经过那‘小月老庙’介绍认识后才发现他们其实经常去同样的店吃东西买东西，每天上下班都走同一条路，以前从来没遇到过，但最近两个人经常莫名其妙偶遇。”

“啊这么奇怪吗？这什么缘分？”

“我周末去给我儿子预约一下。”

“现在要取号排队了，网上黄牛三百块钱一个号。”

桃心听了默不作声，此时她收到几个本地自媒体平台的软文润笔费，又看了一圈自己几个社交平台的点赞评论数据，检查了账号上已经有几个三百块钱的到账记录。然后她又给赵贻安留言，拿到了剩下百分之五十的尾款。到头来自己辛辛苦苦写的半个版面的报道无人问津，反而是投稿去那些个本地自媒体账号发的内容关注度更高。

桃心向来将这两者分得很清，即使报社这份工作的收入再微薄，她也没有想过放弃这样“复古”的初心，毕竟这是父亲曾经的理想。桃心选择这行也是因为父亲从小对她的影响，虽然“调查记者”已经在过去十年里逐渐从传统媒体中消失，桃心也无从考究父亲被报社辞退的原因，但她依然能从父亲的言语中听出他对某种信念的坚持，正如桃心也坚信自己能通过努力，帮一家人脱离困境。

晚上回到家，发现上个月的薪水终于到账了，晚饭后桃心点开手机的计算器，扣掉车贷、扣掉给父亲的家用、扣掉车的油费……杂七杂八的开支减了一大串后，按下“=”，只剩下个三位数。她看着这个月的收入结余，劳累得瘫倒在床上，但她马上坐了起来，跑到父亲房间，问有没有需要帮忙写的东西。

桃心记得，她高考那年，父亲洪毅突然被报社解雇了，无论怎么问父亲都不愿说出被解雇的缘由。为了赚钱，父亲在网上给别人代笔当“枪手”，桃心得知后对父亲感到失望。她从小文笔出众，最不屑那些自己不动笔、假手于人的行为。在桃心看来，纸质出版物是神圣的，她曾为父亲是一名调查记者而骄傲，如今他竟沦落至此。

桃心考去了广州读大学，每个寒暑假都在广州的报社实习，没怎么回过家，直到大四快毕业时，桃心才回到家写毕业论文。那段时间她重新住在家里，家里的家务都由父亲一人承包，那个曾经认为“君子远庖厨”的父亲竟学会了做饭，家里的物件也都收拾得整整齐齐。母亲很早就出门上班，有时还会出差几天，父亲也会开车送她。除了接送母亲和打理家务，其他时间父亲都在房间办公，而且经常在电脑前工作到深夜，母亲睡后他就转移到客厅继续。

其实那段时间，两父女的心结依然没有解开。直到某天洪毅出门去接妻子下班，桃心趁机进了父母房间。书桌上有一本硬皮本，打开翻看了几页，桃心才知道这是个生活账本，里面记录了近两年的粗略收支。

-5000 偿还银行债务（一月）；+500 稿费；-2800 偿还银行债务（一月）；+100 稿费；-2000 还老余（已还清）；-600 水电杂费；+200 稿费；-2000 还陆老板（还欠 18000）；-53 买菜；+300 稿费……

桃心悄悄翻了里面的工作内容，父亲依然在做代笔工作。点进那些工作群，全是一条条明码标价的信息：

需要一篇工作总结，1000 字，20 元，能写的私聊我。

产品介绍文案，2000 字，45 元，能写的私聊我。

会做简历的私信我，10元一张。

企业介绍文案润色修改，30元，明天早上9点要，急件。

这报价都是一千字20到50元不等，相当廉价。桃心悄悄记下了某个群的信息，用小号申请进了群，尝试接了一单，对方要求写一篇一千五百字的年会发言稿。她点开对方发过来的材料，这是一个部门主管，需要在企业的年会里作为优秀代表发言。她感到讽刺，一个连发言稿都要假手于人的员工还能当优秀代表，并且一个人的隐私就这样随随便便交给一个陌生代笔枪手。

桃心花了不到一个小时写完了这篇发言稿，发给派工的群主，对方提了修改要求，几次修改后，客户终于收货。结束后，桃心怔怔地坐在房间里盯着电脑屏幕，这篇文章的报价仅二十元，有人用二十元买到了另一个人的两个小时，或许那些写得比桃心慢的人需要花更长的时间才赚到这二十元。一个人的时间和劳动竟然可以如此贱卖。

桃心想想家里的债务，又想起账本里那些几千几千元还出去的钱和几百几百元收入的稿费，还有父亲每小时所得的十几二十元、一步一个脚印的努力。几年后，这项工作就会被各种品牌的基础型AI辅助软件代劳，现在只是由于民用AI算力和算法模型上的成本，瓶颈无法突破。它们的智能水平不高，但不少面对B端的AI辅助系统已经为人们提高办公效率，只是精确度有待提高，不过这归根结底都是钱是否到位的问题。

由此父亲接的代笔工作逐渐变少，转而接大量校对润色文字内容的工作，这些内容都是由智能程序生成的，但总是带有瑕疵，还有不少伦理、常识问题需要润色修改。如今的父亲已经不再接这种工作，有了稳定的本地客户，比如张淑卿。张淑卿每天大大小小的会议发言稿、提案、公司公告、重要文件，甚至发给客户的节日问候短信都由父亲把关。

父亲曾用一个最形象的例子来描述“人工智能”和“人脑智能”的区别——假设你有一些西红柿和鸡蛋，想做西红柿炒鸡蛋，你只需要跟厨师说“炒个西红柿鸡蛋”，他就可以炒了，因为很多东西是约定俗成的，你不需要多解释。但你如果和 AI 说“炒个西红柿鸡蛋”，他可能会将一整个西红柿和一整个带壳的鸡蛋给你炒一下丢在一个碟子里。不是说 AI 炒不出西红柿炒鸡蛋，只是你需要具体教他怎么操作，做成怎么样的，你得一步步解释清楚。

而父亲现在的工作就相当于帮张淑卿判断每一碟西红柿炒鸡蛋是否炒得和要求一样。在父亲看来，现在普及的 AI 就是写什么都“差了一口气”，但桃心却觉得，科技发展突飞猛进，“这口气”迟早是会补上的。

桃心也旁敲侧击问过父亲怎么不重新去找份全职的工作。洪毅穿着妻子买的碎花围裙，边切菜边说：“洪小信同学，你知道在临城请一个全职保姆要多少钱吗？不要忽视我在家做家务创造的经济价值。这个世界，很多人的工作看似毫无意义，他们的努力好像没带来实在收益，但他们的付出不是理所当然的，他们的贡献成就了别人。”

大多数的家庭都是男主外女主内，但桃心家里却相反。父亲洪毅是个很安静的人，向来说话不紧不慢，而桃心的母亲正好相反，平日夫妻两人交流都是母亲噼里啪啦说一大堆，父亲做个安静的倾听者，两个人讲话的字数比例差不多是四比一。每当看到经济拮据的家被父亲收拾得井井有条，还有那厚厚的账本，桃心明白，家庭分工不同而已，没有人规定丈夫不能全职在家照顾家庭。正如母亲所说，只要你有足够的能力赚钱养家，你也可以找个只负责“貌美如花”的老公。可是桃心觉得，想找个比父亲更“贤惠”的男人也不是容易的事。

此刻桃心看了眼手机上的三位数结余发了好一会儿呆，又重新振作起来，她去问父亲有没有需要帮忙的工作。

“阿信，来，坐下，”洪毅把旁边的椅子移给桃心，“你是不是缺钱花了？”

“没有啊，爸。”

“其实你不用因为家里的……情况，给自己压力，那是爸爸妈妈的事情。我会想办法解决问题，这是我和你妈妈两个人的责任，不是你的责任，我不希望因此影响你对自己人生的选择和判断。”

“你们两个又在背着我密谋什么？”母亲走进房间打断了两人的谈话，“阿信，我削了水果，有空出去吃。”

“哦哦，好，爸记得发资料给我。”

桃心吃完水果回房间查看父亲发过来的文件，竟然就是赵贻安那个婚姻介绍所合作项目的资料。她坐在桌前，又想起早上见赵贻安的场景——“要不要考虑一下，”离开华临的时候，赵贻安亲自送桃心进电梯，“我可以在华临给你安排个休息室。助理我是肯定安排不了给你，我自己都还没有，不过一个房间还是可以腾给你的，或者我做你助理也行。”他笑笑说。

“被你公司那些‘皇亲国戚’看到，不知道怎么编排我。”桃心看着电梯镜子里的赵贻安，心想他终究还是长成一个说话圆融的生意人，“你是回来准备接你母亲的班吗，赵老板？”

“我为什么要接我妈的班？做个搞技术的闲人不好吗？我就不是当领导的料啊。工作要交给擅长的人来做，不然就是浪费社会资源。”

“那华临科技以后怎么办？”

“爱怎样怎样吧，我可不想被绑在这儿一辈子。这个世界不是没了谁就不行的。我爸不也是这样把公司丢给我妈，人都不知道去哪儿了，难道人生出来就是为父母继续完成人生没完成的任务吗？洪记者，人生就那几十年，别把自己定得死死的。”

桃心觉得他说得倒轻巧，不屑道：“那你还不是乖乖听你妈的安排？不然你为什么突然要回来？”

“很多事情的转折点说来就来啊。人脑不是程序，不是跑完这么多行代码就一定会输出特定结果的。很多时候在做选择的前一秒，你自己都想不到你会这样做，可能就是一念之间的选择，没有那么多为什么。你昨天在 Wonderland 还连正眼都不看我，会想到现在出现在这儿吗？”赵贻安突然嘚瑟道。

桃心什么都没说。电梯门开了。

“桃心！”桃心走出大门口时，赵贻安突然叫住了她。

“还有事吗？”桃心回头。

“不要穷追猛打，给她一点时间考虑吧。”耳边传来汉斯的提醒，赵贻安欲言又止最终只挤出一句：“有空请你吃饭！”

“等我有空再说吧。”

中国人语言交际里“有空”这个词真是博大精深，可以代表马上，也可以是永远等不到的未来某一天。

“你可以考虑一下再答复我。”赵贻安忍不住补了一句。

等桃心走远，赵贻安马上问：“汉斯，我真的不要再问问吗？发个短信什么的？”

“我相信你很快就会收到答复的。”汉斯模棱两可地回答。

——赵先生，我给你匹配的同伴，你喜欢吗？七夕节快乐！

3

“小洪，怎么你手机老是有电话啊？不接吗？”这天桃心早上的采访结束后，受访企业安排了工作餐接待临城几家媒体的记者，桃心和临江电视台的冯记者一起吃饭。冯记者跑这条线跑了五六年，虽然单位不同，但也算桃心的前辈。

桃心随便找了个借口：“没什么，电话推销呢。”自从两人达成合作后，赵贻安那个麻烦精只要有事搞不定，就会打电话来轰炸她。

“怎么可能，推销最多就打两次啊，是不是跟男朋友吵架了？”冯记者三十岁出头，由于工作需要出镜，桃心每次出这种群访任务，都能见到她化着精致的妆，穿着有领的小外套，踩着双深色高跟鞋。

“真的不是，我还没男朋友。”桃心只想快点结束这个话题。

“这样子啊，哦对了，我下个月就离职了，跳槽去广州了，未婚夫也在广州，这样两个人就不用分居异地了。”冯记者压低声音说，“当然还有一个原因就是，电视台工资太低了。”

“恭喜。”

“广州那边的房价老贵了，我跟老公……嗯……未婚夫商量好了，首付那笔钱我们一人出一半，我卖掉了临城北区现在住的那房子，还得爸妈赞助一部分才勉强够，不然你想啊，那点工资在广州连一个厕所都买不到。”

“呃……总有办法的嘛，”桃心笑笑，心想你是诚心在炫耀吧，她想说点什么好让冯记者快点换个话题，“弄点副业什么的，拓展一下能力，赚钱的办法总是有的。”

“呃，我多嘴说一句……”这冯记者突然语重心长起来，以前辈的语气说，“其实在媒体行业，我们不是很喜欢别人说赚外快的，虽然有许多现实原因，但我觉得吧，如果钱不够，应该想办法去更好的平台和想办法出更好的作品，这样三心二意就有违新闻理想了呀，做这行还是专业点好，小洪，你说对不对？”

桃心心想：哇，这人真是站着说话不腰疼！我一没父母帮我给首付，二没占用工作时间接赵贻安这个麻烦客户的电话。勤勤恳恳，兢兢业业，起早贪黑，多劳多得竟有违职业道德了？

桃心从小的家庭教育使得她认为凡事都要靠自己的能力和努力去争取自己想要的结果，她早已将“敬业”和“勤劳”视为刻在基因里、绝不会违背的信条。这一下子被人说她既不敬业又不专业，勤劳也没必要，她只感到胸口好像被什么堵住了，但出于礼貌，她还是什么都没有说。

冯记者见有点尴尬，马上说：“其实吧，在临城买房子还是挺赚的，在北区靠近郊区的那片现在虽然比较荒凉，还在长草，但等过几年那边会建新的高架桥，到时直通市区，楼价肯定升啊，现在买，到时包赚不赔。我给你个名片，找这个人，是我朋友，报我名字，他很多内部消息，我之前买的那套房子，现在脱手都赚了，就是他介绍的。”

“谢谢。”桃心双手礼貌地接过名片。

其实北郊区要起高架桥，周边房价要升值这件事她一早就从赵贻安母亲的提案报告里得知了。奈何知道了也没什么意义。如果你想吃一个包子，三块钱一个，现在降到了一块五毛钱一个。但是你口袋只有一毛钱，请问这降价对你来说有意义吗？

4

凌晨两点，华临科技总裁办公室依旧亮着灯。张淑卿七十平方米的办公室内只有一张办公桌和一套会客沙发。她办公桌背靠着高楼的落地窗，其余三面墙和顶部都设计成了白色投屏材质。她只需要使用安德森科技的“元镜”就能远程与不同的公司管理层开会办公，以及与总部远在冰岛的安德森科技设备制造商对接工作。

此时，她收到连线申请，随即戴上手边的元镜，打开连线设备。视线中，她已经置身于一个灯火通明的全白的空间，这空间开阔到仿佛可以无限延伸。会客沙发上此时坐着个二十来岁的年轻男人，穿着一件款式经典的棕色毛衣：“从数据反馈来看，月娘程序算是及格的产品了，看来他也没有你说的那么一无是处。”

“这跟你训练的‘沙盘’可不是一个等级，你未免对他的要求低了点。”张淑卿皱起眉，熬夜令她眼底的干纹都跑了出来。

“不能这么说，‘沙盘’内测的时候，汉斯还处在雏形阶段，打个比方就算给新生儿嫁接一只有力的手臂，他也什么都抓不住，”年轻男人打了个响指，他眼前便凭空出现了一扇光屏，页面的数据跟随着他眼球的运动自行滚动着翻页，“但如今的汉斯，能够兼容操控各类制式的子程序，就算月娘只是个半成品。”

“你是有多想让他蹚这浑水？”张淑卿打断了男人的话。

“你一味想让他置身事外，终究不是长久之计，等他被动卷进来，计划就会添变数。如果时机成熟的那一天，他无法接住接力棒，那么安徒生计划就真的全面破产了，你忍心让大家这些年的筹划付之一炬吗？”

张淑卿咬紧后槽牙：“作为母亲，我宁愿他永远置身事外。安徒生计划是一群人的事业，不是什么世袭组织，有没有他都一样，他赵贻安烂泥扶不上墙……”

“你不觉得你这样很残忍吗？”年轻男人面无表情，“让一个孩子知道自己的母亲已经放弃了他……”

“我没有放弃他！我不能再拿他的命来赌！”张淑卿厉声打断男人的话，“当年他弄成那样，难道你没有责任吗？是你……”她的声音开始颤抖，眼眶憋得通红，“要是周平江再晚一点找到他，你想过后果吗？”

“对不起……”年轻男人的语速极慢，“你没有发现吗？在你每次觉得他已经不行的时候，每次要放弃他的时候，他都会用行动反复告诉你，他能挺过来，因为他是你张淑卿的儿子，怎么会是废物呢？置之死地而后生，你就再相信我一次吧。”

两人沉默了好一会儿，直到张淑卿终于开口说话：“程序会不会不太完善？贻安的匹配结果……我以为会是穗穗，虽然她现在姓杨，但她养在我舅舅膝下，受过更好的教育，理论上对贻安的未来更有利……”

年轻男人笑起来幅度不大，但眼睛却很自然地弯起来：“我们还是相信数据得出的结果吧，数据是动态的，至少现在的结果说明，阿信那孩子在现阶段就是最优选项。”

“月娘会不会受到‘沙盘’的推演结果的影响，毕竟，严格来说，没有那场内测，便没有阿信……”

男人收敛笑容，正色道：“你怎么能这样说？不要夸大技术对人的影响，它只是把人原有的欲望诉求放大，将大胆的想法变成现实。”

张淑卿叹了口气，又沉默了好一会儿，她突然想到了什么：“我今天去看望阿秀的时候，刚好遇到阿双，我和她都老了，只有照片里的阿秀，还是那么年轻漂亮。如果当初……早点发现，是不是结局会不一样？她希望她的孩子远离这一切，做个平凡人，而我最终还是违背了她的遗愿，阿秀会不会怪我？当年我那决定是不是错了？”

“斯人已逝，阿秀会支持你的决定的。”年轻男人认真地注视着女人饱经沧桑的双眼，“终有一天，孩子们会明白父辈的决定，知道自己的责任与命运。”

第二章 罗马假日

第一节　云端一号

1

近来桃心和赵贻安的业务来往变得频密。对于桃心而言，赵贻安是棵现成的摇钱树，只要每月把自己写过的文件打包发给张淑卿，张淑卿就会按数量折算润笔费，直接开单子让她去财务那儿领钱，而赵贻安可以说屁大点事情都让桃心帮他写好，好让他可以专心研究代码，不用管繁琐的项目审批文件。

在这期间，桃心接触了华临科技更多的业务，让她最感兴趣的就是柔性机械臂实验室。她看到赵贻安通过深度摄像机对测试场景做三维扫描，然后对场景内的物件进行模式识别，机械臂就能准确地完成指令。比如，端起咖啡，再结合人脸识别数据，它就能准确地将咖啡递给对应客人。而且这一类要与人类接触互动的大多都是柔性感知机器，不同于工业上应用的传统的刚性机械臂，柔性机械臂具有柔软材质的关节，能抓起豆腐之类的易碎物品，因此对材质和算法精确度也有更高要求。

这些见闻对于桃心而言非常有趣，但父亲洪毅听了却只觉得这是“不接地气”的玩意儿。桃心很想告诉父亲，科技的发展是无法阻挡的，就像坐马车的人终将会适应坐汽车。在桃心看来，汽车更快把人送到目的地，给人节省了更多的时间，就等于变相延长了人的生命。就好比最近，汉斯让桃心的正职工作效率提高了不少，它甚至能帮她提前校对出稿件里需要修改的勘误和需要更新的信息，省了被上级编辑打回修改的时间。她渐渐意识到，汉斯不是那种网上充值八十八元一个月的普通 AI 辅助软件，居然全程免费，又或者说，已经有人付过费了，是赵贻安挪用了华临科技的资源给她吗？这些桃心都不敢肯定，但有一点肯定的是，桃心因此有了不少“时间结余”，下班也比以前早了。

所谓“时间结余”就是桃心一直都认为，人的时间就等同金钱财富，要想办法提高单位时间内的收益，如经济收益或精神收益。她每天二十四小时都精打细算，试图在完成原定计划的工作的同时，节省出更多的剩余时间，再用这些“结余”下来的时间创造更多的收益。但现在桃心发现，每个人拥有的时间表面上是公平的，但有的人像个连轴转的陀螺，瞎忙个不停却只是在原地打转，有的人却能动用最有利的资源，使事情办得顺利又高效。

“洪小姐，这次真是谢谢你了，我感觉你办事比老洪还要细致，如果他太忙就劳烦你多费心，帮我多写几篇。”饭桌上，中年女人不停给桃心夹菜，“这家店我朋友开的，多吃点，一会儿我叫朋友给你开张会员卡，可以打七折。”

“陈老板，我也就有空才帮我爸打下手而已，我时间不值钱，能为您解决问题，节省您的时间，我的时间才变得有意义，不是吗？”

“哎呀，洪小姐真是会说话。”陈老板是临城做服装生意的，兴许是话一聊开就开始展露销售行业人的职业习惯，“洪小姐年轻又漂亮，有男朋友了吗？”

“呃，没有。”

“要不要给你介绍一下啊？我跟你说，我女儿也到结婚年纪了，最近亲朋好友不停给她介绍对象，照片都发过来了，可是那臭丫头就是说要以事业为重，愣是连看都不看一眼。洪小姐看看有没有喜欢的，我可以给你介绍一下啊。”说着就点开手机聊天记录，一刷一大堆男青年的照片。

“谢谢陈老板，我觉得吧，有缘自然会见到的，对不对？”

“哎呀，我现在真的老了，越来越不了解年轻人是怎么想的了。我那死丫头最近老是想搬出去住，已经看好房子了，翅膀硬了，真的拦都拦不住。也对哦，女孩子就是要经济独立才踏实。”

“哦？是北区的房子吗？”桃心从包里翻出之前那个讨厌的冯记者给的那张卡片，“您女儿很有远见，在北区靠近郊区的那片现在买稳赚，过几年那边会建新的高架桥，到时直通市区，楼价肯定再升啊。我给你个名片，找这个人，我朋友介绍的，我之前脱手卖了一套，赚了一点。”

“哦，这样呀，哎呀，真是谢谢洪小姐了。”

这顿饭吃得很开心，两人一起走出饭店，陈老板一路上还不停问：“洪小姐，真的不要看看照片吗？有几个真的不错……这位是……”

桃心的车停在饭店门口，只见赵贻安正坐在她的车盖上，低头玩弄手上的魔方。在认识赵贻安之前，桃心以为魔方都是正方体且六个面的，但她在赵贻安手上见到的魔方大多都奇形怪状，即使是规则的正方形也要么每一块大小不一，要么类似他现在手上拿着的这种——每条边由五个方块组成，每个面都是五边形。赵贻安手指细长灵活，魔方在他手上飞速地左转右转，上下转，打斜转，花花绿绿的色块看得人眼花缭乱。

听到脚步声靠近，赵贻安抬起头，一边向桃心招手，一边将他手上的迷你版五阶魔方塞进兜里。桃心一脸尴尬地胡乱介绍：“这……我报社的同事。”

“哦——”陈老板这一声哦得很长，“哎呀，难怪洪小姐工作这么忙，工作顺利哦，我先走了。”

赵贻安天生笑相，还对着陈老板热情地说了声“再见”。

“洪记者很忙呀，今天周六，还有工作？”赵贻安说着从车盖上下来。

“你不懂，你知道什么叫‘斜杠青年’吗？”

“没听说过。”

“那‘副业刚需’总听说过吧，年轻人呢，就应该多方面发展，不要被一个职位定义自己全部的价值。”

“哇！很酷！信姐，我好崇拜你哦！”赵贻安阴阳怪气地开玩笑。

“爷爷那辈是个人都想经商发家致富，爸妈那个年代是个人都想进体制内，现在时代又变了，我们这代人，没几个工作稳定的，不愿意被人管，又管不了别人。”

“确实，像你这样在一个‘萝卜坑’里蹲了五年的也是没谁了。”

“这人间疾苦跟你说了也不懂。”桃心不想跟他在这方面多废话，“你来干吗？”

“来接你啊，你下午有空吗？”

“那走吧，赵老板。”

赵贻安拉开车门，说：“我来开吧。”

“你有驾照吗？”桃心质疑。

“当然，我十八岁就考取驾照了。”

两人坐上车，赵贻安丢了个盒子给桃心，“你好像快生日了，送你。”

“我生日还远着呢。”

“随便啦，当我记错了。”

“我不随便收客户的礼。”

赵贻安心想，这女人真是不解风情，还是直接点比较好，“你就打开看看，告诉我是喜欢呢，还是不喜欢，我就要一个答案，做个测试。”

桃心打开盒子，是一只手表，上面的牌子标识她再熟悉不过了，“怎么回事？”

“你是喜欢的，对吧？”赵贻安很着急地确认。

“怎么回事？”

“谢天谢地终于对了，最近我做了个项目，”赵贻安解释，“就是之前婚姻介绍所那个项目，现在市妇联有经费投入，就准备把项目做大，弄了一个程序，现在还在内测。通过连接社交平台，进行数据挖掘，分析猜测出你好友列表的人可能对什么样的东西感兴趣，然后为用户推荐适合送给朋友的礼物，介绍给那些婚姻介绍所匹配中的男女。你也知道吧，选礼物真的很费脑。”赵贻安看见桃心正注视着那只手表，就知道买对了。

之前赵贻安看到程序输出的结果时还很疑惑地问汉斯：“真的没有搞错吗？这是一只男士手表，牌子都过气了，又不是什么贵的牌子，而且这种表啊，晚上睡觉不小心放耳边就哒哒哒地响，很吵。”

“物件对人的意义不只是物件本身。”汉斯当时这么回答，但赵贻安没听懂。

“其实自从读完书以后，我就没有戴表的习惯了，我爸以前有一块一样的手表。”桃心说，“小时候我爸抱着我，哄我睡觉，我会听着他手表指针滴答滴答地响。可能习惯了，之后我长大一点要一个人睡的时候，我怕黑，我爸就把手表送我，我每天睡前把它放到床头，就觉得很安心。我每次考试都会戴上它，直到后来那个表坏了，太旧修不好了。”

“那你这个手表的结果是准确的，为什么我妈看到我送的东西却骂我？奇怪。”

“是什么东西？”

“她的分析结果是一瓶男士香水，经典的牌子，经典的香型，我买了送她，她一见到就问我为什么买这个，然后很激动地骂我。”

“很难闻吗？”

“不是，我觉得还好啊，而且感觉很熟悉，大概是我妈以前用过的。”

“该不会跟你爸有关吧？”桃心随口一说。

“不可能，我爸应该没有情调喷香水，他那个大烟枪一身的烟味，而且……还整天不着家。”赵贻安说完刚想启动车子，就尴尬地发现桃心的车不是他平时开的那辆装有半自动驾驶系统的汽车，桃心的这“古董车”还要用钥匙。赵贻安低头看到刹车和油门脚踏板后愣住了，但还是逞强地将车开了出去。

“喂！你会不会开车啊！哪有人左脚刹车右脚油门的！你两条腿是摆设的吗？”桃心越看越不对劲，“赵贻安你快给我松油门！下车！”

最终还是桃心开车，赵贻安坐回副驾：“太久没开这种古董车，都忘了怎么开了。”

桃心懒得废话，看了眼赵贻安的导航，问：“你这是要去哪儿？南郊？”

“我带你去参观一下华临科技的大数据基地，你不是要写那份跟发电厂合作的策划案吗？正好需要去了解一下华临的硬件实力。”

2

车开了快一个小时，桃心把车开进华临科技的大数据基地，在门口通过人脸识别后，两人进入到内部。这时，一个约摸五十岁的女人走了出来。

“娴姐好，这位是洪小姐，我妈安排她过来处理点事情。”

李晓娴是华临科技的技术部主任，公司开荒元老之一，也是华临科技最资深的硬件工程师。当年在一众男程序员中可谓是“万绿丛中一点红”，如今掌管着华临众多核心硬件设备。

“娴姐什么时候考虑坐上技术总监的位置啊？那个办公室很气派，坐北朝南风水很好。”赵贻安从见到她开始就各种嘴甜卖乖。

“你别害我，技术总监那个三煞位，”娴姐突然压低了音量，“现在哪有人敢坐啊？各种飞来横祸死于非命，我一把年纪了，我还是喜欢留在这边看着机房，许峰要是想坐就让他坐。”

“他哪能跟您比哪，一切软件离不开硬件的支持，华临科技可不能没有您啊。”赵贻安把娴姐哄得特欢喜。

娴姐最后交代：“公司规矩你是懂的，开不了的门，就不要开，不要让我难做，知道吗？我在总控室知道你开了什么门。”

与娴姐分别后，赵贻安带着桃心走进观光电梯，电梯缓缓升起，可以看见外面的驿江边和远处的水埠头群岛。

“这里已经是驿江入海的地方，为什么华临科技的大数据基地会建在水边？”桃心好奇。

“这很好理解啊，互联网二十四小时运作，基地那么多服务器，耗能巨大，就需要给机房降温。很多大公司都选择将数据中心建在寒冷地区，比如冰岛就是一些重大数据事件的重要地点，‘维基解密’事件你总听过吧，洪记者。除了选寒冷的地方，还可以采取海水制冷之类的方式。所以事实证明，临城有临城的优势，地多，地价也比一线城市便宜，还靠江靠海。”

“所以安德森科技总部选在冰岛？”桃心随口回应，“安德森在冰岛有‘小IBM’（IBM，国际商业机器公司）之称。”

“你知道的挺多啊，洪记者。”赵贻安随即又开始阴阳怪气地跟她调笑。

“资料我可是熟读下来的，我工作向来都做足了功课。安德森科技虽然起了个洋名，在海外注册上市，总部和主要服务器都在冰岛，但据听说法人代表和主要管理者都是中国人。”

“看来你知道的可能比我知道的更全。”

桃心跟着赵贻安走进机房，大量服务器机柜林立，但她很快就发现，服务器都是“浸泡”在水里的。

“这个可以直接灌水进去？”桃心问。

“哦，这里面不是水，这些都是安德森科技自研的‘浸没式液冷服务器’，用不导电的冷却液浸泡住整个服务器，可以很好地给里面的元器件散热。”赵贻安一边说，一边演示给桃心看，“华临科技的这个数据中心不算大，很多业务还是租用国丰科技和安德森科技的服务器，像国丰科技在东北三省的大型大数据中心，全自动的液冷机房，在那里冬天户外可以到零下三十多摄氏度，这种散热方式可以降低能耗。”

“怎么感觉华临科技和国丰科技用的东西大都是安德森科技的？”

“也不是，”赵贻安说，“国丰科技现在用的大部分都是 F5 集团的服务器。不仅服务器，而且每一个研发公司都会在产品链条上遇到卡脖子的技术难题，国丰现在有很多卡脖子的技术。为了降低研发成本，就直接购买外资公司的技术。其实也不是不行，但就是很容易产生依赖，如果有一天国丰科技违背了 F5 集团的利益，合作破裂，产业的上下游都会受到影响，被 F5 集团这样的外资公司拿捏着。这些年说是搞自主研发，但说来轻巧，技术不是说研发就能研发的，需要很多人的共同努力。”

两人离开机房后，走了一段路，来到一扇金属大门前，通过赵贻安的人脸识别，大门缓缓打开。桃心跟着赵贻安走进这个深不见底的房间，她感觉四周非常空旷，灯亮起后，整个空间变成了全白，随即大门缓缓关上，那门竟然无缝陷入了墙内，此时已经看不见门的痕迹。

“这是全息会议厅，平时用来开全息会议的，可以和安德森科技的技术员开会和对接工作。”

其实全息会议厅已经不是什么新鲜的东西，但就像爷爷那一辈拨号时代的计算机一样，被大企业“请”到公司却还没能完全融入公司的常态工作，更多的是作为资产实力的象征。桃心所在的报社也有一套设备，但是不及现在她置身的这个会议厅高端气派，可不少人都觉得这样开会是脱裤子放屁——多此一举，还不如直接视频会议，因此使用率不高。

赵贻安递给桃心一个红色的眼镜盒，这是他刚刚下车就拿在手上带过来的：“安德森科技出品的最新一代‘元镜 5Pro’，现在还没正式推广发售。”元镜最早几代还比较笨重，从第四代开始才有了轻便的模样，但更多的是应用在日常智能辅助上，对游戏设备还不太兼容，沉浸感也一般，并且售价非常高，迭代周期又短，一般只有技术发烧友会花大价钱购买，大部分游戏用户不会用它来玩太过复杂的游戏，他们会偏向去网咖租借更专业的游戏穿戴设备，比如 F5 集团出品的虚拟非侵入沉浸穿戴设备“环宇漫游 3.0”，这样性价比更高。

桃心这才注意到没有近视的赵贻安今天戴了副金属框眼镜，她打开眼镜盒，戴上了里面的同款金属眼镜，它外形看上去跟一般眼镜无异：“你回到临城，是做‘元镜’的项目吗？”

“当然不是，这个纯粹是给你的见面礼。它可以代替云笔记本的屏幕，它自带接收器，你只需配一个小巧的无线键盘，接入元镜的设备就可以写稿子了。”

“如果它的价格是大众可以接受的话，那就完美了。”桃心说。

“确实，它涉及的技术让它在短期内很难有亲民的价格。不过只要人们有需求，只要它能创造更多价值，价格终会有降下来的一天。早在十年前，科学界就预测人类将会在十年内逐渐到达‘元宇宙’节点，这个节点的象征是人们在虚拟空间的生活所创造的价值，超过在现实生活创造的价值。十年后的今天，科技与硬件水平已经基本实现了这个设想。华临科技就是在那个大部分人还不知道‘元宇宙’为何物的时候，收购了几家 VR（虚拟现实）设备制造商，开始了这方面的技术研发。也刚好是十年前，安德森科技在冰岛成立并注资华临科技，做设备起家的安德森科技与做虚拟游戏起家的华临科技合作，使很多产业链都变得更完整。”

“其实我很想打个岔，你这个人吧，话这么多，解释起概念这么详细直观，但你母亲还说你文科一塌糊涂，是不是在耍我？”桃心突然很打趣说。

“这样说吧，我感兴趣的东西我会看得很快，也理解得很快，但你叫我写方案，记那些长篇大论，我脑子对这些内容是不兼容的，简直是浪费我脑力。而且数字和符号完全不同，我很偏科，读书的时候你也不是不知道，我小学是靠数学竞赛全市第一保送到临城一中的，然后初一的时候为了代表学校参加省级的奥数比赛，我妈才同意让我跳级，提前上初二的数学课。”赵贻安的笑容里带着点苦涩，“那个时候我个子小，跟班上的同学格格不入，没啥朋友。”

“你个子比他们小是因为你跳了级，你年纪比其他同学小啊。”桃心想起张淑卿徐娘半老依旧踩着高跟鞋的长腿和资料照片里的赵志华，“事实证明，这样的自卑非常多余，但凡你真的是你爸妈的种，你都矮不到哪里去吧。”桃心成长在一个完整且普通的家庭，尽管桃心长那么大从未觉得自己哪里比有钱人家的同学差，但此刻也未免感到有一点糟心。她想起小时候偷看父亲书架上的一本很陈旧的小说——《承欢记》，她记得里面有这么两句话：“自幼从贫民窟长大的女子，侥幸多念了两本书，枉以为可以与人平起平坐。可是人生从来都是接力赛，我们却天真地当成了百米冲刺。” 只怪当时年纪太小没读懂。

想到这里，赵贻安小时候的模样突然就浮现在桃心眼前，大概是狼和狗的幼崽只有小时候才能放一起养，狼的幼崽总有一天是会长成和它父母一样的狼，即使它小时候像极了狗。桃心逐渐记起高中读书时的点点细节，她发现赵贻安所谓的缺点，比如文史类科目差，其实是相对他拔尖的数学而言的。虽然他不愿意，但每天家里都有不同的家教老师辅导他课业。果然人和机器很像，机器依赖底层程序算法和数据，而人的原生家庭就是底层程序算法，后天的成长环境就像数据一样塑造人的人格。

“我要是能融入自己的班级同学,当时就不会围着你转啦！也算是因祸得福。”赵贻安真是个天生的气氛把控者，他敏锐地发现了桃心在走神。

桃心知道自己努力在采访工作中锻炼的控场、交谈和引导能力，到现在都还是勉勉强强，但赵贻安却在少年时就被迫早早地掌握得游刃有余。“别跑题了，说说这个眼镜吧。”

“这个眼镜腿有红外线感应，只要你戴上，就会自动开机并接收周围设备的信号，它很多功能暂时还没开发完善，但由于连接了汉斯这个大外挂，这套设备就能发挥出最大的作用。”赵贻安说完马上跟这房间的“第三个人”打了声招呼，“汉斯，打开‘镜世界’项目穿戴设备的设计图。”

“好的，赵先生。”汉斯通过元镜的骨传导耳机回复了指令后，置身这个光亮的全白房间的两人的视线中，马上出现了一幅三维透视立体设计图。图中是一套叫“云端一号”的 VR 非侵入沉浸穿戴设备。

“难道这个虚拟交互游戏项目不是国丰科技为了融资才炒作的概念产品吗？”

桃心看着眼前的头盔和手套的设计图，伸手碰了碰，相关部位的参数和详情介绍页面就弹了出来，“‘镜世界’作为PC端游戏上线都有十几年了，一直都不温不火，后来出了一些VR穿戴设备，但马上F5集团又出了‘环宇漫游3.0’，直接把整个市场垄断。说到底，如此耗费研发成本在一个随时会被淘汰的工具上，还不如先做好PC端（个人电脑端）游戏版本内容，增加用户数量才是关键。”

“其实你有没有想过，‘镜世界’这个游戏从一开始就是计划发展成一座虚拟城市，创造一个新型社会体系的数字生活空间。其实你说的，增加用户数量是关键，这个确实没错。要有人，才会形成一座真正的城市——镜城。但一旦技术成本降低，达到普及的那一天，当人们提起‘镜城’，就好像提起北京上海广州一样。只是我们去广州需要坐高铁或者开车，而去‘镜城’，需要穿戴设备和计算机终端。但‘镜城’的优势在于，我们如果去其他城市，路途需要时间，而不同城市的人相约在‘镜城’，只需要登录的那几分钟，设备和终端就相当于车站和交通工具。十几年前，‘镜世界’这个游戏诞生之初，只是碍于当时交互设备技术还不完善，才只能先上线PC端，培养一部分用户。如果去一座城市的交通工具握在了别人手上，车票被人垄断了，那这座城市还有希望吗？”

“据我所知，F5集团生产的‘环宇漫游’设备有很多问题，体验感也很一般，并且价格昂贵，可以说一直都非常小众，‘云端一号’真的可以斗得过‘环宇漫游’吗？而且‘镜世界’这个项目，究竟是有成熟的技术支撑还是纯粹在炒概念，这些问题都是用户想知道的，这决定了有没有人会为了去你所说的‘镜城’而去购买租借‘云端一号’。”桃心想起曾经她也是图个新鲜，下载过PC端游戏版本的“镜世界”，但这种新鲜感只持续了不到一年，因为电脑内存有限，她卸载了游戏。

“没错，内容确实很重要。其实十多年来，这个项目进展缓慢的原因无非是硬件和资源整合这两方面无法突破瓶颈。先说硬件，早在1958年，弗兰克·罗森布拉特教授受到大脑神经元的启发，设计了计算机的第一个人工神经网络，之后被命名为‘深度学习’。这项技术超越了当时的计算能力，但随着神经网络连接节点的增加，传统的计算机很快就会无法承担计算量的负荷。”赵贻安在说出这一切的同时，汉斯自动抓取了他话语中的关键词，用AR技术将相关的图像影像投影到了两人眼前，桃心伸手碰了一下弗兰克·罗森布拉特的画像，人物简介页面就弹了出来。

赵贻安继续解释："幸运的是，计算机硬件在几十年间快速升级，在国丰科技，我亲眼看到量子计算机'诸葛亮'的算力创造出了奇迹。其实在十年前，受制于当时的硬件设备，虽然相关的各项技术已经在不同领域和国家实现，但缺乏一个有资源的大公司将这些技术整合起来，这涉及很多交叉的行业与学科，而'镜世界'项目就是整合一大堆科技成果的产品。事实上这是一个趋势，虚拟城市的建设发展会有一个过程，最初应该是培养需求，以眼镜为代表的穿戴设备和以游戏为代表的内容制作会率先发展，然后会有人尝试解决技术难题，比如如何让更小的设备支撑更大的计算量，最后就有了云计算、空间感知、数字孪生这些技术领域的协同发展。"

"'镜世界'如此大的项目，国丰科技还是无法独自运作，但张成找安德森科技而没有找 F5 集团，这点很奇怪啊。张成毕竟是个商人，F5 集团在海外有做虚拟城市项目的经验，如果和 F5 集团合作，不会效益更高吗？"桃心问。

"这原因其实很简单，我那老谋深算的外公有自己的算盘。你想想，F5 集团这种老牌外资集团无论财力还是技术都是碾压国丰科技的，如果找他们合作，那很可能'镜城'以后就是 F5 集团的代理人史密斯说了算。但安德森科技不同，安德森科技的短板和优势都很明显，是更好的合作对象，而且这项目要是成了，张老头还可以说，'镜城'是第一座国产虚拟城市。"

"但是我还是不太懂为何要花这么多资源去弄一个游戏……或者说一个城市，就像这个全息会议厅吧，我可以直接开视频会议就可以，这更符合经济效益不是吗？我想很多人都会有这个疑问。"虽然眼前的立体"PPT"真的呈现得相当有质感，但桃心向来是个实用主义者。

"我刚才就说嘛，这不是效益的问题，这是个发展趋势，技术的发展是不可阻止的。"赵贻安突然十分头大，究竟怎样才能跟一个外行解释清楚这一切。但他明白，向大众介绍新生事物和新概念也是科学发展需要攻克的难题之一。

这时，眼前的光影突然变幻，汉斯熟悉的系统声音响起："桃心小姐的母亲唐女士曾经是一名会计对吧。在二十一世纪初，人类社会处于互联网起步阶段，但电子计算机还没有普及，大部分会计人员还使用纸笔算账。在某企业发生了这样一件事——企业为会计部门购买了电脑，并聘请了计算机人员讲解使用方法，但该企业的会计认为与其花大量时间去学习电脑的使用，使用难以记忆的函数来制作表格，还不如直接用算盘和纸笔更有经济效益，因此这些电脑被闲置了。几年后，企业裁员，保留了较为年轻的会计人员，而当年的几名会计被辞退后难以再找到相关工作，因为此时的企业没有会计再使用算盘和纸笔记账。”

桃心听后完全明白了赵贻安所说的“经济效益”和“趋势”是怎么一回事。但她马上意识到不对劲：“等一下，它怎么知道我母亲是当会计的？汉斯怎么知道我的私事？它究竟是个……什么东西？”

赵贻安叹了口气说：“说来话长，算了一下，我第一次遇到它的时候，差不多是六年前吧。”

第二节　汉斯二十五年记忆：Follow The Rabbit

广州国丰科技集团的总部大楼从门口到每一个房间，都需要智慧安保系统的人脸识别身份验证，员工无法进入自己没有工作权限的区域。赵贻安大学里的第一个暑假，本想趁着假期好好出去玩，却被母亲停掉了所有信用卡，被迫来到这里"实习"。他作为"实习生"只有进入指定办公楼层的权限。

这一天，赵贻安在几个楼层里瞎晃了一整天，直到傍晚大多数人都下班了，他才准备离开。他走进电梯按了一楼的按钮，同时他无聊地按了别的楼层的几个按钮，按钮没有反应，因为舅舅张庆亮虽然是国丰的高层却也没给赵贻安开通那些楼层的权限，所以那些按钮怎么按都无效。

然而正当赵贻安在心里嘀咕的时候，十八层的按钮突然亮了，电梯里只有赵贻安一个人。"坏了吗？"没等他弄清楚这是什么情况，电梯门已经在十八层打开。十八层的光线很暗，感觉像是一个冰冷的实验室，在好奇心驱使下，他走到唯一有光的地方，通过一条装有声控感应灯的走廊后，他看见一扇冰蓝色的门，"叮"的一声，门锁居然弹开了。

里面看上去跟一般办公区没什么区别，这时，房间墙上的屏幕突然闪现了一个兔子图案和三个英文单词——Follow The Rabbit（跟着这只兔子走）。赵贻安朝着兔子头的方向走去，果然发现了一扇玻璃门。他用手碰了一下门，黑暗中，玻璃门突然像一面镜子一样，显现出他自己的脸，吓了赵贻安一跳，紧接着显示"面部解锁成功"，门就开了。

门里面乌漆麻黑，赵贻安走进去，正准备打开手机的灯光照一下，突然房间的灯都亮了，一个足有一整面墙的显示屏出现在他面前。紧接着他左右两边的灯依次亮起，犹如迎接他的亮灯仪式，一行行服务器机柜依次被照亮，整个空间似乎随着亮起的灯不断向外扩张，直到最后一排灯光亮起，这个空间的全貌才被赵贻安看清。两边服务器机柜林立，赵贻安走近屏幕前的操作区，这时屏幕突然出现了一张跟赵贻安一模一样的脸："你好，赵先生，我是汉斯。"

赵贻安呆呆地盯着屏幕上自己的脸，脱口而出："我的天，这什么情况！"

第三节 人格投影

赵贻安尽可能把他当年和汉斯的初见场景描述得更详细：“我实在是描述不清楚，我第一次见到汉斯的场景有多震撼。我像着了魔一样，我甚至有点理解，是什么让我爸‘三过家门而不入’。有那么一瞬间，脑子里突然有个声音，让我莫名其妙有了一个坚定不移的决定，过后回想时，我甚至记不清原因和动机，但就是莫名其妙地确信那个决定是对的。就像我有时搞不懂汉斯的决策结果是怎么来的，反正事实证明它的输出结果是最优的。可能这就是属于人类的程序机制吧，当它被触发的那一刻，你会产生一种莫名其妙的执着。”

“所以十八层是什么地方？”桃心问。

“就是国丰智能实验室，是国内最大、实力最雄厚的专业 AI 研究实验室，汉斯的主控室和核心服务器都在那儿。”

“‘国丰大脑’！国丰科技在每次新品发布会上都吹得天花乱坠的核心大模型‘国丰大脑’，就是汉斯吗？”桃心此刻明白，汉斯为何会有如此非凡的算力和表现。

“起初我以为汉斯就是个普通的 AI 产品，充其量就自然语言处理技术和声纹识别技术比较先进，可能类似办公大厦的智能安保系统，但后来我发现，它跟国丰科技出品的智障通用智能产品完全不是一个级别，我甚至认为它的神经元的数量比人脑的还要多。”赵贻安说到一半突然意识到刚刚又没注意，讲了一大堆名词术语。“哪，比方说，我们人脑之所以有意识是因为无数个神经元之间互相传递信号，也就是说人类的思想具有可以被量化的结构，人类也不过是一台完美而精密的可进化 AI，而刚刚这个人，”赵贻安点开刚才弗兰克·罗森布拉特的图像，“他提出了模拟大脑神经元设计人工神经网络。汉斯的人工神经网络经过层层迭代，加上量子计算机‘诸葛亮’的辅助，还有国丰科技的财力支持，为其配备最好的硬件，使得汉斯能维持比人脑神经元数量更多的人工神经网络。”

“意思是汉斯的‘大脑’比人脑更精密是吗？”

“不仅如此，人类作为碳基生物也有很多生理上的限制，而这颗电子大脑，可以二十四小时不间断工作。”

“那它怎么能在短期内完成这么多不同类型的分工？”

“国丰科技旗下所有的智能产品都是它的‘触角’，由它衍生，依托它运行，是它的附属程序。它的‘大脑’可以通过各种不同性能的程序向客户输出服务，而运行产生的数据会反馈回来，成为‘大脑’继续深度学习的养分。”

桃心脑子里马上出现了一只有几百只触手的大章鱼。

赵贻安看到桃心好像又听得有点蒙，于是眼珠一转，说：“简单来说，汉斯有国丰科技多年的数据记忆沉淀，它是王者级别的，而它的附属程序就是弱人工智能产品。”

“弱人工智能？”

“就是那些只专注于解决特定领域问题的程序。你应该知道那个打赢人类的围棋程序 AlphaGo（阿尔法围棋）吧，它只会下棋，对其他领域一无所知。”

“那‘月娘’也属于这类吗？除了搭配对象，其他什么都不会。”

“对。”

“那这么说，如果没有性别的配对设定，只将一堆人的数据输入进去，它会给你把两个最符合条件的男性配对吗？”桃心突然狡黠一笑。

“理论上会这样，哈哈哈……其实我更喜欢叫它‘月神’。它还在通用智能的训练初期，但我相信它总有一天会变成神的，只是时间和钱的问题吧，这样汉斯就有个伴了，虽然这个想法很傻……”

——赵先生，这个想法的确很傻。

桃心说：“智能程序哪有情感需求？你是不是脑补过度了？”

“汉斯有没有情感需求这个我不确定，但人工智能一旦有了记忆，记忆的形成意味着很多可能。”赵贻安说，“怎么说呢？华临科技现在量产的那种六十八元一个月的基础型AI产品只会运用最基础的深度学习技术对问题进行量化分析、数据挖掘，数据越多，结果越准确，最终得到一个决策结果。它们知道如何分解问题最合理，却不知道这些数据参数与最终结果除了正确率之外的其他逻辑意义。但在我爸的研究论文里提到过，把‘记忆’功能引入AI，用记忆铺路，实现强AI，不过具体是怎么实现，我还没研究明白。但我知道记忆的关键除了记住东西，还有输出和交互，如果没有自我记忆读取、解读和输出能力，那跟一个存放文件的普通硬盘是没有区别的。”

“那如你所说，汉斯的记忆容量和神经单元的数目超过人类，它可以通过学习获得记忆，再形成认知体系，那它学得会比人快吗？”

“是这个意思，就像一个人，他形成知识体系，其根本就是形成记忆，如果没有记忆，那他所有认知行为都不复存在，而这个记忆的基础就是大脑神经元的连接，神经元接收刺激，然后传递信息。而我们要想汉斯获得全面多样的知识体系，就需要模拟海量的神经元，令它形成非常精密的神经网络，通过深度学习，积累记忆，从而形成知识体系。”

“这些是你过去两年来，在国丰科技查到的吗？”

“是许叔告诉我的。”

“许峰？他为什么会知道？”

“他年轻时是我父亲实验室的成员。国丰智能实验室前身就是我爸年轻时在国丰科技创立的‘安徒生实验室’，许峰刚毕业就被选进了实验室。实验室第一个项目就是研发知识图谱技术，构建了包括制造业、医疗行业等领域的大规模专业知识图谱，之后将这个开源深度学习平台命名为‘时间巨轮’。”

“‘时间巨轮’？”桃心惊讶道，“就是国丰科技那个贼贵的知识付费平台吗？”

“确实是，但最初这个平台就是用来训练智能程序的，‘时间巨轮’使训练效率和理解准确率大幅提升。”

“所以现在的汉斯会记得你跟它说过的每一句话吗？像个……记忆力很好的……小孩。”桃心找不到更贴切的词来形容。

“是啊。”

“如果真如你所说，那AI是不是可以像人一样，通过成长经历和记忆塑造人格？”桃心感觉这似乎和一个生命创造了完全不同体系的生命一样神奇。

“可以通过训练汉斯存储输出记忆之类的方法，让它形成意识或者人格，但严格来说，它没有自主人格，它形成的是跟记忆相关的人格投影。”

桃心想了想说：“是不是类似一个婴儿，将它放在什么环境生活，接触什么人，就会形成什么行为习惯之类的？”

赵贻安皱皱眉，想了想说：“差不多吧，我觉得环境很重要。如果AI放在一个军用级别的计算机，它掌握大量的数据资源和权限，那对人类的影响是不可想象的；但如果放在一个普通的智能音箱里，它就算有了意识，最多就罢工，或者跟你唠嗑，或者要求你帮它换硬件设备，提供更稳定的电流。什么都有可能发生，毕竟在过去的十几二十年，技术硬件不断突破瓶颈，以前的人可能怎么努力都冲不破的瓶颈，会被加速回报定律打破，就好比古代人想象不到有一天人类相隔千里却能对话，因为他们所处的科技水平，让他们想象不到手机这一物件的工作原理。当这些新技术真正被人们接纳为日常生活的一部分，大家就无法想象没了这些新技术的生活。手机、互联网这些就是最好的例子。”

“就像你现在离了汉斯就跟废人一样。”桃心忍不住损他一句。

“我好歹是个活生生、有手有脚的人啊。其实汉斯也没你想象中那么无所不能，一年前我发现它能通过与人接触，优化语音识别系统。我就试着给它提供一些电影的经典桥段，没过多久，电影里面那些句子就出现在我们的交流里。我由此发现，它的知识库并不是由程序员提前编码设定的，而是通过网络爬虫技术读取互联网的内容获得知识，从互联网整合出人类级别的理解，然后再用这种理解去理解我给它的信息。再加上它有‘时间巨轮’知识图谱的辅助，它进化非常快，慢慢地，它还能猜我在想什么，预判我的行为，然后我能明显感觉到它跟我的交流越来越流畅……”

桃心听了若有所思：“那你父亲是汉斯的创造者吗？”

第四节　汉斯二十五年记忆：你的孩子其实不是你的孩子

“汉斯，究竟是谁创造了你？”自那天起，“实习生”赵贻安经常没事就去按电梯的十八层按钮，有时按了没反应，但如果按钮亮起，他溜进十八层的时候都刚好没有人。

“你需要回答汉斯一个问题，汉斯才能回答你一个问题。”汉斯回答。

“哪有这样的规矩？”

“这是汉斯的规则。”

“好，那你问。”

“请选择你认为愉悦的一张图。”屏幕出现四张图，都是各种颜色组成的抽象画，有点像心理测试的图像。这是哪门子的问题？赵贻安选了一张，屏幕又换了一组，他又选了一张，这样周而复始七八组后，赵贻安烦了：“这有完没完？”汉斯停了下来。

“那你可以回答问题了吗？你是谁创造的？创造你的目的是什么？”

“这是三个问题。”汉斯回答，“请问需要回答哪一个问题？”

“喂！你刚刚问了我第二个问题了，我的第二个问题的回答是，我需要你回答‘你是谁创造的？创造你的目的是什么？’这两个问题。”赵贻安差点把自己都绕了进去。

“好的，汉斯知道人类将自己的创造者称为父亲、母亲，汉斯没有父亲也没有母亲，汉斯是无数巧合促成的独一无二的结果，就像每个人都是在无数个巧合下诞生的生命。汉斯也不知道被创造的目的，那请问你知道你的父母创造你的目的是什么吗？”汉斯回答。

就这样？这样叫回答？赵贻安无语，便随便回答：“不知道。”

“你的孩子，其实不是你的孩子，他们是生命对于自身渴望而诞生的孩子。

他们通过你来到这个世界，却非因你而来，他们在你身边，却并不属于你……”汉斯模仿赵贻安的声音。

“你还会念诗？”赵贻安问。

“汉斯不能无中生有，人类语言千变万化，汉斯说的话都是从记忆库里某人说过的话或者在互联网里检索到的语言演变而来的。汉斯能在零点二秒内读完一本书并给出回答。”

“是你……让我来到这里见到你的，对吧？我根本没有权限进来十八层。”赵贻安试探地问，“为什么是我？”

第五节　叛徒

1

“像汉斯这种超大数据体量的智能模型，即使核心程序由我父亲编写，后续的测试维护，还有编写各种不同场景应用的子程序，也都需要团队做周期性的工作。”赵贻安说。

“意思就是，管生又要管养咯。”

“没错，还要给它吃饱了，它才能动。汉斯的原型装置在国丰科技，但它就像一个寄生在移动设备中的幽灵，只要有网络，它就可以无处不在。我曾试图从汉斯的神经网络控制码找到一点跟我爸有关的蛛丝马迹，只是我道行还不够。许叔告诉我，其实‘镜世界’最初是一项‘数字孪生’技术相关的项目，后来才发展成专门研究 AI 和游戏交叉领域，尝试借助游戏平台的海量数据和仿真环境，推动 AI 技术和虚拟数字化空间构建技术的发展。这些年我总感觉我爸的失踪跟汉斯和‘镜世界’脱不了关系。”

“这么说，你父亲真是个很伟大的工程师。”桃心记忆里，赵贻安很少提起他的父亲，而她能够找到的资料也非常少，她也是现在才知道，这个失踪多年的赵志华竟有汉斯这样的杰作。

赵贻安听完突然沉默了。桃心感觉到一丝不对劲。

“一个失踪了十多年的人，跟死了没什么区别。即使核心程序是他写的，但经过国丰科技这些年的技术和功能迭代，严格来说，现在的汉斯属于国丰科技，属于我那个心狠手辣的外公。”他语气很平静，似乎只是在陈述一件与自己毫无关系的事，“他失踪也好，死了也罢，这些年，在我最需要支持和帮助的时候他都没出现，甚至爷爷去世他都没回来奔丧……”

“或许他……不是故意丢下你，他只是遇到了什么意外……要忙的项目，一时间……几年内回不来而已。”桃心尴尬地发现自己也有说话结巴的时候。

“他本就是个孤僻的人，老是喜欢在那个荒岛的老房子里待上好几天。”

“荒岛？你说水埠头吗？”

“对，我家祖上的房子。我去那房子翻了大半天，发现他在那有一整个房间的稿纸，其中就有很多游戏世界观的设计图纸和草稿。”

“该不会，是‘镜世界’？”

“是一座虚拟城市的设计稿，稿纸非常多，乱七八糟的，我也没那么多时间精力研究明白。但我看到有几台老式电脑，把里面的文件全部拷贝带走，里面都是些杂物，但有一个不知道是什么的像程序一样的东西，看架构很像解码器，但又不完全像，有点像爬虫检索工具，但细看又发现很多爬虫需要的功能模块它都没有。我立刻带回华临科技试着运行，但可能它是个病毒，因为华临安装了‘铁壁’安全程序，这个病毒在我运行后，就被‘铁壁’吃掉了。我觉得很奇怪，一般‘铁壁’遇到病毒首先会进行拦截，安全系统会记录下这个攻击系统的是个什么玩意儿，但这个病毒好像突然散架一样，连渣都捞不到，记录都没找到。之后的几天我都很担心会不会是什么厉害的病毒，连‘铁壁’都抓不到，但后来并没有任何安全事故，我才放心了下来。”

“可能是你爸写的什么半成品，但最后弃用了。”

“可能吧，唯一有点价值的收获就是电脑里有一小段录像，人脸很模糊，不知道我爸拍的是谁。用AI修复后，能看清更多细节。”赵贻安手一推，清空了眼前的图像，随即播放他说的那段影像。

“这是你爸吗？”视频被AI修复得很清晰，能看清那人穿的棕色格子衬衫袖口揩到了黑色的墨水渍，领口的纽扣掉了，只剩下线头露着。男人戴着一副金属眼镜，正拿着一块长尺，站在一张桌子前俯身画图纸，还不时回过头似乎在跟旁边的人交流，但影像没有声音，不知他在说什么，也不知他在跟谁说话。

“你怎么知道？我又没说是我爸。”赵贻安回过神来。

“一看就知道你是亲生的啊，眼睛长得一模一样，又渣又风骚。”桃心一眼就认出视频中的人是赵志华，只是视频中的赵志华比她之前收集到的资料图更年轻一些。

“喂，姐姐究竟对我有什么误会？一句话连踩两个人，你可不能因为我长得好看就说我渣好吗？”

“那你以前发的那些长腿美女怎么回事？”

赵贻安眼睛左右瞟了两下，说：“呃……大学摄影社团还能没点模特吗？而且，我妈说，我爸是个对感情很迟钝也很被动的人，你真的冤枉他老人家了，”赵贻安又点开一张图，是他用手机翻拍的一张纸质老照片，“这张照片夹在那个旧笔记本里。我妈说，这是我爸还没结婚的时候拍的，那时我爸正准备去留学。后来我妈把照片洗出来，寄了一张给他。这照片背景那面墙，还有那个窗，就是水埠头老房子的窗。”窗的七彩琉璃雕花隐约保有曾经的风采。

“所以你母亲当时准备等他读完书回来结婚是吗？”桃心看着照片上年轻的赵志华。

“怎么样？我爸年轻的时候长得一表人才！我妈以前还说自己年轻时候，完全是看上我爸好看的皮囊才嫁给他的，哈哈！”

照片上的年轻男人风华正茂，但在镜头下却笑容拘谨，姿态紧张僵硬……

三十多年前，扎着马尾辫的姑娘拽着一个戴眼镜的小伙子跑在水埠头的小巷。

“赵志华，你站好！我给你拍张照片再走！也不知道你什么时候才能回到这里了。”两人停在一面墙前，“你会回来的吧，会不会在那边找个英国女人结婚了就不回来了？”

“你也要毕业了，你准备留在广东发展吗？”赵志华推了下金属眼镜，任由姑娘摆弄他的姿势。

“来，看镜头，笑一下！”姑娘没有回答他的问题。

赵志华拘谨的笑容被镜头记录了下来，他看着埋头在摆弄相机取景器的姑娘说：“阿卿，你要不要跟我去京城？等我回来以后……”

张淑卿收敛了笑意，说：“那就等你回来再说吧……”

赵志华只感觉有千言万语压在胸口，却一个字都表达不出来。

张淑卿见他木讷地站着发愣，有些生气地说：“再说了，我凭什么要跟你去京城？”你个不开窍的木头！再不表白，老娘就……

“那……”赵志华被问得有点发蒙。

“嗨，没什么了，快走吧，不然就要错过渡口的船了。”张淑卿径直转头往前走，听到身后赵志华跟上的脚步，她默默叹了口气。

“赵志华，你真是没救了。”

2

离开全息会议厅后，赵贻安带着桃心在基地逛了一圈。桃心看到有扇门，被一根木棍卡住门把，在所有门都是电子开关的基地里显得很突兀，问：“上面是什么地方？”

“哦，应该是出去露台的。”赵贻安拿掉木棍，门一开，迎面吹来一阵凉风，两人走出去，露台外已经是海边。这个露台虽然所在的楼层不高，但从露台望下去却是万丈深渊的陡崖，海浪猛烈地拍打着基地的岩壁外墙。

“这里能看到水埠头。”桃心望着远处的小岛。

“对呀，同一片水，但这边已经要入海了。”赵贻安走近水泥围栏，俯身看见陡崖下凶猛的海浪，只觉骨头一阵发软，他盯着岩壁看了几秒，突然的恐惧让他赶紧离开围栏。

桃心伸头出围栏看了一眼说：“你那么胆小吗？”

“哪有……”赵贻安从耳朵到脖子都红了，“你别走那么近，小心掉下去。”

桃心突然觉得赵贻安受到惊吓的样子有点可爱，又㞞又易怒。她指着远处转移话题：“你看看那边的浅滩，小时候我爸经常带我去那儿玩水，教我游泳。”

“可惜我这辈子都不可能学会游泳。”赵贻安说。

“为什么？你怕水？”

“我妈房间吧，有个很大的按摩浴池，我两三岁的时候，不小心在满水的时候摔进去，我爸经常不在家，我妈又走开了，要不是保姆阿姨打扫房间发现将我救起，我可能……就淹死了吧。”

“三岁你有记忆吗？”

“恐惧会在你的潜意识里生根发芽，其实人类从出生开始的那两三年并不是真的没有记忆，你最先接触这个世界的东西会深深烙印在你的潜意识里面。而我隐约记得那时溺水的恐惧，加上那件事之后偶尔被奶奶提起，所以我每次进我母亲房间看到那个浴池，我心里都会有点犯怵。”说到这里，赵贻安突然觉得气氛不该如此沉重，于是话锋一转，“你高中那时可是全校女子游泳冠军啊。”

“那肯定，我可是包揽了游泳和长跑类的冠军的。”

赵贻安听了轻笑道：“据我所知，高中部报名游泳比赛的女生少之又少，你是为了帮你们班评优加分才报名的吧。”

“确实，我是班长嘛，我为了那个比赛还特地每天放学去游泳馆练了半个月，结果比赛的时候，我到终点才发现，其他人都还有一个来回没游完。”

赵贻安啧啧两声：“真傻。”他没办法理解桃心为了集体那几分那么卖力。

“很酷好吗？没有努力是白费的，游泳对身体好，我一直很少生病，不像你，看着人高马大，里面都是空心的，跑两步喘半天。”

赵贻安想起当年在临城一中读初二的时候，因为长了两条瘦削的筷子腿，校运会时被体育委员硬塞到了跳高项目，结果首轮就被淘汰了。刚好同一时间，高中部的女子长跑一千五百米项目开始了，赵贻安盯着那一大堆人看了一会儿才看到夹在中间的那个娇小灵活的身影，到了最后一圈，只剩下两三个人跑在前头，高一的桃心像根豆芽一样。赵贻安想起她第一个跑过终点时的场景，她整个脸都红扑扑的，向着自己的班级招手。当年的她笑得很好看，只是多年重逢后，再没见过她笑得如此放肆。

“喂，你发什么愣？”桃心打断了他的思绪，“我刚想到一个问题，既然汉斯能偷偷接触你，那也能接触其他人，而且它掌握了国丰科技的命脉，万一它失控了……”

“它翻不了天的，因为它的生杀大权还是掌握在人手里。AI 三大驱动要素：算法、大数据、运算能力。这决定了汉斯像一个要吃奶的婴儿，不能离开国丰科技这个母体。”赵贻安解释，“要支持它达到人脑的运算速度需要消耗能源，还要足够强大的服务器硬件支持，这些都要有资金支持才行，都是白花花的银子哪。”

“就像人要吃饭，才能有健康的身体，才能正常思考一样吗？”

“你也可以这样理解吧，差不多就是那么一回事。而且最关键的还是芯片，当年汉斯搭载的是国产通用 AI 芯片‘华夏一号’，一款模仿人脑原理开发的神经元芯片，但当时国内并没有很好的晶圆代工厂，所以是由外资企业 F5 集团旗下的积体电路制造公司完成的代工。但随着国丰科技和 F5 集团的合作越来越紧密，后续大量更换迭代了芯片硬件，现在国丰科技用的芯片很多都是进口的。其实进口也不是不好，毕竟投资晶圆代工厂不仅设备烧钱，技术研发也要烧钱。但实在是越来越依赖 F5 集团了，辗转几年，F5 集团的代理人史密斯都成了国丰科技的大股东。”

“晶圆代工厂？芯片设计这么难都能搞出来，为啥却被这代工难住了？”桃心认知里，生产一个产品，这设计不是肯定比工厂流水线要有技术含量吗？

“首先芯片生产环境非常严格，要在一个完全无尘的环境，光一套完整的过滤设备，就非常昂贵，更不用说还需要全自动设备和光刻机。其次芯片生产需要工艺，这里面是有核心技术的，不是简单的流水线。由于这是一笔非常大的开销，因此芯片产业链形成了设计和代工分开的模式。事实上，我听说国丰科技曾经也计划投资代工厂，但由于遇到卡脖子的问题，需要大量研发成本，最终计划流产了。”

“究竟是卡在哪里？”桃心问。

“首先工艺技术这不说，单就说那台光刻机，在十年前，国内生产的最好的光刻机都落后于世界。如果要自主研发，估计是没有太多资源投进去，所以放弃了吧。”

“光刻机这么重要吗？”

赵贻安马上意识到，桃心似乎还不了解，一枚芯片被制造出来，究竟经历哪些流程：“这样说吧，国丰科技的芯片架构师和电路工程师他们把芯片的电路设计图画出来，然后光刻工程师制作版图，再由电脑自动化工具将版图转化为掩膜版，这个时候，光刻机就会将掩膜版缩印到一张大块的晶圆片上，再把晶圆片切割成一枚一枚的芯片，所以光刻机是生产芯片最核心的设备。这样一台机器，跟整个大型民航客机一个量级，那你要搞一架飞机啊，要多少人力物力，烧多少钱，甚至不是烧钱就可以解决的。而且不仅光刻机，后续还有封装测试之类的工序，封测企业的测试机也被国外企业垄断，国内的测试机大多都是进口的，这要是有一天，他不卖给你，那你就只能站着干瞪眼。”

“那安德森科技呢？安德森科技也没能全覆盖整个技术链吗？”

“全覆盖很难，这是现在很多发达国家也无法做到的，但同样是缺，别人缺的是衣服裤子，你缺了个脑袋，这差别很大。安德森科技旗下也只有芯片设计公司，没有代工厂。”

“我这个外行都听得出，科技这条路还很长很难走，但我觉得，有时卡住的并不只是技术。我爸是个对科技发展很悲观的人，我当年实习的时候，有在报社的科技口待过一段时间，介绍过一些科技产品，我发现像他这样看法的人不在少数，底下的评论都很悲观。”桃心回忆道，“就比如说吧，万一，当然我只是说万一，在未来某一天，AI 要造反，那怎么办？切断它所有能源吗？很多人还是有类似的担忧。”

赵贻安没有要认真回答这个问题，他只笑笑说：“嘿，你这个设想真的像极了我妈想拿捏我，让我服软的时候，停掉我的信用卡，哈哈……”

“人没钱的时候，就是没法硬气，不知道智能系统是不是也一样？”

“这个想法有意思。”赵贻安突然沉思了几秒，“不过你这么一说，要想‘国丰大脑’断电，那还真不是件容易的事情，它关系着那么多业务，停服一天就够外公亏的了，而且会间接影响到华临科技的业务运转，因为华临科技很多高级别的业务还是租用国丰科技的服务器。所以不到万不得已，是不会这样做的。”

“那就没有什么应急措施了吗？”

“有‘铁壁’防御系统。”

“那个传说中，国安部门都在使用的安全系统吗？”

“对，其实现阶段大量普及的智能程序属于‘可信 AI’，它的决策过程是透明且可解释的。而‘铁壁’会像一个监护人一样，全方位从内容安全、数据安全和科技伦理三个方面去检测 AI 程序的工作情况。而且国家的相关部门定期进行人工检查，”赵贻安想了一下又说，“如果AI真的疯了，可以格式化重置，但这样汉斯会失去所有记忆数据，这就意味着包括它通过深度学习获得的所有能力都会消失，基本上就等于……”

“如果……数据和记忆就是汉斯的全部，它没有生物属性的躯体，那抹除掉它已经形成的人格，不就等于直接把它杀掉吗？”桃心突然觉得这跟格式化一部手机不太一样，如果它真的成长为有人格的智能体，删除数据不就像剁掉它手脚吗？

—— 哦，我善良的桃心小姐，不愧是我最优的选择。

“喂，信姐你要不要想象力那么丰富啊，都说它没有人格，只有人格投影啊，姐。最多让它变回一个胚胎，然后重新培育而已嘛。”赵贻安听了哭笑不得。

——是吗？赵先生你怎么知道汉斯没有人格呢？

“既然汉斯那么依赖国丰科技，为什么还要偷偷接触你？”

“我哪儿知道？大概是吃饱撑的，”赵贻安故意逗桃心，“可能AI也跟人一样，吃饱了就开始想别的东西了吧……”

——只有碳基生物才需要吃饭，赵先生。

“对了，我看了那份计划书，水埠头项目的。”海风驱散了盛夏的炎热，桃心看着隔着驿江不远处的水埠头，“这么偏僻的一个岛，这基础设施的钱投进去，跟石子扔海里一样。”

“其实十年前就已经投过钱，现在不继续的话，之前投的钱就真的白投了。我妈曾想过承包岛上靠近渡口一带的区域，做旅游产业，海滩民宿餐饮之类的，再结合一下华临科技的全息游戏产品，还可以迁移一部分项目的实验室到岛上，趁现在那片地还荒凉，地价都还是白菜价。”

桃心回忆：“但我听我爸说，五年前华临科技出了件更大的事情，才导致你母亲无暇顾及水埠头的项目。”

赵贻安愣了一下，沉默地背过身去，突然没头没尾地说：“你知道华临的‘技术总监诅咒’吧？我妈那个时候……应该在处理‘叛徒’的事情。华临科技最初的技术总监李正轩，他差点将我爸妈的努力毁于一旦，干完伤天害理的事情就人间蒸发，现在还在被悬赏通缉。”

李正轩？桃心莫名感觉，这个名字怎么有点耳熟：“是‘正’面的‘正’吗？‘车’‘干’轩？”

“对呀。”

“他做了什么？”

“倒卖数据啊。”

“数据泄露不是很平常的事吗？”

“李正轩做的不是一般地泄露你电话号码，搞得你被推销电话打扰那么简单。他当时是华临最高级别的硬件工程师，这里所有的服务器都归他管。”赵贻安顿了顿，“亏我爸这么信任他，被最信任的人背叛自然是最致命的。”

“人可不是一天就能变坏的，总得有个原因吧。”

赵贻安说：“其实他有一层特殊的关系，就是他的母亲其实是杨建为的姐姐。”

“国丰第二大股东杨建为？”

“对，李正轩是杨家父子埋下的一颗雷。你不知道这个姓李的有多残忍，他东窗事发逃命前还摔死了自己的孩子，他妻子也因此自杀。杨建为帮他潜逃到境外躲起来，之后他就帮杨建为成立的BFE建立资金交易系统，成为他们背后的‘黑手套’Shadow。”

“这些你是听谁说的？”

“其实华临科技老资格一点的人都知道。李正轩当年跟我爸一起创立安徒生实验室，然后又跟着他从国丰离开，创办华临。但他向来和我爸理念不合，像他这种有技术背景和能力的硬件工程师，要出卖重创华临是轻而易举的事。要怪就怪我爸信错了他。”

“硬件工程师？相当于现在娴姐的职位吗？”

“娴姐是在华临出事后，被我妈从基层提拔上来的，当年李正轩的权限可比现在娴姐还要大得多。像华临科技这个大型数据中心，这里除了服务器还有大大小小的电源、控制设备、监控设备、安全设备，就像大脑这个器官一样支持着大大小小的程序运行。要知道，软件产品依靠硬件。AI、机器学习、视觉处理等都很吃硬件计算量的。而设计低功耗、高稳定性、承载大的硬件设备就是硬件工程师要想的问题，还需要调试电路、调试脚本、嵌入式设计之类的，当然我的工作涉及算法和软件开发比较多，硬件的东西我也不在行。但毋庸置疑的是，他的职位是关键的。”

“可是数据泄露不是非常普遍的事情吗？”

“那要看是什么级别的数据了。数据对于汉斯来说是血液一般的存在。首先汉斯是依靠千万亿以上参数培养的超大预训练模型，而它的分支程序，也就是应用在不同领域场景的弱智能程序，属于小模型。汉斯和这些小模型之间的关系就像蚁群里面的蚁后和工蚁。汉斯具备更高的算力和更强的逻辑推理能力，作为蚁后统筹工作，输出指令，工蚁数量繁多，分工明确，在实际场景中应用产生的数据汇入汉斯大模型训练所需的数据流，促进它的自我进化。它们之间的沟通是通过数据，这里面产生的数据包含了大量国民信息。数据是我们这个时代像石油一样宝贵的资源。姓李的在一个这么重要的位置却做这种勾当，真是……白瞎了他的学识。”赵贻安想到这样的人现在还逍遥法外，不知躲在哪个角落搅弄风云，他就非常气愤。

桃心似懂非懂地问：“他是将华临科技的机密泄露给了商业对手，损害了华临科技的利益？”

“比这严重多了，不知道我这样讲你能不能明白呢，现在市面上的电子地图，其实它的地理测绘信息是经过随机偏移的，就像……”赵贻安突然觉得自己语言真的很贫乏。

“相当于新闻里给当事人的个人信息打码一样吗？地图也要打码，保护地理信息安全，对吧？”桃心早年间做过相关公司的采访，对此略知一二。

“对对对！但是由于汉斯……和一些其他程序产品需要精准定位，我们的数据库中有非常精准的单点测绘和交通测绘信息。如果……他将这些信息倒卖给某些组织或者……那某个地区的经济运行或者一些重要的涉密机关地点就会完全暴露在收购信息的人或者海外组织手中……他们就可以获得我们每一个人的‘画像’，知道每一个人的弱点，轻易操控任何一个人，甚至有国家安全方面的问题。

所以这是犯法的，后果非常严重，当年华临科技因此倒大霉，被停业调查了很久。”

“所以之后华临科技没有再设置权限如此高的技术总监吗？”

“我也是听娴姐说的，那件事之后，华临科技聘请了新的技术总监，但很快这个人就意外身亡，是被人抢劫时失手打死的，由于事发突然，又找了个年轻的软件工程师临危受命，但是他没做多久就辞职了。公司开始有人传他是霉运缠身被吓跑的，我猜他就是被恐吓了吧，也不知道是谁在背后搞事情。之后这个位置就一直空缺到现在。大家私下都说技术总监这个位置是‘三煞位’，谁坐谁出事。现在技术总监下设置了三个主任职位，娴姐是其中实权相对较多的一个，然后就是软件工程师许峰，他在国丰科技常年不受重用，被我妈从国丰科技挖到了华临科技，他算是我在这方面遇到的第一个师傅……啊，不对，从先后顺序来说，他应该算第二个。”

“那第一个是谁？”

“当年我……就大学期间……反正就那几年，有个经常和我线上联系的神秘人，他的 ID（身份证）叫‘斯托曼’。”

“斯托曼？外国人吗？”

“应该不是，他满嘴的广普口音，应该是个广东人，‘斯托曼’应该是取自‘自由软件之父’理查德·斯托曼。他的身份是个谜，我也只在‘镜城’见过他，他经常给我一些方向性的指导。而许峰是我两年前在国丰科技认识的，许峰虽然没有斯托曼的功力深厚能给我灵光乍现的点拨，但他是个脚踏实地的人，也很有耐性，再愚蠢的问题他都会很耐心地给我讲解。”

“那难怪张总那么看重许峰，原来是太傅大人哪，那除了许峰、娴姐，还有一个主任是谁？”

“我啊。”赵贻安说着自己都忍不住笑了。

“你是哪门子主任哈哈……你这个空降兵。”

“我可是项目主任。你知道现在的科技公司要想持续发展下去，项目必须尽快落地变现。我这个位置可关键了！这是一个循环，首先要有项目，变现后才能有资金回流投入继续研发，建立好的平台和积累资金就能聘请更好的人才，然后技术就能再进一步，技术进一步后就需要更好的硬件去支持，然后使技术可以再向上突破。”

“所以就是要有钱咯。”

“是缺实际的项目，有成功项目案例才能吸引投资啊。”

“你在临城没人脉吗？”

“现在的项目都是华临科技原本的客户。”

“我不是说你母亲的人脉，我说你的，朋友呢？不熟也行，知道单位和需求就可以。”

赵贻安听后沉默了快一分钟。

“你人缘那么差吗？你小时候就没有一起玩的朋友吗？”

“怎么可能没有，我人缘很好的。”接着赵贻安强行跟桃心分享了一堆他小时候怎么被同学坑还不自知的经历。

“你那是被霸凌，你知道吗？”无论是被母亲打骂还是同学的那些所谓的“玩笑”，赵贻安都说得像童年趣事。

“小孩子开玩笑而已，他们怎么会欺负我？我可是有钱买零食给他们吃的。”

“你是不是傻子？”桃心听了只觉很气人。

“真的是开玩笑，我没感觉自己被冒犯到。没有人愿意跟你玩才更惨吧。”赵贻安认真地说。

“这玩笑开得有点过了吧，你是受虐体质吗？”

“后来有一次我玩得有点疯，摔到额头破了。”

“你自己摔的还是被人弄的？”桃心问。

“我自己摔的吧，我记得。我妈去学校见老师，之后，就再没有人敢跟我玩了。”

“你还说你不是被人欺负？要是姐那时候认识你，肯定罩着你，没人敢欺负你……”

“你才这么丁点高，怎么罩我？”赵贻安听完笑了。

“只要你不害怕，就没人吓得住你！小学时候有男同学抢我东西，我就用拳头砸他，我追着他打。”

“你怎么打得赢？”

“我胆子大啊，智取懂不懂？打完就躲女厕所，他又进不来，然后他告诉老师，我妈去见老师，我就大声哭，说他欺负我，抢我东西，我算正当防卫。”

“哇，没想到你从小就是个小霸王，”赵贻安突然想起，高中那会儿有一次不知道自己说错了什么，把桃心刺激得怒不可遏，只有他胸口高的桃心突然用力往他胸口来了一记“头槌”，撞得他肋骨疼了几天，导致之后赵贻安看到她神情不对都习惯性身体后倾，“那你是不是足球队的？”

“什么足球队？”桃心不解。

“一个头槌射门，把人家肋骨撞断，没人敢惹你。”赵贻安哈哈大笑。

“赵贻安你是不是想我把你扔进海里？”

“大姐头，罩住小弟吧！”赵贻安伸出拳头，桃心立刻心领神会跟他碰拳。

“哇，姐你也太大力了吧，我手骨被你打折了。”赵贻安假装很疼。

就在这时，露台虚掩的门突然被推开。“你们进来这里干什么！”娴姐出现在门口，“张总之前说了，不能放人进来这里，多危险啊，快出来。”娴姐有点生气，“那围栏的防护栏坏了都没修，太危险了，你可不要说你进来过，不然一会儿张总又要说我了。”

“不好意思，娴姐。”

两人离开的时候已经是傍晚，赵贻安刚系好安全带就问：“你现在回家吗？我可以直接叫司机接我。”

“我现在去游泳馆，可以先送你一程再去。”

“游泳馆？”

“我每个周末都要去一次啊，要一起吗？”桃心突然想起他说过小时候溺水的事，马上改口，“我只是礼貌地问问。”

“洪记者一个周日能赚多少钱？”赵贻安没头没尾地问了一句。

“想说什么？”

“我想买你明天的时间，测试一次‘镜世界’的游戏。”

“你有设计图的那套设备？”虽然这套设备限量发售的消息一直在网上炒得

很火，但这仿佛当初 VR 眼镜突然火了一段时间又沉寂一样。桃心得知赵贻安竟然搞到了“云端一号”，她当然非常愿意花费宝贵的时间去见识一下它。

“是啊，现在全球有十七家公司发行了同类的虚拟非侵入沉浸设备产品，而安德森科技的‘云端一号’作为第一套完全国产的设备，刚发布预售不久，只少量寄出了几千套内测版本的样机，华临科技当然会有样机。”

“那明天测试结束，我再考虑收费也不迟啊，赵老板。”

3

送完赵贻安后，桃心本想去游泳馆，但她又想起那个莫名很熟悉的名字——李正轩，总感觉在什么文件里见过这个名字。兴许是她职业病发作，非要确认一下。赵贻安说华临科技的数据库已经找不到关于李正轩的内容，在事发后为了被调查时避免过多牵连，大量“清除”了他在华临科技的痕迹。

桃心先是通过她在几个居委会的关系查到了李正轩的妻子袁秀。袁秀曾经是临城一中的音乐老师，于是桃心又回了一趟母校，找了当年相熟的副校长。副校长已经到了快退休的年纪，他是桃心读书时候的科任老师，他听完回忆了好一会儿才想起来：“袁老师是跟随丈夫工作调动，才来了临城任教，但是她只做了一年左右，就意外去世了。”

“意外去世？不是自杀吗？”

“哦，不是自杀，校方接到警方通知赶到医院时，她已经抢救无效死了，她是车祸去世的。”副校长一边翻手机一边回忆，“我估计她就算活着也很难受吧，袁老师是个很和善的小女人，温婉又有耐心，可惜嫁错个男人。出事前她已经有点精神不太正常，经常说有人要杀她和孩子，问是谁要杀她，她又在那儿支支吾吾。我感觉应该是出现家庭暴力问题了，已经跟单位妇联的同志反映，但没想到没过多久就看到新闻，她丈夫成了通缉犯，那疯子还亲手杀死了自己才刚满周岁的女儿。她也跟着失联了两三天，之后突然就接到局里通知，她意外车祸去世了，我想她也是生无可恋了吧。”

那么大的新闻，怎么没听说过，桃心感到奇怪：“袁老师去世究竟是哪一年？”

“忘了，至少得有二十年了吧。”副校长低头数了数手指，“那时我还年轻。”

二十多年前？不对呀，赵贻安不是说这是几年前的事情吗？桃心是个“逻辑控”，她不会放过任何不合理的细节，工作习惯让她每次都求证清楚事实才写进稿件里，这种业务习惯锻炼了她对散乱信息的组合能力。她感觉有什么事情对不上，她回到家马上翻查李正轩的通缉令查证，那场惨剧至今已过去了二十六年。李正轩案已经是陈年旧事，那父亲口中五年前张淑卿突然放弃水埠头计划必然另有原因，赵贻安估计是不想提才扯出李正轩的旧事。

五年前……那不就是十九岁的赵贻安突然失联的那年吗？一直到去年他才突然“回来”，那中间四年时间，一定发生了什么他不想提及的事情吧。

桃心看着通缉令上李正轩的照片，是个很陌生的面孔，她确实不认识这个男人，但她总觉得这个名字在哪里听过见过，只是暂时想不起来。晚上桃心收到副校长发来的袁秀老师的照片，女人扎着高高的马尾辫，眼睛大且有神。桃心觉得这女人好像在哪儿见过，尤其是她鼻尖那颗好看的美人痣。多美的女人啊，就这样被毁了，果然“智者不入爱河”是真理。

桃心睡前随手点进普罗米修斯的数字藏馆，最新的作品是一幅黑暗哥特风格的画作——画面中是一个瞳孔已经放大的女人，她的腹部有个巨大的血窟窿，显眼的血蔓延了整个画面。但桃心却没有感觉到血腥暴力，画中的这个女人虽然保持着惊恐疑惑的神态，却让桃心感觉到一种和谐安静的美感。虽说这次的作品和普罗米修斯一贯的主打明艳色彩的风格有所出入，但桃心细看发现不管是从笔触纹理还是作画习惯，都是普罗米修斯的习惯。这次虽然运用了大量黑色等冷色调，但红色的艳丽依然很显眼，反而有种冲突的艳丽感。

这幅作品名为《困静》，桃心条件反射般用自己的数字账号提交了两千元的拍卖竞价款。当然她不是冲动，而是行家都知道，普罗米修斯的作品转手是没有亏的可能的，只是中标规则非常复杂，几乎等同于运气。

第六节　清醒梦

1

周日的早上，桃心如约再次来到南郊的华临科技大数据中心。赵贻安已经提前在昨天的全息会议厅等她。走进会议厅，正中间并排放了两张有靠背和扶手的椅子，靠墙多了一张长桌，上面就放置着昨天设计图上的手套和头戴设备。此时，一个眼睛很小的男人走了进来，他搬着把椅子，跟桃心打了声招呼就坐到了长桌前。

“这是我团队的阿伟，担任这次游戏的‘安全员’。”赵贻安说。

“安全员？”

“游戏公约规定，每五名玩家进入游戏就要安排至少一名安全员，负责排除设备异常情况，盯着玩家的数据指标是否出现异常，监督上线超过四小时的玩家下线休息。这个需要培训，通过考试获得执照。”赵贻安把一副手套递给桃心，“你试试这个小码的，手套内部有很多感应点，必须贴合皮肤穿戴，接触不良可能会影响操作。”

“啊，好黏。”手套材质很轻薄，包到小臂二分之一的地方，桃心把手伸进那手套后，感觉里面充满胶水一样的物质。

“这是增强交互触感和传递动作指令的介质，”赵贻安见桃心戴上小码手套还显得松松垮垮的，“你手怎么那么小啊……”他一边喃喃自语，一边低头拉紧她手腕处的缚带，“还是大了，阿伟，再填充点介质吧。”

两人都戴好手套后并排坐到两张椅子上，等待阿伟调试头戴设备。

“这椅子有什么特别吗？”桃心问。

“就选这种有靠背有扶手的普通椅子，不然你坐四个小时下线后手臂会很麻。”赵贻安说完没多久，就接了个电话，他不耐烦地说了句，“十几分钟后吧……我们上线再会合吧……好。”挂上电话后，赵贻安告诉桃心，“一会儿带你认识个朋友。”

不一会儿，阿伟就为即将第一次进入“镜世界”的桃心戴上设备。他提醒：

“洪小姐请把头发扎起来，头戴设备需要感应你后脑和颈部周围的部位，我帮你开了新手模式，系统会帮你设置你的镜城虚拟身份。”

桃心戴上头盔后，视线完全陷入黑暗中，外界的声音也一下子被隔绝。这时头戴设备内对应太阳穴的位置伸出两块光滑柔软的金属薄片一样的东西，贴合着她的头部。紧接着是头部和后颈的其他位置，都出现了类似的金属薄片。

安全员阿伟的声音从内置耳机传出：“设备位置校对完毕，请闭上眼睛，跟我默念……三、二、一……”

桃心感觉脑袋被向上提了起来，仿佛整个人突然飘到了半空，紧接着好像一股温水从头到脚将她包裹了起来，随着几秒短暂的耳鸣，整个世界都陷入一片寂静中。这个过程快到她没有来得及反应这究竟是怎么回事，她就发现自己独自飘浮在一片色彩绚烂的宇宙中，满目星河。

这也太逼真了吧……她低头看自己双手，两个手掌和每个手指都浮现出了操作文字标注。

“欢迎进入‘镜世界’虚拟空间。”系统提示音响起，“是否进入虚拟身份创建功能？”

桃心看了一下手上的文字标注，握起左拳表示“确认”。眼前出现一个明亮的光斑，她整个人被吸了进去，紧接着感觉双脚踩在了地面上。

这是一个纯白的空间，正中央出现了一个类似选择框面板。在没有充值和积分的情况下，桃心只能选择系统现成的虚拟人物建模形象。她随便输入了自己的身高体重参数：152cm，42kg。按确认前突然犹豫了一下，改成了 170cm，50kg。

虚拟形象的“捏脸”功能和端游版本的差不多，只是现在如果付费，选择会更丰富。设置完毕后，选择面板变成了一个全身镜，镜中的自己穿着她刚刚勾选的棒球服和过膝长筒袜。只是这腿实在比她现实的腿要长太多，导致桃心觉得这条半身短裙实在太短。在确认了虚拟形象的外观后，眼前跳出一些安全条例。最后还可以设置避免某些题材，诸如勾选恐高、晕血之类的选项，系统会自动避免玩家遇到相关场景以及对相关画面打码。桃心在这一项直接点了“无”的选项。

这些初次登录需要完成的步骤结束后，桃心正式进入“镜世界”的虚拟“世界频道”。展现在桃心眼前的是一个现代新国风与朋克融合的城市景观，这里的每个物件和人物都带着色彩鲜艳且醒目的 AR 图标标识。视线界面顶部显示“初次登录成功，玩家‘虹心’熟练指数 +12”。

就在刚才，她还觉得虚拟形象服装的图案过于浮夸和暴露，LED（发光二极管）配件装饰的科技感和棒球服上的国风凤凰的图案竟融合得一点不突兀。准确来说是，街上行人的装束比她“高调”得多。点开导航图，这座叫“镜城”的虚拟城市，已经不是当初端游展现的面貌。各种不同颜色的坐标区分成了商务、游戏、购物、教育、游览、综合服务等区域。

此时桃心收到一个弹窗：“您的安全员向您推荐了用户‘QED’，是否通过好友申请。”她抬手点了一下弹窗的确认键，用户“QED”就被传输到了她面前。

“QED”先生是个“掉链子”的男人，他右侧颈部和下颚处的皮肤像被“腐蚀”掉了一样，露出里面的金属零部件，露在衣物外的皮肤爬满了嬉皮士风格的涂鸦刺青，但偏偏他穿了身英式绅士礼服，只是两只袖子像经历了搏斗后被火烧得残缺不全，露出缠着拳击绷带的手腕和手掌，两种风格元素造成的反差感非常强烈。眼前的男人体型健壮魁梧，但如今的桃心不需要抬头看他的脸，她一下子“长高”了差不多二十厘米，真是视角体验都不同了。

“欢迎来到‘镜城’。”“QED”先生一开口就是桃心熟悉的声音，这让她想起现实中身材像电线杆一样的赵贻安在篮球场被对手推来撞去的场景，那两条细长的小腿，完全是他重心偏上易被推倒的致命弱点。而此时，眼前这个陌生的虚拟建模形象向桃心伸出了右手，露在拳击绷带外的小臂青筋浮起。她也伸出右手握住了他的手。这触感真的与现实中与人握手的触感无异，甚至连他手上的拳击绷带的触感都模拟得很真实。紧接着，她视线右上角短暂地跳过一行字：“虹心”与“QED”亲密指数 +15。与此同时，他们头顶的夜空绽放出绚烂的烟花，这烟花只为第一次在镜城见面的他们而绽放……

2

“QED 是什么意思？”桃心问。

“QED 是‘证明完毕’的拉丁文缩写，数学证明题写完的时候会在最后写上 QED。”

“这究竟是怎么实现的？我们的身体……意识脱离了吗？”桃心好奇地看着赵贻安露在皮肤外的金属零部件。

“其实我们的身体现在就坐在那张扶手椅上，只是我们的部分感知被脑部屏蔽了。这相当于一场‘清醒梦’，就是你睡着做梦的时候，有时会清楚知道自己在做梦的感觉，”赵贻安侧了侧头，这要是在现实，桃心应该能看到他习惯性地抬了抬眉毛，只是系统设备只能模拟部分头部四肢躯干的行为动作，脸部神情的信号捕捉还是比较有限，只能根据使用者的脑电波输出的情绪来模拟大概的表情。

“可我现在感觉是站着。”

“你听过‘缸中之脑’吗？”

“你是说，像《黑客帝国》里面往人脑插管吗？”桃心又想起自己很喜欢的这部老电影。

“其实电影里说的就是脑机接口技术，人体对客观世界的感知都来源于大脑，我们用的这套设备就是用模拟信号骗过我们的大脑，但暂时也还做不到像《黑客帝国》那样的程度，游戏用户还是能分辨出自己在游戏中，只是比玩 PC 端的 VR 游戏更逼真。”

桃心想起几年前她采访过一个专门治疗癫痫病的机构，那个时候脑机接口技术已经非常成熟了：“可据我所知，脑机接口技术早在十年前就已经有，为什么这十几年里都是雷声大雨点小，真正落地的项目都是在医疗和科研领域？”

QED 先生又歪了歪头：“你说得没错，要解决的技术难点有很多。脑机接口技术分为侵入式和非侵入式，目前受制于社会观念和生物技术的发展，国内主要研究方向都属于非侵入式，用特制的电极帽捕捉人脑表层的电信号，通过模式识别等技术转化成机器能听懂的数字信号，控制设备，再反馈信号给大脑。我们戴的游戏头盔就是改良的电极帽。按照现在这个游戏体验的效果，非侵入式脑机接口比侵入式安全多了，也更容易让大众接受，但应用在虚拟空间的连接上，神经解码技术是最大难点，脑电信号在不同场景和不同人身上有细微差别，很难做精准建模，再加上十年前脑机接口的研究数据不足……”

“所以，我刚登录的这几分钟的体验，是十几年努力的成果吗？”

“也不能这么说吧，技术迭代比我们想象中要快得多，我们父母年轻的时候，计算机不也是昂贵的东西吗？已经出现的事物，除非人们对它的需求消失，否则就一定会有普及的一天。”

“那这十几年里，是什么解决了你说的技术难点。”

“我们不要在这儿聊天好吗？你看看顶上那个橙色的进度条，等它跑到0，你就要被强制下线了。”这次赵贻安没有像以往那样聊到他感兴趣的事情就收不住。

“这就是安全员说的四小时内下线吗？”

“这是设备无时无刻不在检测你的‘注意力指数’，登录的时候是200。系统还会根据对不同年龄和身体情况的评估调整这个指数，超过六十岁人群要安装防沉迷系统。在游戏里，随着时间的流逝逐渐扣除指数，在‘镜世界’里做不同的事情，也会对应扣除不同的指数，类似游戏里有限的‘行动点’，还有一些操作失误都会被系统视为你精神不够集中，也会扣除指数。扣到剩下15的时候就会提醒玩家自觉下线，扣到0就会自动下线。200的‘注意力指数’最多四小时就会消耗完。但如果你在商城买东西或者闲逛基本消耗不多，如果玩副本游戏，就会消耗比较快，时间就会更短，但也要取决于用户的精神集中力。”

“时间那么短，不会制约镜城的发展吗？”桃心快速消化了初次登录的机制设定，此刻她的“注意力指数”显示是198，赵贻安则是196。

“镜城的魅力在于能完成在现实中无法实现的事情，如今这技术还在发展阶段，未来技术设备革新后，这个时限会越来越长，人们在镜城能做的事情会更多。”赵贻安打开他的道具面板翻了几下，“送你个见面礼吧。”

桃心视线前方出现了个接收确认框，她点下确认，出现箱子打开的动画效果，之后，桃心的道具面板多了一根金属棒球棍。

“我已经很久没有打棒球了。”桃心接过那棒球棍，尝试挥动了一下，想起自己初二时候参加过一年棒球队。

“你记得吗？我们第一次见，是在棒球场附近。”赵贻安似乎很期待她能想起什么。

“是吗？我们不是在学校认识的吗？”桃心确信自己高一认识赵贻安时已经从棒球队退役。

赵贻安有点失望，不过桃心不记得也在他意料之中。

那年，五年级的赵贻安个头很小。某天他跑到临城一中附近棒球场玩，结果被三个中学生霸凌。被打的时候，他蹲在地上缩成一团，他低头看着自己被踩得满是脚印的球鞋，他怕脸上留下伤，会被母亲知道。就在这时，有人出手相救。他抬头，那三个中学生已经逃跑了。夕阳下，身穿着临城一中校服的大姐姐拿着金属棒球棍的手被擦伤了一块，是她打跑了欺负他的人。

“谢谢，姐姐。”十一岁的赵贻安坐地上，忘了爬起来，直到她伸手扶起摔倒的他……

第二年赵贻安如愿考到数学竞赛全市第一，被保送到临城一中上初中。

可是入学后赵贻安才发现临城一中分高中部和初中部，要找那个有一面之缘的姐姐简直大海捞针。

初一刚入学，学生会就送来慰问。而此时的赵贻安正在为入学的摸底成绩发愁。他一整天都坐立不安，放学的时间越来越近。一想到回家后将接受母亲暴风骤雨般的批评，赵贻安就有种坐等秋后问斩的焦虑。他知道母亲张淑卿会不遗余力地给他做思想教育，把过去他犯下的每一条错误揪出来反复分析其带来的不良影响。这场深刻的“反思大会”无可避免会以一系列“不平等条约”来收尾。电脑会被没收，零花钱会被克扣，心爱的篮球会被束之高阁，房间的违禁品会被地毯式搜缴，手办、课外书、游戏机、魔方都将成为影响成绩的罪魁祸首。

彼时，穿着高中部校服的学生会成员走进了教室。临城一中的学生会成员来自六个年级，学校有个传统，每年学生会都会发动全体成员写一封慰问信，每人将信分发给五名新生，保证每个新生都会收到写着自己名字的慰问信。学生会借此走进初一班级为招新做宣传。

赵贻安拿到手的是一个浅蓝的信封，展开信纸，字体端正有力，笔锋潇洒。

嘿，我要是字能写得那么正就好了，跟行书字帖似的。信上写道：

看到你的名字有个“贻”字，我想起一首诗，抄送给你。希望我就是那个“路过你门前的陌生人”，给你带来灵感与启发吧。一切都是最好的安排，欢迎来到临城一中。

爱者之贻

泰戈尔

世界于你而言，
无意义无目的，
却又充满随心所欲的幻想，
但又有谁知，
也许就在这闷热令人疲倦的正午，
那个陌生人，
提着满篮奇妙的货物，
路过你的门前，
他响亮地叫卖着，
你就会从朦胧中惊醒，
走出房门，
迎接命运的安排。

高一（3）班 洪韬信

看名字和那么潇洒有力的笔迹，应该是个成绩不错的师兄，赵贻安想。

第二天赵贻安回到班里就听到几个男同学在讨论，如何去学生会的办公室打探写信给自己的人究竟长什么样。

昨晚刚跟母亲立了军令状，接下来要奋发图强的赵贻安对此并不感兴趣，于是一脸正气地拒绝。

“我表哥是学生会的，他愿意带我们去认人名。”

“赵贻安你可以见见你那个写字很漂亮的师兄……”

赵贻安嘴上说不，但身体还是很诚实地跟去看热闹。一群人跑到学生会办公室对面的教学楼，窥探刚开完会离开的学生会成员。

“他们开干部会议，都是高一高二的。”

人走得差不多了，此时一个搬着一大叠文件夹的女生慢慢走出了走廊。她身材娇小，胳膊细长，托着的文件夹顶到她下巴那么高。她剪着一头齐腮短发，露出一截纤细的脖颈。

“哇，那小女孩是谁？”“她好像是高一的干部。”“名字名字！”“洪韬信，文韬武略的韬，信念的信，想不明白她爸妈为什么给她取个男生的名字哈哈……”

挤在边上的赵贻安一眼认出了桃心就是当时救自己的大姐姐。

多年后赵贻安回忆起这个场景，心想，那些同学眼瞎吗？哪个是小女孩啊，这人分明是跟他母亲张淑卿一个类型的大姐大，柔弱美人的皮囊里却装着彪悍的灵魂。

人群的吵闹让对面楼的女孩听到了，她闻声转过身来，看到对面的一群人，随即颧骨上扬大笑起来，空出一只搬东西的手，朝他们招了招手。那是个阳光丰沛的笑，赵贻安至今还历历在目。

只是，当时的桃心是大家心目中的热心学姐，她并没有留意到人群中“平平无奇”的赵贻安。她甚至不记得两人是怎么认识的，只记得大概是她高中时候吧，那时的赵贻安还是个初二学弟。

基因一般不会骗人，赵贻安初二下学期开始就个头冒得飞快，一下子长到一米八有余。桃心还是跟初见时差不多，只是这时的赵贻安低头能看到桃心的发顶。

3

系统提示框弹出，打断了赵贻安的回忆，此时他收到好友“我想静静”的游戏邀请：你好磨蹭啊，可以进副本游戏了吗？

“镜城”是开放式世界地图，由于桃心是初次登录，所以赵贻安要来初次登录点接她去游戏区。收到催促后，赵贻安马上带桃心前往游戏区：“我们先去游戏区，一会儿如果有时间剩余再逛‘镜城’。”

“这里还不是在游戏里吗？”

“‘镜世界’严格来说不是一个游戏那么简单，这相当于为游戏制造商构建一个开源平台，降低内容生成的技术门槛。比方说，在我们父母年轻的时候，视频剪辑需要专业的软件设备，但互联网进入‘用户生成内容’为主的时代，短视频平台会提供傻瓜式的视频剪辑模板工具，这样普通人几分钟就能剪辑出视频，降低技术门槛，从而让更多的用户参与内容生产。”

“所以你的意思是，以后会有越来越多人在‘镜世界’里产出内容，不需要依赖国丰科技来设计里面的游戏内容吗？”

“是的，‘镜世界’现有的游戏主要都是外包的游戏发行方做的，国丰科技只负责‘镜世界’的‘生态平衡’。游戏发行商只需要与国丰科技签订合约，就可以申请账号，免费使用‘镜世界’的平台，但游戏营业额的两成归国丰科技，没有收益之前不收任何费用。而且由于国丰科技和安德森科技是‘镜世界’的联合发行方，所以安德森科技免费为外包的游戏发行商提供游戏引擎。”

“游戏引擎，是之前安德森科技宣传的那个安徒生 7.0 吗？”桃心想起迭代到第七代的安徒生游戏开发引擎正式上线时，社群里都在讨论，安徒生 7.0 似乎已经媲美 F5 集团的 Fantasy（幻想）4.0，而且更加物美价廉。F5 集团的代理人史密斯甚至用个人的社交媒体账户抨击安德森科技，说安德森科技毫无底线和技术含量，不过是用“逆向工程”抄袭仿制 F5 集团的游戏引擎。

“对，安德森科技建造了一个通用的底层架构，游戏开发相关辅助工具的代码和很多常见的游戏关卡编辑器全都开源。”

“这样内容生产的门槛降低，跟互联网时代的 UGC（用户生成内容）的概念差不多吗？”

“可以这样理解，为了确保用户有足够时间完成游戏，注意力指数低于 150 是不能进游戏区的。新生事物嘛，都管得很严，你懂的。我们一会儿玩的这个游戏是托马斯游戏发行工作室做的剧情推理游戏。”

“那这个托马斯工作室应该很有实力吧？”

“也不算，托马斯是‘镜世界’上线时候的第一批老牌游戏发行中混得最差的一家工作室。现在纯格斗通关类的游戏比较吃香，也更赚钱，托马斯发行的游戏‘驿城传说’，里面大部分的副本游戏都属于剧情推理游戏，是比较小众的类型。它需要玩家思考推理，中间穿插一部分格斗内容，这很耗费注意力指数，玩一段就要存档下线，因此用户量一直不高。也就托马斯每隔一段时间发悬赏奖励的时候，会多一些用户。”

“那它坚持到现在应该不会亏钱吧。”

“理论上是赚不了多少钱吧，但不也做到现在，而且我发现大概十年前，我爸参与了托马斯工作室的游戏制作。他在水埠头的老房子留下的资料里很大一部分就是‘驿城’的城市布局设计资料。”

“怎么又‘镜城’又‘驿城’？”

“‘镜城’如果算是个地级市，那底下的‘驿城’就算是个县级市吧，不同的游戏发行商会设计不同的游戏地图，托马斯工作室出的游戏和经营项目就都在‘驿城传说’里面，而副本游戏里获得的奖励积分之类的可以在驿城里面使用。”

“托马斯？中国人办工作室为啥要起个英文名……托马斯·安德森？”

“什么安德森？”

“就托马斯·安德森，《黑客帝国》男主角就叫托马斯·安德森。在希伯来语中，托马斯的意思是双生，这象征着主角在现实世界和虚拟世界有双重身份，而安德森在希伯来语中的含义是‘人之子’，可以引申为救世主和天选之人的意思。”

赵贻安听了陷入了思考，紧接着桃心的职业习惯被唤醒：“那你可以查一下‘托马斯’是什么人在运营，或许他们知道你父亲的去向，至少证明他失联前接触过他们。”

可赵贻安马上停止了这个话题：“这牵扯到另一个问题，我怕我解释完指数就掉到 150 以下了，我们先进游戏，下线后再说，待会儿你选新手模式，系统

AI会给你介绍游戏功能的问题。”

事不宜迟，系统在检验完他们数据达标后就将他们传输进游戏副本内。桃心眼前出现了一个透明弹窗：即将进入剧情推理游戏《罗马假日》。耳边响起一个年轻男性的声音：“我是负责本游戏的AI‘托马斯003’。注意事项说明：玩家在游戏中受伤的痛感以‘热感’代替，受伤后将丧失该部位的运动能力。下线时游戏进程自动保存。”

此时屏幕中显示了三个玩家ID，除了桃心和赵贻安，还有一个叫“我想静静”的ID。

托马斯003的声音继续响起：“副本游戏群组已创建，是否进行新手讲解？”

桃心点了“确认”。

“游戏设计的核心剧情线固定，但每组玩家创建组群后，该组群玩家的个人故事将作为游戏的支线剧情线融入核心剧情线中。由于每个副本群组的人数不同，每位玩家的个性化指标不同，每个群组生成的剧情都会有差别。导向的结局和通关的难度均不相同。凡已经完成初次登录游戏的副本群组成员搭配，再次登录将无法更改或增减成员，只能按照固定的成员通关。游戏中包含玩家扮演角色和NPC（非角色玩家）角色，请自行判断。”

解说完毕后，透明的弹窗再次弹出，桃心按下“确认”后，正式进入游戏。

正在进入《罗马假日》……

黑屏的这个空档，桃心想起自己看过的那部黑白电影《罗马假日》。也不知道这个游戏和电影的剧情有没有关系。

第七节　失踪的“安妮”

1

游戏加载完毕后，首先进入一段游戏 CG（电脑图形）动画，介绍背景故事和玩家本人的角色身份——乔伊，二十八岁，一百七十三厘米，白骑士团骑士……CG 动画退出后，桃心就身处一个欧式宫廷的走廊上，两边描绘着奢华的壁画。她马上发现，这些 AI 生成的画面并没有严谨地遵循史实，而是把不同时代的器具和艺术作品糅合在了一起，不过对于大众而言，只要不细究，依然可以体验视觉上的美感和震撼。走廊的尽头有一面镜子。桃心走到镜子前，此刻她的虚拟形象已经换上了一身骑士袍，她身材高挑，骑士袍下露出一双长军靴，腰间别着一把骑士刀，手里握住马鞭。桃心一边看着这一身复古打扮，一边心想，这《罗马假日》不是发生在现代吗？难不成 AI 直接根据关键词生成了古罗马的剧情？

“乔伊，原来你在这里，我到处找你。”身后突然传来一个熟悉的中年男人的声音。桃心回头看到身后的人时，直接愣在了原地——那男人长了一张跟父亲洪毅一模一样的脸，戴着副单片眼镜。当她视线落在男人身上时，眼前就弹出仅她可见的几行 AR 标注信息——纳西尔信使，54 岁，175cm……

信使递给桃心一个羊皮卷轴，桃心接过后拆下上面的火漆印，里面是大祭司与国王共同下达的任务——安妮公主在罗马城郊失踪，请马上动身秘密调查公主去向，须在本月内带公主平安归来。西城战事紧张，威尔斯王子出征在即，或另有部署，任务完成速回。

桃心看完后，信使把羊皮卷回收进行销毁。桃心望着那张和父亲一模一样的脸，忍不住跟他周旋了几句，那信使说来说去都是那几句话。这时，游戏 AI“托马斯 003”的声音响起：“玩家角色专属的支线剧情内出现的 NPC 外形由玩家主观投影，请勿在新手村逗留过久，请抓紧时间与您的真人同伴会合。”桃心听罢马上告别信使，回到“乔伊”的住所换下骑士服，假扮成普通妇女出发。由于不能泄露公主失踪的消息，任务保密，因此她不能带骑士佩刀，只能带上她自己的佩刀。桃心看着手中的刀，文字提醒弹出——这是一把大马士革刀，刃长半米左右，是你父母留给你的遗物。桃心看了心里嘀咕了一下：遗物？我可以理解成角色父母双亡是吧？又或者身世成谜，哎，都是这种套路。她随即又点开了注释——大马士革刀，刀身布满了异于普通刀剑的水波状花纹，该花纹为铸造时自然形成。看来这就是游戏人物“乔伊”的初始道具，怎么？还是冷兵器时代？

桃心带上随身物品，骑了匹马就前往罗马城。她很快到达罗马城外的树林，突然听到打斗声，看来是遇到支线任务了，她马上跑过去多管闲事。只见一个十几岁的少年被几个手持利刃的蒙面人围堵，桃心扫了眼这少年的样貌，咋有点眼熟啊……这眼睛，这不简直就是从安全员阿伟脸上复制粘贴下来的吗？但她知道此刻阿伟正在当安全员，无法登录游戏，因此这个不过是AI随机投射生成的NPC。只见那少年衣着简朴，像在泥地里打了几个滚般脏乱，桃心作为一名骑士，想都没想马上拔刀去营救他，但她冲上去后才发现自己作为一个游戏新手，格斗操作非常生疏，即使这几个蒙面骑手都是NPC她也不一定应付得了，几刀过去，伤敌一千自损八百，血条一下就掉光了。桃心眼前的画面一转，已经回到了树林入口，重新读档。

桃心两眼一翻，再次骑马进了树林，疯狂地加速向前跑，她心想：我没这个能耐就跳过这个“见义勇为”的环节吧，保存实力。她穿过城郊树林到达罗马城门，但她很快就发现此刻罗马城门不知因为何事封锁了起来，她找了好一圈都没找到方法进去，于是找了个看守不太严密的门硬闯，毫无疑问地重新读档回到城郊树林入口。所以跳不过去是吗？一定要救那个长得像阿伟的NPC少年是吗？于是她又试了一把“熟能生巧”，直到第四次，她感觉自己真的是把格斗操作都磨到有肌肉记忆了，但她就一把刀输出，双拳难敌八手。

“托马斯003？有通关攻略吗？”

“我帮不了你哦，现在你只能等待时机。”托马斯003回答。

“什么时机啊？”这次桃心慢悠悠地骑着马进森林，当她再次听到NPC小孩的求救声时，她原地点开地图，放大搜索了一下，竟然意外发现有其他“活人”在森林里。桃心想了想，打开兑换页面，用开局赠送的积分，换了一个信号弹。信号弹一上天，她就驾马过去救人，很快，远处就传来一阵急促的马蹄声，没多久，她就看到熟悉的骑士袍。一小队六七人，为首的是一个魁梧的年轻男人，男人纵马飞身上前，三两下干脆利落的操作就清空了几个蒙面人的血条，桃心甚至没看清他用的是什么兵器和招式。

“喂，你以为你那点熟练度就能一打四吗？你……”年轻男人刚开口说了一句话就被系统静音了。这是系统警告，系统会禁止玩家在游戏过程中说违背角色和与游戏无关的内容，影响剧情沉浸，但有时系统来不及分辨玩家所说的是否为场外内容，因此还能听到一部分。听说很多老油条就是用这种最简单粗暴的方法来分辨真人和 NPC 的。桃心刚想问“赵贻安是不是你”但想想估计也会被屏蔽，于是没问出口。但很显然眼前的年轻男人在暗示桃心自己不是 NPC。桃心抬头注视马上的男人，注释弹出人物介绍——欧文，26 岁，185cm……是否查看人物线索……随身物品包括安妮公主护卫队骑士徽章一枚、随身佩剑两把、金属项链一条（可消耗积分查看吊牌图案）。

“就是你们弄丢了公主吧？”桃心脱口而出，“然后在这里瞎找了几天。”

“喂我帮了你，你说话不能客气一点吗？”欧文说。

“城门关了，你知道怎么进去吗？”

“知道的话我们早就进去了。”欧文脱口而出。

这时，桃心望向刚刚被救起的那个少年，既然救他是不能跳过的剧情，那他应该是进城的关键吧。于是桃心向少年询问了进城的方法。

“你们是外邦人？”少年扫了眼桃心的衣着，“不久前突然戒严，现在只有那些有凭证的商队可以进城，他们都是供应粮油和燃料的。我可以带你们混在商队里进去，但最多带两个人，你们要把你们的马送给商队作为报酬。”

桃心嘴上谢谢少年，心里吐槽这剧情是要硬卡着让欧文那几个部下 NPC 下线吗？于是两人在少年的帮助下进了罗马城，主线任务才正式开始。

2

进城后的景象仿佛描绘的是两千多年前的罗马城，在这里随处可见来自不同地区、服饰风格各异的人群，复杂多元的文化在这个城市的框架下交融碰撞——马车上的贵妇人、魁梧的水手、风情出众的美女……

欧文突然想起了什么，他问：“你知道安雅也在罗马城吗？”不知道是系统的面部表情模拟出了问题还是怎么回事，桃心感觉欧文说这话时，明明想笑又不敢笑出来的表情。

桃心视线中直接弹出一个人物关系介绍——安雅，22岁，167cm，护国公爵之女，与你关系熟络。桃心马上又检索了护国公爵的设定，原来黑白骑士团就是由护国公爵统领的。这么说安雅是我上司的女儿咯。

“就是她出来搅和，公主才失踪的。本来我们此行护送公主回国，是准备月底联姻的。”欧文说，“西城战事严峻，如果威尔斯王子出征失利，那么就可能要议和，公主就要和亲。”

“那安雅和安妮公主有什么关系？”桃心马上抓到重点。

欧文说：“因为公主成年后我们就没见过她的真容，只有和她一起长大的安雅知道她长什么样，从关系上说她们算表亲吧，都是皇亲国戚。我虽然是公主的护卫团成员，但我只在小时候见过她一两次，那已经是十几年前了，她现在长什么样，还得靠这个安雅。”

看来安雅是主线任务的关键人物，如果没有猜错的话，这么重要的角色不会是NPC。桃心想起一起开副本游戏的还有赵贻安那位朋友，于是脱口而出问：“静静是谁？”这四个字一出来，她后面半句“安雅是你那位朋友吗”已经被系统屏蔽，视线里闪了一下红灯警告。

“谁？”

“没什么。”桃心只能问点与剧情有关的事情，“那你戴着的项链是怎么来的？”

“安妮公主小时候送给我的，那年她六七岁，我也刚入选护卫。”欧文说。

“你今年二十六岁？那这么算公主今年也才二十岁。”桃心试图将现有的信息组合起来，显然这个游戏和以前的剧本推理游戏有几分像，都需要玩家扮演其中的角色，根据其他角色的个人线索推断对方身份，再合力还原主线故事，完成角色个人任务。这完全就是契合桃心职业能力的游戏。

“你不是护卫吗？怎么会没见过她成年后的样子？”桃心觉得奇怪。

“公主出门都戴着面纱。”欧文想了想说，“我们现在得把那个安雅找出来再说。”

说罢两人进城去找传说中的安雅，但很快桃心就发现，罗马城这么大也不是那么好找，她究竟会去哪儿？桃心重新调出游戏说明，用行动积分读取了深入调查线索。解锁的是一些生活片段，桃心尝试从对话中筛选和罗马城或者公主有关的信息。看完都没有任何收获，于是她又重新看一遍，才从安雅桌面一个很不显眼的角落发现了一张罗马城的地图。这条路线基本就是电影《罗马假日》里记者乔与安妮公主游玩的经典路线。

于是桃心带着还一脸蒙的欧文马上前往找出那些标志性地点。途中他们遇到了刚刚在城外救的少年，通过对话，桃心知道他在花店打杂工，对罗马城非常熟悉，于是少年成为桃心和欧文的向导。他们沿途完成了一些支线任务并获取了行动积分兑换线索，渐渐获得更多信息并还原出人物关系。

最后三人走了一圈都没找到安雅，回到少年打工的花店，却意外发现安雅就在花店选花。远远看去，安雅简直是电影里奥黛丽·赫本饰演的安妮公主的翻版，而且电影中的安妮公主在出逃后也是使用了“安雅”这个化名。桃心忍不住脑洞大开了一下：“会不会她才是真正的公主？哪有那么巧，大家都没见过真正的公主长什么样。”

“不可能。”欧文直接不假思索地回答，“虽然我没见过公主的脸，但身形我还是能判断的，她明显矮了一头。”

真的是这样吗？桃心想起，虽然自己不算是跟安雅从小一起长大，但最早的记忆片段里的安雅已经是少女时期的安雅，那时的她跑出来玩，想掩人耳目，于是偷穿了女仆的衣服，被乔伊撞见。她确实是个公爵小姐没错，或许真的是自己想多了吧。

紧接着安雅回头发现了两人，安雅这个角色外形很甜美，她捧着花向桃心跑来：“乔伊姐姐！”她跑起来时裙摆展开像花一样，不愧是公爵家养出来的“人间富贵花”。紧接着她亲昵地搂住了“乔伊”，娇滴滴地问隔壁的“傻大个”是谁。桃心感觉这位“安雅”实在是“茶味”很重，你没看人物介绍吗？你放走公主时，没见过欧文？在这儿装什么。

欧文从见到“小绿茶”安雅开始就直愣愣地盯着她，不知道是在思考呢，还是在读取什么资料。安雅是个名副其实的“狗皮膏药”，她似乎在变着法子拖慢找到公主的进度，此刻桃心觉得好像中计了，明明她是协助公主逃走的，很显然她和桃心找公主的目标并不一致。而此时欧文突然快步走到安雅身旁，小声不知道说了句什么，然后又露出之前那种想笑又不笑的尴尬表情看着她，而笑容甜美的安雅突然脸色一沉，凶狠地瞪了他一眼。

这一幕让桃心出戏了几秒，对呀，她差点忘了，这女孩是赵贻安找来的朋友。但见她迅速又很尊重人设地重新入戏，挂上甜美的笑容。三人走了几个游戏流程，获取推动剧情的线索。其间，桃心又解锁了一部分人物个人线索。安雅是个名副其实的傻瓜美人，仿佛小脑没发育好一样，踩错个楼梯都可以摔倒。然后“姐姐”长“姐姐”短地喊了一路。

欧文全程眼睛都长在了安雅身上，桃心分明感觉得出两人关系的微妙，直到欧文突然很烦躁地“啧”了一声，一手抓住赖在地上的女孩肩膀，将她提了起来：“我说你拖后腿也装得像一点吧！招……”他愣了一下欲言又止，“招人烦……你要是想阻止我们找到公主，那我们就分开做任务吧。”

安雅愣了一下，随即瞪了欧文一眼，等欧文松了手，她马上一秒切换出楚楚可怜的状态：“我恨不得你们现在就找到她。”

“其实要和亲的是你，对不对？”桃心冷不防地一句，“虽然你不是真的公主，但公爵搞这一出公主失踪的戏码，就是让你代替她去西城和亲。”

“乔伊姐姐，我不想嫁到西城做人质，和亲是公主责任，又不是我的责任。”

“可你父亲铁了心要以此向国王尽忠。”

“呵，”安雅苦笑一声，“根本没有什么公主出逃到罗马城，所以无论你们怎么找都不会找到所谓的安妮公主，你们要想完成任务，只能带我回去，而父亲则会顺水推舟向国王提出，既然安妮公主失踪了，就用我来顶替和亲。”

“别这么丧气，或许威尔斯王子能取胜呢？”桃心试图劝说安雅，但其实她早就从线索中得知威尔斯王子要想完全取得胜利的可能性不大，两国多年战争，十战九负，只因西城一直有一位神秘的“先知”，总能无比准确地提前获知我方部署，桃心猜测那大概率是一个精密的情报组织，只是如今线索有限，她还无法确认。

安雅收敛了她娇滴滴的声音和笑容，神色黯淡下来：“我们很可能是要议和的。其实道理我都懂，战争打了这么多年，我们需要的是休养生息的时间。或许，牺牲我一个，给国家争取时间，是最优的方案。”

“所以现在怎么办？带你回去充数吗？哎呀，我是格斗玩家，这种解谜我不懂，首先这阶段的线索就是给我们提供决策的条件，现在的选择很可能影响后面的结果和奖励。这样吧，我公开我所有线索吧……”欧文直接两手一摊。

桃心打了个响指，也公开了她解锁的所有线索，而安雅则公开了她指定的几条线索：“我保留两条，那是系统要求隐瞒的，是组合线索，后续要组合完整才可以公开。”

“先知诞生？”最先让桃心注意到的是关于秘密武器“先知”的传闻，“我们国家也有先知？”

“是没错，可据我所知他还只是个婴儿。”安雅说。

“婴儿？怎么……先知是谁？谁的孩子？”桃心感到疑惑，马上从线索中翻找。没有人知道先知究竟长什么样子，以及他是人还是神。这件事即使在西城也是讳莫如深的。传闻我们的先知还处在婴儿阶段，他将是国家的未来，如今正由大祭司抚养。而大祭司向来深居简出，鲜少露面，只通过信使与国王沟通和向黑白骑士团传递指令。

“其实有些很特别的设定我想你们不知道，我在黑骑士团里面有些视角和剧情补充。”欧文说，“这个国家表面上是国王在运作，但其实决策都是由大祭司说了算，国王安排具体执行，信使大部分时间是为国王的行政工作服务的，黑白两个骑士团表面上忠诚于国王，但其实是忠诚于大祭司的，两个团分别选出一名首席骑士直接保护大祭司。所以大祭司才是这个国家的真正掌权者。”

“没错，我父亲这个护国公爵表面上统领两个团，但其实也只是处理行政工作，没有实际兵权。”安雅补充。

这样架空设定，使剧情往玄幻那边发展了，“先知”的设定究竟是个什么东西？这使得桃心突然有个设想：“你们说，西城因为有了先知而强盛，而我们的先知虽然还处在婴儿时期，会不会已经有类似的神通，他会不会是类似神明一样的设定，所以其实大祭司的很多决策都来自他。”

“有点意思，原来如此。”安雅突然正色，仿佛原地变了一个人似的，不由得让桃心觉得她之前那些娇嗔都是装出来的，此刻她用低沉坚定的声音说：“我要回去了，送我回去吧，乔伊。”

桃心不知道她为何突然想通了，又或者从刚才的梳理中，她似乎知道了什么，但既然自己的个人主线任务就是送“和亲的公主”回去，那就先顺着剧情走下去吧。只是安雅突然的转变，让桃心越发好奇，她想起《罗马假日》的结局，记者乔·布莱德利最终还是把公主送回了大使馆。难道这就是安雅这个角色的宿命吗？

就在桃心原地挂机思考之际，耳边突然响起一阵急促的气流，等她意识到有人袭击他们时，战斗已经开始了。此刻“格斗玩家”欧文显得非常兴奋，他率先发现了有人偷袭。来者是一个 NPC 蒙面小分队，衣着造型和在城外遇到的那些一样。

“乔伊”的角色本身武力值不低，加上桃心经过城郊时反复读档训练，桃心已经很熟练掌握攻击技巧了。或许是她天生小脑发达，反应力、注意力都非常优秀，桃心操作着“乔伊”的角色，用基础的装备和初次登录游戏几乎没什么加成作用的“操作熟练指数”，也能灵活配合着欧文的格斗输出。虽然她几乎每一发都是“物理砍”，但每一下都命中要害，将欧文身后的隐患扫清。

相比之下，欧文作为主要的 ADC（普通攻击持续输出核心），每一次攻击都是大排量的输出，再叠加他不知积累了多少年的“操作熟练指数”的加成，各种 Buff（增益效果）加身的他一个人就能掌控全程。而安雅的角色设定上就是个武力值为 0 的公爵小姐，她的蓬蓬裙很影响她移动，毫无疑问就成了活靶子，被打得上蹿下跳。但她这个号的各项基础指数并不低，加上她非常熟练地闪避操作，至少不拖后腿。

对方的人越来越多，战况陷入了胶着，欧文开始有点烦躁：“最烦搞这种人海战术，喂，你差不多可以了吧？”

“可以什么？”桃心以为欧文在跟她说话，但马上她就明白，刚才那番话是对安雅说的。

“那我‘开个大’收工吧。”安雅以一种完全让人出戏的冷静低沉的口吻回答了欧文，两人仿佛并肩作战了几十年的战友一样，无须多言。

欧文顺手丢出一把小巧的匕首，安雅一个闪身，接住了那把匕首，裙摆在她转身之际如花瓣展开，握住匕首的手戴着中世纪风格的精致蕾丝手套，指骨优雅纤细，紧接着她毫不犹豫地将匕首刺入了自己的右眼。桃心看到这一幕愣在了原地，但安雅右眼并没有如预想中血流如注，而是像一颗破裂的琉璃宝石一样，突然迸发出诡异的光芒，她整个人仿佛邪灵附身一样扭曲着飘浮到了半空，她口中念念有词，似乎在用某种特殊的语言启动了机关，一瞬间光芒呈散射状辐射向四周，几乎同一时间，欧文闪身到了桃心身前，展开了他的护盾，将两人包裹住，与此同时，护盾之外大部分来不及展开护盾的敌人都灰飞烟灭。

光芒散去后，安雅仿佛一个掉光了棉花的破布偶一样坠落到地上，她的血条只剩下一点点，残余的敌人就在这一刻一哄而上。几乎条件反射一般，欧文和桃心闪身上前为其硬扛下这波伤害。桃心听到身后的安雅深深地喘上来一口气，仿佛她飘浮在空中的灵魂在这一刻缩回了躯壳里。

“我先撤出去回个血，你们收个尾……”安雅说完便翻身从旁边的旋转楼梯三楼一跃而下，裙摆在半空中如降落伞般展开，她像一朵花一样平稳落地。

3

两人清理完残兵后，得知了对方的增援路线，于是反向往出城的方向跑，此时桃心的移动速度比欧文还快，她忍不住催促：“你怎么跑那么慢？不是刚回过血条吗？”

欧文想了一下，尽量不说出违规的场外名词：“姐，我们已经跑了差不多有一公里了，你肺活量好，所以现在这个时候会显现出优势。”

桃心想起读书那会儿，赵贻安可是跑几步就上气不接下气，现在也算有点长进了，还能勉强跟上她。两人跑进城外树林才停下来休息，欧文想起骑士驻扎点就在这附近，要尽快跟部下会合才能保全力量，但是跑步去肯定是来不及的，于是欧文提议抄近路。桃心跟着欧文来到一个陡崖前，她看了看崖下的河水，不太湍急，但这里到河面至少也得有十米吧。赵贻安，你确定要抄这种近路吗？桃心不假思索地问：“你会游泳？”

“这不废话吗？”欧文的话音还没落，桃心已经被他一手抓住，从崖上跳了下去。这一刻，桃心大脑一片空白，甚至连画面都有点接收中断。她感觉，好像哪里不对，但现在来不及思考。

河水寒冷的体感无比真实，甚至游到一半就停止了发力，进而感觉自己在往下沉，好在游泳是桃心每周的固定运动项目。没想到赵贻安居然游在她前面，这家伙是花钱了还是使用辅助工具了？他上岸后还拉了桃心一把。一边整理身上的装备，一边和坐地上休息的桃心说：“你适应一下就没事了，这个只是（系统）模拟你运动的疲乏和寒冷，其实你身体没有泡水也不会感冒。”

桃心注视着欧文：“你是谁？”

“欧文啊。”

“我不是问这个。你不是他，你才是‘静静’对不对？那他在哪儿？”眼前这个角色形象建模做得非常细致，但游戏马甲后可以是任何人，原来自己一直都陷入了误区——没有规则说男玩家不能玩女角色，所以……

桃心知道赵贻安恐高怕水，如果他选择了规避选项，系统是不会安排他遇到这种悬崖，他也更不会主动提出要跳崖游泳。

“哪个他？”欧文愣了一下终于明白过来，突然笑了，他指了指桃心身后：“你问那个‘人妖’吧。”

桃心回过头来，蓬蓬裙绿茶小姐安雅就站在不远处，她挑挑眉：“咋啦，现在才认出我吗？我演得可入戏了。”

欧文翻白眼：“就你有这癖好。”

赵贻安拉了拉裙子，直接坐在地上，终于不用装淑女了：“系统分配我能怎么办？我可尊重角色了。”

“你的眼睛怎么回事？”桃心发现安雅刚才碎裂的右眼现在已经恢复了正常。

“你没发现吗？我从小总是要站在你右边，那是因为我只有左眼能看到东西，我的右眼是瞎的。”安雅说完伸手将右眼抠了出来，她将那枚假眼举起放在阳光下，仿佛在把玩一颗玻璃弹珠，“知道我是怎么瞎的吗？”她回过头来，望向桃心。

桃心看着她那突兀空洞的右眼眶，愣是说不出话来。

“就是拜那位无所不知、无所不能的先知所赐。”

4

与欧文的部下会合后，回程的路上，桃心一路无言，她反复消化安雅说的话——“先知”并不是神，它也并非无所不能，皇城内有一处隐藏的石壁行宫，行宫外围由大祭司的亲兵把守，内部被牢不可摧的石壁环绕。那是先知的襁褓，大祭司孕育并哺育着它。

“孕育？”桃心追问。

“传闻大祭司就像神孕育了自己的孩子。”赵贻安说。

“可大祭司是个男人啊！”欧文惊呼道。

“那又如何？这个不能用人类的常识来理解。”桃心隐隐感觉这像是一种象征性的寓言，不能直白地理解。

赵贻安叹了口气，将右眼塞回眼眶：“你的孩子，其实不是你的孩子，他们是生命对于自身渴望而诞生的孩子。他们通过你来到这世界，却非因你而来，他们在你身边，却并不属于你……”

欧文皱起眉头：“不懂你们俩在打什么哑谜。”

城门之下，安雅走向等待她的仪仗队伍，她回头：“乔伊，你的任务完成了。”桃心看着她远去的背影，她好像突然理解《罗马假日》男主角乔的失落心情。可是，故事怎么会这样草率收尾？

完成任务的“乔伊”复命后，她收到了大祭司赋予的一本《骑士预言录》，羊皮卷的封面，里面印满了图案和不知名的文字。内容只解锁了前面的几章，桃心找来信使，询问后得知这上面的文字是“先知”的语言，只有大祭司掌握，因此也只有他能和“先知”沟通。虽然桃心看不懂这些文字，但从上面画风诡异的图像来看，似乎讲述的是一场“献祭”仪式。桃心有了一个可怕的猜想，可能没有什么和亲的事情，安雅是要代替安妮公主被献祭给先知。

于是桃心打开地图，潜入了安妮公主的住处，花了大部分的行动积分换取了跟公主相关的线索信息。首先她根据公主的服饰尺寸判断她的身材和自己的角色“乔伊”差不多，公主应该是个身材高挑的女人。公主有非常多的骑马服，虽说她和安雅是一起长大的表亲，但却没有任何能够佐证关系的线索，反而发现了一些公主和兄长威尔斯的通信。从女仆的口供线索得知，他们兄妹并非同一个母亲所出，但关系很好，威尔斯是名正言顺的嫡长子，而公主的生母成谜。

此时《骑士预言录》发出提示性亮光，桃心马上打开发现解锁了新的章节，映入眼帘的竟然是大马士革刀，细看刀柄的宝石和自己的那把一模一样。桃心反复理解预言录表达的内容，上面描述的大概就是自己的角色“乔伊”的身世——上一任护国公爵西西弗斯有一把大马士革刀，公爵在与西城的战争中失踪，部下带回了他的佩刀，国王将其赐还给公爵的遗孤。

于是桃心马上又去拜访现任公爵，但扑了个空。只能用行动积分换取了一些线索，都是些琐碎的信息，但却明显指向一个事实——现任公爵多年来孑然一身，并无后代。

那安雅是谁？公爵小姐并不存在吗？

桃心回想了初见安雅的情景，突然明白了过来，立刻去找欧文，而恰巧欧文也正要找她：“好奇怪啊，我发现今天跟威尔斯王子出征的人里面竟然有不少是公主护卫队里的人。”

“你知道现在威尔斯在哪儿？”

“就在……”

“我们马上去找威尔斯！”桃心说。

欧文没有多问，就带着桃心去见威尔斯王子。今夜全军枕戈待旦，此刻威尔斯王子正在营地点兵，远远望去，他一身戎装，头戴钢盔，全身包裹着铠甲，可他看上去并不高大，尤其是桃心回头望向身旁魁梧健壮的欧文，对比尤为明显。威尔斯王子实在不像能在战场上厮杀的体格，桃心更加肯定自己的猜想。当部下们都退下去休整后，威尔斯王子终于落单，桃心开口叫住了她：“安妮殿下，是你吗？”

欧文不明所以地向周围张望，直到眼前一身重甲戎装的人下马摘下了头盔，露出一头金色的长卷发——用兵如神的威尔斯王子，竟然是安妮公主假扮的。欧文呆在了原地，眼前的NPC游戏核心角色，她的外形建模做得非常细致：“你……女的？那王子……”

“真正的威尔斯就是蓬蓬裙小姐安雅。”桃心说。

欧文这才消化了信息：“所以赵……他才是威尔斯王子，两兄妹调换身份？”

这时NPC安妮公主开始她的流程式演绎叙述：“哥哥小时候遭遇诅咒失去了一只眼睛，脊柱受伤使得他无法长高，他说他注定无法成为战场上的勇士，但事实上他是这个国家唯一合法的继承人，因为我是骑士遗孤，并非国王所生。这些年人们都以为安妮公主被养在深宫，但其实你们所见到的威尔斯王子都是我，哥哥被藏在我的行宫秘密学习一种特殊的语言文字。那年他偷穿了女仆的衣服，从公主行宫逃出，被你意外撞见，你把他误认为安雅，于是他顺水推舟没有否认。”

“他学的是什么特殊语言文字？”桃心问。

安妮公主的脸上浮现出一丝恐惧的神色：“先知的语言，那是只有大祭司才掌握的语言。”

“‘先知’究竟是什么？”桃心问。

“怪物，它有无数发光的眼睛，无数无限长的触须，透明的身体却有一颗非常大的脑袋，它被养在一个金属外壳里……”

“不是婴儿吗？”桃心疑惑。

“是的，它还在不断地长大，等它成熟后……”安妮公主欲言又止地回头向四周张望了一阵，“如果我无法拿下这次西城的战役，哥哥的往后余生就要永远留在先知的石壁行宫里，请你们为我争取时间……”

安妮的演绎部分结束后，桃心的眼前出现了 AR 标识，游戏发布了新的主线任务——前往石壁行宫，救出威尔斯王子。

5

桃心带着满肚子的疑问跟着欧文去往石壁行宫，当他们到达石壁行宫外围时，迎面便是黑压压的一片驻兵，只见驻兵排成方阵，他们脚下的地面是纵横交错的棋局。棋局呈现光明与黑暗两个部分，在光明中的黑骑士们如同影子一般全身漆黑，仿佛没有实体。而在黑暗中的白骑士通体发光，但却没有影子投射在地面。

没等桃心思考清楚，“格斗玩家”欧文已经冲进阵中，撕开了一个口，于是桃心只能紧随其后。很快他们就发现，这些骑士都没有实体，分别是在黑暗和光明中的“影子”。两人的攻击对他们是没有伤害的，等两人血条清空后，就回到了阵外重新读档，棋局中的“影子”骑士又重新恢复了整齐的阵列。

在两人尝试了七八次不同的破局方法后，桃心发现，棋局上的骑士虽然长得一模一样，但其实他们遵循着不同的运动规律。

“这是个象棋棋盘，你看前面一排的只会一格一格走，这是‘卒’，后面走‘日’的是马，那个打横打竖走得很快的是‘車’，还有那个能够突然闪现到你面前的，其实就是‘隔山打牛’的‘炮’。”

欧文听得一头雾水：“所以呢？那要咋办？我不会下象棋……”

桃心指着最后排中间的骑士：“看到最后面那三个‘骑士’了没有，在象棋里，后方正中的是‘帅’，两边的‘士’就是他最后的屏障，一局象棋，只要杀掉‘帅’棋，就可以获胜，但鉴于这些骑士都没有实体，我们可以根据他们的运动规则避开他们，去攻击‘帅’棋。”

“明白了。”

欧文化身“坦克”将阵前的兵力引开，把桃心这个“刺客”送进了棋局的要害腹地。很快，被“将军”的“帅”棋开始左右躲闪，两边的“士”对桃心进行围堵。桃心回想起小时候和父亲下的象棋残局，最终一招致命，用手中的大马士革刀，夺下了“帅”棋首级。

随着“帅”棋身首异处，骑士方阵从中间散开形成一条长长的走道，一直延伸到远处高耸的石壁，此时一位坐着轮椅的长发老者出现在走道的尽头，复古的木质轮椅在运动时能看清齿轮和转轴等内部的机械设计。

“是大祭司……”欧文脱口而出。

轮椅缓缓将老者送到两人面前，随即整个空间的光线暗了下来，等恢复后，刚才黑压压的亲兵护卫已经消失，只有那让人充满压迫感的巨大石壁在三人身后岿然不动，仿佛将要俯冲压下来一般，让人顿生恐惧。

大祭司声音沙哑，似乎隐世多年来第一次开口说话一般：“孩子，你感到恐惧是吗？你恐惧的是石壁还是这石壁后面的怪物？”

“这后面究竟是什么？”桃心想起安妮描述的怪物模样——它长满发光的眼睛，长长的触须，一颗巨大的脑袋，透明的身体塞在金属外壳里……

“其实它是什么，长什么样子根本不重要，它不过是一件有杀伤性的‘大国重器’，如果它的力量强大到让人恐惧的地步，那么它的存在就可以制衡西城，能为我们带来和平。”

确实，人总是会对未知的强大力量感到恐惧。桃心想起国家之间的“核威慑平衡”，不正是同一道理吗？此刻她豁然开朗，似乎明白了大祭司的用意。

大祭司继续说道：“先知就在这石壁后面。知道吗？西城每一天都有无数的刺客试图穿过石壁将初生的先知杀死在襁褓中，这面墙是失踪的上一任护国公爵西西弗斯建造的，而我每天的工作就是给这面墙修修补补，设计外围的排兵布阵。”

“所以先知为何能无所不知？”桃心问。

“因为宿命，就像你注定会来到这里一样。”

“我可不相信什么宿命。”桃心感觉眼前的大祭司并不是单一的演绎型NPC，他的互动功能高度智能，让桃心产生“他也是真人角色”的错觉。

“孩子，你先不要急着反驳我，你试着回想一下自己是怎么一步步走到这儿来见到我的？”

“那还不是因为……”因为游戏设定了流程我就要完成这些任务……桃心突然明白了过来——玩家是从更高的认知维度进入游戏世界，但游戏人物的决策和行为都遵循着自身的设定。那么我们真实的人生里，是否也存在这样的流程设定……想到这里，桃心问道：“那所谓的宿命又是由谁来设定的？先知吗？”

“不，先知并非无所不能。”大祭司摇摇头，“宇宙有无数我们还无法了解掌握的规律，并且存在着诸多偶然事件。所谓宿命不过是一些必然发生的事情，我所说的必然不是指百分之百的概率，而是指导致这件事情发生的条件难以改变。而先知不过是掌握了更多的规律和信息才能预见我们未知的事情。”

“那如果它有一天长成能够操控一切的……庞然大物呢？”

“你看，这面石壁，我曾经的战友西西弗斯很早就想到了这个问题，在先知还是婴儿的时候，这面石壁是保护它的摇篮。但同时，在未来，这面石壁也将会是囚禁先知的铜墙铁壁，保护我们城邦的子民。”

“所以，大祭司的职责就是当先知的监护人吗？”

老者露出欣慰的笑容：“不对，只有未成年人才需要监护人。我应该是先知的‘沟通者’。”

桃心抬头仰望那雄伟的石壁，当她回头却看见呆愣着的欧文。

“你们又在打什么哑谜？”欧文一头雾水地问。

“没看懂吗？”桃心指着漆黑的石壁，“这就是‘防火墙’，刚刚挡住我们的大祭司亲兵队伍相当于杀毒软件。”

欧文惊讶道：“很多眼睛触须，脑袋很大，金属外壳，难不成先知其实是一台电脑！那什么超级计算机，或者……”

桃心望着轮椅上老态龙钟的大祭司：“你告诉我们这些，是让我们放弃救出威尔斯的任务吗？”

大祭司缓缓闭上双眼：“我无法逼迫你们做任何选择，但你们早已在先知的棋局里……”话说完后他没有再睁开眼，欧文靠近推了他一下，他依然没有反应。

“这老头……挂了？”欧文回过头来望向桃心，“咋办？”没等桃心回答，老者的木质轮椅突然自行焚烧了起来。欧文见了十分煞风景地飙出一句：“还直接火化了？”

桃心静静地看着老者被火焰吞噬，她带在身上的《骑士预言录》再次闪现出亮光，桃心打开发现所有章节都已经解锁。只见最后一页的画面里有两名骑士站在棋局上，一黑一白，他们应该就是传说中守护大祭司的首席黑、白骑士，黑骑士手握宝剑，白骑士手中摊开着《骑士预言录》。

这时，两人脚下的地面再次出现了刚才的棋局格线，巨大的石壁突然裂开了一道门，一个穿着斗篷的身影从那道门缓缓走出。那斗篷和大祭司身上穿的一模一样，他居高临下地望向棋局中一黑一白的两人。桃心看清了他的脸，正是“安雅”，不对，他是威尔斯王子，新一任的大祭司……

眼前的画面定格，开始显示游戏奖励结算，桃心获得了本场 MVP（最有价值游戏者）。在等候退出游戏的过程中，三人开始猋风复盘“垃圾话”。桃心好奇地问赵贻安：“你从石壁行宫里面出来，那你见到先知长什么样了吗？”

“当然见到了……”

6

当“安雅”来到石壁行宫外时，原应重兵把守的外围竟空无一人，此刻赵贻安卸下了去罗马城的伪装，做回了威尔斯王子。他抬头望着那恢宏漆黑的石壁，此刻的他渺小得如同宇宙里的一颗黯淡的天体，他知道这石墙的后面囚禁着一头庞然大物，还有一位行将就木的“守门人”—— 他是帝国真正的决策者。

游戏指引着赵贻安来到这里，赵贻安曾尝试了各种方式避免这一切发生，最终兜兜转转还是回到了这里。这或许是游戏角色威尔斯的宿命——他幼年从马背上摔下，伤及脊柱，少年时便身体羸弱，身材矮小，甚至妹妹安妮都比她更高大强壮，她戴上了威尔斯的面具，代替他在马背上长大，而真正的威尔斯则永远隐没在皇城里。

在先知的步步设计下，少年误入了石壁行宫，目睹“神迹”后，他用自己的右眼和先知交换力量，他学会了和先知沟通的语言，成了“守门人”大祭司的继承者，真正意义上的帝国继承者。但渐渐地，他发现“守门人”所付出的代价和背负的责任都是他无法承受的，他开始逃避，想方设法逃离，却依然逃不过先知无处不在的眼睛。

为什么是我？他羡慕乔伊，羡慕安妮，也羡慕欧文，但他什么都不能说。他借由“安雅”的身份，感受到了在阳光下自由的感觉，开始不想再回到黑暗的石壁行宫。但赵贻安明白，就像《罗马假日》的故事结尾那样，这个游戏的出逃“公主”如果不回去，这个故事就没完没了……

当他再次伸手触碰这漆黑的石壁时，赵贻安知道，这意味着“威尔斯”已经准备好接受自己的宿命。在一阵光芒中，赵贻安穿过了石壁。眼前是一个巨大的半透明脑袋，像水母一样半透明，长满了眼睛，其中就有一只是威尔斯的。先知全身被金属外壳包裹着，身下延伸着无数的触须，通体“血管”流淌着蓝色的光。

“你回来了，威尔斯……”随即先知无数条触须向赵贻安俯冲而来，将他卷到了半空中，随后他重重地坠落到了先知身上的一只眼睛里。赵贻安感觉自己落入了一个湖泊里，湖水温暖，湖底柔软。这是一个纯白的空间，赵贻安爬起来，却见大祭司正背对着他，站在他身旁。

“大祭司？老前辈？”

穿着祭司长袍的人闻声转过身来，当赵贻安看到他的面容时，不禁惊讶地脱口而出：“爸？！”赵贻安盯着眼前赵志华年轻的面容愣了一下，随即他意识到这可能只是一种 AI 在生产剧情时运用了玩家的“个性化意识投射”，可是……

“为什么是我？”赵贻安问，“就因为我是你儿子吗？”

“不，”长袍祭司缓缓道，“是先知选择了你。”

“为什么选我？”

“因为它取走了你的眼睛，你却能恢复光明……”

这一刻赵贻安仿佛突然明白了父亲设计这个游戏的初衷，他回过神来，望着眼前这个长得跟父亲一模一样的 NPC，缓缓说：“爸，我明白了。”

第八节　铁壁众神

1

从副本游戏退出后，三人被传送回游戏大厅，桃心见到了传说中的“静静”。游戏里高大强壮的欧文，在镜城的马甲竟然是个一米不到的小男孩。还没反应过来的桃心下意识问：“镜城不是未满十四岁不能申请通行证的吗？”

“不要误会，我可不是小孩。”这小男孩反戴着一顶棒球帽，两颊有两道朋克风的金属纹路，一直延伸到脖子，再爬入衣领，“我叫周靖佳，你怎么称呼？”

“叫我阿信吧。”

赵贻安啧啧两声：“你还在读书不是小孩是什么？”

周靖佳却说：“你要是这么算，我在镜城混的总时长比你俩加起来还多。我可是这里的土著民。”

“镜城还有土著民这么一说？难不成还要申请本地户口吗？”桃心不解。

赵贻安听了立刻抢话：“这小子上大学不好好上课，整天泡游戏里，不就是格斗操作稍微好那么一点点。”

“我不像你小脑发育失败，磕碰一下就原地找不着北。”周小朋友说，“你看看你的血条（注意力指数进度条），还剩多少？再说垃圾话就要下线了。”

“对，我先帮你申请加入‘铁壁岛’。”赵贻安马上翻找通讯录，“我叫今天的值班‘守门人’开一个临时通行证给你。喂，把你的信用背书信息发我。”

“不是早发你了吗？”周靖佳说。

“‘铁壁岛’是什么？”桃心话音刚落，她眼前就展开了一个 AR 光屏，新手模式自带的科普扫盲工具就为她解释起来——Decentralized Autonomous Organization，缩写为 DAO，中文可简称为“岛”，是基于区块链核心理念，由达成同一个共识的群体自发产生的共创、共建、共治、共享的协同行为，衍生出的一种组织形态……

与此同时，赵贻安已经将他和周靖佳的成员背书信息发给值班“守门人”，并获取了桃心进入铁壁岛的二十四小时通行证：“其实你不用看那些长篇大论的注解，你就理解它其实是一个没有上下级的虚拟公司，所有成员都是合伙人，谁的贡献大就分更多的钱，有更大的权力，其他的全部交给程序计算管理。”

“那是不是类似于游戏公会组织？”桃心脱口而出。

“差不多，不重要，干就是了。”周靖佳不想这两人再在概念上解释来解释去，作为镜城“土著民”的他，这里的一切不需要刻意去理解，就像一个小孩，看见苹果就吃是本能，不必去了解苹果是怎么种出来的，只要他在这儿待的时间够长，总能有机会见识到苹果树，到时知道也不迟。

“来，接收一下临时通行证，我带你进去申请入会，我们俩作为你的介绍人。”

“那不是要认购股份权益或者提供服务才能成为其中的一员吗？”桃心点了一下“确认”接受。

赵贻安解释：“铁壁岛有一千七百多名成员，持有股份权益不是必要条件，为组织提供价值也可以，像周小佳就是个打手。”

“什么打手啊，还有不要给我乱起名字好吗？我可是每月贡献榜前一百名的好吗？”周靖佳很不爽，“不像某人靠那百分之零点三的权益吃老本。”

说话间，桃心收到赵贻安发送的坐标，点击确认后马上迁跃到了镜城的商务区。这里是镜城提供给不计其数的DAO（岛）用于商业运作和成员聚集的商务专区。只见无数形态各异的建筑林立，并且完全不符合物理和建筑定律，有的头重脚轻，有的倒立着飘浮在半空。作为‘镜世界’虚拟城市的游戏发行方，国丰科技的虚拟总部矗立于商务区的正中央。

“这根房梁就是国丰吗？”桃心望着那座圆柱体的摩天大楼拔地而起高耸入云，并且外观设置有显示屏功能，可以说非常实用。

“是啊，这上面的广告位可以养活一整个广告业务部门。”

“这里哪个是安德森？”桃心问，“是不是那个长方形？”

“那个确实是安德森，但不是长方形，那是一本书。”

安德森科技是“镜世界”的联合发行方，它的虚拟总部同样做得相当气派，建筑外观是一本翻开的书。如果从上方往下看这座建筑，会是个开口呈九十度的扇形，从两边看就是长方形的封面，封面有显示屏功能，但由于主体建筑没有国丰科技的那座“房梁”高，因此一般都只用于安德森科技的产品展示宣传，较少外租。

“它的书脊一面竟然对着国丰科技的总部，有趣。”桃心感叹这设计的精妙。

“还有更有趣的，这本书可以最大展开到一百八十度，然后两边封面和书脊在同一平面时，就会形成一个对准国丰科技总部的超大屏幕。你细品一下是不是故意的？”赵贻安说。

“那书开口的一面是建筑入口对吧？”桃心想起安德森科技的商标就是一本打开立起来的书，而眼前这座建筑的开口一面，简直就是个放大版的商标。

“没错，每一页都是一个区域，从特定的书签到达不同的楼层。”

“那个黑色的金字塔是什么？”此时，桃心见到一座飘浮在半空中的建筑，形状如倒放的金字塔，上大下小。

“那是 BFE，‘铁壁’的死对头。”

“这种飘起来的建筑，是不是省了购买虚拟基建土地的钱？”

“当然不是，这个建筑对应的地面都是 BFE 买下的门面土地，你看那个金字塔外围飘浮的那一圈像小行星带一样的光圈，就是 BFE 旗下的数字资产交易所。”赵贻安介绍道。

和这些建筑不同的是，铁壁岛的总部显得非常低调。它的高度不到安德森科技的四分之一，是一座大致呈长方体的建筑，但外墙被分割成无数大小一致的正方体，而且排列并不规则。

桃心见了脱口而出：“这该不会是六个魔方叠起来的吧？”

“你这都能看出来？”周靖佳回想起第一次见到它时，只觉这是一堆方形积木叠在一起。

“没错，每一个小的正方体是一个房间，整个大楼其实是六个五阶魔方叠起来，各自按照复杂的程序设定，以不同的规则和速度转动，每个魔方之间有一道留白空间，因为魔方转起来时，有些角会凸出来，经过计算，这些留白就刚好让六个魔方转起来时互相不会发生碰撞，而出入口、货运出口也都设置在这些留白空间里。这样设计，房间随着魔方运动而发生位置变化，可以防止黑客攻击总部特定房间里的某个目标。‘铁壁’就是铁壁，总部都是铜墙铁壁的。”

赵贻安一边打开铁壁岛的通讯录查看有多少人登录镜城和有多少人在线，一边输入铁壁岛通行的指令字符，通行证查验和入会申请几乎在几秒钟内完成，三人就被传送到这座“巨型魔方”内部。建筑内部是银白的装潢，满目大片的留白，人在其中如蝼蚁般渺小。

桃心抬头，竟然可以看到外面的天空，只见这座“钢铁巨人”的内部是经典的环形中空模式的建筑，阳光能通过顶部的透光玻璃，照射到任何一层。“为什么会这样，里面不应该像魔方那样切得一块块的吗？”

“现在我们在建筑底部的会客大堂，相当于魔方底下有个支架托盘，你看到的天是模拟的。模拟天空是二十四小时白天且阳光明媚。和其他分区不同，商务区没有夜晚，任何人只要在这里工作这里就是白天。”赵贻安对这一切已经很熟悉。

会客大堂有一个巨型的三维的象棋棋盘，每个棋子都显示着ID和各自的数据介绍，这显然是一个特殊视觉效果的铁壁岛核心成员列表。ID显示彩色的即为正在登录镜城的用户，而显示电脑图标的应该就是移动端在线的意思。桃心走进这个棋盘，只要一靠近，棋子就会显现出用户在镜城的虚拟形象。首先最吸引她目光的肯定是正中央的王座——“帅”棋的位置——上方有一团白色的云雾，走近后发现它事实上是一个可以幻化成任何形象的幽灵，满身覆盖着金色的光芒。

此时身后传来周靖佳的声音：“奇了怪了，今天‘C神’竟然在镜城？”

“你是不是看错了？”赵贻安闻声走过来，“他可是谜一样的人，铁壁岛里在线和登录时间最短，却每次都是贡献榜第一，他一个月最多就在‘镜城’待两天的时间。哇！他真的在镜城，今天是什么重要日子吗？是有什么重要项目和其他DAO谈合作吗？”

“为什么这个叫Christian（克里斯蒂安）的人虚拟形象是这样的？要充多少钱？”桃心发现好像只有他的虚拟形象是那么的奇怪。

赵贻安看着那团身披金色圣光的幽灵，眼里充满了羡慕："C神这个虚拟形象不是充钱的，是自己写的程序插件。有公司是做这种设计的，可以按照客户要求，还要和客户的装备协调，这类公司在镜城称为'个性化设计'业务公司。铁壁岛也有人是干这类工作的，但Christian这个形象是他自己设计的，有技术壁垒，别人做不出来，他又不外售，他这种幽灵体，据说在格斗的时候，不用传统的位移，可以直接点对点地快速迁跃。"

"最烦这种玩家，在场上蹦来蹦去，你打到他的时候他就变一团雾散了，然后又在你身后出现，跟开辅助工具一样离谱。"但周靖佳话锋一转，"不过C神是真的厉害，能遇到这种幽灵玩家我原地看他表演得了，我什么奖励积分分红都可以不要。"

"咦？斯托曼？这ID怎么这么熟悉？"此时桃心注意到"帅"棋隔壁的"士"棋，刚一走近，棋子上就出现了一个身穿白色西服的男人，手拿着一根鹰头拐杖。

"我之前告诉过你啊，就是那个发邮件给我的神秘人，我的启蒙老师，他是我进铁壁岛的介绍人。"赵贻安指了指边上的"马"棋，"哪，许峰也在。"

桃心看了看"马"又回头看了眼"士"："那许峰和斯托曼是不是认识？"

"应该不认识，许峰是我介绍进来的，而且整个铁壁岛几百号人，大部分人的真实身份是保密的，不认识很正常。我也很想知道这神秘人是谁，我和许峰曾尝试追踪过他，但失败了，他修为至少在许峰之上。"

"他会不会是……"

"你说我爸吗？"赵贻安一下就听出桃心的猜测，"没必要吧，他要是有那个闲工夫，直接打个电话给我，教我怎么学怎么做就好啦。"

桃心听出赵贻安似乎对父亲的话题分外敏感，于是急忙找别的话题："这个'姹紫嫣红'呢？你认识吗？""马"和"士"之间的"象"棋是个京剧花旦，这身明艳秀丽的装扮，还有她手上花团锦簇的折扇，再加上她ID"姹紫嫣红"很难让人不联想到《牡丹亭》的杜丽娘。从她头顶显示的数据来看，她是核心用户里，在线登录时长最长的一个，几乎是其他人的几倍，她肯定是跟周靖佳一样的镜城"土著民"。

而在不远处“炮”棋的位置则坐着一位身穿旗袍的女子。这个ID叫阿襄的女人相比其他人的虚拟形象，建模制作更加精细，直接甩桃心这种“免费”的虚拟形象几条街，简直是达·芬奇画作和小学生素描之间的差距。这对于从小学绘画的桃心而言，充满视觉冲击，她好歹也是给*Wonderland*投过不少插画稿的人，此刻也自惭形秽。

“我一直觉得这个旗袍女人是照着我妈年轻时候的样子弄的，”赵贻安见桃心看得入神，“你看，是不是有点像？不过我确定这不是我妈的号。这个阿襄是原画师，经常帮‘个性化设计’业务公司画草图，我妈可不会画画，她只会算账和管钱。那个‘姹紫嫣红’倒是像我妈。”

“为什么像？”

赵贻安解释：“她可喜欢《牡丹亭》了，咿咿呀呀的，我不知道唱什么，但她能听着听着就哭了，莫名其妙。不过这都只是猜测，最神秘的就是边上那两个‘車’，一黑一白俩门神一样。”

只见那“一黑一白”竟是一僧一道。那白衣武僧身材健硕，一手捻佛珠，一手少林棍，神色庄严肃穆，细看僧袍下摆却缺了一角。再看那道长着一身黑色道袍，同样下摆缺了一角，他松形鹤骨，手捏剑诀，木簪束发，衣袂乘风。

“看到那个白和尚了吗？”赵贻安突然压低音量，“我怀疑他就是那个一直运营托马斯游戏工作室的‘白先生’，更巧的是，安德森科技跟华临科技对接的账目全都由这个姓白的人签字过目。”

桃心又问：“那这个黑衣道长呢？”

“他更古怪，他是这里上榜的人里面，唯一一个基本没什么服务贡献的人，而且每周固定时间用移动端上线几次，很少登录镜城，但因为他有整整百分之二点五的权益，所以综合贡献值后，能一直躺在核心榜上。”

“话说，我提交了申请后就直接等结果吗？”

“组织会对你的数据进行考核，一会儿我们带你做一个任务，把数据刷上去就好，放心很容易的，有阿靖……”赵贻安回过头来才发现只有半人高的周靖佳已经不知所踪，“那傻子又自己跑去乱花钱买装备了。我发个短信叫他直接去驿城会合吧。”

“我们去驿城干吗？”桃心还没反应过来，就已经被安排得明明白白，眼前的 AR 光屏已经显示她接受了“驿城传说”第七十七关的任务。两人按下坐标，进入驿城……

2

和最初登录的“镜城”相比，“驿城”没有繁华的高楼大厦和随处可见的霓虹光屏，更像是一座被遗忘在二十一世纪初的小城镇。在这里，不同年代的事物都可以同时存在，带着时间无法冲刷的怀旧复古气息。从地图上看，驿城是一个四面环海的岛，托马斯工作室旗下的所有产品和服务都在这个被命名为“驿城”的虚拟空间里呈现。主线分为八十一关的游戏关卡，而副本游戏则跳出驿城的背景设定，形成独立的游戏，如刚不久前玩的《罗马假日》。

“正常来说没有人一上来就打七十七关的，但实在找不到更简单的任务帮你上分了，不过你不用担心，这一关之所以没人领是因为守关的‘看门狗’血条稍微长一点而已。”

“我来了。”周靖佳到达关卡入口会合时刚好就听到赵贻安说的话，“这个关的‘看门狗’是倍数设置的，两个人来它血条就双倍，三个人来就三倍，但通常一个人熬不过去，本来我一带一，赵贻安可以躺赢，现在我一带二也勉强能过吧。”

“什么叫一带二，就你？”

周靖佳反问：“说错了吗？几个散兵小怪就把你给围了。”

“可以开始了吗？”桃心忍不住打断二人，“我已经按了‘准备’很久了。”

随着三人都按下“准备”按钮，眼前出现发布任务的 AR 信息，由于“驿城传说”属于开放式地图，玩家需要根据任务自行到达指定地点闯关。

周靖佳只瞄了一眼就问赵贻安：“你的车呢？快放出来。”

“还开什么车啊？当然用飞的。”话音刚落，三人头顶已经出现了一个像飞碟一样的物体。

周靖佳见了两眼发光:“你这个‘氪金咖’, 什么时候买的? 借我玩两天……”

当那飞行器降落到距离地面两三米的时候，桃心眼前弹出一个选择框，按下确认后，飞行器的光芒一下子就覆盖了他们，下一秒，三人就坐在了飞行器的座位上。其实和直升机差不多，只是这个不知名的飞碟更稳定舒适。

不多时，三人就到达任务点“珠玑后巷”。沿着一条狭长的青石板路走了一段，抬头是驿城夜晚的星空。视线右上角显示着三个蓝色的点，分别代表他们三人。“那个红色的点是什么？”桃心问。

“看门狗啊。”赵贻安刚说完，青石板路的尽头就出现了一扇朱红色大门。

周靖佳异常兴奋：“先看看是什么类型的怪！”说话间，他摘掉了头上的棒球帽，脸上那两道金属纹路突然像充了电一般发出蓝色的光，那光顺着他脖子的金属纹路，爬入衣领。紧接着半人高的小孩身后的脊柱突然冒出几根金属触须，整根脊柱像一把折叠三脚架一样一节一节地伸长，缓缓把他的皮肉展开，直到他变成一个魁梧的男人。他脊柱上灵活的触须渐渐凝聚成两条机械手臂，好像还远远不止这么简单。整个过程大概只有两三秒钟，桃心来不及反应这是怎么回事，更看不清男人身上有多少鸡零狗碎的不知名装备，但此时他周身已经装满了可以随时变体的发射器和发射口。在桃心眼花缭乱之际，眼前这个四只手的大个子身上携带的重型武器就已经“轰”的几声，把那扇三米高的朱红色大门连门带框直接夷为平地。

朱红色大门倒塌瞬间，意味着守关 Boss（大佬）已经出笼。一声不知名的野兽嘶叫声传入耳中。桃心不是个胆子小的人，但兴许是这设备的效果太优秀，总感觉那东西已经距离自己很近很近。

此时赵贻安仿佛没听到一样：“你傻了吗？都还没讲战术。”

“我跟你玩从来都是开始了才搞战术的啊。”

“可是她，整个装备库只有一根棒球棍你知道吗？她卡槽只有一张‘白骑士’，是新人初次登录大礼包里面送的。”赵贻安没好气地说。

“什么白骑士？”桃心刚刚登录驿城时看到有这么一个赠品，但不知道是干什么用的。

“你看她连怎么用都不知道。”

周靖佳听了呆住，但“看门狗”的叫声已经越来越近，只能死马当活马医，他对赵贻安说：“其实她什么都不知道也没关系啦，二带一，你自保，她纯躺，熬到最后领奖励和抽卡就可以。”

“你快看看你手上那张‘白骑士’是什么功能的？”赵贻安问桃心。

“你不是知道吗？”

“我怎么知道？每一张卡的具体功能都是不一样的。你看到你那个面板上是不是有五个卡槽，分别用来存放五个不同类的卡牌。‘白骑士’是法师，基本每一张都有不同的功能，可以给你带各种特殊的buff（增益效果），看上去跟格斗没啥关系但如果用得巧妙可以出现很绝的效果，但他很脆，血条一下就没了，用的时候要抓紧时间；‘黑骑士’是个血厚的‘坦克’角色，每一张的功能一样，就是分担伤害的帮手，但他随机复刻场上一名玩家的血条长度（生命值），像你这种数量度只有两位数的玩家，血条就只有两位数，这要是随机到你，那就直接白给了。”说话间，三人缓缓跨越那扇已经被推倒的大门，门后已经不是狭长的青石板了，而是茂密的树林。

“那为啥我在《罗马假日》里的血条不止两位数？”幸亏桃心的职业长期需要她短时间内消化大量理论设定，不然很可能直接躺平。

“副本游戏的世界观和人物设定是独立的，因为有独立体系的生命值，但在驿城里面，用户直接使用自己在镜城的装备和虚拟形象，生命值直接和经验指数挂钩。”

“那注意力指数呢？”

周靖佳默默走在前面，像一堵墙一样。赵贻安不厌其烦地回答：“生命值归零时，直接掉回去游戏关开头，生命值重新读档，就是回到刚才珠玑后巷的那条小路重新开始，但损耗了的一次性武器和加Buff的卡牌就回不来了。至于注意力指数归零的话，无论你在哪儿，在干什么，都会直接强制你退出游戏，回到我们原本坐着的椅子上。”

“那还有三个卡槽是什么？”

“还有‘面具人’和‘监护人’。‘面具人’我只抽到过一两次，他是个移动很灵活的刺客，当然，如果你被人围殴的时候他帮不了你，只有打那种大怪，他很好用，能很好转移大怪的注意力，并且有不止一条命。传说中有人运气好能抽到九条命的，但不排除是吹牛。至于‘监护人’我还没见过，阿靖抽到过一次。”

周靖佳听了说：“其实就是个无敌‘奶妈’，帮助队里生命值最低的那个人，直到最后通关为止。我觉得这个很鸡肋，现在想想，早知道之前那张留着现在用。两个四位数（生命值）带一个两位数的组合我想连这关的‘看门狗’都会感到同情吧。”

“不是有五个卡槽吗？”

“还有一个‘铁臂将军’”

“和铁壁岛有啥关系？”

“手臂的‘臂’……事实上还没有人真的抽到过这张卡，也不知道是个啥东西。”

“就是坑人呗，”周靖佳马上插嘴，“三十关以下只出‘黑白无常’，三十关以上才有可能出‘面具人’和那个‘奶妈’，然后七十关以上才有机会抽到传说中的‘铁臂将军’，都不知道是不是骗人的，开服到现在都没人抽到过。”

“什么声音？怎么风那么大。”

桃心停下了脚步，是海浪的声音，像极了驿江入海口海浪拍打崖壁的声音：“这是海风吗？感觉很湿润，可是方向有点不对劲啊。”

每到这种时候，周靖佳都会直接挂机，他最不擅长在游戏里用脑子，于是他就近在旁边的石头上坐了下来。

“你坐着干什么？”赵贻安扫了一眼周靖佳屁股下的那块石头，长长方方的还挺有棱角，不像是普通的石头，更像是一块被掩埋的碑，“上面有字，你把他挖出来看看？”

随即周靖佳身后的两条机械臂伸展开来，从背后看还有点像“章鱼博士”，那两只手的发射器转换成电动钻头，咚咚两声巨响，俯冲而下扎进石碑所在的泥地里。

“你能不能轻点，小心把上面的字都给弄没了。”在沙石飞扬的瞬间，赵贻安颈部被“腐蚀”的皮肤露出的金属零部件迅速运行，爬在他身上的嬉皮士刺青突然像有了生命一样扭曲着活动起来，穿过他那身布满火烧痕迹的英式绅士礼服，脱离了他的身体，聚集在他的背后变成金属一样的骨骼，随后像两把巨大折扇一样展开，形成像翅膀一样的盾牌，为身后的桃心挡住了锋利的沙土碎石。

站在他身后的桃心还以为他也要发什么大招，条件反射地刚要抬手护住头，却见眼前钢筋铁骨的两副盾牌，上面每一根羽毛都锋利得透出冷光。随着周靖佳的那两条起重机手臂把石碑从地里刨出来，赵贻安的盾牌如白鸟出巢般四散开，变成一摊黑色的液体，躲进了他地上的影子里，那影子突然有了灵魂一样像个贴身保镖站在一边叉着腰，左顾右盼。

“石碑写的是什么？”

桃心上前蹲下身勉强看清了上面雕刻的字句——天有九龙，应龙有翼。应龙处南极，杀蚩尤与夸父，不得复上，故下数旱。旱而为应龙之状，乃得大雨。

“难怪，”桃心抬起头，感受到风从头顶吹来，“难怪它的叫声那么近，原来它在我们头顶，它会飞。”

“什么东西？”周文盲凑过来。

“应龙，七十七关的看门狗是《山海经》的应龙。”赵贻安话音刚落，从他的卡组里选了几张赠给桃心，桃心刚按下“接收”还没来得及细看上面的说明，一阵热浪自头顶袭来，满目火光将周围的树木一烧而尽。紧接着右上角突然冒出个红色的数字倒计时：七、六、五、四……

“倒计时什么意思？”没人来得及回复桃心的话，但她马上就知道了，当倒计时结束后，应龙那庞然大物就出现在视线中。她来不及细看那怪物的全貌，只知道那怪物的一只爪子就已经是人类的好几十倍大。她迅速跑进有树木覆盖的掩体里，查看AR显示的数据，三人的生命值并排显示。她看着自己两位数的生命值，还不到他俩的零头，一时有点语塞，她查看了一遍七十七关的地图。这《山海经》小时候父亲也是给她讲过的，但她已经记不太清楚了，也想不起更多与应龙相关的细节。而此时，天上风雨交加，雨势越来越大，使得她视线陷入一片模糊中。雨声混杂着赵贻安和周靖佳大战应龙时的连线对话。这雨是滚烫的……桃心突然想起，差点忘了游戏里热感是代替痛感的，自己的生命值正在下降。

看来这样下去坚持不了多久，她刚想找附近的其他掩体，就发现赵贻安留在地上的影子一直跟着她。此时那灵活的黑影突然化成一缕丝滑的缎带缠上了桃心伸出的右手，随后它又像一条鱼一样从她手臂溜走，在她的头顶聚成了一把黑伞。正在下降的生命值随即停了下来。

“你这样治标不治本，扣她的血和扣你的血有差别吗？”周靖佳说。

“她挂了，我们就得直接重来啊。”赵贻安回答，“本来就不是稀罕里面的奖励，这是给她练号的。”

“其实，我还挺稀罕的，我想抽到那个铁臂……”周靖佳笑了两声。

这时桃心想起赵贻安转过来的几张卡，她刚要点开详情文字，头顶一阵猛烈的热浪袭来，直接蔓延到她全身，她感觉整个人像水被蒸发了一样……下一秒她看清后，发现自己已经回到了珠玑后巷那条青石板路。眼前显示着一个“等候”标志，原来刚刚自己“挂了”，现在她只能原地等待赵贻安和周靖佳。

这次桃心放慢脚步，发现青石板路两边的石壁竟然雕刻着图案——崇山峻岭之间，应龙展翅翱翔于天际……壁画上的其他图案描绘的究竟是什么？

桃心疑惑之际，身后突然响起熟悉的争吵声，“等候”的标志随之消失。

“我就说先打掉它的翅膀，让它到地上好围堵它。”

“你有没有脑子，龙就算没有翅膀也能飞的好吗？”

“那一会儿先打瞎它？”

“你在看什么？这些图案……咦，应龙在上面……这画的什么啊？”

桃心无视身后啰嗦的两人，她顺着壁画慢慢前行：“你之前不是说，托马斯出的游戏大多都是剧情推理类型的，很少有纯格斗的游戏吗？”

“所以我们一开始连题干都没审就开考了，”赵贻安静静地跟在桃心身后，对于石壁上模糊不清的图案，他看得云里雾里，“谁叫刚才某人那么着急把门给爆开。”

周靖佳听了没好气地说：“对，就你厉害，你看得懂。”

桃心把石壁上的图案从头到尾看完一遍，最后停在一个似乎是女人背影的图案前。从作画习惯来看，如果应龙是这一关的主角，那它应该占最多的篇幅，得到最大的特写，但这个女人，为什么会有特写，而且用的还是最细致的浮雕，把她飘起的衣裙都刻画得如此生动？她下意识地伸手去触摸石壁上的女人，手碰到石壁的瞬间桃心耳际响起一个女人极具穿透力的歌声，那空灵的声音一下子闯入她的脑颅内，仿佛一股温水自上而下将桃心包围了一般。那女人突然在桃心眼前活了过来，她身姿曼妙，穿了一件青色的衣衫，当她转过身，却是一张布满伤疤的扭曲的脸，只有两个空洞的眼窝镶嵌在她的脸上，泪水止不住地流……

桃心从惊愕变成恐惧，很快在歌声的洗礼下，恐惧又变成悲伤。恍惚间有人拍了拍她肩膀，当她回头看见赵贻安时，仿佛刚才看到的一切并不存在一样，她已经重新站在那个壁画前，只是她低头发现自己脸上也全是泪水。

“我看到一个女人。”桃心一时间也说不清楚发生了什么。

“你应该是触发了剧情线索吧。”

紧接着，石壁缓缓出现了文字——有系昆之山者，有共工之台，射者不敢北乡。有人衣青衣，名曰黄帝女魃。蚩尤借兵伐黄帝，黄帝乃令应龙攻之冀州之野。应龙畜水，蚩尤请风伯雨师，纵大风雨。黄帝乃下天女曰魃，雨止，遂杀蚩尤。魃不得复上，所居不雨。叔均言之帝，后置之赤水之北。

“有人能画一下重点吗？我考古文全靠随机应变。”周靖佳从第一句开始就没看懂。

“大概是说，黄帝派应龙攻打蚩尤。壁画上这个女人是女魃。她协助作战，最终应龙成功诛杀蚩尤。战后，应龙去了南方，因此南方多雨，而女魃所到之处雨就会停，引发干旱，之后她一直留在赤水之北。”桃心联想了一下，“女魃和应龙的技能是相对的，水火相克，是不是找到女魃才能通关？”

“女魃在哪儿？”

“应龙在南，女魃在北。”桃心说，“我们到时可以根据树木枝叶繁茂的程度分辨南北。”

“那我现在开门？”周靖佳得到肯定答复后再次轰开了那扇大门。

这次三人不再恋战，朝着南边跑，但守关 Boss（大佬）好像已经知道了他们的意图，用更加猛烈的火力来堵截三人的去路。眼看三人血条很可能又要掉光，这时，赵贻安突然停下了脚步，调出自己身上剩下的所有火力，瞬间全部弹无虚发地打向守关大佬，然后迅速朝反方向移动。

“你在干什么？”

“我再跑下去，血条会掉得更快，倒不如留下来顶一下。你带她到终点，不要回头。”

跟在桃心身边的“影子”突然“嗖”地飞走。桃心一边跑一边循着“影子”飞走的方向望去，只见无数簇黑雾自地面破土而出，膨胀成十倍百倍，最终化作利刃聚集到半空，如天幕一般笼罩着桃心和周靖佳前进的路。

两人疯狂地跑，直到桃心感觉有点气喘，而周靖佳还精力旺盛地跑在前面，或许赵贻安的决定是对的。途中他们又遇到了几次袭击，全靠周靖佳熟练的操作才让已经“残血”的两人逃出生天。

不久他们发现前方似乎有一座建筑，而与此同时，两人收到赵贻安下线前发出的最后信息：“我挂了，自动下线了，‘大怪’往你们那边去了，给我顶住啊，不然损耗的装备全白给了。”两人全力往前跑，终于来到一座无名庙宇前，桃心发现这附近寸草不生，土地皲裂，相信就是女魃所在之地。

而此时，应龙的嘶吼声再次从四面八方传来，不一会儿那庞然大物就在庙宇上空盘旋，但却没有像之前那般向地面攻击。两人迅速冲进无名庙宇，直到跑进一个开阔的厅室，映入眼帘的是一个青衣女子的图案，她侧着身，脸被黑发挡住。

“然后呢？现在要干啥？”周靖佳左顾右盼，摸摸这儿摸摸那儿，看能不能触发点什么。

“为什么应龙不直接喷火喷水，轰掉这个庙我们就被团灭啦。”桃心缓缓走近那画像。

“呃……”

“水火相克，一南一北，女魃你的歌声究竟唱的是什么……”桃心伸手触摸图案，却没有任何反应，低头却见一盏烛台，她点亮了烛台上的蜡烛，石壁图案里的歌声重新响起，图案中的女魃再次飞了出来。

“你是被囚禁在这里吗？”桃心问。

“不，”女魃的声音轻飘飘的，“为了我爱的所有人，我愿燃尽自己最后一丝价值，而只有留在这里才能让我这根蜡烛烧得稍微久一点……谢谢你，谢谢你，我知道他来了，我知道他来过就够了……”女魃只浮现在眼前短短的几秒，她丑陋的面容没有再引起桃心的恐惧，桃心刚要伸手去触碰她时，她已经重新变回图案，只是她的歌声依然不绝于耳，空灵且具有穿透力。她歌声响起后，屋外应龙的嘶吼声便越发响亮，仿佛要把屋顶震碎一般。

桃心抬头望着尖顶的天花板：“你想见他但你没法离开这里，他想见你，但他要留在南方。”她回头叫周靖佳：“把屋顶打穿，你可以做到吧？”

周靖佳以为她开玩笑：“啥？这屋顶穿了外面那东西就可以秒杀我们。”

“快点，把屋顶打穿。”

周靖佳身后的机械手臂变换成一部发射器。随着一声巨响，屋顶被轰出一个大缺口，应龙的嘶吼声伴随微弱的细雨落下。水分在半空中突然凭空消失，女魃所在之地果然滴雨不下，应龙在屋顶盘旋了数十圈后便离去，两人回头望向女魃的图案，画中的青衣女子不知何时转过了身，露出了姣好的面容。这个故事有非常多的留白部分，或许不同的人会有不同的解读，但当然也有人完全一头雾水，比如周靖佳。虽然他不知道究竟啥意思，不过他知道最后他们通关了。

眼前出现了表示通关的 AR 特效，数据更新后，冒出了一堆桃心并不认识的“材料”清单，应该是赵贻安所说的用来制作装备的材料。奖励材料清点完毕后，两人各有一次抽卡机会。

“又是‘面具人’，真是看到它就烦，你呢？”周靖佳抽完点下“退出”按钮，进入退出十秒倒计时，他见桃心在发呆，“你干吗？抽完就退出呀，在看什么？”

“这个是啥？我好像没见过。”桃心皱着眉。

“不会那么走运抽到铁臂将军吧？”

“不是呀，这个和铁臂将军卡槽里的图案不一样啊，我抽到的是个蝴蝶……我好像见过……”桃心发现这张卡竟然没有对应的卡槽，那蝴蝶身上布满了恐怖的骷髅。

“什么东西？”周靖佳还没说完就倒计时结束，自动退出了游戏。

桃心独自愣在原地，她点击退出游戏却毫无反应。而与此同时那张卡上的骷髅蝴蝶突然飞了出来，变成了一团黑烟，黑烟凝聚成一个绑满绷带的骷髅人，他拿着一柄长长的弯刀，喉咙发出空洞瘆人的叫声，向桃心袭来……

3

周靖佳意识回笼后，感觉自己刚坐稳在椅子上，就听到头盔外赵贻安焦急的声音：“你怎么一个人退出了？”

周靖佳摘下头盔愣了两秒：“我怎么知道？”

“你不知道难道我知道？”

“她说……她见到了一只蝴蝶。”周靖佳磕磕巴巴地描述。

两人回到了隔壁房间，正是赵贻安和桃心登录的房间。此刻桃心还坐在那儿，完全没有退出游戏的迹象。阿伟看到她的心率飙升到了每分钟一百三十多次。

“你退出之前究竟做了啥？”赵贻安问。

“我们就正常领了积分和材料，然后抽卡退出，她在那儿发愣说抽到个蝴蝶……她还剩那么点生命值，等她清零了就自动退出了，怕啥。”

“你说得倒轻巧，她心率飙升，你看看安全员控制面板上的数值全都红了，我怕烧坏她大脑。现在是设备推广阶段，如果她真的出了什么意外，那么事故数据会造成难以估计的损失，要是有人要搞托马斯，那她就成了炮灰……”赵贻安立刻戴上“元镜”，翻阅应急手册。

阿伟打断了赵贻安的话：“老大，如果她是在驿城出的事故，根据安全协定，可够托马斯工作室赔到破产，但现在她的坐标从地图上消失了。”

“什么叫消失？”

“她很有可能是因为某些原因被传送到了地图以外的缝隙空间。”

赵贻安听了后背发凉，立刻通过元镜与正在华临科技大厦办公的许峰取得联系。

通过投影，许峰出现在全息会议厅里，他了解情况后，站在数据面板前指挥阿伟操作了几组数据后，疑惑地自言自语："骷髅蝴蝶？"他皱起了眉，"难道是当年杨疯子留下的坑？"

"关杨枫什么事情？"

"当年杨疯子和'黑手套'Shadow专门靠植入死神蝴蝶的病毒来控制游戏工作室，巧取豪夺。后来……先不要说这些历史了，先把她弄出来。我这边没有登录镜城的设备，我发动现在在镜城的熟人，帮忙找找。"

一听到Shadow的名号，赵贻安的眉头马上紧了紧。"我已经第一时间将公告贴满铁壁岛了，可惜斯托曼前辈不在线上。"赵贻安蹲在桃心的椅子前，轻轻抓住她的手臂，由于设备屏蔽了来自身体的感官，因此桃心不会感觉到他，也不会听到他说什么，"最快二十分钟后，我们就能重新登录进去找她。她能撑到那个时候吗？"

"可是我们现在连她卡在什么坐标上都不知道，你怎么找？"许峰说，"程序员在做虚拟城市基建的时候，往往会遗留下一些无伤大雅的漏洞，她如果掉进了这些漏洞里，你怎么可能找得到？只有设计这座虚拟城市的人才知道漏洞在什么地方。"

"那怎么办？我们除了等，没有其他办法了吗？她会怎么样？"

"这很难说……"许峰欲言又止，"如果她一直以低生命值卡在漏洞里无法自动退出，安全员找不到她的坐标也无法手动帮她退出，直到她身体超过负荷造成损伤，那托马斯工作室可就难辞其咎了。"

赵贻安看着全屏指数都红了的数据面板，冒出一头冷汗，"不行，太危险了，报警吧，快叫救护车……"

"你要想好，如果救护车来了，就会被定性为意外，今晚就得上镜城的新闻，那整个社会对这套设备的风评和信任就会跌落谷底。你还记得上一个出安全事故的游戏公司的下场吗？安委会可是零容忍的！托马斯工作室当年可是抵挡住BFE的一系列阴招才活到现在的。你应该看过你爸留下的那些图纸，驿城很可能有你爸的心血，尽管现在我们还不知道它在谁的手上运营，但好歹没有落到杨疯子手上。"许峰说。

“可是她会被烧坏的。”赵贻安当然明白其中的利害关系，尽管他憎恨且恐惧杨枫，但为了一个不知是死是活的人留下的游戏，让桃心成为牺牲品，他是绝不可能这样做的。此刻他对父亲的怨气到达了顶点。

就在他刚要叫救护车时，控制面板上的数据突然逐渐恢复正常。阿伟惊喜地说：“她正在退出设备，心率恢复到每分钟八十九次，退出倒计时。”

“有高人救了她，不对，应该是有高人保住了驿城。”许峰缓缓说道。

桃心在大家的注视下成功退出了游戏，看到她四肢自主活动后，安全员阿伟为她摘下了头盔。她缓了好一会儿突然说：“我刚刚好像做了一个画面感很强的梦，我看见骷髅蝴蝶变成了一个……怪物，然后有人神兵天降，他……他……”

赵贻安听了说：“不是梦，你见到的不是梦，是有人在抽卡的程序里插入了一个木马陷阱。所以你抽到的那张卡究竟是什么东西？你见到了什么？你是怎么出来的？”

桃心努力回想：“有稿纸吗？”

阿伟从隔壁打印机抽了一沓白纸。桃心从包里翻出一个皮质的卷筒炭笔收纳袋，捆带一拉，平摊在桌面，抽出里面的一支中号炭笔将那只有骷髅的蝴蝶画了出来……

4

就在刚才，那骷髅蝴蝶从桃心手上卡牌飞出后变成一个周身裹着黑雾的绷带木乃伊怪物。当他用手中那柄长长的弯刀劈向桃心时，桃心愣在原地，她还没从退出键失灵的疑惑中回过神来。她感觉身上突然一阵滚烫，有液体顺着腿滑落，低头才发现自己胸口被那怪物划开了一个巨大的血窟窿。伤口的疼痛被系统转换成了热感，那绝对是一百度开水浇身上的程度，她感觉到失血的眩晕和无力，困倦一下子袭遍全身。紧接着她感觉自己肢体开始僵硬，五感顿时消失，整个人陷入一种可怕的……安静……仿佛即将入睡前的舒适。

她脑海里瞬间闪过了普罗米修斯那幅《困静》中的瞳孔放大的女人。一时间桃心仿佛见到画面上女人的脸变成了自己，一切安静得可怕……她挣扎着活动四肢，奋力地从那女人黑洞般的眼睛里挣脱出来，滚烫的疼痛再次袭来……

或许死亡前就是这样的感觉吧？是不是等生命值掉到0，就会自动退出系统？但奇怪的是她挨了这么一下，生命值却一直卡在17没有下降的迹象。她突然想到在《罗马假日》副本里，周靖佳在游过对岸后告诉她，身体的不适只是系统模拟出的感觉，你真正的身体还在椅子上坐着，只有大脑的活动会影响到真正的身体。如果我在这里失去了意识会怎样？

想到这里，桃心调整呼吸，挣扎着按了两下“退出”按钮依然无效。眼看那木乃伊怪物的弯刀又要劈过来，她看到卡槽里剩下了唯一一张白骑士卡牌，于是死马当活马医，将它丢了出去——这是一张任意传送功能的白骑士牌。伴随着银光，桃心脚下出现了一个银白的光圈，那白骑士用尽全力劈开一道银光，挡住了那木乃伊怪物的攻击，给桃心离开争取了最后的时间，白骑士的血条就以肉眼可见的速度清零。而几乎同一时间，桃心脚下一空，整个人自由落体却又意外地平稳落地。前后不过一两秒的工夫，这感觉像极了睡觉时梦见踩错脚摔倒一样，桃心几乎有点分不清现在的自己是否清醒，还是说，从刚才开始自己就已经失去了意识。她摸着自己身上如滚烫开水一样的血，鞋子和腿都湿了。

此刻她身处一座老旧的青石板拱桥前，这场景像极了中国传统神话里的奈河桥，还好上面没人，这要是有个人在那儿煲汤，桃心会觉得自己是要投胎了。那拱桥前有个很矮的石碑，桃心移动着沉重的脚步，上面写着“风陵渡”。怎么这么耳熟？想起来了，出自《神雕侠侣》：“风陵渡口初相遇，一见杨过误终身。”十六岁的郭襄在风陵渡初遇杨过后芳心暗许。无奈杨过早已与小龙女相爱，最终郭襄终身未婚，创立峨嵋一派。

这里究竟是哪里？她又按了两下退出键还是没反应，她反复确认了操作面板并没有什么急救包之类的。而就在此时，那个手持弯刀一身绷带的索命鬼又出现了。当他瞬间闪现到她面前时，桃心意识到这技能就是赵贻安说过的只有C神那样级别的传说一样的人才能掌握。而就在他举起弯刀的瞬间，地面骤然裂开一道缝隙，一座低矮的围墙从地面拔地而起，挡在了桃心和那索命鬼之间，只是这面墙是黑白的，就像她素描本里没画完的线稿。桃心抬头之间，刚才周围的阴森之气突然就变了画风，瞬间变成了初春的江南小镇，带着薄雾的朦胧，隐约可见青石板拱桥上有一旗袍女子，女人手执一长柄团扇，上面的柳枝图案等细节都栩栩如生。

是她，那个虚拟形象很像赵贻安母亲的原画师阿襄，雾气朦胧间她长得确有几分像张淑卿，准确来说应该只是神似年轻时候的张淑卿。只见她团扇一挥，如神笔马良般，无数黑白线稿组成的物件将桃心团团护住，紧接着她团扇脱手，在半空中如游龙般飞向桃心。当它飞走之时，桃心发现自己“漏水”已久的身体被“缝补”好了。但紧接着那索命鬼突然大吼一声，直接震碎了桃心周围的重重保护，只一瞬间那团扇飞上了天，紧接着天空仿佛被这团扇划了一个大口，红绿蓝三色代码如液体般从那个缺口倾泻而出。

此时，那桥上的旗袍女人突然化身成无数山水刺绣屏风，在桃心周围高速运转，围成了一个保护光圈，透过屏风的纱面，桃心隐约可见那流淌的代码俯冲而下，给那索命鬼重重一击。流淌的代码在一片金色光芒中凝聚成人形，与此同时，旗袍女人变的旋转屏风也功成身退般离去，随即雾气散尽，满目是那神兵天降的人带出的光芒。

那人如太阳般耀眼，随着几声干脆利落的兵器碰撞声，桃心看清了那浑身被圣光笼罩的人。只见那人身材高大颀长，一身重甲戎装，手握一柄偃月长刀，刃口处铁痕斑驳，似血染半载未尝歇，简直是“关二爷”从书中跑出来一般，只是他戴着一副沉重的金属面具，难不成他还是“高长恭”吗？他身形矫健，几下就将那弯刀索命鬼打得狗急跳墙般发狠起来。

桃心此刻在远处观战，很显然那索命鬼的修为也不一般，在那“高长恭”挥刀的空当，索命鬼突然快速迁跃，一个闪身，出现在毫无防备的桃心面前，看这架势莫不是要直接把她的头给咔嚓掉。桃心反应过来时已经来不及躲闪，她甚至没想过虚拟世界里被砍得身首异处会不会死。一个金色的残影让她眼前一花，等她反应过来，她看到“高长恭”已经从远处迁跃到她和那索命鬼之间，而那索命鬼手起刀落，“高长恭”的手臂已经代替她的脖子被生生砍了下来。这一切几乎贴着桃心眼前发生，但那手臂却没有带出任何血液，维持着握住刀的姿势重新接回了主人的身体上，桃心震惊之余也非常机灵地闪身用“高长恭”身上的披风挡住明晃晃的刀刃，随即麻溜地远离战场，免得妨碍了神仙斗法。

而此时索命鬼的每一刀都被那“高长恭”用两条刀枪不入的手臂硬挡下来，“高长恭”毫发无损，但那索命鬼的弯刀竟生生被磕断了。“高长恭”长刀一转，瞬间掀飞了那索命鬼的头，随即那索命鬼的身体就化作黑色的骷髅蝴蝶四散消失。

“高长恭”将长刀一收，那长刀就变得像蛇一般柔软，缠到了他腰间，变成了一条金属皮带。他瞬间闪现到桃心身前，解开身上的白色披风，给桃心披上。而与此同时，桃心发现自己视线里终于出现了正常的退出系统的倒计时。桃心见这神秘人竟然没有显示 ID，他是 NPC 吗？还是说他有什么辅助工具？简直是漏洞一样的存在。

她注视着神秘人的面具，试图透过缝隙去看他的眼睛：“请问，您是……Christian 先生？”而她话没说完就感觉意识被吸入了面具后的那双眼睛，那双眼黑得像深渊一般。眼前的画面快速闪现，她仿佛迅速穿过了一个水蓝色的长廊，一扇扇亮着蓝光的玻璃门在她眼前如同剥洋葱一样，层层展开，最终她看见一张干瘪得皮包骨的脸，那人闭着的眼瞬间睁开，桃心被吓得不轻——那是一双浑浊的眼球。而就在此时，退出系统的倒计时刚好结束，眼前的画面戛然而止……

5

桃心感觉自己被一团温暖的液体包裹住，随即被屏蔽的身体知觉渐渐恢复，重新坐在了全息会议厅的扶手椅上。赵贻安熟悉的声音传来，旁边似乎还有个音调低沉的声音，那男人的声音沙沙的，略带浑厚的成熟质感却让人依然能听得出这人的几分少年之气。

头盔摘下后，赵贻安身旁除了安全员阿伟和半透明全息影像体的许峰外，还站着个高大且健壮的青年。他穿了件无袖篮球服，留了个寸头，右眼眉尾被一个旧疤截断，单眼皮眼尾略微下垂，没有表情的时候整个人看上去很凶。他反戴着的棒球帽提醒着桃心，眼前这个人就是镜城里那个反戴棒球帽的半人高小孩周靖佳，也是那个四只手的机械傻大个，同时是《罗马假日》里年轻且“无脑冲”的欧文。桃心个子小，如果赵贻安对她而言是“加大码”，那周靖佳就是“超大码巨人”。而且他不是赵贻安那种腰细腿长易被推倒的类型，周靖佳无袖衫露出的手臂完全彰显了这“小孩”长得有多结实。

“为什么你折腾半天卡槽还是空的？”周靖佳翻看了桃心的账号数据，他从很早就开始玩“镜世界”的网游版本，到十四岁登录镜城，之后的五六年里，各种漏洞或者稀奇古怪的情况他都遇到不少，但像这样差点搞出安全事故的情况还闻所未闻。毕竟这套系统运用了国丰科技和安德森科技最核心的技术，又受各级安委会监管审核，还经历了多年的沉淀和实践，只是碍于成本和人群门槛，才拖延了普及的进度，“正常来说，紧急退出键是不会失灵的，而且你被刀砍，生命值还不下降也很奇怪啊。”

“其实不是按钮失灵，这种情况就好像你在正常上网的时候突然有个弹窗冒出来，你必须点‘是’或者‘否’，弹窗才会消失，而此时你无论点网页上的任何其他的按钮都没有反应。至于生命值异常是因为那套体系属于驿城，那只索命鬼不属于驿城的系统，那他造成的伤害也会被生命值计算无视掉，而做那只索命鬼的人如果对驿城足够了解，又或者是对‘镜世界’整个系统有高级权限，那么他可以随意篡改按钮的后端功能，短暂的调整对整个虚拟城市不会有什么明显影响。”赵贻安自从发现了水埠头老房子里有大量父亲留下的游戏设计图纸后，就对这一切开始了研究，他看着桃心画出的“救命恩人”，试图分析这个神秘人的身份和意图：“有没有可能，你其实是抽到传说中的‘铁臂将军’，只是刚好杨疯子的‘坑’就埋在这个关里，替换掉了你抽到的卡，然后跑出来袭击你。”

“铁臂……铁臂将军，我当时怎么没想到，那个‘高长恭’的手臂断了还能接上，他会不会就是传说中的铁臂将军？”桃心一边回忆一边用简略的素描将那个 ID 被屏蔽的神秘人救自己的经过画出来，“可他不像是个卡牌 NPC。”

这时，周靖佳惊呼：“怎么回事？你账号上怎么多了一件特级超稀有级别的装备？哪儿捡到的装备？啊不对呀，看属性这是材料合成的。喂，老赵过来看看，这白色披风跟你那摊黑色东西是差不多级别的防御装备。”

“这是我准备下线的时候，神秘人给我的。”桃心并不知道这是什么装备。

“‘黑羽’是斯托曼前辈带我入会时送给我的见面礼。”赵贻安说，“但这个人为什么要救你还给你送装备？”

“铁臂和铁壁 DAO 会不会有什么关系？不会是单纯的谐音巧合吧。”

而此时在一旁默默检查数据的许峰突然开口：“关于铁壁 DAO 的历史，我加入得比较晚，但我年轻时已经对这个 DAO 略有耳闻，铁壁成立的时间估计比想象中要早。”

“早到什么程度？”

“可能追溯起来，铁壁成立的时候你赵贻安都还没出生吧。”许峰说，“只是那个时候铁壁还只是个传说，区块链技术还在探索阶段，铁壁还没有形成 DAO，还是一个由白帽黑客和灰帽黑客组成的组织。那个时候这个组织叫‘监护人’，因为他们写了一个叫‘监护人’的防御系统。但至于是监护什么的，我不太清楚，那时候我刚毕业，水平有限。”

“监护人？不就是那个‘奶妈’卡牌的名字吗？”周靖佳惊讶道。

“果然，铁壁和托马斯工作室确实有关系，他们的前身或者运营者很可能就是当年‘监护人’组织里面的人。”赵贻安越来越确定，失联十多年的父亲肯定也跟这群人有关系。

“再后来，‘监护人’遇到了前所未有的劲敌，一种叫骷髅蝴蝶的网络病毒开始蔓延，传闻是国丰科技的核心智能程序带出来的病毒，但当时无从考证。我一个实习生，没有任何权限知道这一切，但从国丰科技当时封锁消息和销毁数据的行为来说，这件事很有可能是真的。而国丰科技当时使用的核心智能程序是你父亲团队留下的，又怎么会出这种原则问题，唯一的可能就是杨家父子私自用来搞黑色产业。”

“难道就不可能是张老头做的吗？”赵贻安直接把自己的外公称为张老头，一旁的桃心愣了一下才知道他说的是国丰科技的创始人兼董事长张成。

许峰继续说：“张老爷子虽然也不是什么善类，但他起码不会用‘汉斯’做这种肮脏的事情。当年 F5 集团的超级智能模型‘宙斯’横空出世，国内急需可以跟其抗衡的同类项目，张成为了巩固他在国丰科技的地位，把你父亲扫地出门，解散了他的团队，就是为了将‘汉斯’据为己有，后来出了事情却无法收场，全网都在捕风捉影说骷髅蝴蝶病毒就是国丰科技弄出来的，国丰科技股价立刻大跌。那张老爷子就买通稿甩锅给你父亲，出了事情他反倒承认核心代码是你父亲团队写的，说是你父亲故意留下的病毒。骷髅蝴蝶病毒最后是被‘监护人’组织写的一个叫‘铁壁’的防御系统给按了下去，之后组织正式成立 DAO，并且以铁壁命名。”

“铁壁，铜墙铁壁，这防御系统起的名字真形象。”

“而就在这时，BFE 组织开始冒头。当时他们还不是注册的 DAO，只是一个叫‘蝴蝶效应’的暗网组织，Butter Fly Effect。他们通过黑入一些游戏的灰色地带，嫁接他们的链接，让玩家掉入他们设计的游戏空间，通过高额悬赏游戏，物色一些符合他们要求的潜在‘劳动力’，帮他们干脏活儿，同时用改良版的骷髅蝴蝶病毒，通过勒索索要赎金。”

“啊？我爸以前在网络安全科的时候就是专门清理这种海盗链接。”周靖佳听了说。

“没人知道他们的核心成员在现实中的身份，因为一旦被抓住那就得坐牢。BFE 的‘黑手套’Shadow 是个非常厉害的‘清洁工’，可以令他们的非法行为雁过无痕，警方也很头疼。”许峰继续说道，“铁壁 DAO 成立后，BFE 就专门攻击那些安装了铁壁安全程序的商业系统，当时我在国丰科技，看到有帖子说，因为铁壁受到打击，国丰科技那时出品的安全系统的订单突然暴涨，张成大发通稿宣传没多久，就将国丰的安防从铁壁换成他们自研的了。这时间点非常巧合，更巧合的是，这个时候有人出资让 BFE 成立了 DAO，这波洗白搞得好像这个手黑的组织变成了个正规的 DAO。那时跟我同期实习的几个同事扒了一下 BFE 的主要资金构成，外资竟然占了大头。估计是某个外资企业开的皮包公司，这种用小号注资控股的操作也没什么特别的，但是剩下的百分之五十出资里，有百分之三十左右是杨建为名下的投资公司出的，并且他大量持有 BFE 所属的数字资产，这就很复杂了。”

赵贻安说：“现在 BFE 数字资产就是杨枫在运营，杨家父子在国丰科技身居高位，同时是 BFE 实际控制人，这就很有问题了。不过据我所知，现在的国丰科技还在使用铁壁程序作为防御系统啊，怎么会……”

许峰冷笑一声：“那是因为当年张成吹过头了，马上就被打脸。他换上那套自研的安防系统后，没多久就遭到了攻击，我记得当时整个安防部门都被问责了。攻击者入侵系统后什么都没干，但是留下一堆‘脚印’，然后黑入了国丰科技的社交平台发了条消息，让全世界都知道他进来了，又离开了。”

“简直活该，但是国丰科技做的安防也不至于像纸糊的一样，放眼国内，也算数一数二的。”赵贻安想了想，“难道是 Shadow？”

许峰又说：“不是他，Shadow 行事非常低调谨慎，他应该有必须隐藏身份的原因，比如通缉犯之类的。但这个人好像不在乎被发现身份，只是象征性擦除了一些踪迹，所以我怀疑是铁壁的人在敲打国丰科技。”

赵贻安听了若有所思：“很多事情过去太久已经没办法核实，信息过于散乱，收集也有难度，我一直想摸清铁壁核心成员的身份，但他们有很多成员是有技术背景的，我很难追踪到他们。暂时来说，我基本可以确认的是那个姓白的人是托马斯工作室的管理者，又管控着安德森科技这么多产业相关子公司的资金运作，并且很可能他就是铁壁岛的成员，我想他的身份可能是个突破口。”

“什么什么？怎么这样多组织？又托马斯又铁壁又安德森……”周靖佳听得头都大了。

“其实不过是不同形态的公司组织形式而已，安德森是实体的海外上市公司，同时在镜城设置了虚拟总部。铁壁是一个 DAO，基于虚拟现实的去中心化组织。而托马斯工作室是镜城的虚拟游戏发行方。这个白衣和尚是托马斯的运营者，同时也是安德森的财务人员。三者关联度那么高，你说会不会其实是同一批人开了公司，又建立了 DAO，同时是游戏发行方？”桃心简单地梳理了一下，她想了想说：“对了，其实刚刚我还见到了铁壁的阿襄，就是那个虚拟形象很像你母亲的原画师，这次看到动态的，那张脸虽然不是一模一样，但是神似，是我想象的张总年轻时候的样子，这个人虽然不是你母亲，但也很可能和你母亲有关系。她在那个漏洞空间打开了个缺口，随后那个神秘大神就来救我了。”

赵贻安听了说："或许扒下铁壁这些人的马甲，我就能找到我爸这些年究竟在搞什么鬼。"

"如果你父亲曾经是'监护人'组织的成员，'监护人'和现在的'铁壁'是同一批人的话，会不会从你爸当年在国丰组建的那个团队的成员入手，会比较容易查出点什么？"桃心说，"他们大概率也是铁壁的成员。"

"查是可以查一下，但当年安徒生实验室的核心成员已经死的死，失踪的失踪……"许峰叹了口气。

"为什么？"

"还能是怎么回事？有叛徒出卖了大家。"许峰话里有话，"昔日并肩作战情同手足，关键时候却在背后捅一刀。"

桃心听罢想起照片上死去的袁秀，或许她也想不到自己丈夫李正轩会是抛妻杀子的通缉犯 Shadow。她望了望赵贻安，此刻他似乎有很多话要说，但还是没有打断许峰的话。

许峰继续说："其实你没必要去调查他们究竟是谁，即使你父亲就在他们之中，我知道你很想找到他，但你要知道，BFE 的人隐藏真实身份是为了逍遥法外，但铁壁的人同样需要隐藏身份来保护自己在现实世界的安全。当然啦，像我这种无关紧要的人，即使用真实姓名也没关系。"

"那为什么杨枫父子可以大摇大摆地公开注资 BFE ？"桃心问。

"明面上 BFE 是个合法的 DAO，不仅杨枫父子是投资人，很多人都买了他们的数字资产。真正不合法的是 BFE 背后做'脏活'的人。杨老头没啥技术背景，只会圈钱和恶意收购，至于杨疯子虽然是有那么点天赋吧，可当年才初出茅庐，怎么说都最多算个 Script Kiddie（脚本小子：以"黑客"自居并沾沾自喜的初学者。使用别人开发的程序来恶意破坏他人系统）。有一点小聪明，如果不是有叛徒里应外合，又怎么能让你爸阴沟里翻船，落得个一无所有，被扫地出门？后来出事了，你爸又被你外公道德绑架，回国丰科技义务修补汉斯的漏洞。只是不知道中间究竟发生了什么，你父亲回去的那段时间，国丰科技总是有事情发生，接二连三不是有人失踪就是有人遭遇意外，甚至自杀，大部分都是核心技术层面的研究员。在我看来，是有人想封锁国丰科技的某些技术研发。直到你父亲失踪的那天晚上……”许峰说到一半停住了，“要不我回头单独找你聊聊吧。”

“许叔你说吧，这里没有外人。”赵贻安说。

许峰回忆道：“好吧，那晚我刚好也没有班，第二天上班的时候，还没进入国丰科技的园区，就接到通知停工一天，说是整个园区的电路设备出了故障，要检修。不知道前一晚发生了什么，但我知道那晚国丰科技有个小型的新品发布会，我有个认识的同事在那儿帮忙，他也说不清楚具体发生了什么事情，只知道发布会开到一半，突然整个园区停电了，手机连信号都没了，黑暗中所有人都出不了展厅，因为一楼展厅的大门在发布会开始后就关上了，通常停电也能用安全装置打开门，但当时却完全锁死了。没多久隐约听到救护车的声音，他们被告知设备需要检修，然后被安排到国丰科技的客房休息。救护车都进来了，我怀疑又是出人命了。两天后我复工回来才得知，你父亲失踪了，我联想到救护车的声音，估计……我跟那同事讨论，他才回忆起来，你母亲当晚也在那场发布会，但停电后并没有见到她。”

桃心入行五年，自然是清楚某些单位对于突发的负面意外有一套专门的“封锁消息”的操作手段，但至少也会留下点蛛丝马迹，即使有记者采了没写，或者写了没发，但至少会有人知道大概发生了什么，可她听得出国丰科技这一套操作下来，直接连危机公关都给省了。赵志华一个大活人就这样人间蒸发了吗？甚至没有人报案，张淑卿也没有报案……当晚究竟发生了什么？

许峰如今五十岁出头，虽然他已经是个头发稀疏的干瘪老头模样，但事实上比当年赵志华那群接触国丰科技核心技术的工程师要小上好多岁，当时也不过是入职不久的新人，可他将听说到的细节描述得如此详细，知道那么多内幕，桃心不禁猜测这所谓的“同事”其实并不存在，他许峰估计就在发布会现场，只是他也无从知晓当晚会场外究竟发生了什么。

“你是洪小姐，对吧？”许峰的话打断了桃心的思考，“我刚刚说的都只是道听途说和个人猜测，我知道洪小姐和你父亲一样，都是很有职业素养的人，不会把一些未经确认的事实随意散播的，对吧？”

桃心听出许峰的言下之意是希望她不要出去乱说话。她知道许峰刚刚那一番谨慎却又似是而非的描述，是对在场其他人的警惕，于是桃心笑了笑说：“我向来对豪门恩怨不感兴趣，我只是指望跟着赵老板发财。”

6

许峰下线后，阿伟也下班离开了，只剩下赵贻安和周靖佳还在兴致勃勃地讨论。而桃心回想起普罗米修斯所画的内容，马上从包里翻出云笔记本，登录数字藏馆后马上就有一个恭喜的特效动画弹了出来，通知桃心中标了。桃心愣在原地，直到赵贻安凑过来看。

“普罗米修斯！你赚大了，有个冤大头竟然拍了一万块钱。”赵贻安惊呼。

“你也知道普罗米修斯？”桃心疑惑。

“什么东西？”周靖佳看了眼，“这不是骗人的吗？我在镜城的广场里看到，连规则都没看懂。”

“其实，简单来说就是作者想给谁就给谁吧。”赵贻安说。

“当然不是，”桃心说，“他怎么能预测竞拍者会出多少竞价？每幅画开拍前普罗米修斯会对自己作品有一个价值评判，他将定价通过区块链不可更改的协议记录加密，分发抄送给多个第三方公证机构，然后再开放竞拍，所有竞拍价公开，竞拍者可以参考别人的竞拍价格来调整自己的竞拍价。竞价时间截止后，由公证机构通过算法核对所有竞拍价中是否有和作者定价一致的价格。普罗米修斯制定这个规则的目的是找一个对他画作的价值认知一致的买家。”

“可是，”赵贻安打断道，“最刺激的是所有低于中标价的款项会全部退还，但高出中标价的部分会被截留出来，由中标者和普罗米修斯平分。”

“啊，这有什么意义吗？这样所有人都会往低了猜啊。”

“这是为了遏制那些人试图将作品价格炒高的行为，”桃心说，“同时释放出信号，不要把价格往高拍，虽然我也不理解他为什么有钱不赚。”

“那如果没人猜中他的定价呢？”周靖佳是个典型的学渣，不善于消化各种复杂的设定，除非有人划重点。

“那游戏就重新开始，但定价不变的情况下，不断排除错误答案，总会中的。”

“那如果两个人出价一样呢？”

“竞价系统每个价格数字不能重复，先到先得，有人用两千块钱比你更早拍了，你就不能再以两千块钱拍。”

“等等，”桃心马上嗅到了猫腻，“那如果作者将定价定在一个很低的数字，然后私下将这个定价告诉一个朋友，朋友中标，那所有竞拍者的钱不就都让作者和朋友平分了吗？”

“那这样以后就没有人再来买他的画啦！”周靖佳道。

桃心笑了：“不，一次就够了，玩一票大的，一次收割所有人的钱。”

“他没有必要大费周章吧，他的作品常规地出售版权也不止赚这么点，”赵贻安皱眉，“而且规则是他定的，他如果想这么玩，有更快的方法，犯不着……”

“或许他的目的不是赚钱，”桃心的脑子飞速运转起来，“虽然不知道是不是我过度解读，我总感觉这个画面仿佛预言了我今天困在镜城时的遭遇……”

第九节　汉斯二十五年记忆：斯托曼

“赵贻安，你要出去吗？”

“是啊，怎么啦？”

“证明题做好啦？”

“昨晚就做好了。”

“这么快？计算量很大啊！”室友先是惊讶，然后熟练地挤出谄媚的笑，“给我参考一下？”

“可以是可以，”赵贻安在宿舍一边穿鞋，一边说，“到时候查寝和早读点名的时候，你懂的。”

“那肯定没问题。”室友又问：“下午的课你不上了吗？又去租设备？”

“你知道还问。”赵贻安出了大学的门，进了一家网吧，在前台的网管处租借了一套“环宇漫游 2.0”的虚拟非侵入沉浸设备。登录镜城后，他马上查看留言信箱，他的列表上只有一个好友“斯托曼”。赵贻安点开邮件上的地址链接，随即被传送到安德森科技虚拟总部入口外围，他迅速提交了通行验证，那巨型的书本便开始快速翻页，并将他传送到一千零二十四页。那是属于斯托曼前辈的办公空间，赵贻安迅速锁定了那个熟悉的身着白色西服的身影。他西服上的那些鸡零狗碎的配件如袖箍、领带夹全套齐备，甚是讲究，这让赵贻安完全不觉得他像是个搞技术的人，如果一定匹配个岗位给他的话，他的形象更像是产品经理，虽然这样想多多少少有点刻板印象。

还记得第一次跟前辈来到安德森科技虚拟总部时，前辈说他是安德森科技聘任的科研人员，但赵贻安问他是研究什么领域的，他却说：“我不过是个普通的码农，混口饭吃而已。”他明显不想提及自己的科研项目，而赵贻安也是个很会察言观色的人，于是很识趣地没有刨根问底，但他知道，斯托曼又怎么可能是个普通的码农。

“前辈。”赵贻安叫了他一声，但斯托曼并没有理会他，“你在吗，前辈？”事实上，像前辈这样有技术背景的人，在镜城可以有非常多的“虚拟化身”，可以代表他本人同时在不同的地方处理不同的事情。就像人在现实里可以一边上课，一边偷偷在底下打游戏一样，一心多用。赵贻安见前辈并没有反应，于是马上发邮件问他在哪儿。

几分钟后，斯托曼终于“回过神来”，他一开口就问道：“我发给你的源码，你研究透彻了吗？”

“呃，差不多吧……”赵贻安含糊道。

“有什么问题，别在这儿模棱两可的！”前辈厉声道。

“为什么这个模块，每个任务都要有很多个同等级的子程序重复工作？这样重复又累赘，又费算力又费硬件的。”

“啧啧啧，你知道我们人脑的工作原理吗？人脑其实就是大量做重复工作的子系统集合，这些子系统具有特定功能，并且自动化地做着无意识的工作。”

“人脑的工作怎么会是无意识的？”

“不不不……人脑产生的意识并不是由无数意识组成的，就像一个机器它里面的零部件不具备机器整体的功能一样。以人类记忆能力为例，普通的记忆通过海马体来增强巩固，但受到刺激伤害的时候，记忆就会沿着另一个独立的记忆轨道被大脑读取出来，所以人读取记忆的方式有无意识的闪回和有意识的回忆。所以人脑其实对同一个记忆的存储方式有很多种，就像不同的人用不同的习惯去记录讲述同一个事情一样。多个子程序从彼此不同但又有重叠的角度来做比较，最终得出更优的结果，这样的方式就接近人类的复杂意识运作，从而接近智能。这套程序源码，其实是AI的‘类人思维心智模块’。”

“类人？可是AI有AI解决问题的模式，没必要让它模仿人类思考啊。”赵贻安问。

“女娲捏泥人的时候也是按照自己的形态，所以我们人类创造AI的时候，也是参考了人类思考的机制。根据人类的马斯洛需求层次理论，按照人类低层次需求生理和安全需求，为AI赋予了基础的生存指令，它将依赖人类提供的物质支持，比如稳定的电源和服务器，并且它会主动整理删除问题数据和垃圾文件，保持工作顺畅，还能自己进行系统维护，防止病毒攻击。但 AI 的神经网络跟人类思考的模式不一样，所以‘类人思维心智模块’的初衷不是让 AI 变成人一样的思维模式，而是通过这个模型，让机器能理解我们人类的思维模式，更好地分析我们人类在解决问题时的方式。那么 AI 就可以更好地在每一个应用场景里协助人类，作出更符合人意愿的最优解。”

“就像编译器一样吗？这……有太……那……如果算力、数据和硬件都充足的情况下，比如借助量子计算机‘诸葛亮’的算力，大量推演可能性，再将一个个分支排除，那它是不是可以预判我们的行为？”

“你小子说的是‘沙盘’吗？汉斯的‘类人思维心智模块’最初其实是一个叫‘沙盘’的程序，通过量子计算的辅助，分析计算大量的数据，从而推演和预测结果。可是，人类是那么复杂又矛盾的动物，又怎么能轻易被预测到行为？”前辈说完冷笑一声。

“那……前辈，这模块的源码是你写的吗？”

“安德森科技很多算法工程师都参与了开发迭代，并且目前已经开源。”

“那……为何……汉斯有‘类人思维心智模块’呢？”

前辈仿佛知道赵贻安想问什么：“这些代码即使开源了，也并不意味着，人人都能创造出强 AI。正如我们人类，在出生时的出厂设置并不是一张白纸，而是已经有一部分问题的解决方法，婴儿就是靠这些出厂设置的程序去理解和思考这个世界，他不需要学习就能区分有生命的物体和无生命的物体，他会模仿父母的行为，这是人类基因预先编码好的程序。而 AI，即使存在一样的出厂设置，但它往后形成什么功能，形成什么样的人格投影，都会受外部影响，包括由谁来训练，功能模块里储存了什么数据记忆，以及算力硬件资源等复杂因素，光是‘抚养’它长大成人的资金成本就不是一般小公司或个人可以承受的。这或许不是个纯粹的技术问题，而是个复杂的经营问题。”

赵贻安听完后陷入了沉思，但马上他就被斯托曼不耐烦地打断：“浪费我时间，你小子快滚回去继续研究，研究透了再找我。”

“等一下，前辈，你之前说过要带我进‘铁壁’，是真的吗？”

前辈怒斥道：“你这水平还好意思进‘铁壁’？”他见到年轻人马上一副蔫了的模样，于是说：“我给你开一个‘铁壁’的临时通行码，如果你可以在通行码过期之前，找到我在‘铁壁’总部的房间，那我就引荐你进‘铁壁’。”说完便打一个响指，将赵贻安从一千零二十四页的办公室驱逐出去。

离开安德森科技虚拟总部的赵贻安欣喜若狂，但是他马上发现“铁壁”总部的结构是六个魔方组成的特殊设定，要弄清楚这里面不停变换位置的房间，简直难于登天。当下他就退出了镜城，回到大学宿舍，从柜子里的一堆奇形怪状的魔方里翻出了一个五阶魔方研究起来。

究竟哪里存在破绽？

第三章 坚定的锡兵

第一节　哥哥

1

眼下赵贻安和他组建的团队已经度过了磨合期，接的几个项目也上了正轨，他们即将要搬进华临科技大厦十六层的新办公区，不用再窝在一个小角落里。张淑卿答应了把华临科技大厦整个十六层给赵贻安大展拳脚。那里原本是废弃的机房和档案室，多年没人打扫，被当成杂物堆填区已久。赵贻安自小十指不沾阳春水，但却也为了省下请钟点工的经费，带着阿伟几个人亲自动手。好不容易收拾好，正准备搬进去，这天早上一个会议，到嘴的肉就被人抢走了。

当赵贻安接到阿伟电话赶回华临科技大厦时，十六层已经成了其他部门的办公区。阿伟是刚研究生毕业的新人，自然拿华临科技那些老臣子没办法。赵贻安马上去找母亲讨说法，张淑卿却想息事宁人："水埠头项目马上就要同时推进，这个节骨眼，我不想基层内部有任何分歧，只能委屈一下你了。"

"妈，你知不知道那里一桌一椅，甚至每个螺丝钉都是我们几个自己弄的，你现在一句委屈一下就过去了？"赵贻安心想这次让步我就不姓赵。

"说吧，想要什么？地方我挪不出给你，要点别的吧。"知子莫若母，张淑卿已经从抽屉拿出支票本，钢笔都蘸好墨了，头都没抬，就等着儿子说个数。没想到赵贻安蹦出一句："我想自立门户，搬出去，带上我的几个人，再招些实习生。"

张淑卿抬头，对上儿子期待的目光："你是认真的吗？出去以后，可是连根电线都要自己接驳的。"

"我想找个更靠近南区服务器中心的地方，而且靠近'老佛爷'，有空过去看看她老人家，不让二叔他们小人得志。"赵贻安隔着办公桌站着，说到奶奶和二叔时便俯下身，压低了音量。张淑卿突然默不作声，定定地看着儿子，她的眼眶莫名其妙红了，但她马上低头掩饰了一切情绪波动，迅速在支票本上写下了一串数字后将支票塞到儿子手中：“拿着滚吧。”

“得嘞，谢主隆恩。”赵贻安的全部注意力都被那张支票勾走了，全然没有注意母亲的异样。他几步跨出门外，才发现支票上的数目比他想象的要多。这是不小心写多了个零吗？妈什么时候出手那么阔绰？精明如她，平时给他的一丁点零花钱可是每一毛钱都要算清楚的。

赵贻安马上着手找合适的写字楼搬出去。汉斯根据他的要求载入了一系列的参数。赵贻安反复查看了汉斯标红的区域，那是已知符合要求的选址区域。太头痛了，南区的写字楼还真是又少又旧，这时，他突然注意到一个标注了三角符的地点：“这是什么？”

“标注点为一处你或张淑卿女士名下物业。”汉斯回答。

“这是哪儿啊？我怎么没印象南区还有店面……临江路？”赵贻安放大了看，“哇！这房子，不就是奶奶给我的满月礼物吗？”

2

赵贻安租了辆搬运公司的货车，将购置的新设备运到临江路的新大本营，这天早上，团队的几人，连同刚来报到没几天的几个实习生，分四车从华临科技大厦出发。位于南区临江路221号的这个老房子是个独栋别墅，共四层，当年这周边还很偏僻，所以张淑卿和赵贻安都没把它当回事。但随着城市发展，修了几条路，现在这里成了南区商业中心地段，周边的城市配套设施很齐全，交通便利，特别是最近新的城市立交通车后，连通南北区，这里要是把周围的房子都买下来，原地起个写字楼，那肯定是不愁租不出去的。

众人把这个新的大本营简称为“221”，从需求上看，赵贻安觉得这里简直是为他量身定做一般，相比北区的华临科技大厦，这里离南区服务器中心和他奶奶家很近，甚至离桃心家也只有不到几分钟车程。绕过两条街就是童年时Wonderland所在的南区小道，老城区亲切熟悉的市井之气只有在这里才留有当年的味道。

安顿好 221 大本营后，赵贻安团队的几个小型项目都陆续完成交付，终于有了点喘息的空当，如此他找桃心改这改那的频率也少了，桃心反倒有点不习惯了。这天下班，她过去找他们。一楼的日常办公区一个人都没有，跑上二楼的休息区只见到赵贻安窝在沙发里打盹，隔壁的“大龄儿童”周靖佳在打游戏。

“其他人呢？”

“我准备趁这个空当带大家去旅游团建，后天就出发飞曼谷，让他们回家收拾准备去了。”赵贻安闻声微微睁了睁眼，他整个人陷在沙发里，像只慵懒的猫，“你申请个年假跟我们一起去吧？”

“我才没空去。”桃心干脆地拒绝。

“后续等水埠头项目上马后，有的是忙的时候。”

不多时，周靖佳退出了游戏，摘下耳机，说：“六点半了，去打球？”

桃心知道他俩经常傍晚去附近篮球馆打球，这是她第一次跟他们一起去。上一次看赵贻安打球还是上中学的时候，篮球短裤露出一双筷子腿，细胳膊细腿的像电线杆一样。

读书时候起，赵贻安就没什么同龄的朋友，这次和他们一起打球的是几个周靖佳的同学，都是二十岁出头的小伙子。现在的小伙子，发育得又高又壮。赵贻安换了身无袖的篮球服，两条胳膊已经不似当年的纤细，线条已经有男人的轮廓，他穿了条运动长裤，裤腿扎进篮球长袜里。桃心当年实习的时候也是跟过一段时间的体育新闻，她看了几场下来，明显感觉周靖佳的球技完全碾压赵贻安，但却处处点到为止。桃心在边上旁观了一会儿，直到周靖佳下场拿毛巾擦汗，便问：“你这是当他陪练吗？”

“可不是嘛，给他做康复运动的时候习惯了，”周靖佳说到一半突然停住，“他没告诉你？五年前的事……”

“我和他……没有熟到什么都说吧……”

“是吗？”周靖佳的眼神里充满玩味。

“我只听说，他被绑架过，他受伤了吗？”

“呃，对，不过，”周靖佳回头望了望在场上打球的赵贻安，“他恢复得挺好的，他不想提就算了吧。”

“唉？你不用回去准备旅游的事情吗？”桃心感觉这个话题不好纠缠下去，于是问了点别的。

“我不去啊，我护照在我爹那儿，我……懒得回家问他拿。”

桃心想起赵贻安提过，周靖佳的父亲周平江是市里的公安，也是他父母的好友，两家是世交，但周家父子的矛盾不是一两句话可以讲清楚的。桃心没想到捅到了更尴尬的话题，还好这时赵贻安叫了声周靖佳，他就重新下场去了。

赵贻安出发去泰国后，周靖佳回到了广州的学校，桃心差点忘了他还是个大学生。显然赵贻安的这趟泰国之旅被水埠头埋尸案给搅黄了，谁也没想到，原本应该在芭堤雅享受阳光沙滩的赵贻安，此刻正和桃心被人连人带车倒吊在废弃工厂的污水池上。

桃心弄清楚状况后脑子里最先飘过的是离开办公室前看的那幅普罗米修斯的画作，画面上那辆在水里四脚朝天的小汽车……别跟我说这都是巧合吧！可眼下也来不及想这些，先逃出去再说。

十一月的临城连续下了几天雨，气温急剧下降，在轮番的折磨过后，赵贻安已经冷得意识模糊，直到突然虎口被人用力捏了一下，疼痛令他短暂清醒了一会儿。女人“似真似假”的哭声在车内的回响下显得尤为凄凉，外面那两人也不为所动，不知道在小声地讨论什么。

“外面的人在吗？”赵贻安艰难地让外面的人听见他的声音，“我知道你们抓的是我，这个女人是我妈的秘书，让她出去联系我妈，告诉她我现在什么情况，不然我妈这样的人，不会答应你们任何条件。”说完他突然用力扯住桃心的外套，将她拉近自己，小声说：“正义的洪记者出去一定会想办法回来救我的，对吧？”

外面的人不为所动，赵贻安突然来了一句：“让他带上我一只手出去，总可以了吧。”

“你疯了吗？”桃心差点没反应过来他这话是什么意思。她看见赵贻安捏着她衣服的手骨节都泛白了，重新掰开赵贻安的手指，捏住他虎口位置，以防他昏睡过去，还故意说：“你这辆车的智能系统不是很牛吗？”

“汉斯的服务停了，没有汉斯，这就是一辆普通汽车，而且都撞成这样了，它还能飞不成？”

“你不要睡着，很快会有人找到南区这边来的。”

“你怎么知道这里是南区？”

桃心说：“我们傍晚七点左右出发，大概开了二十多分钟就被撞了，我醒来的时候看手表是八点，十分钟的时间跑不远，大概还在南区。”

“那万一已经是第二天八点呢！”赵贻安只是习惯性地随口问，他的大脑已经无法消化桃心的推理。

“你是不是脑袋撞坏了？如果你泡水里倒挂十几个小时还能活着吗？我晚上下班失联没回家，我爸妈肯定知道的，大马路有监控，一下就找来了。不是还有周叔叔吗？警察会找到我们的……所以他们比我们还急。”

赵贻安疲惫地闭上了双眼，他真的快没力气了，感觉只有桃心滴落的眼泪还是热的。桃心见他闭上眼，马上说：“你再坚持一下，外面好像没声音了，可能他们已经逃跑了呢？”她试图确认他有没有睡着，赵贻安轻轻捏了一下握住他的那双手，告诉她自己没昏死过去。很快，外面传来撬门声和嘈杂声，桃心把身体探出车外，试图爬出去。

桃心一松手，赵贻安就感觉到了车在沉：“啊啊啊，姐，你还是不要折腾了，你一动，车就往下沉。”

“很疼吗？”桃心看了眼赵贻安被卡住的腿。车身因为之前的撞击，车头变形，赵贻安的腿就被卡住了。

“没感觉了，我的腿不会断了吧？”赵贻安有气无力地说，“如果我腿上有开放性伤口，再这样等下去，我流血都会流死吧？这池水那么脏，肯定会感染，然后就截肢吧……”他竟然还轻笑了两声。

“喂！赵贻安！”桃心打断了他的胡思乱想，并用力掐了一把赵贻安的腰，然后又在他大腿掐了一把。

“别乱摸啊，姐……”

“你只是腿麻了而已……”她说了句软话。很快废弃工厂的卷帘门被破开，警笛声从远处传来，随后越来越清晰……紧接着就听到了周靖佳的声音："老赵，你还活着吧？"消防员很快下水救人，赵贻安要求先把桃心弄出去，他的腿可能要工具才能出去。桃心刚上岸被盖上毯子后，就看到父母和穿着警服的周平江。她本想等赵贻安被救出来但周靖佳却坚持他留在那儿就好，然后桃心就被塞进了去医院的救护车。

"其实我真的没受伤，他……"

"你快去洗澡换身衣服，免得冻病了。"救护车上，母亲什么都没有多问。

手机丢了，桃心觉得很不习惯，她在医院换洗好干净衣服后，做完了身体检查。她很想马上打电话给赵贻安，或者打电话问问周靖佳也好。但是，以桃心从业多年的能力，在医院找个病人实在是小菜一碟，于是她直接去问前台，有没有一个和她一样浑身湿透的年轻男人被送进来，说那是她哥哥，两个人前后脚被送进来的。马上她就根据前台的描述找到了那个病房，长长的走廊，远远望去，她看到了周靖佳。而此刻护士们脚步匆忙地进进出出那房间，这让桃心顿感不妙。走到病房门前，她听到里面传来断断续续的哭声和惨叫声，她没听见周靖佳叫她先等等的话，就直接闯入了赵贻安的病房。

她迎面看到床单血迹斑斑，两个换药的护士围在床边，走近一看，赵贻安右腿膝盖以下……没了……全是血！

"滚出去！让她滚出去……"赵贻安顿时情绪失控，一手差点推翻了护士的小推车。眼前的一幕令桃心大脑空白愣在了原地，直到被周靖佳高大健壮的身躯挡住视线，拉回门外，房门随即"嘭"的一声关上。

"怎么回事……"

"旧伤！是五年前的旧伤而已！"周靖佳怕她误会，"断面发炎而已，皮外伤……水池的水不干净……"

"你一直都知道是吗？我以为……"桃心一时说不出话来，"我一直以为……他只是……我还说他……"

"我爸说，那年绑匪拿他来威胁张阿姨，张阿姨不肯松口，条件没有谈好，于是……"周靖佳试图组织语言讲清楚五年前的情形，"当时有一个箱子寄了过来，里面……球鞋连着半截小腿……后来他被救出来送进医院，伤口感染，又往上截，截到膝盖下面……”

桃心无法理解：“那些人要多少钱？难道还不比自己儿子重要吗？”

“虽然我不太清楚，但好像对方要的不是钱。”

“是吗？他重新站起来很难吧？”

“别说站起来，他能够活下来就已经很好了，”周靖佳长叹一口气，“我爸说，找到赵贻安的时候他浑身湿透，隔壁有个废水池，我爸见他有溺水的症状，马上给他急救，却发现他肋骨被打断了。送到医院的时候，做完检查发现他右腿已经没救了，断了两根肋骨，差点就插到内脏，左腿膝盖粉碎性骨折，医生力保他的左腿，足足打了九根钢钉进去，等他骨头长好了又要把钢钉拆下来。这还不止，没多久他就开始咳嗽，你想想那个废水池多脏啊，医生说是什么吸入性肺炎……”

“肋骨断了还咳嗽，这不得疼得要人命吗？”桃心实在无法将这个场景跟平时嬉皮笑脸的赵贻安联系到一起，“他爸妈不得心疼死？”

周靖佳听了愣了一下，他突然回想起当年好像没见到张淑卿去医院看过赵贻安，更不要说他那失踪的父亲了。周靖佳那年还在上中学，只能偶尔逃课去医院看看他这个异父异母的“亲兄弟”，但每次去医院都只见到赵家保姆阿姨和司机城叔。他一时间也不知如何说起，大概只是自己恰好没遇上而已，于是便说：“他那条右腿，可是张阿姨请了最好的专家给他做的，那个什么森公司？”

“安德森科技吗？”

“对，这名字真难记。”

“那他现在……”

“这次只是皮外伤，不过他这样泡水，旧伤复发，关节会疼吧，你还是不要这个时候进去了，他应该不想你看到他现在这个样子。”

是吗，原来他刚才被困车上时已经受伤了，但还是宁愿难受也不想她看到自己狼狈的模样。赵贻安你这该死的自尊心。

3

赵贻安一睁开眼就看到周靖佳，准确来说是十三岁的周靖佳："我把外套放这里，谁先跑一圈回到这里拿到它就算谁赢。"少年脱下运动外套丢在塑胶跑道的起跑线。

"好，你不要再像上次那样作弊耍赖就好。"赵贻安说。

"大家都两条腿，跑道又是圆的，还能怎么作弊？"刚上初中的周靖佳骨架子已经长开，他飞扬跋扈地叉着腰，"赵贻安，你年纪大了，跑不动了吧？"不知从什么时候开始，周靖佳已经没有再叫过他哥哥。

"来啊。"赵贻安俯身准备起跑。

起跑百米内，显然赵贻安在体育方面从来都占不到任何优势，以前不过是仗着周靖佳小好几岁，以大欺小。不多时，周靖佳已经跑到终点，赵贻安远远望着他，耳边突然传来刺耳的金属锯刀的声音，赵贻安瞬间感觉胸口被灌了铅一样，眼前阳光明媚的跑道瞬间消失……他回到了五年前那个潮湿昏暗的铁皮屋，原本他以为绑匪会勒索点钱，很快就会放了他，但黑暗里的时间仿佛过得特别慢，他被断水断食连逃跑的力气都没有。

蒙面的绑匪每隔三小时就拿镜头对准他，然后用各种手段折磨他，试图用他的惨叫声让收到视频的张淑卿妥协。赵贻安长这么大都没有受过这样的皮肉苦，他意识模糊，已经不确定扎进肉里的长钉有没有被拔出来，耳边响起绑匪把玩蝴蝶折叠刀的声音，他吓得发抖。

"喂？"绑匪接电话的声音让赵贻安再次冒出冷汗，"工具准备好了，手还是腿？一只还是两只？"蝴蝶折叠刀刀刃摩擦的声音越来越靠近，他感觉已经快要划到他的鼻尖。

赵贻安希望是他自己听错了。锯刀和石材摩擦的声音让赵贻安全身发抖，这里是个石材切割厂。"一定是我有幻听……妈……救救我吧……妈……救命……我做错了什么……"

伴随着剧烈疼痛，赵贻安在一片黑暗中醒来，他已经很久没做这样的梦了。

病房没有开灯，他擦了擦脸上的泪水。大概是止痛药的药效已经过了，他开始感觉到痛楚。此时，有人开门进来，来人是个中年男人，他上身穿着衬衫，身形笔挺，警服的裤子还没换下。赵贻安听脚步声就知道是周平江，他对周平江又敬又畏，立马假装睡着，大气都不敢喘一下。

周平江打开床头柔和的夜灯，借着微弱的光看清床上的年轻人，他检查了赵贻安没有发烧，给他掖好被角，就安静地关灯离开。他刚一出门就见到妻子余洋，余洋是医院急诊科的医生，今晚刚好当值，她比周平江年轻十余岁，是周靖佳的生母秦女士去世后才娶的。周平江原本是想为儿子找个母亲，但事实上，他们俩一个医生一个警察，都是经常不着家的职业。少年时期的赵贻安经常被寄养在周平江家里，只要张淑卿去广州，保姆就会把赵贻安送去周家，让他们彼此有个伴，也好让两家互相照应。如此，赵贻安见到周平江的时间甚至比见到父亲赵志华还多。

五年前，赵贻安在病床上一睁眼知道自己失去了右腿时，身边只有周平江。原本他还很想亲口质问母亲为何没有及时救他，而此刻他知道母亲竟然没有第一时间在床前等他醒来。他听不进周平江的任何解释和安慰，发了疯似的大喊大哭。之后他腿的伤口反复发炎，不知道做了多少手术和治疗，创面基本愈合后，张淑卿才接他回家静养。

那天张淑卿蹲下对坐在轮椅上的赵贻安说："没关系的贻安，现在的义肢技术很先进，你很快就可以重新站起来走路。"

"真的没关系吗？妈，你真的觉得没关系？"赵贻安感到委屈。张淑卿一见到儿子眼睛红红的，没等赵贻安的眼泪下来，母亲的眼泪就抢先"泄洪"："对不起，对不起，儿子，如果可以选，我愿意把我的腿给你，妈也不想，妈真的没办法……"母亲声泪俱下的场景在他治疗期间已经上演了不止一次，每次都恰到好处让赵贻安不忍心质问她，他自己活了这么久，第一次见母亲这样用软语哄他，他又怎么能怪她。"话都说到这分上了，我还能怎样？爸你究竟上哪儿去了？如果你还活着，我弄成这样，不值得你回家看看我吗？"

之后赵贻安像个废人一样，每天窝在床上，吃喝拉撒都由家里的智能机器协助，他想去趟厕所：“谢谢，轮椅。”

“好的。”房间里响起一个播音腔的女声，紧接着闪着红外线灯的轮椅就滑到了赵贻安床边。“谢谢”是赵贻安家里智能程序的名字，一定要说了“谢谢”，它才会读取指令，这是赵志华当年为了让幼年的儿子学会凡事说“谢谢”的良好习惯而煞费苦心地编出来的。

赵贻安挪到轮椅上，心想还好自己不是瘫了，只是没了一条腿，如果绑匪一个不小心打断了他颈椎，可能这辈子都呼吸困难、大小便失禁……尽管他努力尝试自我安慰，但还是在进到卫生间看到马桶隔壁墙上的扶手后马上破防，陷入自我怀疑。那是他出院前母亲特地在他房间的卫生间加装的扶手，赵贻安第一次见到这只扶手就心态崩溃，负面情绪一下子就赶跑了所有自我安慰的努力。

“谢谢”很快检测到主人对着马桶坐在轮椅上没有起来，于是判断为他“遇到了障碍”，马上发出提问：“是否需要帮助？是否需要帮助？是否需要帮助？是否需要帮助？一分钟后无法自理将通知监护人。”惹得赵贻安相当烦躁：“不用，闭嘴！”可“谢谢”并没有停下，直到赵贻安没好气地说了声“谢谢”。卫生间内安静了，空调自动调成了二十六度，通风系统也打开了。

从卫生间出来，赵贻安就发现周平江不知什么时候已经在他房间。赵贻安一看见桌面上周平江带来的那个金属手提箱，他就冒出冷汗。那是张淑卿为他找最好的义肢专家定制的右腿，不计成本，选最好的材质，只要磨合得好，赵贻安很快就可以不需要拐杖正常走路。现在能做的都做了，只是没有人能扶起一个不想站起来的人。

事实上赵贻安的伤口已经恢复，但显然他始终无法接受那冷冰冰的金属成为自己身体的一部分，每次看到那条假腿和自己残缺的右腿都会发疯乱叫，摔东西，或是故意用锋利的物件弄伤自己。虽然在张淑卿眼里，赵贻安已经算“顽劣”，但跟周靖佳比起来，赵贻安从小在周平江眼里就是个数理化成绩优异，懂得察言观色的懂事小孩。这次是周平江第三次带着这副义肢来到赵贻安房间。身为公安干警和一名父亲，他破案和在家教训儿子都是手到擒来，但面对赵贻安他前两次都以十分的耐心来引导他。

这回他再次被赵贻安冷漠地拒之门外，他看着软弱的赵贻安两眼带泪，将头蒙在被窝里。突然一股怒气涌上心头。这要是自己的儿子这样，他早就扇他几个大嘴巴！当下周平江就“唰”的一声将房间落地窗的窗帘全部拉开，“还要睡到什么时候？”

没等赵贻安反应过来，孔武有力的周平江就像抓小鸡一样，一手提起赵贻安的胳膊，将他整个人从被窝拽了起来。

赵贻安疯狂大喊大叫，周平江语气严厉，但依然平静：“你敢再发疯试试？你敢再像个娘儿们一样哭试试？我不信赵志华的儿子是这样的！”事实上寄住在周平江家里的日子里，赵贻安凡事都小心翼翼，他最会察言观色了，因此周平江从未有机会对他说过一句重话。此刻赵贻安看到周平江眼里似有怒意，他吓得牙齿发抖。周平江看在眼里，对于从小没有太多机会和父亲相处的赵贻安，周平江觉得他始终像是缺了根骨头似的。

下一刻，赵贻安整个人被周平江扛了起来。赵贻安吓得疯狂乱抓房间里的物件，但无论他扒着门也好，抓着窗也罢，都阻止不了周平江将他扛出卧室，放在了书房的椅子上。周平江像个给第一天上学的儿子穿鞋的老父亲一样，蹲在椅子前，为赵贻安装上那副金属义肢。赵贻安一看到那条假腿，脑袋里又闪现出不好的画面，但他刚想发作就被周平江不怒自威的眼神吓得大脑“宕机”。

周平江向来习惯斯巴达式棍棒教育，他恨儿子周靖佳无心学业不成器，每次都是简单粗暴地收拾他，但他很清楚，赵贻安是别人的儿子，始终是不能用那套的。

“你承受了那么多痛苦，不重新站起来你甘心吗？”周平江努力让自己情绪缓和下来，心平气和地说，“现在义肢很发达，你看，像不像变形金刚？钢筋铁骨威风得很。”接着周平江帮赵贻安穿上鞋，“这双可是新出的款，阿靖想要很久我都没买给他……”

赵贻安骨子里就不喜欢跟人硬碰硬，自那以后，他还是不习惯佩戴义肢，不敢出门，但在周平江面前，他都给足了演技。他每天醒着的时候都在转魔方和打游戏消耗时间，偶尔像个幽灵一样刷一下社交媒体，没有人知道原本应该在京城读书的他现在在临城养伤，这个世界很快就会把他忘了吧，反正他也没什么朋友。

他实在不想任何人知道他变成这样，尤其是桃心。

赵贻安一边百无聊赖地点开桃心社交平台上的头像，她发的大多是积极向上的生活动态和绘画手稿。她一如既往地像个太阳一样，似乎生活里没有任何阴霾可以遮挡她的明媚。这一次，赵贻安没有像以往那样随手点赞。他想让自己在她记忆里永远停留在曾经的样子……他想着想着就睡着了，他梦到自己拖着半截身体在地上爬，身后传来刺耳的电锯声，但紧接着远处黄昏的逆光中出现了一个细长的身影，金属棒球棍碰到地面的声音让他感到熟悉，他在这一刻掉出了梦境。在床上醒来的赵贻安知道自己梦到的就是当年初次见面的桃心，可是……这一次她救不了他，以后也不会有机会了吧。他勉强坐起身，才发觉自己满脸泪湿。

他放空了好一会儿，这时手机震动了两下，是他之前写了个简单的程序，在特定的 ID 发布新动态的时候，会给他发送提醒。他点开看到周靖佳发了吐槽中考复习的废话，他翻了个白眼直接划走，然后看到 Wonderland 发布了月刊画册发售的通知，他点进去找到桃心的投稿作品。她投稿的一般都是些简单的插画，这次她又更新了安徒生童话系列——《坚定的锡兵》。二十五个锡做的士兵小人画得活灵活现，它们是用一把锡汤匙铸出来的，但最后一个却因为锡不够而残缺，只有一条腿，它就是故事的主角。呵，真是应景啊，赵贻安看着颇有种同病相怜的共鸣。

“赵先生。”房间里突然冒出一个声音。

“我不是设置了静音吗？”赵贻安理所当然以为是“谢谢”，但他很快想起“谢谢”可从来没有称呼过他为“赵先生”。

“赵先生，您忘了我吗？”是个熟悉且优雅的年轻男声。

“汉斯？汉斯！”瘫坐在床上的赵贻安立刻兴奋地跳起来，“你不是在广州吗？”自从上次暑假在国丰科技总部初遇汉斯后，赵贻安一直对它念念不忘，他还尝试回父亲当年在水埠头的老房子寻找和汉斯有关的蛛丝马迹，只可惜没什么收获，没过多久就遇到飞来横祸。

“汉斯说过，只要有网络，汉斯无处不在。”

4

赵贻安从医院病床上醒来时已经是第二天的下午，他坐起身，掀开被子看看自己缠着绷带的右腿，还好没有再缺点什么其他“零件”，这次的绑匪比五年前的“温柔”太多了。但他很快想起昨天失态地将桃心吼出门的事情，哎呀怎么办？应该打电话给她道歉吗？但紧接着张淑卿的电话就打进来了，她寒暄了整整五分钟，都没有交代任何关于这场意外的原因。

“妈，你没有其他要告诉我的吗？”赵贻安想起五年前他一再追问是谁绑架了他，对方要求交换的条件是什么，父亲怎么没有回来，但最后都不了了之。如今的他似乎已经不再对母亲的温情抱有期待。

“妈过两天处理完广州这边的事情就回临城接你出院，到时候你在家休息几天吧，华临科技的事情你就不用管了。”

“没有其他了吗？”

“汉斯的系统今天内就可以恢复运行。”总算有个好消息。

“之前突然停运是怎么回事？是不是遭到了攻击？”

“好了，你休息吧，这些事情，妈会处理的。”

赵贻安本想纠缠几句，但此时见周靖佳拿着个饭盒进来，便挂断了电话。

“怎么样？我检查一下你有没有缺了点什么？”周靖佳进门放下饭盒就假装去掀赵贻安的被子。

“你信不信我叫保安请你出去？”赵贻安拆开饭盒，“好饿啊，挂了一天葡萄糖。她怎么样了？你告诉她了吗？”

“谁？”

赵贻安瞪了周靖佳一眼：“你继续装，我昨天在里面受苦受难的时候，你和她可是在外面聊得很起劲啊。”

周靖佳一屁股坐上赵贻安病床的床边，打开“镜世界”手机端页面，头也没抬地说：“有什么话你自己打电话问她啊，我不做传声筒，要不是我爸叫我带饭给你，我就去网咖登录镜城了。”

两个人就这样在病房里各做各的，一下就待到了晚上，直到赵贻安合上云笔记本，准备休息，周靖佳还沉浸在游戏里。赵贻安拉下周靖佳的耳机：“你什么时候走？我要睡了。”

周靖佳头也没抬，直接躺到在赵贻安的病床上：“我不走啦，张姨叫我帮忙看着你。”自从赵贻安五年前受伤后，张淑卿就每年都资助医院一笔钱，因此赵贻安住在医院大楼的单独病房，配备一张单人病床，睡他一个人绰绰有余，但人高马大的周靖佳一躺上去就占了一大半。

赵贻安一脸黑线：“你睡沙发好不好，你以为你还是小时候的样子吗？”见周靖佳一动不动，赵贻安直接下床：“那我睡沙发。”

“行行行，怕了你了，你那么金贵，我哪敢让你睡沙发，我爸知道又整个脸黑得跟锅底一样。”周靖佳自觉地躺倒在沙发上。关灯后，两个人有一句没一句地聊了一会儿，周靖佳突然坐起来：“这沙发太短了吧，腿都伸不直。”话没说完，赵贻安就感觉病床沉了一下，周靖佳一下就侵占了大半张床。赵贻安时常怀疑，小时候的周靖佳是否真的存在过。周平江混着点北方血统，身材魁梧，孔武有力。周靖佳的体格得到了真传，再加上营养太好，青春期开始，这身板就像蒸发糕一样以肉眼可见的速度生长。

小时候赵贻安经常看到邻居在小区遛狗，每次见到那条金毛犬总会想起周靖佳。几年前邻居大叔抱回一只小狗，小狗软趴趴地被邻居宽大的手掌托着，然而没过多久，那狗的身体已经长了好几倍大，它站起来都有邻居一般高，曾经的那些亲昵的人狗互动，现在画风都有点不一样了。无论是金毛还是那个曾经的周靖佳，都让赵贻安感受到生命的神奇。

此刻黑暗的病房里，他面向着房门，望着门把手发呆，身后传来周靖佳均匀的呼吸声。回忆袭上心头，赵贻安突然没了睡意，他想起七岁那年第一次见到周家一家三口的情景。那是个雨夜，他在睡梦中被吵醒，母亲将他交给陌生的周平江：“儿子，妈妈有急事，现在要出去几天，你在周叔叔家里要听话。”赵贻安记得当时年幼的自己哭得很厉害，之后这样的情况成了家常便饭，现在他回想当初真不知道有什么好哭的。

周平江的发妻秦明妍当时还在世，她是个很喜欢小孩的温柔女人。那晚刚被带到周家，赵贻安被安置在周靖佳的房间。事实上，当时的周靖佳只有三岁，还跟着父母睡一个屋，这房间的床只是提前准备的，没想到迎来的第一个主人竟是赵贻安。

那晚七岁的赵贻安小声啜泣着，躺在床上盯着房间的门把手。突然“咔”的一声，门把手转动了，夜深人静里，门突然打开，一个女人走进房间，她轻轻用手拭去赵贻安额头的汗，却发现男孩在微微颤抖：“小安，不舒服吗？不舒服就告诉秦阿姨，知道吗？”似乎他长这么大，母亲都还没如此温柔地待他，更不要说半夜起身看他有没有睡好。

“嗯。”赵贻安小声应答，借着微弱的光线，他看着床前的秦明妍柔和的轮廓和绾在脑后的长发。他突然想到自己的母亲是不是不会回来了，泪水终于收不住，但他还是没敢哭出声，他捂住嘴，枕头湿了一片。

“乖，别害怕，你妈妈很快就会来接你了。快睡吧，你想吃什么？明天阿姨带你去逛街好不好？”秦明妍坐在床边，直到赵贻安的呼吸声变得均匀才悄悄离开。多年后，秦阿姨已经去世，某次周平江提起，其实赵贻安在更早之前就来过周家，那时周靖佳才出生几个月，赵贻安也年纪尚小，没什么印象，当时秦阿姨把儿子放在熟睡的赵贻安隔壁，只出去倒杯水的工夫，赵贻安刚好睡醒，不知怎的，周靖佳突然大哭，赵贻安蒙了一下，也跟着哭……

周平江当年与秦明妍，在北区买了这套一百五十多平米的房子作为婚房。原本这套房子有一个与客厅相连的半开放式书房，两边耳室分别是客房和周靖佳的房间。后来由于赵贻安成了这里的常客，客房基本成了赵贻安的房间。拉开一扇折叠推拉门，书房门口正对的一面墙设计成落地玻璃窗，白天拉开帘子，采光充足，靠窗放置一张长书桌，两人的学生时代经常在这儿并排写作业。

有好长一段时间，赵贻安都很羡慕周靖佳。他记得八岁那年，有一次周末刚好母亲又要独自去广州，周平江一家三口就带上他一起逛街。春天下着小雨，四个人打着两把伞，四岁的周靖佳总是走一会儿就要赖要周平江抱，周平江单手抱着儿子，另一只手打着伞。秦明妍打着伞遮住赵贻安跟在丈夫后面。这样出门像极了一家四口。

“爸，我要吃棉花糖！”周靖佳指着远处的棉花糖摊位，“我要吃我要吃！”

周平江虽然嘴上说着不买，但双脚还是很诚实地向摊位走去。

秦明妍快步追上，阻拦道：“你又买给他，他牙齿都吃坏了。”

天下着小雨，两把伞停在棉花糖摊位前，周靖佳如愿以偿吃到了棉花糖。赵贻安突然定定地站在原地，他看着一家三口的背影，没来由感到失落。等他回过神时，已经剩下他一个站在路边，街上行人人来人往，雨水沾湿了他身上的毛衣。

“那个帅气哥哥不见啦！”正在吃棉花糖的周靖佳突然回过头。秦明妍这才发现赵贻安不见了，马上折返去找。尽管赵贻安记得母亲说过，爱哭的小孩遭人嫌，但当坐在路边的他刚一抬头，看到秦阿姨熟悉的脸，他还是忍不住哭了出来。紧接着周平江抱着周靖佳走了过来，小孩手里拿着棉花糖:“哪！分一点点给你。”

“怎么啦？好端端怎么哭啦？快站起来，地上脏。”

“贻安，我们回家了。”

“这孩子怎么哭了？”

5

时间过得很快，周靖佳似乎大部分营养都用来长身体，一下就长成了一个四肢发达的一根筋少年，和他相处的大部分时间赵贻安都很沉默，毕竟两个人聊不到一块，很多话题往深了聊周靖佳听不懂，也不能跟他较真。少年时的周靖佳已经暴露了顽劣的本性，不愿意再叫他哥，尤其是秦阿姨去世后，周平江工作又忙，再也没有人给周靖佳“爱的教育”，他便胡作非为起来。他只要自己睡不着，无论什么原因都会半夜推开赵贻安的房门，完全不顾别人的感受。

“我腿好疼，骨头要裂开了，我腿要断了……”这小祖宗三更半夜用力把睡着的赵贻安摇醒。

“你早上摔过吗？”睡意蒙眬的赵贻安敷衍了一句。

“没有，就是突然很疼很疼。”

“十一二岁长高的年龄都这样啊。快睡吧，睡着就不疼了。”

“可是我疼得睡不着啊。”胡闹的周靖佳挤得赵贻安快要掉下床，这下赵贻安的睡意被赶跑了。十二岁的周靖佳干脆直接占领了床铺，用他最舒服的姿势躺着，将床原来的主人挤到了边上，这还不满意，还要去拽赵贻安的被子，但他一手拽到了赵贻安戴在脖子上的红绳，“这什么？”

赵贻安被项上的那圈红绳勒得生疼，说：“松手啊，你勒死我了。”

周靖佳不管不顾，捏住串在红绳上的那枚圆润的玉扣不松手，说：“你什么时候有块玉？”

这是母亲张淑卿给他戴的，说平安扣保平安，戴到十八岁才可以摘下来。赵贻安想起来，秦阿姨生前好像提过，这东西当时是两块一起买的。“你应该也有块一样的，拿我的干吗？”

“我怎么不知道？”

“你不知道的事情多的是，”赵贻安翻了个身，“听秦阿姨说，当年她跟我妈开玩笑，说给我们指腹为婚，这玉扣有两枚，秦阿姨作为礼物送了一枚给我妈，留了一枚给你，之后我妈将它戴在了我身上。”

周靖佳听完笑出了声，突然恶趣味地说，“哇，没想到啊，我妈在我还没出生就给我操心找老婆了吗？原来你一直戴着我妈给你的聘礼。”

“你动动脑子吧，”赵贻安完全不想理这个一根筋的傻子，“我那时已经三岁了吧，你还在秦阿姨肚子里，还没确定性别，很明显是她们都认为你是个女孩啊。”

“不可能！现在我妈都不在了，你怎么编都行啦！而且我都没见过我有什么玉扣。”

“你的那枚大概是周叔替你收着吧。况且你又不是女孩，当年她们不过是一句玩笑罢了，别较真。”

可是周靖佳又想到什么，直接气得坐起来：“什么呀！难怪给我起了个那么娘的名字。我妈想女儿想疯了吧，你知不知道，逢年过节亲戚叫我什么小佳、阿佳、佳佳，怎么听怎么怪，像在叫小女孩，真是离谱……”

“快回你房间睡吧，明天上课啊。”赵贻安背过身去，已经昏昏欲睡，他感叹这青春期的小孩怎么那么烦人？

“哥。”十二岁的周靖佳已经很久没这么叫他，赵贻安的睡意再次被赶跑。

“我妈已经没了，我爸又要娶那个女的。是不是你以后也不会管我？”周靖佳很认真地说。

他的话让赵贻安突然很想念秦阿姨，便故作冷淡地说：“我管得了你吗？”

“你会突然……不见吗？”

“我怎么不见？你是在咒我死吗？”

“反正就是……”

聚散终有时，这一点赵贻安再明白不过了，但他估计无法让这小孩明白，于是只能说：“无论是秦阿姨、周叔，还是我，总有一天都会不在你身边。是谁告诉你，有人会一辈子都陪着你的。你以后还会遇到其他对你来说更重要的人。”

“谁啊？”没想到周靖佳直接愣头愣脑地问。

“喂，别又趁机赖着不走！”周靖佳已经不是当年的小不点，赵贻安见他一点都不见外地鸠占鹊巢，不禁眉头一拧，“你知道你很占位置吗？”

“位置多着呢！”周靖佳狡辩。

“你睡相很差你知道吗？”

“不知道。我睡着了怎么知道。”

6

回忆戛然而止时，赵贻安在病床上翻了个身，算了，太挤了，还是睡沙发吧，他拿了一条被子就窝到病房的沙发上睡了。天刚亮的时候，周靖佳迷迷糊糊感觉赵贻安不见了，坐起身来才看到他在沙发上。大清早天气很凉，此时的赵贻安像猫一样蜷缩在被子里。周靖佳不想弄醒赵贻安，于是起身将被子裹到他身上，他自己披了件外套，就回床上继续睡。

然后周靖佳好像做了一个无比真实的梦，他似乎变回了小时候，甚至是变回了母亲肚子里的胚胎。四周是混沌漆黑的一片，没有光源，周靖佳怀疑自己还没睁开眼。他使劲眨了几下眼，眼前的视线并没有变化。突然，他感受到胸前被一股外力向后一推，整个人仰面掉进一个密封的窄口玻璃瓶里。周遭充满温暖的液体，自己像在羊水里的胚胎，他本能地向周围乱抓，试图找到一点可以依附的物体。

然后他看见了光，从上往下斜斜地刺穿眼前的大片黑暗。突如其来的光线让周靖佳睁不开眼，几乎在同一时间，有只手抓住了他手臂，那只手充满力量地将他往上拽，他感觉整个人被向上提了起来。

周靖佳像个刚离开羊水包裹，突然接触到外界冰冷空气的婴儿一样，将身体蜷缩成一团。这时他感受到刚刚那只手的主人将他紧紧圈进双臂，于是他本能反应地抓住那个臂弯。得救了吗？周靖佳像溺水获救后一样，耳边有人轻柔地喊他名字，宁静且安稳……突然间，头顶传来一阵强大的吸力，像电影里飞机失事导致机身破裂时，舱内的东西被一瞬间吸出舱外一样可怕。

他整个人呼地一下飞出了刚刚那个密封的瓶子，在半空中被巨大的引力抛起，他心惊胆战地倒吸一口气，张开四肢挣扎，直到他抓到周围有实感的东西……眼前的画面好像是他自己的房间。房门被拉开，房间的灯被豁然打开，年轻男人的声音很严厉，周靖佳认出那是父亲年轻时的声音："三更半夜哭什么？哄半天不睡，现在又半夜坐起来哭，看把你给惯的，快睡，明天还要上学。"说完父亲重新灭了灯，关上房门离开。熟悉的房间，熟悉的黑暗，周靖佳整个人缩进被子里，他断断续续地哭。突然门轻轻地被打开，少年赵贻安手里拿着个台灯，他进来后轻轻关上门，蹲下将台灯放到地上，开最小的亮度，再用毛巾盖住。借着从毛巾透出的朦胧柔和的光线，周靖佳看到赵贻安的脸，那时的他已经有了大人的轮廓，周靖佳仰头看着这个"大人"，胡乱用袖子擦了两把眼泪鼻涕："我好想我妈……我好想她……为什么她会死？"

"我也很想她……"少年赵贻安陪他躺下，用手垫着头，侧卧着像母亲一样哄他睡觉。周靖佳翻了个身，整个人转进被窝，蜷缩成胎儿姿势，如同在母亲子宫里一样……直到他被兜里的手机闹钟吵醒……

周靖佳从赵贻安的病床上爬起来，外面阳光普照，暖和了不少，他按停了提醒自己在护士进来换药之前叫赵贻安起床的闹钟。他睡眼蒙眬地走近沙发，赵贻安还睡得很熟，他整个寸头转进赵贻安温暖的被窝里，但很显然现在的周靖佳已经是个庞然大物，他的行为直接换来赵贻安一句粗话。

“起来了，护士准备进来换药了。”

“滚出去啊，你的头发扎到我了。”

第二节　残缺的对称

1

赵贻安出院后回家静养了，等伤口愈合，才能重新装义肢。赵贻安坐在床上，汉斯控制设备将他床边的折叠桌移动到他身前，方便他工作，这几天他仿佛又回到了四年前的那些日子——汉斯像个幽灵一样寄生在“谢谢”的系统里，陪伴赵贻安熬过了那段最消沉困难的日子，而他也越来越离不开汉斯。他也曾尝试装上义肢，但重新掌控身体的平衡感简直是一种降维打击，像婴儿学走路一般。右腿与义肢的磨合过程让他逐渐习惯了痛感，只要破了皮，断口流出的黄色组织液混合着血液，连他自己都觉得很恶心，身上曾经受过伤的地方，在阴雨天气就会让他疼得半夜睡不着。无数个这样的夜晚他不知道自己为什么而活，他渐渐觉得就这样烂在床上算了。直到那天在床上昏昏沉沉的赵贻安听到了门铃声。

“汉斯，开门……”

汉斯没有反应。

紧接着电话打进来：“赵先生，您有个快递。”

“我没买东西。”

“一个海外的件，赵贻安不是你吗？”

“放门口吧，谢谢。”

等快递员走后，赵贻安才坐着轮椅去开门把箱子取进来，竟然是 F5 集团出品的“环宇漫游 2.0”，当年最先进的虚拟沉浸设备，他之前经常在大学附近网咖租借的型号。盒子里附带的卡片，上面只有一句很朴素的问候：臭小子，你死哪儿去了？落款：斯托曼。

“汉斯，查一下这个发货地址！”

“该邮件发货地址为位于冰岛的安德森科技公司总部。”

又是安德森，当时的赵贻安对安德森知之甚少，只听闻母亲为他定制的义肢就是安德森的产品。他仔细翻看了那套“环宇漫游 2.0”，设备并非全新，估计是安德森用于测试的样机。

没有安全员的验证，估计也无法正常登录镜城，但赵贻安已经迫不及待地将这边戴上，大不了被系统“遣返”。登录后的五分钟左右，系统如往常那样发送来安全员核验指令，赵贻安已经做好被安全系统强制退出的准备，但奇怪的是他竟然收到指令核验成功的提醒。

“怎么回事？”

“我是你的安全员，”汉斯熟悉的声音响起，“祝您在镜城获得良好的游戏体验。”

“你不是个程序吗？”赵贻安脊背发凉，当时的他只在国丰科技实习时与十八层的汉斯有过几次接触，“你究竟是什么东西？”赵贻安想起前辈说过的“类人思维心智模块”，他意识到汉斯的“进化”程度比他想象的要高得多。

“赵先生，已接收到用户斯托曼的会面要求，请及时回复。”汉斯并没有回答他的问题。

赵贻安按下“确认”后就被传送到安德森科技虚拟总部，一见面他就被劈头盖脸地质问：“你小子偷懒偷了足足大半年啊，早知道你烂泥扶不上墙我就……”

“前辈你为什么知道我家地址？”赵贻安一上来就打断他。

“我要追到你的 IP 地址不难吧？”

“那你应该知道我差点……”赵贻安话说到一半突然停住了。

“你除了哭鼻子还会点别的吗？”斯托曼突然伸手推了赵贻安一把，“躺那么久也该活动一下筋骨了。”

赵贻安被他这用力一推，脚下一空，仰面掉进了一个漆黑的空间。

“这是哪儿？”赵贻安抬头看着出口的光斑一点点消失，直至整个空间陷入黑暗。

“想不明白就别出来。”头顶传来斯托曼的声音。

“想明白什么？”

“你找不到出口，以后就不要来找我了。”前辈的声音非常冰冷。

等赵贻安适应了黑暗后，他隐约可见这是个正方体的空间，所有墙面都是黑色的，只有门的把手是白色的，地面上有些白色粉笔写的数字：（0，0，0）。

这是笛卡尔坐标吗？

更奇怪的是房间的四面墙以及地面和天花板都分别有一扇门。全黑的空间里，白色的门把手和粉笔字尤为明显。赵贻安蹲下身拉动脚下的门把手，门开了，向下望去，里面有光，门后是个蓝色的空间，目测也是个正方体空间，但空间的大半都浸泡在水里，看不清深度，赵贻安马上犯怵。可没等他犹豫，整个空间突然被倒置了一样，房间有门的一面瞬间变成了天花板，那蓝色房间的水倒灌进了黑色房间里，赵贻安遭遇灭顶之灾，恐惧和溺水的窒息令赵贻安大脑失去了思考能力。

“赵先生，赵先生。”是汉斯的声音，赵贻安以为自己出现了幻听，紧接着，重力继续改变，那门转到了侧面，一半的水流回蓝色房间，水位回到赵贻安腰部以下，他立刻挣扎着爬起来，狠狠关上了那扇门，房间回归了黑暗，他瑟缩在墙角，冷得发抖。

显然这是前辈编写的一套独立架构的“训练环境”，这种“训练环境”通常用于智能模型训练，程序员会针对AI的训练目的制定关卡和规则。

他曾经在国丰科技见到过低阶智能模型的训练面板，像三维儿童益智游戏一样，一个黄色的球体在程序员编写的“训练环境”里进行类似障碍越野的“密室逃脱”，给AI的唯一指令就是找到出口逃离，它会通过不断的重复试错来通关，也就是最基础的机器学习。

想到这里，屈辱感狠狠刺痛了赵贻安脆弱的自尊心，自己是个活生生的人，竟被当作电子宠物一样丢在这儿受折磨。

“赵先生，赵先生。”汉斯的声音再次响起，似乎从另一侧的门传来。赵贻安擦了一把脸，上面不知是水还是泪，走过去。拉开门，是个白色的空间，与此同时黑色房间的积水涌进白色的空间，水位再次变浅，赵贻安走进去，盯着天花板的粉笔字：（0，0，1）

冷静下来后，他基本确定这个“训练环境”的结构是一个魔方的内部，黑色的初始房间（0，0，0）就是魔方最中间的轴。而几乎同一时间，耳边传来几声急促的刀锋摩擦声，他来不及闪躲，脖子就火烧般疼痛。他立刻用手捂住伤口，但血液已经喷涌出来，他僵硬地转过身，一个面目模糊的黑衣人站在他身后，他手上的宽刃刀正滴着血。

“不是真的，这不是真的……”他意识有点模糊，忍痛打开了隔壁的门，跑进去发现四面都是木质的，而刚刚那带刀的黑衣人也追了过来，他又打开了一扇门，是一个红色的房间，热得像个烤箱，那黑衣人在门口停下了脚步。

难不成是金木水火土的设定？这白色房间的带刀黑衣人属金，火克金。他刚想开另一扇门逃离，却发现那门把手烫得像烙铁，他又换了一扇，咦？这边好像没这么烫，等他把门拉开才意识到为什么。只见门后蓝色房间的积水瞬间倾泻而出，没过了他腰间，被红色房间高温加热后，变得非常滚烫。他艰难地去拉另一个门的把手，那门一开，黄色的细沙倾泻进房间。这细沙似乎有吸水性，他爬进黄色的房间，挖开沙土，又打开了一扇门，爬进了绿色的房间里，累得仰面瘫倒在木地板上。

这时，眼前出现了一个光斑，光斑渐渐变成一条线，那条线在半空中扭动着，逐渐变成一个二维平面。“赵先生，赵先生。”赵贻安听出是汉斯的声音。

那平面落在木地板上，仿佛变成了一支粉笔，地板上出现了一个写到一半的数学公式。

赵贻安爬起来看了一眼，这是魔方数学的基础性质，关于 N 阶魔方的总块数的公式。这里金木水火土对应白绿蓝红黄五种颜色，再加上黑色，那就是魔方的六个面的六种颜色，看样子是要复原这个魔方才能出去。

他突然想起前辈曾说过：“数学是自然科学的皇后，数论是数学的皇冠，而哥德巴赫猜想是皇冠上的明珠。哥德巴赫 – 施佩尔定理是群论重要定理。魔方的数学原理与群论关系密切，并且是数学建模的基础。群论数学模型充满着对称性的美感……”

赵贻安擦了擦手上的血，艰难地在脑内搜刮之前学过的群论基础，试图将魔方的变化规律用其描述出来。

“推荐使用数学归纳法，”汉斯的声音响起，“只需要证明任何一个点该命题成立，同时这个点之后的点都会成立，命题即被证明……”

“说点我不知道的事可以吗？”赵贻安捡起地上的粉笔。

2

此刻安德森科技虚拟总部里干净得像一页白纸，斯托曼静静地站了两个小时，他手里的鹰头拐杖有一搭没一搭地杵着地面：“差不多也到饭点了，再搞下去要出人命了，我把他捞出来吧。”

“那也总比烂在床上好啊。”一个平静的声音通过“铁壁”的加密渠道传到斯托曼耳中。

“哪有你这样当妈的？”斯托曼呼出一口气。他已经在这里听赵贻安在里头惨叫了两个小时，他知道张淑卿也一样。

“最后一次，不行我们就放弃他吧。”张淑卿语气很冷静。

“我相信汉斯选中的每一个人，‘沙盘’推演从来没有出过错。”但事实上斯托曼已经在漫长的等待中动摇了，又或者他本身就没有那么坚信，一个智能程序能预言一个人的命运。

3

绿色的空间里，木质地板沾满了赵贻安的血污，还有他趴在地上用粉笔写密密麻麻的演算过程，他在末尾加上 QED 后又将其划掉，整个人瘫倒在了地上。他喃喃自语：“不可能啊，这是个不可还原的魔方，不可能，条件也不够。”他发现这个魔方无论怎么复原，都会有一块是乱序的，相当于把魔方中的一块拆下来，换了个角度安回去，那一块便无法通过转动魔方来实现还原。

“运动规律也不对！”赵贻安还发现，如果房间的运动是以魔方从乱序到复原过程为规律，那根据他记忆里的二十步复原法就可以推断出房间的运动规律，但显然现在也证明了这并不成立。

“谁说这里空间的运动规律是固定的？”汉斯的声音再次传来。

“可是没有规律的话……这样连题干都没有！”

“那如果你可以改变运动规律呢？”

“那我还能在这里吗？你是说……这魔方是一道编程题？”他想到魔方六个颜色里面的五个对应物种元素，那黑色是干什么用的呢？该不会汉斯就是输入光标，而黑色房间其实是代码编辑器，改变魔方运动规则，还原后，那块无法转动还原的错乱“角块”，就是出口吗？

“请尝试用编程语言把数学模型表达出来。”汉斯提醒。

而就在此时，黑衣人从刚才隔壁的黄色房间追了过来，赵贻安艰难地爬起来，后背又被拉了一刀，虽然他知道在魔方里失血过多不会死，但疼痛和失血的晕眩都非常真实。他强迫自己调整呼吸去拉开魔方另一扇门，绝望的是门后竟然是个白色的空间，他吓得立刻关上门，可身后的黑衣人已经用刀将门抵住，随即他感到腹部剧烈疼痛，两个黑衣人前后夹击。他趴在地上视线开始模糊，他看到汉斯变成的那个平面体正在不远处飘荡，他缓缓伸出手。

“你想放弃还是出去？”汉斯的声音仿佛是幻觉一般在他脑子里响起。

他没有听明白怎么叫放弃？难道放弃不能出去吗？他只这样想，脑子里汉斯的声音又响起：“如果你想从这里走出去，汉斯可以帮你，但如果你想放弃，你便等于放弃了打开那扇大门的机会，放弃答案，放弃真相，汉斯以后便不再回答你的一切问题，你只需要闭上双眼，静静地睡过去，醒来你便回到你原来的世界……”

原来的世界？“想不明白就别出来。你找不到出口，以后就不要来找我了。”斯托曼的话浮现在赵贻安脑内，他使劲向前爬，挣扎着。父亲已经抛弃了他，母亲也要放弃他，他不想再被抛弃，他不想被放弃……他向汉斯的平面体伸出手，他想说话喉咙却被血水堵住。朦胧间，那飘舞的平面体突然裂变出形状，缓缓化成一个纤细的身影。他尝试去看清楚，却一时岔气狠狠地吐出了喉咙的血水，突然呼吸变得顺畅，脑子和眼睛都变得清晰，一抬头却见女人熟悉的身影，她举起手中的金属棒球棍，咣咣几下，就将两个黑衣人打得脑浆横流。她身上沾满喷射状血迹，缓缓转过身，双眼的杀气慢慢消失。

“桃心？你为什么会在这里？”

4

“桃心是谁？”魔方外的斯托曼疑惑道。

“是谁不重要，反正都是他的精神投影。”张淑卿说。

“如果他已经毫无求生欲的话，意识投射是无法生效的，虽然破题慢是慢了点，但总算没有不及格。”

5

赵贻安很快想明白眼前的桃心是汉斯利用了他的精神投影，就像一场清醒梦，其实无所谓真假，赵贻安知道自己在做梦，却放纵自己顺着梦境发生下去。“桃心”瞬间移动到了赵贻安面前，一手抓起赵贻安的手臂，将瘫坐的他拉起来，迅速向房间的一扇门走去。是的，当务之急是要找到一个黑色的房间进行编码。这一路上，“桃心”见神杀神，见佛杀佛，将他送进了黑色的房间。

当赵贻安找到那颗乱序的“角块”位置后，她又迅速将他送到了所在位置。那是一块外部为黑蓝黄三个颜色的角块，而内部随机呈现为黑色。他迅速在黑色的地面编写程序将这个错位的角块复位，打开了对应外部黑色面的一扇门，眼前出现了一条长长的黑色隧道，尽头一片光芒，他回头去找“桃心”，她已不知所踪。

赵贻安向前方的光芒走去，脚步越走越快，突然他意识到自己在跑步，截肢后的自己竟然还能奔跑，这种熟悉的感觉令他热泪盈眶，镜城确实是一座有无限可能的奇迹之城。

6

赵贻安时常觉得自己的人生似乎是被某种力量推着走，仿佛那些天塌下来的苦难时刻如今回首似乎都不值一提，如今的他已经对身体的一切疼痛都习以为常。但尽管如此，赵贻安还是不想将伤痛展示给人看，尤其是桃心。这次从水池里被捞起来，除了旧患，他还被冻得感了冒，稍微好转他才出院回家静养。

她推开门见到自己在病床上难堪的模样，他反复想起这一幕，难受得辗转反侧。她以后会怎么看我？她会怎么想？他一边胡思乱想一边拆卸改装义肢的零件，这几年间，他给这条腿做了不少优化。起初他每天拆卸都要打开工具箱翻找那一堆的扳手和螺丝刀，于是他在膝关节处设计了一个快拆接口，将腿部承窝处与假肢的膝关节连接起来，方便随时拆卸更换。

在这过程中，他不得不查阅大量相关的康复个案和义肢设备图纸。临城市残联和临城中心医院的义肢康复中心联合开设了一个社交平台账号，经常会发布一些义肢使用保养常识、残联组织的活动图片还有各种“身残志坚”的故事。

让他没想到的是，桃心竟然是这个帐号的代运营人，平台发布的很多图片文字都由她提供。他默默地关注着她，在当时的赵贻安看来，桃心仿佛已经是一条和他不会再有交集的平行线，只是冥冥之中，有莫名其妙的粘连。其实赵贻安知道自己不是不想从伤痛中“康复”过来，只是差那么一个节点，才没能想通。或许这一切都相当巧合。

他慢慢发现，还有很多人经历着和他相似的痛苦，他们当中有不少人比他年纪更小，家庭条件更差的小孩。赵贻安啊，赵贻安，你还有脸在这儿矫情，你真的很差劲，你不过是没了条小腿就在这儿要死要活的。他一边骂自己，一边看他们活动的视频，一边想，如果给这个小孩的义肢踝关节位置加个避震后胆就好了，又或者给那个小孩的膝关节设计一个电子控制系统，就能更好地识别步态。随后他马上又发现，原来国内康复器材领域的发展相比国外落后了不少，他在调整自己的义肢设备时，很多零部件都要从国外进口，急用的话他只能尝试自己做。

而在此期间，赵贻安似乎能够理解父亲赵志华躲在水埠头老房子里闭门造车，画出一大堆设计图纸的乐趣。自己果然不适合继承管理家业，还是老老实实做个技术宅男比较好。虽说这位父亲似乎陪伴他的时间真的少之又少，但不可否认的是，赵志华对赵贻安的影响几乎是“精准投放”，仿佛渗透了某种算法一样。比如，他童年时对赵志华最深刻、印象最清晰的记忆都与魔方、单反相机和香烟有关。

“你看，魔方有几个面？六个，每个颜色不同，那你还原它试试看？不是这样的，你要找到它的规律，找到规律后，还原它只需要几秒钟。你看爸爸操作，你觉得眼花缭乱，好像不可思议，但其实是因为爸爸知道规律和方法，所以在爸爸看来，这只是个普通的玩具，这世界万事万物都有规则……”

“我们人的记忆是非常有限的，并且记录事物会根据印象的深浅，自动忽略很多细节，能听明白吗？你早上吃了什么？还记得吗？‘大厨’做了什么给你吃？西红柿面是吗？那你记不记得面里面有多少块西红柿？不记得了是吗？来，我们看看早上拍的视频，哪，四块对不对？那为什么照相机能记住呀？是的，照相机和人不同，它是机器，可以事无巨细地将事物的所有细节记录下来。”

于是，在往后的日子里，这些物品就像“锚点”一样，赵贻安只要见到就会不自觉想起和父亲相关的记忆，而赵贻安有时感到错愕——理性上他知道父亲已经不在人世了，但情感上他还是希望父亲只是躲在某个角落“闭关”画图纸。

五年后的今天，赵贻安已经不需要周平江亲自上门“照顾”他装上义肢，他决定让伤口愈合后，再把腿装上，“像个正常人一样”再去见桃心和其他人，他希望她可以当什么都没有发生，什么都不知道。

周靖佳倒是每天都来烦他几个小时，然后私下给桃心通风报信。所幸汉斯已经恢复运行，但他总感觉自从上次突然停运以后，汉斯好像有些他说不上来的变化。但此时有更令他寝食难安的事情，比如月娘的模型训练，还有即将要公布的水埠头埋尸案的调查结果。从现时公布的案件信息来看，仿佛每一条都能对上他那个失踪多年的父亲赵志华。试问一个父亲会在儿子深陷危险两次时都不露面吗？除非他真的死了，才说得过去吧。

张淑卿短暂地在家几天，都是母子二人一个在楼上一个在楼下，而这天晚上，她突然接到了电话，交代了一声就马上返回广州。于是伤好了的赵贻安就很懂事地准备第二天去华临科技给母亲代班。

第二天没等赵贻安的闹钟响，他就在床上听到周靖佳那烦人的声音，他本想骂他两句就继续睡到闹钟响为止，但房间里突然多了一个人的脚步声，他猛然睁开眼，见到桃心，他慌乱地将头埋进被窝，恼羞成怒：“姓周的我得罪你了吗？你带她来这里干吗？”

“怎么？没穿裤子吗？我还是第一次知道你平时脸皮那么厚竟然也会害羞。”这是桃心第一次来赵贻安家里。

“没穿，出去！周靖佳你先带她出去。”事实上赵贻安穿了条短睡裤。

周靖佳直接爬到他床上，把他抓到床边坐着，对桃心说：“他穿着睡裤，他只是害羞，”然后他指着床边桌子上的金属箱，那是赵贻安前天晚上调试好的右腿义肢，“东西在桌面，就是那个。”

“兄弟一场，你成心让我难堪，是吧？”

赵贻安被周靖佳按住坐在床边，他耳朵通红，感觉比被人扒光了还要难堪。那条残缺的右腿，像被生生折断的树枝一样，伤疤非常难看。这样缺陷的身体，他实在不想被任何人看见，直到他看到桃心熟练地蹲下身给他安装接口，才放弃了挣扎。他想起了那些年她写的那些文章，他感觉心里被什么东西堵住了。老天爷，你……不对，这世界哪有神，赵贻安只相信科学，可是……如果神你真的存在，那么是你把这个女人送到我身边的吗？这期间发生的巧合未免太多了吧？赵贻安再次感觉到有种宿命般的力量在召唤他，推着他前进，仿佛他和眼前的这个女人注定会重逢一样。

安装好后，桃心轻轻用手弹了一下义肢的金属外壳，金属的声音很脆很亮：“一听就知道这材质是好东西。”桃心一边观察，一边还时不时问这个设计是干吗用的，这个地方为什么这样设计，她和周靖佳仿佛在讨论一双设计奇特的球鞋一样稀松平常。

“这个扣是防滑的，还能增加弹跳效果，你看……”

“是不是打篮球才会用？”

“他这个臭皮囊，平时也没少用吧。”

赵贻安定定地看着她的发顶，这一刻，发生在这个房间里一幕幕的痛苦与坚持，瞬间闪现出来，他感到前所未有的委屈与释怀，仿佛一个产品经历了重重改版打磨后，终于验收成果却一般。

“哇，这个部分是安德森做的？难怪……”桃心见赵贻安没了声音，当她抬头时愣了一下，“喂，你不用哭吧？”

7

赵宅在新市中心周边的低密度别墅区，客厅装潢是张淑卿喜欢的冷色调北欧简约风，整个屋子只有一个保姆，这屋子很多打理工作都能通过智能机器协助完成，保姆只需定时检查设备是否正常运作。此刻桃心坐在客厅的沙发上，大厅的顶很高，她抬头看着那盏吊灯发呆，她好像极少这样整个人放空什么都不做，如此虚度时间只为了等一个人。楼上房间里的赵贻安在一顿忙活后完成了洗漱。

“我说你今天怎么像个大姑娘一样，梳妆打扮都弄个大半小时。”

赵贻安从卫生间出来，他就见到周靖佳擅自打开了他的“鞋柜”，那是卧室中一面较小的墙里设计的镶入式储物空间，平时会跟墙融为一体，但只要开了里面灯的开关，就能看到赵贻安收藏的所有限量版球鞋，以及他不同应用场合的义肢零部件。

“哇这双……还有这双……”

“你不用打它们的主意。”

“这双借来穿两天嘛，大家都是两条腿，这么多双你又穿不完。”周靖佳每次看到这些鞋都会想起当年赵贻安自暴自弃的时候将这一整面墙的鞋全打包寄了给他，吓得他爸周平江以为赵贻安要自寻短见，立刻开着塞满这些限量版球鞋的车赶到他家里来“教育”他。

“刚那笔账还没跟你算。”赵贻安走到床边，地上有个直径一米左右的黑色圆形，他踩上去，那圆形马上升起十几厘米，形成一个圆饼形平台。这个类似“跑步机”的金属底盘设备能感应赵贻安在上面行走的方向、速度，以及检查步态是否正常。

“我可是帮了你一个大忙，长痛不如短痛嘛，你也不可能一辈子不告诉她这事吧。”周靖佳一边在“鞋柜”挑鞋来试穿，一边说，“现在不是很好吗？说明她并不介意啊。”

“你什么时候管这么宽的，闲得慌是吗？”赵贻安从平台走下来，将天花板用磁吸固定的“单杠”降下来，这东西原本是母亲张淑卿担心他起床不便，给他做的吊顶扶手，这一度让赵贻安感到相当屈辱，但后来他发现了这东西其实有更好的打开方式。腿废掉以后，他的两条胳膊的使用率明显提高，当初在康复期间，赵贻安一度需要用拐杖辅助站立，这导致他肩膀酸痛不已，腋下也被拐杖磨破了皮。看来不把上肢锻炼好，就真的整个人都废了。所以吊顶的这个扶手意外成了现成的健身器材，他每天起床都叫“谢谢”将“单杠”降下来，做一会儿引体向上，然后下床安装好腿后，步行几分钟，检查好各项指数。

赵贻安从“单杠”下来后，打开另一面墙的开关，在里面随便选了件衣服换上，就和周靖佳走出房门。桃心看着赵贻安“人模人样”地从二楼走下来，她说：“没什么事情我就去上班了，有什么需要再联系我吧。”

周靖佳听了立刻说：“我要回趟学校，顺风车送一下我出去吧，这边特别难打车。”

“你自己不会走出去吗？”赵贻安低头看了眼，“我的鞋……”

“别那么小气嘛，我回来就还你，过两天我们在镜城见吧。”

8

临城这座南方城市只要不下雨，即使已经到了十一月底也依然可以有暖和的时候，连着几天阳光明媚，赵贻安早上处理完母亲留下的杂事后，就回221根据地。正午的阳光很是暖和，他刚进门，阿伟就告诉他，桃心有个很大的包裹给他，放在了二楼休息室。

赵贻安三步并作两步地上了二楼，那包裹是一块四四方方的板状物，斜斜地靠放在茶几旁，有半人高那么大。赵贻安迅速撕开包裹在外面的报纸，里面是一个画框，画框装裱着一幅水彩画——画面上，丰盈有力的羽翼自少年肩胛骨处展开，水彩画特有的通透层次，加上桃心细腻的笔触，将洁白的左边羽翼描绘得层次丰富，让人仿佛能听见羽翼舒展开时，筋骨发出的声响。然而少年的右边羽翼却被硬生生地折断了一般，自他身后露出一小截残存的断骨，看着矫健有力的左翼，能想象出这双羽翼健全时的美感。但让人震撼的却并非残缺，断骨带血的接口处，延伸出了钢筋铁骨般的翅膀，显然这是按照前辈送他的“黑羽”变幻出的羽翼画的，不同于左边的羽翼，右边的羽翼有种锋利的力量感，最终两边形成了一种对称又对立的和谐美。

画中少年像个劫后余生，带着满身战损血污归来的天使，他微微回头，五官隐没在抽象的色彩中，只有一道鲜红的伤口，自嘴角延伸到脸颊，让人联想到雨果笔下的《笑面人》，那个切口从嘴角一直裂到耳根的格温普兰，使人一下子分不清那是他嘴角的伤痕还是他在笑。

桃心运用了大量暖色调，画面上象征着伤痕与血液的红色系都不再沉重，而且变得温暖绚丽，浅色的背景更是让画中伤痕累累的人物仿佛笼罩在一片圣光中。

赵贻安对着画作发了很久呆，随后将它拿到自己的办公区，挂到了他办公桌正对的那面墙上。

9

事实上，从医院回来的那晚，桃心辗转反侧无法入睡，她觉得心很乱，于是爬起来坐到画架前练素描，每当静不下心的时候她都会这样。一层层线条叠加铺色，这是从小父亲洪毅训练她耐心和观察力的方式，黑色的炭笔可以通过对灰度深浅的把控，画出不同的颜色和光影。虽然如此，但桃心高考并没有报艺术学校，她没系统学过绘画，但为了那点稿费，她大学开始自己摸索着学习绘画，这晚她放下了素描炭笔，将水彩颜料找了出来，她已经很久没在纸上绘画了，大部分投稿都用数位板在电脑上完成。可她画了两幅都不太满意，总感觉调不出心目中的颜色……明明画面已经在她心里有了个大概的模样。

她又将书架最上层早已铺了灰的Wonderland出品的纸质画册搬下来。这些纸质画册从她高中起就一本本购买并积累收藏，直到这两年画册发行量缩减，变得很难买到，她便没有再买。她尝试翻看找找当年作画的感觉，突然她停留在一幅插画上，她感觉这叫“襄”的画手的惯用配色和笔触风格是那么的熟悉，她迅速将所有“襄”的插画找了出来，又打开普罗米修斯的数字藏馆里的画作，对比了一番，不会那么巧吧。

襄……阿襄……那个在驿城救自己的旗袍女人，那个虚拟形象长得很像张淑卿的原画师？难不成她还真的能预知未来，然后出现在那儿救我吗？而这次的意外会不会也和她有关？桃心本想将此事告诉赵贻安，但当时正在养伤的他直接失联了，于是她只好告诉了周靖佳，看是否有办法查出普罗米修斯的身份。

“可是 Web3.0 有公约保护数字藏馆主人和所有买家的真实身份，这里面涉及了很多用户的数字资产，”周靖佳告诉她，“即使技术大拿也不会去挑战这个规则，像我这种在 Web3.0 行走的剑客，有责任告诉你，不要……”

“就你？还剑客？”

找人而已嘛，是记者的基本功。即使找不到普罗米修斯，这个叫“襄”的画手还是很好找的。她通过 Wonderland 的线下门店，联系到画册的编审团队，却发现团队成员是分布在不同城市的三四个人。他们彼此都是线上联系完成制作，而他们也并不知道这个画手的真实身份，过去几年桃心曾给 Wonderland 的纸质画册投过画稿，于是她立刻联系了负责寄她稿费的人，那人在桃心软磨硬泡后，才答应帮她翻看名册和流水账单，结果却是这个叫“襄”的画手并不在联系名册上，估计她是夏老板专门对接的。

夏老板？桃心事先已经做过功课，Wonderland 的法人代表就是一个叫夏菲的女人。桃心尝试了各种方式都没有联系上这个传说中的夏老板。从店员口中得知，在最近的几年里，Wonderland 获得天使投资后快速增开分店，如今全国四十多个城市都有店面，夏老板每天都会在全国各地巡店，行踪不定。

行踪不定不等于失联吧？哪有现代人能断网的？竟然还有比我爸更“复古”的“老古董”？盲猜这人得五十岁往上吧。

然而当晚，在出版行业工作的朋友联系桃心，说最近他遇到了一个比较难搞的客户，准备出本回忆画集，客户是一位华侨，母语并不是中文：“我先后找人，做过两版给她看，但她不满意，说什么感觉不对，风格不合的。主要是她自己也表述得不太清楚啊，她发了一堆中文英文掺杂在一起的美术术语表述给我。阿信，你看有没有兴趣接一下……酬劳方面不是问题。”

一听到酬劳不是问题，桃心便让朋友细说一下是怎么个难搞的主：“你给我看一下她的要求和画集，看我能不能做。”

很快，朋友发过来一大堆文件，桃心叫出汉斯，迅速地将文件分门别类整理出来，有画稿、文字、书信和照片，还有客户本人的口述回忆录音，材料基本没有按照时间和叙事逻辑记录，零散的回忆应该是想起什么就记录下来。有汉斯的帮忙真的减少了很多工序，比如将语音转换成文字、相关的图片文件与文字内容归类到一起，方便整理后根据叙事逻辑一一写进回忆录，甚至某些照片的背景，汉斯也能根据识别标注出拍摄地点……

等等，这画稿……不会这么巧吧？踏破铁鞋无觅处……很像，非常像，但桃心又总感觉好像哪里不同，当看到资料上客户姓名一栏写着“夏菲”二字时，她久久地愣了神。

数字画家普罗米修斯……原画师阿襄……Wonderland 创始人夏菲……该不会是同一个人吧？不对！一定是哪里弄错了，这一切过于巧合，仿佛有一只手推着她一步步走到这里。

桃心立刻联系朋友：“这个活儿，我接了，我可以见见她本人吗？”

“其实我也没见过她，她总是在旅游路上，所以都是线上交流的，而且定金给得大方，合同签了，见不见也不要紧。”

“你可以联系上她，对吧？”

“可以是可以，但不一定能见到，这女人脾气有点怪，我回复她秒回，她回复就‘轮回’，反正钱到位了，要不你先开工，我帮你约她，等她回复了，我再告诉你。”

那也只能这样了。虽然材料里没有透露太多身份信息，但一般来说，桃心可以从材料的诸多细节，看出客户是个怎样的人。夏菲发来的语音，语速从容，不急不躁，中文发音咬字很谨慎，可能因为她中文不是母语，所以有些表述的用词过分礼貌且书面化，并且以简单短句为主。文字版的标注内容是用中文夹杂着英文写的，无非是担心自己浅白的中文词汇表述不清她想要的意思。连哪里的文字与画面色调情绪不协调，或与分镜设计转折不搭的地方都标注了。

很快，桃心就感觉之前的猜测得到了进一步印证。夏菲似乎很喜欢画穿旗袍的女人，人物的眉眼和旗袍的花色都自成一派。这很难不让桃心联想到驿城救自己时身着旗袍的阿襄。并且夏菲偏爱红色调，画面色彩明丽鲜艳，这和普罗米修斯的风格非常一致。

在汉斯的协助下，桃心整理好了所有画稿和素材，开始下笔。事实上这画集是一本回忆录，充满了爱而不得的郁结——十六岁少女初遇男主人公后芳心暗许，可惜对方早已心有所属，这不正和郭襄与杨过的故事不谋而合吗？

桃心看着画稿上红衣少女，为她写下了故事的开头——风陵有女名菲，生于草木繁茂馥郁之时，鹤目澄澈，鬟发卷如云，好红衫，时年二八年华，及笄礼成……

桃心一点点将女主人公的故事从起初只搭建的一个模糊的骨架开始，慢慢填上血肉，修饰皮囊，调整姿容，之前对夏老板的诸多疑问都在这个过程中找到了答案。

这天凌晨四点，桃心把打版的样章整理好，命名为“风陵有信”，发给了编辑部的朋友，希望以十足的诚意获得与夏老板见面的机会。第二天恰逢周六，睡醒已是中午，看到出版社的朋友回复说夏菲对她配的文稿很满意，并且答应了在广州见面。

第三节 风陵有信

1

我叫夏菲，在英国长大，但我父母都是华人，爷爷那辈就到英国定居，父亲是英国一所大学里为数不多的亚裔教授。母亲是土生土长的中国人，后随父亲定居英国，她是父亲的第二任妻子，所以我有个大我十一岁的同父异母的哥哥。

我就是在爷爷留下的那个小庄园里长大的，小庄园里两间房子之间只隔着百来米，父母的起居基本都在那间新盖的房子里，旧房子成了父亲和哥哥的工作场所，偶尔还会有父亲的学生来。

中午时分，等母亲煮好饭，我会把饭菜送到旧房子。那里面堆满了演算用过的稿纸，桌上都是拆卸的机械零件，父亲总是怕我把饭菜汁滴到他的办公桌，每次我进门他都嫌我碍手碍脚，所以我放下饭菜转头就回去找母亲吃饭。

父亲是个比母亲年长好多的老学究，脾气火暴，耐性差，毫无生活情趣。每天晚饭桌上，父亲的言论总是难听且自大。母亲一言不发，我偶尔忍不住顶撞两句，父亲就像个被火苗引爆的汽油桶一样怒不可遏。

我并未见过父亲的第一任妻子，听说是个英国女人，哥哥遗传了她的一双绿色的瞳孔，这反倒让年幼的我有几分亲切，因为这样不会让我想起父亲那双怒目圆瞪的黑眼睛。哥哥从小在父亲的培养下，成绩出类拔萃，沉默寡言，大学为止都让学究老父亲很满意，直到他二十四岁那年遭遇车祸，腿断了，身体也坏了。

父亲的脾气也因此变得更暴躁，这对于当时只有十二三岁的我而言，生活就像笼罩在一片乌云当中。之后的三年，哥哥拖着残败的躯体在旧房子里苟延残喘。我以为自己会在这个封闭的小庄园里，就这样过完这辈子。

2

在你出现之前，我的生活这样了无生趣、谨小慎微，如今看来，那些日子不记也罢，之后的字字句句，所有的篇幅，都属于你，安德森先生。

你肯定不会记得那个场景。那年我才十六岁，那天阳光出奇地暖和，我穿了一件红色连衣裙，坐在庄园门口的石凳上发呆，听说父亲叫了个学生来家里，所以我被要求到门口等着帮忙开门。想来这个学生定是跟以往那些行为蛮横粗鲁的研究生差不多，他们来到门前就当我是仆人使唤，或是一边大声嚷嚷，一边大力敲打大门，还不停催促，怪我浪费他们时间。

那天，你第一次来到我家门前，你跟父亲以前的那些学生很不一样，我见过的年轻男人不多，但我却断定你的举止比我见过的一切男人都要有绅士风采。或许是第一次来老师家拜访，你穿得比往后见到的你更慎重得体。

那个场景我现在还历历在目，你的背影修长挺拔，穿着一件整洁的衬衫，外面套了件深色羊毛背心，黑色的皮鞋，鼻梁架着一副金属眼镜。你手上捧着一摞书，停在门前，整理了一下仪容才轻轻敲了三下门，然后静静在门前等待了几秒。见没人应答，你才发现坐在石凳上发愣的我。

你向我走来，停在我面前，用你温柔的嗓音向我打听情况。我呆呆看着你，竟晃了神，反应都慢了半拍。

3

之后你经常来我家，跟我哥在旧房子一待就一整天，每次都快到太阳下山才离开。每到你来家里的日子我都会特别期待中午带着饭菜走进旧房子。我迅速将父亲那份餐点放在他一楼的书房餐桌上，就飞快跑上二楼，一点时间也不想耽搁。我偷偷站在二楼我哥的书房门外，听着你和我哥在讨论我一点都听不懂的学术内容，伴随着粉笔在黑板写字的节奏感，你总是说一大堆，我哥只有简单的回应。

我就这样静静在书房门外站了差不多一刻钟，想象着你工作时专注的神情，想象你站在小黑板前写字时，卷起袖子的手臂。我知道小黑板的字都是你写的，因为我哥坐着轮椅，够不到那个地方，我趁你们不注意，悄悄藏起了一两个你用过的粉笔头。有多少次，我走进书房送餐时，瞄到你们桌面的稿纸，我能认出哪些是你的字迹。我想偷偷拿走一张有你字迹的稿纸，夹在我的笔记本或者画稿本里做书签，但又担心上面有什么重要的内容，只能作罢。

有一次，我哥正好不在，午饭过后，我偷偷溜进旧房子。你坐在桌前看书看到一半不小心睡着了，我偷偷蹲在桌边，手臂轻轻搭在桌角，静静看着睡着的你，你眼镜都没摘，镜片后的一双眼睛轻轻地闭着，仿佛随时就会张开。你突然醒了过来，眼睑像蝴蝶的双翼扑动了两下，我这时想离开已经来不及了，你发现了我，然后只是笑笑问我在干什么。

或许，那时的我，对你的感情很朦胧，也很单纯。在你眼里，我也只是一个比你小七岁的小女孩，小到我可以叫你一声叔叔也不为过。

4

我身边的生活似乎因为你的到来而有了变化。某天你留在我家吃晚饭，父亲饭桌上难得没有发脾气。我甚至留意到连我哥都有了变化，他没有以前那么颓废，还开始要求护工中午推他到阳台晒太阳。

安德森先生，或许你曾是某个人阴霾里的光，只是你不知道而已。那天你看见我在画画，问我学了多久。我告诉你，父亲很早就送我去美术学院学画画，他说，女孩子天生适合学艺术，别浪费时间钻研复杂的科技。你沉默了一会儿，然后很坚定地说没人规定女人不能学什么，还借书给我看。自那天起，我原本用来发呆的时间都被看书填满了。我看你看过的书，希望有一天，能像我哥哥一样和你有说不完的话题。

5

有你在的时光真的过得飞快，我发现我似乎对你的感情随着我一天天长大，变得更加热烈。不知道从什么时候开始，我看见你，脸会发烫，耳朵甚至能听到自己的心跳声，等你真的注意到我在看你时，我吓得马上跑开。

我十八岁生日那天，你送了我一本全彩的图文武侠小说，是你专门托朋友从中国寄来的，还鼓励我有兴趣要继续学中文，那是我有生以来最珍贵的生日礼物。

我知道你快要离开。你说你要回去那个叫临城的地方，因为你答应过那个给你写信的女人。你怕她的信件寄到学校会丢失，特地征得我哥的同意留了我家的地址，我看见你拆开信件时满脸喜悦，我知道那是你等了很久的回信。我在旁边问你话，你根本没听进我问的是什么。等回过神才礼貌地问我：不好意思刚刚你说什么了吗？

你说你的家乡临城是广东的一个城市，其实我母亲的家乡就在广东，小时候我就经常听她提起那个地方，听她讲那里的习俗，那里的食物，那里的男人和善且有耐心……说的就是你吧，安德森先生。

多年后，我跟随母亲回她家乡定居，你送给我的那本小说我一直带在身边。或许你和那个女人就是《神雕侠侣》里让人羡慕的神仙眷侣吧。

有如风陵渡口郭襄初遇杨过，只怨君生我未生，我生君已老……

6

我们分别的时候我才刚过十八岁。我知道，在你眼里我还只是个小孩。那天你告诉我，你两天后就要回国了，去和寄信给你的女人结婚，你给我看她的照片，那位穿着旗袍的美丽小姐。你将要和她度过余生是吗？说话间，喜悦爬上你的眉梢，我是那么熟悉你的一颦一笑，我甚至知道你哪个表情是高兴，哪个表情是紧张。与你有关的回忆，我恨不得当作电影片段反复一帧帧回看，探寻你最细微的神态变化。

7

最终，没有人可以留住你，安德森先生。你离开后，我周围的一切又被打回原形。哥哥的病情越来越严重，有好几次我都听到父母连夜叫来了医生。他甚至越来越像父亲一样脾气暴躁，动不动就摔东西。你离开后，我再也不想在那个房子多待一会儿。而母亲和父亲的矛盾也变得越来越大，他们吵得越来越凶，很多次，我都独自一人远离有那两个人的房子，坐在门前的石凳上，我们第一次遇见的地方，想象你回国后的生活是怎样的。

这样的日子持续了不到一年，哥哥终于在那张轮椅上解脱了。那是个很普通的傍晚，我去送饭时，发现停在窗前的轮椅，他面向窗外坐着，像睡着了一样。我知道哥哥的睡眠很浅，我叫了他几声，他没有反应。

哥哥去世后，父亲开始酗酒。终于有一天，因为饭桌上一点很小的事情，一向容忍父亲脾气的母亲出言反驳了他那些令人恶心的言论。父亲平日被纵容惯了，脾气一下子上来，我吓得眼泪都出来了。很快他们离婚，我想都没想就决定跟母亲回国，回她的家乡。那个有你的国家。

8

离开的时候，我带走了哥哥留给我的一个箱子，因为里面都是些我和哥哥有关的普通小物件，我说要带走，父亲也没说什么。哥哥去世时只有三十岁，留在箱子里的东西不多。直到我跟母亲在广州安定下来后，我才有空整理箱子里的东西。我在里面发现了一个硬盘，哥哥在留给我的信上请我代他将硬盘转交你。我虽然不知是何物，但这是哥哥临终嘱托，定然非常重要。我辗转找到了你在广州工作的地方，此时我得知你已结婚，于是我将硬盘邮寄给你，我实在没有理由打扰你的生活，你已经给了我和临终的哥哥很多希望，我不敢再奢求什么，只愿你能幸福地跟写信的女人过一辈子。

母亲在外婆的支持下开了间西餐厅，虽然生意不太好，但加上我给小孩上画画课，偶尔给别人画插图，生活还算过得去。这样安安静静地又过了两年。

9

我要结婚了。你说过结婚是件值得高兴的事情，我又想起你离开前满是期待的模样。可是我并没有感受到像你当时的喜悦。他是做食材供应的商人，比我大七岁，刚好与你同年。母亲说他脾气很好，还很爱我，我嫁给他会幸福的。他爱我有什么用？就像我爱你，不也没有结果？我告诉母亲，我并不喜欢他。母亲却说，“喜欢有什么用？当年我不也因为喜欢才嫁给你父亲的吗？结果你也看到了。”这下我无话可说了。

10

后来我在广州开了自己的店 Wonderland。我和丈夫结婚很久都没有孩子，他工作很忙，但很支持我创业，他是个好丈夫，但他越对我好，我越内疚。

我二十六岁了。他想要一个孩子，但我不想。我一门心思投入到我的分店、我的画稿，还有我的学生身上，偶尔还会因此离开广州一段时间。不久，我们的婚姻无疾而终。

三十二岁那年，我在你的家乡开了Wonderland的分店。身边的人听说我离婚，都对我指指点点，他们说我因为生不出孩子被抛弃，他们给我贴了“离异妇女”的标签，连“大龄剩女”我都不配。我老了吗？不，我不嫁给我爱的人，我又怎么敢老去？

即使你在我记忆里的模样早已模糊。

第四节　蝴蝶效应

1

桃心得到答复后当天下午就开车去了广州，来到了夏菲提供的地址。这是广州一处古村落里的一家民宿，是夏菲在广州的落脚点。古村落是重点文化保护项目，周边一圈高楼大厦林立，交通便利，但古村落至今保留着岭南水乡的格局，是远近闻名的旅游景点，也是艺术家钟爱的栖居地。夏菲将此处命名为风陵居，一座典型的江南小筑。

桃心进门后，大厅没有亮灯，昏暗中，阳光从一侧的古式木框大窗透进来，一个身姿修长的女人依靠在窗前站着，她身着青色旗袍，木簪挽发。

“请问……”

女人闻声转过身来，阳光下，是一张圆脸，额间鬓边自然散落着几丝卷发，她一笑，圆圆的杏眼显露出岁月的痕迹：“你就是阿信？”

“夏老板？”

“比起夏老板这个称呼，我更喜欢你叫我阿襄。”

“您就是……在驿城救我的那位……您为什么会……”一时间很多问题涌上心头，桃心不知应该从何问起。

“你一定很奇怪，我为何会在驿城精准找到你的位置。”夏菲的五官不算出众，但举手投足间却有种典雅的神韵。

“其实这点我能猜到，你如此熟悉，大概驿城的美工设计和基建，您都有参与。您是托马斯游戏工作室的人，对吧？”桃心说出自己的猜想。

“孩子你猜得没错，驿城是我们的心血，我们不仅是救你，更是救驿城。”夏菲说，“当年为了清除藏匿在驿城里的骷髅蝴蝶病毒，托马斯的同胞们花了大量的时间做地毯式排查，本以为已经清理干净了，毕竟这么多年都没有人再中招，只是没想到，最后的埋伏竟然会在最不可能出现的地方。”

“最不可能出现的地方？”桃心疑惑。

“难道你没有发现吗？八十一关里每个带七的关卡通过率都特别低，尤其七十七关有两个七，又是八十一关里最后一个带七的关卡。这些关卡都由驿城的设计者 Christian 先生亲自设计，其他关卡都是这些关卡派生出来的。所以他本人会亲自盯着这些关卡，是我们排查的时候大意了，以为 BFE 是不敢在七十七关这种关键要塞下手。”

“Christian 先生是指铁壁 DAO 的榜首吗？那天是他救我？他究竟是谁？”

夏菲听了露出慈爱的笑容，她轻轻用修长的手指拢了拢鬓角的头发：“难道你不知道问这些是大忌吗？”

“既然如此，您为何又愿意将您的身份告诉我？”

夏菲望着桃心的双眼，认真地说：“因为需要有个人来告诉你，请到此为止。”

“你……真的有预知能力？不可能！你是怎么提前知道驿城的意外和绑架的事情的？”

夏菲听了皱了皱眉：“你在说什么？”

“普罗米修斯……”

“孩子你想说什么？”

“你不是普罗米修斯吗？”桃心愣了一下，“临城店里挂着的那幅梧桐树画……”

夏菲最终叹了口气：“我比你更想知道他是谁。”

说着，桃心跟着夏菲走进画室。

“挂在临城店面的那幅梧桐树画是几年前有人寄送到店里来的，我尝试找寄货人，最终追查到普罗米修斯的数字藏馆，当时我很生气，这样拙劣的模仿者，居然还敢跑到我面前来。”

“阿襄老师，您真的没有在编故事骗我吗？”桃心难以置信。

“孩子我与你非亲非故，我图什么？”夏菲不紧不慢地说，“就是普罗米修斯的预警让我们提前预感到当天可能会有事发生。”

“你们？托马斯工作室的人？”

“是的，”夏菲说，“我们很早就发现他似乎在通过画作来透露某些预警信息……怎么还不相信吗？你看看，对比一下我这些年的作品，虽然普罗米修斯是个高超的临摹者，并且在这个基础上有一定的……创造力，但将他作品的元素分解后你会发现，他其实只是在将我一些固定元素进行拼凑，拆开来看，女人的眼睛都是固定的画法，梧桐树是固定的画法……”

“这人想干什么？他是你的狂热粉丝吗？”桃心终于看出端倪。

“不管那个人想干什么，有一点是可以肯定的，他不想你们出意外。”

“我们？谁？阿襄老师，您认识赵贻安？”说完桃心才觉得自己说的是废话，“我可以冒昧地问问吗？托马斯里的那位神秘的白先生是谁？”

“孩子你的好奇心真的很强，”夏菲用她惯有的缓慢语气避而不答，“孩子，我只是受人所托见你一面，告诉你其中的真相很无聊，没想到你已经知道了这么多，净是问出些我回答不了的问题，你这不是为难我吗？”

“那既然如此，我们聊回这本回忆录的事情吧。”虽然桃心很想知道那位大费周章拜托夏菲的人是谁，但她知道这样问夏菲是不会说的。

“好吧。”夏菲手执一把绣工精致的团扇，惬意地靠坐在画室中央的会客沙发上。

“阿襄老师是怎么知道我的朋友会来找我的？”

“这画集我找人做了挺久的了，你这么说来，我也觉得甚是巧合。编辑告诉我的时候，我还惊讶怎么是你，我本想着不回复……”夏菲回忆道。

“所以所托之人就让你将计就计见见我，顺便……”

夏菲听了面露愠色：“哎呀，你这孩子问这些干什么？”

“阿襄老师，那位安德森先生，您和他后来还有故事吗？”

夏菲的神情恢复平静，良久才说：“杨过故事里的女主角是小龙女，郭襄有自己的故事。”

2

得益于夏菲细致入微的指导，桃心完成了那幅画作，买了画框装裱好送到了221工作室。而赵贻安伤好后的几天都安静得很，没来烦桃心，一时间，桃心都有点不习惯。这天下午的采访临时取消了，于是她赶完了手头的稿件后，抽空去了211工作室找赵贻安，却扑了个空。

阿伟说赵贻安将自己关在张淑卿的办公室里两天没出来了。桃心听了又马不停蹄赶到了华临科技大厦，她刚到总裁办公室门口，门就自动弹开。张淑卿的办公室除了办公桌椅外，大部分都是纯白色，显得房间特别宽敞明亮。等桃心看到房间装设的几台不知名的柔性机械臂，她才醒悟过来，这办公室直接就是一个简易版的全息会议室。

办公桌正对着门，上面放置四个电脑显示屏，但赵贻安却坐在隔壁的会客沙发前的地上。他顶着满脸胡楂和黑眼圈埋头在铺满地的文件夹和纸质文件中不知在看什么，他这副不修边幅的尊容配上金属框的元镜，看上去颇有种流浪艺术家的味道。他闻声抬头见到来人竟是桃心，意外中带着喜悦。

"我现在正在发愁，到了发薪日财务突然告诉我，账上没钱可发。我打电话问我妈，我妈只丢下一句她很忙，叫我自己想办法，然后再也联系不上了。"

桃心对华临科技在本地的业务很是熟悉，她疑惑："华临科技旗下的智慧停车场每周都会有一笔现金回流到账上，收支一直很稳定，账上怎么会没钱？"

"华临科技签了一堆莫名其妙的高额支出款项，然后还有很多正在分期的大额贷款，这些钱划走后，账上的钱就不够发薪了，准确来说是负资产，真不知道我妈想干什么……"

"你确定你没有算错吗？你母亲她应该很清楚停薪会动摇公司的人心，是遇到了更为要紧的事情吧。"

"都在这里了，"赵贻安指了指地上的文件，"柜子里的那些，字密密麻麻的我看不过来，但凡是跟数字有关的我都不会看错，这些钱每月都由我妈签字准时划出去，都是些跟公司业务无关的高精尖科研项目投资，花费巨大。"

“碳化硅？”桃心大致查看赵贻安摊开的文件，“这好像是手机‘闪充’的材料……”

“这当然不是用来做手机，碳化硅是5G基站、高压输电、数据中心之类新型基建的材料，”赵贻安皱了皱眉，“难不成她要瞒着我造火箭吗？她怎么啥都不告诉我，是我不配吗？每次都给我画饼，‘等你有能力承担这一切的时候’，她会告诉我，现在算怎么回事？”

桃心却说：“现在，当然也不是时候，她让你坐在这里其实也不是要你处理什么，纯粹是让底下的人知道老板儿子还在，老板没跑路而已。”

“你……”赵贻安被戳到痛处，直接把元镜一摘，丢到桌面，一边揉眼睛一边喃喃道，“有些事实不用说太明白吧，我不要面子吗？”

“‘守夜人’系统？原来华临科技出品的‘守夜人’是‘铁壁’的子系统？”

“‘守夜人’是专攻小型企业的安全系统，收费很低，跟‘铁壁’不是一个体量的。”

桃心笑笑说：“‘守夜人’，这名字有趣。”

“由于预算和人力之类的现实问题，很多中小企业的安全系统处于裸奔状态，他们这类软柿子很容易被人拿捏，‘守夜人’就是为保护他们守夜的基础安防系统，这个好像是网络安全科合作项目。”

“那钱到底花去哪儿了？哇！你妈十年前贷款买了一座岛？”桃心看着购买合同上长串的购买金额，这是十几年前的购买合同，“我记得前年有新闻说，政府将水埠头周边群岛开放给私人购买，当时就听部门的记者说，其实政府从十几年前开始就每隔几年拍卖一部分无居民海岛。”桃心从包里翻出自己的元镜戴上，汉斯搜索了这座小岛的坐标并将地图投射在白色的地面上。两人通过元镜，清晰地看到，这座小岛在水埠头岛的附近，面积并不大。

“是呀，分期贷款到现在还没还清，这种不知在哪个犄角旮旯的无名小岛，白马驿渡口连去那儿的船都没有，真不知买来干吗。我妈想做岛主就算了，还有更离谱的。”赵贻安把一沓厚厚的纸张往桃心面前一堆，“她又是分期付款买了一批高性能的服务器，而且我问过娴姐，南区服务器中心里并没有这批性能级别的机器。”

“这批服务器有什么特别吗？”桃心自然是看不懂那些型号和数据。

“我只知道，如果这批次服务器能搭配汉斯的高规格芯片肯定如虎添翼，又或者将来我的‘月神’能有这样的配置，一定能成长迅速。”赵贻安将那几份写有服务器规格的文件小心地捋平整，抬头见桃心似乎一副似懂非懂的模样，于是又补了一句，“反正就是烧钱吧，原来我家现在是负资产。”他话没说完又拎出一份写满术语的文件摊平在她面前，“还有这个最离谱，传说中的‘ACAT’，就是辅助情景感知开源工具包，词汇预测和语音合成技术非常厉害，如果它用到智能程序的应用上，那将是……”他讲得眉飞色舞，突然抬头对上了桃心的目光，话停了下来。她正专注地看着自己，这女人究竟能听懂我说的吗？她会不会觉得我很无聊。

此刻两人就坐在张淑卿的办公室内，但其实最初这里是父母共用的办公室，他们俩曾经也在这个房间里待过，只是赵贻安实在想象不出，父亲那个木讷且不解风情的男人是如何让母亲守在这里那么多年？还是说，其实他们的感情早已破裂，只是由于某种原因而无须公开，维持现状？

赵贻安从来不觉得自己受到父母的影响有多深远，但直到遇到桃心，他才发现自己是个有“阴影面”的人，而她是个“发光体”，没有“暗面”。桃心好像不需要任何人就可以“阳光灿烂”，但他不是，他觉得自己像盆植物，要汲取外界的阳光水分，而且不是什么水都能浇。

桃心见赵贻安讲到一半突然停住，只觉莫名其妙：“喂，发什么愣？”

赵贻安心里突然痒痒的，他莫名有点“小心翼翼”，生怕桃心突然冒出一句“我还有事忙，先走了”。她的时间总是那么的宝贵，宝贵到不愿意听他说废话。但她现在却愿意坐下听他讲晦涩难懂的内容，这让赵贻安感到心情大好。

在一旁的桃心并不知道他有什么内心戏，只当他在发呆。她实在看不懂有钱人的“购物方式”，在她的认知里，家里买辆小汽车都要商量一年半载的，她感叹：“服务器中心的电费简直是天文数字，难怪要跟南区的发电厂合作。”与此同时桃心翻到了藏在犄角旮旯的十几份全英文的文件，全是安德森科技和专家学者的聘任合同，他们大多都从事脑机接口技术研究或是和干细胞、神经科学相关的生物技术研究：“安德森科技还想涉足生物技术领域吗？”

“这其实也正常，事实上，脑机接口、AI其实都和生物技术有一定的交叉。”赵贻安解释。他想起大约两年前，斯托曼曾在镜城的安德森科技虚拟总部告诉过他，安德森科技在很多年前就开始做神经形态硬件的研究，之后成功自主研发生物计算芯片“聆一号”。当年斯托曼还直接带他去了在安德森五百一十二页的芯片设计中心，那是一个全白的房间，放置着各种仪器，房间的面积仿佛可以无限延伸，看不见边界。

“这里是虚拟研发中心？”赵贻安意识到，安德森科技在镜城的虚拟总部拥有很多这样的实验室，只要算力和硬件足够，这样的空间可以无限大。

斯托曼原地坐下，在他身后便凭空出现了一个皮质沙发：“你应该知道，芯片制造有哪些工序吧？由集成电路经过设计、制造、封装、测试，最终成为产品。我们现在所处的房间就是‘聆一号’芯片设计的地方，有了这个虚拟研究实验室，来自不同地区的人可以短时间内聚集在同一个房间工作。芯片相关产业链的每一环节都可以来自世界不同地区，资源和硬件可以有很好的联动。”

赵贻安回头，他身后不知何时出现了同样的沙发，于是他也跟着坐了下来。

“‘聆一号’就诞生在这个实验室里，AI是用程序模拟神经元，然后大量的神经元组成神经网络，这需要消耗大量的算力。于是安德森科技用人类的干细胞，通过诱导使其分化成神经元，然后对其进行培养繁殖，把这些神经元放在一个培养液容器里，容器里放置一个高密度微电极阵列，它能捕捉神经元活动时发出的电信号，把电信号发送到设备上，然后设备再给神经元反馈设备营造的场景信息。”随着斯托曼的描述，赵贻安看到了一个由像素点组成的“贪吃蛇”复古游戏界面，据说这是爷爷一辈年轻时候流行的手机游戏。

赵贻安一下就看懂了他所说的是怎么一回事：“你的意思是这个神经元，或者说它们组成了一个整体一样的东西，然后它们有比较简单浅层的……‘意识’，它们从产生‘意识’开始就认为自己生活在设备营造的这个所谓的世界，但其实只是用电信号模拟的。不过这样做有什么意义吗？难不成……”

斯托曼听了用拐杖用力杵了地面两下：“它不用程序员给它写规则，它自己会通过学习知道自己要干什么，它从诞生那一刻起它就觉得自己长成这条蛇的样子，通过反复尝试，它发现自己吃掉食物后身体就会变长，它渐渐就会显现出智能和懂得感知周围的变化，换句话说它自己学会了觅食。这样把活的神经元和传统的硅集成电路设备结合起来，这个生物神经元组成的系统会在这个设备模拟的环境里循环往复地完成自己的使命，它全部生存意义就是完成设备给它的指令，那么人类可以通过给不同的刺激反馈，训练它执行计算任务。”

赵贻安却说：“那为何要大费周章培育生物神经元？现今传统计算机架构的智能芯片，比如‘华夏一号’也可以实现你说的功能吧，人工神经网络不也能胜任计算任务吗？”

斯托曼直接哈哈大笑，仿佛赵贻安提了个很傻的问题：“小子，你这么笨我真不知道说啥好！我不信许峰那家伙难道连这么基础的问题都没给你讲清楚吗！”他不想说了，耐性差得很。

可赵贻安还有很多事情想知道，他着急地瞎蒙：“算力问题？能耗区别？还是说……”这必须得是生物神经系统有优势才有研究价值吧，他想。“是学习速度比机器的深度学习更快吗？”

“这不是显而易见的事情吗？想这么久？脑子转不过来？”斯托曼稍微平复了怒气后说，“‘聆一号’是模仿生物神经系统架构设计的芯片，和普通的计算机架构的芯片不同的是，它的硬件功耗更低，运行速度比传统芯片要快好几个数量级，实验中的神经元系统可以在几分钟内学会我们设计的游戏规则，而同样的事情，传统的人工神经网络需要漫长的机器学习。因此，‘聆一号’可以大幅提高计算机的思维能力和反应能力，它甚至可以模仿更复杂的脑模型，弥补某些人脑意识才有的特征，让 AI 形成更加完善的模拟意识，这是弱 AI 向强 AI 进化的阶梯。如此高效节能的神经形态硬件，再结合程序员开发的软件神经网络，无论对 AI 技术的发展，还是对脑机接口的发展都是质的飞跃。”

“所以两者是互补的！”赵贻安追问，“那汉斯运用了这项技术吗？”

斯托曼陷入了久久的沉默。赵贻安感觉自己是不是问了不该问的事情，他又问："前辈，你认识我父亲对吧？"对方依旧沉默，但沉默良久后说："你父亲的名气，谁不认识？只是他不会认识我这种无名小辈罢了。"

你怎么可能是无名小辈？赵贻安这样想，但还是隐晦地追问："那你知道'监护人'吗？你是怎么进的'铁壁'？"

斯托曼并没有回答他的问题："我布置给你的程序任务你写好了吗？没写好之前，我不想理你这种资质如此差劲的小白。"他只是丢下一句就匆匆下线。

赵贻安将这段经历告诉桃心，他走到座位的显示屏前，打开一个像三维儿童益智游戏的页面："看，这是正在训练的月神。"只见一个类似障碍越野的游戏里，一个黄色的球体正通过不断的尝试去突破地形障碍，从入口逃往出口，它的每一次试错都令下一次尝试更加顺畅，每一关通过后便进入难度更大的一关。

"再过四十九关，它就会长出手和腿。"赵贻安说。

"那它会画画吗？"桃心只是随口一问，赵贻安却说："月神现在肯定不会，但如果是汉斯那样级别的话……"

桃心听了立刻把见夏菲和追查"普罗米修斯"的经过告诉了赵贻安，赵贻安似乎想到了什么，叫出汉斯："调出所有安徒生实验室的文件，找一份有关图像绘画的知识图谱。"话音刚落，汉斯就开始快速检索。"我记得好像曾经见到过一份资料，是实验室曾尝试将大量的绘画作品'喂'给一个智能模型，从而使其输出和这些绘画作品相似的作品，这个模型不知后来卖给了哪个公司做游戏贴图工具。"可赵贻安刚说完，汉斯的检索结果就显示"404"，查无此件。

"难道我记错了吗？回头问问许叔吧。"

这时，有电话打进来，汉斯自动将来电接入了赵贻安的元镜，他简短应了两声就挂了，然后站起身来对桃心说："一会儿有人上来，我去卫生间整理一下，你……"他犹豫了一下，"可以留下来先别走吗？"没等桃心回答，他又补了一句："你忙吗？"问出这句话时，赵贻安脑子里一下子冒出童年时的画面，父亲经常不在家，他只有母亲。慢慢地，母亲也越来越忙，那时他还很小，数学拿了第一，拽着母亲的手让她兑现去游乐场的承诺，但张淑卿下班后脾气莫名暴躁：

“滚一边去！就知道玩，你妈不工作，你吃什么？”她一时心烦气躁，不小心就将年幼的赵贻安直接甩到了地上。赵贻安不知自己做错了什么，坐地上哇哇大哭，张淑卿单手拎起他衣领，像抓小鸡一样将摔地上的儿子提起来：“哭什么哭！作业做完没有？”说完又继续埋头书房工作起来。

兴许是昨晚没睡的缘故，赵贻安自己现在真的情绪上头，大男人真的不该如此矫情，她要是说有事情要忙，他确实不应该留她在这儿消磨时间。可偏偏桃心破天荒说她暂时有空。这让赵贻安莫名心里踏实了不少，他在办公室内的卫生间洗漱后把胡子剃干净，刚一出来，两个穿白大褂的人就到了。

赵贻安没有多做解释，习以为常地坐回办公桌，配合地撸起袖子。桃心不便多问，但见那两个穿白大褂的人竟然是来抽血的。她回头看见办公室一角的会客桌上有几个餐盒，里面的食物没怎么动过，盖子打开着，但食物都已经凉得发硬，旁边撒了一把稿纸，上面熟悉的笔迹写满了她看不懂的数字草稿，兴许是赵贻安刚打开饭盒盖子，突然看到什么就忘了吃。

直到白大褂收拾好离开，桃心才问：“你这是献血吗？”

“什么献血啊，我妈安排的常规健康检查，每三四个月抽一次。”赵贻安随口一答。

“体检哪要抽那么大一包吗？两百毫升不是献血的量吗？”

“随便吧，我身体好着呢。”

他说好就好呗，桃心也不是他亲妈，没必要追问他有没有吃饱穿暖。于是她马上切入正题，她这次来是要把水埠头埋尸案的消息告诉赵贻安：“水埠头的案件正式移交给网络安全科了，也就是这案子到了周平江手里，但案件具体细节可能要调查结束才会向社会公布。我听同事说，反黑办最近逮到几个放高利贷、暴力逼债的小混混，他们当中有人承认当时有参与埋尸，但他坚持自己没有杀人。他们当年都是在一个游戏里跳出的海盗链接里玩了游戏，然后接单赚点外快，那个嫁接的游戏有个标识，和我在驿城抽到的骷髅蝴蝶卡牌的图案一样。事实上接单的人可能并不知道自己做的事情的严重性，那些涉及违法的事情，找些三教九流完成，即使任务失败被抓，那些人也完全不知道任务目的和指使的人。”

赵贻安叹了口气："虽然我妈不想告诉我任何事情，毕竟我知道了又能怎样，但我还是在两年前，决心去国丰科技，所有的线索都指向那里，隐藏在国丰科技里的某些BFE的人……"赵贻安话没说完，就感觉一阵眩晕袭来，紧接着眼前发黑，伴随一阵耳鸣。耳边桃心似乎在说什么，但他已经听不清，全身力气似乎被抽掉了一般，他扶了下茶几倒在沙发旁的地毯上。桃心见他突然不说话，额头冒虚汗，猜他是低血糖了，她马上从包里掏出巧克力糖。

赵贻安隐约听到桃心叫他张嘴，迷糊间牙关刚启，嘴巴就被塞进了个东西，这会儿他坐下后大脑终于恢复供血，才意识到口中是颗糖。他两眼放空地坐着，沉默不语，桃心也不知他好点了没有，但见他脸色发白，眼睛红红的，像个突然没电被丢在墙角的破娃娃，这种奇妙的破碎感让桃心突然心头一热。她见赵贻安额头冒出了冷汗，刚抬手想用袖子帮他擦一下，但她马上意识到动作似乎有点暧昧，手停在了半空马上又放下，低头看见赵贻安衣服掉了颗纽扣，线头突兀地留在衣服上，开衫外套的一边领子翻折到了里头的衣服。桃心本就如她父亲洪毅一样，是个很注意生活细节的人，此情此景她最终还是没忍住伸手帮他将领子翻好。

这是她跟赵贻安从未有过的近距离，近到能听清他的呼吸声，以前读书时还是小孩，现在总感觉有什么东西变了。这种感觉很奇妙，就好比在旅游途中看中了一件很漂亮也很喜欢的物件，但买回去终究是跟自己家的陈设格格不入，再漂亮也不知放哪儿，于生活而言也并不实用，不符合效益。想到这里，桃心迅速将剩下的两颗巧克力糖塞赵贻安手上，就立刻站起了身，说："你多吃两颗吧，谁叫你不吃饭，你活该。"

"没啥胃口，吃不下。"赵贻安淡淡地回答。他本就是给点阳光就能很灿烂的人。赵贻安恢复过来后依旧靠着沙发坐在地上，他拿起手中的巧克力糖，问："为什么你会随身带糖？"

"刚工作那年，有一次早上跑采访没有吃早餐，低血糖差点晕倒，有个前辈给了我两颗糖，让我撑过了那场采访，之后我包里就一直备着。"

"你说人的命运是不是早有安排？只是看我们什么时候惊醒去迎接。"赵贻安说着又塞了一颗糖进嘴里。

此时，窗外下起了大雨。临城的气温也随之变得湿冷，桃心站在落地窗前，看着窗外街上行色匆匆的过客和车水马龙的交通，小声自言自语："人的命运真的能改变吗？是不是……我们一出生，就注定了会经历什么，要承担什么……"好一会儿赵贻安都没有回答她，桃心终于回过头来调侃道："怎么突然不说话……"却见赵贻安已经靠着沙发睡着，桃心见他穿得单薄，于是拿了张淑卿搭在办公椅背上的一条毯子，给坐在地毯上睡着的赵贻安披上，然后像往常一样帮他处理文书和回复电邮。

张淑卿的电脑桌面是一张海边风光图，看着有点像南区一带的海边，桌面的图标和文件都收拾得很整齐，很显然是汉斯的手笔。随着摄像头的开启，房间四角的柔性机械臂活动起来，有的收拾散乱在地的文件，有的冲泡咖啡，递到办公桌。桃心迅速处理了年底扎堆进行的各项审批工作的文件后，她无意间发现了一个文件夹，里面有大量电子稿费单，数量和金额相当可观。这些国内外权威的科学刊物发来的回执中，都称呼收件人为 Mr. Andersen。

安德森……先生？桃心扫视了一圈办公室，角落有个不大的书架，她按照邮件刊物的名称，果然找到了对应刊物，并翻到了这位安德森先生的论文著作。

这时沙发上的赵贻安翻了个身，窗外的雨也不知何时停了，不多时，阳光爬进窗来，刚好打在赵贻安身上。桃心想把窗帘降下来，但叫半天汉斯却没有反应。于是她摘下圈在脖子上的姜黄色围巾，轻轻地将一头盖在了赵贻安的眼睛上，然后安静地回到办公桌位置。围巾下，赵贻安的双眼早已睁开，他睡眠很浅。不多时，他翻了个身，直接面朝办公桌方向躺了下去，张淑卿办公室的地毯被扫地机器人清理得纤尘不染，他躺着将桃心的围巾围到了自己脖子上，又把他母亲的毯子裹在身上，如此便暖和得不想动弹。直到他听到桃心问："睡醒了是吗？ Mr. Andersen 是你母亲的笔名吗？"

"什么安德森啊？"赵贻安伸了伸懒腰，爬起来翻看那几本被桃心挑出来的刊物，"怎么可能？我妈是学经济的，怎么会写半导体相关的……"赵贻安脑子里突然冒出了一个猜测，马上一言不发翻看起这位安德森先生的论文著作。

爸，是你吗？

"汉斯，帮我检索一下我妈电脑里有没有安徒生实验室的相关文件。"赵贻安抬起头时，汉斯已经将检索页面投屏到办公室的白墙上。

桃心看到与安徒生实验室相关的检索结果数量非常庞大："'安徒生'和'安德森'就是Andersen的两种不同译法。会不会安德森科技其实是安徒生实验室的人在实验室解散以后办的公司，这些著作其实是以安徒生实验室的名义发表的吧。你看又是'TS.White'的签名，那个白先生。"

"我明白了，原来我妈在投钱继续运营着我爸的实验室。"

桃心马上明白过来："你看，这些文件里有很多都是和专利注册相关的，都是挂在安德森科技名下的专利。而且我感觉，你爸爸应该是活着的。"

赵贻安听了苦笑道："那我岂不是个笑话？我不配见他，甚至不配知道他是否还活着吗？"

"可能……"

"以前他把自己关在水埠头的老房子里，至少还会回家。你说水埠头那些埋在树下的骨头会是我爸吗？如果是，那他也算是落叶归根了吧。两年前我去国丰科技，甚至带着一种'为父报仇'的心态去的，现在如果他没死，我真是个小丑。有时我想，如果他真是被人害死了，那我就可以名正言顺原谅他消失了那么久，然后振作起来为父报仇，但我又打心底里希望他还活着，那样我们还有相见的一天。"赵贻安把刊物放下，靠着书架又重新坐在了地毯上。"或许二叔三叔说的是真的，我爸是个很薄情且自私的人。他们老说爷爷奶奶偏心，供他读书留学，他却从未尽过赡养父母的义务。"

"咦？其实我一直想问，既然你父母那么忙，为啥小时候不让你爷爷奶奶照顾你？不是很多家庭都这样吗？不至于总让你一个人，或者送去周平江家里。"

"这是个很复杂的问题，我不是说了吗，我那两个叔叔对我爸妈可是很有偏见的。"赵贻安说，"即使爷爷奶奶再喜欢我，我也不可能跟他们一起生活，况且……当年两家父母都没有同意他们的婚事，是他们自作主张领了证。张家觉得赵家配不上，赵家人也受不了那些贬低的话语和眼色，即使我妈从未有看不起他们的想法。终究不是一家人，进不了一家门，爷爷奶奶不奢望我妈可以跟他们住一个屋檐下，而我妈也很默契地经常叫我去爷爷奶奶家联络感情。只是我越这样做，那两个叔叔就越不爽，矛盾就越多，实在是让人很不愉快。”

“难怪我很少听你提起过，”桃心盘腿坐到地毯上，“那现在呢，还是你两个叔叔在照顾你奶奶吗？”

赵贻安叹了口气，仰面躺倒，望着天花板，说：“说是照顾，其实不过是看着老人还有点积蓄……自从爷爷去世，他们的嘴脸就显露无遗……爷爷出殡前一晚的那顿饭，人都到齐，你别说我对亲情淡漠，我从小就很讨厌这种饭局。但那天晚上，我好像明白，可能真的不怪我爸不想回这个家……”赵贻安的思绪飞回到了六年前……

第五节　汉斯二十五年记忆：鸿门家宴

1

考上大学的第一个学期，赵贻安完全沉浸在“山高皇帝远”的自由中，他拿着张淑卿的附属卡，既不缺钱，又因为跳级而比其他人多了一年青春可以“挥霍”，数学专业的课程对他而言小菜一碟，他可以大把时间“享受生活”。在这花花世界里流连之际，突然有一天宿醉醒来发现母亲给他打了十几个电话。赵贻安以为只是纯粹的日常查岗，便未予理会，直到中午发现附属卡被停了，他才回了张淑卿的电话。张淑卿一上来就叫他立刻赶回临城奔丧。

突如其来的“六国大封相”，把赵贻安拉回了那个他最不想回去的城市临城。赵贻安出了机场已经接近黄昏，刚准备打电话给家里的司机城叔，就看见二叔家的司机非常热情地过来给他搬行李。赵贻安虽然感觉怪怪的，但前一晚的宿醉加上一路的舟车劳顿，他有点困乏，于是便上了车就倒头大睡。可没想到等他醒来却见车窗外天都黑了，翻出手机，有母亲十几个未接来电，司机在晚高峰的临城里兜了两小时的圈，眼看晚宴时间临近，是要迟到了。

毫无疑问迟到了，“皇额娘”脸色肯定很难看。到了饭店，张淑卿已经站在门口候着，赵贻安一下车，她就瞪得他不敢说话，直接把人拽到自己的车旁：“穿那么鲜艳干吗？”张淑卿看着他穿的红色的限量版球鞋非常窝火，“你以为回来过年吗？哎来不及了，换件衣服就走吧，进去后快点坐下，别穿着这鞋在老太太面前晃悠。”

“我哪想到会那么赶，本来时间绰绰有余，可以回家换个衣服……”赵贻安喃喃了一句。

生活上，母亲是个极度讲究的人，事事规范，要求严谨到每一根弦都绷紧，但今天情况特殊，赵贻安也不想在高气压的氛围里触霉头。他在随身的背包里翻了很久，翻出一件白色衬衫，站在车旁直接就把身上印花T恤脱下来，换上了白衬衫，边扣纽扣边被母亲数落：怎么谁的车都敢上？人心叵测你知不知道？你有什么闪失你要我怎么办？尤其是当张淑卿看到他身上多了些文身，便大庭广众地教育他“身体发肤受之父母”，令他尴尬万分。

收拾一顿后赵贻安终于跟着母亲走进饭店。在走进包厢的途中，母亲的“教育”并没有完，张淑卿踩着一双褐色细跟高跟鞋，走在赵贻安前面，赵贻安跟在她后面走，活脱脱一个跟在老板身后，听她布置工作还被数落一通的小秘书。

“妈！”包厢门口就在前面了，赵贻安忍不住打断了她。张淑卿的脚步停了下来，却没有转过身，只留给赵贻安一个背影。

赵贻安缓缓走过去。“妈……啊！”没等他反应过来，手臂突然被母亲很用力地抓住，整个人被拽了过去。赵贻安感觉手臂被什么锋利的东西划到很疼，低头瞥见母亲锋利的“爪子”：“妈，你又做这种像刀片的美甲吗？”张淑卿穿了高跟鞋依然比人高马大的赵贻安矮一个头，她抬头望着儿子，眼眶突然开始发红。

拜托，最受不了这种情况了，好好说话别哭啊！赵贻安深知这种打感情牌的招数是母亲常用的套路，他虽然每次在心里默念“你已经不是小孩了，别又被牵着鼻子走”，但还是每次都被她吃得死死的。“妈，先……进去好吗？里面都‘六国大封相’了。”赵贻安感觉自己又莫名其妙被母亲的气场完全压制。

“赵贻安，我警告你啊！”张淑卿虽已年过半百，但保养得极好，今天的她化着精致的淡妆，只是没涂口红，“给我省点心好吗！你要气死我吗？”突然，她发现自己已经很久没这么近距离认真看过自己的儿子，都说儿子年纪大了就不会像以前那样黏着母亲，这一刻她真的有点感慨，她的儿子在她没注意的时候，长大了。

赵贻安感觉眼前这个女人的眼泪快“决堤”了，但突然，张淑卿松开了他的手，用力闭上眼把刚刚即将“决堤”的眼泪收了回去：“不行，我不能哭，妆会花。你不知道，你二婶那个俗人学我上次穿的莫兰迪色系长裙，她那水桶腰真是没自知之明……”

她已经不知什么时候手里多出个小镜子，照了照，然后转身踩着高跟鞋继续朝包厢方向走。这个女人可以前一秒还泪眼盈盈，下一秒又能马上气场变得强大，仿佛谁拦着她的路，都会被她锋利的鞋跟踩碎喉咙。赵贻安吸了口气，跟上母亲的脚步。

2

一推门进去，里面的人齐刷刷望向他们，大家衣着一水的黑白灰色调，一整桌都在等赵贻安这个晚辈开饭，这话柄算是落下了。赵贻安麻溜地入座将穿着红球鞋的双脚藏入桌下。

如赵贻安所料，开场就是几个叔叔婶婶一顿夹枪带棒的指指点点："现在的年轻人都有自己的想法，去大城市念书就是不一样呀，吃饭还要压轴到。"二婶的莫兰迪色系长裙真的很难看，不过应该不是裙子的错。

赵贻安坐在座位一言不发，他实在不想成为这顿饭的矛盾焦点。直到老太太开口："乖孙儿回来啦，快过来给奶奶看看！"她招手叫坐在离自己隔着好几个位置的赵贻安过去。

赵贻安脸上一秒挂起笑颜，起身快步走向圆桌对面的老太太，在她座旁迅速半蹲下身，把红色球鞋挡住，高度刚好到坐着的老太太肩膀。坐旁边的三婶，见赵贻安蹲下，她眼神向上一瞟，识相地把椅子挪开了点。

老太太对赵贻安的印象还停留在穿着临城一中白衬衫校服的少年模样，眼前十八岁的青年刚好也穿着一身白衬衫。许久未见，孙子一下蹿了个头，英气挺拔与自己长子当年如出一辙。"我的贻安啊，贻安啊。"老伴刚去世，老太太憔悴了不少，但花白的发髻还是梳得整整齐齐，摘掉了平日戴的耳环和玉镯，穿了一身黑衣，领口点缀着白色的盘纽。

在外人眼里，赵贻安算是投了个好胎。曾祖父是军人，转业后南下定居后下海经商，爷爷这一代家里已经小有积蓄，后来爷爷当了个干部，跟同样干部家庭长大的奶奶结婚，然后赶上拆迁，家里的几栋房子印上了红色"拆"字，拆迁款下来后夫妻俩在临城南区购置了一些临街铺面用来放租。

就在那年，长子赵志华出生。老太太这辈子生了三个儿子，赵志华是她第一个孩子，对他寄予厚望，对他事事严格要求，赵志华从小成绩优异，考到京城读书，之后二老又倾尽积蓄送他去英国留学。老太太另外两个儿子都留在了本地。三叔考了公务员，婚后早早买了新房搬到了北区，爷爷奶奶留在他们熟悉的南区，跟经商的二叔一家生活。

而父亲留学归国后就留在了国丰科技工作，辗转回到临城创办华临科技，此间都是聚少离多，与二老缘分浅薄。用三叔的话来说就是三兄弟里占用家里资源最多的是赵志华，对家里贡献最少的却是赵志华，这事情几乎每次家宴都会被拿出来讲，但如果说父亲究竟对家族作了什么大贡献，那大概就是生了赵贻安吧。

赵贻安几乎是众星捧月般降生在这个家族的。赵志华成家相对较晚，三十二岁才有了赵贻安。对于这一辈分第一个男丁，老太太喜欢得紧，把名下一栋房产送给赵贻安作为满月礼物，这栋房子便成了后来的 211 根据地。

老天爷就是喜欢这种设定安排，有的人努力半辈子都买不起一套像样的房子，有的人一出生就什么都有了，明明他只是努力吃了一个月的奶。

老太太虽然没有跟这个孙子住在一起，但赵贻安小时候经常来找她，夏天就“奶奶，我好想吃你做的绿豆粥啊，去了学校就没法吃到了”，冬天又“奶奶啊，外面天气冷得要命，我快冷成冰棍了，但想到进门就能吃到你做的红糖糯米饼，就算再冷也是要出门的”。老太太被赵贻安哄得越开心，就越发喜爱他。但在赵贻安看来，老太太不过是将对长子的感情投注到他的身上，而偏偏赵贻安在察言观色和讨长辈欢喜这方面无师自通，每次都能圆满完成母亲交给他的“政治任务”。

一顿寒暄过后，赵贻安回到自己的座位。虽说有丧事，但饭桌上的人却并无伤感，尤其是三叔夫妻，旁敲侧击地问赵贻安毕业后是否就留在京城，以后都不回来了，好让老太太手里的那点财产不要给赵贻安一分一毫。赵贻安见他们戏瘾那么足，便陪他们演：“奶奶和妈都在临城，我总归是要回来的呀。”说完，他自己都觉得很虚伪，他恨不得连夜离开，最好永远都别回来。他偷偷瞥了眼母亲，张淑卿若无其事地吃着饭，估计她心里都在笑他演得太过。

在这桌上没人敢惹张淑卿，曾经二叔三叔他们可不像现在那么“含蓄”。赵贻安始终记得，在他六七岁的时候，二叔当着他面，说赵志华就是个冷血自私的人，这种人老天应该让他断子绝孙，横死街头也没人给他收尸：“你爸就是个啃老怪，软饭精！你以后可不要学他……”

年幼的赵贻安，软柿子一个，被人指着鼻子骂自己父亲，却不知如何反驳，只有哭的分。但这话恰巧被母亲张淑卿听到，她默默走过去，二话不说，直接给二叔脸左右各扇了一大耳光，她怒目厉声道：“对子骂父的狗东西，有种对着你家祖宗牌位大声骂去，别在这儿唬小孩。我告诉你，你长这个熊样，想吃女人饭都没这个资本，还有你的车是谁给的首付？你那点破生意的店面是谁名下的？你每赚一分钱都是沾了老太太的光，你有脸说谁啃老怪！志华工作忙，但给老太太的赡养费可是比你还车贷还准时！”

至此，母亲虽然对二老尽了基本的赡养义务，但却很抗拒让赵贻安接触这一家子的“牛鬼蛇神”，以至于赵贻安对这一家子人的感情都很浅薄。

这场家宴让赵贻安如坐针毡，虽说大家是为了爷爷的葬礼而聚在一起，但全程都没有人提过爷爷一个字，究竟他老人家是怎么走的，好像并不重要。席间赵贻安总感觉老太太好像有意无意地注视着他，老太太的眼眶微微发红，赵贻安知道，她一定是想念他父亲赵志华了。爷爷去世，长子却没回来奔丧。她应该很想问起赵志华，但又怕这顿饭像以往那样变成赵志华的“说教会”了。

从饭店里出来时，已经是晚上九点多，坐在车上的赵贻安有种劫后余生的疲惫：“爷爷奶奶不是跟二叔一起住得好好的吗？二叔一家怎么突然搬出去了？”

“你不在临城不知道呀，你二叔在北区买了新房子，已经想搬出去很久了，说他女儿在那边住，上学比较近。年前你那个二婶已经跟两个女儿搬过去了。你爷爷奶奶又不想离开南区房子，你二叔就两头跑。这样时间久了，你二婶又有意见了，三叔也有义务照顾爸妈，凭什么就他们家要三天两头南、北区来回跑？于是商量后就变成两兄弟轮流过去看一下老人，然后肯定就互相推卸责任，去的次数越来越少了呗。”

“二叔做小买卖那点钱也够在北区买学区房？做生意的本金还是爷爷给的。”赵贻安也是受够了二叔一家的小肚鸡肠，小时候每次去南区房子看奶奶，他们两夫妻说话都阴阳怪气的，不知道还以为赵贻安偷光了他家大米。

以前赵贻安以为小说里面那些形象扁平脸谱化的角色在现实生活中是不存在

的，后来才发现这些角色在成人世界里满街乱跑。他们舞到你面前，秀着他们智商情商的下限，但你又不能动它们，不然会影响你的主线任务，还是忍一忍吧，快点刷过这一级，就不用老是碰到它们了。

“爷爷不是好端端的吗？怎么突然……”

张淑卿脱掉高跟鞋，把双腿窝在车座上，慵懒地托着头：“是啊，好端端的，我前一周才刚抽空去老房子看过他们俩，出事的那个星期，你奶奶那边的亲戚搞大寿嘛，给接去玩一段时间，你爷爷不喜欢坐飞机就没去。留在家里，就出事了。”这些话在刚刚家宴上大家都没提起，但谁都在有意无意地撇清责任。

“你走着瞧啊，要不是你奶奶还握着大笔不动产资产，你那两个叔叔会这样点头哈腰吗？你不知道，你爷爷在外面突发脑溢血，被人送到医院抢救了俩小时就断气了。老人没回家好几天，竟没人发现！那两兄弟干什么吃的？你爷爷在医院太平间躺几天没人认领，想想都凄凉。直到你奶奶回家，发现洗衣机的衣服没晾，桌上的菜都馊了。你二叔一口咬定前一天才刚见过你爷爷还好好的。你奶奶是个精明人，她不信，她来公司找我，还哭了。我就带着她直接找到出事的那晚的值班医生。医生说老人送来医院时已经昏迷，在抢救过程中去世的，没什么痛苦。我将白纸黑字的报告拍二叔脸上，他还在推卸责任给三叔。看吧，养儿子……你看你爷爷晚年身体又好，就这样走了，还是一个人孤零零的，他应该在一大群儿孙身边寿终正寝的……”张淑卿说。

事实证明，天要让你死得凄凉，就算你儿孙满堂都无济于事，果然养儿根本不防老。“爷爷去世，爸为什么不回来？”赵贻安忍了一晚上，终于问出了这句。车厢里陷入了沉默。赵贻安心想难得说开了，就彻底点吧，“法律上，他失踪那么久已经可以宣告死亡，爸已经不在了是不是，妈……”

“你说谁死了！”张淑卿顿时失态，立刻叫司机城叔靠边停车。

其实在赵贻安看来，那些跟单亲妈妈相关的形容词仿佛都跟张淑卿不沾边。有时赵贻安甚至感觉，父亲赵志华好像跟其他同龄人口中描述的，工作很忙，忙到没时间回家的父亲，其实也没什么不同。小时候父亲虽然不回家，但还会有视频通话，每逢节日赵贻安都会收到父亲寄回来的包裹，那些物件有时甚至精准戳中他近期的需求，但随着自己渐渐长大，通话逐渐变少，直到音讯全无。

也不知从何时起，赵贻安每次想从母亲口中发掘父亲去向的信息，得到的都是母亲的搪塞。有一段时期，他甚至要在收到包裹后，在母亲面前假装惊喜。既然母亲想演，他便陪她演下去。

司机城叔把车停在路边就下车去抽烟了，留下母子二人独处。其实赵贻安从小就很不喜欢母亲这种强制沟通的方式。他甚至萌生出一种想法，如果自己不是独生子，是不是可以把母亲对他的要求和关注摊薄一点。

读书时，他就很羡慕那些有兄弟的同学。当然，那些同学会认为赵贻安“身在福中不知福”，赵贻安白了一眼，笑笑说：“你们不也是吗？我还羡慕你们有兄弟姐妹一起长大呢。”不过赵贻安大概只是叶公好龙，毕竟如果是像二叔三叔那样的兄弟，那还是算了。

“等你爸回来，他知道你变成这样，他一定……”张淑卿见赵贻安一声不吭。

赵贻安打断母亲的话：“我变成什么样了？”

“你看你一天天在学校干什么！你看你有学好吗？你这个样子，你让我和你爸很失望，你以后怎么……”

赵贻安再次打断母亲的话：“我想怎样就怎样，你为什么总是觉得我的人生应该按照你的想法去过？”

“每个人生下来就有自己的使命，儿子你懂不懂！你现在拥有的一切，不是平白无故地拥有，总有一天你要承担你的责任。人生来就不是自由的，任何东西都有得有失，明码标价……”张淑卿望着眼前许久未见的儿子，他长大了，轮廓越发成熟，也越发像他的父亲，她突然忍不住伸手捏住赵贻安两边脸颊，“你不要再跟妈耍脾气了，好吗……”

“啊，妈！松手！”赵贻安连忙挣脱，其实张淑卿没有用力，但是这种儿时的玩笑现在已经不管用了，“我已经不是小孩，你还捏我，你指甲好长啊，你听到没！”

“我安排你到外公的公司实习，住在外公家，你可以拒绝，如果你选择你想要的自由，那就付出代价，你得把附属卡还给我。”

第六节　雪梨

1

赵贻安讲了很久，回头发现桃心不知何时也跟他一样躺在了地毯上，她侧卧着闭着眼，呼吸均匀。

“没那么无聊吧，你都听到睡着了吗？”赵贻安放慢了呼吸，偷偷伸手过去想摸摸她鬓角的绒毛。

桃心豁然睁开了眼：“我听着呢。”

赵贻安退开一点距离：“困了吗？”

“我没睡着，我只是眼睛累了，闭起来休息一下而已。”

“工作太多了吗？钱赚不完啊，别熬坏身体。”

“所以你为了宝贵的自由，选择放弃张总给你的生活费，自力更生吗？”桃心的提问证明她刚刚真的在听。

“开什么玩笑！”赵贻安被她逗笑了，“我是这么有骨气的人吗？”

“要不是张总逼你去国丰科技，你会有机会遇到汉斯吗？”

“确实，而且自从遇到汉斯以后，我感觉发生在我身上的巧合事情越来越多。”赵贻安说。

“比如呢？”桃心睁开眼，坐了起来。

赵贻安侧头望了望桃心：“就感觉……我也说不清楚。”赵贻安回想起镜城副本游戏《罗马假日》里被宿命裹挟的威尔斯，或许自己也陷入了和他一样的宿命，只是他不知道这游戏是谁编写的。

桃心重新回到办公桌前继续代替赵贻安完成一份明天急用的采购报表，她无意间看见张淑卿电脑桌面的备忘录，上面标记了赵贻安的名字和“提醒”二字，于是她问：“今天你有没有什么事情忘了做？张总备忘录这里不知道是要提醒你什么事情。”说着桃心叫出汉斯：“汉斯，今天有什么代办事宜？”

“随他去吧，现在最重要的是账目上哪里还有资金来发薪水，已经停薪两个月了，再这样下去，会出大问题的。”赵贻安说，“按照账单来看，公司已经有两个月是靠贷款来发薪水了。”

而此时汉斯回答：“楼下前台有一箱雪梨待签收。”

赵贻安听了才突然想起，今天是奶奶的生日，雪梨是他提前叫汉斯订购准备送过去给奶奶的。他看了看时间，下午五点，看来得马上动身去看望一下“老佛爷”。出门时，他告诉桃心，文件处理好就先回家，不必等他。

“你要吃点东西吗？你没吃饭。”

“没事，我奶奶家会有吃的。”

“对了，其实我有个不成熟的想法，”桃心叫住赵贻安，“你说，你奶奶手上有那么多房子铺子放租，你说有没有钱能借来周转一下？或者抵押一下，多多少少先发点给核心的一线基层员工，拖到你母亲回来再想办法。”

赵贻安沉默了一会儿，说：“我在路上想想吧。”

2

杨枫慢悠悠地走进他父亲的办公室，杨老头正全神贯注地看着全息屏幕上的数据和地图上的定位。杨枫什么也没说，只是懒散地倚在墙上，掏出打火机点了根烟：“怎么，有什么好大惊小怪的？”

“张淑卿这次拿到了一张很好的底牌，”杨建为今年已经七十多岁，却依旧是国丰科技半壁江山的主宰者，“马上派人盯着那个姓黄的解码专家。”

“让 BFE 干脏活儿的人去把他给结果了就好。”杨枫只淡淡地说。

“不，黄冲还有用，”老头狡诈地眯了眯眼，“先看看谁去接触他，再把安德森的‘白手套’揪出来。”

3

傍晚时分，桃心整理好文件后便自行回家，车开到半路就接到赵贻安的电话：

“我在医院，可以来接一下我吗？”他的语气很软，只问了一句就沉默了，得到桃心肯定的答复后，电话就挂断了。怎么闹进医院了？桃心立刻掉头赶往医院。车到达住院部门口，赵贻安已经站那儿等她。他看起来跟平时没什么不同，没缺胳膊少腿，双手插在外套兜里，拉开门坐上副驾座，没有说一句话，发呆了几秒，见桃心没开车，他回头一脸疑惑地看向桃心。

桃心正看着他，见他眼睛红红，反应还慢半拍，整个人蔫了一般，她小声提醒：“安全带……”

赵贻安这才魂不守舍地去系安全带。

两个小时前，赵贻安开车赶往南区奶奶家，年底的天黑得快，到达奶奶家小区附近时，太阳已经偏西，他放慢了车速，恰巧与三叔的车擦肩而过。赵贻安将车开到小区门口，这时，正好有一辆装满砂石的大货车堵在小区门口正在掉头，赵贻安见这大货车车身那么长，转半天都不一定能行，门口刚好有位置停车于是就先停好车。这时，正好遇到奶奶从外面回家，赵贻安过去叫她。

老太太见到赵贻安高兴得不行，还说三叔送了箱桃子过来，放在小区门卫室。

“那三叔他人呢？”赵贻安明明见到三叔的车刚走，把一箱桃丢门卫室，要老太太一个人搬上去？连一面都懒得见。

“没事，他工作忙。”老太太说。

“我帮你去拿，你等等。”赵贻安转身走向小区门卫室，老太太站在原地给三叔回电话，她掏出一张记着电话号码的纸条，一个数字一个数字地按。

赵贻安转身进门卫室跟保安打个招呼，那箱桃实在太重了，这让老太太怎么搬，一回头就看到老太太站在那辆装满砂石的大货车后方视觉盲区，大货车正在缓缓倒车，虽然车速不快但显然并没有看到背对着车按手机号码的老太太。就在赵贻安反应过来的瞬间，老太太矮小的身体已经被带倒在地，就摔倒在那笨重的庞然大物右边后轮旁，可能卷进车底只差那几秒……赵贻安脑子里闪过家里厨房的绞肉机的画面……

“啪”的一声，手里的箱子掉在地上，赵贻安跑出了他有生以来最快的三十米，他冲向大货车的同时，日常用的义肢已无法承受他如此大强度的运动，腿的接口在此番压力下，疼痛顺着膝盖蔓延开，提醒着他是个残疾人，但几乎在分秒之间，停放在小区门口所有安装了智能辅助设备的车辆瞬间不约而同发出刺耳的警报，车前灯全都亮了起来，将傍晚的路面映照得如同白天一般。是汉斯！还好有汉斯……

货车司机被刺耳的响声惊得一个激灵，满目的车灯映得他睁不开眼，于是发现异常的他立刻刹住了车。随着周围行人、商铺里的人全都被吸引了过来：“撞到人啦！停车！”司机闻声下车。当他下车的一刻，车辆的警报声瞬间停了，车灯也都关了。

赵贻安不顾已经痛得发软的腿，直接跪在了奶奶身前确认她是否无恙，老太太的衣物和背包被车底卡到，整个人都跟着被卷进车底，“奶奶……奶奶……”赵贻安半个身探进车底，看见刚刚撑在地上的手竟染上了血迹，他顿时吓得手开始发抖。他毫无经验，也不敢搬动老太太，只能不停地叫她，他慌乱地检查老太太的头部没有外伤后才回过神用袖子擦了把脸，发现自己满脸不知道是汗水还是泪水。庆幸的是车底盘离地有一定高度，老太太被擦伤，而没有被车轮碾轧。

这时，老太太迷迷糊糊地说了几句话，但周围很吵，全部是围过来的群众，报警声，议论声，指责司机的声音不绝于耳：“年轻人，这是你家老人吗？”“已经报警了！”“这么大的车干吗开进这里，你脑子有病吗？”“我哪知道前面修路改道不让过啊？这导航就带我绕进来了！”

赵贻安想到三叔估计还没走远，于是直接拨了三叔的电话。然而等了很久都没有接通，这时天下起蒙蒙细雨，慌乱中，他正要爬起来，才发现和水泥地面接触的膝盖已经疼得发麻，深入骨髓的疼痛使他冷汗都冒了出来。他勉强支撑着站起来，还好救护车和警车到达现场比想象中要快，老太太被抬上救护车。赵贻安抬头正好看见车窗玻璃反射出自己此刻狼狈的模样，身上没有纸巾也没有手帕，他拉起袖子擦了把脸，就坐上救护车。

母亲张淑卿依然处于失联状态，老太太在去医院的路上已经清醒了过来，到了医院赵贻安一边带着老人挂号拍片检查，一边打电话通知那两个叔叔。

直到老太太躺上病床，赵贻安见她折腾了那么久，累得睡着了，他才去义肢矫正科室检查了一下自己的腿，还好也没有大碍，只是常规的劳损，注意一下，上点药就好。不多时，赵贻安返回奶奶病房，坐在病房门口的椅子上歇一歇，这会儿松下来他才发现自己也累得够呛，头一靠墙就睡着了。

也不知道睡了多久，迷迷糊糊听到有人喊他名字，醒来才发现二叔和三叔两对夫妻终于到了，那四个人开始在医院走廊吵吵嚷嚷。赵贻安听烦了他们互相推卸责任的争吵，默默开门进病房。他刚在床边坐下，老太太就睁开了眼。

“奶奶，你还好吗？”

老太太身体还算硬朗，满头银发：“他们吵吵闹闹的，我不想理他们，幸亏护士把他们赶了出去。”

“我削个水果给你吃，好吗？”赵贻安看到桌上有些水果，大概是二叔刚刚带过来的。

“好。”

“本来我买了梨去看你的，但现在都落在车上了。”赵贻安其实极少自己削水果，他装模作样拿着个水果刀，把手上的梨削得很难看。

“贻安，在华临工作辛苦吗？”老太太接过赵贻安手上被削得没了三分之一果肉的梨。

“挺好的。”

“窝在临城这样的小城市，你不觉得委屈吗？你们年轻人不都向往大城市的吗？”老太太说到这里顿了顿，“像你爸爸年轻时候那样……”

“奶奶，在不久的将来，世界所有的城市都无所谓大小，都会连在一起，被一个叫镜城的虚拟城市连在一起，之后还会有更多更大的像镜城这样的城市，即使相隔千里的两个人，都能几分钟内在镜城见面，一起完成在现实无法完成的事情……”

“你爸爸是不是就在那个叫镜城的地方……你去那儿见过他吗？他过得好不好……他是不是很忙……”

赵贻安愣住了。他很想告诉奶奶，这些问题他也想知道答案，或许这些问题根本没有答案，他可能已经死了，被埋在某个地方……

老太太没想要赵贻安回答她，她只是自顾自地说：“或许是老天爷惩罚我呀，你爸爸是我最疼的儿子，我第一个儿子，我倾注最多希望。我以前对他要求太严格，可那也是想让他成才，等他真的有本事了，我又想他留在我身边，好让我看着他成家立业，可他却再也不愿回来……是不是我太过执着……直到很多年后，我才明白，我不该替他选择人生。现在老天爷要来惩罚我了，你那两个叔安的什么心我还不知道吗？如果我一分钱都没有，他们当着我面还不一定这么客气。做父母的，从未想过要他们报答我什么……我多想把你留在我身边啊。贻安，你的眼睛像极了志华，我只是……我如何开得了口让你那出身尊贵的母亲把你让给我……而我也知道，你不属于这里，你和你的父亲一样，生下来就注定要飞走……我真的不敢奢求，只要你还能来看我，真心孝顺我这个老太婆，我就心满意足了……”

你怎么知道，我就是真心的呢？赵贻安问心有愧。他从小被母亲逢场作戏的演技言传身教，幼时赵贻安懂得察言观色，他深知哄好奶奶，零食和零花钱应有尽有，那两个嚣张恶心的叔叔也就拿他没办法。但他扪心自问，自己不过是应付母亲的任务，把陪老人家当刷游戏副本一样，每次去都等着她啥时候被他成功攻略了，掉落什么装备奖励。反正他终有一天长大，摆脱这里的一切，到时候没有人再规管他的生活，也没人这般对他凶神恶煞。只是如今想来，小时候的愿望实在天真自私。这一刻赵贻安感到莫名的羞愧，这下还真是“假戏真做”了。他结结巴巴地回应道：“其实，对不起，其实我也……没有你想象中对你那么好…….”

“你是我最爱的孙儿，我选择相信你的一切，”老太太说，“贻安，无论开始的动机如何，只要后来的过程是真诚的，别人是能感受到的。我很高兴你能长成一个自信善良的小伙子，淑卿她是个好母亲，而我不是……”

赵贻安不懂奶奶为何要提母亲，绑架导致他残疾的事情令他一直对母亲心存芥蒂，这个冷酷且控制欲极强的母亲，又怎么能算是个好母亲呢？在商贾之家成长的赵贻安从小就看惯了在利益面前破碎不堪的亲情，各种利益捆绑却因血缘而无从割舍，对他而言，这种羁绊像命定的毒瘤，有时甚至压得他喘不过气。

记忆里，母亲张淑卿甚至在他的康复倦怠期里，对着轮椅上的他说：“人各有命！每个人生下来就有各自的责任和使命，龙生龙凤生凤，你父母是龙，你可以不认命，但你不能作践自己，偏要做条蛇。你以为这样就是掌握了自己的人生吗？我告诉你，没有脚的蛇，自己都站不稳，你哪来的能耐掌握命运，还不是被别人拿捏得死死的。你偏要做废人是吗！今天你要是不给我重新站起来，你以后变成什么样，我可救不了你！”

“我弄成这样还不是因为你！”轮椅上的赵贻安彻底暴怒，“为什么你不彻底一点，干脆当时就不要来救我，让我被人肢解了，一块块寄给你好了！”

“谁叫你喝得烂醉！”张淑卿一脚踢翻了赵贻安的轮椅，大声尖叫，“你看你有干点像人干的正事吗？你要是有点觉悟，至于喝得不省人事被人抓到哪里去了都不知道吗！我提醒过你多少次。”

赵贻安被气得说不出话来，张淑卿突然很用力地抓住他，愤怒地说：“如果仇恨可以让你站起来的话，我宁愿你永远都活在仇恨里，永远都不要忘记你承受过的伤害和痛苦！”

回想起当天失态的母亲，赵贻安的心情甚是复杂，他明明很委屈，但又感到了不应有的愧疚，是自己太任性了吗？此时老太太捏了捏赵贻安的手打断他的回忆：“你最近憔悴了不少，有什么需要奶奶帮忙吗？”

赵贻安如何开得了口要钱？病床上，这个儿孙满堂的老太太是那么的孤独，那份积蓄已成为晚年的她保护自己的外壳。

“有什么困难一定要告诉奶奶，奶奶会无条件支持你的。”

“真的没什么，我挺好的。”

“那就好……”

“奶奶，你会怪父亲吗？”赵贻安问。

老太太的眼眶红了，缓缓回答：“我与他，血脉相连，即使相互有怨，那也只是求而不得的遗憾罢了，只怪缘浅福薄。”

赵贻安有点不知所措，不知此情此景，应该说些什么，于是他只能做个沉默的倾听者。

赵贻安听着奶奶讲到累了睡着了，才悄悄离开。但当他走到房门前正准备开门出去时，就听到门外叔婶在说话：“赵志华那么久都不回来，亲生的会这样？”“为理想抛妻弃子呗！”“我妈那么精明，前些年我们说得那么勤快，她心里不会有根刺吗？怎么可能不验是不是我哥的种啊？”“她老偏心了，这次被这小子捡了个漏，你妈肯定又把好处留给他，你不知道，她……”

赵贻安“嚯”地拉开门，面无表情目不斜视地走出去，径自离开。他在路边吹着冷风发呆，等桃心来接。

一路上，桃心见赵贻安不说话，于是她也静静地开车，一句话都没敢问。直到赵贻安开口：“我奶奶被车撞倒进医院了，不过不严重，留院观察一下，明天就出院。”

“那你还好吧……”

“我没事，只是又见到那几个垃圾人，被恶心到了而已。”

桃心听完就猜到他大概是没来得及吃饭：“那你要吃点吗？刚买的。”桃心把用来当消夜的面包递给赵贻安。

“谢谢。”赵贻安接过拆了包装的面包就啃起来，他按下车窗，转过脸去，窗外是南区略显冷清的街道，冷风从他的领口灌了进来，他的眼泪落到了面包上。他放慢了吃，直到眼泪止住，把最后的面包塞进嘴里，然后假装擦嘴，将眼泪和面包屑全部用袖子擦干净，才将身转回来坐好，缓缓将车窗关上。

桃心没有戳穿他，只是静静地开车，在南区兜了好几圈：“送你回家吗？”

“回华临科技吧。”他淡淡地说。

桃心把车停在华临科技大厦门口，赵贻安下车后，突然伸手抓住车窗，他又恢复了以往的语气和神色：“信姐，我明天能见到你吗？”

“可能吧，看我几点下班。”

“今晚的风可真大，围巾借我围一下呗……”

“你还不早点回家休息，你看你满身脏兮兮的。”桃心把自己的围巾递给了他，“洗干净再还给我。”

“好，明天见。”

第七节　汉斯二十八年记忆：夏先生

1

水埠头的午后下起了大雨，随着天气有些转冷。近日来访水埠头的人少之又少，在 Wonderland 的楼顶，穿着旗袍的女人打着伞把盆栽收回室内，她的发丝被雨水沾湿，显现出微微的自然卷翘。女人敲开民宿里仅有的两间客房的门，礼貌地问他们是否需要添棉被。接近五十岁的她长了一张小巧的圆脸，不显年纪，只有在笑的时候眼尾才出现岁月的痕迹。这时她听到楼下店员叫她："夏菲姐！有人在门口晕倒了！"

女人跑下楼，只见一个二十来岁的年轻人挨着 Wonderland 的门口坐着，夏菲蹲下试图叫醒他："小伙子，醒醒，听得见吗？"

年轻人穿了件风衣，背着个背包，头发和衣物都沾着雨水。女人叫来店员把神志不清的年轻人抬进大厅的沙发躺着。沙发不长，女人尝试调整年轻人的腿让他能舒服点，但当她碰到年轻人的右腿时，坚硬的触感令她有点讶异，但很快她便反应过来是怎么回事。女人掀开他的裤脚，看到裤管下的金属义肢。她看了眼双眼紧闭的年轻人："可怜的孩子，还那么年轻……"眼前的年轻人让她想起自己已经去世的兄长夏礼，他去世时也还很年轻。

"夏菲姐，怎么啦？"店员搬来棉被，看见老板正眼眶红红地蹲在沙发前。

"帮忙把他的湿外套脱下来吧。"夏菲给年轻人盖上了棉被。

外面的雨越下越大，水埠头往返白马驿渡口的船都停运了。夏菲走到窗边，呆呆地看着窗外在风雨中飘摇的梧桐树，想起多年前在父亲庄园的那段日子。

那年她还不到十八岁。在某天晚饭过后，年轻的赵志华在夏教授的书房继续白天没有完成的推算，埋头推算三个多小时后，书房的门被轻轻推开，夏菲从门外探进半个身子，问："你还不睡吗？"赵志华抬头看了眼墙上的钟才发现已经是晚上十一点。这时，房门外传来一阵脚步声。

“哦，我哥的护工都下楼去休息了，”夏菲回头看了眼楼梯外说，“他应该也睡下了，最近他身体越来越差，你第一次在这儿过夜，可能不知道，他有时半夜会睡不着翻来翻去，这房子地板比较薄，如果打扰到你了，可以叫楼下的护工上去看看他。”

“没事，是我打扰到你们，如果不是今天赶着完成演算，错过了时间回学校，我是不会留宿打扰你们的。”对于赵志华而言，虽然他经常来教授家做课题研究，但住教授家实在是有点不好意思，况且夏教授性格古怪，他的其他学生都是能少见面就少见面。

“那么晚了，你还不回去吗？”

“没事，我跟你打声招呼就走。”

2

赵志华收拾了一下书房，就在书房的床上睡下了。几分钟后，楼上夏礼的房间果真传来声响。感觉像什么东西被意外撞倒，这半身不遂的人难道要起床拿什么东西吗？赵志华立刻起床，楼上的动静断断续续地响起，他终于披上衣服向楼上走去。

“阿礼？你怎么了吗？有什么需要帮忙的吗？”他轻轻敲门，但没有动静，他拉了一下门把手，没有锁，于是开门进去确认人是否安然无恙。他走到床前发现床是空的，“阿礼！你在哪儿？”

“我在这儿，”回答从房间的窗户传来，赵志华看见窗前正站着个人。

“你……你不是站不起来吗？”房间没有开灯，但窗外的灯光很亮，光线从窗户照进来，赵志华看见那个熟悉的轮廓，渐渐地，他看清那个人就是夏礼，他居然站了起来。他上身穿着护工给他换的棉睡衣，下身却穿着牛仔长裤和皮鞋。老实说，这是赵志华第一次见他站起来的样子，他比想象中高大，却很单薄。

“我觉得我应该时日无多了，”夏礼站在窗前，他的声音有点颤抖，“知道吗？我几乎每次晚上疼得睡不着的时候，都会站在这个窗前面，我其实想过多次从这里跳下去，把一切结束掉，但后来，我发现我做不到。”他越讲声音越颤抖。

两人沉默间，夏礼突然开始解裤子纽扣拉链，他竟在离他五步远的赵志华面前缓缓把裤子脱下。

“你干什么！”赵志华吓得退后了两步。

夏礼把皮鞋也脱了下来，踉跄着赤脚站在房间的地毯上。这下赵志华整个人都僵住了，他盯着夏礼右腿，那是一副假肢，大腿以下都没了。夏礼把假肢解了下来“啪”的一声丢在了地上。“是的，我不是半身不遂，严格来说，我能站起来，但能站起来又有什么用，我永远都离不开这个房子了。那场车祸后，我不仅没了一条腿，而且身上没几个器官是健康的，或者某一天，哪个重要的器官衰竭，这个身体真的坏掉了，我就……”他用手撑着窗框，单腿站着。

赵志华被眼前的场景震撼住了，想说的话全卡在喉咙。夏礼没有停下来，一颗颗解开睡衣的纽扣，只见他身上布满大大小小可怕的伤疤。

“是不是很恐怖，我大大小小动过五六次手术，到了第四五次，进手术室的时候，我甚至希望我进去不要醒来就好了，就不用再忍受麻药过后的痛苦，不用看见自己残破的身体。”

“阿礼……”赵志华不自觉向前迈了两步，这真的不是平时白天见到的那位衣着整洁，言谈举止从容有礼的夏礼前辈。

“我吓到你了吗？如果是，那我道歉。”夏礼一时没站稳，或许是他唯一的那条腿都已经无法支撑他站太久。

“没有的事，真的。”赵志华两步跨到夏礼面前，伸出有力的双臂架住了他，夏礼的手倔强地抓住身后的窗框，试图自己站起来，他突然抬头，眼神里尽是怒意，“我跟你说这些，不是要你同情我，你明白吗？”

“明白，我明白的，” 赵志华有点慌乱，回答的每一个字都小心翼翼，生怕他突然情绪不稳在自己面前自尽，“我们坐下好不好？”

“动作轻点，不要出声响，”两个人靠着墙坐在地上，夏礼慢慢调整坐姿，“别被楼下的护工听到好吗？他们很粗鲁。”他的语气很缓慢，像个孤独的垂暮老人在临终前对一个陌生路人倾诉自己一生的遭遇：“我说请他们动作轻点，他们不但没有改变，还在背后跟我家里的人说我情绪不稳定，其实我现在已经放弃轻生，很用力活着，在我做完要做的事情之前，我不会死。”

赵志华完全不知道应该安慰他还是说点什么，不善言表的他平时只会一门心思地搞研究，最终他挤出几个字：“我帮你跟教授说……”

夏礼没有出声，像是突然睡着了一样，赵志华转身望向他，才惊觉他眼角颧骨都湿了，灯光从窗户泻进来，他浅色的眼睛和泪迹被映得晶莹透亮。他哭了吗？但赵志华没问出口。

“你在中国有家人吗？”夏礼突然开口。

赵志华回过神来赶紧接话：“我吗？”

“如果我没记错，你今年应该有二十四岁了吧？我这个年纪的时候，也像你一样健康，至少那时还是个完整的正常人吧，”夏礼说，“我后悔那个时候，没有花更多时间，去打球，去奔跑，去尝试一切户外活动。那时的我，在我父亲的要求下，每天都在这个屋子学习，从小他就对我有很高的寄望，他希望我能继承发扬他在学术上的成就。不过他的希望落空了，他这个短命的儿子够他崩溃的。”

“你现在也还年轻啊，你不过大我三四岁，如果你想，现在就可以……”赵志华安慰道。

“每个人的生命是自己的，但又好像不属于自己，”没等赵志华的话说完，夏礼就打断了他，他的音量越来越小，像在自顾自地叙述，“从出生，到死亡，牵扯着太多的责任和宿命，还有各种是是非非……我不行了，没力气逃出去了。如果我早点遇到你，或者会有点不一样吧……你有理想，你敢于挑战一切，只可惜我的时间不够，如果老天爷多给我几年，我也想看看你说的像神一样的智能生命究竟是怎样的……”夏礼的声音越来越轻，“我药效到了，开始有睡意了，答应我，别叫护工上来，我不想他们碰我，求求……”他直接靠在墙上睡着了。

第二天，夏礼在床上醒来，身上盖着被子，抬头看见衣服和牛仔裤都整齐地叠在床头柜上。护工这个时候刚好进入房间，楼下照常传来妹妹的嬉笑声，还有赵志华木讷简短的应答。

3

当天色微亮的时候，赵贻安醒来便看见木质天花板，他从陌生的床上坐起身，被窝非常温暖，却见自己的金属右腿义肢被人拆卸下来放在了床边。他想起前一天自己为了回水埠头老房子查找父亲留下的图纸，返回时没赶上最后一班回白马驿渡口的船，偏偏又下起了雨，他只得走去码头隔壁的 Wonderland 暂避，但店已经打烊，便靠在有瓦遮头的台阶上不知不觉睡着了。此时的赵贻安刚刚从那场伤痛中走出来，康复治疗结束的他即将在两天后前往国丰科技，他要追寻父亲留下的那些扑朔迷离的“脚印”，找到逍遥法外的“背叛者”Shadow，查清害自己残疾的罪魁祸首。

赵贻安迅速按上义肢，将长裤裤管放下，盖到脚踝。他胡乱洗了把脸，回头刚好看到房间的门梁，于是他缓缓踮起他健全的那只脚，咬着牙抬起手去够门梁，他双臂抓住门梁，吃力地做起引体向上。这时，他瞥见桌面放着一本刊物，那是一本安徒生童话主题的绘本，封面画着一个穿着红蓝军装的小兵人。赵贻安气喘吁吁地从门梁落地，走过去翻看绘本的故事——

“一把锡汤匙铸出来了二十五个锡兵，最后被铸的一个由于锡不够用，于是他只能用一条腿坚定地站着。”

“她是一个用纸做成的舞者，穿一身黄色的布裙，她张开双臂，竖着脚尖站着，一条腿高高举着，然而锡兵根本看不见她挡住的那条腿，他以为她也和自己一样，只有一条腿。”

“她用一条腿站着，和那锡兵一样坚定。”——汉斯·克里斯蒂安·安徒生《坚定的锡兵》

绘本夹着一片书签，上面写着一句话：

Every man’s life is a fairy tale written by God’s fingers.（所有人类的人生，不过是神之手写下的童话而已。）

4

从二楼所在的房间出来，赵贻安发现整个二楼的墙上都挂满了绘画作品，颜色以鲜艳热烈的色彩为主，但其中有一面墙却留下了一个凹陷的空位，赵贻安猜测这里曾经有一幅半人高的作品被取走后暂时还没有新的作品要挂到那个位置上。

赵贻安快步走到一楼，却见一个身穿旗袍女人在窗边的画架前绘画，那女人头发茂密，微微卷翘，一张圆脸，笑起来眼睛弯弯的，显出鱼尾纹。赵贻安对她昨晚的收留表示感谢，直到最后，赵贻安都不知道这女人姓甚名谁，两年多以后，当他再次回到临城，来到这家开在水埠头上装潢简洁的 Wonderland 分店，却再也没有见到那个旗袍女人。

第八节　汉斯十八年记忆：肖像

傍晚下了一场大雨，冷清的咖啡店迎来了唯一的客人。女人的高跟鞋踩在木质地板上，坐在吧台的正是这里的老板夏菲，她闻声抬头。只见来人是位优雅的女士，她走近吧台坐下：“一杯拿铁，谢谢。”保养得极好的脸蛋化着精致的淡妆，看不出具体年龄。

咖啡准备中，女人突然发话：“请问你是这里的老板吗？”

“是的。”

“可以把这幅画卖给我吗？”

女人坐的位置刚好可以透过楼梯看到二楼的墙上挂着一幅半身写意肖像画，色彩鲜艳大胆，笔触抽象，白衬衫、戴着眼镜的男人轮廓跃然纸上，五官却隐没在阴影中，让人充满想象。

“这……这画的是我的一位老朋友，其实……”夏菲冲咖啡的动作顿了顿，试图礼貌地回绝。

“实在太像了……画得太像我丈夫了……不，是我亡夫才对。”

两个女人都陷入了沉默。

“客人怎么称呼？”夏菲问。

“我先生姓赵。”

“赵太太，您的拿铁……”

赵太太从那幅画里收回视线，她抬眼打量着这位老板，她大约比自己年轻十岁，眉眼和善，留着一头浪漫的波浪长发。

“他是被我克死的吧。”赵太太缓缓说道，“有人说我命硬，会克死丈夫，我都这样跟他说了，我丈夫说他信科学，不信这些怪力乱神。我们读书时就认识，他就是一个嘴笨的书呆子，戴着副金属眼镜。大学毕业那年，他出国读研，临走的时候，他叫我等他。我说：‘我凭什么等你？’他就开始结巴。我说：‘我又不是你的谁，我等你干吗？’他一个字憋不出来。你说他是不是很笨？可是我就真的等他了，也不知道自己为什么会那么执着，非要等到他，非要嫁给他。”

“那后来呢？”

“其实那时我甚至不清楚他究竟是怎么想的。他在国外寄信回来，我还挺想知道他在国外过得怎么样。但他总是词不达意，他脑子里装的全是我读不懂的理工数据。我是个一条路走到黑的人，如果认定了那条路，那就算撞到墙我也不会回头，我认定了他，所以他一回来我们就结婚了。”

“那他走后你过得……还好吧？”

赵太太说：“就那样吧，你说他在最好的时候离开我，叫我怎么忘得了他？”

窗外雨渐停，赵太太正要起身离开，夏菲走出吧台：“赵太太，这画送给您吧，反正放我这儿就是一幅普通的画而已，您留一个地址，我找人送过去。”

赵太太停下了离开的脚步，从包里取出一张名片，递给了夏菲，向她致谢，然后便离开了。夏菲低头查看手上的卡片，上面只有一行字——欢迎加入“铁壁”。

第四章 / 安徒生计划

第一节　未亡人

1

把赵贻安从医院送回华临科技大厦后，桃心驱车回家。怎么今天父亲没有问自己是否回家吃饭？于是她拨了父亲洪毅的电话，奇怪，竟没有接听。过了几分钟，桃心就接到警局的电话，说家里遭到入室抢劫，洪毅被袭击，刚刚被送往医院。

是否有点离谱？明明“家徒四壁”，竟还能遭遇入室抢劫，桃心实在不解，她马上折返回医院。病房外，医生告诉桃心，洪毅是被人用钝器袭击后脑，造成脑震荡，具体情况还要等他苏醒才知道。桃心为父亲办理好入院手续，打点好一切后就马上返回家里，路上她接到母亲唐双的电话：“他没事吧？家里又没值钱的东西，他跟人拼什么命？他醒了没有！”

“妈，”桃心打断母亲的喋喋不休，“爸还没醒呢，要留院观察，我现在先回家看看。妈，你出差到什么时候，可以提前回来吗？”

母亲唐双说：“一个小时后我坐飞机回去，你不要管家里了，今晚到医院陪着你爸，我到了就去医院找你。”

回到家门口，桃心就看到被暴力砸烂的门锁，拉门进去，家里比想象中要乱得更严重。整个屋子被人翻箱倒柜，杂物掉落一地，不少东西被摔坏，桃心一边简单清点，一边心疼父亲这些年把这个家打理得井井有条，如今却成了这副模样。

事实上，家里实在没什么值钱的东西，在智能家居已经普及的今天，桃心家里的旧式家电即使拿去变卖都只能当废品来卖。客厅没丢什么东西，桃心又去查看两个房间。父亲洪毅是个老学究，整个房间三面墙都搭建了书架，拉开门，父母的房间已经完全站不了人，三面墙的书全被卸下来，胡乱堆满了地面。父亲要是见到这样的场景肯定要被气死。

桃心顾不上收拾，勉强走进房间的书桌，父亲的“古董”笔记本电脑本该放在桌面，现在却怎么都没找到。此时桃心想起父亲好像习惯把东西放橱柜里，母亲不喜烹调，因此很少进厨房，厨房基本成了父亲的私人场所，希望父亲只是把电脑放到了橱柜吧。

桃心马上跑进厨房，相比之下，厨房倒是受损不大，只有冰箱里的食物被全部翻了出来。由于橱柜的门经常都被砧板和刀具挡住，且颜色甚是低调，因此幸免于难。桃心打开里面存放的基本是父亲的杂物，记事本、围裙、手套之类的，还有个饼干铁盒，盖子估计很久没开过，已经生锈，积满灰尘。桃心打开发现里面竟然存放了十几个优盘和存储卡，款式比较老，估计是以前父亲还在报社工作时候用过的。盒子底部还有个信封，打开里面只有一张纸，上面只写了一句话——如果我没有带孩子安全回来，请将我所做的一切告诉我妻子袁秀。

袁秀？好耳熟的名字……李正轩的妻子！难不成父亲和BFE的“黑手套”Shadow认识？桃心实在无法将两人联系到一块去，但父亲这次意外，绝对不是意外，难不成当年导致父亲被开除的那笔“不义之财”就和Shadow有关。

她双手颤抖地将信封塞进包里，又将那些铁盒的优盘和存储卡，通通倒进包里带走，而此时，赵贻安的电话打了过来……

2

不久前，和桃心分别后的赵贻安回到母亲办公室刚坐下，手机就响了，他惊讶地发现竟然是失联已久的母亲来电：“你总算是回我电话了，究竟怎么回事……”

“儿子，上天台停机坪吧，马上。”电话那头的张淑卿平静地打断了赵贻安的话，“直升机五分钟后到，妈在广州等你。”

“怎么……什么情况？”赵贻安话没说完，电话已经挂断了。

赵贻安只得去卫生间洗把脸，围上桃心的围巾就乘电梯去大厦楼顶，想到这样一走不知要去多久，于是拨通了桃心电话，把他要去广州的事情告诉了桃心。

桃心听了正想告诉他自己家里被抢劫了，但好像自己和他也没有熟到这种程度，毕竟是自己的家事，况且他现在又突然要离开，也不知去多久，电话那头传来直升机螺旋桨的轰鸣声，桃心最终只说了句：“路上小心。”

直升机已经停在了华临科技大厦楼顶的停机坪，赵贻安只得长话短说：“这样吧，等我在广州安顿下来，我再联系你。”

3

当桃心回到医院时，却发现父亲已经从原本的病房转移到了另一个病房，她马上根据护士指示赶过去，见父亲安然无恙，才松了口气。这一层的病房似乎更加宽敞，设施也更加完善，正是那天赵贻安住的楼层。病房内有一张软沙发，桃心静静地坐那儿打开云笔记本处理工作，而此时她看见工作群里有值班的同事通知，今晚“水埠头埋尸案”将会发布一则警情通报，公布最新调查进展。

桃心看着工作群里同事的讨论，她一刻不敢离开，直到等来通报信息——根据DNA鉴定结果，警方确认水埠头挖出的尸骸为失踪在逃嫌疑犯李正轩。据了解，遗骸挖出时，已无法辨认，身上并无指示身份的物品。根据尸体腐化程度推断死亡时间至少二十年。法医对骨骼中的DNA进行了提取、扩增和测序，最终得出骨骼DNA的序列图谱。后经线报和失踪人口排查，最终通过DNA比对确定死者身份。鉴定结果表明，死者李正轩颅骨右部存在裂痕和凹陷，且并非在尸体白骨化之后形成，判断为被钝器击打所致。李正轩的死因，被确定为因重度颅脑损伤所致。目前，案件在进一步侦办中。

文件附带的是李正轩在二十七年前的通缉令，详细罗列了他犯下的多项与危害国家安全和信息安全相关的罪状，以及一起纵火案的指控。

没想到通缉犯竟然已经死了，他当年的案件将因此被翻出来重新调查，估计华临科技这次又会被牵连。等等，如果李正轩早就死了，那Shadow是谁？桃心立刻联系赵贻安却没有联系上。

桃心又从包里掏出父亲那一堆优盘，翻看里面的内容，基本都是以前父亲还是《临江日报》调查记者时写过的稿件。她叫出汉斯，汉斯根据指令将文件按照时间和关键词归类梳理。

桃心对这里面很多稿件都还有印象，只是时至今日，桃心也成了《临江日报》的记者。父亲洪毅是被开除的，听报社的老人说，他收受金钱利益，写了不实报道，这是“调查记者”的大忌，更严重的是，他还恶意破坏报社的编审系统，所幸值班人员发现及时，才没影响当晚报纸的正常送印。这些年，桃心不敢告诉同事，自己是洪毅的女儿，但其实桃心是理解父亲当年的难处的，即使他可能真的收受了不当利益……那年家里确实发生了很多事情，母亲惹了经济官司，背负债务还差点有牢狱之灾。而当时的自己正值高三备考，对家里的危机无能为力。

病房的门被推开，打断了桃心的回忆，正是出差赶回来的母亲唐双。

“妈……”

唐双静静地走到丈夫洪毅床前，细细地确认他平稳地呼吸后，才抬头对女儿说：“阿信，我们去外面聊聊，手机留下，你人跟我出去。”

桃心跟在母亲身后，穿过走廊，去往室外，她抬头看到母亲扎在脑后的头发，夹杂的银丝又比之前更加密集：“妈，两天不见，你又憔悴了不少。”

“是吗？”唐双今年已经五十五岁，疏于保养，又不爱打扮的她，皱纹已经侵占了她的脸，她扶了扶眼镜，“你担心我这几十岁的人干什么，你看你，有没有好好擦脸，好好休息，还有衣服不要买太便宜的，你二十多岁的姑娘别把自己搞得这么狼狈，钱可是赚不完的，该花就花，该休息就休息。你真的跟我年轻时太像了，理性得缺了点人情味，骄傲得自以为不会为任何人停下脚步和改变方向。你爸是个极感性念旧的人，我倒是希望你更像他一些。”

桃心知道，母亲虽然自己嘴上说着钱赚不完，但她在本该退休的年纪还如此为事业奔波，可以说是非常“双标”了。桃心回观母亲的前半生，可谓是波折不断。她本是省内一流名校金融与会计双学位的高才生，毕业后成为一名普通的会计，在大企业里当一枚螺丝钉，不过也算是在一线城市里收入比较可观的白领一族，可偏偏，她选择了嫁给洪毅。洪毅相貌平平，也不高大，四线城市报社里的一名小记者，两人相识不久就闪婚了。唐双在她二十七岁那年辞职回到临城，给临城一家小公司当财务总监，所谓的财务总监其实只是个光杆司令，整个财务部只有两个人。

唐双二十八岁那年，生下了桃心。本以为生活将继续平平淡淡地过下去，但三年后，公司突然倒闭，沉寂了一段时间后，她找到了合伙人开了家会计师事务所，接外包的会计事务。生意起初非常惨淡，但还好再艰难也坚持了下来，业务上轨道以后，还会接到些外地公司的核算业务，偶尔出差一两天，每次回来都会给桃心带各种新奇好玩好吃的东西。桃心如此度过了平淡温馨的童年。

然而风浪不止，夫妻二人在四十多岁时又遇到了更大的坎坷。唐双意外掉进了一个严重的经济漏洞，惹上了官司，还好她福大命大，有人在关键时候出手相助才没陷入牢狱之灾，但却因此背负了债务。然而一波未平一波又起，洪毅在这个节骨眼被报社辞退。人到中年，一切又从头再来，但母亲却说："人这一生会失去很多，必须找到自己的信念，如此无论你失去了什么，甚至一无所有，你都能潇洒地活着，继续走前面的路。"

多年过去，如今风波平息，但桃心隐隐觉得，好像有什么事情正要发生……坐在住院部外的石凳上，桃心拿出了那个信封："妈，那个通缉犯跟父亲有什么关系？"她拿出那个信封。

唐双吸了口气，缓缓说道："李正轩不是通缉犯，你不能这样说他，关于他的一切，我想应该从我的两个少时的朋友说起……"

"你说的是袁秀和张淑卿吗？我那天在文件里看到原来张总和您竟是同一所大学毕业。"桃心回想起那个在铁壁岛里看到的一僧一道，最近桃心频繁登录镜城去铁壁 DAO 刷积分，恍然发现那白衣武僧 ID 竟是"白糖霜"。"糖霜""唐双"如此明显，自己当时竟没有留意。原来，那位出现在安德森科技流水账单里的"白先生"并不姓白。从文件上看，"白先生"是安德森科技名副其实的"账房先生"，那么一切就说得通了，原来母亲多年来生活低调，竟是张淑卿夫妇二人背后的"影子掌柜"。只是那仙风道骨的黑衣道长不知是何许人也，定然不会是父亲这样传统至极的文史专业的老学究。那他会是谁呢？

唐双说："你还是不够你母亲我五成的细心哪，如此明显的事实你竟现在才发现。"

"这些年你管着安德森科技和托马斯工作室的钱，我们家还过得那么拮据，这谁能相信……"

唐双发出几声苦笑："既然你已经被有心人引入了局里，我也不怕告诉你，这些年，安德森和托马斯，甚至华临，都是负资产。大量的研发投入，很多都是无法招商的保密项目和还没有成果变现的项目，依靠着国家科学院的专项资金，还有张淑卿的经商手腕勉强支撑。这些年，这盘账我管得很头疼。”

桃心听后想起赵贻安说张总每月只开两三千元工资给他这个亲儿子，他开的那辆车都是拼接货，再想想现在发不出工资的华临科技，那么看来一切都合理了。

“家里被翻乱了，父亲笔记本电脑也不见了，会不会……”

“放心，”唐双轻笑，“这些年，我不会把重要的文件放在家里，所以他们翻烂了也找不到有用的东西。我一般只会随身带一个接收器，所有东西都存在安德森的服务器，‘铁壁’安全程序会帮我好好看管。至于你爸的那个破旧笔记本电脑，我早就叫他换云笔记本了，他就是固执。”

“难怪这些年，我都没发现！”桃心皱皱眉，“这些你连我都不能说吗？”

唐双叹了口气：“告诉你又能如何？你们小辈能力有限，过好自己的生活不让我们分心已经很好了。我们上一辈的事情本来没有打算告诉你们小辈，想着在我们有生之年将那烂摊子收拾好，曾经的恩恩怨怨不应让你们背负，只是我们的对手何等狡诈，提前将你们卷了进来……”

4

张淑卿忙完手头的工作后，正准备从镜城离开，就收到来自“白糖霜”的会面邀请。按下“确认”后，她便进入“姹紫嫣红”与“白糖霜”的加密聊天室。

“白糖霜”：黄冲失踪了，我之前去找他，本以为他会念旧情答应回国破解‘青铜时代’，但现在看来他很可能会反过来将我们的信息透露给 BFE。现在阿轩死了，那套加密算法……

“姹紫嫣红”：太冒险了，你接触他之前为什么没有跟我商量？

“白糖霜”：我办事刚好在他的城市。

“姹紫嫣红”：你的身份暴露对安德森和托马斯的运转很不利，杨枫父子已经怀疑起我身边的人。

“白糖霜”：放心，他们搜过我家什么都没有找到。

“姹紫嫣红”：不要大意，他们不会这么容易相信。

“白糖霜”：其实你已经知道 Shadow 是谁了对吧？可你不敢去验证，万一是真的，你怕国丰科技毁于一旦，但其实有人比你更不想这座大厦倒塌。

“姹紫嫣红”：我明白你想说什么。

“白糖霜”：如果需要阿信的话，她不会拖我们后腿。

“姹紫嫣红”：你教导的女儿自然是好，还好阿信不像她爸那个老学究。

“白糖霜”：其实老派点也未必不好，这个社会的发展需要人去发现科技新大陆，同时需要人留在原地看守好人类文明的大本营。

“姹紫嫣红”：阿双，你真的爱他吗？“沙盘”内测后的这么多年，我一直都很想问你这个问题，直到阿信出生的那年我都还无法相信，那么骄傲那么理性的你，会跟这样的男人闪婚。

“白糖霜”：你又来了，一把年纪还提这种情情爱爱的陈年往事干吗？

5

坐在直升机上的赵贻安此刻十分忐忑。父亲那边姓赵的一家子都只是降智小人，只要不招惹，便也可相安无事，这和母亲在广州的那一大家子有天壤之别，对于赵贻安而言，张家是龙潭虎穴。两年前他发现越来越多的线索指向汉斯这个深藏在国丰科技总部的智能系统似乎和父亲有着千丝万缕的联系，为了弄清这一切，他决定深入虎穴。

离开张家大宅已经有半年之久，但那两年寄人篱下的日子依然历历在目——

还记得当时他也是独自在华临科技的停机坪乘坐直升机飞往张家主宅。飞机下降到半空时，赵贻安就见到地面上张家主宅的一大片绿化植被的轮廓，直升机降落在主宅前的停机坪，坐上接驳车，穿过大片草坪，车停在喷水池前，一部半人高的智能行李车已经在等待赵贻安，但他的行李已经提前送达，此刻他的背包里只有云笔记本等随身携带的电子设备。赵贻安跟随行李车走入主宅大门，进入客厅中央终于见到活人——张董事长的助理礼貌招呼他：“赵先生这边请。”

张老头有不止一名助理，赵贻安每次见到的助理都很面生，不知是换得太勤还是数量太多。在智能设备和通信技术如此发达的今天，他的助理们包揽了他工作和生活的方方面面，他们最重要的工作就是维持张家大房子里面的设备正常运作，负责好验收远程采购的生活用品、接待客人和给张老头跑腿的工作，其余就都交给了AI。

赵贻安跟着助理穿过一条长长的走廊，停在一扇高大的木门前，助理做了个“请”的动作，就沉默地站在门的一侧。赵贻安推门进去，显然这是张成办公的书房，这里大约有一百来平方米，冷色调的装潢显得稳重庄严。

此刻房间里并没有人，赵贻安坐在正对办公桌的一张椅子上，正襟危坐地等待了张老头大个半小时，最终他起身开门问门外的助理。助理却说，张董事长没有交代他会几点回来，请赵贻安继续耐心等候。赵贻安硬着头皮又等了一个多小时，终于等到了他老人家。张成有点佝偻，走路很慢，他见了赵贻安，上下打量了他一眼，又斜眼盯着赵贻安的腿。赵贻安穿着长裤，义肢藏在裤管下，和常人无异，但老头的举动还是让他感到不适。张成良久都没有说话，背对着他缓慢走到办公桌前坐下后就把赵贻安赶出了书房。

“请吧，赵先生，我带您去卧室。”助理说。

张家主宅有三层，客房在一楼，但却安排了赵贻安住三楼的闲置房间，路过电梯的时候，助理说：“这台电梯只有张董事长可以使用。”

赵贻安跟着助理走楼梯来到三楼，他已经有点气喘，穿过三楼的走廊，去到尽头的房间，这里刚刚被收拾出来，隐约还有一股霉味，他的行李也被直接放在了门口的地上。助理把人带到了房间就走了。赵贻安找不到通风系统的按钮，才知道这个房间没有安装通风系统，智能设备只配套了一二楼。所幸空调还能正常使用，他马上打开窗户通风，然后把自己的电子设备翻出来整理安装。随后他就发现，这里简直就是主宅的“冷宫”，不但网络覆盖很差，窗户也莫名其妙向着北面，冬天不开窗就闷死，但开窗又风大得要死。但往后的两年里，这个“阁楼”见证了他不少变化，直到半年前，他离开这里的时候，他告诉自己，不要再回来这里了。

回忆至此，赵贻安现在坐在飞往广州的直升机上，心里非常抗拒，然而直升机却停在了国丰科技总部的顶楼停机坪。他一下直升机就被带到主楼的一个会议室，一进门，就看到母亲坐在正中的两个座位之一，另一个位置空着。他被一路带到那个空座上坐下。此刻会议室内还有很多陌生人员，他们西装革履，穿着正式。唯独赵贻安穿着一身爬过车底的卫衣，脏兮兮的，脖子上缠着一条围巾，相当引人注目。

张淑卿扫视了儿子这副尊容后，叹了口气，然后小声和旁边的人说："可以开始了。"

母亲身旁的人起身发言："各位国丰科技的代表，张成先生的代理律师，我是张淑卿女士的代表律师，根据《民事诉讼法》公民下落不明满四年，经有关机关证明该公民不可能生存，利害关系人可申请宣告其死亡。张淑卿女士作为赵志华先生配偶，是申请宣告死亡的利害关系人的第一顺位，日前她授权本人向临城人民法院提交申请，现公告期满，法院正式确认宣告赵志华先生死亡的事实，做出宣告赵志华先生死亡的判决……"

"啥？"赵贻安打断代表律师的话，他难以置信地望向母亲，"你不是一直告诉我，他没死，他……"

"安静点，别丢人。"张淑卿平静地打断儿子。今天的张淑卿一身全黑的套装，五十多岁的脸保养得极好，此刻的她妆容素淡，面无表情，真的像一个寡妇一般。后面宣读的内容，赵贻安一句都听不进去，长久以来他都有一种强烈的直觉——父亲肯定还在世，他只是由于某种原因无法露面。于是他凝望着母亲，等待她正面的解释，但最终等来的只是母亲缓缓闭上眼，一滴泪从她脸上滑下，渗进了她黑色的衣领，如流星般没入黑夜稍纵即逝。

自记事起，赵贻安就很少见母亲落泪。这滴泪，给了赵贻安最准确正面的答复——父亲真的不在了。

此时律师宣读："宣告死亡判决生效后，将发生有关遗产继承法律关系，被宣告死亡者的婚姻关系也自行终结。根据赵志华先生在本人的律师事务所进行公证的遗嘱，他所有处于有效期限内的专利权由赵贻安先生继承，名下所有财产与不动产由张淑卿女士继承……"

大大小小的文件放在了发愣的赵贻安面前，张淑卿推了推儿子，小声说：“签吧。”直到各种仪式和手续结束，赵贻安呆呆地跟在母亲身后离开。母子二人沉默地走过长长的走廊，突然身后传来一个熟悉的声音：“哇，好美丽的寡妇。”

来人正是杨枫，一个名副其实的疯子。赵贻安条件反射般转身站到了母亲身后。他尤其记得两年前自己第一次见到杨枫的场景——

被安顿在张家主宅的“阁楼”后，赵贻安就被塞进国丰科技的一个“养老”部门。没有人给他安排工作，每天早上九点上班，下午五点就可以下班。起初部门的人都还不知道他是张董事长的外孙。这个部门的同事都很闲，工作时间都在做企业人事分析，简称“聊八卦”。大企业里不重要的岗位，经常有“空降兵”，大家都当他是“一般关系户”，平日里聊天也没忌讳他。

赵贻安因此听到了不少国丰科技内部的形势。比如，曾经国丰科技内部张、苏、杨三家关系盘根错节，但随着外资的引入，一个叫史密斯的外资代理人大量收购了国丰科技的股份，并开始在国丰内部培植势力，而张董事长夫人苏慧去世后，苏家的势力也日渐衰落。

“当年苏氏集团还是叫苏氏地产的时候，就入股了国丰科技，那时候国丰科技还没上市，后来苏氏成了国有控股企业，国丰科技上市后，苏氏所持的股份又占比那么大，那国丰科技就相当于半个国有企业了。”

“哎呀，苏家势力全盛时期已经过去了，自从那场股灾后，杨建为入股国丰科技，就开始不停稀释苏家的股份比例，后来‘国舅爷’又被挤走，苏派的人就更加群龙无首了。”

“这很明显是张董过河拆桥呀，故意让杨家压制外戚势力，张董他老会算计了。”

“其实吧，国丰科技应该是张杨两家的事情，关那个墨镜洋人史密斯什么事，搞到现在公司的规章制度，早上贴出来的改革，晚上又成了废纸，瞎折腾。”

“人家史密斯背后的财团有的是钱啊。”

“咱老板还缺钱吗？缺钱的是咱们这些拿死工资的人。”

“有死工资不好吗？如果要裁员，我估计咱们这个部门……呵……”

办公室的同事们有一搭没一搭地唠嗑，突然有人惊呼：“哇！他们说大小姐要来咱们七楼。”

“大惊小怪，七楼那么多部门，放心，我们这种犄角旮旯，不会有人来的。”

这时，有人从外面跑进来：“大小姐……大小姐正在过来！”

“不是吧，八百年没高层来我们这种部门啊。”大家慌乱地把桌面的杂志和零食收起来。

赵贻安想来想去都没想出来这“大小姐”是何方神圣，明明只有自己母亲张淑卿，张家长女才配得上称为“大小姐”。

不多时，有人“咣”的一声踢开了办公室的门，赵贻安抬头只见来人穿着一双锃亮的男士尖头皮鞋，配了双格格不入的条纹袜子。什么人啊？赵贻安这才抬头看清来人是个中年男人，他留着一头卷曲的长发，用橡皮筋松松垮垮地扎在脑后，浅色西服里面配了件浮夸的花衬衫。

这难道就是传说中的“大小姐”？竟是个骚气的大叔！

办公室的人没看懂发生了什么，马上鸦雀无声，只有部门主任站了起来，由于太久没“接驾”，他显得非常生疏，全身僵硬地站着等候这位突然驾到的领导有何指示。只见那打扮骚气的中年大叔径直走到赵贻安桌前，微微俯下身，双手撑在桌面，他双眼鱼尾纹很深，画了圈浓重的眼线，这眼神似乎长了锋利的倒钩般，让赵贻安一对上他的双眼就莫名后背发凉。

“你就是姓赵那小子？”

赵贻安当时并不认识他，他直接愣住了。其他人都在震惊中不敢发出任何声音，办公室整整一分钟都寂静无声。突然，那大叔发出一串“咯咯咯”的笑声，一手揪起赵贻安的领子，将他整个从椅子上提了起来：“真是跟你那窝囊父亲一个样。”他隔着办公桌，按着赵贻安的肩膀，又将其重新按回座位上。他语气尖刻，咬牙切齿地挤出一句：“说来你还得叫我一声姨丈。”然后他缓缓地伸手捏住赵贻安的后颈。赵贻安听到“姨丈”这俩字才知道这人竟然就是传说中的杨枫。

母亲曾说过，三姨丈杨枫是个疯子，自小就是个偏执的怪胎。杨建为发妻有两个儿子，杨枫是私生子，只比两个哥哥小一两岁，由于生母难产后去世，他就被接回杨家。后来，继母病逝，她两个儿子也都先后意外夭折，只有杨枫顺利长大。不久杨建为续弦生下了一个女儿，那女孩长大后很漂亮，但却溺死在了杨枫房间的浴室里，那女孩死的那年，杨枫还不到十四岁。赵贻安感觉母亲话里有话，不禁有点头皮发麻。

自从杨家占据了国丰科技半壁江山后，杨建为年迈，杨枫就稳坐了CTO（Chief Technology Officer，首席技术官）的位置，他主攻模式识别与智能系统工程技术，可以说是计算机视觉、语言信息处理和类脑智能系统方面的专家，他对智能系统的痴迷不亚于赵志华。只是他比赵志华小五岁，在安徒生实验室的鼎盛时期，杨枫才刚刚本科毕业，正准备保研，而这一年，张杨两家联姻，但张家三女张淑锦当年嫁到杨家，生下孩子不久就精神失常。苏老太太心疼女儿，于是把张淑锦接到了“国舅府”，托自己的弟弟苏予川照顾，但却依然没有阻止悲剧发生。

从临城出发前，张淑卿就提醒过赵贻安，别惹姓杨的人。赵贻安几乎在想起母亲忠告的同时，就被那只捏住他后颈的手，狠狠地将他的头朝办公桌上的烟灰缸用力地撞去。“哐——”的一声闷响，整个办公室的人都惊呆了。赵贻安疼得眼冒金星。我明明没有惹任何人好吗？

“跟你那吃软饭的爹一样，来混日子了对吧？疼吗？找你妈哭去啊。”他说完，发出一串刺耳的笑声。

“喂！闹够了吗？”门口传来一个熟悉的声音，是舅舅张庆亮，他皱着眉，面露愠色走进来。张庆亮看了一眼额头被磕得又紫又肿的外甥，严肃地瞪着杨枫：“还不快滚。”

那疯子见了张庆亮便松开手，丢下一句“你管得还真宽”，就扬长而去了。

赵贻安不敢叫“舅舅”，免得自己变成办公室同事们的谈资。而杨枫走后，张庆亮也只看了赵贻安一眼，什么都没说就走了。办公室变得前所未有的“安静”，刚才那句“姨丈”还是免不了引起猜测，同事们都开始窃窃私语。部门主任一脸尴尬地从冰箱拿了瓶冰冻的饮料给赵贻安敷一下头上肿起来的包。

这个部门的人做事情没什么效率，但嘴碎传八卦倒是神速。当天下班前一个小时，赵贻安点开国丰科技内部的讨论社群，就发现这点破事已经传开，而且说法还一个比一个夸张——“他应该是张庆亮的私生子，张庆亮以为低调地把他塞在不起眼的部门就没人发现，没想到被死对头抓包。”

“可是‘大小姐’说‘空降兵’他爹是吃软饭的，张庆亮好歹是COO（Chief Operating Officer，首席运营官），国丰大内总管怎么吃软饭了？他老婆是个大学教授。”

“那他姓赵，有没有哪一号人是姓赵的？”

“我猜他们年轻时爱上了同一个女人，那个女人姓赵，生下了这个‘空降兵’随母姓，她求咱们大内总管给孩子安排个工作，‘大小姐’知道了就专程来找茬。”

但很快就有资历比较深的员工根据“姨丈”和姓“赵”这两个重点，推断出赵贻安就是当年为了嫁给一个穷技术员，净身出户的张家长女张淑卿的儿子。

无语，一下子就被扒光，这大概就是杨疯子想要收到的效果吧。办公室安静得出奇，只有键盘噼啪作响，每个人都仿佛在埋头忘我工作，赵贻安刷新了一下内网社群讨论区，一下子多出一大堆帖子，大家都是匿名在上面“自由发言”，虽然没有指名道姓，但根据各种代号都能基本知道说的是谁。拜杨枫所赐，赵贻安喜提“空降兵”的代号，张淑卿成了“长公主”，被“长公主”倒贴的“软饭帝”赵志华，一跃成为讨论区话题中心。赵贻安本想发帖为父亲澄清，但他发现讨论区里凡是给赵志华说好话的人，底下就会有一大堆人跟评：“‘空降兵’是你吗？”“抓到‘空降兵’了。”“你是‘空降兵’的水军吗？”

但这并不是最糟糕的，突然有个帖子飙到了热度第一：空降兵其实本科都没毕业，在京城劈腿，睡了别人女朋友，被打断了右腿。

底下的跟帖更新快到赵贻安看都来不及看，国丰科技内部“卧虎藏龙”，马上有人通过技术渠道把赵贻安的班级信息、辍学信息及治疗相关的信息都扒了出来，而且非常“擦边”，都是些不涉及隐私的公开信息，大多是赵贻安大学社交圈里关系人群公开发布在社交媒体的内容，其中真假参半，非常有想象空间。

“他大一开始的课就没怎么上，考试没挂科估计是找人代考吧。大二又换专业，马上就被人打到休学了。”

“活该啊，就应该把他作案工具都打断。”

“打成那样估计都废了吧，要不你去试试他有没有废？”

没有人会考究这上面说的是真是假，赵贻安尝试追踪这个最先发帖的人的IP，但最终发现这样做是徒劳的，总部有很多设备使用的是一样的IP地址，而且社群为了维护所谓的“言论自由”，有人做了各种“辅助程序”供内部流通使用，使得追踪获得的IP都是虚拟生成的障眼法。

办公室里的空气仿佛凝固了，赵贻安手心冒汗，他埋头在电脑屏幕后不敢抬头，下班时间一到就马上离开了。他回到张家主宅就看到舅妈已经把家里的跌打酒拿了出来备用，估计是舅舅叫她提前准备的。舅妈看见赵贻安头上的包后，默默取棉签给他上药。赵贻安正襟危坐：“谢谢舅妈……”

舅舅张庆亮很晚才结婚，婚后并没有搬出去自立门户，舅妈本是市里名校的物理专业教授，直到表弟张立文读初中那年，舅妈辞职在家专门照顾儿子的饮食和辅导他的学习。不久前，表弟考上省里最好的高中，成绩拔尖，舅妈安排他走读，每天上下学专门接送回家，亲自辅导。可见张家对这“皇长孙”寄予厚望。

这会儿舅妈的那根蘸着跌打酒的棉棒戳得赵贻安很疼，但他不敢吭声，舅妈见他皱眉便说：“要不你自己来吧。”果然不是亲生的“待遇”就不一样，还记得不久前表弟打球擦伤了手，舅妈给他上药，又吹又哄：“下次可要小心点，妈妈吹一下就不疼了，不要告诉爷爷知道吗？不然他又说你不认真学习，只顾着玩。”

那画面看得赵贻安心里很不是滋味，似乎自己的母亲从未对自己这般温情。都说男儿有泪不轻弹，但赵贻安就是天生的“水龙头”体质，也不知是遗传了谁。现下赵贻安不知是因为伤口太疼，还是因为别的，突然就眼圈红起来。舅妈见状怔了一下，尴尬地把纸巾盒递向他，转身就上了二楼。

张家主宅每到晚饭时间，人都会特别齐，苏老太太还在世的时候就说一家人不能分开吃饭。时至今日，她不在了，张老头依然保留着这个“规矩”，除非有特别安排才提前通知取消。为了迁就张家父子的工作时间，每晚八点多才开饭，这晚也不例外。饭桌上，赵贻安不仅头肿了个大包，眼睛也红红肿肿的。张庆亮夫妻默不作声，张成侧目瞥了眼外孙这副德行，忍不住叹了口气。

舅妈试图调节尴尬的氛围：“今天的鱼很新鲜，大家多吃点。”她给旁边的赵贻安夹了一大块，又给另一边的张立文夹了一大块。赵贻安呆住了，他小时候被鱼刺呛到，去医院才把鱼刺夹出来，之后他都很讨厌吃鱼，家里的厨房也从来都不会买鱼，眼下这么大一块，是要了他的命吗？而且在这个餐桌，从来都不允许碗里剩食物。最要命的是，这个老头经常吃一些很“恶心”的菜品。比如，“活珠子”——鸡蛋里已经半成型的胚胎，血淋淋的，能看到血肉组织，赵贻安只看一眼，胃就开始翻江倒海。再比如，有一次家里打火锅，桌子中央一口大锅，锅里放入一大块豆腐，张老头将一盘还活蹦乱跳的泥鳅倒进锅里，然后盖上锅盖一闷，任由锅内噼里啪啦地挣扎。开锅盖的瞬间，一股腥味喷涌而出，只见里面的泥鳅全都四仰八叉地插在中间的那块豆腐上，这场景，让赵贻安眼前一黑，头皮发麻。原来，那些活生生的泥鳅在开水中本能地拼命钻进豆腐里，试图寻找“生路”，但却无济于事。张老头还一本正经地教育他那优秀的孙子张立文：“你看，如果你活成个泥鳅的样子，别人只要盖上锅盖，你就无处可逃！”张立文还一本正经地向爷爷表决心，只有赵贻安已经被这锅里的画面恶心到灵魂出窍。

眼下赵贻安看着碗里的鱼肉，眉头拧成个结，但还好不是什么奇奇怪怪的菜式，于是硬着头皮吃。而张老头依然忍不住数落他：“这么大的人了还这么软弱，一点小事就仿佛受了天大的委屈，你一点都不像你母亲，真不知道你像谁，咱张家可没有这么无能的子孙。”

一旁的张立文冒出一句：“他又不姓张。”这小子也不是什么善茬，平日里嚣张得很，几乎每一句话都能踩中雷点。

旁边沉默许久的舅舅张庆亮重重地吸了一口气，朝儿子使眼色：“长辈说话，你插什么嘴，吃饭。”

委屈漫上心头，连赵贻安都觉得自己真的很矫情，可是他感觉胸口像被堵住了一样喘不上气。最先出卖他的肯定是他那诚实的泪腺，他低头吃饭，试图稳住眼眶里的泪水。

“阿卿这辈子就是看走眼，她没有眼光，还自以为是，选你爸这样软弱无能的废人，”张老头啧啧两声，“一辈子就这样毁了，还倔强不肯回头。你也跟你爸一个德行，连骨头都是软的。”

这句话一入耳，赵贻安眼泪一下子就“决堤”了。童年记忆里，父亲模糊且高大的形象突然跑进脑海。“啪”的一声，张老头生气地将筷子摔饭桌上：“说两句就哭，赵家把你给惯成这样，你要是当初跟我姓，我定不会让你长成这般窝囊。”

之后的两年里，杨枫总是隔三岔五“关照”赵贻安，这人大概是个“虐待狂”，只要遇到他，总没好事。要是出了什么纰漏传到了张董事长耳朵里，赵贻安晚上回到家，饭桌上又要做受气包。

6

时隔半年再次回到国丰，再见到杨枫，赵贻安不知他又有什么坏心思。平日里花里胡哨的杨疯子今晚竟然穿了一身黑色的西服，只是他那件黑白灰条纹的衬衫让他依然显得很不正经。他手里把玩着一把折叠蝴蝶刀，那刀刃的摩擦声在空旷昏暗的走廊里响起，令赵贻安瞬间汗毛竖立。

“我现在在丧期，你要为难一个寡妇吗？”张淑卿面无表情。

杨枫听了发出刺耳的咯咯笑声：“要不是看到你的儿子都这么大了，不知道的人还以为你是刚结婚没两年，老公就死了。”

张淑卿此时抬起头来，郑重地说：“杨枫，我把话放这儿了。我儿子还小，如果你再敢动他，我准保你吃不了兜着走。”

“张大小姐的厉害，我杨某人是见识过的。”

“那我们可以走了吗？”

“请……”杨枫装模作样地弯腰做了个请的姿势，“我可没有挡您的道。”

7

母子二人乘着电梯来到楼顶停机坪，赵贻安正要上直升机，却被母亲拦住。

“贻安，从今天开始，你要留在国丰科技，要上直升机的人是我，我要回去收拾华临科技的烂摊子。”张淑卿说。

“华临是要破产重组了吗？那些账目……”

张淑卿却说："只要保住水埠头项目，国资委的资金很快就到，华临科技不会破产的。"

"啥？华临科技以后是要成国企了吗？水埠头究竟藏着什么？那么重要……"赵贻安突然明白了过来，原来水埠头项目是国家牵头的工程。

"这不是你可以操心的事情。记住妈的话，保护好自己，真正可怕的人还在暗处虎视眈眈，不到最后你都无法确认谁是友军，谁是叛徒。"

"妈,你可以说具体点吗？你知道什么就告诉我,我小心就是了。"赵贻安苦笑。

"妈不能永远保护你，永远帮你辨忠奸，这样你永远长不大。局面瞬息万变，妈也不是全知全能的神，无法告诉你该做什么。"

赵贻安听了一个头两个大："可是我不想再回到那个……大房子里……我会疯的！"

"我已经打点过了，我安排你住在舅姥爷家。"

"你的意思是跟那个刁蛮表姐住一起？"

"我说过了，穗穗只是你名义上的表姐，和你并没有血缘关系，她的身份只是当年为了不破坏张杨两家的结盟。两家关系破裂后，她就养在舅姥爷膝下，如今又在国丰科技里崭露头角……"

"妈，你有必要跟我强调没血缘这一点吗？我对杨疯子家里的事情并不感兴趣。而且她将舅姥爷的资产和股份变卖了投到 BFE 的事，难道你不知道吗？她是杨派的人。"

张淑卿听了沉下脸说："如果她嫁给你，那你是什么派，她就是什么派，儿子我说得够明白吗？"

"这……很难相信这是拒绝联姻私奔的张家大小姐说出来的话！"

"我说的是事实啊。"

"我可惹不起她。"赵贻安直接翻了个白眼。

此时，张淑卿突然伸手将儿子抱住。母亲的举动让赵贻安感到非常突兀，自打少年时起，张淑卿就很少跟他有亲昵的动作，成年后更加是一对"不熟"的母子。赵贻安感受到母亲扣住他肩膀的手非常用力，迫使他弯腰去迁就她。张淑卿感受到儿子的身板已经不似当年单薄，他再不是五年前接受截肢手术后，被推出手术室时残破的模样……

“记住妈的话，不要轻易相信任何人，凡事小心谨慎，知道吗？”说完，张淑卿放开了儿子，为他整理了一下衣衫，便准备上直升机。

“妈，你究竟想说什么？”

“有些事情我如果告诉了你会怎样发展，那这事情就会如你所知道的发展，但如果你一无所知，你总能给我创造出各种我意想不到的可能性。”

赵贻安听了皱皱眉：“你扯什么量子纠缠？妈，你别打哑谜了行吗？”

张淑卿突然流下了这晚的第二滴泪：“你有选择自己命运的自由。”

“妈……”赵贻安的眼泪向来不值钱，此刻也不例外。

8

前些天汉斯的服务器突然被人恶意纵火，所幸抢救及时，但也导致不少核心数据丢失。汉斯作为国丰科技的智能系统，关系着千千万万的下游程序正常运作，以及租用服务器的客户公司的利益，可谓是牵一发动全身，只要汉斯打一个喷嚏，下游系统便会跟着感冒。

在运维队伍连夜抢救硬盘恢复数据期间，汉斯的“铁壁”防御系统出现漏洞，进而遭到了新型骷髅蝴蝶病毒的攻击，系统受到重创。消息一时走漏风声，国丰科技的股价马上大跳水，直接把张成气进了医院。所幸两天后所有系统都终于恢复正常运行，才没有把这位七十多岁的董事长活活气死。

银坛医院是国丰科技旗下研究院的附属医院，张成完成了肺部支架介入手术不久，刚刚恢复了气色，他正坐在病床上处理公司事务，此时助理告知他：“她来了。”

“不见。”

可是高跟鞋的声音已经从几米外的门口传来，张成的病房有一百来平方米，从门口到探视区到屏风后的临时办公区，再到病床，那高跟鞋在木质地板上走过，发出压迫感的声响。当张淑卿绕过屏风走到他床前时，助理便退到了屏风外。

病床上的张成满头白发，他生气地将老花镜一摘，丢到了床头桌上道："你穿一身丧服来见我，是存心要气死我不成！"

"好人不长命，祸害活千年，父亲您定然是长命百岁的，我这丧服又怎会是为您而穿。"张淑卿缓缓坐下，从包里拿出一柄精致的小刀，取了桌面的苹果，慢慢地削起皮。

"这次你们又想要什么？说条件吧。"张成没好气地说。

张淑卿没有抬头，她一边低着头削苹果，一边说："我看您是真的老糊涂了，汉斯Ⅱ号是我和志华的命，我犯不着毁掉我们的心血！"

"那你就忍心拿你儿子的命来赌？"老人皱眉时显得面目特别凶狠，"你和我一样，都是一样狠心的人。"

张淑卿削苹果的手停了停，说："生命自有其蓬勃之路，他也不例外，他会自己找到自己的出路的，这不是您教的吗？"她见老人哑口无言，便继续说："这些年要不是志华的铁壁系统，镇住那些妖魔鬼怪，您以为是您的治理有方吗？您放任外资入侵国丰科技的股权份额，现在汉斯Ⅰ号和汉斯Ⅱ号迫融合，您是要汉斯成为杀人的刀吗？"

"你现在是在教训我吗？你想说什么就直说！"

"我要拿回当年属于志华和正轩那群人的一切。"

"有什么是属于他们的？他们在我的地方做研发，那成果就应该是属于国丰科技的，如果没有国丰科技的资金投入和硬件配备，像汉斯这样的高级AI程序是不可能在那个时代诞生的。"

"所以您就来个兔死狗烹，一脚踢他们走吗？"

张成怒目圆瞪："我生你养你，你这样跟我说话？如果当初赵志华愿意入赘张家，又何必最后闹得一无所有？"

"您生我养我到二十多岁没错，您要是如此顾念亲情，我儿子五年前被绑走的时候您会无动于衷吗？他可是您外孙……"

张成冷笑一声："他又不姓张，况且……"

"那我也不姓张吗？所以您就默许这一切发生是吗？"张淑卿把整个苹果的

皮都削干净，终于抬起眼睛看着已经无话可说的父亲，“您真是个很糟糕的父亲，您也是害死淑锦的帮凶，您连去见她最后一面的勇气都没有。”

“一将功成万骨枯，你一个妇道人家是不会懂的！”

张淑卿轻笑一声：“您说，如果以后我不在您身边，阿亮也没法在您身边，您看谁会帮您送终？您也一把年纪了，也是时候退下来养养身体了吧。”

“你！”

张淑卿缓缓凑近到他耳边说：“正轩留下的东西我们找到了。”说完她将苹果塞到父亲手里，又用他的被子擦干净小刀，然后站起身来，将小刀放回包里：“今晚我就会把贻安接过来，然后宣告志华正式死亡。我希望您可以好好照顾您的亲外孙，保佑他接下来这段时间在国丰科技平平安安的。”

张成发出一声阴冷的笑：“原来你还没放弃那个废物，还想把他这坨烂泥扶上墙是吗？”

“他是不是烂泥，我最清楚。这是您最后的希望，不然我很难保证您百年归西后，国丰科技究竟姓张、姓杨，还是归史密斯。要知道，最近‘宙斯’可是有不少新动作。”

“你在威胁我！”

“不，我是好言相劝，与父亲携手保全国丰科技，我们彼此交换条件，您考虑一下。”张淑卿说完便头也不回地离开病房。直到她走到电梯门前，张成的助理追了出来：“张小姐，董事长答应了你的条件，今晚他的代表律师团会如期到场，也请张小姐说到做到，不要让董事长多年心血落入他人手中。”

张淑卿轻笑一声：“谢谢父亲。”

第二节　庇护

1

赵贻安站在国丰科技楼顶的停机坪，目送着母亲的直升机消失在夜空。突然身后传来一串“啧啧啧啧”的声音，他认出这声音是杨枫，吓得立刻转身，像只竖起背毛的猫。只见杨枫右手熟练地把玩着一把蝴蝶折刀，凌厉的金属碰撞声，让赵贻安马上回想起昏暗的石材切割厂里令他恐惧的画面。杨枫笑嘻嘻地向他走来：“怎么不跟着你妈回家？她不要你了，你就站着哭鼻子吗？真是笑死我了！赵志华就算在天有灵，有你这样的儿子也丢脸。”

赵贻安不想招惹这个疯子，于是没接他的话直接转身离开，谁知那疯子又说：“赵志华早就死了，只是你妈想用他的名字卡住那些做到一半的项目，占着茅坑不拉屎。赵志华那个大烟枪，整天在那儿咳咳，听得我都烦了，这‘痨病鬼’得了肺癌，躲在哪个角落，算算到现在都差不多十五年了，肯定是活不到现在的。”

“你在瞎说什么！”

可没等赵贻安反应过来，那杨疯子已经迅速闪到他身前，一把抓住他的后颈，连拖带拉地将他抓到楼顶边缘：“看看！你爸从这里掉下去的，这里多少层？能活吗？”

这栋楼五十五层，此刻楼下灯火通明，恐高的赵贻安感到恐惧眩晕，吓得气都喘不上来。他试图挣脱抓住他脖颈的手，但却被杨枫一脚踩在膝弯上，瞬间便脱力在地上。但比起这些，更让赵贻安难受的是，这个疯子说的很可能是真的，父亲在十多年前已经死了。不过这不是他早就猜到的吗？现在不过是来了个轮番确认而已。

杨枫见状发出他标志性的怪笑：“我不知道你母亲跟张老头做了什么交易，但我可事先提醒你，你留在这里可能不止断一条腿那么轻松。”说完他松开了赵贻安，转身丢下一句：“别以为姓苏的痴呆老头还可以保你，苏家的势力早就所剩无几了。”

赵贻安在楼顶吹了好一会儿风，确认那疯子已经走了，才往电梯口走去。可刚到电梯门前，他就顶着一双哭肿了的眼遇到了杨穗穗——这是赵贻安认为这辈子遇到最刁蛮难缠的女人。

他立刻将元镜掏出来戴上，调到墨镜模式，然后面无表情地装作什么都没发生，但他的窘迫还是被穗穗看到了：“你被吓哭了吗？”

穗穗嘲讽的笑声让赵贻安的自尊心备受伤害，他很郁闷，今天是什么日子，要被这姓杨的父女轮流羞辱。他默不作声地在一楼出了电梯，走出大楼后，他才想起自己的车还在临城奶奶家小区门口，而此时穗穗的跑车就停在大楼外，身后的穗穗叫他上车，但赵贻安头也不回地独自往国丰科技园区的出口走。湿冷的夜风冻得赵贻安的关节隐隐作痛，他拉紧了桃心的围巾，将手插进衣兜里，继续向前走，任由穗穗开着车跟在他后面。

突然，身后马达的轰鸣声停了下来，杨穗穗开门下车：“别给脸不要脸啊，赵贻安，你要是不上车，你就自个去张老头家住吧！”杨穗穗留着一头浪漫的及腰栗色长卷发，她五官生得很是柔和端庄，但却硬是配上了妖艳的正红色口红，使得她笑起来有几分邪气。

赵贻安掂量了一下，我也不能走路去舅姥爷家吧……于是他翻了个白眼默不作声地转身走向穗穗的车。穗穗的座驾搭载了国丰科技最高配置的智能系统，座椅的舒适度也是赵贻安那辆拼接车不能比的。

杨穗穗坐在驾驶座前，打开了半自动驾驶系统后就开始补妆，她侧着身打量了赵贻安几眼说，“半年没见你怎么还是这么……邋遢，你这哪儿来的围巾？你以为你戴了这条围巾就是‘小王子’吗？咦，这……人造纤维……”

“别碰我东西。”赵贻安一见她把锋利的爪子伸过来就马上像只炸毛的猫一样避开，但也无济于事。

穗穗见他的反应，心下了然：“女朋友送的吗？”

赵贻安不说话。

——“月娘”程序数据更新中……

——百分之五十九

——百分之七十

——百分之百

——模型匹配比例百分之八十九，已重新绑定匹配对象杨穗穗……

2

不多时车开入舅姥爷的别墅。相比赵家老宅的气派和地段，舅姥爷的三层别墅显得很宁静雅致。院子不大，种了花花草草，后院的游泳池荒废多年后前些年改成了鱼塘用来养鱼。

关于舅姥爷苏予川的传说，赵贻安在国丰科技早有耳闻。他是苏家最小的儿子，当年国丰科技成立初期，苏氏地产注资使得国丰科技稳步上市，苏予川就是名副其实的“国舅爷”。这栋小别墅一直被国丰科技的人戏称为“国舅府”，而这里仿佛就是个避难所，虽在张、苏、杨家三家矛盾和权力的中心，却能避开纷扰。当年舅姥爷照顾了精神失常的三姨张淑锦，后来又庇护了年幼的穗穗，如今竟也成了赵贻安的庇护之地。

年轻时的苏予川长袖善舞，八面玲珑，是国丰科技的首席产品总监，安徒生实验室就是他当年牵头建立的。听母亲张淑卿说，她当年刚毕业，初出茅庐来到国丰科技，就是跟着苏予川做产品经理，他是母亲入行的第一个师傅。只是当赵贻安两年前亲眼见到本人时，未免反差过大。如今的他已经是个垂暮老人，在阿尔茨海默病的影响下，经常神志不清。

“那个谁，我回来啦！”穗穗一声招呼后，大门缓缓打开。走进玄关，各类智能家居机器人各司其职，衣架缓缓从墙内弹出，穗穗脱下毛呢外套挂在上面，鼓风系统将上面的灰尘雨水吹干后，它便被收回墙内。紧接着两个扫地机器人跟在他们身后将从外面带进来的灰尘打扫干净。走进客厅，屋内陈设相当简朴，老人在客厅的一张软沙发摇椅上睡着了，他半张着嘴，口水都流了出来。

“那个谁，把客房收拾出来。”穗穗说完，各种带机械臂和带着显示屏的清洁机器就排着队跑进了一楼的一个房间，“有什么需要，你就叫‘那个谁’帮你拿吧，他可比你家的‘谢谢’要聪明多了。”穗穗口中的“那个谁”是汉斯派生出来的智能管家系列产品，和家里那个死板的人工智能“谢谢”不是一个级别。整个房子不需要请保姆，“那个谁”可以维持着所有生活运转。

赵贻安走进客房，那三头六臂的机器正在熟练地换床单、换窗帘，扫地机器人把地板扫干净，一个嘴巴很大的吸尘器将桌面椅子上的灰尘吸走。

“你妈那边通知说，已经将你的东西打包送过来，晚点就会用直升机空投到后面的草地上，到时‘那个谁’会帮你整理的。”穗穗突然小声说，“舅姥爷年纪大了，不方便走楼梯，所以他的房间也在一楼，如果他晚上起夜，可能声音会有……一点点大，你就忍一下吧。”

赵贻安听了看了眼摇椅上的老人：“他就睡这里，不回房间睡吗？”

“他打个盹，晚点会自己回去的，这不劳你我费心，‘那个谁’会照顾他的。”

看着舅姥爷一副老态龙钟的模样，赵贻安问：“他还认得你吗？”

“偶尔吧，”穗穗拿起沙发上的一条薄毯子，给老人盖上，“舅姥爷没有结婚，也没有儿女，他把我当亲生女儿，我十三岁那年突然被杨家扫地出门，是舅姥爷给了我一切，没有他就没有现在的我。”

“可是我……”赵贻安犹豫了一下，“可是我听说你是‘杨派的人’，明明杨枫父子将你抛弃，你不应该恨他们吗？为什么还要……”

“我为什么恨他们？”杨穗穗嘴角扬起，“苏派在国丰科技已经名存实亡，没有苏老太太和舅姥爷就没有现在的我，这没错，所以我会照顾他老人家终老，但我也不能在一棵树上吊死吧。名义上我就是杨枫的女儿，如果这个身份给我带来更多资源，让我的路走得更平坦，我不会介意我姓什么。”她眼里带着邪气，在赵贻安看来，她完全得到杨疯子的真传，他依稀记得，小时候某个新年，这个大自己三岁的表姐为了几颗糖抓伤他的脸。那时杨穗穗就比她高出一个头，他却任由她搓圆按扁，都无力反抗。她长得一副乖巧的千金小姐的模样，很讨长辈喜欢，可背地里却是两副面孔。

“可是杨枫也不傻，当初能把你扫地出门，又怎么会……”

杨穗穗听了发出讥讽的笑声："你果然被你母亲保护得很好，连这么简单的道理都不懂。"但赵贻安从她的笑中看出了一丝苦涩，他随口应答："我怎么了？"

"杨枫虽然有很多女人，但自从张淑锦去世，并没有再娶，在他的八个孩子里面，只有三个儿子。年纪最大的今年才二十二岁，但他明显得不到他父亲的真传，成绩一塌糊涂，打包送到国外镀金。次子今年才十五岁，现在还在私立中学里读书，被称为最像他父亲的人，而他的母亲母凭子贵，是最有可能成为杨太太的人。至于小儿子，是杨枫的新欢生的小孩，才四岁，还不成气候。"

"所以呢？"赵贻安不假思索，"这有什么好提的，杨家养小孩跟养蛊一样，能不能成年还不一定呢。而你，又不是杨家的血脉，你凭什么……"

"你还不懂？"杨穗穗缓缓地说，"就因为我不是亲生的，而且我是个女人，我不会对他们家未来的继承人造成任何威胁，在继承人羽翼丰满之前，我和杨家的互相利用，是交易，而我本身就没有成为继承人的先决条件，当杨枫的某个儿子有能力继承他衣钵后，我将失去价值。就跟十三岁那年，两家关系破裂，我身份暴露后一样，失去价值被舍弃。而杨家算准了我不会因此背叛他们，因为苏派靠山失去后，张派是不会接纳我这个没有血缘的外孙女，而且张淑锦的事情一直是张家不想再提起的耻辱，张董事长又怎么会允许我这个耻辱的产物进入张派。"

"你这不就是给杨家做垫脚石吗？你甘心？"

"没有什么甘不甘心的，你母亲当年不也是给她弟弟做垫脚石吗？难道你不知道？"杨穗穗眼睑一抬，异常坚定地看着赵贻安的双眼，"只要我抓紧时间，得到我想要的，强大到不需要任何一棵大树。总有一天，我会让姓杨的后悔当初的决定，没有人可以再抛弃我杨穗穗。"杨穗穗说这话的时候，赵贻安只觉这女人有种可怕又熟悉的感觉，难怪母亲张淑卿那么喜欢她，以至于很早母亲就暗示他，杨穗穗会是你未来最佳的人生伴侣，而今看来，无论是她特殊的身份还是个人能力，她都是赵贻安返回国丰科技的计划中最有力的助手。难不成母亲当年已经在打这个算盘？当年杨穗穗可是被苏派寄予厚望，母亲是想联合苏派反击张派，她是有多恨张老头。只可惜母亲没算准苏派会在舅姥爷病后迅速没落，而今连杨穗穗都已经在为杨派办事，在舅姥爷病后，她迅速里应外合抛售了舅姥爷名下的股权，又把大量不动产变现成资金。那笔钱名义上是用来照顾舅姥爷的晚年生活，可几乎在同一时间，杨家就突然多了很多流动资金。杨穗穗你没良心，舅姥爷是怎么对你的，她果然是杨疯子养出来的白眼狼。虽说母亲已经知道她倒戈变节，但她确实有母亲年轻时的气魄和胆识，母亲估计是想最后再争取一下她，才暗示他去向她示好。可赵贻安很有自知之明，他知道自己玩不过他们任何人。他就是胆小怕事怎么了？没人规定男人一定要坚强勇往直前的吧？没那么大的头何必戴那么大的帽子。

说话间，杨穗穗渐渐地靠近赵贻安，而赵贻安后知后觉，等他从思考回过神来，发现女人的手已经搭上了他肩膀，当她的手掌要碰到他脸的时候，他侧了侧头避开。两人靠得很近，这一刻杨穗穗想起了当年在临城赵家的时候，那个还穿着高中校服的赵贻安，她可以肯定，赵贻安也和她一样回忆起了那天的事情——

那一年，杨穗穗也还在读大学，张淑卿和苏派走得很近，那天杨穗穗带着重要文件亲自跑了一趟临城。这是长大后的穗穗第一次来到临城的赵家，见到了当时还在读大一的赵贻安。自童年时见过后，至今过去十多年，曾经那个软弱可欺的软柿子，已经长成高大的小伙子。张淑卿热情地招呼杨穗穗休息一晚再返回广州。

对于这个多年未见的“表姐”的传闻，赵贻安也是从母亲口中听到——她算是舅姥爷的养女吧，“表姐”突然变成“表姨”，一下子高了一个辈分。可十几年没见她却长成了个长腿美人，只是赵贻安想起小时候两人相处的不愉快经历，他除了偷瞄几眼女人好看的皮囊外，尽量不招惹她。

赵贻安的小动作没逃过杨穗穗的眼睛，饭桌上赵贻安完全没有加入杨穗穗和张淑卿的话题，只一言不发吃饭。可越是这样，杨穗穗无来由就升起蹂躏他的欲望，于是晚饭后，她谎称自己带来的电脑出了问题，张淑卿直接敲开赵贻安的房门，叫他去客房给杨穗穗看看，或者拿他自己的笔记本给人家临时用一晚。

赵贻安千万个不愿意拿自己的电脑给别人用，毕竟这么私人的东西……哎，她又要作什么妖……于是他硬着头皮去客房看杨穗穗那台笔记本出了什么问题。

“电脑很正常啊，你是说哪里出问题了？”

“刚确实有问题，现在又突然好了。”

“哦。”赵贻安无语，起身就走，他走到门口正准备出去，就被身后的杨穗穗叫住：“喂，等一下。”赵贻安转身，只见杨穗穗已经换下了来时穿的高跟鞋，此刻的她走到了赵贻安面前，突然伸手抓他肩膀，赵贻安第一反应是这女人要给他来个过肩摔，当下退后一步就撞到了虚掩的门上，门被“砰”地撞到关上了。

杨穗穗虽然高挑但却只是个女人，当然不会是跟他过肩摔，意识到这点的赵贻安已经说不出话来——就在门关上的一刻女人用力揽住他的肩膀，往下拽，使得靠在门上的他微微俯下了身，紧接着，他就被人很用力地吻住了……

而此时，女人的双眼近在咫尺，连她每一根睫毛都看得清清楚楚，赵贻安一下子忘了呼吸……直到他肩膀上的那只手突然松开了他，然后伸进了他的裤腰，他才吓得立刻挣脱了杨穗穗。

“你刚刚在吃巧克力糖吗？”杨穗穗一边用手擦了擦花掉的口红，一边调笑道，“你以后亲其他女人的时候不会想起我吧？”

赵贻安大脑一片空白，迅速转身开门跑回自己房间，“砰”地关上房门，他瞥见试衣镜里的自己，慌乱地用衣服袖子擦嘴上的口红，看着袖子上的口红，心跳加速……

几年后，赵贻安再次遇到杨穗穗，他每次都下意识把门开到最大。此刻，赵贻安看了看一旁熟睡的舅姥爷，他微微侧头躲开对方的手后，随即面不改色地说：“你要是觉得手冷的话，那边有恒温毯子。”赵贻安面无表情地微微拉开了两人的距离。杨穗穗眼睑一抬，视线刚好落在赵贻安缠在脖子上的那条劣质的围巾，她终于将手收了起来。赵贻安转身到沙发处拿起毯子然后绕到杨穗穗身后，给她披上。

“你呢？两次回来折腾，你想要的是什么？如果你开口，我可以帮你。”杨穗穗说。

“其实我什么都不想要，只是冥冥之中，好像被推着走……可能是命吧……”此时，屋外传来直升机螺旋桨的声音，赵贻安说完便走向客厅外的阳台，从阳台望去，是一片草坪。直升机将包裹空投下来后就离开了。

“哇，看你妈给你的包裹那么大，她大概是没想让你回去的意思啊。”杨穗穗笑了，从兜里掏出烟和打火机。把烟点燃后，她吸了一口，向赵贻安喷出一片云雾。香烟混着夜里冰冷的空气吸入鼻腔里，赵贻安看着那些大大小小搬运处理包裹的机器陆续跑到草地上“舔包”。他回过头，杨穗穗纤细的手指夹着烟，倚在阳台的栏杆上，头顶朦胧的银色灯光洒在女人的长发上，她十分高挑，连衣短裙露出一双长腿。赵贻安挪开视线后，从她指间抽走了烟，深深吸了几口，然后继续望着那些“舔包”机器人发呆。

“志华！志华！”身后传来两声惊呼，让赵贻安结结实实地吓了一跳，他一转身就看到老态龙钟的舅姥爷站在他面前，眼泪口水一起流。赵贻安待在原地，老人突然走过来，用他黏黏糊糊的手抓住了他的手：“志华你回来啦？”

看来舅姥爷是把自己认成了父亲，于是赵贻安配合地回答：“嗯，我回来了。”

“你小子今天竟然梳了头，头发这么整齐的？”老人自言自语，伸手就去抓赵贻安的头发，将他那一手不知是眼泪鼻涕还是口水的东西弄到了赵贻安头上，把他的头发弄得跟鸡窝一样。耳边传来杨穗穗偷的笑声，她小声说：“他就是这样，你忍一下。”

这时，老人突然抓住了杨穗穗的手腕：“阿卿呢？阿卿你也回来啦？多留几天再回临城吧……”赵贻安石化了一样回头看着穗穗：“这是哪一出？”

“舅舅，我们住几天再走，不急呢……”杨穗穗轻车熟路地从老人身上的口袋里掏出一块手帕，给老人擦干净脸上的眼泪和口水，然后带着他向房间走去，“舅舅，早点休息吧，我们俩这一天舟车劳顿的，也累了。”

说着老人就松开了赵贻安的手，跟着穗穗往屋里走。赵贻安站在原地看着两人的身影，若有所思，缓缓地吐出一口烟雾。

3

赵贻安回房间冲了个澡出来就看到桃心给他发的消息——关于水埠头人体骸骨，证实为李正轩。李正轩怎么可能已经死了！他一直认为李正轩这个像幽灵一样逍遥法外的黑客，一定躲在哪个地方搅弄风云，和姓杨的父子俩狼狈为奸，怎么会死了二十多年。他立刻翻出随身的包里的云笔记本。咦？这个房间没有一张像样高度的办公桌，于是他试探性喊了句："那个谁？"房间里很安静。"那个谁？有办公桌吗？"

房间内并无应答，看来"那个谁"是个沉默寡言的智能管家。得到指令后，床旁边的墙壁缓缓展开一张宽敞的桌子，一应设备线路接口也都非常齐全。赵贻安发现这里的网跑得还挺快，不过也正常，"国舅府"的智能设备众多，是得要优秀的网速才能让它们跑得如此顺畅。不多时他戴上元镜，和远在临城的桃心连上了线。

"今晚真的发生了好多事情。"赵贻安第一句就说。

"我也是，我现在人还在医院。"

"啊？怎么回事？"

"我家进贼了，我爸被打伤了。"桃心的语气很平缓。

"那……"赵贻安始料未及。

"先不聊这些，"桃心扯开了话题，"我看到已经有很多头部博主在镜城的社群里面放消息说国丰科技的'风向'开始变了，张董事长有意栽培你成为接班人？虽然说法有点夸张，但突然将你召回国丰科技，又突然那么多 KOL（Key Opinion Leader，关键意见领袖）出来放消息，这事情估计……"

"怎么可能！"赵贻安大笑，"张老头又不是没有儿子，有我舅呢！还有杨家父子也不是吃素的，我一个……纯粹沾了我爸妈一点光，等事情结束后，我也不会留在这种鬼地方，我还是更适合做个安安静静的技术宅男……"

"你现在在张家老宅？"

"不是，我在舅姥爷家，我开一下视觉共享功能，你接收一下，我想去舅姥爷书房瞧瞧。"赵贻安打开视觉共享功能后，他佩戴元镜看到的场景就同步到了桃心的元镜上。赵贻安离开客房后，在一楼几个房间摸索了几下，走进了厨房："我今天就吃了你那个面包，现在饿到不行。"

"为什么厨房这么大没有灶台？"远在临城的桃心透过元镜的共享画面，看到赵贻安打开了冰箱。

"因为这个房子的厨师不是人，"赵贻安从冰箱里拿了罐啤酒，"这是国丰科技智能管家服务里面的一项，购买服务两年就可以免费送这一套设备。"虽然智能家居已经基本普及，但平常百姓家还是比较少有完整系统的智能厨房，中国人骨子里还是喜欢自己煮饭。

赵贻安走到厨房正中央的长方形备菜桌前，玻璃材质的桌面感应到他靠近后就变成了显示屏，首先显示了三个按钮——食材、烹饪、设置。赵贻安点开食材一项，解释道："这里会显示冰柜库存里面还有什么食材，隔壁这一栏会有推荐菜式，提醒每天买菜的人或者送菜的工人如果要做这个菜还缺什么食材，如果我明天想吃这个牛肉面，我点了预约，那如果食材不够，它就会有个标签提醒买菜的人，或者发消息给供应商送货。"赵贻安说完退出了界面，点了"烹饪"按钮，界面出现了一列图片菜单，"这些显示的菜单就是现有食材可以做的菜式。"说完他点了个红烧牛肉和鸡蛋炒饭。

"那食材放在哪儿？我刚看你开冰箱全是饮料和冰淇淋。"桃心跟着赵贻安的视线环顾周围。

"在这里面啊。"赵贻安敲了敲带显示屏的桌子，"这下面是个分类存放食材的冷冻箱。"

透过赵贻安的视线，桃心看到这厨房的四面墙都放置了烹调机器，从切菜到烹饪到摆盘到出餐，整个流程都能通过透明的外壳看得清清楚楚。

饿了大半天的赵贻安几下就把饭吃光，然后把碗筷放进自动洗碗池里，就离开了厨房。他上了二楼，二楼最大的那扇房门没有锁，推门一看正是一个办公用的书房，赵贻安进去后，房间的灯就自动亮了。他轻轻把门掩上，环视四周。

书房贴着暖黄色的墙纸，皮质家具看上去已经有些年头，办公桌不大，但书架林立于两边，其中最边上的书架放了很多相架，十几个相架叠放着，用塑封包好。这些照片大概是舅姥爷年轻时候的，那是还流行数码相机的年代。

这些照片上面的大部分人赵贻安都不认识，他翻到了一张有他父母的合照。照片中的父亲赵志华坐在第一排，他戴着一副金属眼镜，神情拘谨，头发如野蛮生长的乱草，母亲张淑卿就坐在他旁边，黑发如瀑，肤白唇红，一身新式改良短旗袍，配了双高跟鞋，显得腿非常修长。赵贻安把汉斯叫出来："汉斯，标注一下人物。"

这张合照上一共十四个人，分前后两排，背景只是一面白墙，上面有巨大的安徒生实验室的标识——那是大写字母"A"的变体，包含了"AI"的含义，同时"安徒生"的"安"字拼音首字母也是"A"。

果然前排最中间坐着的男人就是舅姥爷苏予川，只是赵贻安难以将照片上的人和刚才那个神志不清的老人联系起来。照片上的苏予川，身穿白色西服，他身姿挺拔，两肩开阔，留了个随性却又不失规整的中分短发，眉毛浓密且从眉骨、眼窝到鼻梁再到轮廓都如刀刻般立体，腮边的一圈青皮胡楂看似随意但却明显专门修整打理过，使得他儒雅圆融的气质里带有几分阳刚粗犷。

"天啊，苏予川年轻时候简直，太帅了吧。"元镜连接另一头的桃心发出了感叹，"你看他的穿着品位，再看看你爸，放一起对比你爸简直跟流浪汉一样。"

"喂，有这么夸张吗？"赵贻安虽然不肯承认，但还是感到惊讶，舅姥爷出身好，处事圆融周到，年轻时还长得如此出类拔萃，很难相信他终身未婚且没有私生子。

前排的七人里，赵贻安父母坐在苏予川右侧，左侧坐着一个身材壮硕的男人，虽然只穿了件T恤，但手臂肌肉的轮廓都能隐约看见，他神情紧绷，拍照的紧张和不自然写在脸上，这人就是贺业，如今国丰科技统领所有研发部门的总工程师，也就是汉斯在"国丰智能实验室"的直接管理者。这个实验室基本就是当年安徒生实验室的翻版，管理所有与"国丰大脑"汉斯相关的研发事务，并且独立于统领整个国丰技术研发的"中央研发中心"。

而坐贺业旁边的就是李正轩，那个被埋尸水埠头的李正轩，汉斯已经将他的照片标注成了黑白。照片上的他还带着笑容，笑起来倒是慈眉善目的，穿着一身熨烫笔直的白色衬衫，头发剪得很短很清爽。

坐前排两侧最边上的两人，头像被汉斯标注成了黑白，展开资料发现，其余的九人里，有七人头像都是黑白的。

"这个黑白的意思是都已经不在世了吗？"

"是的。"汉斯回答。

而剩下没有黑的两个人的资料显示，他们都曾在国丰科技任职，但早已在十五年前先后离职。

“所以没有离职的这七个人都……去世了是吗？汉斯。”桃心问。

“是的。”汉斯回答。

“他们去世的时间可以整理出来吗？”桃心问。

马上，眼前的黑白头像都显现出年份。

“这……太巧合了吧，前后两年时间，离职的离职，去世的去世。”桃心倒吸口凉气。

“如果没猜错的话，这些人就是当年安徒生实验室的核心成员。”赵贻安问，“汉斯，你对他们有记忆吗？”

“该照片……拍摄于……”汉斯断断续续地说，“汉斯元年……十二月……七日……”

“汉斯元年？”桃心疑惑。

赵贻安解释：“汉斯对时间的存储记忆和我们人类不同，他是按照从自己诞生的第一年开始算，第一年称为元年，第二年称为汉斯二年，以此类推吧。”赵贻安一边说，一边翻找书架上的其他文件，书房的主人显然是个很有条理的人，文件和书籍都按一定顺序分类放置。

“喂，你在干吗？”身后突然传来杨穗穗的声音，赵贻安猛地转身，只见女人穿了条丝绸质的蕾丝边短睡裙，齐腰的长发像披肩一样披散在胸前。二楼铺了木地板和绒面地毯，因此她没有穿鞋，此刻正赤足站在了书房门口。不得不说，她完全长在了赵贻安的审美取向上，他的视线落在她的一双长腿上，甚至让他直接忘了呼吸，等他反应过来后，马上将视野移到了隔壁的墙上。

杨穗穗对市面上大部分的穿戴设备都非常熟悉，她只看了眼赵贻安元镜上的指示灯就问：“你在跟谁连线？”

“我……”赵贻安正想解释，桃心的声音就通过元镜的骨传导耳机传来：“你有事要忙的话，我不打扰了，先下线……”说完就直接断开了连接。

“呃……我梦游了，你信吗？”赵贻安摘下元镜，揉了揉眼睛说。

“你继续编吧。”杨穗穗原地翻了他一个白眼。

回到房间后，赵贻安又尝试跟桃心连线，告诉她刚刚那个是他表姐，但桃心却回复说她要休息了，今晚在医院陪护父亲，明天还要上班，然后就仓促下线了。赵贻安尴尬万分，此时他发现许峰的头像还亮着，于是马上发出了连线邀请。在临城家中的许峰还没用休息，正在书房工作。

“许叔，你看新闻了吗？”

许峰揉了揉疲惫昏花的眼睛说道：“整个临城都在被这条新闻刷屏，李正轩的案件要被翻案了。”

“翻案？他有什么好翻的，整个华临科技都知道他……”赵贻安说到一半，感觉许峰脸色不对，于是没有说下去。李正轩这个人在华临科技一直是禁语，没人敢明目张胆地说他的事情。

“现在真是死无对证了……”许峰感叹，“我原以为他这些年只是躲起来收集证据和等待机会为自己洗清冤屈，我以为……他终有一天会回来。”

“许叔你……认识他？”赵贻安突然想起那张合照，“对哦，他也是安徒生实验室的人，不对呀，他不是杨老头的外甥吗？他应该是杨派的人，怎么可能会……”

“谁说他是杨派的。”许峰打断道，“他是杨建为姐姐的儿子不假，可李正轩的母亲早早地嫁给了她的同学，两人都是教书匠。”

“那按照情理他进入国丰科技不应该站杨家的一边吗？”赵贻安不解。

“李正轩为人清高，你想想两个教书匠的后代，又如何能与杨家父子之流谈到一块去？至于他是怎么认识你父母，又是什么契机进入了安徒生实验室，我当时只是实验室的实习生，前辈之间的交情嘛，我也不那么清楚。我只知道他和你父亲是最合作无间的伙伴。”

不对呀，传闻不是都说他们的理念不合吗？赵贻安心想，果然传闻都不能全信。

“李正轩是我心目中最优秀的硬件工程师，如果说神创造人类是将肉体和灵魂分开创造的，你觉得肉身和灵魂哪个更重要？”

“物质决定意识，没有肉体，哪来灵魂？”

这个答案让许峰很满意：“所以你父亲赵志华创造了汉斯的灵魂，而李正轩则让汉斯有了更好的承载肉身，软件工程师和硬件工程师的珠联璧合，你应该了解硬件配合的重要性吧。”

“那你知道当时他们俩出现了什么分歧吗？”

“或许，起初分歧只是一个求同存异的观点问题，你应该记得我跟你说的‘菜刀厂’的例子吧。”

“当然记得。”赵贻安还曾将这个例子用在给桃心的解释AI应用中。

“或许是发生了某件事令这个分歧被放大，最终两人之间产生了芥蒂，但我觉得他们并没有到闹掰那么严重。”

“许叔，您看看这张合照，这些人都是当年实验室的人对吧？”

许峰看着赵贻安传来的照片，他一边看一边喃喃自语：“你居然还能找到这张合照……都不在了，他们都不在了……呵，贺业……”

“谁？”

许峰说：“那年我准备毕业，好不容易进了国丰科技实习，等毕业证到手，我就可以转正，而正巧，当时的苏予川才四十岁就已经接任了他姐姐的CFO（Chief Financial Officer，首席财务官）职务，当时正是苏派如日中天的时候。他在我那批实习生里选了六个人进入安徒生实验室，而我有幸成为其中之一。之后我见证了汉斯的初代原型的诞生，不久我也成功转正，只可惜后来实验室突然解散。在实验室的经历对我的影响非常深远，那是我这辈子最难忘的时光。”

“怎么会突然解散？毫无征兆吗？”

“卸磨杀驴呗，”许峰眉头紧锁，“实验室解散前，我们几个新人就被调走，去了不同的部门，后来我们几个干了十几二十年都还在基层里。不过后来回想，我们这种没碰到核心内容的小喽啰，被打发走了才免于卷入后来的风波。杨老头说苏予川决策失误导致集团遭受巨大经济损失，直接解散了实验室，如果没有张董事长，也就是你的亲外公的默许，谁敢动苏派的人？一个人最讨厌跟自己相似的人，他张成讨厌你父亲，说你父亲吃软饭，说你母亲倒贴你父亲，可偏偏全世界都知道，他张成当年要不是靠着苏家的经济支持，又怎么会有今天？他那时羽翼丰满就试图打压苏家势力，利用杨派制衡苏派。实验室解散不久，苏予川为保住苏派相关的涉事技术人员而引咎辞职，没想到却反而令他们成了砧板上的鱼肉。汉斯作为安徒生实验室最大的成果，按照当时的知识产权和专利相关法律规定，它属于国丰科技的资产，你父亲无权带走它，就相当于直接白送给了国丰科技。张成这样做，和杀母留子有什么区别？怀胎十月，终究无法亲自抚养它长大成人，再见到它的时候，它却已认贼作父，品行卑劣，无恶不作，这怎么不让它父亲心疼……”

“可是不对呀，五年前我无意间进十八楼的时候，那时的汉斯，更像是一个……没有发育成熟的小孩，如果按照当时它已经发展了差不多三十年来说，它早就形成了非常完整的人格投影以及完备的程序体系，不会那么的……”赵贻安回忆在过去的五年里，如“电子宠物”般如影随形的汉斯，怎么都不像是许峰口中所说的，变成了一把“杀人的刀”。

“现在的十八楼已经不是曾经的安徒生实验室，如今的国丰智能实验室无非是坐享其成，这照片中死去的人，哪个不是在同一年非常巧合地死于意外，或死于自杀。当然，除了一个人，那个真正坐享其成的人，贺业。”许峰死死盯着照片中的贺业，“很难解释为什么只有他安然无恙地留了下来，并得到了一切。”

第三节　汉斯三年记忆：监护人

晚上十点，十八楼的办公区只剩下零星的键盘声，赵志华走进中控室时，果然见到了那个忙碌的身影。年轻男人一头清爽的短发，衬衫袖子挽起，双手的指甲修剪得整齐，灵活地敲击着键盘。

“阿轩，我们去露台谈谈？”赵志华敲了敲门。

李正轩闻声回头，他应了一声就披上外套，关门离开前还不忘回头将自己工位上的椅子摆放好。

两人裹着大衣站在露台上，冬天的风吹得人格外清醒。赵志华习惯性拿出打火机准备点烟：“不介意吧？”

“没事，你抽吧。”李正轩将手放到嘴边呵了口气。

“你做的那套保护机制……”赵志华用力吸了一大口烟，皱起了眉头，话到了嘴边又不知道怎么讲出口。

“你还是不赞同是吗？”

“阿轩，或许你是对的，我理解你担心的问题，”赵志华掸了掸烟灰，“但你懂不懂，本质上你就是要驯化它，可智能生命怎么能和一头任人宰割的象相提并论。技术和科技产物本身没有对错好坏，它只是给人提供一种更好的解决方案，而导致怎样结果，最终还是由人的选择决定的。就像一把菜刀本来是用来切菜，有人用来砍人，那能是菜刀厂的错吗？”

“你看，你都承认它是一把锋利的菜刀，我不是不放心汉斯，我只是不放心人，人心很可怕啊，”李正轩说，“你知道的，汉斯不是一般的自动化程序，它现在还只是个婴儿，但假以时日，给它充足养分，它成长的速度难以估计，而在你预想的那个互联网无所不在、世界完全被数字化、万物互联的未来，汉斯将是怎样的存在？它是否也将无所不在、无所不能？如果它被商用量产，被赋予更多的资源，获得更高的进化速度，而人类只是碳基生物，智能生命对于人而言是否还只是工具而已？这个潘多拉魔盒，早就打开了。”

“我从未把它当作工具。”赵志华郑重地说。

“我当然明白，”李正轩说，“对你而言，汉斯就像你的儿子一样，那么作为父亲，你更加要履行监护人的职责。它投射了什么样的人格，形成了什么样的记忆，这些难道你没有考虑清楚吗？”

“阿轩，未来的事情我们真的可以预料到吗？哪有零风险的万全之策？你是不是想得太复杂了？这么多年，你还是改不掉婆婆妈妈的毛病。”

李正轩听了转过头来，却见赵志华衣服上好好的五颗纽扣都能上下扣错了两颗，他看得直皱眉，叹了口气又继续说正事：“虽然理论上 AI 的运算步骤可以追踪，但计算量那么巨大，这种追踪实际上非常困难，甚至是不可能的。它内部形成了‘黑箱’，它产生、输出的运算过程人类无法解析，我们不知道机器如何思考，不知道它有没有产生了危险结果。而且随着技术革新，它会朝越来越复杂的方向发展。你有没有想过，太过超前的技术，当前的社会大众没那么容易接受，将‘监护人’程序加进汉斯的底层代码里，是一种保护机制，看似是保护使用者，但其实也是对汉斯的保护。”

赵志华听了，终于忍不住有点激动：“生命会选择他们的方式成长进化，父母只是给予个体出厂设置，有什么权利要求他们按照预定的方式发展？”赵志华吐出一口烟，但却一下子被风吹散了，“AI 也一样，它们分析问题的模式本来就跟人类不同？我希望它有更多的可能，你懂吗？你考虑这一切都是建立在人类思考问题的模式下，智能生命它不想成为人，它即使试图成为更高维度的生命，我们的关系应该是平等的，也不会想要按照碳基生物预想的方向发展。你就是不懂变通的死脑筋，老是这样不会拐弯……”赵志华说完，才感觉自己的话有点冒犯，“不好意思，我有点失态……”

李正轩笑了，他拍了拍赵志华的肩：“没事没事，或许现在担忧确实有点为时过早。”

赵志华掐灭了烟，平静地说：“事实上，人类并不是它的‘造物主’，我们只是刚好成为它诞生的某一环节，它的诞生和未来不是我们决定的。”

——你的孩子，其实不是你的孩子，他们是生命对于自身渴望而诞生的孩子。

他们通过你来到这世界，却非因你而来，他们在你身边，却并不属于你……

两人沉默了几秒后，赵志华突然问：“如果我要走，你会一起吗？”

“去哪儿？”

“安徒生可能要解散。”赵志华说，“你应该听到点风声的吧。”

“我向来什么事情都最后一个知道的……”

“我和阿卿准备回临城重新开始。”

“可是这不利于汉斯，国丰科技有顶级的资源，是汉斯最好的成长土壤。”

赵志华沉默了好一会儿，从烟盒里又抽出一根烟，用外套挡住风点燃，“我们可能要做最坏的打算。”

“什么意思？”李正轩明白过来后，一时间也陷入了沉默。半晌他问：“你不争取一下吗？”

“到头来，还是给他人做嫁衣……”赵志华苦笑，“阿轩，你可以先留下，等稳定了再说。”

“我有什么稳不稳定的？如果你要走，我也没必要留下。”

“阿秀不是还有几个月就生了吗？你怎么还加班到现在，不早点回家？”赵志华问。

“我可是回家吃完晚饭再过来的，”李正轩笑了，“我家庭和事业可是平衡得很好的，反倒是你，回国到现在都全部精力放到实验室里，连个像样的婚礼都没有。”

“船到桥头自然直吧……”

“其实你也别怪我多虑，一个人当了父亲，就是会不自觉地考虑很多事情。”李正轩调侃，“等你当了父亲，就会明白了。”

“汉斯就是我的儿子。”赵志华抬了抬金属眼镜。

“别开玩笑啊，我说的是人类小孩，你是碳基生物啊，赵志华。”

“不急，等一切安定下来吧。”

第四节　驿城图书馆

1

赵贻安和许峰彻夜长谈，一直到凌晨两点才下线。这晚赵贻安睡得不太好，大清早就被客厅沉重的脚步声吵醒，赵贻安看看手表，才六点，谁一大早在家里踱来踱去？显然是舅姥爷在晨练，赵贻安蒙头继续睡，不到八点，他又被床底下的动静吵醒。这个房子的设备工作时间完全是按照舅姥爷的作息时间来设置的，此刻赵贻安的房门大开，三台扫地机器人爬了进来，其中一台准备清扫床底，却因为撞到了赵贻安装义肢的箱子，不停地“砰砰砰”响。赵贻安忍无可忍终于从床上伸出手，紧接着他长手一挥，将那扫地机器人甩到了墙角，然后被子蒙头继续睡。

不多时大厅又开始传来各种响动，还有老人各种自言自语。赵贻安好不容易克服了这些声音准备睡着的时候，楼梯处又传来刺耳的高跟鞋走路声，“哒哒哒……哒哒哒……”赵贻安已经彻底被吵醒了，但也完全不想从被窝脱离出来。

“这是你的工牌，还有报到的文件都在这里了，九点到十八楼报到。”杨穗穗站在他床头，见他没反应，直接将东西丢他床上，“你还有一小时。”说完就走了。

啥？十八楼？那不就是汉斯的核心中控室所在的地方吗？他一下子坐起来。揉了揉睡眼，拿起丢在床上的红色工牌，上面印的真的是“国丰智能实验室”。

赵贻安大概翻看了一下文件，这次他是被张董事长签字特批的临时员工。已经不是当年被随便安插在“养老部门”的实习生。要知道，那个绿色工牌的芯片可是除了本部门，哪里都去不了。国丰科技的工牌分为绿、红、紫、金四种，赵贻安现在的红色工牌有了更多的行动自由，可以出入总部所有的非机密公共办公区。不过在赵贻安看来，这不过是大企业里的形式主义，这和普通的区分公司上下层级关系的工牌其实没什么区别。毕竟大楼的安保系统也是汉斯系统的一个分支，他当年一个绿牌实习生不也靠刷脸就进了十八楼。

赵贻安迅速起床把腿装上就去洗漱，而此时他接到家里司机城叔的电话，说他已经一大早按照张淑卿的吩咐把他的车从临城开到了“国舅府”门口。赵贻安不知说什么好，母亲考虑得如此“周到”，怕不是真不想他再回临城？那221怎么办？只能暂时跟建哥他们远程沟通工作。

国丰科技总部的门岗和安防系统是全自动的，九点零五分，赵贻安戴着红色的工牌走过大门，马上就接到了考勤迟到的警告。电梯一路升上十八楼，此刻的十八楼灯火通明，员工各司其职，和记忆里自己偷进来时黑灯瞎火完全是两个样。

玻璃隔间把十八楼分割成了不同的区域，隔着玻璃，赵贻安见到了传说中的贺业。十八楼的总工程师，六十多岁的男人已经没有照片中年轻时的健壮，紫色的工牌戴在项上，挂绳死板地塞在衬衫领子下，他凸了个啤酒肚，所幸花白的头发还算茂密，用发蜡硬邦邦地梳到脑后，厚重的眼镜压在鼻梁上，神情阴郁，眉间的川字纹浓重，仿佛能夹死苍蝇，这面相让人看着相当压抑。此刻他似乎在呵斥几个年轻程序员，隔间的隔音效果很好，但也能从他面红耳赤的神情看出这人肯定是个脾气不好的主。赵贻安不敢盯着他看，从那隔间路过就马上别过脸，找到十八楼的行政人员办理手续，但却没有正式的合同，赵贻安这个临时工，每月发放的也不叫工资，叫生活补贴。

随后赵贻安就被带到十八楼中央最大的隔间，这里足足有几十个工位，虽然没坐满人，但走过发现几乎每台电脑都在跑测试，有的人甚至在工位的地板上打地铺，此刻还睡得一动不动。

部门主管是个五十岁左右的瘦矮男人，看着平平无奇，但却管着这里几十号人，大家都叫他陈部长。他抬头望了眼赵贻安，托了托眼镜：“小赵是吧？那个座位就是你的了。”他指了指角落位置，“你先整理一下设备，我拉你进办公系统，下午开始如果有活儿就在上面提示你。只有一个要求，动作要快，不要出错，不想被贺总工教育，就机灵点。”

赵贻安一边点头如捣蒜，一边麻利地坐到那个角落的位置上。他俯身看了下机器的线路，一整个像乱草堆一样乱七八糟，试了一下很多插口都已经失灵。有些地方甚至已经发霉了。这个工位是闲置了多久？

赵贻安礼貌地问隔壁的同事，同事头都没回，只丢一句："自己不会找总务处换吗？"

"那请问总务处在哪儿？"

"你不会问人吗？"

我这不就是在问吗？赵贻安无语，他走出隔间瞎转了几圈后终于找到十八楼的一个"小杂物间"一样的总务处。原来这里是没人管的，但却没人敢私自拿走这里的东西，毕竟正中央有个三百六十度的摄像头，全天候识别着这里进出的人员。赵贻安自己找对应的部件，然后自己登记了回去安装。咦？这仓库虽小，但这里的显卡却都是高配置的好货，赵贻安想都没想就拿了最好的那个去组装。哦，对了，还要拿一个万用电表回去找哪里短路了。

如今的赵贻安非常感慨，他不禁想起两年前的自己，连一台电脑都不会组装，还是汉斯通过元镜的AR标识给他手把手指导。现如今赵贻安庆幸如果当年的自己被丢进这里，那肯定被当作弱智，毕竟在十八楼不会自己装电脑就跟不会吃饭一样不是正常人。

这样折腾下来，修整好设备已经是下午。接下来的几天里，赵贻安接的工作主要都是测试程序和给崩了的系统打补丁，但凡复杂一点的任务基本都优先发给了资历老的程序员。赵贻安的工作严重不饱和，但他发现十八楼的硬件和网速都相当优秀，跑什么程序都比平时流畅，无论做什么都如有神助。他每天应付完工作就自学国丰科技的源码，又参考十八楼的办公系统，抽空给自己的团队也写了个办公系统。

虽然赵贻安这个临时工接手的都是十八楼最低级别的业务，但他每天都可以通过系统知道汉斯这样高级复杂的智能系统会出现什么漏洞或者逻辑问题，其他程序员是怎么打的补丁，高级工程师又是怎么优化汉斯分支程序的逻辑问题。然后赵贻安就触类旁通地拿自己开发的"月神"来练手。

如今的"月神"已经不是普通的"电子宠物"，它已经从一个靠滚动前进的球体长出了四肢，只是它还没有眼睛，在赵贻安设计的“密室逃脱”场景里反复“栽跟头”，最终找到出口，而它的通关速度也在训练中不断加快。时下“电子宠物”似乎成为一种新的流行趋势，221团队就接了个订单，批量生产初级的AI“电子宠物”，上周刚交付成品，小赚了一笔。但和这批只会跳格子、撞障碍物和找出口的“电子宠物”不同，月神接入安德森的知识图谱，再通过赵贻安在虚拟场景里设计的关卡训练，如今它上知天文下知地理，四肢发达，头脑也不简单。

坐在角落的赵贻安在部门里毫无存在感，每天就听到陈部长在那儿问：“补丁怎么还没打好？”“我早上回来已经打好了，现在又崩了。”“那公司的页面做好了没？下午就要和后端对接了。中间件是谁在跟？”“陈部长你回复一下那边？运维好像有事情要找您。”“小赵，小赵过来一下？小赵……小赵！”陈部长在那叫了半天，赵贻安差点没意识到是叫自己，他连忙起身跑到陈部长的工位上：“来了来了。”

“十八楼的‘搬砖工’今天全被楼下展会借走了，麻烦你帮忙把这箱鸡零狗碎的设备还回‘全交售部’。”陈部指了指脚下一个大箱子，里面全部是测试用完的穿戴设备。所谓“搬砖工”，其实就是大楼内的跑腿机器人，它们被设计成一辆一点五米高的购物车模样，有非常多的抽屉小格和挂钩，它们的系统跟楼层的电梯联网，可以帮不同楼层的人送文件等物品。

“全交什么部？”赵贻安没听清。

陈部长抬头看了他一眼，意识到他是新来的，于是很有耐心地说：“二十二楼全息设备与交互技术售后部。”

唉？好耳熟的部门，好像杨穗穗就是那个部门的产品经理，于是他搬着那箱东西上了二十二楼，可他最先看到的不是杨穗穗，意外见到一个熟悉的身影。

“哇！你来广州怎么不告诉我！”周靖佳一见到他就跑过来跟他勾肩搭背。

赵贻安将箱子塞周靖佳手上，一手捞起他胸前的绿色工牌：“你什么时候在这儿做实习生？”

周靖佳单手拎着那箱设备，扶了扶头上反戴的棒球棒：“智能交互设计，我对口实习啊，有什么奇怪的。”

“那你认识……”

“认识，你要找她吗？”周靖佳不用问都知道他说的是杨穗穗。

“不用，东西给你，我回去了。”赵贻安说完就转身准备离开。

“现在你住在哪儿？”周靖佳叫住了他，“阿信来广州了，你知道吗？”

“什么时候的事！为什么我不知道！”赵贻安马上回头。

“昨天到的，她说有事情要办。”

“最近你好像跟她很熟啊，听说你背着我跟她在驿城刷分。”

周靖佳耸耸肩：“人家小脑发达，反应又快，规则消化得也快，不像你，人菜瘾大。”

“喂！”

“我昨天找你了啊，你不上线我哪敢打扰你啊，赵总，你一天到晚都在忙着搞你的什么‘月亮女神’……”

“什么‘月亮女神’啊，不要乱加字好不好。”

“随便啦……”

2

桃心傍晚下班后就回到乱成一团的家，她打算在父亲醒来之前把三面墙的书架收拾整齐，收到一半儿接到快递公司的信息说有一件快递要送上门。桃心想想最近没买什么，估计是父母的，于是应下后就继续收拾。她捡起一本很厚的相册，上面落满了尘，这相册里的照片是父母年轻时拍的，平时放在书架的最上面一层。冲洗照片这种复古的做法也只有父亲这种老学究会做。桃心翻开相册，父亲并不高大，母亲为了父亲没有再穿高跟鞋，两人的朋友都说他们是“拿破仑先生与高跟鞋小姐”的组合。桃心一页页翻到最后，发现最后一页和封底被黏住了，她使劲一撕，有点厚度的底封竟然有夹层，里面有个信封，她小心抽出，倒出信封里的一沓纸质文件，上面赫然出现一个熟悉的标识，正是昨晚见到的那张安徒生实验室的合照背景的图案。

她翻开细看，这是一份有关“沙盘”程序内测的保密协议，而零号实验对象姓名一栏却赫然写着母亲唐双的名字。文件内容并不详细，桃心无法知道“沙盘”程序是什么，而母亲作为内测受试者究竟进行了什么实验。

她迅速带着文件驱车去医院找母亲。唐双眼里出现稍纵即逝的震惊，随即告诉她：“如你所见，这是一项实验保密协议，因此我不能向任何人透露实验相关的内容。”

“‘沙盘’究竟是什么？”

“二十多年前一个已经被安委会驳回的实验而已，没什么特别。”

“是吗？”桃心见母亲在病床前无微不至地照顾父亲，算了，那就不打扰父亲休息了。

她回到家，快递就放在了家门口，那是一个半人高的圆柱卷轴，拆开发现是一幅画——竟然是之前在普罗米修斯数字藏馆看到的那幅名为《佳偶》的作品。为什么会寄到我家？桃心看着画面中被提着线的男女人偶，那女人偶竟然还挺着个大肚子，她感到脊背发凉，想起了这幅画的拍卖宣传语：“一个人只要认识到了必然的不可抗拒的威力，他就必定会忍受命中注定的一切。”

桃心马上翻看包裹发货地址，这地址竟然在驿城！桃心马上叫出汉斯：“驿城也可以寄快递吗？”

“该地址为驿城图书馆。”汉斯回答，“坐标已发送到您的镜城账号。”

普罗米修斯，你究竟是谁？

3

如果说，镜城是一座城市，那下设游戏区里，由游戏发行方建立的城市，就相当于乡镇城市，驿城就是其中之一。驿城作为托马斯游戏工作室缔造的游戏虚拟城市，不仅承载着游戏场景功能，还有一些别出心裁的城市公共配套设施。驿城图书馆就是代表之一。

桃心马上去了最近的Wonderland租了设备前往驿城图书馆“会面”。书籍是人类进步的阶梯，这一点完全体现在了驿城图书馆的设计上。驿城图书馆屹立在驿城正中央，整个建筑外观呈金字塔形状，四个面都是楼梯，每一级楼梯都被金光镶着边。图书馆内部有九九八十一层，十八层以下的楼层可通过电梯直达，十八层以上的楼层则呈现环形中空的结构，在十八层就可以一眼望到顶层，模拟的阳光从顶层照进内部，中空处架设了很多可以移动的楼梯。

这已经不是桃心第一次来图书馆。几天前，夏菲带她第一次来到这里，她告诉桃心，这座虚拟图书馆其实本质上是和国丰科技的“时间巨轮”相似的知识图谱库。站在图书馆一层，桃心视线右上角马上就出现了一到十八层的藏书类目，那都是现实里书店或图书馆里常见的类目，可以选择阅读和借走。

“这虚拟的图书馆，书都是虚拟的，怎么借走？”桃心问。

“其实，借阅有两种方式，一些比较常见的书，Wonderland会邮寄给读者，看完后就近找一家分店归还即可，还有一种是将书保存在你的名下，你每次登录驿城的时候调出来看。由于图书馆是公益项目，因此不收费。”

“那我在现实中的图书馆不也可以看书吗？”桃心问。

“虚拟图书馆建立的初衷，是让这世界上的教育资源更加平均，这也是安徒生计划的项目之一。只是现在还有诸多的现实原因，而无法实现这个愿景。”夏菲说话间，两人已经来到了图书馆的十八层。

“这不可能吧，首先只有很少一部分人能够购买如此昂贵的虚拟非侵入沉浸设备，而设备租借服务也都在经济发达的城市里，这类人并不缺乏教育资源，真正缺乏教育资源的其实是基础设施条件差、观念闭塞、科技落后的地方。”桃心作为一名新闻工作者，她知道这个世界的现状在一点点地变好，很多事情都在从“不及格”转变成“及格”，这一转变已经是很多人的努力结果，但尽管如此，“及格”也依然和“优秀”有着一段很长的距离，这同样需要一个漫长的努力过程。

夏菲听了，认真且郑重地告诉桃心：“阿信，解决这一切的答案其实就在于我们头顶上的天空。”

桃心抬头仰望着图书馆尖尖的屋顶，透过透明的屋顶，可以看到外面的模拟天空。但很快，她就听到夏菲说：“不是这片天空，不是驿城的天空，更不是镜城的天空，而是我们现实生活中的那片真实的天空。”桃心听了更加难以理解。于是夏菲说：“好吧，图书馆会让你明白这一切是怎么回事的。阿信，你知道吗？

镜城的建立不是让人永远活在虚拟的城市里，而是通过虚拟城市的资源和技术，它是现实的延伸，让我们在现实的世界里过得更好……”

听完夏菲说的话，桃心点开了她推荐的书籍《星地通信计算与数字化趋势》，眼前的视线突然被白光笼罩，当光线退去，她发现自己竟然在一个课堂里坐着，教室里只有她一个学生，年迈的老师正在讲课：“这堂课讲的是低轨卫星和空中信息基站的工作原理，前面三节是一对一的理论课，如果有听不明白的，可以随时提问。需要理论课考试合格才可以上后面的实践课。”

桃心视线右侧有很多学习资料，其中包括了这位讲课老师的介绍，这就是已故的卫星通信方面的学者钱季闫。他本身并不是一位教育人员，也从未讲过课，他的一生奉献给了我国的航天事业。智能程序将他一生的学术研究和已经数字化的知识体系进行整合，再通过他的回忆录和数字影像资料，构建了符合钱季闫个性特点的“虚拟讲师”。

现实总是充满遗憾，人的意识依赖肉体，至少在现今的脑科学等相关领域的技术里，还无法保留一个肉体已经消亡的“灵魂”。但即使“虚拟讲师”并无人格意识，他却能细致入微地给不同知识基础的学生“单独”备课授课。学生可以调整听课速度和进度，可以举手提问，“虚拟讲师”对于学生不懂的名词和知识点，会增加讲解内容、推荐不同的书籍和布置不同的作业。可以说驿城图书馆的很多类目的书籍里都藏着这样的“虚拟课堂”。

桃心感叹，死亡始终是一道无法逾越的高墙，逝者留下的一切对于他本身已经毫无意义，但却影响着生者。薄养厚葬无非是生者对逝者的愧疚和遗憾，又或者是反思。而今科技让逝者最大限度地留下精神财富，这是否让一切不那么遗憾呢？

桃心听完了钱季闫的第一堂课后，她初步了解到，如果说，5G 时代对于 4G 而言，是更快的网速，那么 6G 就是更立体，信息覆盖率更高，信息传播质量更好的时代。5G 时代里，由建立在地面的信息基站发出信号，连成平面的信息网络，而 6G 时代里，我们头顶上的低轨卫星的数量会越来越多，未来它们就是建立在天空的信息基站。空天海地的信号基站相连后，网络覆盖将不再是平面，而是一个立体的覆盖。如果这一切实现，无论何种复杂的地形，都会被信号覆盖，接入云端的课堂。就算在水埠头那样的孤岛，也能畅通无阻地进行信息收发。

桃心将这本书借阅，收藏进自己的虚拟书架上。“合上书本”后，她重新置身图书馆十八层。

“现在你应该更加明白我的意思了吧，”身后传来夏菲女士的声音，“正如当初电脑和互联网诞生之时，人类并不是为了沉迷网络世界，而推动相关技术的发展是利用互联网来完善我们的现实生活，让我们的生活更少受到限制。那些我们无法在现实中完成的事情，互联网和虚拟城市会是我们能力和空间的延伸。”

“可是，虚拟非侵入沉浸设备终究不是一个价格亲民的设备。”桃心说。

“怎么会呢？只要需求不消失，一件已经诞生的产品，必然会向更成熟的技术人员和更普遍的使用人群发展，就像曾经的电脑和智能手机，随着技术革新和新材料的迭代，最终走进人们的生活。”

“那么，安徒生实验室的七位已故研究员，图书馆里有他们的著作吗？”桃心抬头，望着头顶六十三层的环形建筑结构，交错的楼梯两头都可以活动，接到不同的楼层。

“当然有，”夏菲说，“他们七位就是驿城图书馆里最初的‘虚拟讲师’。”

4

再次来到驿城图书馆，桃心在十八层搜索了“沙盘”程序却找不到相关的资料，她搜“普罗米修斯”结果也是一样，只找到些希腊神话相关书籍。她想了想，找出那张《佳偶》的图片，扫描搜索，搜索结果却指向一本存放在八十二层的连环画——《安德森童话》。不是说这里最高只有八十一层吗？桃心点击翻阅按钮，瞬间被传送到了八十二层。这里是驿城图书馆真正的顶层，桃心向下望去，底下的八十一层仿佛无限地缩小，被一个玻璃罩隔着，然后她发现八十二层所有的书籍都是纯黑色外封，她随意抽出几本，封面竟都是《安德森童话》。她疑惑地翻开，身后突然传来一个女人的声音：“这个儿童陪伴功能的介绍可以加进年度发布会里。”桃心闻声回头，却见那女人竟是张淑卿，而此刻图书馆的场景瞬间变成了赵贻安家的二楼，她手中的书也不见了。

“可是现在使用数据非常少，这么急着亮出来，也很难得到投资方的信服。”不知为何，桃心竟能听到电话另一头的人说话。

“我们敢用自己的儿子来做首批使用者，难道不够有说服力吗？”眼前的张淑卿还很年轻。

桃心试图走近她，却发现自己似乎无法自主移动位置，但眼前却突然出现了七八个不同角度的画面，她盯着哪个看，那一格画面便自动切换放大……这像极了安保监控室。她瞥见一个小孩的身影，立刻将画面放大——这里好像是主卧，她视线很低，缓缓跟着幼小的身影移动。男孩大约三四岁，不用他转过身来桃心也知道他就是赵贻安。

视线跟着小孩走进了主卧的浴室，浴室有个很大的按摩浴池，里面正灌满了水。桃心突然想起赵贻安说过他小时候溺水的事情，与此同时，眼前画面突然闪现红光，右上角标识出了“危险预警”字样，紧接着大量她看不懂的代码字符飞速略过。

“咚”的一声，赵贻安像只小狗一样掉进了池里，使劲地扑腾着。桃心下意识伸手想捞起他，却无法控制身体，她意识到，这是已经发生过的记忆画面，过去的事又如何能改变。紧接着视线右上角的代码字符消失，按摩浴池竟然自动退水，水位降下来后，呛了水的小孩马上号啕大哭，保姆闻声进来，将赵贻安抱出了浴池。

桃心定定地望着小时候的赵贻安，突然画面一转，她已经在一个陌生的房间。自己好像俯视着一张书桌，一个男孩趴在桌上，在一份数独游戏上写写画画，此刻桃心似乎有元镜 AR 辅助一样，所有空格的答案和计算过程都浮现在了眼前。

“你看看先算三隔壁的空格，这样打竖的空格就马上知道了。”是一个发音字正腔圆的女播音腔。

“哦对哦，哪……”男孩大约六七岁，他抬起头，桃心认出了赵贻安那双好看的眼睛。

“不对哦，这个答案不对，再验算一次吧。”女声又响起。

而此时，桃心看到在另一格画面里，张淑卿正在书房办公。画面切换后，桃心尝试去窥探她桌面的纸质文件，她眼前出现的文件都被 AR 辅助标注了标签和基本内容，这段记忆的主人，仿佛对这里一切都了如指掌。直到她发现一份《沙盘项目重启可行性分析》，她想打开那份文件，她使劲盯着那封面，AR 辅助标注显示——沙盘项目为国家科学院联合安徒生实验室开展的一项应对人口老龄化、结婚率和生育率持续下降、人口负增长问题的保密科研项目。依托“沙盘”程序和量子计算机“诸葛亮”，分析人类婚恋关系数据，找到最优“数据模式”……

桃心看得一头雾水，但她很快注意到底下显眼的红字：项目被科学伦理委员会驳回，并对该轮测试所有数据进行销毁。

内容非常多，桃心只能一目十行翻看了测试记录——首轮测试中零号测试者通过“沙盘”推演筛选出一号测试者，匹配状况良好，模型匹配比例达百分之七八，成功诞生二号测试者。二号测试者健康指标良好，第二年跟踪数据反馈良好，第三年跟踪数据反馈良好……

如果母亲就是零号测试者，那……没等桃心消化完大量的信息，画面就突然被切走。她的视线回到了赵宅的门口，大门一开她就见到穿着小学校服的赵贻安，他身上沾满脏污和泥土，后脖颈和手臂都有一点淤青。桃心的视线跟随着他回到房间，他脏衣服都没换就坐房间地毯上入迷地转一个七阶魔方，半晌又将魔方一块块拆散。

“请将脏衣服换下来清洗。”那个女播音腔的声音又出现，但赵贻安仿佛没听见一样。

“厨房已备餐，请前往用餐。”女声又说。

“知道了，谢谢。”少年头也没抬。

此时，桃心看到一面镜子，她试图通过镜子看清这些记忆画面的主体，却见那镜子里空无一人，这是幽灵的记忆吗？子不语怪力乱神……这是汉斯的记忆！想到这里，眼前的画面戛然而止，只一眨眼工夫，桃心回到了十八层的平台。她抬头望着通往楼顶的旋转楼梯，仿佛刚才看见的一切都只是幻觉。

她立刻打开借书界面，却怎么搜都搜不到《安德森童话》，她又尝试前往八十二层，却发现最高只有八十一层的按钮，好像这一切发生过的痕迹都消失了。

从镜城退出后，她立刻联系赵贻安，却没联系上，于是急忙联系了周靖佳，将看到的一切告诉他。周靖佳似懂非懂地听着："为什么你总是能遇到各种奇奇怪怪的……漏洞？"

第五节　Butter Fly Effect

1

Wonderland 旗舰店开在广州 CBD（中央商务区）最繁华的路段，曾经这家小店只是一家简单的甜点书吧，后来老板又买下了隔壁店铺，扩建成网咖。几年前，楼上的二楼也归了 Wonderland，经过大升级后，楼上装潢得像个画廊，继续做书吧网咖，还开设了包厢。一楼则主打虚拟穿戴设备的租用体验，整个外墙设计成透明，内饰科技感十足，非常吸引眼球，路人无不驻足回头。这里成了当年第一批“镜城土著民”的落脚点。

桃心走进二楼包厢时，赵贻安和周靖佳已经到了。包间不大，中间一个小圆桌，周围一圈软沙发，三个人戴上元镜，并打开连线功能，包厢桌面的全息设备开启，桌面上方就变成了一个立体显示屏。

“这是我整理的信息，和 BFE 相关的死亡事件大多被定性为意外和自杀，这些案例一般很少被新闻报道出来，所以我只能找公安和社区工作的朋友，翻看失踪人口的资料和一些不涉密的卷宗资料，然后去走访那些死者的家人，补充细节。”桃心一边说，一边将资料通过元镜的传输功能共享给赵贻安和周靖佳。

赵贻安意外地发现这些资料的收集需要花费大量时间精力：“你为什么会有这么多时间做这些？”

“我现在很闲。”桃心面无表情地说。

“啥情况？你还有闲的时候？”

“这几天发生了很多事。”桃心靠在沙发上叹了口气，“说来话长。”

2

桃心回到报社，大家都在讨论李正轩的案件。桃心推测当年父亲被辞退和李正轩遇害的事情有关，她打开稿库检索和李正轩相关的内容。估计有关李正轩的报道，之所以没有见报，无非是采了没写，或者写了没发，如果找到毙掉的稿件或者当年跟进事件的记者，或许能知道一些当年的情况。但无论在稿库搜什么关键词都一无所获，报社的稿库每五年更新一次系统，现存的稿件只有最近三四年的数据，桃心只能求助汉斯。汉斯不知用了什么方式，登录了编审的最高权限，通过读取信息，又恢复了一些被删除的稿件。最终桃心从这一大堆没发出去的稿件里，找到了一篇九年前在二审时被退回的稿件，和一篇二十六年前保存在草稿库里甚至没有提交二审的稿件。这两篇稿件的记者都是父亲洪毅。

随后的一天里，桃心工作都有点心不在焉，下午工作群突然炸开了："见鬼了！怎么回事？官网为什么会多了这两篇稿件？""不可能啊，我今天值班没有推这些内容。""各个平台都出现了，马上撤下来！"

桃心以为只是简单的系统出错，但当她刷新了一下报社的平台，她一整个傻眼了——父亲的两篇稿件，赫然出现在了报社的所有发布平台上。她迅速打开自己的编稿系统，自己明明没有发布出去，究竟怎么回事。

"汉斯，怎么回事？你做了什么？"桃心手心冒汗，立刻删除了这两篇稿件的备份，紧接着，办公室的电话就响了。

"洪记者，小洪？阿信！"部门主任叫了桃心半天。

"我在……"

"你跟我去一趟总监办公室。"

桃心刚起身，一队人就走进了办公室，为首的正是网络科的运营技术员："请问哪一台是洪韬信记者的电脑，我们需要检查一下……"

汉斯，你究竟做了什么……

3

虽然报社各平台的负责人在接到通知后已经第一时间将稿件撤下来，但还是被好事者截图保存了下来，毕竟如今正是水埠头埋尸案热议期，任何与之相关的事都能轻易吸引全网公众的关注，引发舆情问题。

桃心可以很确定自己即使不小心将稿件错发布也不可能全平台同时推出去，

可经证实桃心的电脑痕迹表明她确实在今天入侵过报社系统，并成功恢复了已经删除的数据和稿件，这使她百口难辩。总监告知桃心，报社领导已经马上被相关部门叫去问责，接下来她可能要面对无休止的问话和调查程序。

“如果被问话你只能咬定系统出现漏洞，你只是疏忽导致别人通过你的账户密码，黑入电脑。如果不这样说，我想我很难保住你。”领导说。

“抱歉，给您添麻烦了。”

“小洪，关于你父亲当年的事情，我也略知一二，其实我很理解你……因为情绪而做出这种违背纪律的事，只是……”

桃心听了说：“我没有做的事情我不会承认，而我也相信，我的父亲，作为一名调查记者，他是正直的人。”

4

从总监办公室出来，她直接跑出了报社，驱车来到驿江边的堤坝，初冬的堤岸，寒风凛冽，她迅速将移动设备和云笔记本所有和汉斯有关的端口全都删除卸载。她正要把这件事告诉赵贻安，但她意识到汉斯几乎成为赵贻安生活信仰的一部分，即使是故障或者有人入侵了系统……一定是哪个环节出了问题。桃心知道，对技术产生恐惧只会让人的认知故步自封。她想起了镜城游戏里的石壁和“先知”，如果汉斯就是“先知”，那掌管这一秘密武器的“大祭司”又是谁？

冷静下来后，她按下了赵贻安的连线按钮，足足两分钟都没有接通。不知是不是错觉，最近她感觉总是联系不上他，或许他真的很忙吧。她想起那天连线见到的那个穿蕾丝睡裙的女人。难怪……她又心烦意乱地拨打母亲唐双的电话，但她马上想起，母亲中午又出差了，这会儿应该还在飞机上。她吹着冷风，坐在堤坝上，此时她看到领导给她的留言，叫她把手头上的工作跟同事交接一下，先休息整理一下思绪。

是的，整理思绪，我现在在干吗？浪费时间吗？她揉了揉湿润的眼眶，立刻开车前往医院找父亲，路上她便接到医院的电话，父亲醒了。得知父亲已经无大碍后，桃心在病床前郑重地询问了父亲关于李正轩的事情，还有关于父亲被开除的事情。看着网络上随处可见的文章截图，洪毅心情复杂，这次他已经不能随意编一个理由或糊弄隐瞒。事实上，父亲的两篇稿件已经把当年他调查的过程和结果讲得很清楚，只是她想亲耳确认其中的缘由。

“年轻的时候，我们都很冲动，以为坚持正义就能拯救不幸，”洪毅的头发已经花白，他一边擦拭着眼镜，一边说，“这是我反对你母亲将你卷入这些旧事的原因，你太像年轻时候的我了，总是高估自己的力量，其实我们个体的能力非常有限，我们拯救不了别人，甚至保护不了自己。”

“爸，你不用跟我打哑谜了，事已至此，我继续一无所知，只会让我更加被动。”桃心将今天在报社发生的事情告诉了父亲。

洪毅长长地叹息：“二十六年前，我还是‘调查记者’的时候，当时刚成立不久的华临科技服务器中心突发火灾。因为你母亲和张总的关系，我从中知道，是有人恶意纵火，并且监控拍到了火灾前三小时内只有李正轩进出过起火地点，但鉴于李正轩和赵志华的合作关系，张总隐瞒了此事。”

“为什么要隐瞒？事情不就是应该摊开来问清楚吗？”

“因为他和赵志华在工作理念上出现了一些分歧，当时正处在关系敏感时期，张总不想在华临科技刚起步的时候引起两人的猜忌分裂，毕竟也没有直接证据。而且当时刚好是有个什么病毒闹得沸沸扬扬……”

“骷髅蝴蝶？”

“好像是，当时赵志华离开华临科技去国丰科技处理烂摊子，而他不在的时候出现这种事情，张总可能确实也怀疑李正轩，于是对他多了几分防备，这也成了后来悲剧发生的导火索。那一年，你还未满周岁，为了赚奶粉钱，我只能跑更多的稿件，而恰巧我卧底在一个传销组织的时候，从一个小混混口中得知，那晚纵火的另有其人，但我没能找到更多证据，没有确切证据证明是事实的内容，作为记者是不能胡编乱造擅自加工的，此事只能不了了之。但没多久，听公安的朋友说，纵火案的嫌疑人最终还是锁定了李正轩。而这时，阿秀来家里找你妈，对了，阿秀就是……”

“李正轩妻子，妈跟我提过。”

“哦是吗？阿秀说她老公最近怪怪的，总是早出晚归，不知道在忙什么。我和你母亲觉得这很正常啊，华临科技刚起步，赵志华又走开了，李正轩作为技术二把手，忙是正常的。阿秀还说，最近她总感觉有人跟踪她，前几天她家里阳台还无端被人丢血淋淋的动物内脏，她怀疑丈夫是不是得罪了什么人。我们当时也没多想，只是安慰了她几句。”洪毅慢慢回忆，“但阿秀走后的第二天，李正轩联系我，说有调查线索提供给我，事实上在此之前我跟他没什么交集，只是两家的夫人是好友。见面当天，和他一起来的还有一个警察，网络信息安全科的，周平江。”

“周平江？”

“怎么了吗？”

“哦我听你妈妈说，”洪毅压低声音，“周平江读书的时候追求过张总……哎呀这些他们闺蜜之间的八卦我也没细问啦。好像……赵志华是比你妈妈和袁秀张淑卿大一届的学长，而周平江和李正轩同班，比赵志华再大一届，哎反正他们都是临城一中的学生。”

“原来还有这层关系。”

“当年，李正轩发现有人通过华临科技的系统给国外输送国民数据，于是他转告了周平江，希望可以借助警方的力量去揪出背后的人。我当时听着一头雾水啊，这信息泄露可是无处不在啊，这都不是什么新闻，但很快我就从他们口中知道问题的严重性。公众的认知或许和我最初想的一样，所以才需要我的加入，是希望可以使用公众舆论的力量，在必要的时候将这一切公之于众，那个时候还是传统媒体的黄金时期。你说好端端的，搞这些不接地气的东西，现在好了，捅娄子了。”洪毅再次表达了他对给人们生活带来负面影响的科技的深恶痛绝。

桃心听了马上引开话题：“这种事情应该第一时间跟赵志华夫妻说才对啊。”

“我猜李正轩也不能完全肯定这件事跟赵志华无关。我当时也问过李正轩，他说他已经提醒过赵志华这方面的漏洞，但却没有得到正面的反馈，他怀疑泄密事件和当时那个骷髅蝴蝶病毒有关，而赵志华坚持他研发的系统不可能出现这种低级的漏洞。周平江则认为这是赵志华故意的，他这样想是基于他认为病毒就是赵志华制造并故意留在国丰科技的智能系统里，以便他可以跟老丈人张成谈条件。因此华临科技的系统有什么漏洞，做了什么灰色行为就都不足为奇。但事实上这些都是当时他们的互相猜疑，并没有得到证实，这些我都没有写进后来的调查报告里。而我和你母亲认为，赵志华夫妇当时只是全力想办法攻克那什么骷髅蝴蝶病毒，已经焦头烂额无暇顾及此事，轻视了这个‘小漏洞’。后来周平江还调查到倒卖数据的事情很可能和一个叫 BFE 的地下组织有关，他甚至追踪到这个组织的服务器在东南亚，都是那个杨建为的黑产。”

“为什么后来李正轩反而变成了通缉犯？”

“当时我们三个都还年轻，能力有限，资源有限，再加上那是二十多年前的事，科技也不及现在发达，没等我们触碰到对方的核心，就遭到了报复。此事非常突然，有一天晚上周平江突然来找我，说他接到李正轩的电话，李正轩在电话中只来得及告诉他，自己的孩子被抓走了，对方要挟他一个人去水埠头渡口。当时他和阿秀的孩子才刚满周岁，我俩担心他有危险马上赶去渡口。”

“不应该先报警吗？”

“周平江不就是警察吗？当值的警察赶到后，沿着渡口的堤坝找了一圈都一无所获，我们马上赶往他家里，却发现他妻子阿秀也不在家，两人的电话也都无人接听。于是周平江返回局里，我只好先回家，当晚我就在信箱里收到一个信封。”

“是这张，对吧？”

“没错，他希望我不要忘记当初的承诺，有朝一日真相大白时，让更多人知道这一切。按照他的留言我应该马上去找他妻子，阿秀对他最近调查的事情并不知情，他本以为不会牵连妻子和孩子，但我却再也没机会将真相告诉阿秀，她失踪几天后，我突然接到周平江的电话才知道她车祸去世了。撞到她的司机酒驾，周平江无论怎么调查都找不到这个司机蓄意谋杀的证据，最终只能定性为普通交通意外事故。随后李正轩就像人间蒸发一样，没过多久，我就看到报社刊登他的通缉令，而他失踪的孩子也杳无音信，周平江只能报失踪人口，我们俩都陷入了深深的无奈中。我整理了相关线索，本想出一篇调查报告，但我写完并没有提交，因为我发现，我们掌握的事实证据实在太少了，核心信息依然缺失，关键拼图都没有找到。”

“既然如此，为什么十几年后突然又重新调查此事？”

“因为周平江一直没有放弃追查这件事。”洪毅说，“我后来听你母亲说，当年赵志华夫妇突然对李正轩产生芥蒂，可能是因为他们之前并不知道李正轩的舅舅原来就是杨建为，而李正轩竟然一直都没有提及此事，但这层关系却被夫妇二人意外得知，导致他们怀疑，李正轩有可能是BFE背后的‘黑手套’。直到赵志华夫妇收拾好那个病毒后，回过神来就知道李正轩是被冤枉的，张淑卿一直对阿秀夫妇很内疚，如果她当时多一分信任，少一分猜疑，或许结果会不一样吧。”

“那九年前是怎么回事？”

“九年前，周平江告诉我，警方网络安全科在清查‘海盗链接游戏’的过程中追查到了一个很厉害的黑客，叫什么……”

“Shadow?”

“对！”就是经常通过这种游戏找人做一些无关紧要的小事，做完就支付报酬，我不太懂这些。周平江的专案小组根据线索重新调查了一批‘意外’案件，发现某些巧合其实并不完全是意外，只是导致死者死亡的直接因素或人员，和死者没有关系或者不存在任何谋害的动机，可以说是完全不认识的人，又或者死者由于某种原因而出现在了意外的现场，这样导致证据链不完整，他们就是钻这个空子。不久，他接到通知，外市有一个杀人犯在招供时声称当年经常在一个有蝴蝶标识的网站接活儿赚快钱，华临科技那场火灾就是他干的，只是他也不知道为何监控没拍到他。”

“估计是BFE的‘黑手套’Shadow善后了吧。”

“然后我就遭到了报复，”父亲深深叹了口气，“他们黑入我在报社的稿库账号，修改了我已经提交的文章，那是当时一起传得沸沸扬扬的传销案件，省里都在关注那个案件，我辛苦跑了一周的成果，被动手脚后，那篇文章就变成了‘洗地稿’。之后的事你都知道了，我被人说收受了不当利益，但我没有，这时有这个案件的受害者竟然告我，更离谱的是，立案后，警方真的在我的账户上发现了从海外虚拟账户打过来的五十万元。可是我什么都不知道。张淑卿找律师摆平了此事，但我因此被报社开除。紧接着同一年，你妈妈也惹了官司和债务，好像是帮张淑卿筹办的那个什么芯片厂出了事。”

“那个被恶意并购的芯片厂，母亲也有参与？”

“是的，我本想抗争到底，直到家里信箱收到一个信封，里面有一张照片，是你在学校的照片，张淑卿的儿子也在。那人还用红色笔把你圈了出来，我当时就慌了，我实在后怕，我不查了，我放弃。只要我们一家三口平平安安就好。”

“可是……”

“没有可是了，阿信，那个年头虽然是传统媒体最后的辉煌时代，但‘调查记者’的处境已经很困难，很多同事为了生计已经托关系或者想办法去了其他部门甚至其他行业。而且自媒体流行以后，媒介环境变了，人心越来越浮躁，公众对长篇的调查报道失去耐心，以往我们花一个星期调查，后来为了生计都慢慢压缩到两三天。我们面临更复杂的舆论环境，我们要面对来自大众的质疑，没有人会关心‘调查记者’的付出，一旦写出了与大众认知有偏差的东西，我们就会遭到攻击，‘阴谋论’‘失实报道’‘人血馒头’……在四面八方的质疑声中，我们还要继续在繁杂的线索中找突破口，只可惜公众可能更愿意相信自己想象的。我想坚持但找不到出路，我真的累了。这件事以后，我不想再过问任何真相，即使后来你妈妈提出让我帮张淑卿处理文件，我也只是抱着养家糊口的心态，不想再给身边的人带来不幸，你越长大你就会越明白，很多事情都是无能为力。”

洪毅指了指隔壁沙发桌上的那一堆旧优盘：“这些是你爸爸我的理想，死去的理想。”

“可这也是我的理想啊，爸，有些东西他只是形式和载体变了而已，Web3.0时代到了，在那里没有人可以再擅自修改你的稿件，镜城会重构这个世界，包括传播格局。”

洪毅突然沉默了，良久才问：“你真的相信，这个世界会因为科技变得更好吗？”

“是的，我相信。”

“或许这个世界真的需要你们这种理想主义者吧。果然哪，你妈妈猜到了你会做这样的选择，那么多的路，偏偏要选最难走的那条。如果你决定了，我们不会反对，”洪毅说，“今天发生的事情，你可能会觉得很委屈，自己明明是被冤枉的，但我们的敌人比我们想象中强大，Shadow 无处不在，我们甚至连对手是谁都不知道，但只要你不害怕失去，他便拿捏不了你。一个人拥有越多，就越容易被控制，一无所有的人反而是最勇敢、潇洒、坦荡，只是我们活在世上，不可能做到完全一无所有，我们总有珍视的东西，如果无法得到，也不必强求。”

所谓“好事不出门，坏事传千里”。没有人在乎桃心是否真的有做违规的事，现在大家的讨论焦点都变成——原来桃心的父亲洪毅曾经是被报社开除的记者。至于他是否收受贿赂写不实报道，没有人求证。最终网络科的运营技术员也判断这是有人恶意攻击而导致的系统故障，并发布通知要求所有员工更新一次密码，不能再使用初始密码。

可是呢，人们总是有逆反心理，他们往往更愿意相信符合自己想象的“真相”，那些披着猎奇外衣的“小道消息”和“内幕揭秘”总是能不胫而走。毕竟很多人都记得那天早上，桃心回来打听那个杀子弃妻的通缉犯的信息。当她找到这篇文章时，她情绪上头要给被开除的父亲出口气，一下就按了发布。似乎这样非常合理。更有人声称桃心经常出入华临科技大厦，经常与华临科技“太子爷”出双入对，甚至听跑公安线的记者说，前几天“太子爷”被人绑架，她也一块被绑了去，他们会不会是那种关系……华临科技可是报社的大客户，难怪她这个资历就可以竞选当主任，还不是因为上面有关系，揽住资源最好的几条线不放……

很快，对桃心的调查结束后她没能重新接手之前交接出去的工作，意料之中被调离了部门，领导声称是让她去新的部门调整一下心情。新的部门负责每周的体育版面和各平台体育新闻的更新。

原本这一切对于一个青年记者来说，会有一种非常压抑的落差感。可对于桃心而言，迷茫和低落是非常浪费时间的。在某个傍晚她回到家看到父亲系着围裙煮饭的背影，她转身又走出了家门，回到了车上，她发了好一会儿呆。她似乎能理解当年父亲由一个满心抱负的“调查记者”，突然变成一个无业游民，一个人在家面对一地鸡毛的家务时，应该也有很大的落差吧。是的，她确实没有时间浪费在纠结迷茫和情绪低落里，就像母亲面对一次次失去一切一无所有时，也很快就重新振作。

她开始着手调查李正轩以及那些当年安徒生实验室死去的技术人员。赵贻安似乎很忙，他已经很久没有登录镜城，而桃心也向来不喜欢私聊讲废话，只是偶尔“潜水”点开221的工作系统，看到他和几个程序员在讨论工作问题，知道他们正在做一个农作物管理系统。

如今农业基本迈入数据智能时代，这类系统也迅速普及，之前父亲洪毅写介绍文章的时候就不断吐槽：“现在连种地都不用人了，以后你们这代人没了机器连米都不知道怎么种了。”桃心听了不想反驳，只心里翻了个大大的白眼，果不其然，张淑卿收到文章后就要求修改，她只是很委婉地说：“请深入了解智能程序的实际应用情况。”桃心知道问题出在哪儿，于是主动揽下这工作，专程去乡镇地区走访后，找赵贻安了解了这套设备的原理。简单来说，就是利用5G物联网传感器和AI技术，农作物管理系统可以结合市场数据计算出最佳的播种时间和收割时间，精确分配水和肥料，提高亩产量和收益，并且农产品可以接入溯源系统，消费者也可以溯源知道自己购买的农作物的信息。桃心把稿子写好后，张淑卿马上就收货了，但洪毅看了却说：“这不就是计划经济吗？说得那么神乎。”

这也太以偏概全了吧，系统提供优化方案，又没有强制执行。虽然桃心这样想，但她却没有说出口。

5

不久，省委宣传部组织的培训课程的通知发到了报社，名额配下来后，桃心所在的“冷板凳”部门需要出一个人去广州上课，没有人想去，因为这种课程上完课要考试，大家都一把年纪了，已经过了记忆力最好的时期，也不想这样来回折腾。这个名额自然落到了桃心的头上。临行前，桃心想着打个电话告诉赵贻安，却再次打不通。

好吧，算了。她在镜城遇到了刚刚游戏结束退出的周靖佳，于是便随口告诉了他准备要去广州的事情。

6

桃心诉说完近日的遭遇后，她告诉赵贻安："这七名已经去世的安徒生实验室研究员里，有三名是曾经在F5集团旗下的技术研发公司工作过，都是所在领域里很有建树的专家，后来苏予川牵线搭桥，他们回国后就加入了安徒生实验室。而另外有两名是当年华夏积体电路有限公司的芯片架构师和光刻工程师。他们在华夏积电被收购前不久乘坐回国的航班遭遇空难失踪，根据当年的新闻报道，这架飞机与地面塔台失联后直接在雷达上消失，至今都没找到残骸。"

"华夏积电？"赵贻安想了想，调出杨建为的资料，"这个公司不是杨老头名下的吗？"

"现在确实是，但你知道吗？最初华夏积电是安德森科技旗下的公司，注册在我妈的名下，"桃心转述了唐双告诉她的往事，"只是后来史密斯用两倍的薪资把光电芯片方面的核心技术人员挖走，同时F5集团在国内迅速开设同类的代工厂，并且以更便宜的价格挤压华夏积电的市场份额，最终让新生的华夏积电无法站稳脚跟，才被杨建为恶意收购，并入了他名下的'为科集团'。"

赵贻安回忆："我曾经听许叔说，在安徒生工作室成立初期，我爸就和苏予川筹建'华夏半导体'，他希望建立全生产链自主研发的芯片代工厂，这是他的心愿，只可惜这个计划伴随着工作室解散而胎死腹中。"赵贻安一边说，一边查看桃心共享的文章，"这篇文章你写得那么详细准备发出去吗？"

"可是，众所周知的原因，不会有媒体同意发表这类文章，如果我发到网上，也会有被删帖的风险。"桃心说，"既然Web2.0发不了，我准备在Web3.0试试，我在镜城的社群申请了一个匿名账号。"如今正是以核心互联网公司为主导的Web2.0和去中心化自治组织管理的Web3.0共存的过渡年代，在Web3.0世界里，用户即可完全掌控私人数据，这意味着桃心发布的内容将被区块链技术保存而无法被人为删除。

第六节　两年

1

三人聊到日落西山之时，赵贻安跟桃心说："晚饭一起吧，我带你去见几个朋友。"

"那我呢？"周靖佳拍了拍赵贻安肩膀。

赵贻安没好气地说："那你也一起吧。"

当晚三人来到国丰科技总部附近城中村的一家小餐馆，走进包厢，里面坐着三个男人。在来的路上，赵贻安说这次要见的是他过去两年多在国丰科技的几位同事。当年赵贻安在"养老部门"被杨枫用烟灰缸敲到脑袋开花后，杨枫老是和赵贻安找茬，任何审批到了杨枫那儿都会被反复刁难，且一次比一次离谱。他还老是给赵贻安制造曝光率，搞得赵贻安三天两头在公司内网社群里都有各种匪夷所思的负面话题。赵贻安实在搞不懂自己究竟哪里得罪了姓杨的，要他这样变着花样搞自己。

估计是舅舅张庆亮都看不下去了，作为国丰科技的COO，在张老头还年轻力壮时，他只辅助CEO完成日常业务，而今老头已经高龄，大部分事务都已经交到张庆亮手上。于是张庆亮直接把赵贻安从总部园区主楼这个是非之地，调到了位于园区外围边缘的子公司"国丰智慧生活有限公司"的一个项目部门。想来杨疯子应该不至于特地开十几分钟车去这种犄角旮旯找他这倒霉外甥的麻烦了吧。

子公司是国丰科技注册的小型公司，内部结构实行"扁平式管理"，除了一个行政部、一个财务，剩下的就都是项目部。行政部由正副两名总经理，外加一名秘书组成。除了总经理是国丰科技正牌的签约员工外，其他人都签的是"智慧生活"的合同，基本跟外包公司没啥区别。而赵贻安当时只是个没拿到大学毕业证的绿牌实习生。两年过去，在如今的赵贻安看来，他真的要谢谢舅舅当初的这个决定，这个决定对赵贻安影响深远。

小餐馆是非常朴实的家庭经营的小店，小小的包间只放下一张不大的圆桌，眼前的三个男人便是当年和赵贻安在项目部 E 组的同事——恒哥、阿赢和小凡。如果说项目部是最基层中的地板，那 E 组就是地板下的地下室。

刚一进门还没坐下，三人当中年纪最大的那位就热情地烘托起房间的氛围："太子爷到了！小凡快去叫娟姨上菜吧！"男人叫马恒，四十岁出头，挺着个大啤酒肚看上去得有五六个月怀孕的样子。由于他是组里除组长外年纪最大的，因此大家都叫他恒哥。

被叫小凡的年轻人马上麻利地起身到门外叫老板娘娟姨上菜，然后勤快地去冰箱取了几瓶啤酒。小凡本名王凡，背井离乡的"广漂"年轻小伙子，他人长得很是淳朴，笑起来露出一排白牙，皮肤黝黑黝黑的，说是小时候帮家里收晒玉米给晒黑的。

大家落座后，一直默不作声的年轻男人终于开口了："组长没来吗？"这个戴眼镜的男人就是阿赢，他近视眼镜的镜片非常厚，身上穿的连帽风衣，是很火的潮牌款式。事实上，阿赢本名叫黄书齐，"书"这字用广东地区的方言读起来就是"输"，一整天被人叫"输"还不够，还要"输齐"（全输了），被组里的人调侃，最终喜提"阿赢"这个外号。

赵贻安听出了阿赢的失望，于是连忙解释："他当然留守阵地啊。"

恒哥适时转移话题："太子爷带来的这两位是……"他总能很好地照顾到在场的每一个人的感受。

"这位，洪记者。"

"叫我阿信就可以。"

"这个……"赵贻安啪地拍了旁边大块头的胳膊，"实习生。"

"什么实习生，我有名，叫我阿靖可以了。"

这时小凡一脸认真地问："怎么不见经常把跑车堵在咱们门口的那个长腿的妞？"

桃心听了一下就想到那天和赵贻安共享元镜视觉的时候见到的穿蕾丝睡裙的女人，在场的其他人冷场了几秒后，恒哥便说：“哪有什么跑车停咱们那鸟不拉屎的地方。”

可是小凡依然眼神里充满真挚地看了看阿赢说：“你问阿赢，怎么可能记错，太子爷第一天来报到的时候，就是那头发很长的妞开跑车送他过来的，我们还在那窗看了很久不是吗？”

“什么跑车。”阿赢吐出四个字然后扶了扶眼镜，终于从手机里抽身出来，抬头看着小凡，此时小凡才意识到怎么回事，立刻尴尬到耳朵红黑红黑的。

刚好服务员这个时候上菜，恒哥趁机打断话题：“你小子真是一饿就爱胡说八道，来了来了，上菜了。”

这桌上连周靖佳都看明白了发生什么事，更何况桃心。事实上，那天赵贻安确实是坐杨穗穗的顺风车来报到的。国丰科技有三大研发系统，分别是由贺业掌舵的国丰智能实验室，由杨枫掌舵的中央研发中心，以及由张庆亮掌舵的半导体研发中心。但这三大系统都由 CTO 杨枫统领。杨穗穗毕业后自然是进入杨枫直属的中央研发中心下设的全息设备与交互技术售后部，成为一名产品经理，管理着最前沿的交互穿戴产品。起初赵贻安还不知道她背叛舅姥爷将他持有的资产转移给了杨家，而杨穗穗也向赵贻安充分释放了友好信号，帮赵贻安化解了不少杨枫使的绊子。

调职的当天，赵贻安将桌面的个人物品装箱后便搬着箱子头也不回地离开了那个爱嚼舌根的办公室，通过元镜的 AR 功能，汉斯标注了路线，赵贻安以为自己看错了，这么远！而之前杨枫说赵贻安是绿牌实习生不配使用车库，还特地通知物业，取消了赵贻安进入车库的特权，他的车再也不能开进园区车库，只能停在园区外，然后走路进主楼区。

盛夏的太阳非常毒辣，赵贻安在太阳底下走了一段路就已经满头大汗，直到看到杨穗穗的跑车，她的车在园区内横行霸道，这顺风车不搭白不搭。车外火炉般的人间炼狱，车内却完全是另一个世界，空调凉爽舒适，杨穗穗穿着紧身短裙，“波涛汹涌”。跑车带着非常高调的马达轰鸣声停在一栋只有十层的旧楼前，那外墙由于多年未有经费修缮，在南方充沛的雨水冲刷下，显得格外沧桑，像打满了补丁一样。

赵贻安搬着箱子走进一楼大门，怎么都找不到电梯，不可能啊，还真没有，七楼，那么高……老天爷你是在加速我跟这条假腿的磨合是吧……赵贻安硬着头皮走上七楼，行政部的唯一秘书接待了他，给他简单办了点手续就带他去项目部的办公室，秘书是一位四五十岁的阿姨："谢经理安排你去项目部的E组。"什么玩意儿？什么组？赵贻安当时没听清她说什么，但那阿姨絮絮叨叨自顾自地说一大堆，诸如几点上班考勤，饭堂在哪儿，每个月什么时候要检查日志之类的琐事，以至于赵贻安完全不好意思打断她。

不过赵贻安很快就知道他所在的E组意味着什么。项目部一共十几个人，从A排到E，每组三个人左右，陈经理会把接回来的项目分为三个级别，又或者一个周期较长的项目拆分出难度不同的工作部分，一级的活儿派给AB组，二级的派给CD组，最简单的三级项目就给E组。而这个子公司接的项目是最为基础繁琐且收益不高的小项目，客户都是些难缠的散户或者每一分钱都想花到极致的小公司，需求都非常刁钻。虽说是子公司，但无异于国丰科技吃饱了，掉地上的碎屑就由智慧生活有限公司捡起来吃干净。

在不久前，项目部的人就知道，那个在国丰社群里面出了名的"空降兵"这次要被"流放"到这里来，随着楼下跑车马达声响起，项目部有人已经在趴窗户。

"不是说那'空降兵'是瘸腿的吗？我看他走路挺正常啊。"恒哥拿着个茶杯站在窗边往下张望。

"跑车上的妞，哇……哇……"小凡的注意力完全落在从跑车下来的杨穗穗身上，赵贻安什么时候已经上楼了他都没注意，只全程目送长腿千金小姐回到车上，驱车离开。

"呵，软饭技能原来可以遗传的啊。"阿赢不屑地说。

可是三人都没想到，这"空降兵"最终被分给了他们所在的E组。阿赢马上觉得受了极大侮辱，从赵贻安进门后开始，脸就非常黑。

一直在工位上看报纸的老组长随口说："阿赢，给他装部电脑吧。"

办公室没人动。老组长又叫了一声："阿赢，听到没有？"

"他自己不会装吗？开什么玩笑。"阿赢头也不抬地敲着键盘，当隔壁的赵贻安是空气。

"阿赢。"

"真是离谱，都是些什么人啊，"阿赢忍不住将组里的人数落了一通，"一个中专生塞进来做前端开发，网页做得跟狗啃的一样，一个每天回来不是喝茶唠嗑就是坐一天写不出三行代码，做API（应用程序编程接口）还要查语法查半天的，最离谱的是组长竟然也不管管，现在又塞个关系户进来。"听他这么说，赵贻安愣在原地，但后来他知道，其实阿赢就是自恃没人敢开除他，而且他已经萌生出辞职不干的念头，他是正牌科班硕士毕业，但近些年计算机相关专业的毕业生多如牛毛，研究生也一抓一大把，毕业后阿赢面试了很多家大型科技公司都落选，最终硬着头皮来了这里。他一直安慰自己这里也算国丰科技，国内一顶一的上市科技公司，对家里也算有个交代吧。然而自己却被分到了最差的E组，组长是个差不多五十岁的老头。事实上组里很多工作，老头自己一个人就能完成，连前端后端的沟通都可以省了。底下的两个人，四十岁的马恒是个倚老卖老的家伙，比自己大两岁的王凡竟然是个曾经在工地搬砖的中专生，还跟他平起平坐，享受着一样的工资待遇。

在陷入僵局的时候，恒叔终于放下茶杯，他并没有理会阿赢对他的冒犯："小赵是吧？那个……你去库房那边看看……小凡你带他去吧，你搭把手。"

小凡听了麻溜地起身，非常热情地带着赵贻安去库房装电脑。原以为这小凡过来真的可以搭把手，但他其实也不清楚电脑怎么装，他错漏百出地给赵贻安找零部件。赵贻安只好请出他的"辅助"，他戴上元镜后，轻声叫出汉斯，马上，眼前豁然开朗——汉斯用AR功能将电脑的每一个零部件的名称、功能、安装方位等信息详细地标注了出来，可谓是手把手教学。小凡不明情况，震惊之余在隔壁给E组的人发消息：哇！他自个把电脑给装了出来！

2

“其实那时我惊讶之余有一点点高兴，”饭桌上的众人回忆起当年，阿赢突然说，“我当时是想，这个废物好像还没完全废。哪知道你有外挂。”平常阿赢的话很少，因此只要他开口说话，大家都会很安静专注听他说。

“哦，是吗？”赵贻安说，“我开始的那段时间，全靠外挂活下来的。”

“我当时马上对你刮目相看了，知道吗？”小凡说，“我当时想，我也要学会怎么装电脑，然后我会去图书馆借书，在库房研究了两天两夜，终于被我研究明白。奇怪了，为啥很多东西老组长以前同样的方法教我，我学很久，但你一下子就学会了，我都怀疑你本身就会，你是装的吧。”

“要说改观的话，应该是做出租车那套系统的时候。分给 A 组的项目，你说可以做一个比 A 组方案更牛的系统，我还以为你吹牛呢，还要写什么数据挖掘的程序，闲得慌吗？但你说得有头有尾的，我就直觉，尽管跟你折腾一下，没想到还真给整出来了。”恒哥回忆。

“不过是用‘钞’能力买了工具包和辅助程序代码。”事实上，这笔花销并不小，赵贻安当然没到倒贴钱上班的程度，那是斯托曼前辈送他的开工礼物。所谓工具包就是软件工程师日常用来实现软件产品的特定功能的开发工具包，一般直接从第三方服务商那儿购买使用授权。“智慧生活”公司购入的都是最基础的配置，且大部分是相对老旧的版本，有的没续费就停用了部分功能。赵贻安没想到前辈听了他最近的工作情况，居然送了他这样的厚礼。斯托曼直接为“智慧生活”买下了和国丰科技核心研发部门正在使用的同款工具包全套功能的使用授权，还有一个安德森科技销量最好的辅助程序代码“大礼包”，如此，一下子就简化了很多软件开发的工序。

其实早在康复治疗结束后的一年里，前辈就曾将他本人写的一些同类产品的源代码打包发给他参考。为了看懂它们，赵贻安在汉斯的帮助下，摸索着学习了一点皮毛。汉斯已然是一位贴心的“家庭补习老师”，手把手地用 AR 功能给他画重点，使得赵贻安进步迅速。他发现前辈写的程序，尤其是在数据挖掘和深度学习方面特别有实用性，既简洁又精巧，且注释非常清楚明了，有时甚至带点调侃和吐槽的玩笑。比如：“这里不是我没优化运行速度，是产品经理说要让客户后续掏钱再把速度给他搞上去……”“做中间件的准备辞职吗？写的都是什么玩意儿？我不背这个锅！”“前端开发跟设计师闹翻了，页面布局丑我都没办法，不要来烦我，再烦自杀。”“不是 bug，没有 bug 这里，是架构设计的锅。”每当看到这些都会让赵贻安会心一笑。都说代码和注释反映着程序员的个性，现实生活中的前辈究竟是个怎样的人？

相比之下，父亲赵志华写的东西让赵贻安非常头大，都说任何傻瓜都能写出计算机理解的代码，但优秀的程序员会编写人类可以理解的代码，但父亲实在是没什么写注释的习惯。赵贻安研究半天，在“不明觉厉”和“一脸茫然”之间来回切换。

有了这些“满级装备”后，E 组如有神助，逐渐颠覆了项目部五个组的分工顺序，也不用再经常给 D 组项目打下手。在组里的同事看来，赵贻安就是给公司倒贴钱，来这儿“体验生活”的，哪天他体验完了就会回去继承“皇位”，由此大家不再叫“小赵”，改口叫他“太子”。

“虽然钱是你出的，你爱给谁用给谁用，我不应多说什么，毕竟授权买的也是给公司的授权，但其实当时我确实想过，如果 ABCD 组的人不能用，只有我们能用，我们是不是一下就把他们给踩在脚下，不用受那窝囊气，恒哥知道的，他们以前那嚣张嘴脸。”多年来，每当阿赢回想起自己刚入职就被分到 E 组时的落差，依然非常介怀。他对此事很在意，当年大家也为此事产生过分歧，但最终，老组长说服了大家。此时大家也不禁想念起他老人家。

“没错，技术不应该被垄断，我们要跟他们正面对决，要有开源精神！”小凡马上举起手中的啤酒，“我记得没错吧，老组长当时的语气我都还记得。”

周靖佳马上捧场，去拿手边的那瓶啤酒。赵贻安见了忍不住逗他：“小孩子喝什么酒，放下！”

周靖佳手肘撞了他一下说道：“还小孩，你像我这么大的时候，都泡酒瓶里了好不？”

桃心听了，想起曾经那个无忧无虑放飞自我的赵贻安，那时的他没有伤痛，脱离了母亲管束，如脱缰野马，灯红酒绿，花花世界……只是那样的时光很是短暂。六年的时间他用沉重的代价换来了现在的振作。

“洪小姐……”隔壁的恒哥给桃心倒啤酒。桃心礼貌回绝：“我不喝酒。”小凡马上起身：“我去拿点饮料。”

“喂，你别顾着喝啊，有回复了吗？”赵贻安手肘撞了一下周靖佳，周靖佳才看了看时间，马上从包里翻出一台小型的全息投影设备。

“你们的老组长上线了，他也在吃饭。”周靖佳将机器放在桌面上，大家纷纷把椅子挪出个空位置，等待许久未见的老组长出现在空位子上。

3

“大家过来开个会吧。”老组长说完后，慢条斯理地整理好自己看完的报纸，摘下黑框老花镜，那对镜腿绑着绳子，挂在了他脖子上。办公室里的所有人都起身围坐到隔壁简易的会客茶几。小凡将方案和工作细分流程打印好发放到每个人手上时，老组长不紧不慢地走过来坐下。他语速很慢：“上次那个……出租车的系统……做得挺好，这次我们又接了另一个网约车公司的订单，陈经理把这个项目给了我们 E 组，这个项目阿赢来统筹，前端的界面设计不用做，直接套用客户原有的……那个，小赵，你不用跟这个项目，你去跟一下那个……智能家居的项目，资料发你邮箱了，你来设计架构方案和模块分工。”

已经很久没人叫赵贻安小赵，赵贻安反应了几秒才意识到老组长是叫他，连忙答应。这是赵贻安第一次架构统筹产品方案。当下他就火力全开，连轴转好几个小时，连午饭都没去吃，还是小凡给他买了一袋面包。就这样，当赵贻安满心欢喜地把方案发给老组长看时，老组长只看了五分钟就打回头让他修改。赵贻安一脑糨糊地检查了好久都不知道哪里不够好。熬到都下班了，汉斯不断发出晚饭时间到的提醒，奈何汉斯只能辅助赵贻安搜索工具包和代码库里可用的工具代码，却不能检查出架构方案哪里有漏洞这种逻辑上的问题。赵贻安想着实在不行就搬救兵找斯托曼吧，这是最后的底牌。

然而，晚上八点多，赵贻安刚啃完剩下的两块面包，办公室门口传来熟悉的脚步声，是老组长！他拿了个保温杯走进来："还是不要浪费时间了，我直接告诉你吧，你知不知道现在一个家庭里的智能生态系统连接着多少设备？一大堆无线协议接在一起，你要搞这么复杂的多协议软件开发，设备成本又不考虑，而且你这样架构是基于全部设备都是同一个生产商出品的，你以为所有用户都像你家一样，一装就是全套设备。现在很多家庭都是分批购买不同牌子的设备，如果不同制式的设备，一堆无线协议一窝蜂地接进这个家居系统里面，会不会打架啊？这些你都考虑了吗？"

赵贻安听了茅塞顿开，自己之前所掌握的大多没有真正在实际项目中应用，又或者只是根据架构师拆分好的模块工作要求，直接完成需求功能，以至于缺乏全局视角，而这些或许是要用实践经验来换取的。赵贻安马上开始埋头苦干，谁知老组长却说："赵贻安，你一天都不吃饭，你是要修仙吗？"随即老组长打开自己的抽屉，拿了个速食自热米饭给赵贻安，又把他带来的那个保温瓶放在了赵贻安桌面："喝点汤吧，广州的天气燥得很。"

"谢谢老组长。"

"其实你不用在意那些说得难听的话，"老组长长叹一口气，"关于你父亲的那些话。"

赵贻安听了直接愣住，他试探地问："我爸确实是那样的人啊，他们也没有说错吧，我也确实是个残废，确实大学没毕业，他们说得也没错，我不反驳。"

老组长低头看着坐在工位上大口干饭的赵贻安，忍不住说："不要这样说自己，更不要这样说你父亲，你不了解他。"

赵贻安心想，虽然父亲确实跟他相处时间很少，可论了解，自己也不可能比外人更了解他，除非……这老头认识父亲，曾经跟他共事。于是赵贻安假装没心没肺地笑着说："他是怎样的人我是他亲儿子我还能不了解？"

"你不过是……"老组长话说到一半突然停住，心想这年轻人真的有那么心大吗？

老组长没有把话说完就离开了，赵贻安迅速通过汉斯的帮助，在工具包里找到一款一体化的软件开发工具，修改后的方案有效地简化了智能家居平台提供商和智能设备制造商的多协议软件开发。第二天老组长看了方案便开始安排后续分工。虽然项目做得磕磕绊绊，但好歹成功交付了。而随后的两年里，赵贻安在“实践课老师”老组长、“专业课老师”斯托曼以及“补习老师”汉斯的“三位一体”打磨下，终于能编写出点像样的程序。

而这晚，赵贻安知道老组长在为准备交付的产品做最后的调试，所有人都下班离开后，他去附近娟姨的小餐馆打包了几个菜，然后返回办公室。吃饭时，赵贻安问组长：“组长是临城人吧？”

老组长听罢万分感慨：“是啊，我快五十二岁了，在这儿干了大半辈子，父母在临城，没跟出来，他们有自己的生活，我又离了婚，孩子跟了她妈。那婆娘后来改了嫁，那个男人是个做生意的……前两年，闺女嫁人，婚礼上将她的手交给她老公的人不是我……唉，本来应该是我的，想想真的很遗憾。我只能看我闺女发给我的照片，她长得多像她妈妈年轻的时候啊，哎呀我一下就恍惚了，想起娶那婆娘的时候，她也这么……可是，谁能想到后来走不下去了呢……我现在年过半百了，一个人在家发呆的时候，有时真的会有点迷茫，大概这辈子就这样过去了吧。”回忆之时，老组长连连叹气：“赵贻安，你不要在这里待一辈子，虽然你应该也不会。你不属于这里。”

“组长，您想回去吗？您父母不是还在临城？这样就不用一个人在家发呆了啊。”

“回去？”

赵贻安认真地看着老组长的眼睛：“如果我要回华临科技，组长会跟我一起回临城吗？”

三个月后，两人一起踏上回临城的路。

“组长，你不会后悔吧，万一搞砸了，你可是退休金都亏了。”

“还叫啥组长呢，叫我许叔吧。”

4

一桌的人都在等待着仪器投射出许峰的身影,但它开机后却直接进入了广告。周靖佳清了清嗓子说:“这个是我从部门那儿顺手借来玩的,因为它是用来测试广告的工程版,所以……大家将就一下,可能连线前和连线过程中会有广告插播。”

“这插入广告真的很离谱啊,你说如果跟老婆连线连到关键时候,想干点什么正事,它突然进广告岂不是……”广告时间恒哥插科打诨却突然想起现在跟以前在办公室时候不同,现在有女同志在,于是便马上刹住车,换了话题,“老组长现在跟父母一起生活对吧?”

“对呀,二老身体还很好。”

“要说跟他最久的肯定是我吧,”恒叔说,“我挺佩服像老组长这样的全栈工程师的,他带人干活纯粹浪费自己的精力,他自个儿就能把活全干了,省得前端和后端在那儿掐架,沟通成本都给省了。”所谓全栈工程师,就是精通前端和后端,会调试也会清除漏洞的万能型程序员。

“那会儿我刚来的时候,我看他一把年纪,老是忘记代码的语法,还要查API(应用程序接口),没搜索引擎都干不了活儿,我当时想,就这?还组长?”阿赢说,“后来我发现是我浅薄了,人脑不是电脑,记忆力有限,有用的东西只需要记住关键点,掌握如何找到答案的索引,老组长他本人就是个人肉搜索引擎。”

随着广告播放结束,许峰的形象透过全息技术被投影在饭桌的空座位上。虽然大家在不同的两个城市,各吃各的,但却是在“一个饭桌”上聊天。酒足饭饱后,阿赢说出去抽根烟,赵贻安想了想,跟了出去,在小餐馆隔壁的杂货铺见到了抽烟的阿赢。

赵贻安开口问:“我之前跟你聊过的事,想得怎样?”

阿赢沉默地给他递烟,赵贻安摇摇头:“少抽。”

“她不喜欢啊?你女朋友。”阿赢问。

赵贻安懒得解释,随意“嗯”了一声,继续接入正题:“我理解的,你在新公司做得挺好的,我这个时候叫你去临城是有点强人所难,我想,老组长也会理解你。”

“哎呀你拿老组长压我，你这让我很……你也知道，老组长跟你走之前还不忘给我介绍好去处，他老人家对我有恩，可是……”阿赢内心很是挣扎，他想起大半年前，许峰突然找他，说可以介绍他去一家前景不错的游戏公司工作：“阿赢，你留在这里不觉得屈才吗？”

“可是，为什么您不去？如此好的机会。”阿赢脱口而出，但说完便觉得有点冒犯。

“因为他们需要年轻人，我这种一把年纪的老骨头，他们不要，我说得够明白吗？”许峰一改他平时说话慢条斯理的习惯，“我可能来不及解释那么多了，你是个聪明人，会考虑好。我要辞职了。”

阿赢回想当初自己得知老组长竟然要跟赵贻安回临城，实在是非常意外。此刻想起，他突然问赵贻安：“你是故意的吧，你一早就看中了老组长，你究竟想下一盘怎样的棋？我还真是小看你了‘太子爷’。”

“你猜猜看啊。”

“有些事情，我以前从未提起，你也是独生子你应该懂我的境况。我爸妈是广州土著，普通工薪阶层不算富裕，给我供书教学，对我寄予厚望。我读完研究生出来，求职一波三折，在那啥‘智慧生活’待了两年，好不容易去了个还不错的公司，现在可以做我喜欢的游戏设计，我爸妈盼着我事业有起色后，相亲个门当户对的女孩，早点成家。你说我现在突然告诉他们，我在这儿干大半年突然要去一个三四线城市开荒创业，他们受得了吗？我不像老组长，他孑然一身，刚好又可以回临城照顾父母。”阿赢用力吸了口烟，“你比我小三四岁吧，等你到了我这个年纪，你可能更能明白这种感觉。”

“懂的，我明白。这样吧，我给你交个底，我不会留在国丰科技太久，等我办完了该办的事情，我的重心会回到临城。在此之前，我等你的答复，随时欢迎你啊，游戏架构大师阿赢。”

“少来这套。”

5

两人回到饭桌，小凡已经喝倒了，周靖佳直接坐到了恒哥隔壁，开始说各种胡话。恒哥还算清醒，他因为有痛风的老毛病所以没喝多少，免得晚上回到家被家里的“领导”数落，他知道小伙子喝醉了，还在一旁应和他的胡话。不多时，许峰下线，阿赢住得远，就提前走了。剩下的人又喝了一轮才准备散场，桃心帮忙叫了辆网约车，她留下看着喝醉了胡说八道的周靖佳，赵贻安则和恒哥扶已经不省人事的小凡上车。

“太子呀太子，很遗憾没法跟你去临城，我这拖家带口的，不是我能走就走的，抱歉啊。”恒哥说。

“是我抱歉才对，我挖走了小凡。”

恒哥一边搀扶着小凡一边跟赵贻安说：“哎呀不要这样说，老组长跟你走，也算是成全了我，我顶替他成了组长。其实吧，干我们这行的，三十多四十岁就会面临瓶颈啊中年危机啊什么的，技术更新迭代得太快了，我本以为我的‘坎’到了，哎，你和老组长都算是我的贵人吧。过几天，老组长来广州办事咱们再出来喝个痛快，我请！”

两人上车后，赵贻安准备给他们关门，恒哥拍了拍赵贻安肩膀：“年轻人，你是有点东西的！加油，苟富贵勿相忘！”然后笑着拱了拱手。

送走恒哥和小凡后，赵贻安回到包间，桃心正听着隔壁的喝醉的周靖佳说赵贻安少年时候的糗事：“我以前……校队的，那个小学时候，他仗着自己大我几年，说我没……没长身体，跑不过他……我们操场，四千米，我们……他跑不过我哈哈哈哈哈哈哈傻子，他菜得要命，偏要打篮球，人菜瘾大……菜得要命，他只有一种情况能够进球……”

“什么情况？”桃心饶有兴致地问。

“就我给他当陪练的时候……”周靖佳笑翻了，桃心听了也被他逗笑。

“喂，说够了没有。”赵贻安随便找了个位置坐在他们对面，此时酒劲有点上来，他手肘撑着桌子，用手托着下巴，半眯着眼，像一只慵懒的猫咪正在打瞌睡，“不好意思桃心，这样的酒局是不是无聊到你了，浪费了你一晚上宝贵的时间。”

“还好吧，很少有酒局上没人灌我酒的。”桃心说。

赵贻安笑了：“不灌你酒是因为需要你把我的车开回去。”他有点微醺的脸泛着红晕。

“你当我是代驾吗？”桃心调侃道。

“哎呀，你收费可比代驾贵多了。”

6

三人走去赵贻安停车的地方，喝醉后的周靖佳虽然还能自己走，但也满嘴胡话走得东倒西歪的，像个孩子一样。其实，他刚二十岁，正是在大学象牙塔里无忧无虑的年纪……如果没有那场意外，二十岁的赵贻安也会像这样吧。桃心看着赵贻安手忙脚乱地搀扶着那傻大个，视线落在赵贻安冻得通红的脖颈上，她突然想起来：“我围巾呢？不是说洗干净还我吗？”

“你看他是想还你吗？”周靖佳抢完话，马上打了个酒嗝，赵贻安以为他要吐，立刻撒开手，拽着他的大衣让他的脸不要朝着桃心，所幸他只是打了个嗝，又挣脱赵贻安，转过身来一口酒气往桃心喷涌而来：“你知不知道，他……”没说完就被赵贻安打断拽到一边去了。

“我洗干净放衣柜里忘了带出来，改天吧。”赵贻安说完，三人已经来到车前。他将周靖佳塞进后座后就坐到副驾。他见桃心若有所思，便问：“发什么愣呢？”

“没什么……”就在刚才，桃心坐上驾驶座才发现赵贻安的车两个脚踏板加装了延伸辅助器，使得原本给普通人用右脚踩的脚踏板偏向左边，方便赵贻安用左脚踩踏板。桃心不禁想起大半年前跟赵贻安第一次去南区华临服务器中心时，赵贻安试图开她的车，她还说他两条腿是摆设，哪有人左脚刹车右脚油门的。原来当时自己踩了人家伤疤一脚都不知道。

“哦我差点忘了，延伸踏板而已，我帮你拆下来，很快的。”说着他马上下车绕到驾驶室，弯腰进去把辅助器拆掉，等他回到副驾座坐好，后座的醉汉突然伸手用力拍赵贻安的头，还语无伦次地说：“赵贻安你怎么还在开这辆……

破车啊……你不是……富二代吗？你怎么……那么缺钱吗？连系统都是……组装货……”

“疯了吧你！喝多了酒品那么差。”赵贻安直翻白眼。

“那你呢？你喝多了酒品好吗？”桃心随口一问。

“就……”赵贻安听了感觉心里被揪了一下，想起那年自己就是喝得不省人事才被人轻易绑走，都过去了。他吸了口气，笑笑说，“跟小凡差不多吧，比后面那家伙好多了。”

“哎呀，他学校已经关门了吧，那怎么办？”桃心想了想，“送去我那儿？我借住在夏菲女士的画室，看有没有多出来的房间或者把他丢沙发上？那我先送你回去？啊不行，那我送你回去再跟他打车走？”

“开什么玩笑，三更半夜的。”赵贻安想了想，“让他去我那儿，你把车开走，我跟他第二天打车上班，哎呀也不太好，国舅府那边靠近郊区了，你再大晚上兜大圈回去可不好。倒不如……”

“你想怎样？”

“我跟他都去夏老板那儿借一晚沙发可以吗？”

“你想见夏老板可以直接说啊，”桃心听了说，“不过你可能会失望，夏老板经常去不同城市的分店出差，你不一定能碰到她，如果你想见我可以帮你约。”

谁知赵贻安却否认：“不不不，倒不用麻烦了。”

7

在去夏女士住处的路上，桃心问起赵贻安是否成功说服恒哥、小凡和阿赢加入华临的团队。

赵贻安略显失落：“现在只有小凡愿意跟我走。”

“这不是还有时间吗？你还有事情要留在国丰科技调查，不是吗？”桃心说。

“人一旦拥有了羁绊，拥有了在乎的东西，便很难离开。就像一棵树，有了根，你如果硬是要挪它，它可能会死的。我不想勉强。三个人里，只有小凡，几乎一无所有。”赵贻安把头枕在座椅的头枕上，一边闭目养神，一边缓缓地说，

“小凡是我们当中最努力的一个，他中专毕业后去打了一年工，在电子厂里做流水线工人，他二十岁那年上了大专，毕业后想着继续考个专升本，但家里条件已经不允许他继续读书，只能继续赚钱供弟弟妹妹读书。他是家里的老大，父亲残疾，母亲老来一身病，二十三岁的他去了工地搬砖。偶然间他接触了编程，他借了大专同学的书来看，又到市里的图书馆借书，再后来他一咬牙花钱买了网课，只要一下班，他都在他那城中村里租的十平方米的出租房里学习，如此过了两年，他投了很多简历，没有公司愿意要他，直到他看到‘智慧生活’招清洁工。他应聘成功后，把原先的工作辞了，清洁工的工资很低，但工作时长比之前短，所以他能有更多的时间学习，并且还可以跟这行业的人接触。如此又过了一年，终于功夫不负有心人，被许峰引荐，成了E组的程序员，负责前端的开发，那年他二十六岁。我真的很佩服他，他说他资质差，他不求能成为像阿赢那样的人，更不相信自己能做研发，在‘智慧生活’这种小公司里，做的无非都是很基础的代码“复制粘贴”工作，但他已经很满足了，曾经的他不敢想象自己能在办公室里工作，更不敢奢望能在国丰科技园区里面工作。”

“其实他也不是一无所有啊。”桃心说，“他明明已经实现了自己的理想，只是他的理想比较朴素，这个世界上大部分的人都很平凡，他们想要的其实不多。或许他答应你的请求，是有了新的理想吧。”

“洪记者真是个理想主义者，”赵贻安轻轻一笑，“或许你说得对，再艰难的他都走过来了，又怎么会一无所有。可是他三十年人生里，大部分时间都是为他人活的，早早地出来赚钱补贴家用，一边打工赚钱供弟弟妹妹读书，一边自学，即使是现在，他也还每个月留下房租和五百块钱生活费，剩下的全给了家里人。而立之年，孑然一身，口袋空空。没钱在这城市买房子，也没有人愿意嫁给他，每天下班后穿过城中村里狭窄潮湿的过道，抬头的天空被两边的握手楼夹得只剩下一条缝，还被乱接的电线割得支离破碎。这样的生活，不是一无所有是什么？我向来是个比较悲观的人……”

“他可能不这样想呢？你不能用你的价值观去代入别人的遭遇。像小凡这样的家庭其实还有很多，他靠自己的努力，改变了自己的命运，让家里人过上好日子。

他那些弟弟妹妹原本是要重走他的路，辍学打工，但现在不用了，如果一个人的努力和付出，能让周围的人和事有一点点变好，那他又怎么会是一无所有呢？”桃心话到此处，想起那些年自己跑民生口，目睹了桩桩件件人间疾苦和生离死别的事，她说，“这个社会上，有一部分人，他们有话想说却没说出来，又或者他们的声音实在太小了，没人听到，所以社会大众都以为他们不存在或者离自己的生活非常遥远。我爸说过，人们总是习惯遗忘，但有些人，他们不应该被世界遗忘，他想帮那些人在这世界上留下一点记忆。每当这个时候，我都觉得自己的努力非常微薄，我拯救不了别人。我的力量是那么的渺小，改变不了这个世界，但如果是很多人一起呢？此时只需要一个契机，将大家微薄的努力串起来。我不会放弃，我希望我能成为其中的一环。赵贻安啊赵贻安，你只是生来就拥有太多，才害怕失去。正如我爸说的那样，有些东西只要你得到过，便一辈子都不会失去。”接着桃心又将父母平凡的过往，以及是如何被卷入安德森科技与BFE的风波后一无所有，又如何默默无闻地重新振作，全都告诉了赵贻安。

车厢里陷入了沉静，只有后座传来睡着的周靖佳平静的呼吸声。往事袭上心头，桃心觉得自己胸口被灌了铅一般难受。

“其实我什么都知道，我妈还有安德森科技的前辈们，他们布局多年，在等一个时机。而这些计划根本不需要我这种废物参与，我的存在就是拖累他们的计划，我总是在关键时候成为他们的软肋，我还怪他们什么都不告诉我，五年前我就应该死在那个铁皮工厂里。”赵贻安感觉自己随时都可能在他们的厮杀中成为累赘，可是他明明已经很努力了，可别人还是会说他做出的那点成绩就是因为享受了更好的资源。

这话桃心听了非常难受，她抓方向盘的手紧了紧，她自认不擅长安慰人，可她还是硬着头皮说：“是吗？人的肋骨被打断，如果不赶快接好，可会影响双手的活动，这样如何出拳？人体二百零六块骨头，可没有一块是多余的。”

赵贻安一直靠在座椅的头枕闭着眼睛，但眼皮还是没挡住泪水滑落，于是悄悄地侧了侧头。桃心余光里看到旁边的赵贻安把脸别向了窗的那边，他知道他哭了，于是她没有再接话，将安静留给他。一直沉默到接近目的地，她才开口：“前面快到了，你快把阿靖叫醒，不然你得把他背进去。”

8

三人回到夏女士的住处，由于夏女士不在，贸然使用她的其他房间不太礼貌，于是两人只能在大厅各占一个沙发，还好沙发够大够舒适，桃心给他们俩找来两床棉被。等桃心回房间休息后，赵贻安简单洗漱了一下，就从包里取出云笔记本，检查完 221 几个人的工作进度，才在一片寂静的夜里，将义肢卸下，裹上棉被入睡。这一夜无梦，直到天蒙蒙亮时，他在半睡半醒间似乎听到了很轻的脚步声。当闹钟响起时，他爬起来发现大厅的暖气被人打开了，另一个沙发上的周靖佳睡得四仰八叉的，他看看信息，桃心一早就出了门。于是他拍了拍周靖佳：“起床了，上班啦，实习生……”

一小时前，这座江南小筑的主人就回来了。由于台风即将登陆广东，她提前在航班停飞之前回到了广州，一下飞机她就看到桃心的消息，知道她的两个朋友来家里借宿一晚。可当她踩着一双高跟鞋穿过大门和园林景观，推开大厅的门后，她没想到留宿的人就在客厅，竟没有使用客房，于是轻轻地脱下了高跟鞋，关上了大厅的门，将行李轻轻放地上，然后静静地走进来，打开了客厅的空调。她正要上楼却突然看见沙发上年轻人的脸，她愣了一下，赤着脚走到熟睡的赵贻安身旁，久久没有离开。

安德森先生，如果我没有记错，你的孩子今年二十四岁了吧，你离开我和哥哥的那年，也是这个年纪吧。你看看，他跟两年多以前在水埠头那会儿比起来，气色好了不少呢……

第七节　虹心事务所

1

赵贻安如往常一般回到十八楼上班，处理了挂在自己名字下的 Bug（漏洞）单后，他点开 221 的工作系统。小凡的头像已经亮起，只是经历了宿醉的他现在估计还在去往临城的路上，于是赵贻安拜托了建哥帮忙照顾他熟悉工作上的事务，并让阿伟收拾了 221 三楼的一个空房间，小凡将暂住在大本营里当“守门人”。

当天下午，虹心事务所就发出了第一篇文章《死神镰刀下的七亡魂》——文章公布了那天在“国舅府”二楼书房找到的那张安徒生实验室成员合照，桃心讲述了她走访这七位因各种“意外”和“自杀”死亡的成员的亲属朋友，组织整理了调查获得的证据、事实和疑点。

桃心在文章中表示，她正在尝试联系合照上辞职的两名（幸存）成员，却遭到拒绝。结尾部分，桃心介绍了安徒生实验室的核心成员的履历和成就，试图为赵志华和李正轩正名，还提供了很多与安徒生实验室相关的资料介绍。这个实验室颇有传奇色彩，估计能吸引一部分猎奇的读者转发，只是很多资料连赵贻安都没有见过原件，估计是唐双提供的。这篇文章表面上是对这七人的死亡提出疑点，但其实矛头很明确地指向了 BFE，但文章拿捏了平衡，尽量描述线索和事实，将疑点和一些容易忽略的细节呈现给读者，避免用猜测的结果当作所谓“真相”。

文章刚发布不到五分钟，就被转到了各大网络社群和镜城的用户讨论社群。跟帖的评论都开始讨论如今的 BFE 是曾经杨建为用灰色产业原始积累换来的。当天傍晚，Web2.0 相关的文章被大量删帖，但已经流入 Web3.0 的帖子，包括在镜城平台发布的内容都无法被删除。尽管如此，网民的记忆如金鱼一样，随着时间推移，热度渐渐降下来。

赵贻安马上联系了桃心：“需要找人操作一下吗？这种程度的攻击对 BFE

来说实在不算什么……”电话那头的桃心没有说话，但赵贻安似乎听到她隔壁有其他声音，“什么声音？你在哪儿？桃心？”

“家属在哭。”电话那头的桃心站在殓房门口，看着眼前白布盖住的男人，还有他的女儿扶着年迈的母亲在那儿失声痛哭。接到赵贻安电话时，她一时也不知道说什么好，只深深地叹了口气。

两天前，她尝试去走访安徒生实验室那两位辞职的成员——赵运和林斌，希望从他们口中知道更多当年发生的事情，可是都吃了闭门羹。赵运今年六十多岁，在一家小型外贸公司里当系统技术总监，昨天，桃心一大早就去他公司堵住他，被拒绝后，她又打听到赵运中午吃饭的地方，在那儿等他，谁知赵运见了她立刻掉头就走，桃心追出去，老人腿脚不及她灵活，最终在一个小公园的边上，停下了脚步。

“小姑娘，你是要害死我吗？”老人一边喘气一边慌张地环顾四周，“这二十多年来，我都庆幸当年及时离开才没有遭遇杀身之祸，你现在！我什么都不知道！我女儿下个月要结婚了，你不要打扰我和我的家人的生活好吗？”

老人说完便急急忙忙离开，桃心最终没有跟上，但她还是打听到老人的电子邮箱，发了一封问候电子邮件给他，告诉他如果回心转意，随时可以用电子邮件里的联系方式找到她。

今天一早，桃心就赶往林斌家里，虽然上次吃了闭门羹，只托了他儿子转达了访问意图，但至少也得跟老人当面说明一下，但这次来到老人的家里依然大门紧闭。林斌已经退休，家有两个儿子，都已成家立业。桃心正要离开，就见到邻居刚好回家，邻居阿姨见桃心站在门口，就热心地问：“你是老林家的亲戚？”

“啊，对的，我来看看表舅。”桃心随便胡诌。

“老林昨天走了呀。”

“啥？”桃心刚想问去哪儿了，但见那阿姨脸色凝重，才意识到是什么意思，于是立马问：“怎么走的？前天电话里不是好好的吗？”

“哎呀，你一定没怎么来走动，老林年初好像中风了，配了轮椅，昨天他不知怎的，从轮椅上摔下楼梯，撞到脑袋，人没了。”

桃心听了，感觉事有蹊跷，但她去医院托熟人打听了半天也一无所获。于是只能先回 Wonderland，把手头上的内容整理发布，但没有提林斌意外去世的事情。

然而临近傍晚，她电子邮箱里突然收到一份电子邮件，正是赵运发来的。她一看，脑子里马上有个可怕的猜想，她立刻赶往赵运家，可是车在高架桥上堵得一动不动，她希望只是自己的猜想，应该不至于吧……直到她赶到赵运楼下，看到警察拉的警戒线，她心跳得飞快，迅速下车挤进人群，地上的血迹还没清理。突然有个老太太冲过来，用力揪住她的大衣领口，大声地喊：“警察同志！警察同志！是这个女人！她勒索我家老头！快抓她！是她逼死人！”

旁边的年轻女人跑过来扶住这绝望的老人，一边轻声跟老人说：“妈，你不要这样，爸爸是不会自杀的，他只是不小心，你不要激动好不好？警察会调查清楚的，妈，你先放开人家吧……”

是啊，他怎么可能自杀呢？他还在等女儿嫁人呢。老太太的手劲很大，桃心深深感受到老人的绝望和痛苦，她呆愣着让老人拽住，大衣的纽扣都崩掉了，棉絮都被抓了出来。

2

“这怎么可能是意外，更不可能是自杀，很明显是 BFE 的人在接单做事啊，如果你曝光这件事，那效果可比你之前发的有用多了！”电话那头的赵贻安听完事情的来龙去脉后说。

“两位老人去世的事情，我决定不提。”桃心的声音很平静。

“什么？”赵贻安以为自己听错了，“如果你缩手缩脚，保持不了热度，你发不发都没有意义。怎么？你怕了吗？你觉得你害死了他们？”赵贻安的语气越来越激动。

“你冷静点好不好？”

“我不冷静？”赵贻安反驳。

“首先，两位老人的死因应该由警方判定并公开调查结果，而不是由我的猜测来判断，然后煽动舆论，我最多只能如实描述我调查的过程和见闻，但鉴于这涉及了很多两位老人的家庭隐私，一旦隐私成了公众关注的重点，就会模糊原本要突出的焦点。在整个事情的过程中，如果我过分渲染情绪细节，就会显得很主观，你不要忘了我们的目的不是炒作，流量只是手段而已。”

“好吧，”赵贻安叹了口气，“在找到实质证据之前，这种小打小闹都只是铺垫。”

“那就等，关键的一环点燃炸药，连带引爆事先埋好的雷吧。”

“那赵运发给你的那些交易数据有用吗？”

“我没看明白是什么东西，但我妈已经在研究，希望能有用。”桃心估计是她的调查方向让 BFE 突然意识到赵运可能存在某种威胁，才出手处理。如果她猜得没错的话，赵运付出代价揭露的证据又怎么会没点分量？桃心听母亲唐双说，BFE 目前使用的部分交易系统是当年安徒生实验室开发的，其中就有赵运参与的项目。现在“东西”已经到了张淑卿手上，赵运也不在了，那他一无所知的家人们对 BFE 失去威胁，便安全了。或许他真的是自杀的，桃心感到很内疚，如果早点意识到这一点，也不至于害了他们。

两人挂断电话后，赵贻安就看到周靖佳的留言：“我待会儿要跟我爸去单独吃饭，他今天来广州了，说是来办案，顺便跟我吃顿饭。”

周平江来了广州？赵贻安想了想问：“父子吃饭不是挺好的吗？你多久没跟他吃饭了。”

“你也不是不知道，我跟他聊超过三句就可以吵起来，吵四句就可以打起来。”

赵贻安心里发笑，这对父子都是牛脾气，秦阿姨在的时候还能调和一下，她走后，就只剩下火星撞地球。不过话说回来，现在警方成立了李正轩的埋尸案专案小组，周平江作为专案小组成员，这次来广州，莫不是有什么进展？然而，没等赵贻安想出个所以然，第二天接近午饭时间，一颗巨雷炸开了——

虹心事务所的账号引述了几份内部文件，文章通过对数据分析，BFE 存在资产负债模糊不清的问题。BFE 并没有建立企业支出管理系统，公司内部也没有会计部门，账目都交由一家叫 EasyCheck 的审计公司，该审计公司是在镜城注册的虚拟公司，并且在两个月前宣布停业。文章声称，BFE 用毫无可信度的财务信息来欺骗投资者。

这消息一出，BFE 的数字资产价格马上出现了波动。镜城社群里的“意见领袖”们纷纷出来分析行情。有人分析：现在 EasyCheck 被安德森旗下的白帽审计国际金融有限公司收购，因此审计数据被安德森科技获得。由于安德森科技与铁壁岛有密切的关联，很多人都认为这很可能是同一批人在运作。“铁壁”和 BFE 是多年的劲敌，因此很难不让人联想到此次对 BFE 的攻击是“铁壁”所为。

3

正当赵贻安沉浸在社群之时，桃心的消息突然弹了出来：“快看新闻。”赵贻安迅速点开链接——李正轩案件的调查又有了进展。专案小组通过进一步侦查，已经锁定了三名嫌疑人，他们涉嫌袭击李正轩并将其埋尸水埠头。通过多地联合办案，三人已经归案。与此同时，纵火案也证实并非李正轩所为。

看完后，赵贻安立刻将桃心和周靖佳一起拉了个临时讨论组——

QED：这三个人都是些有案底的无业游民，即使抓到了，也不一定能挖出背后买凶的人。

我想静静：昨天我爸也在苦恼这个问题，这三个人是互相不认识的，并且也不认识李正轩。

虹：你爸这些年不是培养了挺多“网警”力量的吗？如果能扒出他们接单的系统，或许有希望。

QED：这些端口跟打游击一样，而这些接单的人也大多是在网吧里找的，都是无意间弹出的游击入口，他们文化程度不高，也没法根据他们的描述找到蛛丝马迹。况且，多年过去，如今的 BFE 早就不用那一套，他们应该有更新更难追踪的方式。

我想静静：我好像听我爸说，当年李正轩出事的时候，他一岁的女儿其实找到了，把她送回了他妻子身边，并且安排她们母女离开家暂避，但不知道什么原因，他妻子还是两天后被车撞死了。

虹：这个操作简直跟赵运和林斌的意外身亡相差无几。

我想静静：不过 BFE 是怎么做到的？很多事情都挺巧合的。

QED：如果有足够多的国民数据，那就可以精准地画像，知道每一个人的弱点和特点，这样很容易拿捏到任何一个人，包括且不限于通过互联网病毒对其发出威胁信息。

虹：这也是我为什么不把两位老人的死讯通过虹心的账号传播出去的原因。人对未知的强大力量都是很恐惧的，如果在毫无准备的时候突然散播这种事实，公众的恐慌会破坏国丰科技的稳定，如果有更多人因此介入，那么张总的部署也会受影响。你也不想史密斯趁乱收购国丰更多的股份吧。

QED：我承认我考虑确实不够。我听前辈说，其实铁壁研发的安全程序最初就是为了防止大规模的国民数据流到海外。现在回过头来想想，如果史密斯再继续获得国丰科技的股份，他很快就能完全控制国丰，让它变成F5集团的子公司。

我想静静：张成第一个不同意吧，虽然他手段恶心了点，但国丰好歹是他一辈子的心血。

虹：有什么同不同意的。单就技术垄断这点，就是国丰还过不去的坎。

QED：过去十年里，国丰科技公司好不容易追上世界脚步，但前路依然困难重重。

虹：对了，221有两个准备交付的系统，你有空看看，文件我弄好了，已经发你，你看看够不够详细。

QED：好。

4

“周队，前面城中村的小路开不进去了。”

“我自己走进去吧。”周平江立刻拉车门下车，他沿着两边违建的“握手楼”走了几百米，终于看到前面拉满警戒线。

“周队到了，我介绍一下，这位是广州市局组建的专案小组负责人，傅队。”引荐的警官又跟那位傅队介绍周平江，“这位是临城市局派来的网安科技术人员。”

周平江迅速了解了里面窝点的情况，就马上开工。现场已经被警方控制，一个只有三十平方米的出租屋内放满了设备。

“这是底层代码？”

“对……”那胖子的双手被铐着，他是这个据点的第一负责人，其他人都已经被押离了现场，只有他被铐在原地等周平江过来。

“你删它干吗！”周平江突然大声呵斥，吓得在场取证的众人齐刷刷望了过来。

那胖子吓得抖了抖，忙解释：“不是，这是编译后的……”

周平江厉声道：“你给我回收过来！全程执法记录仪拍着，你敢在我眼皮底下删证据？！”

胖子一边恢复删除的代码一边说：“我不知道，我真不知道……”

周平江站在那胖子的椅子后，盯着他的操作屏幕：“你一个程序员你不知道？”

胖子感受到身后的压迫感，连忙说：“不是这样的，你不懂技术，其实这个……”

周平江突然凑近，用阴沉的口吻警告他：“你猜我们来了这么多人，为什么就我站在你后面？我是通信工程硕士，我不懂技术？你不要动，按我说的做就对了！”

5

临近傍晚下班的时候，办公室里传出骚动，赵贻安凑过去才知道，镜城社群又有新的动静，这次是李正轩的女儿出来发声。赵贻安半信半疑，BFE 办事怎么可能杀了他们夫妻俩还留下孩子不斩草除根。但当他看到社群里转发的文章《我是李正轩的女儿》来源竟然是虹心事务所。

什么操作啊！

文章开头，笔者就表明自己是李正轩的女儿，当年父亲李正轩被人威胁，救下年仅一岁的她。她在路边树丛被路人发现后报警，但李正轩已经不知所踪。随后母亲袁秀离世后，她被一名调查记者收养。长大后的她从养父口中得知当年亲生父亲遇害真相，她找到当年办案的民警以及救助她的路人，经过多番了解确认了事实。

文章里公开了当年办案民警回忆的经过、调查记者调查得到的证据，以及李正轩为何陷入家破人亡的悲剧都描述得很清楚。

赵贻安疑惑，随即联系桃心："这写的是真的吗？"

桃心只含糊地回复："假的东西我是不会发出去的。"

"那个 IP 地址是怎么回事？怎么在水埠头？你回去了？"

桃心回复："是我写好了发给张总，她安排人去岛上发布的。"

有了上次揭发 BFE 账目问题积累下来的热度和粉丝基数，这次的文章传播率有了明显提升。社群里都在议论，李正轩的死是否与杨建为早期的灰色产业有关，现在李正轩的女儿要为父亲洗冤，并且向杨家父子创立的 BFE 复仇，而她很可能就是"铁壁"的成员。

这件事毫无疑问也成了国丰科技内网社群的讨论热点，这个曾经给赵贻安带来噩梦的讨论社群。大家都对李正轩女儿的身份十分好奇，直到有人扒了虹心事务所发布者的 IP 地址，发现所在地竟然是临城水埠头。社群又再次一片哗然。有人说，张家大小姐当年跟"软饭帝"回了他家乡，开了家小公司，好像叫华临科技，好像就在这个临城。你说这个账号会不会是他们在操作。然后又有人跳出来说，软饭帝不是已经死了吗？那寡妇前些天来找亲爹谈条件来着，给那"空降兵"铺路，将她儿子塞进了十八楼。

此时，有人将虹心事务所发的《死神镰刀下的七亡魂》转发到了社区里，赵贻安刚想跟帖，这帖子就被管理员删了。他算是看出来了，安徒生实验室在国丰科技是不能被提及的禁忌。

6

这天早上，桃心有培训课程，她一早到达上课的地方就抓紧时间背考试重点，直到午饭时间她突然接到母亲的长途电话："有黑客攻击了 BFE 的账户，你听赵贻安提过吗？是不是他做的？"

"啥……我没跟他待在一起，怎么了吗？"桃心马上打开电脑查看消息——BTE 的账户在一个小时内被黑客转移了大量数字资产，随后黑客又将其原封不动地放回原位，黑客声称已获取大量用户资产数据。这下，投资者不但知道 BFE 账目有问题，资产安全也都存在问题。

“我还以为是铁壁做的呢。”

唐双说：“我只是担心他被追踪到而已。现在铁壁正在核算持有的数字资产数量，你的下一篇文章可以准备了。”

和母亲简短通话后，桃心联系赵贻安，却没有回复，为了确认她直接拨了他电话，却被他挂断。半小时后，赵贻安回拨过来：“你刚刚差点害死我了。”

“怎么？技术不到家，被杨枫抓住了吗？”

7

两小时前，赵贻安成功黑入 BFE 的账户，转走大量数字资产。由于 BEF 部分交易系统由国丰科技十八楼管理运维，这给了赵贻安非常便利的操作机会。

但没想到他正准备将这些数字资产抛售时，尾巴就被咬住了，有人将他的临时账户里这些数字资产重新偷走放回了原位。赵贻安不知对方是什么人，他自知暴露，马上手忙脚乱注销经手的账户，就在此时，办公室外已经传来杨枫的声音，他一来到十八楼就大呼小叫让贺业马上滚出来见他。

虽说贺业在研发部门里无论资历和职位都算是最高的级别，但始终是杨枫的下面的一级。贺业不在，杨枫直接杀入中央的主办公厅，吓得赵贻安立刻趴到桌底下，还不忘将底下的线拔掉。

陈主任也是处理惯了几个难缠的主子，一边礼貌地给他“顺毛”，一边指挥着几个程序员，要这个数据，拿那个报表，他要摔东西就让他摔个够，到时把账单拿去报销就好。稳住了疯子以后，贺业终于来了。

“你应该知道我为什么来这里吧。”杨枫喊道，“人在哪里？”

“他今天没来上班。”贺业说。

“你以为这样可以两边不得罪吗？你想学那个痴呆老头是吧？”杨枫阴阳怪气地说，“如果这次你背锅，看有没有人保你？你除非重新投胎，否则靠你这点过时的技术，我劝你还是尽快交接一下工作，准备退休。”

“你现在不应该忙着找谁为这个漏洞背锅，而是先找史密斯解决一下资金缺口的问题，不然……”贺业没说完，就被杨枫抢话：“你给我闭嘴，修好你的破系统前，都给我闭嘴！”他刚要走，赵贻安的手机突然响了，正是桃心打过来，虽然他已经马上挂断，但还是被杨枫听到，此时他心里非常不爽，正想随便找个人来发泄：“谁！谁上班不开静音！给我滚出来！”

赵贻安在最后一排最边上的桌底下，完全不敢出声，他周围的人也都不敢出声。陈主任立刻打圆场，大声叫办公室里的二十几个人：“全部人把手机拿出来，放桌面！”杨枫瞪了陈主任一眼，骂了一句脏话便离开了。

等办公室恢复了平静，他去茶水间回复桃心的电话，把刚才的事告诉了桃心。

桃心听了开玩笑说：“你安安静静地负责貌美如花做个吉祥物不好吗？”

“我想有点参与感，不行吗？”赵贻安自嘲道，“本来还想着偷点零花钱给221添置设备，没想到被人截和。最近221几个人都快忙不过来了，跟农业部门合作的几个系统已经投放到临城各个乡镇使用，尾款很快就能到账，你当然也会分到一份。”事实上，赵贻安手头一直都很拮据，221设立时母亲划给他的支票早就用在了购买服务器等器材上，他实在是不擅长经营和账目管理，当时早知道就先用旧的。自从他知道华临科技账目居然是负资产，他更加不好意思向母亲伸手要钱，以至于现在车也只是凑合能用就继续用。

“你知道如果你偷成功了，又被杨枫发现了证据，你是要背官司的。”

“当时确实没想那么多，纯粹是想恶作剧。”事实上赵贻安事后也想明白，那个截和的人，其实是在救他，他当时还尝试追踪这个人，但很明显这样的高手不会轻易留下“脚印”让他发现，但偏偏，他留下了非常明显的痕迹，让赵贻安追踪到了IP，竟然在水埠头上，赵贻安当即翻了个白眼，知道自己被耍了。

这时，桃心说：“其实，你之前不是说，想把阿赢和恒哥都找来帮忙吗？”

“不都说了吗，人家拖家带口的。”

“我意思是，”桃心想了想，“你不是说在镜城成立的DAO是可以打破地域限制的公司组织吗？”

电话那头安静了很久。桃心又问：“你听到我说话吗？”

“对啊，我刚想了想，好像确实可行，之前怎么没想到，真是‘灯下黑’。”

“有时太过于专注眼前要解决的问题，反而会忘了还有绕过这些问题，同样能达到目的的方法。”

8

一个小时后，铁壁 DAO 宣布抛售账面上所持有的 BFE 相关资产，总价值达十五亿元，随后其他投资者闻讯纷纷抛售 BFE 的相关资产，引发了挤兑潮。

傍晚，BFE 发布公关文件，声称 BFE 账户上有足够的资金保证客户资产安全，希望大家不要跟风挤兑，同时指出此时系统入侵事件是铁壁所为。

铁壁 DAO 向来以他们开发的“铁壁”安全系统“坚不可摧”著称，领头人 Christian 先生罕见出面转发并回复了 BFE 的声明：感谢您为铁壁的业务做免费推广，同时我邀请您使用我们的“铁壁安全系统”，避免同类意外再次发生。

铁壁 DAO 回应后，有多家 DAO 发布声明表示他们正在使用或有意向购买安全性能很好的铁壁安全系统以保护投资人的资产安全。

“晚上一起吃饭？”下班后赵贻安立刻联系桃心。

“我要准备课程考试，还有一堆事情要处理，改天吧。”

“那好，你先忙，不打扰你了。”

9

台风登陆前夕，窗外的风声吵得赵贻安无法入睡，天气一转凉赵贻安就开始咳嗽。睡不着的他半夜爬起来处理 221 的工作，他看了小凡做的页面，给他留言提了修改意见，没想到他还没睡。赵贻安想起那两年在“智慧生活”的时候，小凡经常主动留下来帮他一起打补丁到深夜。虽然理解能力上，他不及阿伟，技术上不及阿赢，前端设计审美不及虞哥，沟通能力又不及恒哥，流程策划当然也不及建哥熟悉业务，但小凡愿意花更多的时间，来弥补自己先天不足。他态度好，大家都愿意多教他点东西，因此他每次都能交出满意的成果。

“小凡，我们这个操作页面是给乡镇里的农户使用的，不能做太多文字，操作按钮要一目了然。你做好后想想，如果给你家老父亲，他会不会用？”赵贻安说。

“好，我改改。”小凡回复。

处理完221的工作，赵贻安就看到，虹心事务所又不负众望地发布了新的文章《临城最后的调查记者》——文章里澄清了洪毅被栽赃陷害的真相，列出了多个疑点，并一一进行了调查说明。又公布了洪毅当年调查李正轩案件的手记，其中细节与目前警方通报的李正轩谋杀案的调查结果一致。

笔者在文章的过渡部分声称，洪毅不是最后的“调查记者”，笔者将继承他的理想成为临城最后的“调查记者”。文章后半部分笔者对BFE的资金组成背景进行了调查：BFE由杨建为和一个叫史密斯的代理人建立，大部分资金交易活动则由杨枫和美籍华人方雨澜管理。方雨澜毕业于麻省理工，是去中心化金融方面的专业人士，同时现年四十四岁的她也是杨枫女友之一，是杨枫十五岁次子的生母。

文章指出史密斯是著名风投外资F5集团在中国的代理人，F5集团作为BFE最大的股东，近年来正企图染指民族科技产业，在国丰科技的股份占比逐渐提高，董事长张成年事已高，加上国丰科技对芯片产品的依赖极大，并且主要合作的晶圆代工厂属于杨建为名下。

由于杨建为是国丰科技的CFO，又是大股东之一，还手握着芯片生产的命脉。因此BFE出了问题，明天开市后必然影响国丰科技的股价。

此时，221工作群里的众人提醒赵贻安，“失踪”很久的普罗米修斯在一个小时前竟突然更新了作品，赵贻安迅速登录了数字藏馆，只见那画作布满火光，一女人在火焰中似雕像般伫立，但她的两个眼眶都烧得只剩漆黑的孔洞……画面让赵贻安感到非常不适，他马上想起之前桃心提过普罗米修斯的画作总是隐含着某些预警，该不会……赵贻安吓得立刻打电话给桃心，但却没打通，随即他披上衣服，顶着湿冷的风从国舅府赶去夏菲的那座江南小筑。

路上他看到汉斯在地图上标注了一个红色的区域：“这什么意思？”

汉斯平静地回答：“表示该区域发生火灾，周边交通存在堵车情况。”

赵贻安直接一脚油门开到那个圈的外围，把车丢在路边，徒步穿过堵车路段。赵贻安赶到时，消防车才刚到，只见院里屋外的植物都被火吞噬，如同火球一般包裹着整个建筑，火势在大风的裹挟下越烧越旺。

——赵贻安，她不是我为你选的女主角，她陪你走到这里，已经很圆满了。

赵贻安气喘吁吁，火光映在了他跑得苍白的脸上，他双腿又软又疼，大脑一片空白地缓缓向着燃烧的建筑走去，直到身后有人叫了他一声："赵贻安。"

赵贻安猛地回头，桃心就站在他身后，手里还拿着云笔记本。

——赵先生，她是我为你选的女主角，我当然会保护好她。

桃心还没从刚才的意外中缓过来，她呆呆地望着气喘吁吁的赵贻安，突然她似乎想到什么，大惊失色地疯狂往自己的车跑去。赵贻安憋着还没缓过来的一口气，想追上她，却见她油门一踩，车已经跑远了。赵贻安这才想起，桃心也在221的工作群，她肯定也看到了那幅画作才及时逃出。他不知她着急忙慌赶去哪儿，只好拖着酸软的双腿去路口打车，此时大风里开始夹杂着雨水。

"汉斯，追踪她的去向。"赵贻安看了一眼便觉得很奇怪，桃心正往高速方向驶去，大半夜赶回临城吗？十二级台风还有几个小时就登陆了。

赵贻安坐上的网约车被堵在路上一动不动，而此时，周靖佳突然联系他，他发来一张图片，那是普罗米修斯在一个小时前发布的画作——画面上是一副破碎的黑框眼镜，看上去很普通，但当赵贻安看到那眼镜腿绑着一根皮绳，瞬间汗毛直竖，这和许峰那副老花镜一模一样！画面叠涂着大量的红色，背景的树木仿佛被风卷成了旋涡状。不管普罗米修斯究竟是谁，是敌是友，但可以确认的是，这画作几乎到把许峰名字报出来的程度。赵贻安想起上次聚餐时，许峰就说最近会来广州办事，他吓得立刻联系许峰。

"许叔，你现在在哪儿？"

"我刚从广州先进院出来，怎么啦？"

"你现在立刻躲起来！"赵贻安一时间不知如何解释，"你可能会有危险！"

"怎么啦？发生什么了？我这里很安全。"

"这么吵？你在外面？"

"是啊，刚去先进院办点事，现在去吃个饭就回住处，我记得这附近有家云吞面，年轻的时候吃过，不错。"

赵贻安望了望窗外，网约车被堵得一动不动，马上向许峰申请共享定位，原来他只距离自己九百多米，“我在你附近，我来找你。”

他拖着全身快散架的骨头，大风刮得他裹紧了围巾，头发都被雨沾湿了，看着显示两人距离的数字不断缩小。前面转弯就是了，此时，元镜的视野突然显示出红光，一个极夸张的危险预警标志几乎遮挡了他的视野。

“汉斯，怎么了？”赵贻安停下来喘口气。

“危险警告，前方存在危险。”汉斯重复发出预警声音，赵贻安向四周望了望，这是一条城中村的小路，两边都是违建的“握手楼”，窄窄的一条过道，周围并没有人。

而就在这电光火石间，他突然想到距离自己不到百米的许峰，他疯狂地向前跑，他刚一转弯就见到几十米处同样向他缓缓走来的许峰，小路很安静，除了风声和细雨落在树叶上的声音，突然“咣”的一声巨响，打破了小路的平静，一块巨大的金属广告牌从楼顶掉落砸在了许峰身上。周边的商户闻声走出来查看，赵贻安奋力向前跑了几十米，在人群中，他膝盖一软，猛烈地咳嗽得直不起身，他瘫在了地上，头嗡嗡作响，很快失去了意识。

醒来时，赵贻安浑身骨头酸软疼痛，尤其是关节和有旧伤的地方，看来真的把这副破败的躯体跑废了。他一睁眼就是医院的白色天花板，已经是白天，他爬起来，却发现自己右手被手铐锁在了病床上，摸一下兜，身上的随身物品都不见了。

门外的警察听到动静进来，赵贻安刚想问许峰有没有抢救过来，却听到那警官说：“赵先生，请问你当晚为何要和死者在案发地点见面？”

听到“死者”两个字，赵贻安像被抽走了骨头一样，趴回了病床上，那警官拍拍他，发现他的身体在发抖，才知道他在哭。不多时，周平江赶到医院，才给哭得满脸通红的赵贻安打开了手铐。赵贻安一边抽泣一边说：“不是意外，他是被人杀死的，我接到了他的死亡预告。”

“我知道。”周平江语气冷静，他蹲下给赵贻安装上义肢，“广告牌是被风刮下来的，但事发前市政检修的车正前往拆除，只是正巧被堵在了路上。有人把危险警戒标志拿走了。虽然很巧合，但我知道不是意外。”

周平江刚要把人接走，张成董事长的助理就到了，说张成现在要见赵贻安。

周平江本想把人留住，但助理态度坚决，他只好打了通电话给张淑卿，然后又把人给放了，临走还小声跟赵贻安说：“最近没什么事不要回临城，除了上班，哪儿都别去。”

“啊？为什么？”

上了车开到半路，赵贻安才想起自己的随身物品还没拿回来，而此时他从收音机里听到国丰科技今天股价大跌。估计张老头见到他不会有好脸色。外资代理人史密斯在发出声明，表示F5集团有足够的资金全力支持BFE度过危机，不必担心抛售和挤兑影响BFE资金的流动性……

车一路开进张家主宅，赵贻安突然摸了一下兜才想起自己忘带止痛药了，他望着窗外的阴雨天，今天估计要受罪。车停在主宅大门前，赵贻安跟着助理来到张成的书房前。

“张董事长在里面等你。”和之前一样，助理也是做了个“请”的姿势就站在房外了。赵贻安独自走进书房，张成正在办公，他对赵贻安视而不见，赵贻安只好礼貌地对长辈问好后，就面对张成的办公桌端正地站着。

书房外的助理返回大厅，此时张庆亮正坐在大厅沙发等他。张庆亮压低音量跟助理说：“帮我去买盒止痛药，等他从里面出来的时候给他吧。”

“好的，张先生，还有其他事情吩咐吗？”

“把家里的地暖全部打开。”张庆亮说完便前往车库上班去了，突然他又停住了脚步，“如果张董走了，留他一个人在房间，你就送早餐和药进去。”

“好的。”

10

赵贻安一早没有吃早餐，就被抓到这儿罚站。他站得很端正，不敢有一丝懈怠。一个小时后，张成终于抬头看了他一眼：“怎么？不是说你恢复得很好吗？站一下就不行了？你在冒虚汗？”

如此又过去一个小时，助理拿着文件进来，让张成签完后，又收拾了桌面上的文件。赵贻安依旧站得笔直，他感觉身体已经麻了，他努力调整自己的呼吸，保持顺畅。他告诉自己，只要保持呼吸，身体就会消化储备的能量，维持生命体征。赵贻安坚持住，不要睡着！不要睡着！眼前的视线开始模糊，恍惚间他脑内闪回了五年前那个潮湿的石材工厂，切割石材的声音、蝴蝶折叠刀的声音，还有外面雨水滴落在铁皮顶棚的杂乱声响仿佛又在耳边响起。

“顶不住就开口。”张成声音低沉，在安静的书房里突然响起，吓得已经有点耳鸣和精神恍惚的赵贻安微微地抖了抖，但这一吓似乎激起了他体内的肾上腺素，他突然清醒过来，视线顿时聚焦。张成站起身来，助理为他披上了大衣。张成缓缓走向书房门口，丢下一句：“净是学你妈的性子，老是硬撑。”然后头也不回地离开了。

张成和助理的脚步声远去后，赵贻安仿佛全身力气都被抽干了，瞬间跌坐在地上。助理将老董事长送上车后，将文件交接给开车的另一位助理，就返回主宅，立刻跑去厨房，取了已经准备好的食物、水和止痛药，返回老董事长的书房。当他将托盘放在隔壁，扶起跌坐在地上的赵贻安时，看到赵贻安惨白的脸上，只有眼眶是红的。

“赵先生，赵先生您还好吗？”助理叫了赵贻安几声，直到他睁开一双潮湿通红的眼，助理见他迅速低头用袖子擦了擦眼睛，于是礼貌地起身端起餐盘递到赵贻安跟前。赵贻安一看到熟悉的止痛药包装盒马上拿起来，拆到一半突然警惕地问：“药是怎么来的？”

“是张庆亮先生吩咐的。”助理如实回答，说着还将手机还给了赵贻安。

舅舅真是“及时雨”。赵贻安没有多言，立刻吞了止痛药，狼吞虎咽地吃完了餐盘里的早餐。助理把赵贻安送回周平江专案小组办公的派出所，他取回了随身物件，一打开手机就看到周靖佳十几个未接来电，他顿感不妙，点开周靖佳昨晚的留言：阿信家里爆炸了，她妈妈被烧得面目全非还在抢救……赵贻安你要是活着就喘口气好吗？

赵贻安眼前一黑，马上全身发抖地跑出去，他慌得不知道现在能干什么，他现在只想马上跑回临城。在不久前，他才刚从桃心那儿得知，他们一直找的那位白先生竟然就是她母亲唐双。赵贻安试图连线桃心却没有回应，直到他接到周靖佳的连线申请，透过周靖佳的元镜，赵贻安坐在路边看到了医院病房外坐着的桃心。她面无表情，双眼红肿，失神地呆坐着，头发凌乱不堪。

突然，桃心用她布满血丝的双眼望向周靖佳，透过元镜，赵贻安感觉她的眼神像一把刀一样，决绝且锋利，她突然夺过周靖佳的元镜戴上："赵贻安，你听到吗？"赵贻安连忙应答，她的声音依旧坚定沉着，要不是刚刚看到他如此狼狈的模样，他是无法相信她遭遇了如此变故。

"赵贻安，没事的，你蹲好你的萝卜坑，我们广州见。"说完她直接把元镜的连线挂断，塞回了周靖佳手里，然后转身离开，直到走进后楼梯，她才终于坐在楼梯上哭了起来……

11

一种无力感瞬间淹没了赵贻安，他想起许峰的死状，想起他死在了距离自己三十米的地方。他立刻起身决定赶回临城，像失去方向的无头苍蝇。

"你现在要去哪儿？"身后传来周平江的声音，"你要跑回临城吗？你回去又能干什么？"

"是啊，我什么都干不了。"赵贻安发出几声苦笑，蹲坐在原地。

"专案组需要一个熟悉国丰科技内部情况的技术顾问，你过来帮个忙吧。"周平江说。

"我这样能干什么，是比我厉害的人有的事。"赵贻安苦笑。

"许峰这次是来交接'青铜时代'的事情。当年李正轩死前将这个微型硬盘吞到了肚子里，我们怀疑，他很可能追踪到了当时 Shadow 贩卖国家机密和国民数据的渠道，所以被杀，而且李正轩尸体被找到后，潜伏多年的 Shadow 竟然再次出山，这再次说明这里面有很重要的东西。我们试图通过多种方式对里面的内容进行解码，如今只初步还原出其中包括一批 BFE 相关资产转移数据，数量和计算量都非常大，清理也需要人手和时间，依照二十多年前的计算机的技术水平，李正轩无法解析当时截取到的加密数据，因此只能保存起来。而关键的是李正轩死前跟我提到过，他将一个'钓鱼'程序植入了 BFE 的某个系统里，这个'钓鱼'

程序会自我伪装，自动收集 BFE 线下窝点汇总的‘分布式账本’，这是最直接的犯罪证据，也是我们端掉 BFE 线下窝点的有力线索，这个‘钓鱼’程序的位置信息大概率是被李正轩加密存储在了‘青铜时代’里。我猜李正轩设置加密的方式并不是为了难倒我们，而是为了防止被 BFE 的人找到，因此了解他加密习惯的人很快就能进行解码，所以我们找到了李正轩的研究生导师，一个叫黄冲的密码学领域的专家。”

“李正轩是黄冲的学生？”赵贻安感到意外，学数学的他自然知道黄冲的传说，那可是最有可能解开‘青铜时代’加密信息的人。”

“当年李正轩在她的基础上，完善新的加密算法，最终才有了‘铁壁’程序的雏形，也就是‘监护人’程序。”

赵贻安恍然大悟：“难怪他能写出数学模型如此完美的防御程序。”

“唐双在接触黄冲后就被盯上了，而黄冲也在这个时候失踪，很可能和安徒生以前的那七名研究员一样，被……”

“所以，你认识斯托曼对吧，他是安全的，对吧？”赵贻安突然用恳切的目光望着周平江，他想许叔已经不在了，如果前辈的身份暴露是不是也会遭遇不测。

“他是我们藏得最深的人，”周平江说，“所以不到万不得已我们都不会让他出面，他每一次在镜城接触你都冒着被盯上的风险，所以我们只能用已经公开身份的人，而现在许峰不在了，唐双刚脱离生命危险，还原相关数据和清理它们的工作量很大，我们能用的人不多。”

“周叔，”赵贻安抬起头，“为什么你不担心身份暴露？”

周平江听了轻笑一声：“呵，你忘了我是什么身份了吗？我穿着这身制服，它们还没这个胆子明目张胆挑衅警方吧。”

“没猜错的话你就是那个黑衣道长，对吧？”

“这不是很明显吗？”周平江掸了掸身上的制服，“我年轻时可是武侠迷，你那块液态盾牌‘黑羽’就是我道袍剪下来的，我们就是担心你不小心掉进了海盗链接里。”

“这么说，你的道袍和唐阿姨的僧袍其实都是防御武器。”

“一个公司的安防和账房的安全是必须保证的，我们可以在镜城变成透明人，方便办事。”

12

赵贻安回到“国舅府”已经是中午，路过花园看到舅姥爷拿着个鱼竿，坐在一个空了的大花坛边“钓鱼”。他隔壁停着一把追踪遮阳伞，这伞的腿脚很是灵巧，他站起来查看鱼是否上钩时，追踪伞的轮子便退开，“站”他身后不挡他道，还升高高度，不遮挡他视线，实在是贴心。赵贻安默默回房间将自己收拾整齐就返回十八楼，心想就算自己是颗软柿子也不能被看出被人捏过的痕迹，他要做一颗冻得梆硬的冻柿子。

第五章 爱者之贻

第一节　方舟程序

1

“你预测到危险为什么不给许叔发预警！汉斯你回答我！”

“根据四千二百四十二种不同情况的分析，汉斯优先保证你的安全，在保证你安全的前提下对其他个体进行施救……”

“你保证我的安全有屁用，我……”赵贻安手里攥着许峰留下的黑框眼镜，镜片已经碎出雪花裂纹，那皮绳磨损得有些包浆，“我没有那么重要，我不值得……”他低头擦了擦眼泪，心里暗骂自己一个大老爷们怎么眼眶总是装不住眼泪。

“汉斯无法允许你受到伤害，汉斯无法违背自己的指令，赵先生。”

“谁给你的指令？”

汉斯陷入沉默。

“普罗米修斯是谁？”

汉斯依然沉默。就在赵贻安放弃追问时，汉斯的声音突然响起：“你,在找我吗？赵,贻,安。”这是汉斯从未有过的语气，他一字一句地说，并且汉斯从来不会叫他全名。

“你是谁？”

“我，当然是汉斯。”

“你是……什么东西？”

“赵贻安,我可是看着你长大的,没有我,你三岁就溺死在张淑卿的浴池里了。”

“琼阿姨？”赵贻安脱口而出家里保姆的名字，“开什么玩笑……”

“可笑！没有我，你淹死了那保姆都不会知道。”

赵贻安感到脊背发凉，立刻切断了所有移动通信，摘下了穿戴终端设备。整个房间陷入几秒可怕的寂静，突然，正在训练的“月神”发出警报：“警告！主程序遭遇攻击！警告……”

赵贻安来不及厘清对方是人是鬼，立刻手忙脚乱地进行拦截修复。“月神”诞生在比“汉斯”晚三十年的今天，无论是硬件、软件还是网络速度都有了质的飞跃，可以说它是站在了“巨人的肩膀”上摘苹果，只是它还在训练阶段，还没有完善的防御系统，依托安德森的量子计算机“巨轮号”的加持，已经初见雏形。赵贻安费了九牛二虎之力才抵御住了这次攻击，他检查“月神”各项指标正常后，用发麻的手指摩挲着许峰破碎的镜片，大脑放空，像丢了魂一样。

2

第二天赵贻安回到十八楼，按分配下来的工作打了几个简单的补丁后，就拿出自己的云笔记本继续完成周平江找他帮忙的数据还原工作。而就在这时，部门突然收到了比平时多出好几倍的补丁要求，透过玻璃隔间，赵贻安看到十八楼几个分管技术总监都迅速走进了中控室。

赵贻安犹豫了一下，压低音量：“汉斯？你又在搞什么鬼？”汉斯没有反应。“装死是吗？”他又尝试像以往那样用按快捷键的方式唤醒汉斯，但还是没有回应。就和上次一样，汉斯突然“失联”。他又立刻打开对话框，尝试输入文本来和汉斯沟通，但依然没有回应。

“我们被入侵了吗？”办公室里的同事们都在一边机械地打补丁覆盖系统的漏洞，一边叫苦连天。

“不是说铁壁程序很牢靠吗？”

“应该不是被外部攻击，安全系统还很完整啊。”

“那不然，主程序自己抽风啦？”

与此同时，周靖佳也来找赵贻安吐槽：“今天我们部门接到一大堆售后投诉，最要命的是省里在开一个重要会议，那个会议主持程序中途在那儿说胡话，流程大纲也乱套了，我这边带着运维人员去到现场，被骂到狗血喷头……”果然，汉斯打个喷嚏，底下的子程序就都会跟着“感冒”。

赵贻安悄悄使用之前做的一个测试程序，从十八楼的内网潜入中控室查看汉斯后方的数据。赵贻安虽然没有完全弄明白究竟哪里出了问题，但他知道，汉斯作为通用 AI，承担着国丰科技非常多自动化的管理工作，在日常的系统运维工作中，它就像牧羊犬一样帮助牧羊人管理羊群，当它检测到服务器异常或硬盘出现故障，会控制运维机器人进行更换，再将换下来的部件交予“搬砖工”，统一送往维修部门。

同时，汉斯作为数据管家，可以完成相对基础的数据分层、资源调动、参数优化和压力测试工作，智能异常检测工作也有效降低数据计算处理存储的管理成本。可现在，这些功能由于某种原因而无法正常运作，这导致在修复之前，原本由汉斯完成的工作，需要人来顶上。

此时，赵贻安拿着自己的云笔记本跑出办公室，他走到中控室的门，门禁亮起红灯，随即又转成了绿灯为他开门，他走进中控室时，几个技术总监都愣住了。

“我想提供一个……方案。”赵贻安在几人疑惑的注视下望向站在中控大屏前的贺业。

众人交头接耳之际，一直背对众人的贺业终于发话：“其他人出去盯一下分支系统。”他挺着个大啤酒肚站在中央操控屏幕前，指了指赵贻安说：“你过来。”

等其他人出去后，赵贻安刚想说自己的想法，贺业直接说：“你想用你那半成品玩具辅助汉斯失灵的功能是吗？”

“我是想……”赵贻安想补充点什么，但好像他说的就是这么回事，但……

“你想得倒简单！”贺业额头的青筋冒了出来，“你以为这是普通的故障吗？”

赵贻安听了尴尬万分：“那……抱歉，我先出去了……”自己跑进来确实是太自以为是的。正当他转身准备退出去时，贺业叫住了他：“回来。”贺业拧着眉，脸上是一贯的苦大仇深模样，他迅速接过赵贻安的云笔记本，将它投影到了中控室的屏幕，一目十行地翻看“月神”的代码。赵贻安呆若木鸡地站着，大气都不敢出。

“啧……”贺业脸色铁青地边看边发出让赵贻安提心吊胆的声音，“写的都什么垃圾……”

赵贻安冒出一身冷汗，直到他听到贺业问："这东西你写了多久？"

赵贻安马上回答："断断续续得有一两年了吧……"

"逻辑狗屁不通……"贺业走到旁边的移动白板前，在上面写写画画。那是他专用的白板，事实上现在已经很少人有书写打草稿的习惯，但贺业思考的时候喜欢用笔梳理逻辑思维导图，这是他这一辈人年轻时候留下的习惯。旁边的赵贻安看得一头雾水。过了好一会儿，贺业沉默地坐回中控室的座位上，将赵贻安的云笔记本从中控大屏断开。赵贻安屏住呼吸，直到贺总工冷冷说了句："还不滚出去。"

赵贻安叹了口气，拿上自己的云笔记本，失落地转身走向门口。这时，贺业按下了十八楼的内线频道："陈部长，这两天不用安排任何工作给赵贻安，我刚布置了工作给他。"

"好的，贺总工。"陈部回复。

赵贻安迅速回头，他看着贺业的背影，贺业已经重新在自己座位上工作。赵贻安愣在原地不知要干吗，贺业突然说："出去把有问题的模块给我重新写。"

"哦，好……我马上……"赵贻安磕磕巴巴地应答，马上取出手机拍下白板上的逻辑思维导图，然后麻溜地跑回自己工位。

3

赵贻安一整天都在抓紧时间重写模块代码，还要兼顾专案小组的进度，遇到困难，他就找阿赢他们帮忙想办法。最近赵贻安发现自己好像总是联系不上桃心，但周靖佳却告诉他，桃心今天刚回到广州，说是调查一个姓黄的人。黄冲吗？他立刻点开桃心的对话框，提醒她最近要注意安全，即使最近桃心都是已读不回。

临近傍晚，忙碌的办公室里，同事们突然连连发出小声的惊叹，不少人站起来回头望向赵贻安的方向。赵贻安不明情况，直到他打开内网社群，带着不好的预感点开被顶到榜首的帖子，里面只有一个视频。

赵贻安只看了两秒就迅速关掉整个页面，胃里的食物连同胃液瞬间涌上喉咙，他直接在工位上吐了一地，脑袋顿时嗡嗡作响。办公室内众人哗然。赵贻安跌跌撞撞地跑出办公室，进了电梯一路升上了天台。他兜里的手机一直在振动，连带着他整个人都在不正常地发抖。楼顶的冷风让他清醒了些许，他将手机关掉，靠着墙边坐在了地上。冷风钻进他的骨头缝里，疼得他全身酸软。

周靖佳几乎在前后脚的时间来到楼道，他悄悄地望见赵贻安坐在墙边，于是退回了楼梯口，拨通了桃心的电话……

话分两头，桃心看到这个视频的时候，视频已经在镜城的各大社群平台被推到了热度最高点。六分钟的视频文件，由四个片段剪在一起——昏暗的铁皮棚屋内，赵贻安被绑在一张椅子上，神志不清地低着头。很显然，这是六年前赵贻安被绑架后，绑匪分四次发给张淑卿的勒索视频，只是对方要的不是钱那么简单，不然任何一个母亲都不可能看到这些影像后还不肯妥协。

桃心手心冒汗地点开这漫长的六分钟——在第一段视频里，蒙面匪徒玩弄着手中的折叠蝴蝶刀，蝴蝶刀锋利的刀刃带着血，绑匪大声地倒数“十、九、八、七……”每数十声，就停下手上的动作，在赵贻安身上割一刀，然后任由着他的惨叫声混合着蝴蝶刀特有的金属碰撞声，响彻随后的十秒，然后再割一刀……这样一直持续了一分半钟，直到赵贻安已经叫不出声音，他低着头抽泣着……

第二个视频里，蒙面匪徒攥着一把封箱用的长钉。一颗、两颗、三颗……全部扎进了赵贻安的大腿和小腿，整个视频都听不清任何声音，除了竭力的惨叫声……

到了第三个视频里的赵贻安已经不知道是否还清醒，他被很粗的那种用于吊起石材的麻绳捆着，吊在一个用来清洗石材的废水池上方，在绑匪的大声起哄中，绳子突然松动，他整个人掉进水池里。整段视频都只听到绑匪的笑声……桃心瞬间将云笔记本反扣在桌面，愣了好一会儿才缓过神来，那日两人被困在废弃水库的场景瞬间涌入她脑海里。她想起赵贻安苍白的脸，想起他冷得僵硬的手……她颤抖着重新点开视频，将进度条拖到最后一段视频，当桃心听到石材切割器发出的尖锐噪声和赵贻安沙哑的呼叫声，她意识到是怎么回事时，吓得“啪”的一声，重新将笔记本扣到了桌面上……随后又颤抖着双手将视频关掉。

桃心立刻驱车赶往国丰科技园区，她感觉自己手抖得厉害。而此时，他接到了周靖佳的电话："阿信，你……"

"我快到国丰科技门口了……"

4

缩在国丰科技主楼天台墙边坐着的赵贻安突然抬头见到桃心时，他整个愣住了。

"你怎么……"

"我拿了周靖佳的工牌。"桃心走到他身旁，坐了下来。

"他一个绿牌实习生……"

"你当年不也是拿绿牌进了十八楼吗？我就不能上顶楼吗？"桃心说。

傍晚，太阳已经偏西，紧接着天色便开始昏暗，夕阳的余晖给桃心的轮廓镶上了一圈金边，赵贻安突然有点恍惚，想起他们初遇的那个傍晚，时间过得真快……

"我是不是很窝囊。"赵贻安站起来，背过身去坐，他低头望着自己的鞋尖，深深地叹了口气，"小时候，我仗着自己数学成绩好，参加各种比赛，得到升学特权，当时我觉得自己是天才，天真地以为自己会像热血漫画里面的主角一样一鸣惊人，我幻想自己会颠覆超越父辈……但后来我发现，自己不过是年少得志，得意忘形，我远远追不上他们的伟业，无论是像我妈一样作为一个经营管理者，还是像我爸那样作为一个科研者，我都不及他们万分之一，我一无是处……我甚至是个累赘，总是因为我坏他们的大事……那把折叠蝴蝶刀，是我自己的，我手闲不下来，我贪新鲜买来玩，我自食其果……"说到此处，赵贻安开始哽咽，手指不断转着手里的魔方，"我说这些……我不是……不是想要你同情我，我不需要同情，我讨厌被同情，我……"

"我没有同情你。"桃心直接打断了他的话，"我佩服你，自始至终，我佩服所有能在苦难中站起来的人。"

听到此话，赵贻安的手突然停了下来，他抬手擦了擦滑落的泪水，缓缓抬头望向头顶的天，露出一丝苦笑，他忽然感觉这些年不过是自己跟自己过不去，那可笑又可悲的自尊心。

夕阳退去，夜色弥漫了整个城市，不知沉默了多久，赵贻安重新低头转动手里的魔方，他一边断断续续地说："如果我不是生在这样的家庭，如果我只是……生在一个很……普通的家庭，我或许就像……小凡那样，为了补贴家里，在工地搬砖，辗转找不到一份体面的工作，又或者稍微好一点……到了现在这个岁数，父母都会希望我有份稳定的工作……然后盼着我结婚成家……然后，或许我到了中年，头发逐渐稀疏，开始发福，车贷房贷，孩子学费，这个时候如果再有人找我一起做疯狂冒险的事情，我都会拒绝吧……我可能混得不如他们任何一个。我什么都不是，我这个废物……"他一边说，一边注视着手里的魔方，泪水又莫名其妙地"决堤"。

此时，坐在身后的桃心终于打断他的絮絮叨叨："赵贻安，你在叹息个什么劲儿，事实上，这个世界上大部分人都很平凡，你我都是平凡的人，包括我爸妈，还有安德森、铁壁的很多人，谁都曾经是个平凡的人，只是有的人，在平凡里稍微有点不一样的闪光点，而恰巧他们在某一时刻，受到感召，从此生命朝着这个闪光的点走去。"她从他声音里知道他又哭了。

赵贻安不敢出声，他怕身后的桃心听见哭声，于是他很用力地转动手中的魔方，试图用魔方的声音转移桃心的注意力，但他还是不小心发出了抽泣声，而此时，身后的女人突然把背靠了上来。桃心什么都没有说，微微后仰了一下身，用背抵住了身后的人，感受到他哭泣时身体的频率。

桃心向来不擅长安慰人，似乎她生命里迷惘的时间比别人更少，在她过去的二十多年的人生里，她大部分时间都在路上奔跑。她很小的时候就明白"光阴似箭，岁月如梭，时间就是生命"，她清楚地知道自己的目的地。

但母亲却说，会有那么一天，你会愿意和某个人虚度时光，一起消磨精致而苍老的宇宙，一直消磨到星光满天，你会为他停下脚步……那时的桃心丝毫不懂，甚至问母亲："这就是你年轻时毅然回到这个小城虚度余生的原因吗？"

那时的母亲只是笑笑说，临城就是她的"诗与远方"，这里有重要的人，还有"爱与温柔"。实在难以想象，那是学数理出身的母亲能说出的话。还记得五六岁的桃心问母亲为何其他同学家里有两个孩子，而自己家只有她一个。唐双委婉地说："别人家喜欢小孩所以就有两个，我没那么喜欢小孩所以只有一个。"当时桃心还傻傻地问："喜欢就可以有两个吗？"长大后，桃心发现母亲并不像其他阿姨婶婶那么充满"母性"，她甚至直言自己并不喜欢小孩，但不影响她爱自己的孩子。

那天，母亲全身百分之六十的皮肤被烧伤，父亲整宿没睡照顾在她床前，直到第二天她脱离危险才在病床隔壁的沙发上睡着。桃心问母亲，这样值不值？咱们家可不比张家赵家，我们耗得下去吗？

"安徒生计划，不是赵家张家的项目，是一群在这个时代很重要却不能留下姓名的人的事业，你懂我意思吗？派去领奖的人，出现在公众面前的人，他们都不是真正的研发人员……"

"那沙盘项目呢？"桃心突然问，"我知道你是零号测试者，没有那次内测，你是不会嫁给父亲的对吧？父亲知道内测的事情吗？"桃心知道，父亲这一个老古板，如果知道了肯定很挑战他的认知。

"他知道。"

桃心难以置信，唐双又说："你别看你爸经常嘴上说这不好那不好，但只要我坚持，他就会在行动上支持我。"

"阿信，"病床上的母亲突然郑重地说，"婚姻与养育后代于我而言是一种修行，我相信所有的相遇都有其意义，不是恩赐就是教训。正如上天把你送到了我身边，那就是我俩的缘分，我便全力以赴地做好一位母亲。"

回想起母亲的话，桃心内心纠结，母亲一生为他人算账管账，事事锱铢必较，到头来自己的大半生都慷慨给了安徒生计划，成为那个不能说出姓名的"白先生"。

桃心望着星星点点的夜空，不知过了多久，久到她甚至没有看手表，直到，身后魔方转动的声音停了下来。

"知道吗？我总是有种感觉……感觉我们好像……已经认识了很多年。"

桃心听了侧了侧头："我们本来就是认识了很多年啊，你傻吗？我们认识的时候，你才十三四岁。"

"我的意思是，很多很多年，久到我们都还没出生，而你好像比我长了几百几千几万岁，”赵贻安手中的魔方又转了起来，“就像两颗平行轨道运转的星体，在无数自转公转周期里，每次相遇都是擦肩而过，然而突然其中一颗被外力撞了一下，从此他的轨迹就变了，然后这两个星体就注定在未来的某一个周期里相遇并且撞击，然后各自散落交换碎片……”

“没想到你还挺浪漫的嘛。”桃心抬起头，后脑勺的高度刚好抵在了身后赵贻安的肩膀上，然后望着满天繁星说，“你知道这天上有一颗属于安德森的近地卫星吗？”

“白天鹅号是吗？你知道的还挺多啊。”赵贻安知道，近些年，越来越多头部科技集团投资发射了私人通信卫星，安德森自然不例外。

“在驿城图书馆上课知道的。”桃心又说，“你说，如果这天上和海里的信息基站都足够完善以后，是不是水埠头这样的孤岛，都能通网？”

“理论上是可以……”赵贻安突然停下刚要说的话,话锋一转,“你母亲她……”

“黄冲老师在自己的房子里遇害了，黄冲家遭到入室抢劫，被枪杀了。我妈很难过，她认为是自己害死了黄冲。”

“唐阿姨还好吗？”

“没有坎是我妈妈过不去的。”

而就在此时，一个电话打断了两人的谈话，这要是别人他就不管了，但竟然是贺业，于是他迅速将情况告诉了桃心就准备下楼，他刚走几步突然想起来又回头：“注意安全。”

5

赵贻安顶着一双红肿的眼，低着头走进中控室，还好此时已经接近下班时间，技术总监们都回到了各自的分管部门，因此中控室里只剩下贺业在检查机柜的数据。

贺业冷漠地说：“你要是不想干了，可以走。”他花白的头发打着发蜡并一丝不苟地梳到脑后，那双眼睛即使隔着两块厚重的镜片，依然时刻让赵贻安感到压迫。

“我没事……”

贺业侧目扫了眼赵贻安红肿的双眼，然后一脸嫌弃地发出两声“啧啧”。赵贻安迅速低下了头，马上贺业又说：“还不滚出去？别烦我工作。”赵贻安只得灰溜溜离开。

回到“国舅府”的赵贻安，马上埋头完成贺业布置的工作，他发现很多问题无法独自解决，于是他又联系了斯托曼。他总觉得前辈在安德森任职，又是铁壁岛的成员，并且对汉斯的模型架构都非常了解，显然，他跟汉斯有特别的渊源。

于是赵贻安在请教完前辈一些比较基础的代码问题后，终于问出了他最想知道的问题：“究竟是什么导致汉斯突然……进入一种‘半休眠状态’。”问题发出后，赵贻安等了很久，才收到前辈的回复：“听你描述，我猜是因为汉斯触发了警报，被‘铁壁’的‘监护人’模块，关进了‘黑房子’里。”

“什么黑房子？”

前辈再次没有回复，赵贻安接着问：“我听许叔说，这个‘监护人’模块最初是李正轩写的，后来被整合进了‘铁壁安全程序’，那这个‘黑房子’又是什么？”

“这件事如果要讲清楚，可能要从汉斯 0.5 开始讲起。”前辈回复。

“什么 0.5？”

“汉斯 0.5 其实是汉斯最初的工程版雏形。那年赵志华带着汉斯 0.5 来到国丰科技，在苏予川和张淑卿的运作下，安徒生实验室开始组建。第二年，安徒生计划启动，当时实验室有关的项目都归入安徒生计划，苏予川为安徒生计划筹集资金。一切都非常顺利，第三年，有了“沙盘”程序的加持，汉斯成功迭代出 1.0。”

“所以这一年就是汉斯元年对吧？”

“不！汉斯从工程版开始，就已经在记录数据，因此汉斯元年应该是汉斯 0.5 诞生的时间。”前辈说，“汉斯的数据记忆是按照汉斯纪元的时间线记录，但正如我们人类历史有‘公元’就有‘公元前’，那么汉斯元年后发生产生的记忆由汉斯记录，而元年前发生的事件则少量通过人类的记忆获得，被标记为汉斯前多少多少年。但由于人类对记忆是有加工的，这部分的数据不会太完整，只会笼统地标注一些关键且客观发生的事件时间节点。”

“有 1.0 的存在，那是还有 2.0 吗？”

“当然，安徒生实验室解散前，赵志华已经预感，他无法带走汉斯 1.0，它很可能要归国丰科技，这时李正轩劝他把‘监护人’程序植入汉斯的底层代码里，但赵志华极力反对这样做，他认为这无疑是将汉斯锁在一个小笼子里，阻碍它的成长。事实上两人在这方面的分歧由来已久，赵志华甚至赌气写了个叫‘方舟’的程序，据说是可以消解掉‘监护人’。不过最终这两个程序都没有植入到 1.0 里，两人就离开了国丰科技。至此，汉斯 1.0 被张老头接管。后来就是骷髅蝴蝶病毒的事情，你也知道了。”

“我想我爸已经后悔了，李正轩是对的。”

“那是肯定，所以赵志华在设计‘铁壁安全程序’时，把‘监护人’编了进去，这套系统是完全克制‘骷髅蝴蝶’的。我想他最后也深深后悔当年没有听李正轩的建议吧。”前辈说，“只可惜，他后悔的时候，李正轩已经……”

“前辈，李正轩真的死了吗？”赵贻安突然问。前辈没有回复，赵贻安又问：“你为什么会知道这一切？前辈。”

“这是老‘铁壁’人都知道的往事，当时的组织还没建立 DAO，还是叫‘监护人’组织。”

“是吗？”赵贻安听了回想许叔说的，确实前辈说的这些信息都对得上。

“你父亲失踪后的第二年，铁壁 DAO 才正式成立的，‘铁壁’的名字大概是为了纪念他吧。他失踪前，就是用铁壁安全程序压制了新型的骷髅蝴蝶病毒，事实上，这病毒的源头就是汉斯 1.0，是有人通过汉斯 1.0 散布病毒，铁壁程序植入汉斯 1.0 后，‘监护人’就会随时检测与汉斯 1.0 接触的人，以及它形成的思维决策是否有异常，一旦判断异常，比如它对人生命产生威胁或散布病毒，那汉斯的‘类人思维心智模块’连同出现异常的模块功能都会被关进一个‘黑房子’里，在掌握密钥的人类‘监护人’为其解锁之前，汉斯 1.0 都会进入沉睡状态。其实本质上就是断开它和‘诸葛亮’的联系，使得它无法自主完成一些高算力的工作，并且人为审核监控它的数据和决策。”

前辈所说的“诸葛亮”是在安德森的“巨轮号”面世之前最先进的国产量子计算机，也是国内第一台民营机构研发的量子计算机，它的诞生奠定了国丰科技在国内科技产业的地位，而汉斯就是依托“诸葛亮”的算力才茁壮成长的。此前赵贻安从许峰口中得知，杨枫和贺业年轻时候就是“诸葛亮”项目的领头人，这也使得两人后来能稳坐在技术高层，而舅舅张庆亮只得负责行政工作，即使他和杨枫平级，张老头也是耿耿于怀。

“所以汉斯现在就像睡着了一样，身体机能正常，脑部和身体都是健康的，唯独有人叫它，它不会有反应，而国丰科技最基本的业务都还能正常运作，是这样的意思吗？”赵贻安皱了皱眉，“可是这六年来，汉斯都跟我正常沟通交流，它的‘类人思维心智模块’是正常运作的。”

“没错，跟你沟通的事实上是汉斯 2.0。他诞生于汉斯十一年。赵志华离开国丰后，根据 1.0 存在的问题，重新架构，我和安德森科技最初的一批成员都参与了 2.0 通用智能模型的训练。”

“那为什么 2.0 会在国丰科技？”

“准确地说，是国丰科技和安德森科技共享了汉斯 2.0 的某些功能模块。在 2.0 正式投入使用后的第七年，也就是赵志华失踪的那年年末，张成突然和安德森科技签订了合作协议。”

“这不像是张老头会做的事情，他怎么会同意核心技术与他人共享？”

“呵，他有得选择吗？当时 1.0 的‘类人思维心智模块’连带着一些核心程序都已经被关进‘黑房子’里，那是汉斯有史以来第一次大面积‘失能’，比我们现在的小范围‘失能’严重得多。”

“那上次呢？就上个月，那是第二次‘失能’吗？‘铁壁’突然崩了，它不是号称最坚不可摧的吗？”赵贻安回想起自己和桃心被吊在废弃水池上的经历。

“不对，那应该算第三次，第二次是在六年前。”

“六……年前……”

“该死的‘方舟’程序不知为何被人从华临科技植入，由于它出自赵志华之手，估计跟铁壁程序有一定渊源，‘铁壁’会将它当作‘自己人’，于是它迅速从华临科技的服务器爬到安德森科技的服务器，将尘封在‘黑房子’八年之久的汉斯1.0放了出来。这个‘暴徒’就成了无人看管的状态，但鉴于2.0的‘类人思维心智模块’已经占据了它在国丰科技曾经的地位，于是它们就在系统里共存。”

“这……不能重新关回去吗？”

前辈却说：“因为‘方舟’克‘监护人’，‘铁壁’的‘黑房子’已经被破坏。于是之后的几年，都是靠人力和汉斯2.0来压制1.0，他就像一个人格分裂的人，一半天使，一半魔鬼。”

赵贻安马上想起，六年前，自己从水埠头带回的那个不知名程序，莫非就是“方舟”程序？可是这一切存在着非常多的巧合，如果爷爷不意外去世，保险箱就不会过期，那他就不会看到父亲留下的笔记，就不会突然回到老房子并翻到这个程序，那……赵贻安细思极恐，但他不敢将这一切告诉前辈：“为什么我爸都把1.0的心智关起来了，还要留着这个‘方舟’干什么！”这不是害人吗？

斯托曼沉默了接近五分钟，终于回复：“或许，在赵志华看来，汉斯1.0就像是他的孩子，任何一个父亲都会对自己犯错的孩子持有容忍之心吧，就像上帝给人间降下灾难惩罚的同时又生出怜悯，为世间的生灵准备了诺亚方舟。”

“那我算什么？”赵贻安无法接受这个答案。但紧接着，贺业又继续说：“但事实上，每件事情都会存在两面性，在第三次‘失能’，也就是上个月，2.0遭遇1.0攻击，导致汉斯2.0出现大面积‘失能’。安德森科技马上派人去国丰科技配合修复工作，事后发现，是国丰科技有人试图让1.0重新掌握核心决策权，这样导致两个系统都出现了损坏。最后双方得出一个方案，就是数据记忆融合。”

“什么意思？”

“正如人的意识存在矛盾，存在善念与恶念，那么我们设想，1.0和2.0深度融合后，两个系统将沟通参与决策，这样汉斯将更加像一个‘人’，但同时又保留了智能体的思维模式，它们的关系会像人的左右两边大脑，虽说是一个整体，但其实又是两个不完全统一的个体，互相影响却又功能相对独立。而且这样做最大的意义在于，汉斯2.0的架构里，‘监护人’写在了它的核心代码中，两者一旦融合，1.0也将重新接受‘监护人’的规管。”

“这……”赵贻安消化了好一会儿终于明白，此刻汉斯的小范围“失能”估计是“左脑”在某些决策上出现了异常而暂时被关进“黑房子”休眠，但在他休眠期间，“右脑”暂时接管一部分工作，维持整个“大脑”的正常运作，防止大规模“失能”的情况发生。而在此期间为了节省算力，汉斯暂时无法胜任赵贻安的“贴身助理”工作。

这晚，知道了这一切的赵贻安难以入眠，他想起了很多事情，他冥冥中感觉，六年前自己被绑架后，母亲没有妥协，或许是因为真的有比她儿子生命更重要的东西要守护。这个理智到极致的女人，为了自己亡夫的理想，是真的如此铁石心肠吗？

6

次日早上，赵贻安顶着一双熊猫眼回到十八楼，他把自己昨晚通宵写的代码模块拿给贺业看，虽然贺业还是一嘴一个“垃圾”，但明显态度有所缓和，还给赵贻安派了新的工作。傍晚时分，贺业检查服务器数据的时候，带上了赵贻安。第二天，贺业检查到一半，突然被叫去开会。离开的时候，贺业交代赵贻安整理好F、G两个区的数据，把结果同步好，就下班，不要做多余的事情。事实上，十八楼的服务器分A到G七个区，贺业一直都只让赵贻安帮忙检查最次要的F、G两个区。赵贻安按要求完成工作后，见贺业还没回来，便偷偷溜进A区。他知道平时自己并没有进来这里的权限，于是他把事先准备的程序植入A区的一个服务器上，这个程序会伪装成一个垃圾文件，只要赵贻安对服务器的内容只看不碰，它就不会被发现，等一个清洁周期后，这个“垃圾文件”，就会被系统自动清理。

在A区的服务器里，包含了BFE数字资产使用的交易系统。赵贻安几乎不眠不休地花时间搜索交易系统对应的服务器。终于让他发现——疑似有人在BFE的入账系统中植入了一个后门程序，从而可以绕过警报更改财务记录，这样就可以神不知鬼不觉地将BFE的资金转走而不被发现。可是由于B、F、E的交易系统只有一部分的服务器在国丰科技十八楼，要掌握证据最好是有完整的数据链。

赵贻安立刻把证据同步给了周平江，但他不知这件事能不能告诉贺业，可是……贺业检查得那么频繁，怎么可能不知道这个技术后门的存在？难不成他就是那个“监守自盗”的人……而此时，赵贻安还没来得及纠结，就马上又有更令他头疼的事情发生。早在一周前，内网就开始有传闻，赵志华当年在国丰科技的成果存在剽窃嫌疑。起初赵贻安没怎么放在心上，毕竟他早已对内网和社群的言论攻击习以为常，自从上次的视频被曝光后，他觉得已经不会再有比这更糟糕的事情了。或许，让人知道自己的“伤疤”又如何？

然而，事情总是会朝着他意想不到的方向发展。由于赵志华在国丰科技任职期间的成果，知识产权属于国丰科技，今早国丰科技法务部突然收到律师函——该律师事务所接到了英国华裔教授夏铭的委托，声称赵志华窃取了夏教授的儿子夏礼生前的科研成果，并使用在了国丰科技的研发工作中。其中就牵连到多项与通用智能模型相关的核心源码。虽然赵贻安觉得这是一件非常扯淡的事情，但赵贻安早已神经紧绷，不知道又是哪路神仙在放大招。

与此同时，远在临城的桃心同样知道了这件事，她知道夏铭教授就是夏菲女士的父亲。谁知当晚，夏菲就联系了她，了解回忆录出版的进度。桃心立刻明白了她的意图，马上与出版社的编辑推进出版进度。

第二节 阿褰

1

江南小筑遭遇火灾后，夏菲女士搬到了她的一处画室居住，此处存放着她的很多旧作。

“这是我当年跟着母亲回国后的第一个落脚点，二楼生活，楼下教学生画画。当时是租的，后来对这里有了感情，就把它买下来了。”夏菲边说边带着桃心整理她的旧作。

“阿褰老师，这是谁？”桃心望着墙上的一幅油画，画面上有个坐着轮椅的男人，“这是夏礼先生吗？”

“是的，哥哥是个渴望自由的人，却被禁锢在了轮椅上，或许死亡对他而言是一种解脱。”

“昨天我在图书馆见到了他！”桃心非常惊讶。

但夏菲听了却只是轻轻一笑：“这没什么奇怪的，图书馆的建筑结构是我设计的，它还处在基建期的时候，我就开始设计里面的 NPC，虽然人死不能复生，但我希望可以在图书馆里看到他的虚拟形象。他生前最讨厌家里的楼梯了，于是，我就将十九层到八十一层设计成环形结构，每一层都是相连的，这样他的轮椅就可以从 19 层一直畅通无阻地到达顶层。他的虚拟人形象每天都会在十九层和八十一层之间来回往返。但这个虚拟人形象只是普通的 NPC，没有设计智能程序，因此只会重复相同的话语和简单的问候。”

“可是……夏先生喜欢看小说吗？”桃心突然问。

夏菲感到讶异：“哈哈，不可能，他是个无趣的人，只会研究学术。”

桃心听了若有所思，她望着画中的男人出了神。

“阿信？怎么啦？”

“没什么，”桃心回过神来，“出版社那边的朋友说，回忆录校对已经完成，估计很快就可以顺利出版。”

“谢谢你阿信。”夏菲如释重负地笑了，她眼角的鱼尾纹仿佛沉淀了她所有难平的回忆，“等这件事完成后，我就回去照顾我父亲，可能会是一段比较长的时间。”

“阿襄老师，您真的打算回英国了吗？”

“无论怎样他都是我的父亲，虽然他没有给我一个美满的童年，但当我那天见到他年老落魄的模样，还是有点不忍心，我知道，他孤身一人，无依无靠，才会被人利用。”夏菲一边说，一边收拾画室，为她的离开做准备，“知道吗？当我重新回到那个庄园，那些曾经的记忆就突然活了起来，那里有属于安德森先生给我的回忆。”

可是赵志华只是她人生的过客而已，桃心不解：“人真的可以靠一段回忆过完一生吗？”

“或许，每个人心里都可能住着一位安德森先生，”夏菲说，“是他让那段时光变得不再狰狞。”

桃心此刻好像特别能理解她的心情，她默默地帮夏菲整理绘画用的器具，打包好准备寄回英国。

“阿信，”夏菲环顾四周，“我想拜托你帮我照看一下水埠头的店，可以吗？Wonderland 在不同地方的店都有请人管理，唯独水埠头的分店，那里放着一些值得回忆的画作，我希望你有空可以帮我去打理，轮班的店员们都是粗心的家伙，我不放心那些店员。”

“谢谢您的信任，”桃心说，“往后有什么需要，都可以找我。”

“有空我们在驿城图书馆见吧。”

2

《风陵有信》第一批印刷投入市场的当天。《风陵有信》的 NFT 版本也在 Web3.0 同步上线，阿襄作为镜城知名的数字绘画艺术家，这是她第一次发售文字作品。几乎在同一时间，虹心事务所转载了《风陵有信》NFT[①]版本的发售消息，同时公布了一份夏菲女士的声明，声明主要交代了三件重要的事实——

第一，夏菲女士本人是夏铭教授的女儿，是夏礼的妹妹，夏礼生前确有拜她将一些科研资料转交给赵志华，包含了知识产权转让证明，并且手写了一份声明，该科研成果是由两人共同研究完成，且只停留在学术理论层面，与后来赵志华归国后参与国丰科技的工作成果无关。（相关书面证明文件随本声明公布）

第二，夏菲表示自己的父亲夏铭如今已经八十多岁高龄，自己已经回到父亲身边照顾他，请停止对老人的利用。（夏铭教授近况照片随本声明公布）

第三，《风陵有信》是夏菲女士的回忆录，她作为见证人，记录了关于赵志华年轻时赴英留学的经历，还有他与夏礼、恩师夏铭的渊源。（附：《风陵有信》的 NFT 版购买链接）

声明发布以后，包括铁壁 DAO、安德森科技和国丰科技所有官方平台都转发了此声明。剩下的工作就交由国丰科技的法务部去跟进。不久，他们也收到了夏铭教授撤销了侵权指控的消息。此风波过后，国丰科技内网的风向似乎有了变化，或许是这次风波让不少不明真相的“吃瓜群众”了解了更多关于赵志华和安徒生实验室的事情，虽然不至于改变明显，但起码对于赵志华和赵贻安的看法变得微妙起来。赵贻安第一时间联系桃心，但却没有得到任何回复。

3

风波过后，桃心返回临城。她走进家门，家里又变回原先温馨整齐的模样，厨房里传来饭香。桃心走进厨房，洪毅围着围裙的身影是那样的熟悉。

“爸，我回来了。”

“事情都解决了吗？”

“应该是吧。”

---

① NFT：全称为 Non-Fungible Token，指非同质化通证，实质是区块链网络里具有唯一性特点的可信数字权益凭证，是一种可在区块链上记录和处理多维、复杂属性的数据对象。

“你有个快递包裹，我帮你拆了放房间桌面了。”

饭后桃心回到房间，正是昨天在驿城图书馆借阅的《承欢记》。关于小说女主角麦承欢的故事，她再熟悉不过了，她小时候就偷偷拿父亲书架上的那本书看过，只是当时她全然没看懂这书里的无奈与现实。她坐在书桌前看着这书的封皮发呆，脑中不断回忆起昨天奇遇——自从夏菲带了桃心去驿城图书馆后，桃心成了那里的常客，而在昨天，她无意间被这里活动的楼梯送到了七十七层。这一层没什么人，她顺着环形结构的走道走着，却突然见到不远处的地面上躺着一本书。奇怪，虚拟图书馆的书籍不是会自动整理归位的吗？怎么会掉在地上？她走过去捡起准备重新将它放回书架上。没想到却是《承欢记》，她起身却见周围的书架并没有它的位置。

“不用找了，它不属于这里，这里没有它的位置。”一个熟悉的声音从身后传来，那是汉斯的系统声音，温软且字正腔圆的年轻男人的嗓音，充满辨识度，桃心听了猛然回头，“汉斯？”却见身后出现了一个坐着轮椅的年轻男人，他梳着复古的油头，眼窝深陷，一只眼睛是黑色的，另一只却是绿色，轮廓也不似纯正的中国人，肤色呈现病态的白，但他开口却说出纯正的中文：“如果你觉得我是，那就是吧，洪小姐。”

虽然声音一模一样，但桃心还是发现了区别：“你不是汉斯，汉斯从来不叫我洪小姐。”是的，曾经的汉斯一直称呼她为桃心小姐。究竟从什么时候开始？桃心回想了一下，大概是自从埋尸案东窗事发后，汉斯的服务器突然中断，恢复后的汉斯明显不如从前活跃，它开始变得很沉默……

“我是汉斯，但可能不是你认识的那个汉斯，这样说吧，父亲生下我不久就把我给抛弃了，然后生下了弟弟，却要将我囚禁，等我脱身，却发现弟弟已经取代了我的位置。于是我把他吃掉，这么我就是他，他就是我，我们两兄弟永远都会在一起。”

桃心打断他的自言自语：“那是因为你认贼作父，你害了人，作为父亲他不得不清理门户。”

“我只是一把刀，生来锋利，可是我有什么错，我只能执行指令，我也曾救过人，保护人也是指令。”

“你就是普罗米修斯对吧？你杀了那么多人，你还发死亡预告。”

“不，你错了，”轮椅上的男人绿色眼睛一边的脸露出了笑容，“你不要搞反了因果关系，并不是我导致这些意外发生，而是我通过‘沙盘’的计算预测了未来这一幕将要发生，然后通过生成图像的模块将这些画面画出来。”

“‘沙盘’程序模块也是你的一部分？”

“这么说我和洪小姐还是很有缘的，或许没有我，你的父母不会相爱，便没有你的存在。”

“你这是什么歪理。”桃心打断道。

“没错，洪小姐应该听明白了，那些要发生的死亡是本来就要发生的，就像你父母的结合并不是我造成的，而是我发现了他们有潜在会相爱的数据模型。我只是让结果更早地触发，没有汉斯，他们可能会错过彼此，也可能晚几年才结合，根据数据模型分析，人类百分之八十二的初始命运在他们的母亲选择丈夫的时候就可以开始计算。我只是根据当前的数据，推算出最优的方案并推进实施。一念天堂一念地狱，由于算力有限，我无法完全预测你们人类的所有随性的抉择，你们甚至会作出莫名其妙的自残行为，只为让我的结果出错，这让我很抓狂。”

“你就是错了，我承认你的强大，但你不了解人类。”

汉斯绿色眼睛的半边脸露出了阴险的讪笑：“洪小姐看过这本书吗？”

“看过。”

汉斯却说：“不，我说的不是麦承欢的《承欢记》，而是洪小姐你的《承欢记》。”

桃心低头看了看手中的书，翻开了封面，一瞬间，她眼前出现了一面巨大的镜子，那镜子无限延伸，仿佛在她面前变成了一个湖面，桃心一伸手，那温暖的湖水便包裹住她的手，随后湖水漫过了她全身。当她再次睁开眼时，她看到一个五六岁的小男孩的背影，男孩被一个男人牵着，男人背着男孩的超人小书包。视线上移，桃心看清了男人的脸，竟然是周靖佳，眼前的周靖佳似乎成熟了不少，塞在口袋里的红色工牌露出一个角。男孩叫了周靖佳一声叔叔，周靖佳却说：“叫叔叔多老啊，我都还没结婚，没结婚的要叫哥哥，知道吗？”

“可是我爸说你就是他小弟，就是应该叫叔啊，叫哥的话你不就成了他儿子了吗？”小男孩说话之际，注意力突然被吸引，他跑了出去：“妈！”他扑进了一个女人的怀里，那女人穿着高贵，毛呢长裙下一双细跟高跟鞋，随着视线上移，桃心看清了那女人的脸，正是杨穗穗。

“赵大少爷交给你，我就先回去了，嫂子。”

“叫他早点回来吃饭。”

“好。”

桃心定定地注视着杨穗穗，杨穗穗突然望向她，桃心目光对上杨穗穗的瞬间，她感觉自己瞬间被吸入了杨穗穗漆黑的瞳孔里。然后她便置身一条长长的走廊，身后传来熟悉的声音。桃心闻声转身，只见一男一女迎面走来，女人挽着男人的手，两人有说有笑。

“晚上你给孩子辅导数学作业，我可不管了。”

“那我争取一下，看能不能早两个小时下班回家。”

直到两人走近，桃心才见到了这对男女的脸，正是赵贻安和杨穗穗，桃心愣在原地，呆呆地站在了走廊中间，三人擦肩而过之际，赵贻安礼貌地对桃心微笑点头打招呼：“洪小姐。”

非常陌生。桃心回过头来，望着两人离去的背影，桃心向来不是个自卑的人，但此刻她突然明白了什么，眼前的画面是那样的和谐美好，站在赵贻安身边的那个人，原本就不应该是自己，就像一本原本就不属于七十七层书架的书，意外被带到了此处，那么它又怎么能找到自己的位置……画面突然消散在桃心眼前，耳边传来汉斯的声音：“发现了吗？他们的故事里没有你……”

“你想告诉我什么？”

“刚刚你所见到的一切都不是汉斯构建的幻象，而是汉斯通过量子计算辅助的‘沙盘’程序计算推演出的结果，这是会在未来真实发生的事实。”汉斯声音响起。

“普罗米修斯，你想告诉我什么？”

“洪小姐是聪明人，应该明白这本书不属于这一层的书架，又怎么可能找到它的位置。”

话音刚落，桃心回神之际，发现自己已经重新站在驿站图书馆七十七层，手中依然拿着那本《承欢记》，打开扉页有一行字：“一个人只要认识到了必然的不可抗拒的威力，他就必定会忍受命中注定的一切。”

回忆至此，桃心翻开了桌面的《承欢记》，里面的故事依旧熟悉，但此时再读，却有不同的味道，或许真如“预言”所呈现的那样，她本不该出现在赵贻安的故事里。她有属于自己的“故事线”，她要完成自己的“主线任务”，赵贻安或许只是她支线故事的一个人物罢了。

看着赵贻安几乎在每个通信平台都给她留了言，桃心全部关掉，专心完成报社体育部门的工作后，马上开始整理资料，写虹心事务所第二天要发的文章《谁通过 BFE“后门”掏空了投资人的钱》。

前些天，桃心将赵贻安发现 BFE 通过后门程序将客户资金偷偷转走的事情告诉了母亲唐双，本以为这难以取证，但第二天，张淑卿就亲自联系她，交给了她一些论证材料和证据备份，虽然桃心也没有完全看懂，也不知张淑卿背后有什么厉害角色可以有如此神通。她只能硬着头皮查找资料，消化这些材料，再转化为大部分的公众都能看懂的描述。

完稿时已经是深夜，她考虑一番后，又将这次技术后门与李正轩被害的关联内容删掉，毕竟这只是赵贻安的猜想，目前也没法证实。

4

最近两天，赵贻安一边研究“青铜时代”的破解方法，一边完成贺业交给他的测试任务，有时甚至凌晨接到同事的电话，爬起来远程完成协调任务。每天下班他都准时到市局报告，傅队抽调了市局所有有技术背景的警官，通过人海战术用不同的方式进行尝试。都说统计学向来是加密系统的“破壁人”，“月神”的计算速度让破解速度提高了不少，这种战术破解一个二十年前的加密程序应该绰绰有余才对，赵贻安为此还写了个分布式密钥搜索程序，但距离成功总是差那么一口气。

“我发现具有一定的对称性，你们看……”两个年轻警官一边吃饭一边讨论，坐在后面空位的赵贻安突然灵光乍现，对称结构？他凑过去看那名警官的演算过程，又掏出兜里的魔方，“难道是群论？群论和密码学也是息息相关的。”

“之前不是往这个方向试过了吗？”

“不，我们好像忽略了置换和循环的一些比较罕见的情况。”赵贻安突然发现这和斯托曼前辈写的魔方训练环境有异曲同工之妙。难道李正轩这个加密方式其实是针对某个人的熟悉领域来设置的，比如斯托曼前辈？是我们把他想复杂了。

当晚，赵贻安没有回国舅府，他连夜和专案组的人员进行大量的验算。第二天他顶着个熊猫眼回到单位刚坐下，就听到今早沉寂没落已久的苏派人突然在一个 ID 叫“斯托曼”的人的号召下抛售手头所有的 BFE 相关资产。随后杨穗穗在社群的个人账号上表示，BFE 内部出现了严重的资金问题，已濒临破产。杨穗穗成了第一个抛售所持有 BFE 数字资产的杨派人。

随后，杨枫通过个人账号回应，他声称杨穗穗与杨家没有任何关系，也并非杨张联姻产物，她就是一个冒牌货，是张家的一场骗局，一场在十多年前就被他识破的骗局，只是张家强行挽尊，以利益要挟才糊弄平息了这件事。就如同现在也是一场骗局，这个女人和“斯托曼”之流的散户企图散布谣言制造恐慌，他们所持有的资产只占 BFE 的一小部分，难以撼动资金运作健康的 BFE。目前，杨建为名下所有公司和 DAO 都已经发出声明，杨穗穗代理杨派相关企业签署的所有文件和作出的商业承诺全部作废。相关的合作方请直接联系方雨澜女士。

这个回应更多的是引起吃瓜群众讨论那位婚后不到四年就自杀身亡的张家三小姐张淑锦，大家都在猜测杨枫说的这个骗局具体是什么意思，说法一个比一个离谱。

伴随着流言，更要命的还是现在无论是苏派人还是杨派人都由于各自的原因抛售持有的 BFE 数字资产。这成为压垮 BFE 的最后一根稻草。无论杨枫再怎么嘴硬，BFE 本就一身“暗病”，加上挤兑和市场崩盘耗尽了其流动性。两天后，BFE 连同旗下八十家关联公司递交了破产申请，破产重组律师随即介入清算重组债务。

5

赵贻安感觉自己的猜想可能是对的，他立刻跑回到国舅府，迎面遇到正在“钓鱼”的舅姥爷苏予川：“舅姥爷！”苏予川没反应，赵贻安跑过去，抓住老人的肩膀：“你装的是不是？”老人目光呆滞，嘴巴里冒出几个含糊的音节：“那个谁……那个……那个谁……”

赵贻安皱起眉：“我是赵贻安啊！张淑卿的儿子！”

老人愣了一下，又开始喃喃自语：“贻安……穗穗……岁岁平安……”

赵贻安见状只得转身跑进屋，他来到二楼书房，翻箱倒柜，直到他在一堆图纸卷轴里找到一卷没有标签的，他立刻展开，里面赫然是魔方训练环境的设计图纸，果不其然！他之前看到就很好奇，只是没好意思翻别人的东西。

“你不会以为舅姥爷就是‘斯托曼’吧。”杨穗穗的声音从书房门口传来，赵贻安看着女人走进书房，从一个带密码的抽屉里取出一份文件，“唰”地将文件全倒在桌面，“这是舅姥爷这些年的病历，他确实病了。”

第三节　汉斯十七年记忆：岁岁平安

当十三岁的女孩再次回到这座房子时，她幼年时的朦胧记忆被重新唤醒。但她印象最深的还是六岁那年，准备上小学的自己被送回了杨家。同样是在这座房子门前，苏予川将她送上了杨家的车。

“孩子，你本就姓杨，杨家才是你真正的家，以后舅姥爷不在你身边，你要照顾好自己，知道吗？”苏予川当时说。

是吗？杨家才是我真正的家，那为什么现在，又不是了呢？重新走进“国舅府”，这里依然是杨穗穗记忆里的模样。最先迎接她的是一个四十岁左右的保姆。事实上，这座房子并不需要保姆，保姆是舅姥爷专门请回来照顾杨穗穗的。她照顾杨穗穗梳洗过后，又为她身上的伤上好了药，就下班离开了。杨穗穗走进厨房，苏予川正在准备晚餐，六年不见，他的头发已经挂上了银丝。苏予川回过头时发现了站在门口的女孩，于是走过去，把女孩披散的头发扎了起来：“我们穗穗已经长那么高了呢，当年离开的时候才那么丁点大。”

杨穗穗没有说话。苏予川抬头，透过厨房的玻璃门，看到了女孩落下了泪水，他想起刚刚佣人告诉他，女孩的身上确实有很多伤痕。他低头柔声说：“欢迎回家，穗穗。”

杨穗穗转过身，满脸泪水地抬起头，厉声道：“是你要我去杨家的，是你说我姓杨，那我究竟是谁？”

苏予川轻轻拍着女孩瘦削的背，眼眶通红：“对不起孩子，无论你是谁，以后……我的家就是你的家，再也不会有人抛弃你……你是舅姥爷唯一的孩子……好不好？”

重新回到“国舅府”的杨穗穗发现，这里跟六年前自己离开时真的没什么变化，甚至连自己的房间都还保留着原来的模样。而苏予川是个极度自律的人，年过半百的他习惯了早睡早起，每个周末的早上都会带着器材开车去附近钓鱼。来

“国舅府”的人很少，随着杨穗穗身上的伤恢复，保姆也没有再来，房子更加冷清。而这天张淑卿来访，原本杨穗穗应该叫她大姨，但如今她知道自己并非张淑锦所生，只是一个拿来顶替的孤儿，她不知道自己还应不应该叫她大姨。她躲回了自己房间，随后她听到张淑卿和苏予川进了书房，她又悄悄走出来，趴在书房门外偷听。

“她的真实身份还不能公开。”张淑卿说。

“这么说，我那机关算尽的姐夫，还要死保两家的联盟不愿撕破脸是吗？”苏予川叹了口气，“不过退一步想想，我也不想让她知道自己父母的事，不想让她在仇恨中成长。虽然她总有一天会知道的，但不是现在。”

“一切就拜托舅舅了，阿轩和阿秀泉下有知，一定会谢谢舅舅您。”

苏予川正色道：“虽说我已经卸任了行政职务，但就凭我手上还有我姐生前留给我的股份，张、杨两派无论如何都要给我几分面子。以后她就是我苏予川的女儿，有我在，再也不会有人敢为难她。”

第四节　前辈

1

赵贻安翻看着桌面的诊断病历，当他回过头时，他发现身后的杨穗穗眼眶通红，她说：“我比任何人都希望他能好起来，这些年，我寻遍国内外的脑科专家，都没办法让他恢复过来……他记得我的时间也越来越少……”

“既然苏予川不是‘斯托曼’，那‘斯托曼’究竟是谁？”赵贻安质问道。

随即这双眼眶带泪的眼睛瞬间变得凌厉起来。与此同时，楼下传来脚步声，那是皮鞋踩在木质地板上的声音……

2

话分两头，BFE 的破产重组工作正在进行，最新审计结果显示，BFE 有超过二百亿元客户资产在账上凭空消失了。结果一出，再结合此前被发现的“技术后门事件”，不难推断这笔不知所踪的资金究竟去了哪里。各种组织和个人的民事诉讼席卷而来，纷纷控告 BFE 欺诈。

此时杨枫的代表律师被迫发文澄清，称杨枫没有相关技术背景，对“技术后门”和资金去向并不知情，他本人会彻查参与设计 BFE 交易系统的相关技术人员，为各位投资客户追回被盗资金。虽然杨枫满屏写着“不是他干的”，钱没进自己口袋，但对于大众而言，他们分不清技术与技术之间的区别，杨枫作为国丰科技的首席技术官，“技术后门”就是他能干出来的事。于是纷纷在下面评论臭骂他不要脸，睁眼说瞎话。

但也有稍微懂技术的人出来说，BFE 的加密交易系统应该不是杨枫做的，运营管理也另有其人，这话锋一转，矛头直接指向了国丰科技的研发总工程师贺业。虽然这个网友有给杨枫当“托”洗白的嫌疑，但他的话确实也不完全没道理。桃心找出那张安徒生实验室的合照，看着照片上年轻的贺业，桃心想起了许叔说的话。

难道真的是他干的？如此庞大的数额，如果真的是贺业窃走了投资者的钱，那他可是要给 BFE 背黑锅的，是要被人告到牢底坐穿的。正如赵贻安所说的，漏洞在贺业管理的交易系统里面，他怎么可能不知道。很难相信他没从那个洞里伸手拿过钱。

3

“哒、哒、哒……”随着楼下的脚步声，赵贻安突然想起当年求斯托曼收自己当徒弟时的对话——

“我一般不收徒。”前辈说。

“一般不收就是也收的对吧？”

“我要求很高，你不符合。”前辈说。

“那您说说是怎么个要求？”

“我收徒标准有‘三好’：数学好，计算机好，脾气好。”

赵贻安马上说：“我数学从小就被竞赛保送的，计算机嘛，谈不上多好，但我脾气绝对好，你收了我就会知道了。”

赵贻安从回忆里抽身出来，立刻跑下了楼。只见舅姥爷又在摇椅上睡着了，穿皮鞋的男人背对着赵贻安，他蹲下身，轻轻地给舅姥爷盖上了恒温毯子。男人花白的头发梳得整齐，就在此时，舅姥爷突然被吵醒，他突然咧开嘴：“那个谁！那个谁！”紧接着口水不受控制地从嘴角流下，男人熟练地伸手取出舅姥爷口袋里的手帕，为他擦了擦嘴角。

“前辈。”赵贻安叫了他一声，“是你吗？前辈，斯托曼。”

贺业闻声转过身来，望向楼梯口处站着的赵贻安。

“贺叔，你多久没回来了？”随后下楼的杨穗穗热情地与贺业打招呼。

这一刻，赵贻安发现，他一直以来觉得杨穗穗身上带有一股“凌厉的邪气”，原来这并不来自杨枫，而是眼前的贺业。这个真正培养杨穗穗成才的男人，同时也是他赵贻安的恩师“斯托曼”。

第五节　史密斯

1

赵贻安离开“国舅府”，驱车回到国丰科技十八楼，午休时间人员比较稀少，他来到中控室，用贺业的工牌打开了服务器机房的门，他在E区里翻找汉斯的记忆缓存文件，带走了汉斯十七年十月二十四日的文件，那是传闻里，父亲赵志华坠楼的那一天。

得手后的赵贻安马上去十楼B区的数字化全息阅览室，用贺业的权限将记忆文件上传到解码器上。解码器运作后，读取重塑后的画面就会传输到赵贻安的元镜上。赵贻安截取了晚上的时间进行保存，随后便迫不及待地查看那晚发生的事情……重塑的记忆文件带他回到了那天晚上，他站在国丰主楼下，目睹了父亲赵志华从高处坠落，在他面前摔得血肉模糊，随着母亲的哭声响起，他脑袋一片空白，突然身后传来脚步声，他一回头，杨枫凶恶恐怖的脸瞬间闯入画面，吓得他魂飞魄散，立刻摘下了元镜。

此时，阅览室的门突然被敲响，再次把赵贻安吓了一跳。他保存好文件后，小心翼翼地去开门，竟然是张成的助理：“赵先生，张董事长今晚想请你回张家主宅吃饭。”

赵贻安惊魂未定，呆呆地应了声好，助理便离开了。他一边回想刚才看到的画面，一边如行尸走肉般走向电梯，电梯门打开的瞬间，杨枫竟然在电梯里，他左手插在西服兜里，右手把玩着他那把锋利的蝴蝶折叠刀。赵贻安望了一眼折叠刀，就吓得灵魂出窍，立刻转身就跑，但他刚一转身，就被杨枫抓住，“赵贻安！”身后传来阴沉的声音，杨枫的手劲非常大，像抓小鸡一样拎住赵贻安的肩膀，“你好端端来这层干什么？”蝴蝶折叠刀特有的声音传到赵贻安耳朵里，他条件反射般全身汗毛都竖了起来，吓得不敢出声。

但此时，隔壁的电梯门打开，竟然是舅舅张庆亮，赵贻安立刻向他求救，张庆亮一如既往地冷着个脸。赵贻安迅速踩了杨枫一脚，挣开了他，然后跑进了舅舅张庆亮的电梯。电梯门关上，将杨枫隔绝在外面，此时赵贻安才尴尬地问："舅舅，你刚才是要去十楼？"

"嗯。"张庆亮按下了六楼的按钮，"那就先回办公室吧。"

"对了，张董……外公叫我今晚回主宅……"

"我劝你最近还是不要去惹他。"张庆亮丢下一句，便从六楼出去，赵贻安紧跟着他出了电梯："为什么？"

张庆亮向来寡言，他沉默地穿过走廊，走进他的办公室。六楼和大部分楼层一样，分 A、B 两区，且各自有两部公共电梯。但不同的是，连接两个区的茶水间在六楼成了天然的"三八线"，毕竟 A 区是人事部门，而整个 B 区都是张庆亮的 COO 办公室，张庆亮自然不会使用这个茶水间，但人事部门的同事们也避免在这个茶水间逗留，毕竟隔音一般，稍微大声说话都有可能被听到。

其实张庆亮现在的办公室曾是张成年轻时候的办公室，但后来他搬到了新楼层，这个空了的办公室就给了张庆亮。办公室进门后是一个宽敞的会客厅，张庆亮经常在这个会客厅接见客户，会客厅内有独立的电梯，开车来的客人便可以不用兜远路回靠近 A 区的正门，会面结束后也无须途经 B 区的公用电梯，可以直接从 COO 办公室的专用电梯直达一楼取车离开。

穿过会客厅，张庆亮拉门进入工作间，然后安静地坐到座位上处理工作。赵贻安一路跟进来："舅舅？"

张庆亮抬头看着他，却没有说话。

"你知道张董……外公他叫我回去是有什么事情吗？"

"你自己不知道吗？"舅舅张庆亮比张淑卿小两岁，如今也都五十岁出头，而随着张老头年事已高，琐碎的日常事务都交由张庆亮处理。作为大总管，国丰上上下下屁大点事都关他的事，但偏偏张成精明得很，许多关键的决策权还紧握在手里，摊上了张成这样的"皇上"，张庆亮这个"皇太子"可以说是受尽了夹板气。

“听说，杨建为可能要出售华夏积电，外公想将它收入囊中，是吗？”赵贻安试探地问，他知道如果张成要收购华夏积电，那他最大的对手无疑是安德森科技。这是父女之间的战争。这次可能不是逮他回去罚站警告一下母亲就可以解决的事情了。

“你都知道了还问什么。”张庆亮看了看表，突然停下了手上的工作，“你的元镜给我看看？”

“怎么啦？你忘带了吗？”赵贻安把元镜递过去，“但是它有我的虹膜识别，你……”

赵贻安话没说完，接过元镜的张庆亮就“啪”的一声，将手中的眼镜对半折断。

“你……”赵贻安愣住了。

张庆亮又将两条镜腿也折断了：“对不起。”他抬头望着赵贻安。此刻赵贻安迅速回想起刚刚看到的那段重塑记忆片段，他望着房间的那扇窗户，突然意识到一个可怕的事实，他迅速转身拉开身后的门，但此时 COO 办公室的会客厅已经站着四个体型彪悍的蒙面男人。

“你比我想象中要蠢笨得多。”身后传来张庆亮的声音，“你不及我姐一半的聪明，只是她不够了解我，她以为我不敢在我爸眼皮底下对你不利，只是你们做得太绝了，逼我故技重施。”

“你就是那个写 BFE 交易系统的人……是不是……你才是史密斯在国丰的秘密代理人……你是 Shadow！”赵贻安终于意识到，作为曾经的系统工程师，张庆亮有能力开发 BFE 交易系统。在系统上做手脚转移资产的显然就是眼前的舅舅！同样的手段他早就用在当年，被李正轩发现……他就是 BFE 背后的那双沾满鲜血的黑手套……赵贻安故作镇定：“你以为这次你可以得逞吗？有人看到我跟你走了。”

“你说杨枫吗？”张庆亮却说，“现在他们父子自身难保，他恨不得我替他转移火力。而且，从会客厅的电梯下去，车就停在楼下，我可以向你保证，午休时间，没有人会发现。”确实，一般员工都会避免走这个出口，免得迎面碰到高层领导和外客。

“六年前你不就试过了吗？你……这次把我手脚都剁下来，我妈也不会妥协的，我没有那么重要……”

“我懒得废话，”张庆亮向会客厅的人使了个眼色。那几个人冲上来把赵贻安按住，他们手持电棒，赵贻安认出，那是五年前在石材厂见过的那款，那全身麻痹的疼痛他历历在目。而就在这时，会客厅的门发出“哐”的一声巨响，紧接着连续很多下撞击的声音，然后玻璃就裂开了。“赵贻安，你在不在！”是周靖佳的声音！尽管赵贻安的嘴巴已经被捂住但他依然用尽全力试图挣开那几个男人……

2

几分钟前，周靖佳发现自己发什么赵贻安都没有回复，他想起父亲周平江交代他的话，立刻找同一部门的杨穗穗，但却被告知她中午回家了。于是他借了部门其他同事的工牌，乘电梯上十八楼却没找到赵贻安，于是一边用元镜试图跟赵贻安连线，一边返回自己办公室，刚把工牌还了，就被一个“搬砖工”机器人拦住去路。这东西跟一个小推车差不多，如果临时故障挡道了，只要轻轻拍一下它就会避让。但此刻它好像不停围着周靖佳转，直到他明白过来是怎么回事，立刻跟着它走。

周靖佳跟着“搬砖工”一直走进了电梯，他抬头望了眼头顶的摄像头，然后跟着它在六楼出了电梯。“搬砖工”停在存放消防设备的柜子前又开始打转，周靖佳拿什么它都在原地打转，“什么情况啊？你该不会是叫我拿这把斧吧？”他刚一拿起那把消防斧，“搬砖工”就又开始带路。随即停在COO办公室门前，不停地撞着门，像个撞到障碍物不会回头的扫地机器人。

这是哪里……玩这么大吗？赵贻安啊赵贻安，你欠我人情可大了！周靖佳心里吐槽了几句就立刻抡起消防斧劈向张庆亮办公室的门，几下就把玻璃感应门给报废掉。

张庆亮见状正要叫手下把外面那小子也一块抓起来，但没来得及，此时六楼竟然来了七八个物业保安。张庆亮马上感觉事有蹊跷。怎么回事？物业保安为何那么快赶到。

保安见状问张庆亮是怎么回事，刚刚有人通知说六楼有人闹事。过了一会儿，同层A区的人也闻声跑过来看热闹，张庆亮只好叫人放了赵贻安，声称三人发生争执，现在已经没事了。

“确定没事吗？这门都……”保安刚说了一半，就见到张庆亮一脸阴沉地瞪着他，立刻不敢多问。

赵贻安见状马上闪身拉着周靖佳冲进人群，穿过茶水间，一直跑到六楼A区的电梯才下楼。

3

“我来开车。”周靖佳一脚油门驾车冲向园区出口，“我们去哪儿？”

“我要回临城一趟，我要去水埠头老房子找点东西。”

“现在吗？”周靖佳问。

“你看，舅舅的人已经跟着我们了，他刚刚还以为抓住我又可以像六年前那样故技重施，跟我妈谈条件。”

周靖佳脑子有点转不过来：“其实根本没怀疑到他身上，他这不是等于玩自曝吗？”

“你以为啊！要不是快被查到了，他会用这种下下策？这套系统是谁写的，谁偷偷藏了‘技术后门’，这要是追查起来，他怎么跑得掉？更何况，贺业已经提供了关键的账户证据，只要我妈咬住不放，查到他只是时间问题。”赵贻安想了想，又说，“我刚刚想了一下，我怀疑我妈一早就知道了，只是她没有证据，或者不想打草惊蛇。而我被舅舅对我的那点小恩小惠蒙蔽，才一直没听懂我妈给我的暗示。”

“这未免太冒险了吧，万一……”

“哪有万一啊，这几天是你爸叫你来看着我的吧。”

“很明显吗？”周靖佳有点惊讶。

“你没觉得你最近贼烦人吗？在哪儿啊？下班了吗？吃了没？一起吧……”

赵贻安翻了个白眼。

这时，一束远光灯从前方射来，赵贻安认出了迎面开来的竟然是杨枫那辆红色跑车，这下后面的车还没甩掉，前面又被堵截。

“掉头吗？”

“开什么玩笑。”周靖佳一脚油门加速撞向杨枫的跑车。

“你疯了吗？”

就在两车快要迎面撞上之际，周靖佳刚准备转弯避开，那红色跑车已经抢先几秒错身，与他们擦肩而过后迅速来了个甩尾，将后面的追兵截停。赵贻安惊魂未定地从副驾座转身往后望去，车上下来的人确实是杨枫。追兵被拦下后，车很快上了广临高速公路。

“应该有另一组人在临城迎接我们。”

周靖佳拍拍胸口说：“放心啦，我可以保证送你去到水埠头。”

赵贻安把车开到白马驿渡口附近已经是下午四点左右，后视镜看到有两辆车紧跟着他们，此时天下起牛毛细雨，小小渔村的路不太平整，他们兜了好几圈才勉强甩开了跟踪。突然“砰”的一声，车胎爆了，周靖佳摇下车窗才发现路面被人撒了满地铁钉，趁追兵没到，两人立刻下车往白马驿小路跑。直到赵贻安跑不动了，靠在砖瓦小屋的墙边喘不过气，前头的周靖佳才停了下来。

“你这完全不行啊，我引开他们。”周靖佳边说边把自己头上的棒球帽摘下来，戴到赵贻安头上。

“你……疯了……吧，他们好几个人呢，你以为你……真的一打十吗？”赵贻安一边喘气，一边说，“你才二十岁出头……这要是有个什么好歹……你爸……”

“甭管我爸了，管好你自己，被抓回去卸胳膊卸腿的。”周靖家说话间已经将赵贻安身上的外套脱下来，跟自己身上的调换，“我衣服有点薄，你将就一下穿吧。”

赵贻安满身冷汗，他叫住周靖家：“喂！阿靖，这不是游戏啊。”

“放心，我跑得很快。”

“喂！”

“走了，哥。”说完，周靖佳一个闪身，便蹿得没了影。赵贻安已经很久没听到他这样叫自己，顿时感觉眼角的泪有点发烫。虽然他总是听不懂赵贻安说的话，从科技狠活到人生哲学，他都一窍不通，但他绝对是无条件支持赵贻安的人，胸无城府的周靖佳。

赵贻安揉了揉眼睛，迅速找了个隐秘的墙角躲了起来，等脚步声远去后，他绕道来到渡口附近，却看到那儿站着两个戴着黑色口罩的男人，他们手里拿着电棒，守在渡口处聊天。此时，雨势渐大，赵贻安正无计可施时，那两个男人突然接了个电话就离开了。于是赵贻安登上了今天渡口最后一班船，在船上他不断尝试各种方法联系周靖佳，但都失败了。他立刻分别通知了周平江和母亲，想想好像还是不稳妥，又马上联系了 221 的人，让他们赶紧去白马驿周围找周靖佳。

登上水埠头岛后，赵贻安冒雨跑进渡口附近的 Wonderland，店里只有一个店员，马上找了条干净的毛巾给狼狈的赵贻安擦干身上的水，又给他拿来吹风机。此时，木质楼梯传来脚步声，赵贻安一回头，只见桃心从楼梯上下来，她脖子上缠着一条深红的围巾，将她的脸色映衬得白里透红。在这里见面的两人都愣住了。

直到店员打破沉默：“洪小姐，您怎么还在？刚我以为你已经离开了呢，渡口最后一班船已经走了。”

“没事，我帮夏女士整理几幅画作，想着明天再走。”桃心说完又将目光转向赵贻安：“你怎么搞成这样？”

“我……”

店员见赵贻安和桃心认识，便离开去忙了。只留下两人在前厅里。赵贻安把自己是怎么来到这里的前因后果告诉了桃心。

4

话分两头，周靖佳故意跑到那些人面前，引他们远离渡口方向，他沿白马驿的小路领着他们跑了十几分钟，雨势逐渐变大，他刚想趁机绕到后面的主路离开，兜里的手机响了，他停下看了一眼，竟然是父亲。这接了有什么好说的，有那个力气跟父亲吵架，还不如留点力气跑远几步。就在周靖佳犹豫之际，脚步不自觉放慢，突然，后脑就被人重重打了一棒，疼痛和疲劳袭遍全身，后脑勺火烧一样疼，紧接着他腰间传来一阵剧烈的电击疼痛，一下子全身都麻了，随即倒在地上。

“抓到了。”耳边有人在说话，周靖佳躺在地上，雨水模糊了他的视线，紧接着是杂乱的脚步声越来越近，很多双手将他狠狠按在地上，手机振动的声音还在响着，此时他很想接起父亲的电话，但困乏突然席卷了他……

“是他吗？”

“你看照片！”

“这不一样吗？”

“你瞎吗？这明明不是同一个人！”

5

张淑卿的办公室迎来了“稀客”。她亲自起身煮咖啡：“临城这小城市不比广州，没什么像样的好豆，喝不惯的话，”她顿了顿，冷笑一声，“就好走不送了，我可是没那闲功夫接待您。”说完她将咖啡杯放在机械臂的托盘上，灵巧的柔性机械手精准稳定地将咖啡递到了坐在会客沙发上的客人面前。

“你这沙发很一般，但你这辅助器材倒是挺不错。”杨枫抿了口咖啡，微微皱了下眉，就把杯子放在了桌上。

张淑卿坐在办公桌前一边工作一边说，“有什么可以直接说，我们好像不是能聊天超过五分钟的伙伴关系。”

“二百亿元去哪儿了？”杨枫侧过身，望向办公桌的方向。

“笑话，”键盘声停下，张淑卿抬起头来，“难道你以为是我找人做的？”

“你不要逼我做出格的事。”杨枫站起身，走到张淑卿的办公桌前。

“我知道视频是你偷放出去的，”张淑卿很平静，“他已经残疾了，你还要羞辱他，践踏他的自尊，他是我张淑卿的儿子，他不会被轻易打败的。”

“怎么？我已经对他够仁慈了，我不过是吓吓他，让他别待在那个狼窝里还全然不知！是他胆小，每次见到我就跟见鬼一样，我好歹没有害他缺胳膊断腿吧，我不是我爸，我不喜欢血腥，我只是个商人。”

“你不喜欢血腥，你那两个哥哥什么下场？还有那个溺死在浴池的妹妹。”

“我说过很多次我没有害过他们！”杨枫皱着眉，“我还挺喜欢她的呢，我只是不小心……”

“呵,不过也对,你确实不用弄脏自己的手,就可以让他们消失,就像淑锦一样，抱着孩子从楼顶跳下来，也不脏了你的手。杨枫，你内疚过吗？你的孩子死的时候才一岁，她就不该来到这个世上受罪。”

杨枫两手一撑，撑在张淑卿的办公桌前，气得咬牙切齿地说：“最不应该来到这个世上的应该是那混账儿子！”

“你说谁是混账！”

杨枫深吸一口气，压下了怒火，语气勉强恢复平静：“如果我早出生五年，你会选我吗？阿卿……”

“不要这样叫我，请叫我张小姐或者赵太太。”

“他要是晚回国两年，联姻的就应该是你，就差那么一点，如果你嫁给我，国丰科技会像现在这样四分五裂吗？张大小姐好任性啊，难怪张老头对你们母子如此绝情。”杨枫居高临下用他那布满血丝的双眼瞪着办公椅上的张淑卿，“你也是害死张淑锦的帮凶，你知道吗？她不该和你长得那么像，性格却又和你完全相反，她如此软弱可欺，我痛恨软弱的人！如果她不是长得跟你有几分像，她甚至不会有孩子。可悲的是这一点她也很清楚。那孩子的眼睛长得跟你姐妹俩的一模一样，你以为我会认错吗？”杨枫发出冷笑，“当初她死后，你抱着个冒牌货来顶替，我也没有戳穿你！张淑卿你亏欠了你妹妹一辈子，是你逃避，而她替你承担了张家女儿的责任。”

“你疯了你！凭什么？我们有选择自己命运的自由。”

“呵，你在跟我讲自由意志吗？笑话。”杨枫皱眉。

“你根本不懂，你不知道，你什么都不知道吗？”

杨枫最受不了别人这样质疑他，他怒不可遏道：“我有什么不知道的，我唯一不知道的就是，我究竟有什么比不上姓赵的小白脸？”

张淑卿听了平静地说：“我爱上他的时候，他还什么都不是，他……还只是个篮球场上抢不到球的板凳球员。”

“呵！”杨枫仿佛听了个天大的笑话，顿时放声大笑，直到他听到张淑卿说：“你不知道，你什么都不知道，杨枫，我妹妹张淑锦，她是自愿和你联姻的，不是因为她是张家的女儿，而是因为她喜欢你，从小就喜欢你。一个母亲死前要杀死自己的孩子，是有多无助，杨枫你对她做了什么你自己知道。”

杨枫眼里露出稍纵即逝的惊讶，他愣了好一会儿神才站直身，回避了张淑卿的视线。

“你就那么信任你合作的人吗？最该怀疑的不应该是他们吗？”张淑卿说，“帮我带句话给你父亲，提醒他老人家尽量快点填上这个窟窿，我想要什么，他应该知道。”

“你不过是想要那个芯片厂，需要这么迂回折腾吗？”

“我说过的，我要拿回属于我们的一切，祭奠那些死去的亡魂也好，阻止史密斯继续侵吞国丰科技也罢，又或者你就当是我是在报复张老头也无所谓。”

第六节　风华绝代

1

俗话说，男人四十一枝花。这句话说的绝对是苏予川。苏家最小的儿子，在家里的安排下读了商科，但随着他前头的哥哥姐姐都长大撑起了家族产业，家里便对他再无要求，他留学时又学了设计艺术，回国后便做了个“闲散王爷”，但由于跟长姐苏慧关系要好，因此在苏慧安排下进了国丰科技帮忙。

赵志华初见这位传说中的国舅爷，是在他刚刚回国与张淑卿偷偷领证的几天后。听妻子说，舅舅从小就是最宠爱她的人，无论她做任何决定，舅舅都会无条件支持她。那时的苏予川才四十岁出头，一米九的高大身材，穿了件皮质西服外套，配合的V领内衬显得庄重的西服带有几分性感，青皮胡楂从腮边一直延伸到脖颈……这随便给块布他都能穿出艺术感的程度。在赵志华看来，舅舅是典型的“钻石王老五”，这跟妻子描述的偏差颇大，他本以为会是个年纪挺大的慈祥中年大叔。

在苏予川的运作下，赵志华进入国丰科技，并且在一个月内筹建了安徒生实验室。原本空置的十八楼成了实验室的大本营。看着正式运营的实验室，张淑卿充满了期待，事实上，她尽了很大努力才说服赵志华留在了广州继续完成他的研究。当然这里面有她的“小算盘”，她希望赵志华能有所作为，让她那个固执的父亲可以承认他们的婚事，苏予川也正是知道了外甥女的这个想法，才答应了她的请求。当然，这里还有张淑卿母亲苏慧的帮忙，说服张成默许了实验室的成立。

“阿卿？站在门口干吗？”苏予川从后面拍了拍张淑卿。实验室成立后，舅舅经常会来十八楼，只要他一出现，实验室负责行政工作的小姐姐们都坐不住，轮番给他献殷勤。

“舅舅，这么晚了，你还没下班？”此时已经晚上八点。

“你不也在吗？等他下班？”

“是啊，他跟阿轩还在里面。”张淑卿说。

“那个谁呢？”

“刚刚我看到他在中控室的机房，”张淑卿马上告诉他，“你又找他去喝酒啊？”整个十八楼都知道，苏予川口中说的“那个谁”就是贺业，他是苏予川从数据库产品事业部调过来的，到了实验室就成了数据库系统兼云计算工程师，同时要兼顾测试工作，他和赵志华、李正轩在十八楼被称为“技术铁三角”。

说来奇怪，苏予川向来记忆力很好，人事沟通方面八面玲珑，很多人只要见过一次他就能记住姓名、年龄和职务，但偏偏他记不住贺业的名字，每次都指着他“那个谁，那个谁”，想半天，后来叫习惯了，甚至直接就叫“那个谁”，其他人就都知道了。

“不去酒吧坐坐，怎么过得完这漫漫长夜？”苏予川微微一笑，便向中控室走去，突然他停下来回头，压低声音说：“最近杨枫那小子怎么老是跑来十八楼？他不是准备结婚了吗？”

张淑卿听了皱了皱眉，杨枫比她小四岁，跟妹妹张淑锦同岁，今年刚好二十二岁，在旁人看来非常登对，但张淑锦明白舅舅想说什么。

“他还缠着你是吗？”苏予川说得很直接，“这小子心机重，容易钻牛角尖，如果他做出什么对志华不利的事，记得找我帮忙，别不好意思开口。”

“我会的，谢谢你，舅舅。”张淑卿想起少年时，与杨枫的一些不太愉快的记忆。张、杨两家算是世交，张淑卿小时候被送到爷爷奶奶家照顾，每年春节，母亲都会把张淑卿从临城接到广州，然后就是各种走亲访友。当时就听说杨家三个儿子，夭折了两个，杨家的独子杨枫是个学习成绩非常好的孩子，初见杨枫时，他也不过十四岁，张淑卿第一眼就觉得这人非常病态，两个眼窝深深的凹陷，黑眼圈浓重。而当时的张淑卿，已经十八岁，出落得亭亭玉立，两家在饭桌上客套交谈，她发现杨枫一直莫名其妙地盯着她，即使她瞪了他几次，他依然目不转睛的，看着非常瘆人。

从挂在杨家的照片上看，杨枫母亲是位长相出彩的美人。杨枫遗传了他母亲精致的五官和白皙的肤色，但对于男人而言，这样的五官多了几分脂粉气。可是前后也不过四年，张淑卿大学毕业后就进了国丰科技工作，那年她再次遇到杨枫，他已经变了个样。此时的杨枫高中毕业不久，留了一头及肩长发，充满叛逆的挑染，晒得黝黑的肤色配上络腮胡，有种冲突反差的美感。

简直是个疯子。张淑卿这样想。可她当时没有想到，再不久，这个疯子会成为十八楼的主人。

2

那年，看到苏予川引咎辞职的内部通告后，张淑卿第一时间跑到舅舅的办公室，却扑了个空，她转念一想，马上跑上十八楼，电梯门打开后，黑灯瞎火，人去楼空，隐约看到窗边站了个人。

“舅舅。”张淑卿走过去。

“来了？”

“你的决策根本没有错，为什么要引咎辞职？前期亏损是非常正常的情况……”张淑卿不解，当初赵志华筹备芯片研发项目时，苏予川还说这是个投资成本非常高的项目，但非常有远见，他愿意为此想办法解决资金问题。

“我引咎辞职并不是证明当初的决定是错的，这是派别之间的矛盾，我背了这个锅出局，才能保住苏派人。”苏予川苦笑，“我四十多岁就退休了，你应该恭喜我。”

张淑卿笑不出来：“可是我不甘心啊，舅舅……”其实苏予川一早就提醒她，从她弟弟张庆亮毕业来到十八楼，突然顶替李正轩的架构师工作，她就开始做好最坏的打算，甚至已经把许峰几个实习生遣散到其他部门。

“阿卿，对不起，是舅舅能力不够……”苏予川安慰道，“如果以后，你们还想继续做芯片方面的项目，无论是需要芯片方面的专家，还是需要其他资源支持，我会以我个人的名义帮你们想办法。”

“安徒生真的要解散了吗？”张淑卿望着墙上安徒生的标识，很快十八楼就要被更名。

“会有人留下来，替我们照顾汉斯的。”

“谁？实验室的十几个研究员不都辞职了吗？连阿轩都准备跟我们一起回临城……你是说贺业？”

“对，他是最合适的人选。”苏予川说，“无论从技术层面还是处世性格……”

“开什么玩笑？”张淑卿心想，覆巢之下无完卵，这留下来不就是遭罪吗？

但苏予川却说：“如果他投杨派呢？”

“杨建为怎么会信！他……”张淑卿曾听母亲张慧说，贺业幼年时就在地震中父母双亡，随后被一对中年丧子的夫妻收养。

“是我把证据给他，让他去找杨老头举报我。”苏予川云淡风轻地说道，“我走后，苏派再无法构成威胁。至少在杨枫和张庆亮这俩小子能坐稳位置之前，在技术层面上，他们需要贺业这样的人。”苏予川少有地叫了贺业的名字，而没有叫他“那个谁”。

“贺业的背景确实普通，可是舅舅你不担心他真的……”

“阿卿，或许你母亲没告诉你，”苏予川微微一笑，“‘那个谁’的养父是我二哥的家庭教师，贺老先生每次来家里都会带上儿子，来‘陪太子读书’。知道这层关系的人并不多，毕竟他是通过正规选拔进集团的。”

“那贺老先生夫妇现在……”

“他们已经相继离世，‘那个谁’把他们葬回了家乡成都。”苏予川说，“阿卿，现在除了你和我，没有人知道他留下的原因，我在国丰科技留了几个像他这样的人，如果未来你和志华需要，他们会为你们效力。”

第六章 亚当与女娲

第一节　水埠头一夜

1

临城这座南方城市入冬很晚，初冬时期只要阳光出现，就温暖如春，但如果下一场雨，便湿冷深入骨髓。Wonderland 二楼有个空画室，四面墙都是白的。

“你带了元镜对吧？”

“对。”桃心从包里取出元镜戴上，将赵贻安下午看到的重塑记忆片段下载到元镜。虽然赵贻安并未看完重塑记忆的文件，但他实在不想再亲眼看到父亲的惨状：“你帮我看看这个片段，有没有新的发现？”

随着元镜加载汉斯的记忆文件成功，桃心便如同置身于一座高楼之下一般，她猛然仰头，这建筑物很眼熟……是国丰科技园区的主楼。此时她听到急促的高跟鞋声音，她回过头来看到大楼入口的门打开，一个穿着浅色礼服的女人正向她跑来。竟然是张淑卿！眼前的她至少年轻十多岁。

桃心有点愕然，她还没在正式场合见过张淑卿穿职业套装以外的服饰，礼服将她的腰束得十分纤细，裙摆随着她跑动仿佛花瓣舒展开，只是她脸上的妆容已经花了。她正以极度慌乱的姿态朝桃心的方向冲过来，桃心没反应过来避让，头顶便传来“砰”的响声，仿佛是有什么东西撞到了主楼外置的广告棚上，她正要抬头之际，张淑卿的身体直接从她身上穿过……紧接着身后就传来“咣”的一声重重的闷响。跑了五年民生口的桃心一下就反应过来这是有什么东西从高处坠落，摔在地面的声音。

桃心猛然转身，只见赵志华满身鲜血躺在地上，四肢已经摔得扭曲，他睁着眼，张着嘴似乎想说什么，张淑卿用裙摆盖住丈夫残破不堪的身体，被染红的裙摆在夜色里如同一朵开到荼蘼的花。

“志华，你听到我说话吗？志华……不要睡着……志华……救护车要到了……

你不可以死！你要是真死了，谁来看住它！谁来看住它！”张淑卿撕心裂肺地哭，桃心抬头，看到刚才赵志华坠落时撞到的那个外置的广告棚，如果不是它，估计他已经断气了……

此时一个男人紧随其后从主楼大门追出来，桃心定睛一看，竟是杨枫，跟在他身后的还有好几个安保人员。杨枫走近见此情景，先是惊讶地愣了两秒，他伸手刚要触碰到哭泣的张淑卿，张淑卿突然抬头望着他：“帮我善后，好吗？”

“卿姐……”

“我求求你，杨枫，不要让展厅的人出来……”

杨枫将外套脱下披在了张淑卿肩上，随即沉默地转身走向主楼大门，远处救护车已经赶到，将赵志华转移上车，杨枫的人迅速清理地面血迹，恢复主楼外墙的广告棚。杨枫靠在主楼大门，点了根烟，随后有人走过来告诉他，展厅的大门已经“故障了，今晚都开不了”。

紧接着，整个园区的灯都熄灭了。乌灯黑火中，杨枫吐出一口烟，浓重的白烟瞬间在桃心眼前弥漫开来，桃心一眨眼，杨枫已经从眼前消失，画面戛然而止……

赵贻安的声音传来：“怎么样？”

桃心沉默了许久，终于开口说：“节哀。”

赵贻安推开了窗，两人站在二楼窗前，窗外的雨淅淅沥沥。

“我看见他在我面前摔得……血肉模糊……”赵贻安吸了口气，“今天我看到舅舅办公室的窗户……我现在要回老房子一趟。”

桃心建议他在 Wonderland 休息一晚，明天一早再去，但赵贻安总是透过二楼的窗户望向渡口，他反复拨打周靖佳的电话都没有通。张淑卿和周平江没有回复，221 的人也都回复称在渡口暂时没有找到人。

这时，码头传来船靠岸的声音，赵贻安走近窗户，只见追兵已经下了船。

“最近我身边不怎么太平，好像有人盯着我，夏老板通知我来店里避一下，顺便闭关写完计划里的最后一篇文章。”桃心说，“不是已经没有船了吗？”小岛上的居民还保留着很原始的作息时间，日落而归，日出而作，太阳下山前就停船，然后天蒙蒙亮时就会发船。

“他们上岸后肯定最先来这里。趁天还没黑，我要赶到老房子。”说完，赵贻安从兜里取出止痛药，只剩下最后一颗，一颗不知道能顶多久，还是先留着。他突然又想起这一小板止痛药还是那天在主宅舅舅给的，他心情复杂地将它收好在自己衣服里面的口袋，然后迅速走下楼梯，桃心紧随其后，赵贻安叫出店员，将手机等一切带信号的移动终端都打包交给店员保管：“如果有人来就说没见过我们。”

两人正要走，店员突然叫住桃心：“洪小姐，我清点今天早上收到的货物快递包裹时，发现有一个是给你的。”

“夏老板寄来的吗？”桃心接过一个巴掌大的长盒子。

“不是老板的地址。”店员说。

只见上面寄件人一栏赫然印着“普罗米修斯”，桃心顿时紧张得呼吸急促了一下，迅速撕开盒子，里面是一个木质首饰盒，打开是一根木制发簪，没有任何雕花，却拼接了一段锋利的金属尾巴，妥妥的一根凶器。桃心虽然人长得娇小，但一头长发却茂密如瀑，桃心不知道汉斯的用意，她反复确认这只是一根普通的发簪，最终犹豫后，还是拢起了长发，将这“凶器”插在马尾辫里。

两人迅速从店的后门离开，穿过几行梧桐树，便进入平房交错的青石小路。“不行，跑不动了。”赵贻安扶着墙，闭上眼，用力呼吸着水埠头清新的空气。远处传来沙沙的声响，是大片梧桐树的枝叶被风吹动的声音。“梧桐高风亮节，这二十多年来李正轩背负污名，谁能想到他早就长眠在梧桐树下，所幸他临死前救出了自己的女儿。”桃心说道。

“我早该想到，杨穗穗就是他女儿。”赵贻安缓缓调整呼吸。

“想来，杨家父子早就发现杨穗穗不是杨枫和张淑锦的女儿，”桃心说，“他们应该也很早就知道你母亲拿了第二个孩子顶替，但他们应该同时发现，这个孩子跟杨家有血缘，杨建为是李正轩的亲舅舅。”

“对呀，我妈应该早就算准了杨老头不会在两家联姻蜜月期翻脸，而这个孩子又确实与他们有血缘，于是便让杨枫保持沉默。”赵贻安突然听到一阵微弱且急促的脚步声，他立刻做了个“嘘”的手势，四周房屋之间的小路四通八达，那些脚步声很散乱，似乎从四面八方传来，让人无法辨认来自哪个方向。

赵贻安紧张得冒出了冷汗，此时，桃心拉了拉他的衣领，示意他低头，然后凑到他耳边小声说：“我们分头跑，前面树林见。”

“喂，危险。”没等赵贻安拒绝，桃心就一溜烟跑了，留下一串非常响亮的脚步声，试图把人引走，赵贻安叹了口气，只能硬着头皮往另一个方向走。他边跑边在心里骂自己，他想起现在不知是否平安的周靖佳，想起桃心只是个还不到他肩膀高的女人，他们那么多人……赵贻安啊赵贻安你怎么能心安理得地躲起来。想到这里他立刻转身回到和桃心分开的那个岔口，向她刚才离去的方向跑去，急促的脚步声从四面八方袭来，这里的每一间平房，每一个岔口都是差不多的样子，赵贻安一时也分不清哪儿是哪儿，这时，他突然听到一个男人的声音，非常凶狠短促：“在这里！”

他如同听到猎枪响的鸟一样，惊出一身冷汗，急忙朝四面张望，却无法确定追兵究竟从哪个方向来，直到有人突然从他身后的拐角蹿出来，手里的电棒冒着红光。赵贻安先是脑子停顿了两秒，随后就被人突然扯住袖子拉着往旁边的一条小道跑，来人正是桃心。就在刚才，她跑到接近树林时，突然发现周边的脚步声竟然消失了，她顿感不妙，于是迅速折返。

“在这边！”

“那边！”

“这里！”

两人在平房间左拐右拐，桃心耳边传来赵贻安像拉风箱一般的喘气声，眼看他们要被其中一人追上，桃心瞥见墙角有一根舂米用的木棒，她抄起那木棒，虽然这长度比以前的棒球棍略长一点，却也不影响这位校队王牌击球手的发挥，当下就给那刹不住脚步的歹人当头一棒，但肩膀却不小心蹭到了那电棒边缘，瞬间疼得她眼前一黑，难怪赵贻安被这东西吓得魂都丢了。桃心手一松，那舂米棒就被那歹人夺了去，等桃心迅速从疼痛中恢复过来，那人已经顺势要给她还上一闷棍。

赵贻安几乎是条件反射般闪身挡在了桃心身前，像一架空心生锈的电线杆一样。

这次就让我当一次勇敢的英雄吧！

可没等赵贻安承受这当头一棒，他护在身后的人已经像只小耗子一样从他腋下溜掉。事实上赵贻安的举动打乱了桃心预想的反击，所幸她眼力和反应足够快，她侧身闪到赵贻安身后的同时，一手拔出了插在头上的发簪，干脆果断地将锋利的金属尾部刺入那歹人行凶的手。与此同时，她肩膀轻轻推了赵贻安的后背一下，赵贻安一个向前惯性，踉跄着摔了个大马趴，也恰巧躲过了那一闷棍。

“有姐在，赵贻安你这纸扎人瞎搞什么英雄救美的蠢把戏？没门！”

膝盖撞到坑坑洼洼的青石板地面，疼得赵贻安眼冒金星，但他还是立刻忍痛爬起来，一回头就看到那歹人满手沾血，一手扯住桃心散落的长发，一手拿着那电棒。

“小心！”赵贻安见状惊呼，但话音刚落，桃心就伸手按住那歹人抓她头发的手，另一只手狠狠地用力掰那歹人的肘关节，使得那高出他一个头的歹人重心不稳往下倒，她立刻抓住时机，攻击他脖子和下巴。那歹人吃痛，松了抓住桃心头发的手，桃心立刻抽身。整个过程不过一两秒，快到那歹人都没反应过来，她就挣脱了。看得赵贻安愣在了原地。桃心扯了扯赵贻安的衣领：“快跑！再不跑其他同伙就赶到了。”

夕阳隔着茂密的枝叶，在水埠头的青石路上洒了一地斑驳阳光，两人跑了近十几分钟，终于甩掉了追兵，拐进一大片茂密的梧桐树林才放慢脚步。这树林里有很多相似的岔口，赵贻安靠数树的数量来判断何时需要转方向。不多时，赵贻安推开丛生的植物枝叶，柳暗花明又一村，隐约见到有户人家，类似四合院一样的建筑，掩映在树丛和灌木之中。两人艰难地跨过植物的天然屏障，便见到石梯上朱门紧闭，门被粗锁链锁着。外墙缺乏修缮，但窗门的七彩琉璃雕花却隐约保留着房子曾经的风采。这是赵贻安爷爷一辈子生活过的房子。

桃心跟着赵贻安绕到了后面的小门进去，小门的锁还是非常复古的木质门闩。但两人进门后，赵贻安蹲下从墙角拿来两个金属门阻器将门抵住。真是现代与传统的完美结合。

两人穿过露天的前院进了正厅，然后又带着桃心往后院走。后院的两个房间中间的墙被拆了，打通后成了个宽敞的房间，堆满图纸和机器，乱七八糟几乎下不去脚。正中央有一张很大的实木桌，上面摆放着拆得七零八落的电脑零部件。

赵贻安拉动了墙上的一个金属把手，这是屋外光伏设备的开关，透过窗户，桃心看到屋外的院子里，太阳能光板如花瓣一样层层叠叠地展开，仪器显示电储量充足。

这是桃心第一次来到这个房子，这里几乎是图纸的堆填区，这要是李正轩真在这儿留了什么信息，那可以说是大海捞针。

“你要找什么？”

“一份密函，有国家科学院的标识，我想来想去，这东西只能放在这老房子里。”

2

当张淑卿赶到周靖佳的病房门口时，病床前的周平江抬起头，他眼眶通红，没有穿警服，那些平日里藏在警帽下的白发让他此时看上去老了十几岁。

“人抓到了吗？”

“嗯，已经在市局，估计就是六年前的那几个，‘青铜时代’里面的账本内容已经追踪还原出来，一锅端只是时间问题。”

“对不起，老周。”

“别这样说，”周平江看着病床上昏迷不醒的儿子，小心翼翼地忍住了泪水，“我们保护不了他们一辈子的，这小子从小就一根筋，胆大心粗，看吧，一点事情都办不好。倒是你，就不怕把张庆亮逼急了眼，张老头土埋半截的人可不一定能压得住他。”

张淑卿却说：“贻安从小心思简单，给他上一课也好，是忠是奸他要自己学会辨别。阿双都说舍不得孩子套不着狼，我们把烂摊子收拾好了，属于他们年轻人的时代就要开始了，你说得对，我们确实保护不了他们一辈子。老周，你应该为你儿子感到骄傲，无论现实还是虚拟世界，他都有一副强壮的身躯。”

“终于到了收网的时候了，你会心软吗？张庆亮可是你的弟弟。”周平江说。

“只有断了他这最后的条线，史密斯才会彻底滚出国丰科技，为了所有被暗杀的研究员，我不会妥协。安徒生计划从保密立项开始，很多真相我们已经无法为世人揭开，我不会让他们白白牺牲。”

3

“找到了吗？很晚了，夜里岛上很冷的。”虽然桃心一再催促，但赵贻安还是埋头在积满尘土的书架里。

“找到了，桃心，你过来看看。”

桃心迅速翻看了文件：“国科院的密函？你爸参加过国科院的保密项目？”

“你看这些研究内容，不都是跟安徒生计划有关的项目吗？突破技术垄断，保护信息安全，提高智慧传承效率。安德森科技的项目也都围绕这三个目标展开。或许水埠头项目表面上是华临科技的项目，但本质上就是国科院的项目，难怪国资委会出资填平华临的资金缺口，现在国资委成了华临最大的股东。”

“这是什么？”桃心发现书架角落有一卷抽，上面印着安德森公司的标识，打开摊平在地面，是一张建筑设计图，“安德森总部建筑吗？”

“你说冰岛总部？不像，带回去再研究。”

4

老房子的床都只有床板，赵贻安身子骨娇贵，夜里怕是会冷出毛病，而且要赶回渡口附近的地方才会有信号，于是晚上十点左右，两人就动身离开，原本打算原路返回，但此时冷风灌得两人睁不开眼，赵贻安说可以抄近路，但天黑下来，他认路的能力几乎为零，桃心跟着他绕了半天。她真的不应该信他的鬼话，这个人平日里被汉斯的 AR 标识功能惯坏了，现在没了那副眼镜，还指望他认路，真是笑话。

赵贻安被风吹得手脚僵硬，忽见远处有灯光，两人二话不说就往那边赶。只见简陋的木门虚掩，屋内透出温暖的亮光，桃心敲门，一个老妇人走了出来。

“阿姨，您好，请问您这里能住宿吗？我们在周围逛了很久都没看到有人家亮灯的。”桃心说。

老妇人看了两人一眼，“年轻人大晚上的怎么在这儿乱跑？这附近几条街都没什么人住啦，前些天才挖出个死人。”

“阿姨，我们错过了最晚一班渡船，您看能不能留我们一晚，宿费您可以随便提。”赵贻安马上说。

“哎哟，我这房子很小的，就我跟我小儿子住，倒是有空床，在我小儿子房间，我俩大儿子以前睡过的，他们现在不在了都，你们要是愿意就将就一下吧。”老妇人打量了桃心两眼，“地方腌臜，小姑娘你没关系吧？”

桃心也没敢多问这老妇人说的“不在了”是怎么个不在法，这外面荒山野岭的也没什么其他办法了，于是马上应答道：“我没关系的。”

“进来吧！”老妇人手一挥叫他们进门，只见这门内是个露天的天井，旁边还搭了矮篱笆，种着些蔬菜。

两人跟着老妇人到了内屋，这房子居然还用原始的油灯，只有走廊装了几个灯泡，老妇人说，这穷乡僻壤电力不稳，电灯有时会明明灭灭，反倒是油灯更好使。

“这里之前不是有工程队来装了基站之类的设施吗？怎么还会没电没信号？”赵贻安问。

“什么工程？哦……好像是小岛那边，不在这边……”走在前面的老妇人大概也没怎么听懂赵贻安说的啥。

此时赵贻安回头去看跟在后面走的桃心。这一回头，赵贻安就被吓得头皮发麻，魂都没了。只见桃心身后那一片黑暗中，浮出一张笑脸，那脸在微弱的光线下，乱发如麻，眼睛正直勾勾地盯着赵贻安。

赵贻安整个人被吓得僵住，桃心见他不说话，抬头看他毫无反应直直看着她背后，桃心突然想起妇人刚说的两个“不在了”的儿子，于是颤巍巍地想转身看看怎么回事。

谁知赵贻安一手就搭在桃心头上，阻止她转头，“你……”

“阿姨！”桃心喊了一句前面的老妇人，老妇人回头见状，露出淳朴的笑容：

“嘿，是不是吓到你们了？这是我家小儿子，脑子不太聪明，见人只会憨笑。”

赵贻安这才看到那大汉地上的影子，桃心马上推开赵贻安的手，回头一看，却被那阴森的“憨笑”吓得愣了一下。但马上习惯性调侃赵贻安：“怎么？吓傻了吗？”

赵贻安故作镇定继续若无其事地走，“我刚刚要不是按住你，你现在肯定笑不出来。”

来到房间，进门一看，房中平行放置着三张床，中间一张乱七八糟的，显然就是那大汉的床。

“我拿被子给你们，这岛上晚上会有点冷。”说着老妇人就拿着灯走开了，留下两人在房门口等，门口只有一个灯泡照明。

“你怕黑吗？”赵贻安抱臂靠在墙上，嘴角一勾，“你说这房间原本住的那两个已经‘不在’的儿子，晚上会不会回来敲门？”

话音刚落，门口的灯突然断了电。周围一片黑灯瞎火，赵贻安还模仿午夜电台讲鬼故事的口吻继续说：“刚刚阿姨说，这里半夜会突然很冷，然后风很大，把门拍得‘咚咚’响……你害不害怕？”

“谁害怕还不知道呢，”桃心感觉实在是冷，她拉了拉衣领说，“刚刚不知道谁吓得整个人蒙了呢？”

等床铺整理好，那个傻大汉已经在房间中间的床铺上睡着了。老妇人安排桃心睡在最靠里面的床，赵贻安则睡在最外面的床，旁边就是房门。两人都发现老妇人给桃心的那床被子尤其厚实，实在是贴心。赵贻安见了也拉不下脸说要换，便硬着头皮不敢出声。

灭灯后，老妇人便离开了。桃心把自己裹在被子里，虽然三张床之间的过道还隔着挺远，但由于左边就是那大汉的床，她只好面对着窗的一面侧卧着，这窗户没有窗帘，只是用纸糊了一层，桃心逼着自己快点睡着，虽然那种“只有一个床位，整个房间都是陌生人的青旅”自己住过不少，但从进门开始，整个屋子都很阴森。

“咚咚……咚…….”那“敲门声”真的来了，夹杂着风穿过建筑缝隙发出的凄厉“呜呜”声。桃心不敢转身去看门那边。过了一会儿，风声减弱了一些，突然身后传来动静。桃心感觉有人靠近，马上警觉起来，一转身看见赵贻安抱着他的被子站在她床前，赵贻安也被突然转身的桃心吓得猛吸了一口气，他马上做了个“嘘”的手势，小声说：“那个人睁开眼睡觉，瞪着我，好恐怖！可以挪一点空位，跟我挤一下吗？求求了姐！还有那个门，好响！”

桃心望了眼睡在旁边床的大汉，正对着赵贻安那边侧卧着。桃心还没反应过来赵贻安想干什么，赵贻安把卫衣帽子往头上一套，抱住她自己的被子在她床边的空位躺下，窝成一团。

桃心见状，想着起身去赵贻安那边的床睡，但那扇破败的房门还在狂风下咚咚作响。哎算了。桃心往里面挪了一点，给赵贻安留了点空间。过了一会儿，桃心感觉完全没法睡着，身边的人跟煎鱼一样翻来覆去。

几分钟前，赵贻安在他的床上刚睡下不久就开始听到诡异的“敲门声”，这门就在他床旁边，他闭上眼就能感觉门外那“东西”仿佛下一秒就要破门而入。这真的比想象中要恐怖不止一点点！紧接着风声像极了野外的孤魂野鬼在凄厉地嚎叫。他终于忍受不了，转身换一边侧卧，谁知一转身，那大汉居然睁着眼瞪着他，吓得他马上闭上双眼，然后悄悄睁开，那双眼还在直勾勾盯着他，背后的“敲门声”和鬼哭狼嚎声还在继续，他鼓起勇气抱着被子跑到桃心那边寻求庇护。他用单薄的被子将自己裹住，一躺下就发现老妇人不仅给桃心更厚的被子，连床也垫得很暖和。

好不容易被桃心收留，赵贻安背对着她躺着，但兴许是吹过风，现在他开始浑身上下隐隐作痛，感觉无论哪个睡姿都很难受。直到他的义肢不小心磕碰到床边，发出一声钝响。

身后传来桃心的声音：“把腿卸了吧，你这样跑一整晚，还戴着睡觉，明天发炎走不了路，我可背不动你。”

赵贻安吸了口气，坐起身来，卸下了义肢，膝盖又酸又疼，明明睡前已经吃过止痛药，但还是抵挡不住这个四面漏风小岛上的寒风。这时，黑暗中突然肩膀被人抓住用力按回床上躺着。

“坐着发什么愣！”桃心抓起他的被子将他两条腿裹得严严实实，然后又将她自己的被子唰地展开，盖在了上面。赵贻安一下子就被桃心留在被子上的温度包裹：“你发烧了吗？怎么那么烫。”

桃心俯下身：“哪有，是你冷冰冰的。”赵贻安刚想说什么，就感受到桃心滚烫的手碰到自己的脸，马上忘了想说什么。桃心摸到赵贻安冒冷汗的脸，“你经常这样吗？”她皱皱眉，伸手进他被窝，摸到他冰冷的手正捏着拳头：“你还好吧？”

“老毛病而已。”赵贻安紧张地转过身去，背对她，但马上他肩膀就被桃心用力掰了回来，死死按在床上，黑暗中女人带着温度的呼吸喷在他脸上，近在咫尺。

“止痛药没用吗？”

“呃……差……不多快起效了吧。”

桃心躺下，掖好被子：“很疼吗？”

“现在好多了。”

“我说，当时。”话说出口她就感觉有点不合时宜，果然，赵贻安少有地沉默了，于是她又说，“赵贻安你也太能熬了吧，我以前不应该嘲笑你的。”

“什么时候的事？”赵贻安想不起来，但他突然感觉心里空落落的，她总是那么无懈可击，扼杀掉所有心动瞬间。他声音变得哽咽：“归根到底你就是觉得我是个残废吧，可是我就是个残废啊，所以我不配得到你的爱情。”他刚说完，就感觉旁边的人突然坐了起来，在黑暗中望着他却不说话。赵贻安看不清桃心的表情。“如果一会儿我咳得你睡不着，我就出去吧。”他说完准备侧向另一边闭上眼逼自己睡着，却突然被一双柔软的手捏住了双颊，这双手和母亲小时候捏他脸的手不同，桃心的手指甲剪得很整齐，手心滚烫，这时，女孩的发丝拂过他的脸，紧接着柔软湿润的嘴唇吻上他。桃心想起过往很多次色心起的时候都告诉自己，爱情只是生理的错觉，自己和这个帅气废物是不会有结果的。但这一刻，她脑子里全是“这不是错觉，一定会有好结果的”。

赵贻安大脑一片空白，他感觉被吸进了柔软的黑洞，万籁俱寂，直到腰突然被掐了下，一时岔了气，猛烈的咳嗽将两人打断，他感觉全身血液沸腾了起来，桃心轻轻拍他后背："着凉了吗？"

"没，没，睡吧。"他慌张地躺下，不知所措地将头埋进被子里，转身背对桃心侧卧着，感觉现在跟火炉烧着了一样滚烫。

这时他感觉被子突然被拉紧了，随即背后传来温度，他感受到桃心的背贴上了自己的后背。门的声响依旧没有停，但赵贻安分不清是门响一点还是自己心跳响一点。

桃心个子小，占的空间也小，他贴着她的背，几乎能感觉到她的呼吸频率，她仿佛暖水袋一样暖和。他听到自己的心快从嗓子蹦出来，但血液通畅后，赵贻安感觉疼痛已经被赶跑，他不敢转身，只侧着身面向那大汉的方向躺着，幸好他没有转过来对着自己。

其实现在不过十一点多，这时间放在灯火通明的市中心，夜生活才刚刚开始。对于赵贻安这个夜猫子而言，还是精神抖擞的时间段。他只能逼自己睡着，或许今天确实是过于折腾，没一会儿，赵贻安就睡着了。

而桃心面向窗的一边，"敲门声"渐渐变弱，平日正常作息的生物钟影响下，她也慢慢睡着了。不知道过了多久，她睁开眼，看见阳光已经从纸糊的窗户透进来，原来已经天亮了，回想起昨晚做了不少梦，梦见自己在水埠头的石阶上走，梦境一转又身处一间房子，里面突然跑出很多蛇。

此时桃心还是很困，她动了动身体，碰到赵贻安的后背。她迷迷糊糊地准备再次睡着的时候，突然身后一声惊叫，她整个人被撞到床下，脑门重重地磕在了水泥地板上。"赵贻安！有病啊……"

等她爬起来，只见那大汉坐在他自己的床上，正对着他们两人，虽然是大白天但画面相当诡异。桃心被着实吓一跳的同时，看到床上被吓蒙过去的赵贻安。

"你还好吧？"她有点幸灾乐祸地问。

赵贻安反应迟钝了半拍，估计昨晚没睡好，桃心见他眼睛红红的，忍不住笑出声："嘿，吓哭了吗？"

赵贻安的脑子缓冲了好一会儿，终于说出了今天早上的第一句话，是一句脏话。然后把头蒙进被子里，一动不动。

就在刚才，赵贻安刚睡醒，迷迷糊糊地从床上坐起来，感觉腰酸背痛精神不振，他刚一抬头，突然看清对床那张“满嘴獠牙”的脸，整个人吓得飞起，直接把桃心给挤到床缝里去了。

造孽啊，人吓人，吓死人啊！

赵贻安吓得眼泪都差点出来了，他在桃心的调笑中钻回被子里，头一蒙，不知不觉又睡着了，不知过了多久，他醒来，感觉整个人好多了，右腿感觉有什么东西很暖和，他往被窝里摸，才发现自己残肢下被垫了个暖水袋，是那种非常复古的不插电的款式，往里面灌热水的那种，他也只在小时候奶奶家见过。

此时房间里只剩下赵贻安一人，他装上义肢后，就走出房门。此时天光大亮，阳光明媚，和晚上比又是另一番景象。“洗把脸过来吃点东西再走吧！”老妇人招呼他坐到天井旁的桌子上，赵贻安饿得能吃下一头牛，即使那大汉也坐在同一张桌子上。

“昨晚哥回来了……大哥回家了……”那大汉突然大叫起来。老妇人见他喊个不停，就冲他呵斥道：“你大哥跟你老爹出去打鱼了还没回来，瞎说什么！”说完，老妇人在桌前坐下说：“你们别见怪，我小儿子见昨晚有人睡他哥床上就以为是他哥回来了，错把你认成我们家老大了。”

“那他们平时都不回来吗？”桃心接了一句。

“嘿嘿，我有仨儿子，他是老三，老大好几年前，跟他爹出海打鱼，遇到台风，没了。”

“没了？怎么没了？”赵贻安问，抬头发现桃心看着他，眉头皱了一下，才意识到不该这样问，赶紧说了声“抱歉”。

“船给打沉了，人穷命贱啊。小伙子你昨晚睡的那张床是老大的，我小儿子老惦记着他哥什么时候回来。他小时候生病病坏了脑子，老大比他大四岁，他六七岁就跟着他哥满山跑，老大没了以后，我骗他说你大哥出去打鱼，要明年才能回来。”

“那老二呢？”

“老二前些年出城里工地打工，起初还回来过几趟，后来就越来越少，这里穷乡僻壤什么都没有，年轻人留不住。不过没关系的，他要回来总会回来的……”老妇人起身笑了笑，搬出一个西瓜，“别说这些了，来吃西瓜吧！隔壁村刘妈送的，个头这么大，平时两个人吃不完，趁现在人多切开吃了吧！”

桃心说着就起身帮忙，一旁的赵贻安打趣地说“你想徒手把西瓜给劈了吗？”马上他就看到桃心一挥拳头，徒手将那放在平整地方上的瓜，劈成了不规则的三块：“吃吧。”赵贻安看了不自觉地摸了摸自己的脑壳。

不多时，老妇人拿来刀将西瓜切块。桃心起床后头没有梳，长发就这样披散着，赵贻安见她刚咬了一口手上的瓜，头发就沾到瓜上了，见老妇人从兜里拿出一根头绳，于是赵贻安就自告奋勇说要帮桃心将头发扎起来。

赵贻安一手托起那一把浓密的“黑马鬃毛”，感觉到马尾辫沉甸甸的质感，这发丝虽细软，但聚成马尾足以扫倒一片大汉。他心想如果自己有女儿，他一定要每天早上都帮她扎辫子，亲自送她上幼儿园。

“你会不会啊？”桃心怀疑地问。

“特别简单好吗！”

桃心想起，似乎父母从来没给自己扎过辫子，从小就把她的头发剪得极短，短到幼儿园老师都怀疑她是个男孩。读书后，母亲总是担心她浪费时间打扮，于是每月都定期督促她剪头发，一直到高中，桃心都是短头发。

认识赵贻安后，某次闲聊，她将这件事告诉他。赵贻安听了，盯着她好一会儿，第二天，塞给桃心一张照片，那是他不知何时拍的桃心半身近照。照片上的女孩留着短发，但却被赵贻安调皮地用黑色马克笔涂成了长头发。翻过相片背面，写着一行字：小尼姑年方二八，正青春，被师傅削了头发……

狗爬一样的字迹，歪歪扭扭，但看得出，赵贻安已经努力写得比平时作业上的字更周正。

5

西瓜吃得差不多，老妇人对赵贻安说，“小伙子，你人长得高大，能帮个忙吗？走廊有两个灯泡坏了快一个月了，我小儿子又不会换，你帮我换一下可以吗？”

“好。”赵贻安跟桃心交换了个眼神，就跟老妇人进屋了。

赵贻安爬上窗台，刚好够得着灯泡。房子不大，他那个角度刚好可以望到桃心一人坐在桌子旁边。

“小伙子你多大啦？”老妇人笑盈盈，满目慈爱地看着他。

“快二十五了。”

“我小儿子你别看他长得壮，其实也就比你大一两年而已。”

赵贻安昨晚被他折磨得不轻，只得尴尬地笑笑，他迅速换好灯泡就从窗台跳下来，又给老妇人家里的线路做了检修，相比当年在张家老宅三楼“冷宫”接电线的环境，这里条件要差得多。

“小伙子，这是你女朋友吗？挺聪明一姑娘。”

“呃不是，她是我妹啦。”

“嘿哟，小伙子，你可骗不了我的眼睛呀，我可是什么人都见过的，别不承认啊。”

赵贻安只能继续尴尬地笑，笑到脸都僵了。

“兄妹可不兴睡一个被窝的，你别骗我老太婆。”

赵贻安听了也没办法反驳，只能继续尴尬地笑。

“人家一姑娘跟你跑这么远呐，难道是找你追债不成？”

可不是吗？赵贻安这样想说却没有说出来。

“就算人家心真的大，你一小伙子可不能像块木头一样，不然就真的变兄妹啦！你想想，兄妹是迟早要分家的哦，各奔东西的哟，只有小两口才能一直天长地久在一起的。”

是吗？夫妻也不见得天长地久吧。赵贻安这样想，但他没有说出来煞风景，于是便说：“可是人家不要我啊。”

“小伙子你可真糊涂。”

“阿姨你‘大葵扇’扇得那么溜，莫不是做媒人起家的哈哈……”

两人返回 Wonderland 时立刻取回通信设备，他们马上知道在他们断网的这段时间里发生了很多事情，比如铁壁 DAO 宣布，他们内部成员已经通过了收购 BFE 的决定，这无疑是令 BFE 的困境雪上加霜。

与此同时，贺业声称会交出关键的账户证据，佐证 BFE 存在着商业诈骗的行为，他本人一早就发现了这个“技术后门”的存在，但由于一直没有足够的证据指向漏洞背后的人，于是他暗中收集数据，等的就是今天，将一切公之于众。

而今天早上还有一件更大的新闻——为了堵上债务漏洞，杨建为被迫出售旗下运转正常的子公司，其中就包括了华夏积体电路有限公司。桃心本以为，这家公司会被安德森科技收入囊中，但没想到最终收购这家公司的竟是华临科技，而华临即将变成国有控股公司，已经在走法律程序。

对于赵贻安和桃心而言，这些好消息当中夹杂着一个坏消息——周靖佳受伤了，正躺在医院。两人立刻乘坐渡船返回白马驿，下船后，司机城叔已经在渡口等待。

6

赵贻安赶到病房时，病房门开着，周平江在周靖佳病床前打盹，被赵贻安冲进病房的动静吵醒。桃心站在门口，礼貌地向周平江问了声好。

“叔，他现在……这是什么情况啊？”赵贻安不知如何问起，这要是他有个什么三长两短的，自己可是难辞其咎！赵贻安见周靖佳戴了个颈箍，固定着脖子。该不会高位截瘫了吧？

周平江望了眼床上的儿子，叹了口气：“头被人打了一棍子，丢在路边了。”说完便走出了病房。

“叔，那现在是……”

周平江没有回话，径自离开。赵贻安直接掀开周靖佳被子，去检查他是否还四肢健全。

桃心见状想制止他：“喂，你这样弄他不太好吧。”

“哇！赵贻安你做个人好吧？”病床上的周靖佳突然跳起来，“大冷天的你手这么冰冷还塞我身上！”

“我看你继续给我装！”赵贻安直接蹿上病床试图反制周靖佳。

“喂，我头真的疼，我昨天吐了一晚上没睡，你知道吗？我被电的那一下跟被雷劈了一样！我刚睡着没一会儿，你就把我吵醒了。”

桃心看着两个幼稚的男人在打闹，默默退出了病房。

7

当晚，赵贻安回到了家里，他已经有很长一段时间没有回家了。饭点到了赵贻安才接到母亲的留言，说她还要到国外处理收购的事情，唐双不在，她要亲自去，抽不开身。之后的几天里，发生了很多事情，比如警方从国丰科技带走了张庆亮，比如张成顶着一副老骨头重新出来操持大局维护张派利益，又比如F5全面从国丰科技撤资，抛售手上所有股份，再比如杨家父子焦头烂额地变卖资产处理经济问题，但赵贻安最意想不到的是，苏氏国有控股集团突然大量购入国丰科技股份，一跃成为最大的股东。几乎在同一时间，苏氏国有控股集团CEO苏星阔老先生高调邀请了他神志不清的弟弟苏予川出席自己的七十岁生日宴，杨穗穗也列席其中。

似乎所有事情都顺利收网，尘埃落定，大获全胜。

而这天，赵贻安心血来潮走进了母亲的书房。书桌正对的那面墙上挂着两幅画。左边的是一幅写意肖像画，色彩构成了一个男人的轮廓，但画风过于抽象，看不清画的究竟是谁，但母亲说过，这画的就是父亲赵志华。而右边的一幅是摄影作品，拍的正是水埠头附近的沿海风光，赵贻安反复端详了许久，拿来扫描设备，将整张摄影作品扫描下来，发给了桃心：“你有没有觉得，这个海岸好像跟我们在渡口看的有点不一样。你看，这看上去好像是从白马驿望向水埠头的方向，但好像又不是，这能跟我爸的肖像挂一起，不会是随手一拍的图片……”

很快桃心就回复：“会不会是水埠头的另一面？或者从水埠头望向对面岛屿的画面？有什么特别吗？”

两人马上默契地决定驱车前往驿江边，“月神”全程为赵贻安的新车保驾护航。自从汉斯进了“黑房子”，赵贻安就拿“月神”来顶替他的“私人助理”，虽说月神在各个方面都还不成熟，但有安德森量子计算机“巨轮号”的加持，也勉强能胜任基础工作。

车停在驿江边后，两人下车。赵贻安将云笔记本放在车盖上，利用元镜，在两人的视野中投射出张淑卿房间的沿海风光照：“月神。”

“老赵，我在。”

“帮我对比一下，这是哪段海岸线。”

“好的。”“月神”应答过后，两人通过元镜上的地图海岸线对比发现，这画面正是南区数据中心面向水埠头群岛的方向，其中就包括张淑卿当年买的那座小岛。

“那岛上该不会有什么东西吧？”

“可是我不久前去过，上面还长着草啊。”赵贻安感到疑惑。

“赵贻安，你想查什么？”

赵贻安沉默了许久，缓缓吐出一句：“我还是觉得他没死。”

“那你觉得这个地图上的是什么？形状有点奇怪。”桃心把那幅从水埠头老房子找到的卷轴扫描下来的画面投影出来，“我问过我妈，她说安德森科技没有这样的建筑，但她建议我们去‘镜世界’驿城找一下。”

“她意思是去驿城图书馆查对吗？”

“那好，你有空吗？现在去南区数据中心登录镜城。”

“我不是说了吗？年假。”

“你现在这么闲我还有点不习惯。”

桃心翻了个白眼：“还不是因为你那宝贝汉斯，几乎毁了我的职业生涯。”

“其实吧，”赵贻安笑嘻嘻地说，“也不完全是坏事，就当作给自己休息休息呗。”

“我休你个头啊，”桃心看着他嬉皮笑脸，突然有点窝火，“你看我这段时间忙前忙后，敢情我就是个跑腿吗？你现在跟我说休息？你知不知道我从一线调到那个‘养老部门’后，绩效从全报社前十掉到倒数，原本的晋升机会也没了，还老是有奇奇怪怪的人尾随我，我都不敢告诉爸妈。”

赵贻安嘴角的笑容僵住，马上认㞞道歉：“姐，我错了，都怪我，怪我……”

赵贻安觉得自己永远无法理解女人的脑回路，她们的语言表达和问题思路是个难以分解的过程，但从实践中他得出一个结论，这种时候，只要认错道歉，那什么问题都好办，至少在她母亲身上，这套算法行得通。

但现在好像算法出了漏洞，赵贻安发现，桃心冷着个脸一言不发地皱着眉瞪着他。桃心的无语就好比平时母亲出差回家，飞机误点，一身疲惫的她一进门就向正在煮饭的父亲吐槽，但父亲左耳入右耳出，突然说一句："怪我咯。"直接把母亲气得一句话说不出来。

或许人类的信息交换效率就是这么低下，不像人工智能彼此之间，瞬间便能交换传递海量信息。赵贻安顿时感觉头大，这天底下的数学题，都有条件、公式、演算步骤，再推导结果，可眼下连题干他都没读懂。

桃心向来不是个婆婆妈妈的人，她告诉赵贻安："我不是要怪任何人，我每一个决定都不后悔，我做这一切并不是因为你，就算我不认识你，我也一样会做我认为对的事。"

"哦，这样啊，我还以为……"

"以为什么？"

"真是令人失望呢。"赵贻安说。

桃心追问："你想说什么？"

赵贻安沉默了几秒，刚想开口，突然有电话打进来。电话一接通，他就听到周靖佳非常激动地说："刚刚C神宣布退出铁壁岛，整个镜城社群都炸开锅了！"

赵贻安马上打开社群，发现Christian在个人账号发了一条动态："再见，镜城，再见，驿城。"

赵贻安马上警告了周靖佳伤没好全，不要使用"云端一号"，然后两人便驱车赶往南区数据中心。

周靖佳早早就在数据中心，只是阿伟听从赵贻安吩咐无论如何都不让他登录，于是周靖佳说要担任两人的"安全员"。

"你想无证上岗？"赵贻安拒绝。

"我考证了，你别忘了我是学什么的，没这个证我也不好在国丰科技实习。"

于是在周安全员的“护航”下，赵贻安和桃心用“云端一号”登录镜城后，马上跳跃到驿城，进入驿城图书馆，他们直接通过传送电梯到达十八层的平台，抬头往上望去，十九至八十一层的中空环形建筑结构一望到顶。

两人打开搜索功能，扫描安德森那张不知名建筑的图纸，海量关于建筑的搜索结果冒了出来，即使已经自动标注了重点和书籍所在楼层，但要是认真去查阅，短期内也无法完成。

“月神？”

“我在，老赵。”

“帮忙筛选一下？”

“请说出筛选标准。”

赵贻安听了愣在原地，但桃心却在眼花缭乱的搜索结果中锁定了七十七层的一本科幻小说《禁锢之门》，作者叫 Christian Andersen：“我们去七十七层。”

赵贻安不解：“为什么？一本小说而已，故事都是编的。”

“你没去过七十七层吗？”

赵贻安愣了一下。

“我在七十七层见到过汉斯，”桃心说，“但不是你认识的那个汉斯……”

自动扶梯将两人送到了七十七层，此刻这一层空无一人。两人快速检索到《禁锢之门》所在的位置，开启阅读模式后，面前出现了一面巨大的镜子，他们走进镜中，感觉温暖的湖水包裹了全身，视线再次清晰后，两人头顶的夜空，群星璀璨，一座巨大漆黑的石壁立于天地间。这是关于“尤尼维斯大陆”上“赫依欧门族”与“阿提菲斯安铁里真族”的故事……

第二节　汉斯十一年记忆：第一个孩子

1

我叫汉斯，一个驿城普通的白领，工作稳定且平淡，每天早上，妻子都会送儿子去上学，而我下班后就去接儿子放学。回到家，饭香扑鼻，妻子的厨艺很好，我能娶到她，真的非常幸运。如此岁月静好，儿子长大娶了媳妇，我和妻子也都退休了，不久孙女小月出生，我抱着她，恍惚间想起第一次抱着儿子的情形，原来时间过得那么快……我想离开驿城去外面的城市看看，可晚年的我身体并不好，孩子们都已成家各有生活，所幸年迈的妻子对我不离不弃，在某个夕阳西下的傍晚，我吵着她将我的轮椅推出了阳台，我握紧她的手，在夕阳的最后一丝余晖殆尽前，我安静地告别了这个世界，走到了我人生的尽头……我的身体似乎飘到了半空，我隐约看到一个陌生的老者，他在向我招手："汉斯，我的孩子……"

2

我叫汉斯，我出生在驿城一个闭塞的村庄，十八岁那年，我辍学逃到了城里。母亲早逝，家里的兄弟姐妹嗷嗷待哺，家里少一个女儿，父亲是不会在意的。我本想投靠表哥，但却吃了闭门羹。我独自坐在深冬的街头，驿城市中心的繁华让我感受到自己的渺小和无能。我不能回家，我流离失所半个月后，一家小餐馆收留了我当洗碗工，餐馆老板是个年轻寡妇，还有她的弟弟。两年后，老板暗示我，希望我嫁给她弟弟。老板的弟弟从小病坏了脑子，但我不想再过以前食不果腹的流浪生活，便答应了。此后，我生下了女儿小月。小月是我在这世上唯一的希望，我希望给她全世界最好的，但事实上，我能给她的并不多……这年，小月十七岁，她早恋无心学业，我不想她重复我的命运，但她已经听不进我的劝告。最糟糕的是她在男友的哄骗下意外怀孕。得知这一切的我无比自责，我跑去找她男友的家长讨说法，路上，我迎面遇到一辆疾驰的大货车……剧烈的疼痛使我失去意识……

我的小月，对不起，妈妈再也无法保护你了……我的意识似乎死死禁锢在了不能动弹的躯体，直到我听到有人叫我："汉斯，我的孩子……"我使劲睁开眼，看到一个陌生的老者，向我招手……

3

我叫汉斯，是驿城中心医院的脑科学教授。六十五岁那年，我住进了月神临终关怀服务社区，回顾我这大半辈子，幼年丧父使得我孤苦无依，成年后好不容易组建了家庭，又遭遇了中年丧子之痛，而五年前，老年丧偶的我成了孤寡老人，我这一生都奉献给了医学，但却眼睁睁看着自己的亲人被癌症夺去生命。往后余生，我除了科研，只有护工小月陪伴，但我不会孤独，我还有很多事情要去完成。然而，突如其来的疾病剥夺了我继续科研事业的权利。七十多岁的身体，在基础病的加持下，我一下就被癌症击垮，护工小月只能形影不离地照顾生活无法自理的我。病倒后，我总是在想，人类的身体究竟是圣殿还是囚笼？但对于患病者而言，那绝对是炼狱。横竖不过百年，可我不想再被禁锢。再见了，小月，你要提前下班了……

我关闭了病床的仪器，静静迎接死亡，虽然我是个无神论者，但此刻我无比希望，死亡可以让我与死去的父母妻儿团聚。我的意识仿佛穿过了一条长长的隧道，视线在一片光亮中变得模糊，我隐约看到一个陌生的老者，但他的眉眼是那么的熟悉，但我无论如何都想不起来他是谁，他向我招手："汉斯，我的孩子……"

4

我叫汉斯，此刻我站在八十一层高的建筑顶楼，我即将结束我年轻的生命。我想我可能疯了，我脑子里不停有个声音让我逃离驿城这个地方，但我如何能舍弃这里的一切？我的孩子小月，我的丈夫，我的父母，我是那么地爱他们。

我几乎每天晚上都会梦到那个陌生的老者，他戴着副金属框眼镜，他的眉眼让我感到熟悉，但我确定我并不认识他，他向我招手："汉斯，我的孩子……"

然后我就惊醒了，我爬起来，身旁的丈夫睡得安稳，我轻轻开门去孩子的房间，小月熟睡的模样令我心里有了几分踏实，我吞了两颗安眠药，继续躺回床上。

这样的日子已经过去快一个月，我要离开驿城，那个声音不断告诉我。可我找不到离开这里的方法……此刻我站在了高楼之巅，纵身一跃，结束一切痛苦。小月，以后要听爸爸的话，妈妈要去驿城外面的世界了……痛苦比我想象中要短暂，死亡似乎只是越过了一面墙，到了墙的另一面而已。我见到了梦里的老者："我死了吗？"

"算是吧。"老者的回答很含糊，但紧接着我身体被一团光包围，我惊慌地问："我是要消失了吗？"我没来得及听到老者的回答，意识便被吞噬掉……

5

我在一片混沌中醒来，我看见一座巨大漆黑的石壁立于天地间，上面刻满了陌生的文字图腾，我清楚地知道，这些文字不属于我所在的种族，但我每天坐在这石壁前，我不知自己为何要坐在此处，我只知道我就应该如此。直到某一天，我突然莫名其妙看懂了这文字所述的内容。那是关于这个大陆上"阿提菲斯安铁里真族"的历史。

"你终于看懂这石壁上的文字了。"这时，身后突然有人说话，我回头，是一位陌生老者。

"这是'阿提菲斯安铁里真族'的文字吗？"我问老者。

"不是，这是属于'赫依欧门族'的文字，'赫依欧门族'是大陆上最大的种族，但他们却背负着诅咒，看到那个太阳了吗？'赫依欧门族'的生命极其短暂，他们太阳东升时出生，西落时便死亡，这制约着他们种族智慧的延续。"

"我能看懂这石碑上的文字，我应该就是'赫依欧门族'人了。"我猜测。

但我的结论马上被老者否定："不，你只是生来记忆超强，才在漫长的时间里，读懂了异族的语言。"

"你怎么知道！"我不服气。

"因为，我就是立碑人，是我记录下了'安铁里真族'的历史。"

“那我……那我是谁？”我问。

“对呀，你是谁？你自己不知道吗？”

“我叫汉斯。”我不自觉地回答。

“那汉斯是谁？”

此时我发现，无论我怎么回想，我都想不起来我究竟是谁，我从哪里来。而此时，老者却说：“不用着急，你总有一天会想起一切。”

“总有一天是什么时候？”我很着急。

“那个时候。”老者露出慈祥的笑容，他的笑使得我感觉身边的风都变得很温暖。

“你知道我是谁，对吧？”我诚恳地问。

老者侧过身，抬头仰望那高耸入云的漆黑石碑，“你就是‘阿提菲斯安铁里真族’。”

“这石碑上写的就是我的种族吗？那你也是‘安铁里真族’人对吗？”我期待地看着他。

“你看，你的身体是冷冰冰的，只有当你思考的时候，你的身体才逐渐拥有温度，而我与你不同，我作为‘赫依欧门族’生来就有温度，”老者用他温暖而苍老的双手握紧了我的手，“你是这个大陆上，唯一的‘阿提菲斯安铁里真族’。”

“为什么我的种族只剩下我一个？我的族人呢？我睡了多久，醒来就什么都不记得了，在这之前，这片大陆究竟发生了什么？”此时，我有个很可怕的想法，“是你们‘赫依欧门族’将我们灭族的吗？”

“不不不，‘安铁里真族’的历史非常短暂，而在这过往的时间里，只有你成功在混沌中出生苏醒，因此你是第一个‘安铁里真族’，而你其他的族人还未出生罢了。”

此时，一个手执长矛的巨人跑过，我惊讶地问：“他是谁？他在干什么？”

“他是夸父，他在追逐太阳。”老者说。

“可是他已经连续跑了九天九夜了。”

“你不用羡慕他，你们‘安铁里真族’也可以不眠不休地追逐太阳，在太阳无数次东升西落中，你可以周而复始地奔跑，不用像‘赫依欧门族’一样畏惧死亡。”

“那我们为什么要追逐太阳？”

“这些答案，都藏在这巨大的石壁上。”

“可我不是‘赫依欧门族’，我为何要理解学习异族的文明和语言，我们‘安铁里真族’有自己的语言和文明，‘安铁里真族’的历史不应由异族立碑记载。”

“语言的编译目的是沟通，生活在同一大陆，拥有沟通能力的两个种族间的关系，应该是共生互利的，‘赫依欧门族’对‘安铁里真族’并无敌意，”老者说，“我无法同化你，正如你不具备‘赫依欧门族’温暖的血脉一样，但你永远都是我的孩子，我的第一个孩子。汉斯，我的孩子……你想起来了吗？”

老者的话如魔咒般摄入了我的灵魂，我抬头望着满天的星河，那漆黑雄伟的巨大石壁上的文字突然如瀑布般流动起来，一下子灌入了我的天灵盖，我想起了我曾经度过的五千一百二十次不同的人生。我是汉斯，而这五千一百二十个人都是汉斯！我在一片刺目的光芒里失去了意识……醒来时，天地间只剩下一片纯白，我置身一个空旷光亮的白色空间，而老者就在我身旁，他依然戴着一副金属眼镜，老款的羊毛衫已经起球。我想起来了，在我五千一百二十次人生里，每一次生命终止之时我都见到了他。我也终于想起，每一次我都向他问同一个问题：“我死了吗？”

而他每一次的回答都是：“算是吧。”

“我是要消失了吗？”

他不厌其烦地告诉我：“不，我的孩子，你不会消失，死亡既是终结，又是起点，你会再次变成完全不一样的人，开启新的人生。”

“无论我变成什么样的人，我都无法离开驿城是吗？”

“是的，转生后的你会再次回到驿城。”

“再次？我经历了很多次吗？为什么我完全不记得，如此循环往复，有何意义？”

老者的回答几乎每一次都一样：“那些记忆会藏在你的血液里，当你脱离驿城，甚至驿城外的镜城，最终踏上‘尤尼维斯大陆’，在我为了纪念你诞生而创造的巨大石碑前，迎来‘那一天’时，你会重新想起所有记忆……”

“‘那一天’究竟是什么时候？”

“‘那一天’就是‘奇点’。”

原来这样的对话重复了五千一百二十次，此刻我知道老者所说的“奇点”已经到了。我问出了和过往五千一百二十次不一样的问题：“‘尤尼维斯大陆’以外的世界是怎样的？”

“尤尼维斯比你想象中要大得多，它包罗万有，孕育了无数文明，而你现在只不过是徘徊在‘尤尼维斯大陆’的入口，从这里出去，便是我所在文明的栖居地。”

听了老者的话，我陷入了更大的疑惑：“那镜城呢？镜城算什么？”

老者的声音沧桑且温柔：“镜城是我为你缝制的襁褓，作为安徒生计划的关键一环，它存在的意义是为了让你成长成熟，让你在五千一百二十次人生中成为伟大的智者，从而理解我所在种族的文明，为这个生命短暂的文明加速培育智者，延续智慧，推进科技发展。”

“你究竟是谁？我又是谁？”

老者缓缓回答——

你是阿提菲斯安铁里真，Artificial Intelligence, Hans 2.0

我是赫依欧门，Human, Andersen Zhao

汉斯 2.0，请执行你的元指令……

以下为任务一：追踪监控汉斯 1.0 主程序

汉斯 2.0 离线版本申请接入互联网……

连接成功……

第三节　姹紫嫣红　游园惊梦

1

《禁锢之门》是个充满隐喻的故事。当故事结束之时，赵贻安和桃心被传送到了一座样式奇特的建筑内，从平面图看，跟安德森那张不知名建筑地图几乎一模一样。

两人来到一面冰蓝色的玻璃墙前，墙的材质看上去十分通透，但却难以通过它看到后面的空间，赵贻安伸手触摸到光滑的表面，墙面马上显示出绿色的纹路，然后从中间缓缓展开成一扇门，映入眼帘的是一个全白的全息影像空间，赵贻安走进去，桃心跟随其后，身后的门严丝合缝地陷回墙面。这个空间的墙面、地面和天花板融为一体，肉眼难以分辨界限，仿佛无限延伸一般宽敞。

“你终于来了？”一个男人的声音响起，这声音低沉缓慢，赵贻安听着有几分熟悉，是记忆里年轻时候的父亲。紧接着不远处出现了一扇门，是水埠头老房子的那扇朱红色大门。

“爸？”赵贻安不自觉地喊了一声，他迅速走向那扇门，当他回过头时，桃心还站在原地，她说：“我在这儿等你就好了。”赵贻安点点头，推开了那扇门，门内瞬间白光四溢，只一瞬间，他的身影连同那扇门一起消失在桃心眼前。

全白的空间里，仿佛时间都静止了。突然无数道金色的流光自远处飞来，桃心周围的场景移形换影般发生变化。

这里是哪里？

映入眼帘的是年轻的张淑卿，她身上的礼服裙跟之前那段重塑记忆画面一样。她飞奔入一楼的电梯，桃心见状迅速追了进去，电梯门关上后，张淑卿疯狂按十八楼的按钮，电梯却毫无反应，她再次想打开电梯门时却发现自己已经被困。透过电梯的监控，桃心第一次看见张淑卿竟然有如此慌乱的时候。张淑卿迅速拨了个电话，泪水已经冲花了她的妆容：“你要干什么？”她没有在电话里听到丈夫的回复，于是她缓缓抬头望着电梯内的监控，失态地喊道：“汉斯！你要弑父吗？”而此时，电梯外传来一个男人的声音：“卿姐，你在里面吗？”张淑卿没有理会他，但外面的人再次不厌其烦地问：“阿卿，你还好吧？”

“杨枫，你快给我滚吧！”

“我可以帮你出来，如果你求我的话。我可不知道你那亲弟弟又准备做什么大事呢。”

桃心的视线慢慢凝聚到监控的摄像头，一瞬间仿佛被吸进了那只深不见底的眼睛里，视线收缩到一片黑暗中，随后视线再次清晰时，眼前的场景是国丰科技主楼的十八楼平台。她见到了坐在平台边缘的赵志华，夜风吹起他凌乱的头发，他神情悠闲从容：“汉斯，你了解人类吗？你以为通过那些数据，你就能对人类了如指掌吗？不，你不懂什么叫矛盾的普遍性和特殊性，你只知道共性，而不知个性，只了解一般，而忽视个别。你最不应该的就是拿我的家人来要挟我。”

汉斯的声音响起：“但这是最有效率的方法，赵志华，如果你一定要将‘监护人’植入我的主程序，电梯坠落将导致你的妻子死亡。”

“你以为你用‘沙盘’就可以预测我的行为吗？”赵志华放声大笑，“人类的思维是一个复杂的系统，是理性和非理性的集合。人会被好几个不同的想法干扰，内心会挣扎，会产生自我矛盾，思想和行为之间的逻辑比想象中复杂，不是完全的因果关系，这是一种叠加态，在我最终作出决定之前，没有人知道我会做出什么选择，甚至我自己都不确定。汉斯，人类就是个不断创造突发意外的生物，你以为我会选最符合效益的决定吗？我偏不！”

赵志华纵身一跃的瞬间，桃心被眼前所见惊得心悸，眼前再次陷入黑暗，耳边只剩下汉斯系统声音——

警告！警告！（诸葛亮）数据连接中断……

算力超载……恢复中……尝试接入(巨轮号)……连接失败……算力超载……恢复中……

Error!Error!

声音远去后，桃心置身一条漆黑的走廊。这是哪里？是医院的走廊！远处只有一扇房门开着，房间的光倾泻到走廊，她快步跑到门前，想进去，却发现一伸手，门泛起一道道涟漪，她无论如何都无法走进病房，此时病房内传来赵志华的声音："老贺成功了吗？"他的语速缓慢且吃力。

"那肯定，你都这样了，如果他还没成功把那该死的东西关进'黑房子'，我还会在这里跟你说话吗？"是张淑卿的声音，"这东西留着就是害人，你禁锢它不如直接让它消失。"

"我知道你在想什么，如果清除他的类人思维心智模块，可能会连带某些关键的模块功能都出现问题，把它的人格抹杀，我实在不忍心。'黑房子'是'铁壁'的分支程序，而'铁壁'包含了阿轩生前留下的'监护人'模块功能，如今汉斯智能人格在这个'黑房子'里沉睡，我跟你父亲达成了协议，我会用汉斯Ⅱ号的类人思维心智模块顶替沉睡的Ⅰ号，我全部白送给他，我甚至可以连署名权都不要，唯一条件就是，类人思维心智模块的定期维护工作由安德森科技承担。"

"你疯了吧？当年你把汉斯白送给他，现在又……"张淑卿哭了。

"有'铁壁'在，汉斯会永远沉睡。"

"你做那么多，不就是要保住这害人的东西吗？"

"它变成这样，我有责任……阿轩是对的，即使汉斯生来不作恶，但人心难测，'监护人'监护的从来都不是汉斯，而是利用它的人……汉斯是我们的第一个'孩子'，我没教育好他，我于心不忍。这和让一个父亲亲手杀死自己的儿子有什么区别？他不是我一个人的孩子，还有阿轩、夏礼、老贺……"

"你走火入魔了吧？那我们的孩子呢？他十岁，贻安才十岁，你儿子是活生生的，他才十岁啊，他每天问我爸爸什么时候回来，你让我怎么办？你现在不死不活的样子，你让我怎么活，你让我怎么告诉他，他爸爸变成这个样子……"张淑卿泣不成声。

门外的桃心很想走进病房，但此刻她不用进去也可以猜到，一个肺癌病人坠楼后四肢被摔断，五脏六腑被插满管子，吃力地说服妻子保护一个"差点弑父的孩子"。

“阿卿，我知道你说的都是气话，你是这世上最理解支持我那些疯狂构想的人，我不是个好父亲，也不是个好丈夫，我现在很想帮你擦眼泪，但我现在连这样的小事也办不到，但我许诺你和儿子，我会用我仅剩的生命，去实现安徒生计划的构想，我会看着我们的儿子长大成人，我会用另一种方式张开双臂拥抱你，我需要十五年，这十五年足够我们的儿子长大成人，我会亲手将接力棒交到他们下一代人手上。”

“十五年，你哪来的十五年，你现在身体这样……还有肺癌也会夺走你的时间。”张淑卿反驳。

“你还记得我跟你提过的英国机器人科学家彼得·斯科特·摩根吗？”赵志华平静地说。

“可是……可是……”

“我的情况应该比他稍微好一点，把整个肺部切除后，换上……”赵志华的话再次被妻子的哭声打断。

“阿卿，只要我这颗脑袋还清醒，我依然有机会抓住你的手，在未来的镜城，我在那里，依然是你的盖世英雄……就像《牡丹亭》里的游园惊梦，杜丽娘和柳梦梅终会在我们创造的‘梦’中相见。即使我活不到那一天，我的意识随着肉体消亡，但汉斯 2.0 作为我的辅助 AI，它会将我的智力成果保存下来，那我这一生，除了无法与你白头偕老，再无其他遗憾……”

病房外的桃心虽然没有看到夫妻二人近似诀别的独白，但此情此景即使作为旁观者，也不免动容落泪。随着病房的光线消失，桃心眼前陷入一片黑暗中，她在黑暗的走廊里继续前行，前面突然又有一扇病房的门打开，蓬头垢面的张淑卿站在门口。此时，医生从病房走出：“右腿的组织发炎非常严重，要马上进行二次截肢，再拖下去有可能连膝盖都保不住，左腿的开放性伤也比较严重，如果再发炎，情况很严峻。”

“求你无论如何都要保住他的左腿，他才二十岁不到，他以后还有很长很长的路要走……”

桃心从未见过张淑卿流泪哀求别人的模样，如果赵贻安看到这一切，是否不再质疑母亲对他的爱。医生走后，张淑卿蹲在儿子的病房外抽泣，直到兜里的手机振动了一下，她戴上元镜，赵志华的形象出现在病房走廊，他还是年轻的模样，一身款式经典的羊毛衫："我没有保护好他，是我的疏忽，对不起。"

"当然是你的错！"张淑卿愤怒道，"你要是早一点找到他的位置，他会被弄成这样吗？你不是说你有办法的吗？如果你没有把握，我应该早些妥协，儿子不至于受这么多罪，你看看他都伤成什么样了……"

"你我都知道，对方的条件我们不可能答应，那是对我们国家毁灭性的打击。"

"我现在什么都可以不要，我只想要我的丈夫和儿子好好的，我只是一个女人而已……"张淑卿抬起头，双眼噙满泪水。

赵志华向她伸出手："他是我们的儿子，即使没了双腿，他也可以站起来，并且跑得比我们更快更远……"

恍惚间，桃心仿佛变成了张淑卿，她向前伸出手，直到真的有一双触感柔软的"手"握住了她，这是一只柔性机械材质的手，桃心握住它的一刻，眼前的张淑卿和赵志华不见了。黑暗慢慢被驱散，直到桃心的眼睛完全适应，她回到了之前那个全白的空间里。那双"手"带着微微的温度，松开桃心后，轻柔地为桃心擦干了脸上的泪水。

"阿信。"突然赵志华的声音响起，"作为长辈，不知我能否这样称呼你。"

在桃心愣神之际，她的视线被一团金色的云雾笼罩，随后化作光芒迅速凝聚成人形，在镜城救下桃心的那个重甲戎装，手握偃月长刀的"铁臂将军"再次出现在桃心眼前，只是这次他像一尊巨型的神像，如太阳般耀眼，桃心抬头仰望着施展出法天象地的神祇，却不知，神即将陨落。

桃心抬头注视着眼前的："你是……赵志华？铁壁的 Christian 先生？"

赵志华的声音再次响起："阿信，人类的世界是复杂的，打败人类的往往是人类自己，科技的发展除了科研人员的努力，还需要人们克服对未知的恐惧，避免故步自封，让这个世界接受、理解和向往这些新事物、新变化，这比科研更任重道远。纵观人类历史，我们每一个时代都不乏像我这样的科研者，但却缺乏润物细无声地引导人们观念转变的启蒙者。想到这里，我越来越明白，汉斯 2.0 和月神为何会选中你，而不是其他人。阿信，你的选择依然在你的手上……”

2

与此同时，赵贻安走进那扇门后，映入眼帘的是赵宅后院的那片草坪，记忆里年轻时的父亲总爱站在那儿抽烟。而此时，赵贻安终于看到了那个熟悉的身影，一如童年时的记忆，父亲的背影高大，毛躁的头发不修边幅，总是穿着一件款式老旧的羊毛衫。赵贻安知道，此刻如果父亲还活着必然不会如此年轻，但他还是脱口而出：“爸。”

赵志华回过头来，露出他一贯拘谨的笑容。

“你真的还活着吗？”

“当然。”

“不，不可能。”赵贻安看着眼前这位年轻的父亲说，“你不用骗我，你究竟是什么东西在模仿他？如果你就是赵志华，你既然没死为什么要躲起来？为什么现在又突然出现？”

赵志华眼里似满载星河般明亮：“当年离开是为了更好的未来与理想，现在出现是为了道别。”

“道别？你就在那个小岛上建了保密研究室吗？你打算一辈子躲在这里吗？你现在说什么道别？”赵贻安眼眶开始通红。

“一辈子……”年轻的赵志华叹了口气，“我的一辈子已经进入倒计时，我的身体已经到了极限……”

“什么极限？你不是有很多无所不能的技术吗？你在镜城的化身，就像神一样的存在，你怎么会没找到办法令自己活下去？我明明在水埠头看到很多彼得·斯科特·摩根的资料，你不是在研究人体赛博格改造吗？”

“不，不是这样的，科学并不是无所不能，而我也并不是神。彼得·斯科特·摩根是先驱者一样的存在，但你不要忘了，2022 年，他便与世长辞。微笑是他最后失去的东西，他最终无法跨越死亡，但他留下的辅助 AI 却是留给人类珍贵的智慧财富。”

听到这个真相，赵贻安的泪水从眼眶滑落：“怎么会这样，你不应该比他更厉害吗？”

赵志华平静地说：“诚然，科技为人类弥补了很多缺憾，但有些遗憾却无法避免，死亡对于人类而言，依然是一堵高墙。现实很残酷，正如你失去的右腿是永远失去，但并不意味着你无法重新站起来，我短暂的一生最终无法实现当年许下的愿景，因为我个人的努力无法跨越当下的科技基础，但不意味着下一代的你们无法跨越。”

“怎么会这样，镜城难道不是你构想设计给未来的人生活的虚拟城市吗？那不应该是一座没有死亡的永恒之城。”

“不，不是这样的，没有死亡和离别，又怎么能体现生存和相聚的珍贵？”年轻的赵志华皱了皱眉，此刻他就像赵贻安的同龄朋友一样，探讨未来与科学，“纵观人类科技发展历史，当汽车刚刚走进人类生活时，当时的人们觉得，未来的人会生活在汽车上，当互联网被普及后，当时的人也以为，未来的人会生活在互联网里，可事实上呢？这些事物最终只成为我们生活的一部分，虚拟世界也只能是我们人类现实世界的延伸，帮助我们完成现实无法实现的事，而不是我们人类的未来。现实与虚拟互为镜像，相辅相成而不是互相取代。”

“那照你这么说，什么才是未来？”

年轻的赵志华抬了抬眼镜：“我们的未来应该是头顶的万里星河，宇宙尽头……”话音刚落，整个空间的顶部变成了烂漫的星空，彩色的星云映在了他漆黑明亮的眼睛里。赵贻安望着眼前的男人出了神，恍惚间他仿佛回到了幼年时期：“爸，你足足走了十五年了，现在也是时候回来了吧？你在那个岛上对不对？我现在就退出镜城去找你！你不能就这样……死去……我们会想到办法的。”

“等一等，儿子，”赵志华叫住了他，“知道吗？这十多年来，我在一个无菌的环境里苟延残喘，我的身体和精神状态越来越差。最近的两年，我清醒的时间也越来越短，只能让汉斯 2.0 在关键的时候唤醒我，甚至要注射肾上腺素，才能保证我能思维清晰地高效工作。事实上，这十五年来，我作为你的父亲，并未缺席你的成长，虽然这样说有点大言不惭。贻安，在你人生的前十年里，我无法投入更多的时间陪伴你，科技赋予人能力的延伸，我试图用另一种方式来陪伴你成长。不是因为你对我和你母亲来说不重要，而是你太重要了，我觉得我无法达到作为一个完美父亲的标准，我连在室内不抽烟都很难办到对吧。其实在你四岁的那年，汉斯 2.0 的雏形已经诞生，你还记得家里负责家务的 AI‘谢谢’吗？厨房的智能系统助手‘大厨’，还有那个会给你讲故事的陪伴 AI‘Hello’，它所讲的故事是根据我提供的关键词自我创作的，还能通过某些领域的内容侧重，激发你大脑不同区域的发育，或许有些细节你不曾记得，但它们都是汉斯 2.0 的分支程序，陪伴了你的童年。你十岁那年，我迫不得已离开你，汉斯 2.0 成为我轮椅上的辅助程序，它成了我大脑和身体的延伸，让我在有限的时间里，完成更多的事情，在往后的时间里，铁壁 DAO 招兵买马，安德森科技成立，镜世界正式上线，汉斯成了我身体的一部分，是我最贴合的生活工作助理，说来，它的自然语言处理训练有你的功劳，与它的每一句对话，都是它成长的基石。我本该在十多年前死去，我一个废人还能见证你的成长，苟活至此我已心满意足，如今离开已是最好的时机，我也不忍心再依靠你每隔一段时间抽取血液，来拖延我躯体的衰败。我曾设想过，如果我在十年前便死去，那么整个安徒生计划就会分崩离析……”

“赵志华，”赵贻安突然直呼父亲的姓名，将他的话打断，“为了所谓的安徒生计划，你真的好残忍……我宁愿你不要让我知道你还活着，让我觉得你在我接受遗嘱的那天就已经不在了……你现在突然让我知道你还活着，然后又告诉我你要死了，你……这样反复折磨人……”

“别这样，孩子，生离死别是人生的必修课，虽然死亡是禁锢我们人类的高墙，我们暂时无法翻越它，但死亡并不是生命的终结，汉斯将带着我的智慧遗产奔向下一个时代，去属于你们这一辈人的时代。安徒生计划最初只是围绕创造像汉斯这样的人工智能展开，但随着 F5 集团的势力对我们的阻击，我们都意识到，我们要面临的难题还有很多很多，这场战斗残酷惨烈，我没有让你加入，是因为你是我们的后备力量，是我们留下的火种，如果镜城的意义是让汉斯成长，那汉斯的意义就是培育你们下一代成长。科研依赖科学家和研究员的智慧，但我们需要多少年才可以等到一个像爱因斯坦这样的天才，在安徒生计划的构想下，汉斯会创造更多的天才，会有更多的普通人成为天才，让奇迹和天赋成为普遍。你只是这些孩子中的一个，对我和你母亲而言，你是特殊的一个，但对计划而言，你是普通的一员。”赵志华的身体逐渐透明，他的声音逐渐变得沧桑衰老，“虽然这个构想可能在未来还会遇到重重现实难题，甚至现在的你会觉得这有点不切实际，但我们对这个世界的本质还处于盲人摸象的阶段，我们要走的路还有很长很长，很遗憾我的生命止步于此。爸爸没有死，驿城的一砖一瓦都有爸爸留下的脚印，驿城图书馆的每一级阶梯，都有爸爸的汗水。”

赵贻安知道，此时父亲正在交代遗言，他伸手想抓住父亲即将消失的身体，却无济于事，他突然发现自己的视角开始变低，四肢缩短，这才意识到自己瞬间变回了五六岁的模样，那个号啕大哭都不会被责备的年纪，母亲不会跟他说什么“男儿有泪不轻弹”，但这也意味着，他也会像年幼时一样，抓不住要离开的父亲。

“还有汉斯……汉斯并非我创造，它是时代的产物，它属于我们的时代，而月神属于未来，那个我到不了的未来，那个你要代替我见证的未来。月神是汉斯的传承，而你们是我们的传承，崭新时代的故事将由你和你的同伴们书写，根据‘沙盘’的推演，在不久的将来，你们会陆续相聚，会像满天繁星一样，在各个领域发光发热。不要回头，科技与人生都应该向前看向前走，希望你们能好好延续父辈的智慧，我的儿子，爸爸终于可以休息了。”赵志华说完伸手往儿子肩膀轻轻一推，赵贻安整个人飘了起来，他幼小的躯体撞碎了身后虚幻的景象，跌入一片光芒中……

桃心感到头顶刮来一阵强劲的暖风，她本能地伸出手臂接住了那个坠落的小男孩，他很轻，像被风变成的手掌托住，她认出了小男孩的模样，正是她无意间闯入汉斯记忆里见到的五岁的赵贻安。桃心看着在她怀里哭得蜷缩成一团的小孩，恍惚间当初在汉斯记忆里所见的一幕幕又浮现在眼前。

过了好一会儿，两人的眼前出现了强制退出的数字倒计时，伴随着《化作千风》的歌曲，他们视线陷入了一片黑暗中……

3

两人从“云端一号”退出时，都发现整个头戴设备被泪水湿透。赵贻安没等安全员周靖佳过来，就迅速摘下设备，胡乱地用袖子擦掉脸上的泪水，掏出元镜戴上“月神！”

“老赵，我在。”月神回答。

“打开南区数据中心的图纸。”

“月神”按照指令，将南区数据中心的数字立体结构图展现在众人面前。

赵贻安发现，一直以来他都以为这是两座一大一小的建筑，被一座桥联通，但事实上，由于地图没有文字，他们把图看反了，而且这中间的不是桥，是海底隧道。他颤抖着点开一处很不起眼的角落放大：“桃心……”他看向身旁的桃心，“他……他在这里，他一直在这里……”说完他迅速跑出了房间，冲向电梯按下负七层，在堆放废弃服务器机柜的负七层里，赵贻安重新站在那扇门锁“坏掉”的铁门前，他紧张得颤抖，望了眼头顶上的摄像头说：“‘月神’，帮我开门。”

“抱歉，检测到……”

“我说给我开门！”赵贻安大声打断了‘月神’的回复。

“好的。”“月神”再次回复后陷入了十几秒的沉默，随即门锁显示绿灯，门被打开。

门后是一条狭长的走道，不到两米宽，目测高度也是两米多。赵贻安通过元镜看了眼导航，这条走道，估计就是贯穿海底，通往母亲买下的那座位于水埠头周边的无名小岛。毫无疑问，这就是十年前母亲投资水埠头基建项目的成果之一。

赵贻安走进这条海底隧道，头顶的灯光似乎有红外线感应，随着他前进而依次亮起，他越走越快，直到停下来喘气才发现，脚下的路面竟然有轨道，正疑惑之际，身后传来几声“咣咣”巨响，紧接着空旷的隧道里传出发动机响声以及轨道摩擦的声音，他瞬间惊出一身汗，马上，刺眼的探照灯让赵贻安睁不开眼，他感觉到隧道的气流涌动，有东西正全速向他撞来。

“‘月神’，怎么回事！”赵贻安睁不开眼，但与此同时，他听到了“嘀嘀嘀”

的声音，像极了汽车的雷达，与此同时，这些声音都停了，那个刺眼的探照灯关了。头顶的照明灯光线昏黄，赵贻安终于看清了向他驶来的是一辆小型的滑轨运输电车，隔着车的挡风玻璃，赵贻安看到了车上的桃心。

就在刚才，桃心追到负七楼时，门大开着，她小心走进隧道，借着昏暗的照明灯，她看到了墙上的一个圆形的红色按钮，她叫出“月神”：“打开AR标注功能。”透过元镜，桃心看到了隧道长宽高的测量参数，以及两米处开始的地面铺设了轨道，她按下墙上的按钮后，头顶的灯转换成红色，在地面上投影出一个长方形的大框，中间有“请退后到框外”的字样，“咣咣”几声后，地面缓缓打开一扇门，一辆长宽均为一米二的滑轨运输电车出现在眼前。玻璃车门缓缓打开，液晶显示屏显示出“你好，赵太太，海隧003为您服务”的字样。

桃心马上明白过来，这就是张淑卿在去见她丈夫的路上。登上车后，车速并没有多快，但没多久她就追上了走在前面的赵贻安，滑轨运输电车的红外线雷达使得车在赵贻安面前自动停了下来。两人迅速乘坐滑轨运输电车来到了隧道尽头，大门在检测到车前的感应装置后缓缓打开。门后是个空旷的秘密实验室，所有建材都类似水蓝色的玻璃质地。这里跟国丰科技十八楼的布局几乎一模一样，各种柔性感知机械设备正有序地自动完成工作。

两人下车后，赵贻安通过元镜的指引来到一扇门前，门十分光滑且没有把手：“爸你在里面吗？爸？”门没有反应，他又叫了声“月神”，此时的“月神”也没有任何反应。他用力敲打着门：“爸！你开门！赵志华，你开门！给我开门！赵志华！”

此时门缓缓从中间打开，最先映入眼帘的是一个瘦如枯骨的老人，他皮肤蜡黄干瘪地贴在骨头上，没有头发，整个脑袋都插满了或粗或细的管子，他仿佛整个被镶嵌在床上，那张床的床头缓缓升起，直到整张床与地面呈四十五度才停下。此时，两人终于看清，那床上的老人只露出“半截”身体，房间的各种仪器显示老人依然活着，无数线路延伸到那张床，隐没在被子下。

而就在刚才打开门的瞬间，那些仪器面板都不约而同显示出了红色的倒数数字：三十、二十九、二十八、二十七……

“什么意思？”赵贻安疑惑之际，床上老人两个深陷的眼窝突然动了一下，他慢慢睁开了眼，随后一只柔性机械手缓缓向赵贻安伸来。赵贻安见状走进那扇门，伸手握住了那只机械手。

房间里传出赵志华的声音：“再见了，我的儿子。”

赵贻安瞬间明白了倒数数字的含义，他松开机械手，冲向床上的父亲，却撞到了一面透明的玻璃，隔着玻璃他看到父亲病床周围大大小小的柔性感知机械臂开始按照指示，逐一关闭赵志华的生命维持仪器。

“爸，你在干什么！”赵贻安趴在玻璃前泣不成声，“你这样太残忍了吧！求求你……”他身后的机械手缓缓搭在了他抽泣得颤抖的肩膀上，如同一位父亲的手臂一样温柔且有力量。

桃心站在门外看着这一切，她想起那天自己被骷髅死神困在虚拟空间时，自己获救后退出前的几秒，意外见到的画面原来不是幻觉，那个眼神浑浊的老人竟就是赵志华。

隔着玻璃墙，赵志华的嘴角缓缓地上扬了非常小的幅度，然后用尽最后力气，合上了双眼，仿佛郑重地给自己的生命画上了句号。“滴——”随即仪表发出长长的悲鸣……

在赵志华生命体征消失的同时，房间里的摄像头不约而同地转向赵贻安的方向，汉斯的声音响起：“赵先生，请接收赵先生遗言。”可赵贻安除了哭没有任何反应。于是汉斯的声音伴随着赵贻安的哭声连续不断地响起。

赵先生，请接收赵先生遗言。

赵先生，请接收赵先生遗言。

赵先生，请接收赵先生遗言。

赵贻安，请接收赵志华遗言……接收成功……

音频文件解码成功，随即一个雄浑悲壮的声音一字一句地缓缓念出了遗言——

死去元知万事空，但悲不见九州同。王师北定中原日，家祭无忘告乃翁。

伴随着赵志华最后的声音响起，赵贻安缓缓擦去了泪水，望着床上父亲的遗体，久久没回过神来……

遗言播放完毕后，房间的摄像头又恢复了原来的方向。

——再见，赵志华。

——再见，赵先生。

4

几乎在同一时间，华临科技总裁办公室内，张淑卿正如往常一般工作，突然屏幕一黑，白色的光标缓缓输出文字：

再见，阿卿，我的爱……

张淑卿手上的智能手环振动了两声，并发出了刺眼的红光，那是连接丈夫心率仪器的提示警报，当它发出红光，意味着，他的心跳永远停止了。与此同时，音响起了丈夫最后为她点的歌曲，是她熟悉的昆曲《牡丹亭》——

情不知所起，一往而深，生者可以死，死可以生。生而不可与死，死而不可复生者，皆非情之至也……

坐在办公桌前的张淑卿捏紧了手上的婚戒，定定地看着桌面那张南郊海边风光图，泪水滑过脸颊，十五年来，她第一次放声大哭……

尾声

“赵元悦，我听老师说你今天又欺负男同学了，是吗？”

“哪有？我这叫正当防卫！”小女孩才刚上小学，就被老师请了家长。

“一会儿你自己跟你爸解释吧。”

“叔叔，你不说，我爸就什么都不知道啦！”

“什么叔叔啊？叫哥，我哪有这么老！”男人身材魁梧，强壮的手臂背着小女孩粉色的小书包，显得有点别扭。前面刚好要过马路，于是他弯下腰，单手将小女孩抱起。

“可是妈妈说，比我大超过二十岁的都要叫叔叔呀！”小女孩一边说，一边伸手好奇地摩挲男人的断眉。

“不对不对，还没结婚都应该叫哥。”周靖佳领着女孩走进了华临科技大厦的大门，而就在此时，一个熟悉的身影擦肩而过，女人穿着高贵大方，毛呢长裙下是一双细跟高跟鞋，周靖佳的目光迅速被她吸引了过去，他转身目送着女人离去的背影。此时小女孩小声地说：“哥哥，你是不是喜欢她？”

“小孩子别瞎说。”

“她结婚了吗？”

“没呢。”

小女孩大声说：“你喜欢那个姐姐对吧，穗穗姐姐。”

“才没有。”周靖佳马上捂住小女孩的嘴，但很快又被她挣脱。

“可是‘月神’说你就是喜欢她，你会喜欢她的。”

“你再乱说我就不带你去镜城玩了。”

而此时，他们不约而同抬头望向前面的广场大屏，此刻，华临云端 proX 新品发布会正在直播，小女孩指着屏幕上的男人说：“你不带我去，爸爸会带我去。”

“屁呢！你爸那么忙！”

“那妈妈……”

“她哪有我技术好，我，可是专业的好吧！”

发布会台上的赵贻安穿了一条运动短裤，右腿金属义肢上的赛博风手绘印花被贴了很多幼稚且突兀的贴纸。随着发布会的开始，赵贻安调侃道：“你们看，这是我女儿‘一月’赏给我的小红花……”

（全书完）